Marquis de Sade

Werke in fünf Bänden

Band 5

Donatien-Alphonse-François
de Sade

Die Philosophie im Boudoir

oder die
lasterhaften Lehrmeister

mit einem Essay
von Bettina Hesse

Die Idee des Bösen

Könemann

Könemann Verlagsgesellschaft mbH
Bonner Straße 126, D-50968 Köln

Herausgegeben von Bettina Hesse
Satz und Gestaltung: Andreas Pohlmann 714
Herstellungsleiter: Detlev Schaper
Covergestaltung: Peter Feierabend
Printed in Hungary
ISBN 3-89508-087-X

Inhalt

Vorwort des Verfassers

An Euch, Libertins, liebenswürdige Wollüstlinge und Liebeslüsterne jeden Alters und Geschlechts wende ich mich, Euch sei vorliegendes Werk gewidmet. Sofern Ihr den einzig wahren und modernen Prinzipien dieses Werkes huldigt, werden Eure geheimsten und intimsten Gelüste und Leidenschaften vollständig befriedigt werden, und diese Passionen und Gelüste, von denen Euch vielleicht eitle, abgeschmackte Moralisten und Sittenprediger abschrecken, sie sind ja doch nur die Mittel, die die Natur selbst anwendet, um uns Menschen unserem Ziele der höchsten Glückseligkeit, der Wollust entgegenzuführen. Beherzigt sie daher und gehorcht ausschließlich den Trieben, durch die Ihr unbegrenzter irdischer Freuden und Wonnen teilhaftig werdet.

Ihr sinnlichen Vertreterinnen des schönen Geschlechts, nehmt Euch die geile und wollüstige Madame de Saint-Ange zum Vorbilde und mißachtet, ihrem Beispiele folgend, alles, was den göttlichen Gesetzen der Liebe und der raffinierteren geschlechtlichen Wollust, die ihr ganzes Leben vollständig ausgefüllt haben, widerstrebt und zuwider ist.

Und Ihr, liebreizende junge Mädchen, die Ihr allzulange schon in den abgeschmackten und gefährlichen Fesseln einer phantastischen Unschuld und Tugend sowie einer widerlichen Religions- und Sittenlehre festgehalten seid und schmachtet, ahmt die kleine, feurige Eugénie nach und zerstört und zertretet unter Euren kleinen, niedlichen Füßchen mit ebenso großer Energie und Gewandtheit alle derartigen lächerlichen Vorurteile und Vorschriften, die Euch von einfältigen Eltern aufgezwungen wurden.

Euch endlich, Lebemänner, Weiber- und Mädchenverführer, die Ihr von Jugend auf Euren geschlechtlichen Gelüsten keinerlei Zügel zu setzen gewohnt seid und keine anderen Gesetze als die Befriedigung Eurer Wollust und Eurer Launen kennt, möge Euch der perverse, unzüchtige und philosophische Zyniker Dolmancé als Vorbild dienen. Eifert ihm in allen Stücken nach, wenn Ihr gleich ihm alle Arten des Genusses und der irdischen Glückseligkeit durchkosten wollt. Überzeugt Euch an seinem Beispiele, an seiner Schule des Genusses, daß es dem unglückseligen Individuum, das man hienieden mit dem Namen: *Mensch* bezeichnet, nur dann vergönnt ist, einige Rosen auf den dornigen Pfaden des Lebens zu pflücken, wenn er zugleich die Sphäre seiner Leidenschaften, Gelüste und erotischen Phantasien soweit wie möglich ausdehnt und vergrößert, und wenn er sein alles und sich selber ganz der Wollust und seinen fleischlichen Begierden weiht und zum Opfer bringt.

Erster Teil

Erster Dialog

Madame de Saint-Ange
und der Chevalier de Mirvel *(Geschwister)*

Madame de Saint-Ange: Guten Tag, mein lieber Bruder! Wo ist denn dein Freund Dolmancé?...

Chevalier de Mirvel: Der wird um vier Uhr hier sein, meine Liebe; wir dinieren doch erst um sieben Uhr, wir werden daher, wie du siehst, noch reichlich Zeit haben, uns zu unterhalten.

Madame de Saint-Ange: Weißt du, lieber Bruder, daß ich meine große Neugierde und Erwartung betreffs unserer für heute geplanten wollüstigen Vorhaben doch schon ein bißchen bereue! In der Tat, mein Freund, du bist viel zu nachsichtig mir gegenüber!... Je vernünftiger und sittsamer ich eigentlich mit den Jahren werden sollte, umso stürmischer und hitziger wirbeln meine unlauteren Gedanken in meinem tollen Hirne herum, umso aufgeregter, wollüstiger, geiler werde ich. Du selber begünstigst und unterstützt mich nur noch mehr in dieser meiner Geilheit und das dient lediglich dazu, mich schließlich ganz und gar zu verderben. Jetzt, mit meinen sechsundzwanzig Jahren, sollte ich doch eigentlich eine anständige und ehrbare Frau geworden sein, trotzdem bin ich wohl die Ausschweifendste, Lasterhafteste aller Frauen. Du hast ja gar keine Idee, wie mir eigentlich zu Mute ist, mein Lieber, was ich leide, wie es mich da unten fortwährend reizt und juckt und kitzelt, ... was ich alles zur Befriedigung meiner sinnlichen Gelüste, meiner Geilheit tun und unternehmen würde!... Ich dachte, meine sündigen Leidenschaften und meine Geilheit dadurch ein wenig zu zähmen, daß ich mich hauptsächlich an mein eigenes Geschlecht hielt, an reizende, feurige Frauen und prickelnde, junge Mädchen; ich glaubte, daß meine, im Grunde genommen auf mein eigenes Geschlecht konzentrierten Gelüste sich so leicht nicht wieder auf Euer Geschlecht, d.h. sich nach den Männern zurücksehnen würden. Ja! Reine Chimären!... Meine Begierden und Gelüste, die ich schon gänzlich bei mir unterdrückt zu haben wähnte, sie haben mit um so größerer Hitze und Leidenschaft meinen Geist und meine Sinne umnebelt, und ich habe jetzt eingesehen, daß, wenn man, wie ich, zum Sinnenrausch und Wollusttaumel geboren ist, es gänzlich unnütz ist, daran zu denken, dieser seiner Geilheit Zügel anzulegen. Der unwiderstehliche heftige Geilheitskitzel durchbricht doch bald alle Schranken. Endlich, mein Lieber, das weiß ich jetzt zur Genüge, bin ich im Punkte der Liebe gewissermaßen ein Amphibium, ich meine damit: ich mag alle beide, und zwar sowohl mein eigenes Geschlecht, die sapphische oder lesbische Liebe, wie die natürliche, d.h. die Liebe zum anderen Geschlechte. Ich amüsiere mich in gleicher Weise bei der einen wie bei der anderen Liebe und will auch fernerhin die beiden Arten der fleischlichen Liebe nach Kräften pflegen und kultivieren. — Aber gestehe es selbst, mein Lieber, ist es nicht eigentlich eine große Extravaganz von mir, diesen berühmten Kenner in Liebesangelegenheiten, diesen Dolmancé näher kennenlernen zu wollen, der sein ganzes Leben lang, wie du sagst, ein weibliches Wesen in der fleischlichen Liebe und Wollust lediglich und stets von einem ganz anderen Gesichtspunkte aus betrachtet und behandelt hat, als es andere Männer tun und Natur und Sitte es vorschreiben, der ein eingefleischter *Sodomit* (im vulgären Volksjargon auch Arschficker) aus Prinzip nicht nur eifrigster Anbeter und Verehrer seines eigenen Geschlechts sondern auch Verehrer des unseren ist, jedoch allein unter der Bedingung, daß die Frau ihm ihre lieben, üppigen hinteren Reize darbietet, deren er sich sonst bei den Männern zu bedienen gewohnt ist. Denke dir, mein Lieber, welche sonderbare Phantasie mich nunmehr reizt!... Ich selber, ich möchte gar zu gerne der Ganymed dieses modernen Jupiter sein, d.h. das Opferlamm, das ihm seine hinteren Reize und Schätze offeriert... Ich möchte das Opfer seiner sinnlichen

Verirrungen sein, seine Lust, seine Geilheit, seine Ausschweifungen mitgenießen. Bis jetzt habe ich mich, wie du, mein lieber Bruder, weißt, nur Dir mitunter... auf diese Art... hingegeben, und zwar aus Gefälligkeit, oder dem einen oder anderen meiner feurigen Prachtkerle von Kammerdienern, der, um mich auf diese Art zu bedienen, von mir bezahlt, sich nur aus Interesse für diese Belohnung dazu hergegeben hat. Heute ist es weder Gefälligkeit noch Laune, sondern lediglich die Lust und der Geschmack daran, die mich bestimmen. Ich sehe einen ganz gewaltigen Unterschied zwischen all denjenigen, die mich bisher auf diese Weise von hinten oder vielmehr in den Hintern bedient haben oder die noch fernerhin mich der Art beglücken und bedienen werden, und ich will diesen Unterschied kennenlernen. Schildere und beschreibe mir doch, mein Lieber, deinen Freund Dolmancé etwas näher, damit ich mir in meinem Geiste ein einigermaßen getreues Bild von ihm zu machen imstande bin, bevor er herkommt; denn du weißt, daß ich ihn eigentlich nur ganz flüchtig kenne und ihm nur einmal in einem befreundeten Hause begegnete, wo ich nur einige wenige Minuten in Gesellschaft anderer mit ihm zusammen gewesen bin.

CHEVALIER DE MIRVEL: Mein Freund Dolmancé, meine liebe Schwester, ist jetzt ungefähr sechsunddreißig Jahre alt; er ist, wie du weißt, von hoher, kräftiger Statur, besitzt ein gebietendes schönes Männerantlitz, sehr lebhafte geistsprühende Augen, wenngleich sich in seinen Zügen auch mitunter, vielleicht wider eigenen Willen, ein gewisser harter, bisweilen sogar raubtierartig düsterer und bösartiger Ausdruck spiegelt. Er hat die schönsten Zähne der Welt. Ferner liegt für einen Mann in seiner ganzen Figur, wie in seinem Wesen und Benehmen eine gewisse Zartheit und weibliche Geschmeidigkeit, ich möchte sagen, ein gewisses weibliches Flair, das er zweifelsohne infolge seiner Vorliebe, sich des öfteren der passiven Sodomie hinzugeben, besitzt. Er ist im übrigen von außerordentlicher, tadelloser Eleganz, Aristokrat vom Scheitel bis zur Sohle, Gentleman durch und durch, hat eine hübsche, klangvolle Stimme, gleichwie alle anderen sonstigen

Vorzüge und Talente und insbesondere sehr viel Geist und Philosophie im Denken.

MADAME DE SAINT-ANGE: Er glaubt doch hoffentlich nicht an Gott, an ein Jenseits nach dem Tode?!...

CHEVALIER DE MIRVEL: Ach, wo denkst du hin! Er ist der ärgste Atheist, den es je auf dieser Welt gegeben hat und zugleich im Punkte der Moral oder guten Sitten, der verderbteste Mensch, den ich jemals kennengelernt habe. Er ist, was Moral betrifft, die verkörperte, vollendetste Verdorbenheit, das schlimmste und zugleich das verbrecherischste Individuum in dieser Beziehung, welches je auf dieser Welt existiert haben mag.

MADAME DE SAINT-ANGE: Ha! Wie mich dieses alles, was ich soeben von dir über ihn höre, innerlich erhitzt und aufregt!... Weißt du, ich bin geradezu schon rasend verliebt in diesen Mann! Und welches sind seine ganz besonderen Vorlieben, Bruder?

CHEVALIER DE MIRVEL: Du kennst sie doch schon! Die sodomitischen Gelüste, im familiären oder populären Jargon gesagt: die *Arschvögelei* ist seine Hauptleidenschaft, und zwar sowohl die aktive wie die passive. Er liebt und zieht zu seinem Hauptvergnügen in dieser Beziehung ganz besonders die Männer vor, und wenn er nichtsdestoweniger es mitunter auch mit den Weibern zu versuchen gewillt ist, so tut er es, wie gesagt, nur unter der Bedingung, daß sie zugleich so gefällig sind, mit ihm ihr Geschlecht zu ändern, d.h. ihm ausschließlich ihren Hintern zur Verfügung stellen. Ich habe mit ihm von Dir gesprochen und ihn über deine Absichten und besonderen Wünsche benachrichtigt, er hat alles akzeptiert und macht dir ebenfalls die bekannte Speziallust zur Bedingung. Ich habe dir daher, liebe Schwester, in seinem Namen die Mitteilung zu machen, daß er dir alles refüsieren wird, falls du ihn zu etwas anderem animieren willst. »Das was ich mit Ihrer Frau Schwester zu tun einwillige, ist«, so meint er, »immerhin eine heroische Tat für mich, eigentlich ein toller Streich... kurz, eine Sache, mit der man sich nur selten besudelt und nur unter großen Vorsichtsmaßregeln.«

MADAME DE SAINT-ANGE: *Sich besudeln?... Vorsichtsmaßre-*

geln?... Sehr gut!... Ha, ha, ha! Doch schadet nichts! Ich liebe gleichwohl diese Sprache dieser liebenswürdigen Sodomiten. Unter uns Frauen, den Anhängerinnen der lesbischen Liebe, haben wir gleichfalls derartige typische Kraftausdrücke den Männern gegenüber, die gleich wie jene bezeugen, wie tief und wie schwer wir alles, was nicht mit unserem Spezialkult der lesbischen Liebe innig zusammenhängt, verurteilen. Aber sage mir doch, mein Lieber, hat er Dich denn nicht auch schon geliebt, ich meine sodomisiert? Mit deinem reizenden Männergesicht, — ich meine: dein süßes Jünglingslärvchen, — und mit deinen zwanzig Jahren kann man, glaube ich, schon einen solchen Mann wie Dolmancé fesseln!...

CHEVALIER DE MIRVEL: Nun! Wozu soll ich dir meine bereits mit ihm ausgeübten Extravaganzen verheimlichen? Du bist doch zu vernünftig, sie zu tadeln oder diskreditieren zu wollen. Im Grunde liebe ich die Frauen und insbesondere die kleinen süßen Mädchen und gebe mich den eben erwähnten sonderbaren Gelüsten der Männer-Liebe nur hin, wenn ein wirklich liebenswürdiger Mann mich dazu drängt. Ich könnte dann aber auch für einen solchen Mann, glaube ich, alles tun, was er von mir verlangt. Ich bin auch sehr weit entfernt von jenem lächerlichen Stolz und Dünkel, der die meisten unserer jungen Männer glauben läßt, auf dergleichen Anerbieten liebenswürdiger *Sodomiten* nur mit Stockschlägen antworten und parieren zu müssen! Ist denn der Mensch immer absoluter Herr seiner Gelüste und Passionen? Man kann wohl die Männer beklagen, die dergleichen sonderbare Passionen haben, aber sie deswegen schmähen, beleidigen... niemals! Diese Neigungen sind eben in der Natur begründet, sie sind, meines Erachtens, angeboren, vererbt; diese Männer sind gewissermaßen von der Natur aus bereits mit den Neigungen für ihr eigenes Geschlecht geboren und zur Welt gekommen, und zwar gerade ebenso wie andere Leute schon von ihrer Geburt an die Anlagen zu einem häßlichen oder einem schönen Körperwuchse mitbringen. — Ist übrigens ein Mann, wie Dolmancé meint, deswegen verabscheuungswürdig, weil er einem anderen

Manne gegenüber den Wunsch bezeugt, mit ihm, nach seiner Weise, die Wonnen der fleischlichen Liebe genießen zu wollen? Nein, zweifelsohne tausendmal nein! Im Gegenteil!... Es ist ein Kompliment, das er ihm hiermit macht. Warum also mit Beleidigungen oder Schmähungen darauf antworten! Lediglich Einfaltspinsel können so denken! — Und, in der Tat, niemals sollte ein vernünftiger Mensch über diese Dinge und diese Materie anders denken und sprechen als ich es tue. Leider gibt es jedoch in der Welt gar zu viele männliche Dumm- beziehungsweise Hohlköpfe, die da glauben, daß man sie wer weiß wie sehr kompromittiere, wenn man ihnen das Geständnis macht, man fände sie für die Wonnen der süßen Männer-Liebe geradezu wie geschaffen, und die von in diesem Punkte allzu eifersüchtigen Weibern, welche ihre Rechte hierdurch geschmälert glauben, verdorben, der Meinung sind, sie müßten nun einmal die lächerlichen Don Quichottes dieser vermeintlichen Frauenrechte und Vorurteile sein und bleiben, und zugleich alle anderen verunglimpfen, die hierüber anders denken oder diese angeblichen Frauenrechte und Vorurteile nicht in ihrer ganzen Ausdehnung anerkennen.

MADAME DE SAINT-ANGE: Ah! Mein Liebling!... Küsse mich, küsse mich doch! Sauge, züngele, streichle mich doch ein bißchen, mit deinen Fingern!... Da... ja... da unten... Mehr, mehr!... Du könntest nicht mein Bruder sein, wenn du über alle diese Dinge anders dächtest, wie dein Freund Dolmancé. — Doch gib mir, bitte, ein wenig mehr Details über deine eigenen Beziehungen zu Dolmancé, und zwar zugleich über die physischen, ich meine über die intimeren körperlichen hinteren und vorderen Reize dieses Mannes, wie über die Art seiner mit dir gepflogenen Vergnügungen überhaupt!

CHEVALIER DE MIRVEL: Monsieur Dolmancé hatte durch einen meiner Freunde, den Marquis de V... von dem prächtigen und riesenhaften männlichen Gliede, mit dem ich, wie du ja, liebe Schwester, weißt, von der Natur ausgestattet bin, und den du doch selber schon so oft an und in Dir erprobt hast, Kenntnis erhalten. Er veranlaßte den Marquis, mich gelegentlich zugleich mit ihm zu einem Souper einzuladen. Nachdem ich einmal dort war, mußte ich ihm meinen Riesenschwanz vorzeigen und ihn bewundern lassen. Die Neugier schien bei ihm zunächst das einzige Motiv zu sein. Geradezu ein Prachtexemplar eines Männerarsches, den mir Dolmancé sogleich präsentierte, mit der Bitte, ganz und gar über ihn zu verfügen, ließ mich bald erkennen, daß es diese bekannten Gelüste waren, die ihn zu der Inspektion meines Schwanzes veranlaßt hatten. Ich machte Dolmancé zwar zunächst alle möglichen Einwendungen, und zwar sowohl über die Schwierigkeiten der Sache für mich als angeblichem Neuling hierin, wie anbetracht meines Riesenschwanzes für ihn; nichts konnte ihn jedoch abschrecken. — »Ich bin«, meinte er, »oder vielmehr, mein Hintern hält alles aus und gleicht in dieser Beziehung einem Rammklotze. Sie werden keineswegs die Ehre haben, der Fürchterlichste der Männer zu sein, die meinen Arsch, den ich Ihnen offeriere, bereits durchbohrt haben.« Der Marquis war dabei; er ermutigte und erregte uns zugleich auf's höchste durch sein fortwährendes Betasten, Onanieren, durch seine Liebkosungen wie Küssen, Lecken aller unserer männlichen körperlichen Reize, die wir beide so offen zur Schau stellten. Ich gebe endlich nach und zeige mich willfährig und zu allem bereit, wünsche jedoch wenigstens einige kleine Vorbereitungen durch ein wenig Einfetten meines Schwanzes. »Ach was!... Torheit, Unsinn!...« meinte der Marquis, »dadurch nehmen und entziehen Sie meinem Freunde Dolmancé ja den größten Teil seiner Seligkeit, seiner himmlischen Wonnen, die er von Ihnen erwartet; er will ja gerade soviel als möglich malträtiert werden, das erhöht ja gerade seinen Genuß.« — »Nun gut, er soll befriedigt werden«, sagte ich darauf und stürzte mich oder vielmehr mein Meisterwerkzeug denn auch sogleich blindlings in den hinteren Schlund meines Partners... Und, glaubst du etwa, liebe Schwester, daß ich hierbei viele und große Mühen und Anstrengungen hatte?... Kein Gedanke, keine Idee davon! Mein Schwanz, so enorm und riesenhaft er ist, verschwand sofort in dem offenen

Strudel, bevor ich selber noch zu klarem Bewußtsein hierüber gekommen war und ich erreichte sofort die tiefinnersten Gründe seiner Eingeweide, ohne daß der famose Kerl überhaupt etwas davon zu spüren, geschweige denn irgend welchen Schmerz zu empfinden schien. Nun! Mir schien Dolmancé jetzt mit einem Male nicht mehr Freund sondern Geliebte zu sein. Die außergewöhnliche Wollust und Wonne, die er empfand und kostete, seine Wollustschauer, seine Zuckungen, sein süßes Liebesstammeln versetzte auch mich alsbald in einen derartigen Seligkeits- und Wonnetaumel, daß ich sein Inneres mit meinen Ergüssen überschwemmte. Kaum hatte ich meinen Priap aus seinem dunkeln Kerker befreit, als Dolmancé sich zu mir umwandte, außer Atem, rot wie eine rasende Bacchantin. — »Du siehst«, sagte er zu mir, »den Zustand, in den du mich soeben mit deinem dicken, harten, übermäßig langen und dabei fast 10 Zoll im Durchmesser betragenden Prachtschwanze versetzt hast. Ich beschwöre dich daher, Du mein Geliebter, mir jetzt auch mit deinem Hintern gleichsam als meine Geliebte zu dienen, nachdem du vorhin mein Liebhaber gewesen bist und mich als deine Geliebte behandelt hast; damit ich doch auch sagen kann, ich habe in deinen süßen Armen alle Wonnen und alle Seligkeit gekostet, die mich ja mit so großer Sehnsucht erfüllen und mein ganzes Dasein hienieden zum Paradiese machen.« Da ich schließlich ebenso wenig Schwierigkeiten und Skrupel bei der einen wie bei der anderen Sache fand, so ging ich denn auch darauf ein. Nun aber wurde die Sache komplizierter; der Marquis entblößte sich plötzlich auch seinen Hintern vor unseren Augen und beschwor mich, bei dieser Gelegenheit doch gleichzeitig auch ein bißchen den Liebhaber mit ihm zu spielen, während ich die Frau seines Freundes abgab... Nun! Was glaubst du?... Ich behandelte dann auch wirklich gleichzeitig mit meinem Kolossalen den Marquis wie vorher Dolmancé, der mir jetzt zugleich in meinem Hintern hundertfach die Stöße wiedergab, mit denen ich unseren dritten Mann bearbeitete und überschüttete, und Dolmancé spritzte alsbald auch in das dunkelste, tiefste Innerste meines Hintern jenen entzückenden Balsam, mit dem ich fast im selben Augenblick wiederum den Arsch des Marquis überschwemmte!...

MADAME DE SAINT-ANGE: Verdammt noch mal!... Da mußt du doch ein ganz unbeschreibliches Vergnügen empfunden und gekostet haben, kleiner Bruder, als du dich so zwischen zwei Feuern befandest. Man sollte meinen, daß so etwas geradezu entzückend sein muß!...

CHEVALIER DE MIRVEL: Das ist es auch, mein Engel! Es ist der beste Platz. Aber was man auch immer dazu sagen und davon halten mag, alles dieses sind doch im Grunde genommen lediglich Extravaganzen, die ich nimmermehr den Wonnen, die ich in den Armen oder vielmehr zwischen den süßen, Wollust spendenden Schenkeln reizender Frauen empfinde, gleichstellen oder ihnen gar vorziehen möchte!...

MADAME DE SAINT-ANGE: Sehr gut gesagt, mein Herz, mein Liebling! Nun, um Dich für deine Gefälligkeit und Liebenswürdigkeit, mich mit deinem berühmten Freunde Monsieur Dolmancé näher bekannt zu machen, ein wenig zu belohnen, will ich deinen heißen Gelüsten ein blutjunges, noch vollkommen unschuldiges Mädchen überliefern, und zwar ein wahrhaft süßes, engelsgleiches Wesen und zugleich schön wie die Liebesgöttin selbst!

CHEVALIER DE MIRVEL: Was? Zugleich mit Dolmancé willst du heute auch noch ein süßes kleines Mädchen bei dir empfangen?

MADAME DE SAINT-ANGE: Ja! Es handelt sich um ihre Erziehung, richtiger ihre Spezialunterweisung in der Philosophie des geschlechtlichen Liebesgenusses oder vielmehr in der Theorie und Praxis der Liebe. Es ist ein junges Mädchen, das ich im letzten Herbste in der Pension kennengelernt habe, als mein Gatte, wie du weißt, über den Ozean schwamm, vielmehr über das große Wasser hinübersegelte. Dort in der Pension haben wir beide zwar nichts unternehmen können, wir wagten es auch nicht, denn gar zu viele Augen waren fortwährend auf uns gerichtet, aber wir versprachen es uns, sobald als möglich hier in meiner Villa ein freudiges und süßes Wiedersehen zu feiern. Ganz und gar von diesem Wunsche beseelt, ... habe ich, um zu diesem meinem Ziele zu gelangen, zuvörderst mit ihrer Familie nähere Bekanntschaft gemacht. Ihr Vater ist ein Libertin durch und durch, ein flotter Kerl, den ich übrigens bereits vollständig in meine Fesseln geschlagen habe!... Kurz, das reizende Mädchen kommt, ich erwarte sie heute und wir werden zwei ganze volle Tage miteinander zusammenbleiben;... ah! wie ich hoffe, zwei Tage der... Seligkeit!... Den größten Teil der für uns verfügbaren Zeit werde ich selbstverständlich auf die gründliche Spezialunterweisung dieser jungen Mädchenblüte in der Liebesphilosophie verwenden. Dolmancé und ich, wir werden zunächst in diesen schönen, jungen Kopf alle höheren theoretischen Grundprinzipien der geschlechtlichen Wollust einpflanzen; wir werden sie dabei mit unserem eigenen lodernden Liebesfeuer entflammen, mit unserer modernen Lebens- und Liebesphilosophie speisen und sättigen, und ihr alle unsere perversen Leidenschaften und Gelüste einzuflößen suchen. Und da wir hierfür doch nun einmal unbedingt die Praxis mit der Theorie verbinden müssen, und ich zugleich eine richtige Probearbeit vor meinen Augen wünsche, so habe ich Dich, lieber Bruder, dazu ausersehen, die Myrten Krytheras, Dolmancé die Rosen Sodoms zu pflücken oder vielmehr: du sollst ihre eigentliche Jungfernschaft von vorne, Dolmancé die ihrige von hinten haben. Ich selber werde hierbei ein doppeltes Vergnügen mit einem Schlage genießen, und zwar zunächst bei diesen Euren heldenhaften Attentaten als Zuschauerin, dann werde ich bei meinen gleichzeitigen Unterweisungen dieser anbetungswürdigen Unschuld, die ich ganz und gar in unsere Netze ziehen werde, meine eigene Wollust und Geilheit befriedigen! Nun, Chevalier! Ist dies nicht ein meinen Absichten und meiner Phantasie durchaus würdiges Vorhaben und Projekt?...

CHEVALIER DE MIRVEL: Allerdings! Dergleichen Dinge kann auch nur Deine Phantasie aushecken und ersinnen. Dieses Projekt ist geradezu göttlich, liebe Schwester, und ich verspreche dir feierlichst, die charmante Rolle, die du mir hierbei zuerteilt hast, con amore und, wie du sehen wirst, großartig auszuführen. Ah, Schelmin! Ich kann mir lebhaft denken, welch' ein Vergnügen du bei deinem Unterricht empfinden wirst; welch' ein Genuß es für dich sein wird, sie zu verführen und ganz und gar zu verderben, sowie in diesem jungen Herzen jegliches Samenkorn der Moral und Religion, die ihre bisherigen Erzieher und Lehrmeister in demselben gepflanzt haben, zu ersticken und mit der Wurzel auszureißen. In der Tat, all dieses ist zu durchtrieben für mich.

MADAME DE SAINT-ANGE: Eines ist sicher, daß ich es an nichts fehlen lassen werde, sie zu verführen, moralisch und geistig zu verderben und in ihrem Herzen alle einfältigen und falschen Sittengrundsätze, mit denen man sie bisher verwirrt und dumm gemacht hat, zu töten. Ich will sie in zwei Tageslektionen ebenso geil und ausschweifend... ebenso gottlos... ebenso verbrecherisch machen, wie ich selbst es bin. — Benachrichtige Dolmancé, setze ihn, sobald er hier ist, von allem genau in Kenntnis, damit das ganze Gift seiner perversen Anlagen und seiner Immoralität zugleich mit demjenigen, welches ich ihr einimpfen werde, in dieses junge Herz überströme und so in kürzester Zeit die gesamte Saat der Tugend, die sonst ohne uns in ihr keimen und gedeihen würde, mit Stumpf und Stiel ausgerottet werde.

CHEVALIER DE MIRVEL: Unmöglich hättest du einen besseren und geeigneteren Mann als Dolmancé für Deine Zwecke finden können. Seine Irreligiosität und Gottlosigkeit, seine unmenschlichen perversen Triebe und Gelüste fließen ihm bei seinen Unterweisungen gleichsam von seinen Lippen, wie einst die salbungsvollen mystischen Predigten des berühmten Erzbischofs von Cambrai seligen Angedenkens. Dolmancé ist einzigartig, das Non plus ultra der Verführer, der geistig und sittlich Perverseste und damit einer der gefährlichsten Menschen, den es auf Erden geben kann. Ah, meine Liebe, falls deine Schülerin nunmehr nur noch ihrem neuen Lehrmeister nachfolgt sowie seinen Weisungen in allen Stücken nachkommt, so garantiere ich sie Dir bald als ein vollkommen verdorbenes und verlorenes Schäflein!

MADAME DE SAINT-ANGE: Das wird sicherlich auch nicht lange dauern bei den vorzüglichen Anlagen, die ich bei dem Mädchen entdeckt habe!

CHEVALIER DE MIRVEL: Doch, sag' mal, liebe Schwester, fürchtest du denn nicht ein bißchen ihre Eltern? Wenn es nun diesem kleinen, jungen Mädchen einfiele zu plaudern, wenn sie wieder nach Hause kommt!...

MADAME DE SAINT-ANGE: Darüber sei nur gänzlich unbesorgt! Ich selbst habe, wie ich dir schon sagte, ihren Vater verführt... der ist ganz und gar mein! Soll ich es dir denn nochmals beichten, was ich ja schon vorhin angedeutet habe? Ich habe mich ihm ganz hingegeben, nur damit er ein Auge zudrücke. Er kennt zwar nicht meine speziellen Pläne und Absichten mit seiner Tochter, aber er wird es niemals wagen, sie zu ergründen, oder gar sie zu behindern, ihn habe ich in der Falle und halte ihn...

CHEVALIER DE MIRVEL: Deine Mittel sind in der Tat grandios!

MADAME DE SAINT-ANGE: Genau. Und sie müssen es auch sein, damit sie uns nicht im Stiche lassen!...

CHEVALIER DE MIRVEL: Ah!... Sehr gut! Nun sage mir mal, ich bitte dich, was und wer — ist eigentlich diese junge Person?

MADAME DE SAINT-ANGE: Sie heißt Eugénie und ist die Tochter eines gewissen Mistival, eines der reichsten Großkommissionäre der Hauptstadt im Alter von ungefähr sechsunddreißig Jahren, die Mutter ist etwa zweiunddreißig Jahre und das junge Mädchen ist fünfzehn Jahre alt. Mistival ist gerade so ein Libertin wie seine Frau eine Duckmäuserin, eine richtige Betschwester. — Was Eugénie betrifft, mein Lieber, so wäre es vergeblich, Dir dieses holde Kind, diesen Engel, ganz und gar zu schildern, das ginge über meine Kräfte, über mein Schilderungsvermögen überhaupt!... Möge es dir genügen und sei davon überzeugt, daß weder Du noch ich bis jetzt etwas Liebreizenderes auf der Welt als dieses Mädchen gesehen haben dürften.

CHEVALIER DE MIRVEL: Aber so skizziere mir doch wenigstens ihre Reize ein bißchen näher, — wenn du sie schon nicht naturgetreu zu schildern vermagst, damit ich doch wenigstens ungefähr weiß, mit was für einem netten Mädchen ich zu tun haben werde und meine Phantasie schon vorher mit dem Idol, auf dem ich opfern soll, erfüllen kann!

Madame de Saint-Ange: Nun wohl, mein Lieber!… Ihre schönen, langen, kastanienbraunen Haare sind so dicht, daß man sie kaum umfassen kann, und hängen aufgelöst bis über ihre runden, üppigen Hinterbacken herab. Ihr Teint ist blendend weiß und zart, ihr Näschen hat ein etwas kokettes, jedoch tadelloses Profil; ihre Augen sind schwarz wie Ebenholz, und von einem Feuer!… Ach, mein Lieber, es ist unmöglich, sich allzulange in diese Sterne zu vertiefen!… Du ahnst es nicht, wie sie mich, als Frau, bereits hingerissen hat!… Und erst die schönen Augenlider… die interessanten, reizenden, seidigen Augenwimpern, die dieselben umgeben… und ihr Augenaufschlag selbst!… Ah!… Ihr Mund ist sehr klein; ihre Zähne prächtig und alles dieses von einer Frische!… Einer ihrer besonderen Reize und Schönheiten ist auch ihr Hals, sowie der Ansatz ihres Köpfchens auf Hals und Schultern… und diese aristokratische, elegante Art, diese Noblesse, mit der sie das reizende Köpfchen zu wenden versteht!… Eugénie ist für ihr Alter, vielmehr ihre fünfzehn Lenze sehr groß und stark, man hält sie allgemein für eine Siebzehnjährige. Ihre Statur und ihr herrlicher Wuchs ist geradezu ein Modell, ein Ideal von Finesse und Eleganz. Und erst ihr Busen!… Ah!… Entzückend. Es ist der hübscheste der Welt. Kaum so groß, um sie mit der Hand zu umfassen, aber so zart, so frisch, so weiß! Dutzendmale habe ich meinen Kopf verloren, wenn ich sie küßte, … an ihnen saugte, … und wenn du gesehen hättest, wie sie selber sich unter meinen zärtlichen Liebkosungen erregt«, … wie mir ihre großen leuchtenden Augen den ganzen Zustand ihrer Seele getreulich widerspiegelten… Ach, mein Lieber! Ich weiß zwar bis jetzt nicht wie der Rest, wie ihre intimeren Reize und Schätze beschaffen sind, aber wenn man danach urteilen darf, was ich bis jetzt bereits von ihr kenne, so dürfte wohl der Götterwohnsitz Olymp schwerlich je eine größere Schönheit aufzuweisen haben!… Doch ich höre sie bereits kommen, … lasse uns allein, gehe durch den Garten, um ihr nicht zu begegnen, sei aber pünktlich zu unserem verabredeten Rendez-vous!

Chevalier de Mirvel: Nach dem Bilde, das du mir soeben

von ihr skizziert hast, kannst du bestimmt auf meine Pünktlichkeit rechnen! Oh!... Himmel!... Jetzt fortgehen... dich verlassen... in dem Zustande, in dem ich mich augenblicklich befinde!... Doch! Adieu denn!... Aber noch einen Kuß!... Einen einzigen Kuß nur, ... meine Schwester;... um mich, wenigstens bis dahin ein wenig zu beschwichtigen!... *(Sie küßt ihn und preßt dabei schnell noch ein wenig sein Riesenglied über seine stark gespannten Hosen. Der junge Mann verläßt sie dann eiligst.)*

Zweiter Dialog

MADAME DE SAINT-ANGE, EUGÉNIE

MADAME DE SAINT-ANGE: Ah!... Guten Tag, mein Liebling, meine süße, kleine Eugénie! Ich habe dich schon mit der größten Ungeduld erwartet, wie du sie leicht begreifen würdest, wenn du in meinen Herzen lesen könntest!...

EUGÉNIE: Ach meine liebe, teure Freundin, ich hatte schon geglaubt, daß ich gar nicht zu dir kommen könnte, und dabei hatte ich es doch so eilig, wieder einmal in deinen Armen zu liegen. Noch vor einer Stunde, bevor ich mich hierher zu dir begab, habe ich gefürchtet, daß es mit meinem dir versprochenen Besuche wohl nichts werden würde. Denke dir, meine Mutter war es, die gegen diesen Besuch ganz entschieden Einspruch erhoben hatte; sie behauptete, es sei für ein junges Mädchen in meinem Alter nicht schicklich, so allein von Hause fortzugehen. Doch mein Vater hatte sie vorgestern, meiner Meinung nach mit Fug und Recht, ein bißchen sehr schlecht behandelt, so daß ein einziger strafender Blick von ihm genügte, Madame de Mistival (meine Mutter), in ein Nichts zusammenschrumpfen zu lassen, so daß sie schließlich doch ihre Einwilligung gab, die mir mein Vater schon lange zuvor erteilt hatte. Nun, liebste Freundin, da bin ich!... Man hat mir sogar zwei Tage bewilligt, doch dein Wagen und eine deiner Kammerzofen muß mich bestimmt übermorgen wieder nach Hause bringen.

MADAME DE SAINT-ANGE: Wie gar zu kurz wird doch dieser Zeitraum für mich sein, mein süßer Engel! Kaum werde ich dir in dieser so kurzen Zeit alle meine innersten Gefühle ausdrücken können, die mich für dich beseligen... und im übrigen werden wir viel miteinander zu plaudern haben und miteinander zu tun bekommen! Du weißt doch, mein Liebling, daß ich dich jetzt bei unserem köstlichen und ungestörten Beisammensein in die geheimsten Mysterien der Venus einweihen will. Werden wir denn auch in zwei Tagen die hierfür genügende Zeit haben?!…

EUGÉNIE: Nun! Wenn ich bis dahin noch nicht alles kennengelernt habe, wonach ich mich so sehne, werde ich eben noch länger bei dir bleiben!… Ich bin doch zu dem Zwecke hierher gekommen, um mich gründlich von dir unterrichten zu lassen, und ich werde nicht eher von hier fortgehen, bevor ich nicht perfekt ausgebildet bin.

MADAME DE SAINT-ANGE: Oh! Meine Liebste! Was werden wir uns nicht alles Himmlisches gegenseitig anzuvertrauen haben! Was werden wir nicht gar Süßes in der Liebespraxis ausführen und unternehmen!… — Doch übrigens, möchtest du zu Mittag essen, meine Königin? Es wäre möglich, daß die heutige erste Lektion ein bißchen lange dauern und ermüdend sein wird!

EUGÉNIE: Ich stehe dir sogleich ganz und gar und mit Leib und Seele zur Verfügung, liebste Freundin, denn wir haben erst vor einer Stunde zu Hause gespeist; ich werde daher jetzt bis acht Uhr abends aushalten, ohne das geringste Bedürfnis zu verspüren!

MADAME DE SAINT-ANGE: Nun gut denn, mein Engel! Komme jetzt mit mir in mein Boudoir; wir können es uns dort bequemer machen. Ich habe mein Hauspersonal instruiert, sei versichert, daß man es sich nicht einfallen lassen wird, uns irgendwie zu stören.

(Sie gehen beide, zärtlich Arm in Arm, ins Boudoir.)

Dritter Dialog

Spielt in einem reizenden Boudoir der Madame de Saint-Ange
Madame de Saint-Ange, Eugénie, Dolmancé

Eugénie *(auf's höchste überrascht, in dem Boudoir bereits einen Mann anzutreffen, den sie dort keineswegs erwartet hatte)*: Oh Gott! meine liebe Freundin! Das ist ein... Verrat!

Madame de Saint-Ange *(ebenso überrascht)*: Ah!... Durch welchen Zufall kommen Sie denn jetzt schon hierher, mein Herr? Sie sollten doch, wie mir von meinem Bruder gesagt wurde, erst um vier Uhr eintreffen!...

Dolmancé *(galant)*: Dem Glück, Sie zu sehen, meine Gnädige, kann man nicht genug vorauseilen... Ich bin soeben Ihrem Herrn Bruder begegnet. Er selber hat meine Anwesenheit bei den Spezialunterweisungen, die Sie diesem Fräulein erteilen wollen, für notwendig und erwünscht befunden, er wußte, daß hier die Akademie für Ihre Unterrichtskurse sein würde, deshalb hat er mich heimlich hierhergeführt in der Annahme, daß Sie es nicht mißbilligen würden. Was meinen Freund, Ihren Herrn Bruder betrifft, so wird er, da er weiß, daß seine praktischen Demonstrationen erst nach unseren spezielleren theoretischen Unterweisungen notwendig sein werden, auch erst später erscheinen!

Madame de Saint-Ange: In der Tat, Dolmancé!... ein starkes Stück...

Eugénie: Bei welcher ich aber auch nicht gern die Düpierte sein möchte, meine liebe Freundin; das alles ist doch Dein Werk!... Zum mindesten hättet Ihr mich doch erst fragen müssen!... Du siehst, mich erfaßt jetzt eine derartige Furcht, eine Scham... die sich gewiß allen unseren schönen Plänen und Projekten entgegensetzen wird!...

MADAME DE SAINT-ANGE: Ich versichere dir's auf Ehre, Eugénie, daß die Idee dieser Überraschung allein von meinem Bruder stammt. — Aber was tut denn das schließlich, was erschreckt dich denn so dabei? Dolmancé, den ich als einen äußerst liebenswürdigen Menschen, als einen Gentleman kenne und zugleich als Autorität in der modernen Philosophie des Lebens und der Liebe, in die wir dich einweihen wollen, kann uns für unsere Absichten und Pläne nur außerordentlich nützlich sein. Was im Übrigen seine Diskretion betrifft, so verbürge ich mich für ihn ebenso wie für mich selbst. Befreunde dich, meine Liebe, daher lieber gleich ein bißchen mit unserem Weltmann, der wohl am ersten und besten imstande ist, mit mir gleichzeitig dich zu bilden und dich in der Laufbahn des Glücks, der Seligkeit und aller irdischen Wonnen, die wir zusammen miteinander genießen wollen, zu führen.

EUGÉNIE *(errötend)*: Oh! Ich weiß nicht... ich bin gleichwohl so... verwirrt!...

DOLMANCÉ: Ach was! Torheit!... Schöne Eugénie, machen Sie es sich doch zunächst einmal hier ein bißchen bequem... Schamhaftigkeit ist eine veraltete, lächerliche Tugend, über die Sie, ein mit so vielen jugendlichen und holdseligen Reizen ausgestattetes schönes Kind, sich doch vollständig hinwegsetzen sollten!

EUGÉNIE: Aber der Anstand!...

DOLMANCÉ: Noch ein vorsintflutlicher Begriff, mit dem heutzutage wenig Staat zu machen ist, er widerspricht auch ganz und gar der Natur!... *(Dolmancé erfaßt Eugénie, drückt sie in seine Arme und küßt sie leidenschaftlich.)*

EUGÉNIE *(sich wehrend)*: Nun, hören Sie aber auf, mein Herr!... Wahrhaftig! Sie besitzen gar sehr wenig Respekt!...

MADAME DE SAINT-ANGE: Eugénie! Glaub mir! Wir beide sollten es doch lieber unterlassen, mit diesem reizenden Manne noch weiter die Prüden zu spielen. Ich kenne ihn doch auch nicht gerade sehr viel länger als du; dennoch, schau mal zu, wie ich mich ihm gleichwohl hingebe!... *(Sie küßt Dolmancé mit leidenschaftlich-heißer Glut auf den Mund.)* Tu's mir nach!...

EUGÉNIE *(zögernd)*: Ah!... Ich würde es ja gerne. Gut ich will es versuchen! Von wem könnte ich es auch besser lernen, von wem könnte ich mir bessere Exempel geben lassen als von Euch! *(Sie gibt sich Dolmancé hin, der sie erneut mit geilen, glühenden Küssen bedeckt, dabei seine Zunge in ihrem Munde spielen und agieren läßt und an ihrer Zunge saugt.)*

DOLMANCÉ: Ah!... Ist das Mädchen ein liebenswürdiges reizendes süßes Geschöpf!...

MADAME DE SAINT-ANGE *(die inzwischen ebenfalls Eugénie, und zwar mit Dolmancé zugleich, geküßt hat)*: Meinst du, kleiner Schelm, daß ich nicht auch ein bißchen Vergnügen mit Dir haben möchte!? *(Dolmancé nimmt sie jetzt alle beide in seine Arme, küßt und züngelt sie eine gute Viertelstunde lang, während sich inzwischen die beiden miteinander saugen, züngeln und schnäbeln und ihm zugleich seine Schnäbeleien vergelten.)*

DOLMANCÉ: Ah! Ah!... Diese einleitenden Liebesspiele kann man sich wohl gefallen lassen!... Sie berauschen vor Wollust!... Doch, meine Damen, wollen Sie's mir glauben? Es ist außerordentlich heiß hier! Wollen wir es uns nicht lieber ein bißchen leichter machen und diese lästigen Kleider ablegen? Wir werden viel besser und ungenierter miteinander plaudern können!

MADAME DE SAINT-ANGE: Ich bin einverstanden. Ziehen wir doch diese, schon zu eben diesem Zwecke von mir bereit gehaltenen Gaze-Gewänder an, Eugénie! Sie werden unsere körperlichen Reize nur soweit verhüllen als es schicklich ist, sie vor etwaigen unlauteren Gelüsten dieses Herrn zu bergen.

EUGÉNIE: Wahrhaftig, meine Liebe, ihr laßt mich da nette Dinge machen!

MADAME DE SAINT-ANGE *(ihr beim Ausziehen ihrer Kleider behilflich)*: Aber doch auch sehr spaßige, nicht wahr?...

EUGÉNIE: Wenigstens sehr unanständige... in der Tat! Ah!... Und wie und wo du mich jetzt wieder küßt!...

MADAME DE SAINT-ANGE: Ah! Dieser schöne, reizende Busen! Ah, diese kleinen, niedlichen Brüste!... diese Wärzchen!... sie gleichen ja kaum aufgeblühten Rosenknöspchen!...

DOLMANCÉ *(Eugéniens Brüste betrachtend, ohne sie zu berüh-*

ren): Und wieviel andere… noch weit kostbarere Reize versprechen sie!…

MADAME DE SAINT-ANGE: Noch schätzbarere?!…

DOLMANCÉ: Oh ja! Auf Ehre! *(Indem er dies sagt, macht er Miene, Eugénie umzukehren, um ihren Hintern zu prüfen und zu bewundern.)*

EUGÉNIE: Oh nein, nein! Ich beschwöre Sie…

MADAME DE SAINT-ANGE: Nein! Dolmancé!… Ich will noch nicht, daß Sie ihn jetzt schon sehen, einen Gegenstand, dessen Macht auf Ihre Sinne gar zu sehr und zu stark einwirkt. Sie würden ja auch nicht, wenn Sie Eugéniens Ärschchen vorerst in Augenschein genommen haben, das für unsere anstehenden theoretischen Lektionen durchaus nötige kalte Blut bewahren. Wir bedürfen aber doch noch Ihres besonderen Spezialunterrichts in der Theorie des wahren Lebens- und Liebesgenusses; geben Sie uns diesen, und die Erstlinge, die Sie auf beziehungsweise in Eugéniens Hintern pflücken wollen, werden dann Ihre Belohnung bilden!…

DOLMANCÉ: Nun gut, so sei's denn! Aber, um diesem schönen, reizenden Kinde die ersten Lektionen in der geschlechtlichen Wollust und der höheren Kunst zu Lieben zu erteilen, dürfte es doch notwendig sein, daß Sie wenigstens, meine Gnädigste, die Gewogenheit haben, sich oder vielmehr Ihren reizenden Hintern dazu herzugeben!

MADAME DE SAINT-ANGE: Oh! Gern, sehr gern, mein Lieber! Nun!… Sehen Sie!… Ich bin mein Gaze-Gewand schon los, … bin jetzt völlig.… nackt!… Unterrichten Sie an mir, an meinem Hintern usw.… so viel Sie wollen!…

DOLMANCÉ: Ah! Dieser entzückende Körper!… Das ist ja die *Venus* selber, wie sie aus dem Meeresschaume geboren und entstiegen, umgeben von den Grazien!

EUGÉNIE: Oh! meine teure, süße Freundin, … welche himmlischen Reize!… Laß' sie mich doch ein bißchen mit meinen Küssen bedecken!… *(Sie tut es.)*

DOLMANCÉ: Welch' großartige Anlagen das Kind hat!… Ein

bißchen weniger Leidenschaftlichkeit und Hitze, süße kleine Eugénie! Ich möchte Sie, kraft meines Amtes als Ihr Lehrmeister, jetzt doch bitten, mir und meinen Unterricht auch ein wenig Aufmerksamkeit zu schenken!

EUGÉNIE: Gern, sehr gerne, ich höre… ich bin ganz Ohr!… Ach!… Wie ist sie doch so schön, … so rund, … so wonnig, … so frisch!… Ach! Wie ist sie doch so reizend, … so süß, … meine liebe, einzige, süße Freundin, nicht wahr, mein Herr?…

DOLMANCÉ: Ja!… sie ist schön… gewiß, … reizend, tadellos, hinreißend schön, aber ich bin überzeugt, daß auch Sie, Eugénie, ihr in dieser Beziehung in Nichts nachstehen. Also, hören Sie mich, schöne, kleine Schülerin und nehmen Sie sich in Acht, wenn Sie nicht aufmerksam und folgsam sind. Ich würde dann von den Rechten Gebrauch machen, die mir Titel und Würde als Ihr Lehrmeister im weitesten Sinne verleihen.

MADAME DE SAINT-ANGE: Oh ja, ja!… Dolmancé, ich gestatte Ihnen dies; ich überlassen sie Ihnen, Sie können sie tüchtig ausschelten, wenn sie nicht artig ist.

DOLMANCÉ: Ich würde mich in diesem Falle nicht nur allein ans Schelten halten!

EUGÉNIE: Oh! Heiliger!… Sie erschrecken mich ja!… Und was würden Sie denn mit mir noch weiter unternehmen, mein Herr?

DOLMANCÉ *(stammelnd und Eugénie auf den Mund küssend)*: Nun!… Prügel… würden Sie bekommen, Sie kleiner, holder Engel, und zwar würde Ihr kleiner, schöner Arsch für Ihre Unarten entgelten und büßen müssen. *(Er schlägt ihn ein wenig mit der Rechten über ihr zartes duftiges Gaze-Gewand, mit dem allein sie jetzt bekleidet ist, auf den Hintern.)*

MADAME DE SAINT-ANGE: Nun ja! Ich billige wohl die Drohung, noch nicht jedoch die Tat!… Doch fangen wir endlich einmal mit unseren Lektionen selbst an, oder die kurze Zeit, in der uns das Vergnügen vergönnt ist, mit unserer kleinen, süßen Eugénie zusammen zu sein, wird auf diese Weise mit leeren, zwecklosen Präliminarien und einleitenden Redensarten verstreichen und ihre Unterweisungen gleich Null werden!

Dolmancé *(indem er gleichzeitig alle Körperpartien, die er Eugénie vorführt, an Madame de Saint-Ange betastet und vorzeigt)*: Also gut… ich beginne jetzt!… Ich will nicht erst allzulange von diesen weißen, runden Fleischkügelchen sprechen, Sie wissen es ebensogut wie ich, Eugénie, daß man dieselben: Busen, Brüste, Titten nennt; sie sind von großem Wert, von sehr hoher Bedeutung bei dem eigentlichen Akte der Liebe. Der Liebende hat sie ja in den meisten Fällen stets vor Augen während seines Liebesrausches; er befühlt und betastet sie zärtlich, er streichelt und küßt und leckt sie, oder saugt sich auch an den kleinen Brust- oder Liebeswärzchen fest. Manche Liebhaber oder besondere Feinschmecker in der Liebeskunst verlegen sogar den Ort für ihre geilen Gelüste und Triebe auf diese Liebesäpfelchen selbst; sie bringen ihr Glied zwischen diese beiden rechten Venushügelchen, welche die Geliebte über dem männlichen Liebesszepter zusammendrückt und preßt, wonach der Liebende bald nach etlichen Stößen seinen ganzen Liebeslikör, jenen kostbaren Lebensbalsam, dessen Entleerung ja zugleich mit der allerhöchsten Wollust für ihn verbunden ist, zwischen denselben ausströmen läßt. — Aber wäre es nicht richtig und angebracht, Madame, über dieses männliche Glied, diesen Liebesszepter, über den ich fortwährend mit ihr diskutiere, unserer kleinen Schülerin lieber einen kleinen Anschauungsunterricht zu erteilen?…

Madame de Saint-Ange: Freilich!… Das glaube ich auch!…

Dolmancé: Nun wohl denn, meine Gnädigste, ich werde mich sogleich völlig meiner Kleider entledigen und mich auf dieses Kanapee ausstrecken. Sie selber setzen sich mir zur Seite, nehmen meinen Liebesspeer in Ihre reizenden Händchen und demonstrieren und erklären unserer jungen Schülerin gründlich seine Beschaffenheit, seine Eigentümlichkeit, seine Eigenschaften und seine Bedeutung, so!… *(Dolmancé plaziert sich, wie angegeben, mit seinem schon in stolzer Parade befindlichen Schwanze während Madame de Saint-Ange demonstriert.)*

Madame de Saint-Ange: Dieser große, herrliche Venus- oder Liebesszepter, den du jetzt vor deinen Augen hast, Eugénie, ist der erste, der Haupt- und Chefakteur bei allen Liebesspielen, man nennt ihn gewöhnlich Glied oder Schwanz... Es gibt keinen einzigen Teil, keinerlei Pforte oder Öffnung des weiblichen Körpers, in die er sich nicht gar zu gern hineinschlängelt. Den speziellen und diesbezüglichen Neigungen und Gelüsten seines Herrn stets gefügig, nistet und bettet er sich gewöhnlich da hinein *(sie berührt Eugéniens Vötzchen)*, da hinein ist, wie gesagt, seine gewöhnliche, seine alleröfteste und zugleich natürlichste Reiseroute! Aber nicht immer ist sie ihm gerade da am angenehmsten, er sucht sich dann einen viel mysteriöseren Tempel für seine Liebesandachten aus, und zwar ist es dann sehr oft hier, an oder vielmehr in diesem Orte *(sie öffnet hierbei ihre eigenen runden, üppigen Arschbacken und zeigt ihr Arschloch)*, in welchem der Gourmet die Freuden und Wonnen seines Liebesgenusses zu finden meint. Wir werden auf diesen Genuß — übrigens meiner Ansicht nach einer der köstlichsten — noch zurückkommen, meine Liebe! Vielfach dienen ihm, dem männlichen Liebesszepter auch der Mund, die Brüste, die Achselhöhlen, die Kniekehlen etc. als Altäre, auf denen er seinen Weihrauch streut und opfert. Gleich welcher der bevorzugte Ort es auch immer sei, man sieht ihn schließlich, nachdem er sich einige Zeit hindurch in seinem Unterschlupfe ziemlich stürmisch, aufgeregt und aufbrausend gezeigt hat, eine weiße, schleimige Flüssigkeit entleeren oder vielmehr ausspritzen, dessen Erguß den Mann in den höchsten Taumel der Wollust und Seligkeit versetzt und ihm die köstlichsten Wonnen verschafft, die er auf Erden zu genießen im Stande ist.

EUGÉNIE: Ah!... Ach wie gerne möchte ich diesen Lebensbalsam, diesen männlichen Likör fließen sehen!

MADAME DE SAINT-ANGE: Nun, das kannst Du ja!... Guck' mal her, das würde schon allein durch eine einfache Liebkosung und Reibung mit meiner Hand geschehen! Sieh' nur, wie der Schwanz sich jetzt immer mehr erregt, in dem Maße, wie ich ihn mit meinen Fingern sanft streichele. Diese willkürliche Erregung nennt man Erektion. Und die Bewegung heißt Masturbation, in der Sprache der Libertinage wichsen!...

EUGÉNIE: Ach, meine liebe Freundin! Laß' mich doch diesen schönen, herrlichen Liebesszepter bitte wichsen!...

DOLMANCÉ: Ich halte es nicht länger aus!... Oh ja, gewiß... Madame, lassen Sie es das Kind doch mal versuchen!... Diese reizende Unschuld bringt einem ja fast seinen Schwanz zum Bersten!...

MADAME DE SAINT-ANGE: Nein, nein! Ich kann diese Aufregungen vorläufig noch nicht zulassen! Dolmancé! Seien Sie doch vernünftig! Der Erguß Ihres Samens würde ganz unnützerweise die Aktion Ihrer Lebensgeister herabmindern und den Eifer Ihrer Darlegungen an unserer kleinen Schülerin Eugénie ungünstig beeinflussen!

EUGÉNIE *(inzwischen die Hoden Dolmancés mit ihren Fingern streichelnd)*: Ach, geliebte Freundin! Wie bin ich doch über deine Strenge betrübt, die du meinen so unschuldigen und natürlichen Gelüsten entgegensetzest!... Aber, sage doch mal, diese eiförmigen Kugeln hier, die ich ganz deutlich zwischen meinen Fingern fühle... wozu dienen und wie nennt man dieselben?...

MADAME DE SAINT-ANGE: Ihre technische oder vielmehr vulgäre Bezeichnung ist: Hoden, Eier, in der anatomischen Sprache nennt man sie: Testikel. Diese eiförmigen Kugeln bilden das Reservoir für den zeugenden und befruchtenden männlichen Samen, von dem ich ja schon vorhin gesprochen habe, und der Erguß eben dieser Samenflüssigkeit in die Gebärmutter der Frau ist es, der die weitere Fortpflanzung des menschlichen Geschlechts bewirkt. — Aber wollen wir uns nicht lieber über alle diese Details, die mehr mit der medizinischen Wissenschaft zu tun haben als mit dem eigentlichen Thema unserer Philosophie der sexuellen Wollust, ... hinwegsetzen? Übrigens, ein hübsches, junges Mädchen sollte sich stets mit der süßen Beschäftigung des Fickens oder Vögelns abgeben, niemals jedoch mit dem Kinder-Gebären. Laß uns also über alles, das was mit dem platten Mechanismus der Zeugung zusammenhängt, einfach zu unserer eigentlichen Tagesordnung übergehen, um uns hauptsächlich mit den libertinen Lüsten zu beschäftigen.

EUGÉNIE: Aber, liebste Freundin, wenn dieses enorme männliche Glied, das ich ja kaum mit meiner Hand ganz zu umfassen vermag, in ein so winzig kleines Loch wie das deines Hintern eindringt, und daß dies möglich, hast du ja vorhin versichert, — so muß das doch einer Frau einen ganz kolossalen Schmerz verursachen!

MADAME DE SAINT-ANGE: Nun ja, meine Liebe, gleichviel ob die Attacke eines steifen Schwanzes von vorn oder von hinten geschieht, empfindet jedes weibliche Wesen, das noch nicht daran gewöhnt ist, anfänglich mehr oder weniger Schmerzen dabei. Es hat der Natur gefallen, uns in dieser Beziehung nur durch Schmerzen zu den süßen Wonnen der Wollust gelangen zu lassen. Ist man erst einmal entjungfert und daran gewöhnt, so gleichet nichts den Wonnen und Genüssen, die man hierdurch kostet. Und die Wollust, die wir Frauen bei der Einführung eines Schwanzes in unseren Hintern verspüren, ist, wie du begreifen wirst, schon vom allgemeinen menschlichen Standpunkte aus unbestreitbar derjenigen vorzuziehen, die dieselbe in unserer Votze zu verschaffen vermag, denn wievielen Gefahren entziehen wir uns nicht hierdurch! Wir riskieren vor allen Dingen dabei weniger unsere Gesundheit, noch weniger aber die Schwangerschaft!... Doch ich will mich jetzt nicht des weiteren über die Freuden des Arschfickens auslassen, unser beider Lehrmeister hierin, Freund Dolmancé, wird sie Dir bald näher analysieren und dich, wie ich hoffe, durch die Verbindung seiner eigenen Praxis mit der Theorie davon überzeugen, daß du zunächst von allen sexuellen Genüssen diesen allein bevorzugen solltest.

DOLMANCÉ: Beschleunigen Sie bitte, Madame, endlich, ich beschwöre Sie!... Ihre handgreiflichen Demonstrationen an meinem... Freudenspender, ... sonst halte ich es jetzt nicht mehr länger aus, ... ich werde wider Ihren Willen spritzen, ... fertig werden, und dieses furchtbare Glied, erst in ein Nichts zusammengeschrumpft, würde doch für Ihre weiteren Lektionen nicht mehr viel dienen können.

EUGÉNIE: Wie?! Sein Steifschwanz würde in ein Nichts zurückversinken, seine ganze stolze Haltung verlieren, liebste, beste Freundin, wenn er diesen seinen Samen, von dem du vorhin sprachst, ausströmen ließe!... Oh! laß' mich ihn noch ein bißchen wichsen, mag er doch spritzen, damit ich sehe, wie er dann aussehen wird... Und dann! Ich würde doch ein gar so großes Vergnügen daran haben zuzusehen, wie er eigentlich spritzt!

MADAME DE SAINT-ANGE *(ein wenig eifersüchtig)*: Nein, nein!... Dolmancé! Stehen Sie jetzt bitte auf, denken Sie doch daran, daß nicht die Onanie sondern lediglich diese hintere Medaille *(sie zeigt dabei auf Eugéniens Hintern)* der Preis für Ihre Bemühungen sein soll, und daß ich Ihnen diesen Preis durchaus nicht eher bewilligen kann als bis Sie ihn verdient haben werden!

DOLMANCÉ: Gut! Ich bin zufrieden! Um jedoch unserer kleinen, lieben Eugénie gleichzeitig auch ein bißchen praktisch zu belehren, fänden Sie es da unpassend, meine Liebe, wenn Sie selber jetzt zum Beispiel das holde Kind vor meinen Augen ein bißchen wichsen oder vielmehr abkitzeln würden.

MADAME DE SAINT-ANGE: Gewiß nicht, mein Lieber, und ich werde dies mit größter Freude tun, als diese reizenden, kitzelnden Manipulationen uns bei unseren Lektionen nur von Nutzen sein können. Also, bitte, setze dich auf dieses Kanapee, mein süßer Schatz!

EUGÉNIE: Ach Gott! Welch eine reizende Nische! Aber wozu alle diese vielen Spiegel hier ringsherum?

MADAME DE SAINT-ANGE: Dieselben sollen dazu dienen, alle unsere mehr oder minder indezenten Positionen unserer körperlichen süßen Reize hundertfältig widerzuspiegeln und zugleich all denen, die sich auf dieser Ottomane den süßen Freuden der geschlechtlichen Wonnen hingeben, diese ihre wollüstigen Genüsse in allen möglichen lasziven Stellungen wiederzugeben und sie auf diese Weise ins Unbegrenzte zu erhöhen und zu potenzieren. Kein einziger Körperteil des einen der vögelnden Personen kann infolge der Reflektierung dieser vielen Spiegel dem anderen verborgen bleiben. Ja, alles muß sichtbar sein. Die Spiegel, soviele ihrer vorhanden sind, zeigen dem Liebespärchen ebendieselben und ebensoviel ähnlichen Pärchen und Liebesgruppen, die die Arten ihrer Vergnügungen nachahmen, und diese entzückenden lasziven Tableaux, an denen sich das Liebespärchen berauschen muß, dienen dazu, dessen eigene Geilheit noch zu erhöhen!...

EUGÉNIE: Ah! Welche großartige Erfindung!...

MADAME DE SAINT-ANGE: Dolmancé! Entkleiden Sie selbst das Opferlämmchen!

DOLMANCÉ: Nun, das dürfte ja nicht gerade zu schwierig werden, da ich ihr ja doch nur diesen duftigen Gaze-Schleier auszuziehen brauche, um ihre wonnigen Reize zu entblößen. *(Er zieht sie nackt aus und seine ersten gierigen Blicke richten sich sofort auf Eugéniens rundlichen Hintern.)* Ich bekomme es also doch endlich jetzt zu schauen, diesen göttlichen, bezaubernden Hintern, den ich so glühend verehre und anbete... Gottverdammt! Welch' herrliche Fülle und Rundung, welche Frische... welch' sammetweicher und seidiger Glanz... und bei alledem, welch kokette Eleganz... Habe ich doch in meinem ganzen Leben noch keinen prächtigeren und göttlicheren Mädchenarsch gesehen!

EUGÉNIE: Du alter Schelm, du Spitzbube! Wie sehr doch deine hauptsächlichsten und bevorzugtesten Huldigungen an meinem Hintern deine besonderen Hintergedanken, deine Hauptgelüste charakterisieren!

DOLMANCÉ: *Hintergedanken!* Sie meinen wohl meine Gedanken an Ihren Hintern! Nun ja! Kann es denn auf der Welt noch etwas Schöneres geben, als einen prächtigen Hintern? Wo gäbe es für die geile, brünstige Liebessehnsucht göttlichere Opferaltäre?... Ach, Eugénie! Himmlisches Mädchen! Laß' mich deinen göttergleichen, himmlischen Prachthintern mit meinen süßesten Küssen und Liebkosungen bedecken!... *(Er betrachtet und betastet und küßt und leckt Eugéniens Hintern leidenschaftlich.)*

MADAME DE SAINT-ANGE: Halt, halt! Dolmancé, Sie ungestümer Wüstling! Sie vergessen, daß Eugénie vorläufig noch mir ganz allein gehört, daß sie einstweilen lediglich die notwendigen theoretischen Unterweisungen von Ihnen erwartet und daß unsere Kleine, erst nachdem sie diesen Spezialunterricht bei Ihnen genossen haben wird, Ihnen als Preis und Belohnung hierfür ihren Arsch zur Opferung darbieten soll. Lassen Sie also, Eugéniens Hintern noch ein Weilchen ungeschoren und in Ruhe, oder Sie laden sonst meinen Zorn auf sich und bekommen es mit mir, mit meinem Hintern zu tun!

DOLMANCÉ: Ah, Schelmin! Das klingt ja fast wie Eifersucht! Nun gut denn, meine Liebe, so überlassen Sie mir denn doch den Ihrigen ein klein wenig, ich will gern auch ihm die gleichen Huldigungen darbringen. *(Er zieht Madames Gaze-Schleier von hinten in die Höhe und küßt und streichelt ihren Hintern gleich wie vorher den Hintern Eugéniens.)* Ah! Wie reizend und schön er ist, mein Engel... wie göttlich und entzückend ist auch er!... Lassen Sie mich doch Ihre beiden Prachärsche miteinander vergleichen... das ist Ganymed neben Venus. *(Er überhäuft nunmehr alle beiden Hintern mit seinen Küssen und Liebkosungen.)* Könnten Sie nicht, meine Gnädigste, um meinen Augen noch ein kleines Weilchen das entzückende Schauspiel solcher Schätze zu gönnen, unsere herzige Eugénie derart umschlingen, daß ich an Ihren beiden anbetungswürdigen Ärschen gleichzeitig meine Blicke weiden könnte!...

MADAME DE SAINT-ANGE: Großartige Idee!... Nun gut denn, mein Lieber! Gern... sehr gern!... Sehen Sie!... Sind Sie zufrieden?!... *(Sie umarmt und umschlingt Eugénie derart, daß ihre beiden Prachtärsche zur vollen Verfügung für Dolmancés Zärtlichkeiten stehen.)*

DOLMANCÉ: Ah!... Ausgezeichnet!... Sie können mir's ja gar nicht vorteilhafter und bequemer machen! So, so habe ich es mir schon lange ersehnt! Und nun bitte stellen Sie sich jetzt beide nebeneinander auf und bewegen Ihre beiden göttlichen Ärsche... so!... recht so!... Heben und senken Sie dieselben zugleich, in gleichem Tempo und taktmäßig, so!... mit Feuer, daß sie den Eindrücken folgen, die Ihnen die Lust eingibt. Gut so!... Vorzüglich!... Entzückend!... Wie sich hierbei zugleich die beiden

Venushügelchen da unten und die beiden... leicht geöffneten Vötzchen darunter aneinander reiben... wie geil, dieselben einander... zu küssen... einander... zu verschlingen... scheinen!

EUGÉNIE: Ah!... Ah!... Ah!... meine einzige, süße Freundin!... Was bereitest Du mir doch für ein himmlisches Vergnügen... Sage mir doch, Geliebte, wie nennt man das, was wir da soeben getan haben?

MADAME DE SAINT-ANGE: Es ist das auch eine Art des Onanierens, oder der Selbstbefriedigung zweier Frauen untereinander. Man nennt es einfach: Sich gegenseitig Vergnügen machen, oder Sich zu Zweien befriedigen. Laß uns die Plätze tauschen! So!... Nun schau mal her... hierher... zwischen meine Schenkel! Betrachte sie Dir mal etwas genauer meine sogenannte Votze... oder meine Punz, denn dieses sind die Bezeichnungen des Venustempels. Stecke mal deinen Finger... hinein! Ich will sie dir ein klein wenig weiter öffnen, diese Venus oder Liebesgrotte, damit du sie ganz genau befühlen kannst!... Ah!... So!... Recht so!... mein Liebling!... Ah!... Diese kleine hügelförmige Erhabenheit, die du wie eine Krone über meiner Liebesmuschel thronen siehst, nennt man: Venushügel. Er ist bei mir, wie du siehst, vollständig mit feinen Kräuselhärchen besetzt, bei dir noch nicht in demselben Maße, sondern nur ein kleiner Flaum. Er beginnt bei den jungen Mädchen gewöhnlich mit dem vierzehnten oder fünfzehnten Lebensjahre, wenn die Menstruation eintritt, sich mit Härchen, den sogenannten Schamhaaren zu garnieren, die sich dann bis auf den äußeren Rand der Schamlippen hin erstrecken. Und nun!... Der Hauptreiz dieses ganzen Wunders der Natur, dieses Zünglein hier..., das unterhalb des Venusberges, und zwar in dem oberen Winkel der Votze tief zwischen den großen Schamlippen, wie in einem Nestchen eingebettet ist... man nennt es: Kitzler, oder technisch: Klitoris. Da, da... in, an und auf ihm basiert und liegt der ganze und zugleich der höchste geschlechtliche Sinnenreiz des Weibes sowie gleichzeitig die extremste Sensibilität oder Reizempfindlichkeit in der ganzen weiblichen Geschlechtssphäre.

Man darf mich zum Beispiel da... ja da... mein Liebling, nicht lange berühren oder betasten, wenn man mich nicht alsbald... vor Wollust, ohnmächtig sehen will!... Versuche es doch mal... ein bißchen... Ah! Kleine Schelmin Eugénie! Wie gut, wie großartig du das machst!... Man möchte glauben, du hättest dich dein ganzes Leben lang mit gar nichts anderem und weiterem beschäftigt und abgegeben als mit Wichsen oder Kitzeln!... Ah!... Ah!... Halt ein!... Halt jetzt ein, bitte... Ich halte es jetzt nicht länger mehr aus!... Nein, nein mein Liebling, ich möchte mich noch nicht ganz hingeben!... Ah! Dolmancé!... Halten Sie mich zurück!... Unter den Zauberfingern dieses süßen Geschöpfs riskiere ich noch vollständig meinen Kopf zu verlieren!

DOLMANCÉ: Nun, wohl denn!... Um ihre Sinne ein wenig zu beruhigen, Madame, aber auch gleichzeitig ein bißchen zu variieren, so kitzeln Sie unsere kleine Eugénie zur Abwechslung selber doch ein bißchen! Sie regen sich selber dabei immerhin doch nicht so sehr auf, als es Eugénie tun wird!... Ja, ja! So!... So ist's recht... in dieser Stellung! Eugénie stehend, Sie, meine Liebe, kniefällig vor ihr. Auf diese Weise bekomme auch ich gleichzeitig meinen Teil, das heißt Eugéniens hübsches Ärschchen unter meine Hände und unter meine Zunge... Ich will es mit meinem Finger durchbohren und mit meiner Zunge kühlen und benetzen!... So ist's recht, liebe Eugénie, geben Sie sich jetzt uns beiden *(Madame und mir)* con amore hin, widmen Sie sich lediglich und gänzlich dem Vergnügen und den für Sie hieraus resultierenden, süßen Wonnen der geschlechtlichen Wollust, die Ihr einziger Gott auf Erden sein soll, und dem Wollustkitzel, dem ein jedes, hübsche Mädchen wie Sie es sind, stets Liebesopfer darbringen sollte!...

EUGÉNIE: Ah!... Ah! .... Ah!... Gibt es denn noch etwas... Entzückenderes... etwas Süßeres... auf der Welt, als was ich soeben fühle?!... Ich bin... ganz außer mir... ich weiß nicht mehr, was ich... sage... wie mir... ist... wie mir wird!... Welch himmlische Seligkeit und Wonne bemächtigt sich doch meiner Sinne!... Ah!...

DOLMANCÉ: Seh' doch mal Einer, wie rasch die kleine Schelmin fertig wird, ... ihr reizendes, kleines Arschloch umpreßt und umklammert währenddessen meinen Finger wie um ihn zu zerdrücken!... Ach!... Wie köstlich und wie herrlich wäre gerade dieser Augenblick dazu geeignet, ihren Arsch zu entjungfern!... *(Er erhebt sich von seinen Knien und versucht seinen inzwischen schon ganz steif gewordenen Schwanz in das jungfräuliche hintere Loch des jungen Mädchens hineinzustecken.)*

MADAME DE SAINT-ANGE: Halt, halt, ... mein lieber Dolmancé!... Nicht gar zu stürmisch!... Nur ein ganz klein wenig Geduld noch! Ja?... Lassen Sie uns doch noch ein bißchen unsere Unterweisungen mit diesem unvergleichlichen Engelsgeschöpfchen weiter fortsetzen!... Es ist doch so süß, dies Kind zu zu bilden!

DOLMANCÉ: Nun meinetwegen!... du möchtest wohl wissen, kleine Eugénie, was der vorhin von mir erwähnte Ausdruck: fertig werden bedeutet? — Nun! Er bezeichnet eben das End- oder Höchststadium des geschlechtlichen Genusses oder der vollkommenen geschlechtlichen Befriedigung. Man sagt deshalb statt fertig werden auch genießen, sowie ferner auch spritzen. Die Drüsen in der Umgebung des Kitzlers und der großen Schamlippen schwellen nämlich nach ihrer mehr oder minder starken Pollution infolge der geschlechtlichen Aufregung derart an, daß sie eine gewisse Flüssigkeit entleeren, deren Erguß dann das Weib, gleichwie den Mann, in den höchsten Wonne- und Wollusttaumel versetzt. Dies bezeichnet man also mit dem Ausdrucke: sich entladen. — Wenn unsere liebe Freundin damit einverstanden ist, werde ich es Dir an mir selbst demonstrieren, in welcher noch um vieles energischerer und stürmischerer Art und Weise sich der gleiche Akt beim Manne vollzieht!...

MADAME DE SAINT-ANGE: Warte noch einen Augenblick, Eugénie, mein Schatz! Ich will dir jetzt zunächst noch eine andere, bessere Weise, eine Frau oder ein junges Mädchen auf den Gipfel der höchsten Wollust zu versetzen, an dir selber zeigen!... Spreize deine Schenkel bitte etwas, ... bitte... ganz auseinander!...

so!... so ist's recht!... Dolmancé! Haben Sie schon jemals in ihrem Leben... dergleichen Schätze... vor Augen gehabt?... Doch... ja!... Sie interessieren sich im allgemeinen mehr für die hinteren Reize, nicht wahr?!... Nun!... Sie sehen, alter Freund, daß so wie ich sie jetzt plaziere, Ihnen Eugéniens Hintern geradezu zulächelt. Streicheln Sie ihn also denn auch, küssen und lecken Sie ihn nach Herzenslust; währenddessen will ich gleichzeitig meine Zunge über ihr süßes Vötzchen spazierengehen lassen insbesondere über dem Kitzler. Wir werden sie, wenn möglich, auf diese Weise mindestens drei- bis viermal hintereinander bis zur seligsten Ohnmacht fertig werden lassen. — Also!... Wohlan denn!... Zur Sache!... — Verdammt!... Hast Du ein reizendes Venushügelein, kleine Eugénie!... Wie liebe ich es doch, diese weichen, seidigen Härchen, diesen Seidenflaum zu küssen... darein zu beißen... oder zu knabbern!... Und erst dieser Kitzler!... Ja!... Er ist allerdings noch ein bißchen winzig, noch wenig ausgebildet... aber gleichwohl doch schon so lieblich anzuschauen, ... so kokett... und dabei so außerordentlich sensibel!... Ah!... Wie er sich aufregt... und fortwährend zusammenzuckt!... Ah!... — Laß' mich jetzt mal Dein kleines Vötzchen selber ein wenig auseinanderspreizen!... Ah!... Ja ja!... Du bist wahrhaftig noch Jungfrau!... Ah!...

Nun, schildere uns mal, mein Liebling, genau die Gefühle, die Du empfindest, wenn unsere beiden Zungen *(Dolmancés und meine)* mit einem Male zugleich in deine Liebesöffnungen eindringen. *(Man schreitet sogleich zur Ausführung.)*

EUGÉNIE: Ah!... Ach!... Meine geliebte Freundin!... Das ist zu entzückend... eine Empfindung, ein Gefühl... wie ich es zu beschreiben unmöglich im Stande bin!... Ebenso unmöglich wäre es mir zu sagen, welche von Euren beiden Zungen... mich mehr in Ekstase versetzt!...

DOLMANCÉ: Bei der Stellung, die ich augenblicklich einnehme, befindet sich mein Schwanz ganz im Bereiche Ihrer Hände, teuerste Madame! Bitte, seien Sie so gut, ihn ein bißchen abzuwichsen, und mich hierdurch gleichzeitig fertig werden zu lassen, während ich mich an diesem göttlichen Ärschchen festsauge... Sie selber, Madame, halten sich bitte mit Ihrer Zunge bei unserem Kinde nicht all zu lange in dem Vorhofe auf... ich meine, lecken und saugen Sie ihr nicht allein den Kitzler kaputt, sondern lassen Sie Ihre geile Zungenspitze auch ein bißchen tiefer bis zu ihrem Jungfernhäutchen verschwinden, wenn Sie schon nicht bis zu ihrer Gebärmutter gelangen dürften, da sie doch noch Jungfer ist. Das ist die allerbeste Methode, den balsamischen Erguß ihrer Liebessäfte zu beschleunigen.

EUGÉNIE *(in Wollustschauern erstarrend)*: Ah!... Ah!... Ich kann nicht mehr... ich... sterbe... Ah!... Doch, verlasset mich noch nicht, meine Freunde... denn ich werde ja... wirklich... ohnmächtig... vor Wonne!... *(Sie wird mitten zwischen ihren beiden Lehrmeistern fertig und benetzt dieselben mit den überströmenden Ergüssen ihrer Liebessäfte.)*

MADAME DE SAINT-ANGE: Nun! Meine Liebe... Wie findest Du dieses Vergnügen, das wir Dir soeben bereitet haben?

EUGÉNIE: Ah!... Ah!... meine Lieben!... Ich bin ja... tot, ... wie... erschlagen, ... ich bin ja ganz und gar... futsch!... Ah!...

Aber erläutert mir doch bitte zwei Worte, die Ihr vorhin erwähntet und die ich nicht verstanden habe, und zwar zunächst, was bedeutet das Wort Gebärmutter?

MADAME DE SAINT-ANGE: Man versteht darunter ein im Unterleibe der Frauen befindliches birnenförmiges Gefäß, dessen Hals sich beim Liebesakte dicht an die Spitze des Gliedes des Mannes anschmiegt und mit dem der Frau selbst entstammenden Liebessäften — aus ihren Scham- und Scheidendrüsen, sowie aus ihren Eierstöcken — den männlichen Samen aufnimmt, dessen Ausspritzen wir Dich gleich noch an Dolmancé sehen lassen wollen. Aus der Vereinigung der beiden vorgenannten Liebessäfte entsteht dann das Keimprodukt durch das das menschliche Geschlecht sich fortpflanzt und aus dem die Kinder, mal Knaben und mal Mädchen geboren werden.

EUGÉNIE: Ah!... Ich verstehe! Und diese Definition erklärt mir jetzt gleichzeitig auch das Wort Samen, das ich vorhin nicht verstanden habe... Nun, ist denn diese gleichzeitige Vereinigung der beiden Liebessäfte für die Entstehung und Bildung der Liebesfrucht oder des Kindes unbedingt notwendig?

MADAME DE SAINT-ANGE: Allerdings! Wenn man auch annehmen wollte, daß der Fötus seine Existenz lediglich dem Manne verdankt, so würde doch der männliche Samen allein ohne seine Vermischung mit dem weiblichen Liebessafte insbesondere dem weiblichen Ei nichts produzieren und erzeugen können. Indes, der gewöhnliche Liebessaft, den wir Frauen produzieren, nützt ebenfalls allein für sich nichts, noch für die Erzeugung des menschlichen Geschlechts, er hilft, er unterstützt sie lediglich. Mehrere moderne Naturwissenschaftler behaupten übrigens, daß unsere weiblichen Liebessäfte überhaupt unnütz seien, woraus die Moralisten, und zwar in diesem Falle auch mit hoher Wahrscheinlichkeit folgern wollen, daß deshalb auch das lediglich aus dem Blute des Vaters stammende Kind nun auch seine ganze Zärtlichkeit und Liebe dem Vater und nicht der Mutter zuwenden sollte. Diese Idee ist auch keineswegs von der Hand zu weisen, und mir selbst, obgleich ich Frau bin, fällt es gar nicht im Entferntesten ein, diese Theorie oder Idee zu bekämpfen,

EUGÉNIE: Ja, ja!... Ganz recht, meine Liebe! Ich selber fühle es und spüre es in meinem Herzen, daß das, was Du soeben sagst, vollkommen wahr ist, denn ich liebe und verehre meinen Vater geradezu abgöttisch, und ich fühle es, daß ich meine Mutter geradezu verabscheue!...

DOLMANCÉ: Diese Neigungen setzen mich nicht im geringsten in Erstaunen, meine liebe Eugénie. Ich selber habe ganz genau so getan und gedacht. Ich bin noch ganz untröstlich über den Tod meines Vaters und als ich meine Mutter verlor, da war ich geradezu außer mir vor Freude darüber. Ich habe sie von ganzem Herzen und mit ganzer Seele verabscheut!... Huldigen Sie ja und ohne jegliche Furcht diesen Gefühlen, liebe Eugénie, sie sind lediglich in der Natur begründet. Denn, da wir eigentlich einzig und allein, oder doch hauptsächlich aus dem Blute unserer Väter stammen, so schulden wir unseren Müttern gar nichts; denn diese haben sich ja meist gezwungen dem Akte des Liebesgenusses hingegeben, während der Vater ihn zumeist dringend gewünscht hat, der Vater hat also — nochmals gesagt — unsere Entstehung direkt gewünscht, während die Mutter sie lediglich in den bei weitem meisten Fällen ungern zugelassen und geduldet hat oder haben mag. Daher der Unterschied für das Gefühl.

MADAME DE SAINT-ANGE: Tausend andere Gründe sprechen jedoch auch noch zu Deinen Gunsten, Eugénie! Wenn es eine Mutter auf dieser Welt gibt, die man wahrhaft verabscheuen sollte, so ist es die Deinige. Als zänkisch-keifende Xanthippe, Abergläubige, Heilige oder Betschwester... und dabei von einer geradezu empörenden, verrückten Prüderie hat diese Scheinheilige in ihrem ganzen Leben, glaube ich, noch keinen einzigen Fehltritt begangen. Oh, mein Liebling! Wie verabscheue ich doch diese sogenannten tugendhaften Frauen!... Aber wir kommen noch später auf dieses Kapitel zurück!

DOLMANCÉ: Wäre es nicht nett und erwünscht, meine Liebe, wenn Ihnen Eugénie, jetzt unter meiner Direktive alle die süßen Wonnen, die Sie das Kind vorher haben kosten lassen, wiedervergelten würde. Ich meine, wenn Eugénie Sie jetzt vor meinen Augen ein bißchen abkitzeln würde.

MADAME DE SAINT-ANGE: Allerdings!... Sie haben ganz Recht, mein Freund! Und ich glaube, daß ihr das sehr nützlich sein würde. Nun! Zweifellos werden Sie aber doch wohl während dieser Operation meine Arschbacken zu Ihrer vollständigen Verfügung haben wollen, nicht wahr, mein lieber Dolmancé?...

DOLMANCÉ: Können Sie daran noch zweifeln, Madame?... Können Sie denn überhaupt ahnen, mit welchem Vergnügen und welcher Inbrunst ich denselben meine süßesten Huldigungen darbringen würde?

MADAME DE SAINT-ANGE *(ihm ihre vollen Arschbacken präsentierend)*: Nun!... Wie finden Sie ihn, gefällt er Ihnen ein bißchen?... Habe ich, auch die richtige Position für Sie?

DOLMANCÉ: Wunderbar! Großartige Position!... Die personifizierte Venus-Kallipygos!... Ich kann Ihnen auf diese Weise zugleich dieselben Dienste leisten, geliebte Freundin, wie vorhin unserer kleinen Eugénie, die sich ja so ganz außer sich, so selig dabei befunden hat! Nun, Eugénie, kleiner, süßer Schelm, plazieren Sie bitte jetzt Ihr Köpfchen... so, ... recht so... zwischen die Schenkel Ihrer Freundin und Geliebten, und trillern, ... lecken, ... saugen, ... mit einem Worte, vergelten Sie ihr mit ihrer Zunge dieselben süßen Wonnen, die Sie vorhin von ihr gekostet haben. — Doch! Wie nett sich Eure beiderseitige Positur eben macht?! Ich kann ja da jetzt gleich Eure beiden Ärsche mit einem Male in Besitz nehmen, und zwar den Eugéniens mit meinen Fingern manövrieren und ihn ganz sacht durchbohren, während ich mich hier an dem hinteren kleinen schwarzen Loche Madames festsauge, um ihr Rosenblätter darauf zu zaubern. Ha!... Reizend das!... Sehen Sie, meine Damen, wie schön... wie süß... wir's alle drei zusammen fertig bringen!...

MADAME DE SAINT-ANGE *(vor Wonne fast ohnmächtig werdend)*: Ah!... Ah!... Gottverdammt!... Ich sterbe... vor Wollust und Wonne!... Dolmancé!... Bitte, laß' mich doch von hinten Deinen herrlichen Schwanz anfassen und ein wenig drücken... während ich fertig werde!... Ah! Ja ja, ... ein klein wenig... zerdrücken, damit er mich jetzt auch noch mit seinem Liebesliköre überschwemme!... Eugénie!... Dolmancé!... Bitte, ... noch, ... noch, ... mehr, ... mehr! Ah!... Kitzelt... wichst... doch weiter, ... mehr, ... bitte!... Leckt, ... leckt, ... saugt doch beide weiter, ... mehr, ... feste!... — Ah!... Wie liebe ich es doch, die geile Hure zu spielen, wenn meine Votze, meine Liebesquelle mir so... übersprudelt wie jetzt und spritzt!... Ah!... Ah!... Doch nun Schluß!... Genug!... Ich kann nicht mehr!... Ihr beide habt mich ja geradezu... kaputt gemacht!... Ich glaube, ich habe in meinem ganzen Leben nicht eine solche Wollust gekostet!... Ah!... Ah!...

EUGÉNIE: Wie freue ich mich, dabei mitgeholfen zu haben!... Aber ein Wort, meine Geliebte, ein Ausdruck ist dir eben vorhin entschlüpft, den ich nicht verstanden habe. Was verstehst Du denn unter dem Ausdrucke Hure? Pardon, meine Liebe, du weißt doch, ... ich bin ja doch hier bei Euch, um zu lernen!...

MADAME DE SAINT-ANGE: Sehr wohl, mein Liebling!... Huren nennt man jene privilegierten Opferlämmer für die Lebemänner oder liebeslüsternen Wüstlinge, die stets und jederzeit sich ihnen hinzugeben bereit sind, und zwar entweder aus eigenem, inneren Antriebe zur Befriedigung ihrer Geilheit oder aus anderem, insbesondere: Geldinteressen. Immerhin sind es glückliche und achtungswürdige Geschöpfe, die zwar von der öffentlichen Meinung verdammt, von den Lebemännern jedoch in den Himmel gehoben zu werden pflegen, und die für die menschliche Gesellschaft entschieden viel nützlicher sind, als die prüden Frauen und Mädchen, zumal sie doch dabei den Mut haben, sich selbst und der Welt die Achtung, die ihnen die Gesellschaft ungerechterweise entzieht, zum Opfer zu bringen. Ein Hoch dafür ihnen allen, da dieser Titel Hure sie ja in ihren eigenen Augen nur ehrt, nur ehren kann und ehren muß! — Sind sie wahrhaft liebenswürdige und reizende Frauen, diese wollüstigen Vertreterinnen unseres Geschlechts und dabei die einzigen Liebesphilosophinnen!... Was mich betrifft, meine liebe Eugénie, die ich schon seit meinem zwölften Lebensjahre dahin arbeite, diesen Titel: Hure in allen Ehren zu verdienen, ich versichere es Dir, daß ich weit davon entfernt bin, mich eventuell darüber zu ärgern, wenn man mich so nennt, daß ich mich im Gegenteil darüber amüsiere und stolz darauf bin!... Ja, mehr noch!... Ich liebe es, geradezu gesagt, daß man mich so tituliert, wenn man mich vögelt... Diese Beleidigung erhitzt mir den Kopf.

EUGÉNIE: Oh! Ich begreife das vollkommen! Auch ich würde garnicht darüber ungehalten sein, wenn man mich einmal so titulieren würde, noch weniger darüber, diesen Titel auch wirklich zu verdienen!... — Aber, sag' mal, liebste Freundin!... Verbietet eigentlich nicht die Tugendlehre und die Moral alle diese schönen oder vielmehr eigentlich unschönen Dinge. Freveln wir denn nicht gegen diese Tugend, wenn wir uns... derart... betragen, wie wir es... vorhin... getan haben?...

DOLMANCÉ: Ach was! Pfeife doch lieber auf die sogenannte Tugend und Moral, meine liebe Eugénie! Gibt es denn überhaupt ein einziges der von uns ständig diesen falschen Götzenlehren dargebrachten Opfer, das nur einem einzigen Momente der Lust gleichkäme, die wir empfinden, wenn wir sie verletzen? Geh' doch!... Diese sogenannte Tugend ist weiter nichts als eine Chimäre, deren Kult oder Pflege lediglich in beständigen Selbstverleugnungen und Aufopferungen unserer Prinzipien, in zahllosen Revolten gegen unser Temperament und unsere ganze natürliche menschliche Veranlagung besteht. Können derartige Gefühlsduseleien überhaupt natürliche sein? Kann die Natur uns etwas anempfehlen, was ihren eigenen Prinzipien widerstrebt? Laß' Dich doch keineswegs von jenen Frauen, die man als tugendhaft, als Tugendideale bezeichnet, blenden, liebe Eugénie. Sie dienen, wenn Du so willst, nicht den gleichen Leidenschaften wie wir, doch sie haben andere andere, gewöhnlich viel schlimmere, wie zum Beispiel: ausgeprägtesten Ehrgeiz, übermäßigen Stolz und Eigenliebe oder egoistische Sonderinteressen und zuweilen sogar eine derartige, vollständige Gefühlsabstumpfung, daß sie eigentlich zu gar nichts auf der Welt tauglich zu sein scheinen. Kann man, ich frage Dich, von solchen tugendsamen Wesen oder vielmehr von solchen Scheinwesen reinster Tugendboldenhaftigkeit irgend etwas Großes oder Besonderes auf der Welt erwarten, da sie sich doch meist nur von ihrer Eigenleibe beherrschen lassen? Ist es besser, weiser und würdiger, dem schalen Egoismus zu frönen als — wie wir es tun — den Passionen? Ich glaube wohl, daß Letzteres vorzuziehen ist, da wir ja damit nur der Stimme der Natur Gehör geben, in der unsere Neigungen und Passionen nun einmal begründet sind, wogegen der Tugendbold allein und lediglich sich von seinen Vorurteilen, seiner Torheit und Borniertheit leiten läßt. — Ein einziger Tropfen des aus diesem meinem Schwanze verspritzten Liebeslikörs, Eugénie, ist entschieden viel kostbarer, als es die noch so sublimsten Akte einer verächtlichen, sogenannten Tugend sein können!...

(Da sich während dieser Diskussion die vorhin so stark erhitzten Sinne wieder ein wenig beruhigt haben, so haben sich die beiden Damen inzwischen wieder mit ihren durchsichtigen Gaze-

Négligés bekleidet und in nachlässiger halb liegender wollüstiger Pose auf das Kanapee ausgestreckt, während Dolmancé in einem Sessel dicht neben ihnen Platz nimmt.)

EUGÉNIE: Nun, Monsieur Dolmancé! Es gibt doch noch Tugenden anderer Art, zum Beispiel die einer wirklichen Frömmigkeit; was denken Sie denn darüber?

DOLMANCÉ... Ha! Was kann dies alles für eine Art von Tugend sein für den, der überhaupt nicht an Religion oder an Gott glaubt? Lassen Sie uns mal zusehen, überlegen Sie, liebe Eugénie; bezeichnen Sie mit dem Ausdruck Religion nicht speziell den Pakt, der den Menschen mit seinem Schöpfer und Gebieter verbindet und ihn dazu verpflichtet, ihm, diesem höherem Wesen durch einen besonderen Religionskultus seine Anerkennung und Verehrung dafür zu zollen, daß er ihn als Menschen erschaffen und ihm seine Existenz hienieden auf Erden verliehen hat?

EUGÉNIE: Allerdings, man könnte dies nicht besser und trefflicher definieren!

DOLMANCÉ: Nun wohl!... Wenn es jedoch als erwiesen gilt, daß der Mensch seine Existenz lediglich und ganz allein dem ewigen, ehernen, unveränderlichen Walten der Kräfte der Natur verdankt, daß, so alt die Welt ist und so lange dieselbe besteht, die Menschen ebenso wie die Tiere, die Pflanzen und die Mineralien, die sich im Innern der Erde befinden, lediglich ein für sie selbst, nämlich für unseren Planeten die Erde notwendiges Produkt der Natur sind, und alles, was auf Erden lebt und wirkt und existiert niemand anderem seine Existenz verdankt als eben der Natur selber; ich sage, wenn alles dieses unbestritten und erwiesen ist, glauben Sie dann noch, meine liebe Eugénie, daß eine sogenannte gottgläubige Frömmigkeit eine Art notwendiger menschlicher Tugend sei?

Ferner: Gott müßte fortwährend und ständig tätig sein und neu schaffen, was sie, die Natur, immer wieder zerstört und letztere — die Natur — deren ewige, unveränderliche Kraft und Tätigkeit wiederum in ihr selbst fundamentiert ist, würde sich demnach in einem beständigen Gegensatz und Zwiespalt sowie in immerwährender schärfster Opposition und Konkurrenz mit Gott selbst befinden. Nun würde man vielleicht behaupten: Gott und die Natur sind ein und dasselbe! Wäre das nicht eine weitere absolute Torheit und vollkommene Ungereimtheit? Das Werk kann doch nicht ein und dasselbe sein mit dem Meister, der es geschaffen. Die Natur kann daher ebensowenig Gott sein oder Gott gleich sein, wie beispielsweise die Taschenuhr dem Uhrmacher gleich ist, der sie geschaffen hat. Nun wohl, könnte man einwenden: die Natur ist nichts, es gibt überhaupt gar keine Natur, Gott allein ist alles in dem Universum! Wiederum purer Blödsinn. Es muß doch unbedingt zwei Dinge im Weltalle geben, und zwar die Schöpfung selber und den Schöpfer derselben oder des Weltalls! Nun, wer ist denn aber dieser Schöpfer des Alls? — Ja! darin liegt eben scheinbar die ganze eigentliche Schwierigkeit der Frage, die wir zu beantworten haben!

Wenn die Welt-Materie, wie es nach den Naturgesetzen, die uns zur Zeit noch unbekannt sind, feststeht und sicher ist, in ewiger, kontinuierlicher, gleichmäßiger Bewegung ist, also gewissermaßen ein Perpetuum mobile darstellt; wenn sie allein erwiesenermaßen Kraft ihrer Energie im Stande ist, alle körperlichen Wesen und Gebilde in dem ungeheueren weiten Weltenraum, alle Gestirne, deren Anblick uns so sehr bewältigt und deren unveränderliche gleichmäßige Bewegungen uns mit Bewunderung und Ehrfurcht erfüllen, zu erzeugen und zu erschaffen, sowie in ihrem konstanten, unabänderlichen Gleichgewichte zueinander zu erhalten, wozu, frage ich, haben wir da noch nötig, einen besonderen Schöpfer für alles dieses zu suchen oder einen solchen auch nur anzunehmen, da ja doch diese schöpferische Kraft sich essentiell in der Natur selbst findet, die eben nichts anderes ist als die Weltmaterie in Aktion!... Kann Euer frommer Glaube an ein höchstes Wesen, eine Gottheit nach alledem, was doch sicher und erwiesen ist, irgendwie plausibler werden? Ich glaube nicht, daß man mir das beweisen kann!... Für die Annahme, daß ich mich eventuell über diese in ihr selbst begründeten Fähigkeiten der Weltmaterie das ist der Natur, täuschen kann, liegt absolut kein einziger Grund vor. Womit wollt Ihr nun eigentlich die Existenz Gottes begründen? Nun, Ihr könntet ja vielleicht zehn Gründe für einem, und zwar immer einen mysteriöser und törichter als den anderen anführen!... Aber was für Gründe soll ich für die eine an sich schon mysteriöse Sache, die ich nicht verstehe, zulassen, bzw. für die andere noch mysteriösere Sache gelten lassen, die ich noch weniger verstehe? Sollten es vielleicht die Dogmen der christlichen Kirche und Religion sein, die uns die Existenz Gottes, als des höchsten Wesens beweisen sollen? Nun, laßt uns ein wenig sehen, wie die Kirche und die Bibel ihn uns tatsächlich schildert!... Was sehe ich danach in der Gottheit, dem höchsten Wesen unseres Religionskultus anderes als ein unkonsequentes Wesen, das heute, wie wir beispielsweise annehmen wollen, die Welt und die Menschen in ihr geschaffen und dem es morgen schon leid tut sie, die Welt und die Menschen gerade so fehlerhaft und so lasterhaft geschaffen zu haben.

Nun, werdet Ihr vielleicht einwenden: Ja! Wenn Gott die Menschen absolut vollkommen und ohne jegliche Fehler, ohne jegliche Schuld und Sünde geschaffen hätte, so würde doch der Mensch auch keinerlei Verdienste hienieden ihm Gott gegenüber haben können!... Welch ungeheurer-platter Blödsinn ist dies wiederum? Wozu braucht denn der Mensch überhaupt irgend welche Verdienste gegenüber Gott?

Hätte Gott ihn eben gut, vollkommen und sündenrein geschaffen, so hätte der Mensch überhaupt nie etwas Schlechtes begehen können und damit allein wäre er zugleich ein gottwürdiges Geschöpf geworden. Wenn man ihm, dem Menschen, jedoch geradezu die Wahl zwischen Gutem und Bösem läßt, bringt man ihn in Versuchung!... Nun, meint Ihr vielleicht, Gott in seiner unendlichen Weisheit, in seinen unfaßbaren, unermeßlichen Ratschlüssen hat wohl gewußt und erwartet, was aus diesem Zwiespalt, aus der Versuchung des Menschen zum Guten oder zum Bösen für ihn resultieren werde. Sehr gut! Dann hat er den Menschen, wie er einmal ist, ja nur lediglich als Spielball seines höchsteigenen Vergnügens und seiner Laune geschaffen.

Unser großer Dichter Voltaire hat den ganzen Kirchenrummel und Religionskultus niemals mit anderen Waffen als mit denen des Spottes behandelt oder vielmehr gegeißelt, und er ist denn auch von allen Gelehrten und Schriftstellern derjenige, der sich rühmen kann, durch seine Schriften die allermeisten Proselyten oder Ketzer und Abtrünnige gemacht zu haben. — Mit einem Worte, meine liebe Eugénie, dies also ist die ganze Geschichte oder vielmehr die Philosophie von Gott oder dem höchsten Wesen im Weltalle und von der sogenannten Religion, wie ich sie Ihnen hiermit erläutern wollte. Sehen und erwägen Sie alle diese unumstößlichen Dinge und Tatsachen, die ich Ihnen soeben vorgetragen habe und würdigen Sie sie, liebe Eugénie, fortan auch nach ihrem inneren wirklichen Werte!...

EUGÉNIE *(in höchster Gemütserregung)*: Meine Entschlüsse, sie sind jetzt vollständig gereift und gefaßt; auch ich sehe jetzt alle die Religionsschwärmereien als einen Gegenstand der Unwissenheit an.

MADAME DE SAINT-ANGE: Schwöre mir, meine Liebe, von jetzt ab nichts mehr zu glauben, dich nie mehr in Deinen Gedanken und in Deinem Herzen damit zu beschäftigen und nie, so lange Du lebst, diesem Schwure untreu zu werden!...

EUGÉNIE *(sich an den Busen Madame de Saint-Anges werfend)*: O ja!... Ja!... Gern!... Ich schwöre Dir diesen Eid in deinen Armen! Kann ich doch einsehen und leicht begreifen, daß das, was Du da von mir verlangst, nur zu meinem Besten dient, daß Du es doch im Grunde genommen nur gut mit mir meinst und nicht willst, daß derartige Gedanken fernerhin meine Ruhe stören.

MADAME DE SAINT-ANGE: Könnte ich denn überhaupt irgend welche anderen Motive hierfür haben, mein Engel?

EUGÉNIE: Indes, beste Freundin!... Monsieur Dolmancé hat uns, wie mir deucht, vorhin eine allgemeine Analyse der Tugend- und Moralphilosophie gegeben, die uns schließlich zur Erörterung und Analyse der Religion geführt hat. Kommen wir doch auf den ersten Punkt zurück. Sollte es nicht in diesen Religionslehren, so töricht und lächerlich sie auch an sich sein mögen, einige speziellere Tugendvorschriften geben, deren Erfüllung uns befriedigen und glücklich machen kann?

DOLMANCÉ: Nun wohl! Lassen Sie uns dieselben ein wenig näher prüfen! Wäre es vielleicht die Keuschheit, meine liebe Eugénie, die Ihre feurigen Augen doch zunichte machen, obgleich Ihr ganzer Körper, Ihr ganzes Wesen das reine Spiegelbild der Keuschheit ist? Würden Sie sich etwa verpflichtet fühlen, alle Regungen Ihres Herzens, Ihrer Natur oder Ihres Fleisches und Ihrer Lüste lediglich aus Keuschheit zu bekämpfen und auf sie zu verzichten, würden Sie ihr der Keuschheit wirklich alle diese instinktiven und mächtigen Regungen opfern für das lächerliche, zweifelhafte Glück, niemals eine menschliche Schwäche zu besitzen, die gegen die Keuschheit verstoßen könnte? Seien Sie ganz aufrichtig und antworten Sie mir, meine schöne Freundin, glauben Sie in dieser gleichzeitig absurden und gefährlichen Sitten- oder Seelenreinheit das Vergnügen und alle die irdische Seligkeit zu empfinden, die Ihnen die Wonnen des Lasters spenden?

EUGÉNIE: Nein nein, wahrhaftig nicht!... Ich will von der Keuschheit überhaupt nichts wissen, ich fühle und verspüre nicht die allermindeste Regung oder Neigung in meiner Seele keusch zu sein, sondern im Gegenteile sogar die allergrößten Anlagen zur Unkeuschheit! — Aber, sagen Sie, lieber Dolmancé! Befriedigen und machen denn nicht die Wohltätigkeit und die werktätige Nächstenliebe das ganze Seelenglück mancher zartbesaiteten, guten Menschen aus?!

DOLMANCÉ: Weisen wir doch weit, weit von uns alle derartigen Tugenden oder Seelenregungen zurück, liebe Eugénie, die nur Undank hervorrufen. Täuschen wir uns ja nicht über diesen Punkt, mein reizendes Kind! Die Wohltätigkeit ist viel mehr eine Untugend oder ein Laster des Stolzes als eine wirkliche Tugend; denn lediglich aus Angeberei ist man gegen seine Mitmenschen wohltätig, niemals aus dem inneren Drange danach, ein gutes Werk zu begehen. Man würde sehr ungehalten und ärgerlich darüber sein, wenn die Almosen, die man verteilt, nicht in der breitesten Öffentlichkeit gepriesen würden. Bilden Sie sich aber auch nicht ein, liebe Eugénie, daß diese guten Werke der öffentlichen Wohltätigkeit immer die guten Wirkungen und Erfolge haben, die man von ihnen annimmt. Im Gegenteil, ich halte sie geradezu für töricht und gefährlich, denn sie gewöhnen schließlich die Bedürftigen und Notleidenden an die Bettelei; sie verwöhnen ihn durch die ihm auf diese Weise mühelos in den Schoß fallenden Unterstützungen, sie verschlechtern geradezu seinen Charakter und lähmen seine Lebensenergie. Er arbeitet nicht mehr, der Bedürftige, wenn er sieht, daß er auch ohne zu arbeiten gut leben kann, und er wird, wenn ihm diese Unterstützungen ferner fehlen zum gemeinen Diebe oder zum Raubmörder. Ich höre doch überall von den Recherchen nach den Mitteln, die Bettelei zu unterdrücken, und gleichwohl tut man trotz alledem weiter nichts als diese Bettelei noch zu vermehren und immer schlimmer einreißen zu lassen. Wollen Sie zur Sommerszeit keine Fliegen in Ihrem Zimmer haben, nun, so streuen Sie ihnen doch keinen Zucker, um sie dadurch anzulocken!... Wollen Sie keine Armenin Frankreich haben, nun, so geben Sie ihnen auch keine Almosen!... Man unterdrücke und zerstöre vor allem aber auch alle Zufluchtsorte, alle Herbergen und Asyle für Bettler und Notleidende. Die in der Armut und Not geborenen und auferzogenen Individuen werden dann, wenn sie sich dieser gefährlichen Zufluchtsorte, sowie jeglicher Unterstützungen bar und beraubt sehen, allen ihren Mut, alle ihre Mittel und Kräfte, die sie von der Natur erhalten haben, ansopornen und einsetzen, um sich aus dieser Misere, in der sie geboren und aufgewachsen sind, auf- und emporzuraffen; das kann und wird ihnen nur nützen! Man zerstöre und vernichte einer auch ohne jegliches Erbarmen jene verabscheuenswerten Findelhäuser, in denen man schamloserweise und heimlich die Früchte seiner galanten Hurereien unterbringen kann, diese fürchterlichen entsetzlichen Kloaken, die zugleich tagtäglich die ekelhaften Kreaturen oder den Nachwuchs jener Banditen ausspeien, die für ihren Lebensunterhalt doch lediglich auf Eure gefüllten Börsen spekulieren, auf diese allein ihre ganzen Hoffnungen setzen! Wozu dient es, frage ich, daß man derartige Individuen mit derartiger Sorgfalt hegt und pflegt und großzieht? Befürchtet man etwa, daß unser Vaterland sich entvölkern werde? Ah!... Habt doch davor keine Bange!

Einer der allerschlimmsten Fehler dieser Regierung, der nicht wett- und gut zu machen ist, besteht in der allzugroßen Bevölkerungszahl, — denn es steht ja keineswegs fest, sondern das Gegenteil ist Tatsache, daß derartige überzählige, sowie eine zu zahlreiche Bevölkerung überhaupt ein großer Segen für die einzelne Staaten sein können. Dieser Überschuß bzw. diese überflüssigen, überzähligen Elemente sind gerade wie die parasitären Äste und Zweige eines Baumes, die nur auf Kosten des ganzen Stammes leben und existieren und letztere schließlich ganz eingehen, absterben lassen. Gedenken Sie doch der Tatsache, daß allemal, wenn die Bevölkerung irgend eines Staates größer ist als seine eigenen Existenzmittel dieser Staat zu Grunde geht. Sehen Sie sich mal daraufhin unser eigenes Vaterland, Frankreich an und Sie werden begreifen, daß es auch mit uns bald soweit kommen wird. — Was folgt nun aber daraus? Nun, das ist doch leicht zu begreifen!... Das Musterland China kann uns allein in dieser Beziehung als ein leuchtendes Exempel gelten. Die Chinesen sind vernünftiger als wir, sie hüten sich wohl, ihr Land durch eine übermäßige, allzu große Bevölkerungszunahme zu schädigen und direkt oder indirekt zu schwächen. Sie kennen daher keine Findelhäuser für die unehelichen und unlauteren Sproßen ihrer wollüstigen, galanten Orgien und Hurereien, sondern entledigen sich dieses lästigen Nachwuchses ganz einfach wie man sich etwa durch Erbrechen der Folgen eines überladenen Magens entledigt, d.h., kurz gesagt: sie ersäufen diese Kinder ganz einfach in dem nächsten besten Flusse gleichwie lästige, überzählige junge Hunde. Dort in China gibt es aber auch keine Häuser oder Asyle für die Armut, man kennt dort überhaupt so etwas gar nicht. Dort lebt die ganze Welt glücklich und zufrieden, denn es gibt dort bei ihrer allgemeinen Bedürfnislosigkeit ja überhaupt gar keine armen Leute. und Jeder kann dort gleich Nero fragen: *Quid est pauper*?

EUGÉNIE *(zu Madame de Saint-Ange)*: Weißt Du, liebste Freundin, mein Vater denkt und handelt in dieser Beziehung gerade so wie Dolmancé. In seinem ganzen Leben, sagt er, habe er noch keine gute Tat, kein wohltätiges Werk auf seinem Gewissen gehabt und fortwährend schilt er meine Mutter wegen der großen Summen, die sie auf den Altären der sogenannten Wohltatigkeit opfert und vergeudet. Sie ist Vorsitzende des Klubs für junge, verlassene Mütter, Mitglied verschiedener philanthropischer Vereine und Genossenschaften und ich weiß nicht welcher Dutzend anderer humanitären Gesellschaften gewesen, sie ist jetzt auf sein Geheiß aus allen diesen Klubs ausgetreten. Er hat sie dazu gezwungen mit der Drohung, ihr Wirtschafts- und Nadelgeld auf das alleräußerste zu beschränken, falls es ihr einfallen sollte, noch einmal auf derartige ähnliche Dummheiten zu verfallen!…

MADAME DE SAINT-ANGE: Es gibt in der Tat nichts Lächerlicheres und zugleich Gefährlicheres als diese sogenannten Wohltätigkeitsklubs, liebe Eugénie; ihnen, ferner allen Wohltätigkeitsanstalten, Asylen, Krippen, Findelhäusern, Armenhäusern u.s.w. verdanken wir allen Jammer, all' das ungeheuerliche Elend, das wir jetzt so vielfach bei unseren Mitmenschen schauen können. — Gib Du daher niemals irgend jemandem einen Almosen, meine Liebe, versprich es mir!…

EUGÉNIE: Du kannst darüber ganz unbesorgt sein! Schon lange hat mein Vater gerade eben dasselbe von mir verlangt, und das Wohltun an sich reizt mich gar zu wenig, um diesen seinen Befehlen, ferner Deinem Wunsche, sowie meinen eigenen diesbezüglichen Herzensregungen zuwider zu handeln!

DOLMANCÉ: Recht so! Lassen wir uns nicht gar zu sehr von diesen unseren Herzensregungen für das Wohltun oder die Nächstenliebe, die uns mehr oder weniger von der Natur in unseren Herzen eingepflanzt, hinreißen. Was scheren mich die Leiden anderer? Habe ich nicht genug mit meinen eigenen zu tun, daß ich mich noch über diejenigen fremder Leute bekümmern oder betrüben sollte? Folgen wir lieber unseren Sinnesregungen, die ausschließlich auf unsere Vergnügungen und Genüsse hinzielen, gehorchen und allein dieser Stimme unseres Herzens und lassen wir alle übrigen edlen Regungen gänzlich aus dem Spiele. Freilich resultiert hieraus, ich meine aus diesem Zustande unserer Seele, immerhin eine gewisse Art von Grausamkeit, oder von Schlechtigkeit, die jedoch auch nicht immer ohne Süßigkeit und ohne Wonne ist. Man kann ja zwar nicht immer nur das Böse tun, aber wenn man das eben nicht kann, so laßt uns wenigstens das Vergnügen und die Lust, die wir bei Ausübung einer schlechten Tat empfinden, durch die kleine pikante Genugtuung kompensieren, absichtlich niemals eine gute Tat zu vollbringen!...

EUGÉNIE: Ah!... Herr des Himmels! Wie mich Eure Lehren doch entflammen und begeistern... Ich glaube wohl, daß man mich jetzt eher töten könnte, als von mir jemals eine gute Tat zu erwarten!...

MADAME DE SAINT-ANGE: Nun, und wenn man dich jetzt alsbald auf die Probe stellen würde, wärest du sofort bereit, eine solche schlechte Tat auch wirklich auszuführen?...

EUGÉNIE: Schweig' Verführerin!... Ich werde Dir darauf nicht eher antworten, als bis du meinen Unterricht hierin vollständig abgeschlossen hast! Es scheint mir übrigens, Dolmancé, daß nach alledem, was Sie uns hier auseinandergesetzt haben, nichts auf Erden gleichgültiger sei, als gut oder böse zu handeln, lediglich unser Temperament, unsere Charaktereigentümlichkeiten und Neigungen müßten dabei mitspielen und mitwirken!...

DOLMANCÉ: Ganz gewiß, liebe Eugénie! Die Ausdrücke: Tugend und Laster geben uns ja doch nur ganz vage, abstrakte, lokale Spezialbegriffe. Es gibt absolut keine Tat oder Handlung, sei sie noch so absonderlich, so schlecht, so verworfen, die wahrhaft verbrecherisch und lasterhaft wäre, ebenso wie keine edle Handlung oder Aktion, die man wirklich und wahrhaft tugendhaft bezeichnen könnte. Je nach den Sitten und Gewohnheiten der Menschen, je nach dem Klima und dem Erdteile, den sie bewohnen, nennt man hier vielfach Laster und Verbrechen, was einige 100 Meilen weiter vielleicht als eine große Tugend gilt, und das, was in der anderen Welthemisphäre schon als Verbrechen und Laster gilt, kann bei uns wiederum die höchste Tugend und Moral darstellen. Denn es gibt ja überhaupt kein Laster, kein Verbrechen, das sich nicht von irgend einem Gesichtspunkte aus beschönigen und rechtfertigen ließe, und ebensowenig gibt es keine Tugend, die sich nicht von irgend einem Standpunkt aus verurteilen und verdammen ließe. Aus diesen rein geographisch unterschiedlichen Begriffen von Tugend und Laster ergibt sich, daß wir ebenso die Ehre und Achtung wie die Verachtung, die wir uns etwa bei unseren Mitmenschen zuziehen, nicht so sehr auf die Waagschale legen oder uns zu sehr zu Herzen nehmen sollen, denn es sind ja meist doch nur lächerliche und frivole Urteile, die unsere Mitmenschen über unsere Tugenden oder Laster fällen und über die wir uns gleich wie über ihre etwaige Verachtung mit aller Gemütsruhe hinwegsetzen können, wofern nur für uns ein wenig Vergnügen und Hochgenuß oder Lust und Wonne aus diesen unseren lasterhaften und verbrecherischen Handlungen resultiert!

EUGÉNIE: Es muß doch auch, wie ich glaube, gewisse an sich sehr schlechte, gefährliche und lasterhafte Handlungen geben, die allgemein und überall, und zwar von einem Weltenende bis zu dem anderen in gleicher Weise als Verbrechen angesehen verurteilt und bestraft werden?

MADAME DE SAINT-ANGE: Keine einzige, absolut keine einzige, meine Liebe; und zwar nicht einmal der Diebstahl und der Raub, ja nicht einmal die Blutschande, der Mord, der Raubmord oder selbst der Vater- oder Elternmord.

EUGÉNIE: Was?!... Selbst derartige furchtbare Verbrechen und Scheußlichkeiten werden irgendwo entschuldigt oder gar verziehen?

DOLMANCÉ: Allerdings!... Sie werden sogar gelobt, gepriesen und als außerordentliche und exquisite Groß- und Heldentaten verherrlicht, während wiederum an anderen Orten die wohlwollendste Menschenfreundlichkeit, die Nächstenliebe, die Wohltätigkeit, die Unschuld, die Keuschheit und alle anderen sonstigen sogenannten Tugenden geradezu als Laster und Verbrechen, als Scheußlichkeiten und Monstrositäten angesehen werden. —

Doch wir kommen auf diesen Gegenstand noch späterhin wieder zurück!...

EUGÉNIE: Ich bitte Euch, meine Lieben, mir alles dieses doch ein bißchen näher zu erklären; und zwar möchte ich zunächst um eine kurze Analyse eines jeden dieser sogenannten Verbrechen bitten, vorerst aber eventuell um Eure Ansichten über die Libertinage der jungen Mädchen, sowie als dann über den sogenannten Ehebruch der Frauen!

MADAME DE SAINT-ANGE: Nun gut denn, höre also meine Meinung über diese beiden Punkte, meine liebe Eugénie! Es ist geradezu absurd zu verlangen, daß, sobald oder von dem Tage an, da das kleine Mädchen als Kind aus dem Mutterschoße an das Licht der Welt gelangt ist, es nunmehr als völlig wunsch- und willenloses Opferlamm der Willkür und dem Despotismus seiner Eltern und seiner Familie preisgegeben sein und dies bis zu seinem letzten Atemzuge bleiben solle. Es sollte dergleichen doch nicht mehr in einem Jahrhunderte vorkommen, in dem die Verkündigung der Menschenrechte mit so großem Applomb wie bei uns in Szene gesetzt wird, daß man die jungen Mädchen lediglich als Sklavinnen ihrer Familien ansieht; zumal es doch feststeht, daß diese Macht und Gewalt der Eltern und der Familie ihren Kindern und insbesondere den jungen Mädchen gegenüber absolut chimärisch ist. Hören wir doch auf die Stimme der Natur bei diesem so interessanten, heikelen Gegenstande, vergegenwärtigen wir uns mal einen Augenblick das Beispiel der Tiere, die doch den Naturgesetzen weit mehr wie wir unterworfen sind und die denselben weit näher stehen als wir Menschen. Erstrecken sich die elterlichen Pflichten bei ihnen, den Tieren, weiter als über die ersten notwendigen physischen Bedürfnisse ihrer Jungen? Besitzen diese aus der Paarung und Begattung des tierischen Männchens mit dem Weibchen hervorgegangenen Früchte oder Jungen nicht jegliche Freiheit, nicht die gleichen Rechte wie ihre Erzeuger selber? Sorgen oder kümmern sich Letztere überhaupt noch um ihre Nachkommenschaft von dem Momente an, da sie laufen und sich selbst ernähren können? Und diese, die

Jungen selber, glauben diese etwa ihren Erzeugern, denen sie ihr Leben verdanken, irgend etwas dafür zu schulden? Nein, zweifellos nein! Mit oder aus welchen Rechtsgründen sollten daher wohl die Menschenkinder mit anderen Pflichten oder Verpflichtungen gegenüber ihren Eltern geboren werden? Ist es nicht lediglich die Willkür, der Egoismus oder vielmehr der Despotismus der Eltern, die derartige Pflichten von ihnen erheischen? Nun, so frage ich, ist es recht und würdig, daß ein junges Mädchen, wenn es anfängt eigene Gefühle, Empfindungen und Regungen in ihrem Herzen zu verspüren und wenn es zugleich ihren eigenen Verstand zu Rate zieht, sich derartigen Fesseln unterwerfe? Ist es nicht lediglich das albernste Vorurteil, die ihr diese Ketten und Fesseln auferlegen? Gibt es denn etwas Lächerlicheres und Schändlicheres, als wenn man sehen muß, wie ein junges, fünfzehn oder sechzehn Jahre altes Mädchen, liebesglühend und voll heimlicher Sehnsucht nach der Befriedigung ihrer geschlechtlichen Gelüste diese ihrer sehnsüchtigen Wünsche und Gelüste nach der fleischlichen Liebe und den geschlechtlichen Genüssen nicht nur bekämpfen und unterdrücken muß, sondern bei ihren an sich schon großen physischen und seelischen Höllenqualen auch abwarten muß, bis es ihren lieben Eltern, die bereits ihre ganze Jugendzeit unglücklich gemacht und vergiftet haben, gefällt, ihre reiferen Jahre vollends durch eine sogenannte Zwangsheirat hinzuopfern;... ich sage: bis es diesen Herreneltern gefällt, ihre Töchter ihren eigenen meist habsüchtigen und unlauteren Sonderinteressen zum Opfer zu bringen, indem sie die Mädchen trotz ihres Widerwillens an Männer verheiraten, die entweder gar nicht das Zeug oder auch nur die allermindesten Eigenschaften besitzen, die sie irgendwie liebenswert machen könnten, sondern im Gegenteil vielleicht alle Eigenschaften, die sie geradezu hassens- oder verabscheuenswert machen. Nun!... Und derartige Ehe-Fesseln, meine liebe Eugénie, sie lösen sich dann ja auch nur allzubald wieder!

Unbedingt notwendig für die jungen Mädchen ist es, daß sie, sobald mit durchschnittlich sechzehn Jahren der Geschlechtstrieb bei ihnen reger und stärker wird und sie somit nach Abschluß ihrer allgemeinen Erziehung das heiratsfähige Alter erreicht haben, von jeglicher väterlicher oder elterlicher Gewalt los und ledig und befreit seien, ich sage, daß man sie mit fünfzehn Jahren als vollständige Herrinnen über sich selbst tun und werden lassen solle, was sie wollen. Fallen sie dem sogenannten Laster der Prostitution in die Arme, nun, ... was schadet es? Meine Ansichten über die holden Vertreterinnen dieser Zunft, der auch ich anzugehören mich rühme, habe ich Dir doch schon vorhin eingehender auseinandergesetzt, meine liebe Eugénie! Sind die Galanterien und die Liebesdienste, die ein junges Mädchen allen den Jünglingen und Männern, die sich an sie wenden, erweist, indem sie einwilligt, diese Männer durch die völlige Hingabe ihrer Person und ihrer Reize für ein paar Momente zu den Glücklichsten der Sterblichen zu machen, ... ich sage, sind diese Dienste nicht ungleich und unendlich wichtiger und höher zu veranschlagen und dabei zugleich wonniger, reizvoller und süßer, als diejenigen, welche man, sich zugleich vollkommen von der ganzen übrigen Männerwelt absperrend und isolierend, ganz allein und nur seinem ungeliebten oder unliebenswürdigen Ehegesponse widmet? Das Schicksal und das Los der Frauen und Mädchen sollte in dieser Beziehung genau dasselbe sein, wie das der Hündin, der Wölfin u.s.w., das heißt: sie sollten allen angehören und alle erhören, die sie begehren. — Es ist doch offenbar nichts anderes als ein Spott und Hohn gegen die Gesetze und Bestimmungen der Natur, wenn man das junge Mädchen in die absurden Fesseln einer einsamen Ehe, das heißt, der Ehegemeinschaft mit einem einzelnen Manne zwingt, dem allein sie ihre Liebe, und ihre eheliche Treue bewahren soll! — Hoffen wir, daß man im Staate und in der öffentlichen Gesellschaft allmählich die Augen hierüber öffnen werde, und daß, wenn man die Gleichheit und Freiheit aller Individuen erstreben und gewährleisten wird, auch nicht der unglückseligen jungen Mädchen in dieser Beziehung vergessen werde.

Wenn diese aber nun einmal zu beklagen sind, daß man sie bisher ganz vergessen und sich ihrer gar nicht angenommen hat, so mögen sich die jungen Mädchen selber auch über alle diese lächerlichen und veralteten Vorurteile und Gebräuche hinwegsetzen, mögen sie dreist, keck und kokett diese schmählichen Fesseln, in die man sie hineinzuzwängen sucht, unter ihre niedlichen, kleinen Füßchen setzen und zertreten, und sie werden alsbald über alle diese alten, blödsinnigen verrotteten Sitten und Gewohnheiten, sowie über die öffentliche Meinung dominieren und triumphieren. Aber auch der Mann, der klüger und vernünftiger werden wird, sobald er nur erst ein freier Mann in einem freien Staate ist, wird die Ungerechtigkeit begreifen, die man an den jungen Mädchen begeht, wenn man sie wegen ihrer Unkeuschheit oder vielmehr wegen ihres Freisinns im Punkte der Liebe, oder gar selbst wegen ihrer etwaigen exzessiven, galanten Ausschweifungen bei der Befriedigung ihres Geschlechtstriebes tadeln, verurteilen oder gar verachten wollte. Seinen natürlichen Regungen und Naturtrieben zu folgen, kann eben nur bei einem unfreien Volke als eine Schande oder gar als Verbrechen gelten, bei einem freien Volke kann dergleichen nimmermehr geschehen.

Also fort, fort mit allen Deinen vorsintflutlichen Prinzipien von Elternliebe, Nächstenliebe, Anstand, Keuschheit, Sittsamkeit etc., meine liebe Eugénie! Zertrümmere einfach alle diese Hindernisse und Ketten, die dich immer noch fesseln mögen, und verachte die törichten Vorwürfe sowie die beständigen Tugend- und Moralpredigten Deiner schwach- oder vielmehr hohlköpfigen Frau Mutter, dieser heuchlerischen Scheinheiligen und Betschwester, die Du ja auch mit vollem Rechte so hassest und verabscheuest. Falls Dein Vater, der doch ein Libertin im wahren Sinne des Wortes ist, Dich verführen, Dich... vögeln will, ... gut!... was sollte Dir oder sonst jemanden das schaden?... Ist denn die Liebe — und die Blutschande beruht doch auch lediglich auf Liebe — ein Verbrechen? Wir kommen später noch auf diese spezielle Frage, die Blutschande, zurück. Also lasse Dich von Deinem Vater ruhig verführen, vögeln; mag er sich an Deiner Liebe, an Deinem reizenden Körper bzw. an Deinen körperlichen Reizen berauschen, ebenso wie Du Dich getrost in seinen

Armen berauschen, und die höchste und süßeste Wonne, Seligkeit und Wollust genießen mögest. Indes brauchst Du Dich gerade nicht irgend wie forcieren zu lassen, weise ihn einfach ab, falls er Dir, — was ich jedoch nicht glaube — einmal zuwider sein sollte. Mehr als ein junges Mädchen hat sich schon freiwillig und gern ihrem eigenem Vater und Erzeuger hingegeben. — Also! Fick!... Ficke! Vögele, ... vögele!... Meine kleine, süße Eugénie!... Mit einem Worte: laß' Dich ficken, vögeln, immerfort, ... von jedermann... denn dazu allein bist Du geboren und in die Welt gekommen!... Laß Dich vögeln von jedem, der Dich gern mag, und zwar alle Tage, zu jeder Stunde, bis an Dein Lebensende!... Kenne keinerlei Grenzen für die Befriedigung Deiner Sinnenlust; mache keinerlei Ausnahmen hinsichtlich der Orte oder der Gelegenheiten hierfür, hinsichtlich der Zeit oder der Personen. Alle, alle Männer, alte oder junge, oder Jünglinge, selbst Knaben, die Du haben oder gerne vögeln möchtest, müssen sich deinen Gelüsten und deiner Geilheit dienstbar machen! — Ha! Und ist denn nicht die Keuschheit oder die geschlechtliche Enthaltsamkeit eine ganz unmögliche Tugend, und zwar sowohl für den Mann wie für das Weib, und rächt sich nicht die in ihren Rechten verletzte Natur hierfür alsbald durch tausenderlei Strafen und Qualen?...

Allerdings will ich zugeben, daß, solange unsere heutigen Gesetze, wie sie einmal sind, existieren und zu Recht bestehen, wir ja noch ein bißchen, wenn auch nur rein äußerlich den Schein wahren müssen; denn die sogenannte öffentliche Meinung, unsere heutige Gesellschaft, der gute Ton, zwingen uns gewissermaßen leider dazu. Nun, so laß' uns doch immerhin wenigstens im Geheimen bezüglich dieser grausamen uns aufgezwungenen Keuschheit und Enthaltsamkeit, die wir in der Öffentlichkeit zur Schau tragen müssen, entschädigen.

So möge sich denn ein junges Mädchen wenigstens eine gute Freundin zu verschaffen suchen, die frei und unabhängig in der Welt, ihr heimlicher- und verschwiegenermaßen die süßen Wonnen und den Hochgenuß der sogenannten lesbischen Liebe spenden kann. Falls sie keine derartige Freundin findet, so suche sie, die Dienerschaft, und zwar sowohl die männliche wie die weibliche des Hauses und der Familie zu verführen, ersuche dieselbe, sie zu vögeln und zu prostituieren, unter dem Versprechen so vielen Geldes als sie sich nur immer für ihre Hingabe wünschen mögen. Na, ... und falls die Dienerschaft selber es nicht tun will, so wende sie sich an eventuell durch die Dienerschaft für Geld und gute Worte und reichliche Belohnung ausfindig zu machende sogenannte *Kupplerinnen*, die sicherlich und ohne Zweifel den galanten oder verliebten, geilen Wünschen und Gelüsten der liebeglühenden jungen Dame entgegenkommen und sie auf das allerbeste bedienen und zufriedenstellen werden. Falls durchaus notwendig, so streue sie eventuell ihrer nächsten Umgebung, ihren Angehörigen, Brüdern, Vettern, Hausfreunden, Eltern etc. ein wenig Sand in die Augen, oder sie gebe sich selber erforderlichenfalls ihnen allen hin, um durch ihre Prostitution ihr liebelüsternes, ausschweifendes Gebahren nicht in etwaige Ungelegenheiten und Unannehmlichkeiten zu geraten. Sollte sie wirklich, wenn es nicht anders geht, ihren besonderen Geschmack oder ihre Vorliebe für eine gewisse Art von Männern und ihre Hauptpassionen bei dem Akte des Vögelns zum Opfer bringen, was tut das?... Durch einen ihr vielleicht gänzlich mißfallenden Liebeshandel, zu dem sie sich nur aus reiner Politik hingibt, gelangt sie möglicherweise bald zu einer für sie weit angenehmeren Situation — vielleicht auch zu einer wirklichen Neigungsheirat — und ihr Glück ist gemacht!... Aber selbst dann lasse sie sich nie von den Vorurteilen ihrer Kinder- und Jugendzeit wieder beeinflussen und gefangen nehmen. Alle Mahnungen, Drohungen, Ratschläge, alle Moralphilosophie über die menschlichen Pflichten und Tugenden, über Religion etc. weise sie rückhaltlos und mit Verachtung ab, und schüttele überhaupt alles von ihren Kleiderschößen, was sie eventuell auf den Pfad der Tugend zurückführen soll und was, mit einem Worte gesagt, nicht gerade den Zweck hat, ihre schamloseste Unkeuschheit und ihre Prostitution zu begünstigen.

Gibt es denn eine größere Narretei und Überspanntheit, als wenn uns Eltern, Angehörige, Verwandte und Freunde von den Gefahren und Klippen der Unkeuschheit, Immoralität und Prostitution etwas vorpredigen? Dornen gibt es überall auf allen Lebenswegen, aber es finden sich auch die Rosen bei ihnen, und zwar ganz besonders auf den Pfaden des sogenannten Lasters der Libertinage, und nur allein auf den dreckigen Pfaden der Tugend läßt die Natur Rosen niemals wachsen und gedeihen.

Wenn wir alles dieses also nochmals kurz resümieren, so finden sich die einzigen Klippen und Gefahren für die Unkeuschheit und Immoralität der jungen Mädchen lediglich in der Ächtung derselben durch die sogenannte öffentliche Meinung. Aber welches junge Mädchen, welche junge Dame von nur ein ganz klein wenig Geist und Verstand wird sich nicht leichten Mutes über diese jämmerliche, verächtliche öffentliche Meinung hinwegsetzen? An allgemeiner Ehre und Achtung ist ja doch im allgemeinen nur wenigen Menschen gelegen, an den Genüssen der Unkeuschheit, einer reizenden, weiblichen Galanterie und Schamlosigkeit oder Immoralität und Prostitution... kurz, an den Hochgenüssen des Vögelns und der Vögelei jedoch allen. Lediglich diese Genüsse entschädigen uns vollauf für die im Grunde doch nur illusorische Verachtung durch die vorhin genannte öffentliche Meinung, und gar viele verständige Frauen haben sich hierüber schon derartig mokiert, daß sie sich gerade hieraus nur noch einen Spaß und ein Vergnügen mehr für sich gemacht haben.

Also! Nochmals, ... mit einem Worte gesagt:... Ficke!... Vögele!... Eugénie... Vögele nur immer zu, ... mein geliebter, süßer Engel!... oder vielmehr, lasse Dich vögeln, soviel Du kannst und magst!... Dein reizender, süßer Körper gehört nur Dir; nur Du allein hast das Verfügungsrecht über denselben, nicht Deine Eltern oder Verwandten oder sonst jemand auf der Welt, der Dir dies streitig machen wollte. Nur Du allein kannst Deinen Körper — wenn Du willst — zu Deinem eigenen Genuß reservieren, oder ihn zum Genusse für andere hingeben, und zwar für einen jeden, der Dir gefällt oder der Dir hierfür gut dünkt. Reize die

Männer, die Dir gefallen, durch Deine Blicke, durch Deine verliebten Augen oder besser noch durch den Anblick Deiner herrlichen körperlichen Schönheiten und Reize und Schätze. Wenn es nicht anders geht, so werfe Dich ihnen geradezu an den Hals, hebe und raffe nötigen Falles deine Kleider und Dessous absichtlich oder unabsichtlich so hoch wie möglich empor und zeige ihnen Deine Reize, alle, alle, und zwar sowohl die vorderen wie die hinteren, d.h. nach dem jedesmaligen Geschmacke Deiner Liebhaber: Dein reizendes, süßes Vötzchen, oder deinen herrlichen, prächtigen Hintern oder beide zugleich, und laß sie an denselben fingerln, spielen, scherzen, küssen, lecken und sonstwie manövrieren so viel sie wollen und nach Herzenslust!... Nütze gerade und hauptsächlich Deine Jugendzeit, die glücklichste Zeit Deines Lebens aus! Sind sie doch für unsere Freuden und Vergnügungen hienieden noch viel zu kurz, diese schönsten und glücklichsten unserer Lebensjahre! Und sind wir so glücklich gewesen, die Freuden und Wonnen unserer Jugend- und Blütezeit wirklich genossen und bis zur Neige gekostet zu haben, so werden uns noch späterhin in unserem Alter die süßen und köstlichen Erinnerungen an sie amüsieren und zugleich trösten. Haben wir sie jedoch preisgegeben, das heißt: haben wir die Freuden und Genüsse der fleischlichen Liebe und Wollust, solange wir dazu fähig waren, nicht oder nicht genügend gekostet, so werden uns lediglich Reue und Gewissensbisse, Bedauern, Bitterkeit und Tränen zugleich mit den sonstigen Qualen des Alters und des allmählich herannahenden Grabes und Endes nachfolgen. Nun, und noch mehr! Wünschest Du Dir etwa gar die Unsterblichkeit, ich meine: für ewige Zeiten in der Erinnerung und in dem Gedächtnisse Deiner Mitmenschen zu verbleiben, meine liebe Eugénie, so kannst Du das auch eventuell nur als berühmte Kurtisane oder Hure oder Fickerin erzielen. Die tugendhafte Lukrezia hat man sehr bald vergessen, dagegen leben und werden die Theodoren und Messalinen und Phrynen etc. in den Gesprächen der Lebewelt, in aller Munde bis in die allerentferntesten Zeitalter fortleben. Warum also nicht ein Los oder eine

Partie vorziehen, meine liebe Eugénie, die uns schon auf Erden mit allen Ehrbezeugungen krönt und preist und uns zugleich auch noch über das Grab hinaus die Hoffnung auf einen Ehrenkult läßt. Sollten wir letzteren nicht der Vergessenheit und der Verachtung, der die sogenannte Tugend späterhin anheimfällt, unbedingt vorziehen?

EUGÉNIE *(ganz verwirrt von alledem, was sie soeben gehört hat)*: Ah, ... meine Liebe!... Wie Deine verführerischen und verlockenden Reden doch meinen Kopf erhitzen, mein ganzes Herz und meine Seele gefangen nehmen! Befinde ich mich doch in einem Seelenzustande, den ich Dir nur schwer oder gar nicht zu schildern vermöchte! — Doch!... Sage mir bloß, liebste Freundin, ... würdest Du mich wohl einige derartige Frauen, von denen Du vorhin gesprochen, kennenlernen lassen, die mich prostituieren würden, wenn ich sie darum bäte?

MADAME DE SAINT-ANGE: Bevor Du nicht selber größere Erfahrungen hierin erworben hast, begnüge Dich doch mit mir, mein kleiner Liebling! Sei versichert, daß ich alle nötigen Dinge und Vorsichtsmaßregeln anwenden werde, damit Du bei Deinen galanten Seitensprüngen sowie bei allen und jeglichen Gelüsten Deines Sinnenkitzels nicht in etwaige Verlegenheiten gerätst. Der Chevalier, mein Bruder, den Du doch kennst, und dieser nette liebenswürdige Gentleman, Monsieur Dolmancé, Dein Lehrmeister, werden die Ehre haben, die ersten zu sein, denen Du Dich hingeben wirst; wir werden später auch noch genug andere Männer für Dich finden. Sei also unbesorgt, ... ich verspreche Dir, Dich von Vergnügen zu Vergnügen und von Genuß zu Genuß fliegen zu lassen und Dich in ein Meer von Wonne, Entzücken und Seligkeit zu versenken, und zwar bis zur Abfuhr, mein Engel, d.h. bis zur totalen Erschlaffung!...

EUGÉNIE *(sich in die Arme Madames werfend)*: Ah!... Wie lieb, wie gut Du es mit mir meinst, meine geliebte, süße Freundin! Niemals sollst und wirst Du eine gelehrigere Schülerin finden als mich!... Doch, mir deucht, meine Liebe, Du hättest mir schon einmal bei einem unserer früheren ähnlichen Gesprächen und unseren Unterhaltungen in der Pension gesagt, daß es für eine junge Dame schwer ist, sich in die Arme der modernen Libertinage zu werfen, ohne daß ihr späterer Gatte es... in der Hochzeitsnacht... merkt.

MADAME DE SAINT-ANGE: Das ist ja allerdings richtig, mein Liebling! Aber es gibt Geheimmittel, diese sogenannte Bresche wieder zu reparieren und auszuflicken!... Ich verspreche Dir, mein kleiner Engel, Dich damit baldigst bekannt zu machen, und zwar nicht nur theoretisch sondern auch praktisch; und wärst Du auch vervögelt wie einst die Votze der königlichen Hure Marie-Antoinette, so übernehme ich es mir doch und verbürge mich gleichzeitig dafür, dieses Dein Vötzchen gerade so rein und jungfräulich zu machen, wie es an dem Tage war, da Du es mitgebracht, als Du das Licht der Welt erblickt hast!...

EUGÉNIE: Ah!... Ah!... Du bist ja geradezu köstlich, meine Geliebte!... Doch setze doch bitte, bitte Deine Unterweisungen und Deine herrlichen Belehrungen weiter fort, meine Liebste, ... und zwar möchte ich bitten, jetzt über unser zweites Thema nämlich: Über die Art und Weise, wie sich eine verheiratete Frau, oder was dasselbe ist, wie sich die Frau in der Ehe benehmen soll, ich meine speziell, wie Du über den Ehebruch seitens einer verheirateten Frau denkst?...

MADAME DE SAINT-ANGE: Ein jedes weibliche Wesen, meine liebe Eugénie, gleichviel in welchem Stande es sich befindet, ob Jungfer, Ehefrau, oder Witwe soll keinen anderen Lebenszweck kennen, keine andere Beschäftigung, keine anderen Wünsche haben als... sich vögeln zu lassen, und zwar fortwährend, vom frühen Morgen bis zum späten Abend; denn nur zu diesem Zwecke allein ist das Weib von der Natur erschaffen. Nun, Du kannst Dir wohl denken, daß, wenn ich zwecks Erfüllung dieser Pflichten eines jeden weiblichen Wesens von ihnen verlange, alle Vorurteile und Moralduseleien ihrer Kindheit mit ihren kleinen Füßchen zu zertreten, und ihnen den striktesten Ungehorsam gegen die in ihrer Familie herrschenden falschen Prinzipien, sowie die absoluteste Verachtung aller Ratschläge und Moralpredigten ihrer Eltern vorschreibe, liebe Eugénie, daß ich ihnen ganz besonders raten werde, vor allen anderen Fesseln und Ketten, die sie zertrümmern sollen, zu allererst diejenigen des Ehe-Joches, mit einem Wort: zuerst die Ehe zu brechen.

Betrachte Dir mal, Eugénie, ein junges Mädchen, das kaum dem elterlichen Hause oder der Pension entwachsen, unwissend und ohne jegliche Erfahrung, wie es im menschlichen Leben zugeht, wird plötzlich gezwungen, in die Arme oder vielmehr in den Frondienst eines Mannes überzugehen, den es vielleicht nie vorher gesehen hat, ... gezwungen wird, diesem Manne an den Stufen des Altars Gehorsam und Treue zu schwören, ... und zwar eine Treue, die umso ungerechter ist, als dieses Mädchen vielleicht im Innersten ihres Herzens den heißen Wunsch hegt, ihm sein Wort, seinen Schwur, die Treue gar oft, und zwar recht bald zu brechen, ... gibt es, liebe Eugénie, in der Weit ein schändlicheres, ein schrecklicheres Los als das ihrige?!...

Indes, wenn nun mal die Dinge absolut nicht zu ändern gewesen sind, ich meine: wenn der Ehebund nun mal geschlossen ist, gleichviel ob der Herr Ehegemahl ihr gefällt oder nicht, ob sie ihn liebt oder lieben kann oder nicht, gleichviel ob er sie liebt und für sie Zärtlichkeiten hat und solche empfindet oder nicht, ihr Ehebund bindet sie nun mal an ihren Schwur vor dem Altar; ihre Ehre ist dahin, sobald sie diesen Schwur verletzt. Sie muß also entweder das eheliche Joch von sich abschütteln, oder es weiterschleppen, und zwar ihr ganzes Leben lang, und sollte sie auch vor Weh daran sterben! Nein, nein, ... meine liebste Eugénie, für derartige Zwecke sind wir Frauen nicht von der Natur erschaffen worden, diese absurden Gesetze und Bestimmungen sind lediglich das Werk der Männer; wir brauchen uns ihnen keineswegs zu unterwerfen, noch uns von ihnen unterjochen zu lassen. Kann uns schließlich auch die Ehescheidung viel nützen? Kann sie uns ganz befriedigen? Zweifellos nein! Wer garantiert uns denn, eventuell in einem zweiten Ehebunde das Glück zu finden, das wir in dem ersten vergebens gesucht und erhofft haben?

Entschädigen wir uns also lieber heimlich und in aller Verschwiegenheit durch den Ehebruch für diese absurden Ehe-Fesseln, … können wir doch darüber vollkommen beruhigt sein, daß auch der treuloseste Ehebruch bis zu welchem Exzesse wir ihn auch treiben mögen, weit entfernt, die Naturgesetze zu verletzen, im Gegenteile, der Natur damit gerade die schönsten und eklatantesten Huldigungen darbringt. Wir gehorchen ja nur, wie schon vorhin gesagt, der Stimme der Natur, die uns Frauen zu diesem Racheakte, dem Ehebruch rät, und wir beleidigen sie, die Natur, wenn wir ihrer Stimme und Aufforderung nicht Gehör geben. Der Ehebruch, den die Menschen für ein Verbrechen ansehen und den sie früher sogar öfter mit dem Tode bestraft haben, ist also nichts anderes, liebe Eugénie, als das Fazit und die Konsequenz eines Naturrechts, das die Phantasie und das hohle Hirn dieser Tyrannen von Gesetzgebern allerdings nicht zu begreifen imstande sind. — Aber, … wirst Du mir vielleicht einwenden, liebe Eugénie, und so meinen es wohl auch unsere sogenannten Ehegatten, ist es nicht schändlich, den gehörnten Ehemännern zuzumuten, die Bastarde oder Früchte ihrer ehebrecherischen Gattinnen, ich meine, die von anderen Männern oder Hausfreunden gezeugten Kinder als ihre eigenen ansehen und gleich wie ihre eigenen höchstselbst fabrizierten Kinder lieben zu sollen? Diesen Vorwurf macht uns Frauen außer anderen berühmten Philosophen, Dichtern und Gelehrten auch Rousseau. Nun, ich will ja zugestehen, daß dies der einzige wirklich stichhaltige Vorwurf ist, den man gegen den Ehebruch erheben könnte! — Na!… Ist es denn aber nicht eine Bagatelle, ist es nicht kinderleicht, sich auch als galante oder liebeslüsterne, verheiratete Frau der Libertinage hinzugeben, ohne die Schwangerschaft zu befürchten. Ist es nicht noch leichter, sie zu zerstören, wenn sie, die Schwangerschaft, durch mangelnde Vorsicht und Unklugheit dennoch bereits eingetreten und Tatsache ist? Doch, wir kommen auf diesen Gegenstand und diese Frage noch späterhin, und zwar ausführlicher und eingehender zurück, meine liebe Eugénie!…

Behandeln wir einstweilen nur mal die vorhin abgeschnittene

Kardinalfrage über die aus dem Ehebruche hervorgegangenen Bastardkinder und wir werden sehen, daß alle Argumente hiergegen, so stichhaltig sie auch erscheinen mögen, gleichwohl nichts anderes sind als Chimären. Betrachten oder erwägen wir mal, und zwar ohne jegliche Sophisterei zuvörderst folgendes: Wofern ich überhaupt einmal mit meinem Gatten zusammen geschlafen habe, ich meine der Art, daß sein Liebessaft, den ich Dir ja schon vorhin näher detailliert habe, liebe Eugénie, direkt in meine Gebärmutter gelangte, und nehmen wir weiter an, daß ich mich später zugleich noch von zehn oder zwanzig anderen Männern habe vögeln lassen, so würde dieses alles doch nicht meinem Ehegemahl, selbst wenn er von meinen galanten Seitensprüngen Kenntnis erlangt, beweisen können, daß das von mir späterhin geborene Kind nicht sein eigenes ist, bzw. nicht von ihm herstammt. Es kann ja ihm gehören, bzw. von ihm herstammen, wie es ebensogut auch nicht sein kann, und im Falle der Ungewißheit kann und darf er sich doch niemals die allermindesten Skrupel darüber machen, dieses Kind als das seine anzuerkennen, da er ja doch immerhin selber bei der Entstehung dieser menschlichen Kreatur mitgearbeitet hat. Für den Fall also, daß das Kind ihm gehören kann, so gehört es eben ihm, und jeder Mann, den eventuell ein Argwohn oder Zweifel hierüber unglücklich machen könnte, würde es auch dann sein, wenn seine Frau eine Vestalin, also ein Musterbild von Keuschheit oder ehelicher Treue wäre, da es doch unmöglich ist, in dieser Beziehung für eine Frau überhaupt gutzustehen, ich meine: da eine Ehefrau, die vielleicht zehn Jahre oder noch länger ihrem Gatten allein treu und ergeben gewesen ist, doch plötzlich eines schönen Tages aufhören könnte, dies auch ferner zu sein! Also, wenn der Gatte nur erst einmal argwöhnisch und mißtrauisch geworden ist, so wird er es auch in allen anderen, späteren Fällen sein. Nun, was tut das aber! Wird er dann doch erst recht niemals sicher sein, daß das Kind, welches er umarmt und liebkost, auch wirklich das seinige ist! Wenn er also in allen Fällen mißtrauisch und zweiflerisch sein kann, was verschlägt es dann noch sein Mißtrauen und seine Zweifel ein paar Mal mehr wirklich zu begründen; es wäre dies alles doch schließlich für den Zustand seines Glücks oder Unglücks oder seines Ärgers hierüber vollkommen gleichgültig. Lassen wir ihn also doch ruhig in seinen ständigen Zweifeln und Irrtümern!... Mag er nur immerzu die Früchte oder Bastarden der Hurereien, seiner galanten verliebten Ehegesponsin streicheln!...

Wo ist, wo steckt denn da aber sonst noch ein anderes Verbrechen im Ehebruche? Wir leben doch mit unseren Ehegatten zumeist in Gütergemeinschaft, nehmen wir aber mal den entgegengesetzten Fall: der Gütertrennung in einem Haushalte an. Was schadet's nun in diesem Falle oder was für ein Unrecht oder Verbrechen begehe ich, wenn ich in einen solchen Haushalt, in dem die Gütertrennung herrscht, ein Kind hineinbringe, das jetzt auch seinerseits einen kleinen Anteil an diesen Gütern beansprucht? Nun gut, ... so wird es mein Anteil an den ehelichen Gütern sein, den das Kind haben wird; es wird ihm demnach nichts rauben, meinem zärtlichen Herrn und Gemahle! Dieser kleine Anteil, den das Kind, mein Kind, genießen wird, sehe ich, nochmals wiederholt, eben lediglich als den Genuß eines Teiles meiner Mitgift bzw. meines Anteiles an den beiderseitigen Ehegütern an; also werden wir, weder dieses Kind noch ich, meinem Gatten irgend etwas Widerrechtliches nehmen. Na!... Und wenn dieses Kind wirklich ihm gehört, aus welchen Rechtsparagraphen würde es dann auch noch an meiner Mitgift, an meinen mitgebrachten Gütern Teil haben? Nun, doch wohl nur auf Grund des Rechts des gemeinsamen sanktionierten Ehebundes zwischen meinem Gatten und mir! Weil also das Kind in allen und jeden Fällen mir gehört, zumal ich doch seine Mutter bin, die es in die Welt gebracht hat, so schulde ich ihm auch stets einen Teil meiner Güter und Reichtümer. — Welchen Tadel und welchen Vorwurf kann man mir also daraus machen, wenn ich das Kind in allen und jeden Fällen als das meinige ansehe und behandle?

Nun wirst Du mir vielleicht einwenden, liebe Eugénie, Du täuschest doch immerhin Deinen Gemahl und diese Täuschung zeigt doch immer von einem niedrigen, falschen Charakter. Ach, Blödsinn!... Nein, nein!... Revanche ist es; weiter nichts, keine Falschheit;... ich übe an ihm lediglich Vergeltung! Bin ich denn nicht zuerst von ihm düpiert oder zum Narren gemacht worden, und zwar schon ganz allein dadurch, daß er mich überhaupt in das Ehejoch gezwungen hat und mir auf diese Weise Fesseln angelegt hat, die mich über kurz und lang durch die sinnliche Erregbarkeit meines Temperaments, durch meine von der Natur ererbten Anlagen zur weiblichen Galanterie, oder Prostitution, oder öffentlichen Preisgabe meines Körpers notwendigerweise schließlich doch zum Ehebruche führen mußten. Ich räche mich also nur dafür, mehr nicht, ... was gibt es Einfacheres als das?! — Aber, wirst Du vielleicht einwenden, liebe Eugénie, der Ehebruch einer Frau ist und bleibt doch immerhin ein außerordentlicher Schimpf, eine Verletzung der Ehre des Mannes! — Ach was!... Dummheit!... Lediglich Einbildung, Vorurteile sind das, weiter nichts! Meine außerehelichen galanten Abenteuer, Ausschweifungen, kurz: meine Vögeleien als verheiratete Frau gehen meinen Mann ganz und garnichts an, ... begnüge er sich doch mit seinen Hörnern, meine Fehler sind lediglich persönliche, sie gehen mich daher ganz allein an, sonst niemanden auf der Welt! Diese angebliche Schande des Ehebruchs war vielleicht ein solcher vor mehreren Jahrhunderten oder Jahrtausenden, heute ist man von diesen Hirngespinsten ganz zurückgekommen, und mein Gatte kann und darf ebensowenig über meinen galanten Ausschweifungen betrübt und gekränkt sein als ich es über die seinigen auch bin. Ich würde mit allen Männern der ganzen Welt vögeln können, ohne ihm, meinem Gatten, die allergeringste Herzensblessur dadurch zu verursachen. Diese vermeintliche, sogenannte Ehrverletzung, ist nichts weiter als Chimäre, Fabel, deren Existenz einfach blödsinnig und unmöglich ist.

Nehmen wir schließlich von allen diesen Dingen nochmals zwei Fälle oder Möglichkeiten heraus! Entweder mein Gatte ist brutal, eifersüchtig oder er ist ein vernünftiger, zartfühlender Mann, ein sogenannter Gemütsmensch. Was die erste Voraussetzung betrifft, so würde ich doch sicher absolut nichts besseres tun können, als mich eben wegen seines Benehmens an ihm zu rächen d.h. Ehebruch zu treiben. Betreffs des zweiten Falles, würde ich ihn schließlich gar nicht betrüben können, denn mein Vergnügen und der Hochgenuß und die Wollust, die ich bei meinen geilen, ehebrecherischen Ausschweifungen genieße, würden auch ihn in gewissem Sinne glücklich machen und erfreuen, da er eben Gemütsmensch ist. Denn es gibt in der Tat keinen vernünftigen, zartfühlenden Gatten, der seine Frau lieb hat und zugleich selbst ein Gentleman und Lebemann ist, der nicht bei dem Anblicke der wollüstigen Ausschweifungen seiner eigenen Frau und Gattin, die er wirklich liebt und anbetet, auch selber Freude und Genuß verspürt... Nun, wirst Du vielleicht einwenden, meine liebe Eugénie: Wenn Du ihn nun aber wirklich liebst, Deinen Gatten, so würdest Du doch nicht wollen, daß auch er so tut wie Du, daß auch er ein Ehebrecher sei und Dir untreu würde!... — Ah! Weit gefehlt, meine Liebe, das wäre für eine verheiratete Frau gerade das allergrößte Unglück, wenn sie sich je einfallen ließe, auf ihren Gatten eifersüchtig zu werden. Lasse sie sich doch nur, wenn sie ihn wirklich und aufrichtig liebt, damit genügen und begnügen, was er ihr gerne und freiwillig tut oder von seiner Liebe abgibt, niemals aber versuche sie, irgend einen Zwang auf ihn auszuüben, sie ausschließlich und allein mit seinen Vögeleien zu beglücken; es würde ihr dies ohnehin nicht nur niemals gelingen, sondern sie würde sogar hierdurch sehr bald seinen Ekel provozieren und heraufbeschwören, und sich selbst deswegen von ihm, dem geliebten Manne, verabscheut sehen. Wenn ich eine vernünftige Frau und Gattin bin, so werde ich mich niemals über den Ehebruch oder über die galanten Ausschweifungen meines Mannes betrüben oder auch nur überhaupt mich um sie kümmern, da sie mich ebensowenig etwas angehen als ihn die meinigen. Möge er es also mit mir ebenso tun, und wenn er es tut, so herrschen eitel Freude und Eintracht in der Ehe und im Haushalte!

Resümieren wir also nochmals kurz, liebe Eugénie, was ich Dir soeben über den Ehebruch auseinandergesetzt habe!... Gleichviel welche Folgen auch immer aus dem Ehebruche entstehen, wären es auch Kinder und Sprößlinge, die in das Haus und in die eheliche Gemeinschaft hineingeraten, die nicht dem Gatten angehören, so haben diese, da sie ja doch immerhin der Ehefrau gehören, gewisse Anrechte auf einen Teil ihres Ehegutes und Vermögens. Der Gatte, wenn er ein vernünftiger, freidenkender, sogenannter Gemütsmensch ist, kann sie ja eventuell als solche Kinder ansehen und behandeln, die ihm seine Gattin vielleicht als uneheliches Mädchen, oder aus einer ersten früheren Ehe mitgebracht haben könnte. Wenn der Gatte nichts von dem Ehebruch weiß, so macht es ihn auch nicht heiß, denn man kann doch nicht eines Übels wegen unglücklich sein, das man garnicht kennt. Wenn der Ehebruch keinerlei Folgen hat und auch dem Ehegatten unbekannt ist, so wird ihn doch wohl in diesem Falle kein Rechtsgelehrter als ein Übel oder gar als ein Verbrechen ansehen können. Der Ehebruch ist also in diesem Falle für den gehörnten Herrn Gatten eine vollkommene gleichgültige Geschichte, für die Frau, die ihm die Hörner aufgesetzt hat, jedoch immerhin und auf alle Fälle eine spaßige und ergötzliche. Wenn jedoch der Herr Gemahl den Ehebruch entdeckt, nun, so ist letzterer deswegen auch noch immer als kein Übel oder Verbrechen anzusehen, denn der Ehebruch war es ja, wie wir vorhin definiert haben, überhaupt nie, in keinem Falle, wieso sollte er es also jetzt, in diesem Falle nun mit einem Male sein, wie könnte er denn nun mit einem Male so schnell seine Art und Natur ändern? Es ist also in diesem Falle von Ehebruch kein anderes Übel zu finden als eben die Entdeckung durch den Gatten. Nun, dieses Übel tangiert also nur ihn, den Gatten allein, nie die Frau und Ehebrecherin.

Die Gesetzgeber, die ehemals den Ehebruch als ein Verbrechen bestraft haben, waren demnach lediglich Tyrannen, Henker, oder besser gesagt, Eifersüchtige, die alles auf sich selbst, auf ihre eigene sich hierdurch beleidigt und verletzt fühlende Person beziehend, ungerechterweise sich einbildeten, es genüge, sie, die Herren Gesetzgeber, in ihren Gefühlen zu beleidigen, um ein Verbrechen zu begehen; gleich als wenn eine persönliche Beleidigung schon als ein großes, schändliches Verbrechen anzusehen wäre, und als ob eine Handlung, die weit entfernt den Staat und die öffentliche Gesellschaft zu verletzen oder zu brüskieren und die lediglich ihnen beiden dient und nützt, ein allgemeines Staatsverbrechen wäre.

Es gibt indessen auch leicht zu begreifende und zu würdigende Fälle, in denen der Ehebruch für die in gewisse Verlegenheiten geratene Frauen geradezu unumgänglich und notwendig wird, ja... wo er geradezu ein Bedürfnis, eine gute Ehren- und Heldentat für die Frau ist und deshalb zweifelsohne um so weniger als verbrecherisch angesehen werden kann. Das ist zum Beispiel in den Fällen, wenn der Herr Ehegemahl impotent ist, oder wenn er derartige perverse Gelüste und Neigungen besitzt, die die Fortpflanzung des Menschengeschlechts überhaupt in Frage stellen. Nehmen wir zunächst den ersten Fall. Wenn sie, die Ehefrau, beim Koitus genießt, d.h. sich im höchsten Genusse befindet, fertig wird und der Herr Gatte dagegen niemals fertig wird, so wird dies ja zweifelsohne seinen Ärger und seine physischen, sinnlichen und geistigen Qualen erhöhen. Soll und kann dann aber eine Frau auf diesen jämmerlichen oder besser gesagt jammervollen impotenten Schwächling in solchen Fällen große, von ihr doch gewiß garnicht zu verlangende, Rücksicht nehmen, kann sie in diesem Falle irgendwelche Selbstverleugnung und eheliche Treue bis zum Grabe üben? Nein, ohne Zweifel, nimmermehr! Also mag sie sich doch absolut nicht weiter genieren, ich meine wegen des Ehebruches! Die einzige Vorsicht, die sie anwenden muß, wenn sie ihren Gatten trotz alledem noch wirklich liebt oder lieben kann oder ihn schonen will, ist, daß sie bei dem Ehebruche keine Kinder macht, oder daß sie sich ihre Leibesfrucht wieder abtreiben läßt, wenn ihre Vorsichtsmaßregeln sie dennoch getäuscht und im Stiche gelassen haben. — Wenn es sich um den zweiten Punkt, um sogenannte perverse Gelüste und Geschmacksverirrungen bezüglich der geschlechtlichen Wollust des Herrn Gatten während des Vögelns handelt, und somit jetzt in diesem Falle umgekehrt der Mann genießt und fertig wird, die Frau jedoch nicht und dieselbe sich daher für die Vernachlässigung durch ihren Mann anderweitig zu entschädigen gezwungen ist, so muß sie ihn zunächst gleichwohl in seinen Perversitäten befriedigen, gleichviel welcher Art und Natur sie auch immer sein mögen *(wir kommen noch später auf alle diese sauberen oder vielmehr unsauberen Dinge zurück, meine liebe Eugénie)*, ich sage also: sie muß ihn zunächst hierin zu befriedigen suchen und ihm zu Willen sein, danach ihn aber auch wissen lassen, daß derartige Gefälligkeiten von ihrer Seite doch auch einige Rücksichten seinerseits ihr gegenüber verdienen! Sie verlange dann einfach eine absolute und vollständige Freiheit für sich, für ihr Tun und Lassen, insbesondere und vor allem für die völlige Befriedigung ihrer eigenen geschlechtlichen Bedürfnisse, damit der Mann nicht eifersüchtig wird, bzw. ihren Ehebruch und ihre sonstigen Ausschweifungen im Punkte der Liebe gegenüber anderen Männern übelnehme. Nun, der Herr Gemahl wird dann entweder damit einverstanden sein, oder er wird es nicht sein. Wenn er sich damit einverstanden erklärt, wie es der meinige getan hat, meine liebe Eugénie, so ist alles in schönster Harmonie und bleibt es, und man kann sich ungestört und ungeniert allen seinen mehr oder minder galanten Launen und Gelüsten hingeben. Verweigert er jedoch sein Einverständnis, bewilligt er es nicht, nun, so decken wir doch nur ein wenig mehr den Schleier über unsere galanten Liebesabenteuer, Intrigen und Ausschweifungen und ficken und vögeln, oder lassen uns ruhig im Geheimen weiter ficken und vögeln. — Ist er, der Herr Gatte, vollständig impotent, so daß er uns überhaupt nicht befriedigen kann, nun, so trenne man sich lieber ganz von ihm, gilt ja dies doch überall als Scheidungsgrund. Wofern die Trennung nicht angeht oder nicht möglich ist, so gebe man sich dann in jedem Falle anderen Männern hin. In allen Fällen also heißt die Parole: Ficken, sich ficken lassen, da wir ja doch nur allein dazu geboren und erschaffen sind, da wir nur die Gesetze der Natur erfüllen, wenn wir vögeln, und zwar so oft und so viel wie möglich vögeln und uns vögeln lassen. Jedes menschliche Gesetz das sich gegen dieses Naturgesetz auflehnt wäre ja doch nur unwürdig und verächtlich und der Natur geradezu Hohn sprechend. Die Frau ist eine Törin, die sich selbst betrügt, wenn die so törichten und absurden Bande wie die Fesseln Hymens oder der Ehe sie hindern, sich ihren Herzensneigungen und Sinnenlüsten jederzeit frei und ganz hinzugeben, die sich vor einer etwaigen Schwangerschaft fürchtet, oder vor den Vorwürfen ihres Gatten, oder vor den garnicht mal der Rede werten winzigen Flecken ihrer Reputation und Ehre!... Wer viel liebt, so heißt es sogar in der Bibel, dem wird auch viel vergeben werden. Du mußt es einsehen und begreifen, meine liebe kleine Eugénie, ja, Du wirst und mußt es fühlen, was für eine furchtbare Selbstbetrügerin und Närrin eine Frau ist, wenn sie ihr ganzes Glück, ja alle irdische Seligkeit und Wonne ihres ganzen Lebens diesen lächerlichen Ehebegriffen und Vorurteilen zum Opfer bringt. Ah!... mag sie doch nur getrost vögeln, unbesorgt sich vögeln lassen, fortwährend, ... immerzu, ... bis zur vollständigsten Erschlaffung!... Können sie wohl die stets falschen Lobpreisungen ihrer Frauenwürde und Reputation oder sonstige frivole religiöse Zukunftshoffnungen wie z.B., dereinst im Schoße der Mutter Gottes Maria das ewige Leben und das Himmelreich zu erwerben — darüber hat Dich ja doch bereits unser Freund Dolmancé vorhin aufgeklärt — für alle diese Opfer entschädigen? Nein, nein! Sowohl die Tugend wie das Laster verschmelzen doch beide einmal später im Grabe miteinander, und exaltiert sich etwa das Publikum oder die öffentliche Meinung, wenn nach einiger Zeit Gras darüber gewachsen ist, mehr über die Tugend als über das Laster, welches sie verdammt? Nein, und abermals nein, mein Schatz, meine liebe Eugénie. Ach, und diese unglückselige, sogenannte tugendhafte Frau, die ihr ganzes Leben lang ohne irgend eine Freude, ein Vergnügen, einen Genuß dahinvegetiert hat, sie haucht dann auch ohne irgendwelche Belohnung und Entschädigung hierfür ihre reine sogenannte unbefleckte Seele aus!...

EUGÉNIE: Ach, ... meine Freundin, meine Geliebte, mein Engel!… Wie Du mich zu überzeugen, wie Du doch über alle meine bisherigen törichten und albernen Ansichten und Vorurteile betreffs aller dieser Dinge, die Du mir soeben so eingehend erläutert hast, zu triumphieren verstehst!… Wie Du doch alle die falschen Prinzipien und Vorstellungen von Anstand, Sitte und Tugend u.s.w., die mir von meiner »geliebten« Frau Mama ins Herz gepflanzt worden sind und bald darin zur Keimung gelangt wären, zu zerstören und mit der Wurzel auszurotten verstehst!… Ah!… Ich möchte am allerliebsten schon morgen… verheiratet sein, um sogleich alle diese Deine wahrhaft großartigen und edlen Maximen und Grundsätze an mir selber zu erproben oder vielmehr ins Werk zu setzen! Wie sind sie doch so verführerisch!… Wie wahr sind sie und wie liebe ich sie doch!… — Nur ein Punkt beunruhigt noch ein wenig meine Sinne, geliebte Freundin, und da ich mir die Sache nicht recht erklären und zusammenreimen kann, so bitte ich Dich, sie mir etwas näher zu erläutern. Dein Gatte, Herr de Saint-Ange benimmt sich, sagtest Du vorhin, wenn er mit Dir schläft bei dem Akte des höchsten Genusses stets derart, daß Du von ihm keine Kinder kriegen kannst!… Na!… was macht er denn eigentlich mit Dir, mein Schatz, … bitte, bitte, … sag's mir doch!

MADAME DE SAINT-ANGE: Mein Gatte war nicht mehr ganz jung, als ich ihn geheiratet habe. Bereits in der Brautnacht: das ist die erste Nacht, die die Neuvermählten zusammen miteinander verbringen, hat er mich über seine allerdings ein bißchen extravaganten Gelüste aufgeklärt und mir zugleich die heiligste Versicherung gegeben, daß er seinerseits niemals in seinem Leben die etwaigen meinigen hindern, oder sich über dieselben geniert oder gar geärgert fühlen werde. Ich habe ihm meinerseits geschworen, vollkommen damit einverstanden zu sein und ihn auch zugleich stets nach seiner Methode und Manier zu befriedigen, und wir haben seitdem alle beide bis jetzt stets in der köstlichsten Freiheit gelebt. Also, … die sogenannte, allerdings ein bißchen sehr perverse Geschmacksrichtung meines Mannes besteht, kurz gesagt, … darin, daß er mich überhaupt nicht vögelt, sondern sich lediglich den Schwanz von mir ablutschen läßt, und zwar bis zu seiner vollständigen Befriedigung. Freilich kann man das ja auch als eine Art des Vögelns bezeichnen, und zwar seitens des Mannes: als Vögeln in den Mund statt in die Votze seiner Angebeteten; es ist dies jedoch immerhin mehr eine Art von Onanie oder Selbstbefriedigung. Bei meinem Manne kommt jedoch außerdem noch die folgende Geschmacksrichtung in Betracht, die er zugleich mit seinem Vögeln in meinem Mund verbindet. Während ich mich also über ihm befinde, und zwar in der bekannten von allen Liebesgourmands oder höheren Feinschmeckern so außerordentlich beliebten Position der Ziffer 69: das heißt meine Votze und mein Arschloch über seinem Gesichte, und während er zugleich meinen Kitzler absaugt oder ablutscht, bis ich fertig bin, und ich gleichzeitig mit aller Leidenschaft seinen trotz seiner fast fünfzig Jahre doch immer noch ganz annehmbaren und prächtigen Schwanz aussauge und den Liebessaft aus seinen Eiern herauspumpe und herunterschlucke, muß ich... ihm gleichzeitig... in seinen Mund... scheißen!... Und er schluckt und verschlingt alles... alles!... Und er macht mir dann auch noch das hintere Löchlein mit seiner Zunge rein und sauber, ich brauche absolut kein Klosettpapier mehr danach!...

EUGÉNIE: Ah!... Verflucht noch mal!... Ah! Ah!... Welch' eine extraordinäre Geschmacksverirrung!...

DOLMANCÉ: Durchaus nicht!... Ganz und gar nicht! Nicht im allermindesten... meine Liebe!... Keine noch so perversen Gelüste darf man als Geschmacksverirrungen oder -verwirrungen bezeichnen, alle sind sie samt und sonders in der Natur begründet. Der Natur hat es nun mal bei der Erschaffung der Menschen gefallen, unsere Gelüste oder Geschmacksrichtungen ebenso und gerade so zu differenzieren und zu variieren wie unsere verschiedenen Gesichter oder Gesichtszüge. Die Phantasie oder die Geschmacksrichtung des Herrn de Saint-Ange, Madames Gatten, von der uns Ihre liebe Freundin soeben ausführlicher berichtet hat, ist heute überall in der ganzen Welt beliebt und in der Mode; eine unendliche Anzahl von Männern, und zwar ganz besonders solcher in einem gewissen Alter sind ihr ganz und gar und zugleich mit der allerhöchsten geschlechtlichen Wollust, die sie dabei empfinden, ergeben. Und die Erklärung hierfür? Nun!... Der Chorematophage oder Kakophage oder Kotfresser liebt eben die Person, bei der er es tut, und er tut es eben auch nur bei den Personen, die er wirklich liebt, sehr, sehr liebt, ja anbetet, ich sage... er liebt eben die Person so sehr, daß er eben alles, alles an ihr liebt, und zwar nicht nur ihren Hintern sondern sogar... selbst... seinen... Inhalt, der doch schließlich auch nichts weiter ist als ein gewisser Teil dieser seiner angebeteten Person!... Daher gibt es ebenso besondere Feinschmecker: die sogenannten Urinschlürfer an der Fontaine oder Springquelle der vorderen weiblichen Reize, der Votze gleichwie die Kotfresser von den hinteren weiblichen Reizen. Können Sie das jetzt begreifen, kleine reizende Eugénie?!... Nun, ... kleine Eugénie, sagen Sie mal, ... würden Sie... dies... jetzt z.B. refüsieren, wenn Sie jemand inständig und flehentlich darum bäte?

EUGÉNIE *(stark errötend)*: Nach den Grundsätzen und Maximen, die mir hier von Euch beiden liebenswürdigen Lehrmeistern eingeschärft und bereits in Fleisch und Blut übergegangen sind, könnte ich danach jetzt noch wirklich irgend etwas Derartiges refüsieren?... Ich bitte Euch jedoch um Verzeihung für meine große Überraschung, die ich vorhin geäußert habe;... ist es doch das erstemal in meinem Leben, daß mir etwas von allen diesen schlüpfrig-schönen und sauberen Dingen zu Ohren gekommen ist. Vor allem ist es doch nötig, daß ich sie auch verstehen, sie begreifen kann, und von der Lösung und Erkenntnis des Problems bis zur Ausführung desselben und bis zur Tat, werdet Ihr, meine beiden Lehrmeister, mir doch wohl noch vorerst eine ganz kleine Frist vergönnen, ... nicht wahr?... Wie die Sache sich demnach bei Dir verhält, meine liebe, süße Freundin, hast Du Dir also durch Deine Zustimmung, Bereitwilligkeit und Gefälligkeit für die Wünsche Deines Mannes, Deine vollkommene Freiheit erobert!?

MADAME DE SAINT-ANGE: Gewiß, ... und zwar die vollkommenste Freiheit in der Ehe in allem, was ich tue und lasse, und was ich will. Ich habe denn auch bei meinen galanten Seitensprüngen und Abenteuern stets alles getan, was mir irgendwie beliebte, ... und mein Herr Gemahl hat mir niemals das allergeringste Hindernis in den Weg gelegt. Ich habe mir jedoch nie einen sogenannten Hausfreund zum Liebhaber genommen, diese Sache ist mitunter oder meistenteils nicht ganz ungefährlich und dazu liebe ich den Hochgenuß des Vögelns doch zu sehr... Diese Kerle aber, manche Liebhaber oder Hausfreunde schwätzen doch immer, sie prahlen und brüsten sich untereinander über ihre Heldentaten, und zwar manchmal mehr als sie verantworten können. Geradezu ein Malheur für eine Frau ist es, wenn sie sich an einen oder mehrere Hausfreunde als Liebhaber bindet, wogegen ein Dutzend der ausschweifenden Liebesszenen und Orgien, und zwar wenn es ihr gefällt, einen jeden Tag erneuert oder in anderer Gestalt und mit anderen Personen und Figuranten in der stillen Verschwiegenheit des Abends oder der Nacht gefeiert werden können und schließlich, wenn sie zu Ende sind, ebenso heimlich und verschwiegen und spurlos in der Verschwiegenheit der Nacht verschwinden wie sie in Szene gesetzt wurden. Ich bin ja doch, wie Du weißt, sehr reich und vermögend und ich habe daher hunderte und aberhundert strammer, fescher und insbesondere kräftiger, junger Leute, die mir auf der Straße begegneten und gefielen, dafür bezahlt, daß sie mich vögelten, ohne mich zu kennen. Und Letzteres ist für mich die Hauptsache; bin und bleibe ich doch in den Augen der Welt und in der sogenannte Gesellschaft immer die anständige, die ehrbare, erlauchte Madame de Saint-Ange!...

Allerdings habe ich mich stets auch mit reizenden Dienern, mit leibhaftigen, wahren Prachtexemplaren von Kammerdienern umgeben und das tue ich, wie Du selber es ja weißt, Eugénie, mein süßer Schatz, auch jetzt noch, ... hast Du nicht heute Mittag z.B. meinen feschen Augustin gesehen, der Dich eingelassen hat? Also!... diese meine Kammer- oder Leibdiener wissen es genau und sie sind dessen sicher, daß sie in meinen Armen die allersüßesten Wonnen und Genüsse kosten, wenn sie verschwiegen sind, sie wissen aber auch, daß sie sogleich fortgejagt werden, wenn sie auch nur einen indiskreten Ton riskieren.

Du kannst Dir keine Idee davon machen, mein Engel, in welchem Strudel und in welchem Taumel des Entzückens und wonniger Seligkeit ich mich bei diesen Orgien, bei all diesen Vögeleien, die lediglich auf die raffiniertesten und süßesten Huldigungen meines Vötzchens hinauskommen, befinde. Ja, ja!... Dies allein ist die wahre Philosophie des Lebens, die wahre Kunst zu Leben und Lieben, die ich allen Frauen vorschreiben möchte, die mich darin nachahmen wollen! Seit fast zehn Jahren, in denen ich verheiratet bin, habe ich, ohne damit besonders zu renommieren, vielleicht mehr als zehn- oder zwölftausend Individuen, und zwar Männer und Jünglinge jeden Alters, aller Gattungen und Schattierungen gevögelt vielmehr mich von ihnen vögeln lassen und... dennoch, ... gleichwohl... hält man mich in der sogenannten Gesellschaft immer noch für die anständigste Frau und Gattin. Eine andere würde sich Hausfreunde oder sogenannte Liebhaber genommen haben, ... sie wäre — durch deren Schwätzen, Prahlen etc. — schon beim zweiten verloren.

EUGÉNIE: Diese Deine Grundsätze und Maximen sind zweifellos die richtigsten und zugleich die sichersten, geliebte Freundin, sie werden dereinst auch die meinigen sein, das verspreche ich Dir hiermit feierlichst. Ich müßte hierfür allerdings bald heiraten, wie Du, und zwar einen reichen Mann, und zwar ganz besonders einen, der gleichzeitig... Phantasien... hat, oder wie nanntest Du sie doch schon... ja, ja, ... der gleichzeitig ein bißchen pervers veranlagt ist! — Aber sage doch mal, meine Liebe, hat denn Dein Mann, so verbissen er nun einmal auf seine Geschmackrichtung ist, hat er noch niemals etwas anderes von Dir bei dem Liebesakte verlangt?...

MADAME DE SAINT-ANGE: Nie!... Und zwar schon seit zehn Jahren, so lange wir verheiratet sind, nicht!... Er hat sich auch noch nicht einen einzigen Tag verleugnet, ausgenommen natürlich, wenn ich meine Regel habe. Ein ganz blutjunges, reizendes Mädchen, welches ich auf seinen speziellen diesbezüglichen

Wunsch als Zofe zu mir genommen habe, muß mich dann ersetzen vielmehr meine Stelle vertreten. Ha!… Und auf diese Weise machen sich die Dinge zwischen uns ganz wunderbar, und es herrscht zwischen uns nur das allerbeste Einvernehmen auf der Welt!…

EUGÉNIE: Aber Dein Gatte halt sich doch wahrscheinlich nicht bloß allein an Dir und Dein Zöfchen? Zweifellos wird er doch, wie es alle Lebemänner tun, auch noch außerhalb seines Hauses manche andere ähnliche Liaison haben, um auch in den ihn für seine Gourmandgelüste bedienenden Personen ein bißchen Abwechslung zu haben?…

DOLMANCÉ: Zweifeln Sie keineswegs daran, liebe Eugénie!… Herr de Saint-Ange, mein Freund, ist einer der größten und zugleich eingefleischtesten Lebemänner seines Jahrhunderts; er braucht, soviel ich weiß, mehr als hunderttausend Taler jährlich allein für die Befriedigung seiner perversen Leidenschaften und Gelüste, die uns Madame soeben so eingehend und anschaulich geschildert hat!

MADAME DE SAINT-ANGE: Um Ihnen die Wahrheit zu gestehen, lieber Dolmancé, ich ahnte es wohl, zu welchen Zwecken das Budget seiner riesigen Extraausgaben dient und verwendet wird. Aber was schadet das schließlich, er kann es sich ja leisten! Was scheren mich übrigens überhaupt seine absonderlichen Extravaganzen; autorisieren und rechtfertigen und ermöglichen sie doch durch ihre Vielseitigkeit und ihre Größe nur die meinigen, und breiten sie doch zugleich auch über die meinigen einen wohltätigen Schleier!…

EUGÉNIE: Verfolgen wir doch nun mal ein bißchen, ich bitte Dich inständigst darum, meine Liebe, da mich dies, wie Du begreifen wirst, ganz besonders interessiert, die Details der Art und Weise wie eine junge Dame gleichviel ob verheiratet oder nicht, die Schwangerschaft verhindern bzw. sich vor ihr schützen kann, denn ich gestehe Dir, daß eben diese Furcht vor der Schwangerschaft, sei es mit dem Gatten, den ich mir dereinst erwähle, sei es in meiner nunmehr von mir adoptierten Karriere als sogenannte Femme oder fille galante während meiner späteren Liebesabenteuer und Ausschweifungen mich am meisten quält und peinigt. Du hast mir soeben erst eine genannt, als Du mir von der sonderbaren Geschmacksrichtung Deines Mannes erzähltest, aber diese Artes Genusses, die, was ich nicht bezweifeln und bestreiten will, für den Mann ja vielleicht ganz angenehm sein mag, scheint mir doch für die Frau gerade nicht sehr, oder gerade umsoweniger angenehm zu sein; und ich möchte doch gern auch etwas über die anderen zugleich von jedem Risiko der Schwangerschaft, die ich so fürchte, befreiten Genüsse für die Frauen von Dir hören!...

MADAME DE SAINT-ANGE: Gern, mein kleiner Engel!... Also, ... ein junges Mädchen setzt sich der Gefahr, schwanger zu werden und Kinder zu machen oder vielmehr zu bekommen nur dann aus, wenn es einen Schwanz in ihr Vötzchen sich hineinschlängeln läßt. Daher vermeide sie, das kleine Mädchen, diese Gefahr soviel als möglich, oder bediene sich nur stets der allergrößten Sorgfalt, Vor- und Umsicht bei dieser Art des Genusses. An Stelle ihres Vötzchens offeriere sie daher lieber, und zwar unterschiedslos ihre Hand oder ihren Mund oder ihre Brüste oder ihr kleines schwarzes hinteres Loch, ihr Arschloch. Bei dieser letzteren Manier, der Arschvögelei wird sie zweifellos sehr viel Vergnügen und Genuß empfinden, und zwar bei weitem mehr als bei allen anderen Arten des Vögelns, denn bei allen anderen Arten des sich Vögelnlassens, und zwar außer in die Hand, oder zwischen die Brüste, eventuell noch in die Achselhöhle, oder zwischen die eng und festgeschlossenen Schenkel unterhalb des Vötzchens, oder zwischen die Kniekehlen u.s.w. wird sie selber nur Vergnügen und Genuß geben oder erteilen, aber keine empfangen!

Also, man führt die erste Art, von der ich soeben gesprochen habe, ich meine: des sich in die Hand Vögelnlassens, sieht so aus wie Du, Eugénie, mein Liebling, es ja vorhin bei Dolmancé gesehen oder vielmehr wie Du es ja selber bei ihm ausgeführt hast! Man reibt und schüttelt und wichst den Schwanz des Geliebten mit den sämtlichen Fingern der fest um ihn geschlossenen Hand, gleichsam als ob man einen Miniatur Pumpenstock in den Fingern hielte aus dem man etwas herauspumpen will, und zwar so lange bis nach einigen, etlichen, beschleunigteren Bewegungen der sogenannte Samenlikör herausspritzt. Nun Du hast es doch bei unserem Freunde Dolmancé vorhin gesehen, wenn Du willst, so geniere Dich doch nicht, versuche es doch noch einmal an ihm... sieh mal: er steht ihm ja schon vollständig in Parade. Und kraule und krabble Dir jetzt nicht fortwährend... da unten... selber mit Deinen Fingern an Deinem ein wenig aufgeschwollenen kleinen Vötzchen herum, sondern lasse Dich lieber gleichzeitig von Dolmancé ein bißchen abkitzeln!

Also, ich fahre jetzt in meiner Abhandlung über diesen so hochinteressanten, naturphilosophischen Gegenstand fort!... Während das junge Mädchen oder Dame also ihren Geliebten onaniert oder abfingert oder abwichst, küßt und streichelt er sie inzwischen allemal auch zugleich ein bißchen, d.h. er wichst dabei gleichzeitig auch ihren Kitzler ab, und während sie selbst fertig wird, bedeckt oder bespritzt er, wie schon gesagt, alsbald mit seinem Liebessafte den Teil ihres Körpers, der ihm gerade hierfür am besten gefällt und wäre es selbst ihr Venushügelchen, jedoch nur von außen, was gar nichts weiter schadet, denn in ihr Vötzchen hinein darf sie seinen Liebessaft doch auf keinen Fall gelangen lassen, um nicht eventuell dennoch schwanger zu werden. — Will ein junges Mädchen ihren Geliebten zwischen ihre Brüste vögeln lassen, so streckt sie sich in ihrer ganzen Länge auf ein Bett oder Kanapee aus, nimmt den Steifschwanz des Geliebten in ihre beiden Hände und führt oder steckt ihn sich ganz einfach zwischen ihre beiden Liebesäpfelchen, die sie über den Schwanz soviel wie möglich mit den Händen zusammenzupressen sucht, hinein. Nach etlichen Stößen in dieses warme süße Nest wird der Geliebte sicher nicht ermangeln, bald derartig zu entladen, daß er nicht nur die Liebesäpfelchen selbst, sondern meist auch das ganze Gesicht und den Kopf und die schönen Haare seiner Dulcinea überschwemmt. Nun, wie Du siehst, mein Schatz, ist diese

Manier des Vögelns zwischen die Brüste gerade die am wenigsten angenehme und wollüstige für uns; sie kann im Übrigen auch nur bei den Frauen am besten ausgeführt werden, deren Brüste in Folge ihrer natürlichen Bestimmung, ich meine: des Säugens ihrer Kinder bereits eine derartige hinlängliche Geschmeidigkeit, Biegsamkeit oder vielmehr Schlappheit angenommen haben, um sich über den Schwanz des Mannes gleichsam herumlegen zu können und ihn dazwischen fest zusammenzudrücken.

Der Genuß oder Hochgenuß des sich in den Mund Vögeln lassens ist allerdings ungleich und unendlich angenehmer, reizvoller, reizender, und zwar sowohl für den Mann wie für das Weib. Die allerbeste Art, sie auszuführen und ganz auszukosten, ist die des 'Soixante-neuf' oder der Ziffer 69, wie ich es stets mit meinem Manne als Entrée ausführe und es Dir vorhin bereits kurz skizziert habe. Also, ... die Frau oder das junge Mädchen legt sich verkehrt über den Körper ihres Geliebten, und zwar so, daß er sich auf dem Rücken befindet und seine Dulcinea auf ihn derart heraufturnt, daß ihr Venushügel und ihr Vötzchen auf seinem Gesichte oder vielmehr auf seinem Munde zu liegen kommt, während ihr Kopf und ihr Mund in den Bereich seines Schwanzes gelangen. Sie steckt sich dann den sicher und mit Recht infolge seiner Erwartung und Ungeduld inzwischen bereits so zu bezeichnenden Steifschwanz in ihren Mund, und da doch der Kopf und das Gesicht des Geliebten sich zwischen ihren weitgespreitzten Schenkeln befindet und derselbe bei dem Schauspiele der intimsten weit offen stehenden gleichsam nach Genuß lechzenden Reize, ich meine: das Vötzchen seiner Angebeteten unmöglich kalten Blutes bleiben kann, so wird er ihr mit Zinseszinsen vergelten, was sie für ihn tut, und zwar seine Zunge in ihr klaffendes, liebedürstendes Vötzchen hineinpromenieren, sowie dieselbe auf ihrem Kitzler herumwirbeln lassen. Bei dieser Attitude oder Position des 69 und während dieser beiderseitigen, süßen Beschäftigungen ist es für die beiden Liebenden aber auch nötig, nützlich und angenehm, wenn sie gleichzeitig mit ihren Händen ihre beiderseitigen Globen oder Ärsche umfassen, ihre

Finger sanft und zärtlich längs der Spalte ihrer feisten, drallen und prallen Arschbacken herabgleiten lassen bis sie zu dem kleinen, schwarzen Punkte der Seligkeit insbesondere für Freund Dolmancé und Konsorten gelangen, sowie daß sie sich nunmehr gegenseitig an ihren Arschlöchern herumfingern und eventuell auch den Zeigefinger ein bißchen tiefer in das Arschloch hineinstecken!... Hierdurch wird ihre Wonne, ihre Wollust und Seligkeit zugleich bis zum allerhöchsten Grade gesteigert und potenziert. Alle wahrhaft liebenden und galanten oder verliebten, keineswegs nur die geilen, hitzigen oder perversen Frauen und Mädchen aber verschlucken dann mit Enthusiasmus den Liebessaft des Mannes, gleichwie der Letztere es mit den von dem Kitzler und den Schamdrüsen seiner angebeteten Dulcinea destillierten Liebessäften macht; und so genießen beide gleichzeitig gegenseitig das wonnevolle und wollüstige Vergnügen, mit ihrem Munde diesen kostbaren Saft aufzusaugen und auszuschlürfen, der somit seinen eigentlichen Beruf und Zweck verfehlt hat, da er ja doch maliziöserweise seinem eigentlichen Bestimmungsorte: der Gebärmutter und der Kindererzeugung entzogen worden ist.

DOLMANCÉ: Ja, ja!... Diese letztere Art des sich gegenseitigen Vögelns zweier Liebenden in den Mund ist wahrhaft deliziös und verhindert zugleich Schwangerschaft, meine liebe, kleine, reizende Eugénie! Ich kann sie Ihnen auch meinerseits nur auf das allerbeste empfehlen. Und auf diese Weise eben zugleich die Kindererzeugung und die Fortpflanzung des Menschengeschlechts zu inhibieren, oder wie es die Schwachköpfe und Toren nennen: gegen die Gesetze der Natur zu verstoßen, das ist doch auch immerhin einer besseren Sache würdig und wahrlich und wahrhaftig von hohen Wert und Reiz. — Aber außer den Händen, Brüsten und dem Munde sind es, wie ja auch schon vorhin von Madame bemerkt worden, auch die Schenkel der Frauen und Mädchen, und zwar nicht die gespreizten sondern die ganz eng und festgeschlossenen unterhalb des Vötzchens, die Achselhöhlen und die Kniekehlen, letztere reizen namentlich bei recht vollen, üppigen und strammen Waden und schön gedrechselten

Knien schöner Frauen und Mädchen, die gar vielfach gleichfalls als Asyl oder Zufluchtsstätte für einen geilen, steifen Schwanz dienen und ihnen Schlupfwinkel bieten, in denen sich der männliche Samen verlieren oder verspritzen kann ohne jegliches Risiko für eine Schwangerschaft.

MADAME DE SAINT-ANGE: Manche Frauen und Mädchen, die sich trotz alledem getrost in ihre Vötzchen hinein vögeln lassen, stecken sich kleine Schwämmchen tief in das Innere der Scheide hinein, die den männlichen Samen aufsaugen und ihn so verhindern, in die Gebärmutter zu gelangen, welche hierdurch fruchtbar würde. Andere wiederum veranlassen ihren Herrn Vögler, sich eines kleinen Säckchens aus allerfeinstem venezianischem Chevreauleder oder aus feinstem Gummi oder aus Fischblase, das man in der Vulgärsprache Kondom nennt, für ihren Steifen zu bedienen, in welches der männliche Samen hineinfließt und wo er somit ohne jedes Risiko seinen Endzweck verfehlt. — Von allen Arten, die Schwangerschaft zu verhindern, ist jedoch zweifellos und unbestreitbar die des Arschfickens oder des Sich in den Arschvögelnlassens für die Frau die reizendste und köstlichste zugleich, wenn sie sich dabei gleichzeitig ihren Kitzler bis zur Abfuhr oder bis zu ihrer vollständigen Befriedigung abwichsen läßt. Dolmancé!... Ich überlasse Ihnen hiermit, mein lieber Freund, die ausführlichere Abhandlung über diesen Gegenstand. Wer könnte denn auch besser und überzeugender als Sie eine Geschmacksrichtung schildern, für deren Lobpreisung und Verteidigung Sie doch Ihr Leben hingeben würden, wenn man es von Ihnen verlangen würde!... Nicht wahr?!

DOLMANCÉ: Allerdings!... Ich bekenne meine Schwäche vollkommen!... Es gibt in der Tat, wie ich behaupte, kein anderes Vergnügen, keinen anderen größeren, seligeren Hochgenuß auf der Welt, welcher der Päderastie oder dem Arschficken zur Seite gestellt oder ihm gar vorgezogen werden könnte! Ich liebe und verehre die Arschvögelei sowohl bei dem einen — dem männlichen — wie bei dem anderen — dem weiblichen — Geschlechte, aber ich möchte doch behaupten und konstatieren, daß mir der hübsche Arsch eines Mannes weit besser gefällt und auch bei weitem mehr Wollust und Hochgenuß verschafft als der einer Frau oder eines Mädchens. Man nennt einen Mann, der hauptsächlich und ausschließlich dieser Passion huldigt: einen Arschficker oder Arschvögler. Wenn man aber nun einmal ein richtiger Arschficker ist und sein will, so muß man es eben auch ganz und gar und mit Leib und Seele sein. Junge Frauen und junge Mädchen in den Arsch zu vögeln ist für einen echten Arschficker nur ein halbes Vergnügen, gewissermaßen nur ein halber Hochgenuß, liebe Eugénie, seine Neigung und sein Geschmack ist hauptsächlich auf das männliche Geschlecht konzentriert, und zwar ist diese seine Neigung ihm von der Natur selbst diktiert, also gewissermaßen eine instinktive. Die Natur selbst wünscht es so und sie hat uns Arschfickern eben diese Geschmacksrichtung eingegeben, es ist demnach barer Blödsinn zu behaupten, daß diese Art des Genusses die Natur beleidige oder verletze. Kann die Natur uns etwas diktieren und inspirieren, was sie gleichzeitig beleidigt? Nein, nein, Eugénie, ... nimmermehr!... Man dient also, wie ich nachgewiesen habe, hierdurch, ich meine: durch das Arschficken gerade ebenso wie durch das Vögeln auf andere Weise der Natur und vielleicht noch mehr, ja sicher und zweifellos weit, weit mehr. Denn die Fortpflanzung des Menschengeschlechts und die Kinderfabrikation ist doch nur eine Toleranz, eine Duldung der Natur, sie schreibt sie uns doch nicht vor, sondern duldet sie lediglich. Wie könnte sie denn auch überhaupt einen Akt als legal und gesetzmäßig vorschreiben, der gewissermaßen ihre eigene Allmacht schmälern würde, da die Fortpflanzung der Menschen ja nur als eine Folge oder eine Fortsetzung ihrer ersten Schöpfungsversuche aufzufassen ist und sie, die Natur, für den Fall, daß diese Spezies, ich meine unser ganzes Menschengeschlecht vollständig ausstürbe, doch eine andere und wahrscheinlich bessere Neukonstruktion desselben an Stelle des ausgestorbenen versuchen würde, und durch diese ihre neue grandiose Hauptaktion: der vollständigen Neuschaffung des Menschen doch nur ein umso größerer Ruhm für sie und ihre Allmacht hieraus resultieren würde.

MADAME DE SAINT-ANGE: Wissen Sie, Dolmancé, daß Sie auf Grund dieser Räsonnements geradezu beweisen könnten, daß man mit der totalen Vertilgung und Ausrottung des Menschengeschlechts der Natur lediglich einen sehr großen Dienst leisten würde?

DOLMANCÉ: Ganz gewiß Madame! Das meine ich!...

MADAME DE SAINT-ANGE: Oh!... Gerechter Himmel! Würden dann nicht: Kriege, Brände, Pest und Hungersnot etc. nach den Gesetzen der Natur lediglich notwendige und naturgemäße Ereignisse sein, und der Mensch dann nicht auch, gleichviel ob er mordet, brandschatzt, raubt, oder aber gemordet und beraubt wird etc., weder in dem einen Falle ein Verbrecher, noch in dem anderen Falle das Opfer sein?

DOLMANCÉ: Das Opfer wird er allerdings und zweifellos auf alle Fälle sein, wenn er unter den Keulenschlägen des Unglücks zusammenbricht, aber in dem anderen Falle ein Verbrecher niemals. Doch, wir werden noch später auf alle diese Dinge näher zurückkommen. Analysieren wir doch einstweilen unserer reizenden Schülerin Eugénie die sogenannten sodomitischen Freuden und Genüsse bzw. die Hochgenüsse der Arschvögelei weiter, die vorhin den eigentlichen Gegenstand unserer Unterhaltung bildeten. Beginnen wir zunächst mit der Sodomie oder Arschvögelei an Frauen und jungen Mädchen, meine liebe Eugénie. Also, die gewöhnlichste und zugleich die beste und bequemste Stellung für die Arschvögelei bei denselben ist, daß sich die Frau oder das junge Mädchen mit gebeugtem Oberkörper über den Rand eines Bettes oder die niedere Lehne eines Kanapees stützt, mit dem Kopfe dabei so tief wie möglich nach unten gebückt und die Beine recht weit auseinander gespreizt, wodurch auch ihre molligen Arschbacken sowie insbesondere ihre Arschspalte sichtbarer zu Tage tritt und ein wenig auseinanderklafft. Der richtige Arschficker amüsiert sich nunmehr zunächst ein bißchen an der Perspektive und dem Götterschauspiele oder Schaustücke des schönen prächtigen, göttlichen Arsches selber, der ihm auf diese Weise präsentiert wird. Er betastet und befingert ihn ein bißchen, patscht und beklopft ihn, oder er kneift ihn, oder besser noch er sticht ihn auch ein ganz... klein wenig mittelst einer ganz... feinen Nadel, bis er ein paar roter... Blutströpfchen... schwitzt. Dann benetzt und bespeichelt er die Arschspalte und dessen kleines Loch ein wenig mit seinem Munde und saugt oder lutscht auch kürzere oder längere Zeit mit seiner Zunge an dem kleinen, niedlichen, koketten Arschloch, das er durchbohren will, um dasselbe auf diese Weise besser hierfür zu präparieren und vorzubereiten. In gleicher Weise benetzt er dann sein Werkzeug, seinen Schwanz mit Speichel oder bestreicht ihn mit Pomade oder ähnlichen Dingen und präsentiert ihn nunmehr ganz sachte und feierlich an das kleine, faltenreiche Loch, in das er eine Bresche sprengen will. Mit einer Hand hält er seinen längst bereits zum Sturme und Angriffe in Parade befindlichen Steifen, und mit der anderen spreizt er noch ein wenig mehr und soviel es geht die prallen, molligen Arschbacken und die Arschspalte seines angebeteten Opferlämmchens auseinander. Sobald er die Eichel oder die Spitze seines Schwanzes eindringen fühlt, muß er auch sogleich mit aller Kraft weiterstoßen, um nicht das einmal eroberte Terrain wieder zu verlieren oder gar einen schmählichen Rückzug antreten und die Eroberung der an ihrer Pforte immer und stets sehr stark verbarrikadierten Feste von neuem beginnen zu müssen. In der Regel tut dies jetzt dem Opferlämmchen ein bißchen weh, insbesondere, wenn die Frau oder das junge Mädchen, von denen wir jetzt sprechen, einen rechten Dicken oder einen Schwanz von etwas größerem Kaliber hinten hinein praktiziert erhält, oder wenn sie noch Neuling in der Sache oder noch sehr jung ist. Er muß jedoch ohne jegliche Rücksicht auf diese Schmerzen, die sich ja doch sehr bald in einen wahren Hochgenuß verwandeln werden, seinen jetzt bald zum Zerplatzen Steifen feste weiterstoßen, bis er endlich sein Ziel erreicht hat, d.h. sein Werkzeug bis an die Wurzel hineingedrungen, der genau an die Ränder des faltenreichen Afters vielmehr des auf diese Weise mit dem Schwanze eingefädelten Arschlochs streift und daselbst herum promeniert. Nunmehr verfolge er seine Route schnell und suche mit allergrößter Eile, Schneid und Eleganz sein Werk zu beschleunigen und zu vollenden; denn alle sogenannten Dornen sind jetzt bereits beseitigt, es bleiben nur noch die Rosen übrig. Um den Rest der Schmerzen, welche die arschgefickte Person noch empfinden mag, in eitel Wollust, Hochgenuß und Seligkeit zu verwandeln, kitzele oder wichse er nämlich, wenn es eine Frau oder ein junges Mädchen ist, während des geschilderten Aktes gleichzeitig ihren Kitzler, bis sie fertig wird, oder wenn es ein Mann, Jüngling oder Knabe ist, ergreife er gleichzeitig während des Arschvögelns dessen Schwanz und wichse ihn ebenfalls bis zur endgültigen wohltätigen Krise. Der hierdurch entstehende hohe Reiz, der Wonnerausch und Wollustkitzel, den der Passive oder die in Arsch gevögelte Person empfinden wird, und die gleichzeitig den Aftermuskel derselben zusammenzukken, sich zusammenziehen und somit noch mehr verengen lassen werden, müssen zugleich den Hochgenuß des Vöglers verdoppeln und vervielfachen; der alsbald auf dem Zenit oder Gipfel seines Genusses nicht ermangeln wird, seine reichlichen, überquellenden Liebessäfte in die tiefinnersten Gründe des Arsches und der Eingeweide hineinspritzen zu lassen. — Freilich gibt es auch echte Arschficker, die es durchaus nicht lieben und wollen, daß die passive d.h. die in den Arsch gevögelte Person auch ihrerseits genieße bzw. durch Abkitzeln oder Abwichsen fertig werde; ich will Euch das sogleich, meine Lieben, etwas näher interpretieren und erklären!...

MADAME DE SAINT-ANGE: Erlauben Sie einen Moment, mein Lieber, ... gestatten Sie, daß ich selber meinerseits mich einen Augenblick als Ihre Schülerin betrachte und Sie frage, in welchem Zustande, und zwar im vollen oder leeren, ich meine: ob mit dem Bedürfnisse bald zu... scheißen... oder nicht, der Arsch der passiven, in den Arsch gevögelten Person sich befinden muß, um den aktiven Hauptagenten oder Arschficker ganz besonders und ausnehmend zu befriedigen und zu beseligen?

DOLMANCÉ: Im vollen, sogar übervollen Zustande natürlich!...

Es ist nicht nur wesentlich und erwünscht, sondern sogar notwendig, daß die passive, in den Hintern zu vögelnde, Person das größtmögliche Bedürfnis zum Scheißen habe, damit die Eichel oder Schwanzspitze des Ficker den nächstvorliegenden Kotballen berührt, denselben womöglich durchbohrt und der hervorspritzende Liebeslikör sich dann mit dem Kote ebenso stürmisch wie zärtlich vermähle, was übrigens in Folge der gleichzeitigen hochgradigen Reizung der hinteren bzw. der Mastdarmschleimhaut auch für die beteiligte passive Person von ganz außerordentlichen Hochgenusse ist, sie wollüstig erregt und in Feuer bringt!...

MADAME DE SAINT-ANGE: Ich meinerseits möchte glauben, daß der passive Mitspielende gerade hierdurch weniger Vergnügen und Hochgenuß findet!...

DOLMANCÉ: Sie irren sich, meine Gnädigste!... Im Gegenteil, ... dieser Genuß oder Hochgenuß ist ein derartiger, daß man ihn unmöglich leugnen könnte, ja derart, daß der passive Mitspieler sich bei demselben nicht nur in den siebenten Himmel sondern sogar in das tausendste Himmelreich versetzt glaubt. Kein anderer Hochgenuß kann diesem gleichkommen, keiner auch nur annähernd so wie er beide Personen, sowohl die aktive wie die passive, und zwar gleichzeitig auf das vollkommenste befriedigen; ... und es ist für diejenigen, die diesen Hochgenuß erst einmal gekostet haben, schwer, nicht immer wieder gerade auf diesen Genuß zurückzukommen! — Dieses sind also, um es kurz zu wiederholen, meine liebe Eugénie, die besten Aushilfsmittel für eine junge Dame, sich mit einem Manne ganz ungeniert der freien Liebe und den größten geschlechtlichen Ausschweifungen hinzugeben, ohne dabei die Schwangerschaft zu riskieren.

Ferner genießt eine junge Dame, außer durch die Bewilligung passiver Arschvögelei, und regt sich zugleich selber hierbei mit einem Manne geschlechtlich in sehr hohem Maße auf, wenn sie ihm nacheinander zuerst den Schwanz ein wenig abwichst und dann ablutscht, was wir Ihnen ja vorhin schon näher definiert und detailliert haben. Und es gibt galante oder verliebte Frauen und Mädchen und ich habe selber sehr, sehr viele Frauen und Mädchen gekannt, die vorzugsweise und gerade diese Genüsse allen anderen für sie eigentlich reelleren Hochgenüssen — wie das Vögeln in ihre Vötzchen — bei weitem vorzogen, und viel mehr Pikanterie und Charme bei den ersteren Genüssen anwandten als bei der letzteren. Die Einbildungskraft und die Phantasie dient allerdings auch als ein großer Stachel oder Kitzel für die Wollust und die geschlechtliche Aufregung, die bei den eben genannten galanten Vergnügungen der jungen Damen eben alles regelt und mobilisiert, ... und genießt man nicht gerade in der Phantasie die allerpikantesten, erotischsten Dinge?

MADAME DE SAINT-ANGE: Das mag richtig sein, ich gebe es zu. Aber mag unsere kleine Eugénie sich damit doch ein bißchen in Acht nehmen. Die Einbildungskraft, die Phantasie nützt uns in geschlechtlichen Dingen nur dann, wenn unser Geist absolut frei von jeglichen Vorurteilen ist, ein einziges genügt, sie zu ertöten. Die Phantasie, diese kapriziöse Veranlagung unseres Geistes erstreckt sich manchmal auf die allerhorribelsten und allergefährlichsten Ausschweifungen. Ihr größter Triumph, ihr höchstes Entzücken besteht darin, alle Fesseln und Hindernisse, die man ihr entgegensetzt, zu zerbrechen und zu zertrümmern, sie wird die größte Feindin aller Ordnung, die größte Freundin und der Abgott aller Unordnung und alles dessen, was die Farbe und den Stempel des Verbrechens in sich trägt. — Doch nehmt meine Rede nicht allzu wörtlich, meine Lieben, Ihr kapieret und begreifet doch wohl, daß diese meine Worte betreffs Unordnung und Verbrechen u.s.w. nur ein bißchen ironisch sein sollen, ich meine es ja gar nicht so!... Zum Belege hierfür will ich Euch erzählen, was einmal eine noch ganz junge Frau von Phantasie, ich meine damit, ein mit Phantasien oder besonderen, keineswegs gerade perversen Gelüsten in rein geschlechtlicher Beziehung ihrem Gatten antwortete, der sie stets nur einfach und geschäftsmäßig vögelte und sonst nichts weiter mit ihr tat, wodurch sie dann schließlich ihrem Gatten gegenüber eine sogenannte kalte Frau wurde. »Warum zeigst Du denn eine solche furchtbare Gleichgültigkeit, solche riesige Kälte, wenn ich dich vögele, meine Liebe«, fragte er sie. »Nun wahrhaftig!...« antwortete die charmante, phantasiebegabte Person: »Das, was Du da... mit mir... tust... das ist doch ein bißchen... zu wenig, zu einfach... Verstehst Du denn von der Liebe... nichts... weiter... gar Nichts?!

EUGÉNIE: Ha, ha, ha!... Großartig!... Köstlich!... Ich finde sie geradezu ausgezeichnet, diese Antwort!... Ah, meine süße Freundin!... Welch großartige Anlagen für alle diese außerordentlichen oder extravaganten Liebesphantasien, insbesondere für die von Euch soeben zur Verhütung der Schwangerschaft empfohlenen reizenden Ersatzgenüsse bei unseren Vergnügungen mit einem Manne, glaube ich jetzt selber bei mir zu verspüren, seitdem ich mit Euch beiden liebenswürdigen Lehrmeistern hier zusammen bin. Und gerade jetzt in diesem Augenblicke, nachdem ich Deine letzten Worte, meine Liebe, gehört, kannst Du Dir ja gar keinen Begriff machen, was für ausgelassene, tolle und ausschweifende Ideen meine Phantasie und mein Hirn umnebeln!... Ah! Wie lechze ich jetzt geradezu danach, alle diese Genüsse, oder wie Ihr sie nennt, Hochgenüsse selber einmal zu kosten und zu probieren!...

MADAME DE SAINT-ANGE: Ja, ja!... Die allertollsten, die allerschmutzigsten, verrottetsten und ausschweifendsten Extravaganzen und Perversitäten in der fleischlichen Liebe und in der geschlechtlichen Wollust sind es ja gerade, die uns am meisten den Kopf und das Hirn verdrehen, und uns am allersüßesten, da unten zwischen den Schenkeln, an dem Sitze unserer höchsten sexuellen Wollust genießen, bzw. fertig werden lassen!...

EUGÉNIE *(mit den Fingern an ihrem Vötzchen und ihrem Kitzler herumkrabbelnd)*: Ah!... Wie viele und welch' unglaubliche Tollheiten und Ausschweifungen, im Punkte der erotischen oder fleischlichen Wollust müßt Ihr beide nach alledem auf dem Kerbholze haben!...

DOLMANCÉ *(Eugénie leidenschaftlich küssend und dabei zugleich ihren, während ihres Onanierens aus dem Verschobenen bzw. hoch emporgerafften dünnen Gazehemd hervorguckenden nackten Hintern mit den Händen streichelnd und ein wenig kneifend.)* Sie reizendes, entzückendes Mädchen!... Hundert- und tausendmal lieber noch möchte ich Ihnen durch die Tat beweisen, was für Tollheiten und Ausschweifungen ich mit und an Ihnen begehen würde als Ihnen alle diejenigen erzählen, die ich bereits früher einmal begangen habe!...

EUGÉNIE: Ich weiß nicht, ob es für mich gerade sehr ratsam wäre und ob es mir gerade sehr gut täte, mich Ihnen zu allen diesen Tollheiten herzugeben?

MADAME DE SAINT-ANGE: Ich möchte es Dir allerdings gerade auch nicht raten, liebe Eugénie!...

EUGÉNIE: Nun gut denn! Ich dispensiere unseren beiderseitigen lieben Freund Dolmancé gern davon, uns die genaueren Details aller seiner grandiosen Heldentaten zu erzählen; aber Du, meine Geliebte, meine süße Freundin, erzähle doch mal, bitte, bitte, ganz kurz, ... ich bitte Dich inständig darum, welch' ganz besondere und extraordinären Tollheiten, Ausschweifungen und Extravaganzen im Punkte der fleischlichen Liebe Du in Deinem Leben bereits verbrochen hast!... Ja?...

MADAME DE SAINT-ANGE: Schön!... mein Liebling! Also ganz kurz gesagt: Ich habe mich schon mal von Hunden, Affen, Eseln und mehreren Männern zugleich bzw. hintereinander vögeln lassen, ich wurde einmal innerhalb vierundzwanzig Stunden neunzig Mal gevögelt, und zwar abwechselnd und in gleicher Weise von vorne und von hinten!... Genügt Dir das noch nicht?

EUGÉNIE: Das sind doch nichts weiter Kraftakte gewesen!... Ich wette, Du hast noch viel tollere Dinge auf dem Gewissen!...

MADAME DE SAINT-ANGE: Allerdings!... Ich bin schon mal in einem Bordell gewesen, und zwar selbst als Pensionärin desselben, und zwar nicht als junges Mädchen sondern schon als verheiratete Frau!...

EUGÉNIE: B o r d e l l?... Was ist denn das?... Ich habe dieses Wort wirklich noch nie gehört!...

DOLMANCÉ: So nennt man die öffentlichen Häuser, in denen jeder Mann zu einem gewissen festgesetzten Preise junge, hübsche Mädchen findet, jederzeit bereit, sich ihm hinzugeben und alle seine erotischen Gelüste, selbst seine perversesten Neigungen zu befriedigen!...

EUGÉNIE: Und Du hast Dich in einem solchem Hause allen Männern hingegeben... geliebte Freundin!...

MADAME DE SAINT-ANGE: Freilich!... Und ich bin dort sogar die erste, beliebteste, bevorzugteste und gefeiertste von allen Huren gewesen!... Ich habe dort eine ganze Woche lang die allertollsten, unglaublichsten und phantastischsten Gelüste und Kaprizen der berühmtesten und berüchtigsten und perversesten Lebemänner befriedigt, und ich habe dort noch viel sonderbarere und noch viel schlimmere Geschmacksrichtungen kennengelernt und mit meinen eigenen Augen gesehen... Dinge... von denen ich hier lieber schweigen möchte! Gleichwie die berühmte geile Kaiserin Theodora, die Gattin Justinians, habe ich ferner die Männer an den Straßenecken angesprochen, oder mich gleich wie jede andere Hure auch auf den öffentlichen Promenaden ganz schnell mal ein bißchen für Geld wichsen oder auch vögeln lassen, und die aus meiner Prostitution erlösten Gelder, wie jede andere Hure nachher verjubelt oder in die Lotterie gesetzt, oder verschenkt!...

EUGÉNIE: Meine Liebe, ich kenne Dich doch nun genau, und ich wette, Du hast noch mehr auf dem Kerbholz!...

MADAME DE SAINT-ANGE: Genügt Dir das noch nicht? Gibt es noch tollere Sachen für eine Frau?...

EUGÉNIE: O ja, ja!... Nun sieh mal, wie ich das eigentlich meine! Hast Du vorhin nicht selber gesagt, daß jeder unserer reizendsten, entzückendsten und süßesten Genüsse bei unseren Ausschweifungen uns von unserer Phantasie eingegeben und inspiriert wird?...

MADAME DE SAINT-ANGE: Allerdings!...

EUGÉNIE: Nun! Wenn wir also unseren Phantasien und Gelüsten die Zügel schießen lassen und ihnen die Freiheit gestatten, die letzten Grenzen, die ihnen Religion, Anstand, Sitte, Humanität, Tugend sowie alle unsere vermeintlichen Pflichten setzen, zu überschreiten, müßten dann nicht auch unsere erotischen Ausschweifungen und unsere Tollheiten die allerhöchste Potenz erreichen?

MADAME DE SAINT-ANGE: Zweifellos!

EUGÉNIE: Nun!… Muß uns dann nicht die höchste Extravaganz unserer Ausschweifungen zu immer wieder neueren, womöglich noch größeren, die höchste Potenz noch übertreffenden Extravaganzen reizen?

MADAME DE SAINT-ANGE: Allerdings!… Sehr wahr!…

EUGÉNIE: Nun, wenn dem so ist, so werden wir uns doch je mehr wir von der Phantasie erregt werden umso mehr und um so ungestümer auch zu allen möglichen Schandtaten und Verbrechen hinreißen lassen, und zwar selbst zu den für unsere Phantasie unfaßbarsten!… Und unser Hochgenuß selbst bei diesen Schandtaten und Verbrechen wird wie es Dolmancé ja vorhin näher expliziert hat, er wird sich noch um so mehr steigern je mehr sich unsere Phantasien in unserem Hirne steigern und…

DOLMANCÉ *(Eugénie umarmend und küssend)*: Entzückendes Göhr! Seh' doch mal einer unsere kleine, reizende Schülerin, wie schön sie bereits zu philosophieren versteht!…

MADAME DE SAINT-ANGE: In der Tat!… Nicht zu glauben, was die kleine, süße Schelmin in dieser kurzen Zeit, in diesen wenigen Stunden als unsere Schülerin für Riesenfortschritte gemacht hat!… Unglaublich aber wahr!… Aber weißt Du auch, mein reizender Engel, wohin die Dinge, die Du uns soeben so charmant und so glühend geschildert hast, hinführen?

EUGÉNIE: Ich weiß es wohl und da ich mir keinerlei Zwang mit meinen Worten auferlege, so merkst Du wohl, wo ich hinaus will!…

MADAME DE SAINT-ANGE: Zum Verbrechen, kleines reizendes Scheusal Du!… Zu den schwärzesten, schrecklichsten Verbrechen!…

EUGÉNIE *(mit leiser, abgebrochener Stimme)*: Nun ja!… Ich dachte ja an das scheinheilige Scheusal, meine Mutter, die ich doch so sehr verabscheue… Aber, meine Liebste! Hast Du, ebenso wie Dolmancé vorhin, nicht selber gesagt: Es gibt gar keine Verbrechen, diese sowie alle selbst unsere schändlichsten und horribelsten Handlungen seien uns von der Natur diktiert und inspiriert und seien in der Natur begründet! Nun, wenn man sich einmal sein Hirn und seine Ideen damit erhitzt hat, so darf man diese vermeintlichen Verbrechen doch auch ausführen!...

DOLMANCÉ: Natürlich!... Ganz gewiß!... Es ist ja doch auch so süß, sie auszuführen, wenn man sie nur mal erst ernstlich gefaßt und beschlossen hat!...

EUGÉNIE: Nun gut!... Dann führe man sie also auch aus!... Wollt Ihr, meine teuren Lehrmeister, mir vielleicht einreden, daß Ihr niemals etwas Schändliches oder Verbrecherisches, was Ihr Euch einmal ernstlich vorgenommen hattet, ausgeführt habt?

MADAME DE SAINT-ANGE: Keineswegs, mein süßer Schatz!... Im Gegenteil!...

EUGÉNIE: Na also!...

DOLMANCÉ: Welch' anbetungswürdiges Geschöpf, unsere Kleine!... Ah!...

EUGÉNIE *(im Eifer fortfahrend)*: Nun, liebste Freundin! Um was ich Dich herzlich bitten möchte, ist, mir mal etwas recht Schauerliches, Schändliches und Schreckliches, was Du bereits verbrochen hast, aus Deinem Leben zu erzählen!

MADAME DE SAINT-ANGE *(zögernd)*: Nicht jetzt, nicht gerade heute und hier! Wir werden ja doch noch öfter miteinander zusammenkommen, meine liebe Eugénie, und ich werde Dir dann meine ganze, getreuliche Biographie zum Besten geben, Dir alles beichten! Heute ist unsere Zeit zu kurz dazu. Setzen wir doch lieber unsere so schön begonnenen Unterweisungen weiter fort!...

EUGÉNIE: Nun gut! Ich sehe schon, daß Du mich nicht genug liebst, um mir heute schon Dein ganzes Herz und Deine Seele zu öffnen, ich werde daher die von Dir hierfür bestimmte Frist und den späteren Zeitpunkt hierfür abwarten. Ich will Dir deswegen nicht weiter zürnen! Also, nehmen wir unsere vorherigen Einzelheiten wieder auf!... — Sage mir also mal, geliebte Freundin, wer ist denn eigentlich der erste, oder der Glückliche unter den Sterblichen gewesen, der Dich von Deiner Jungfernschaft befreit hat. Dein Gatte mit der sonderbaren Geschmacksrichtung ist es doch nicht gewesen, wie Du uns vorhin erzählt hast!...

MADAME DE SAINT-ANGE: Nein, er, mein Gatte nicht! — Vielmehr mein Bruder, der Chevalier de Mirvel! Du kennst ihn ja bereits flüchtig, mein Liebling!... Er war schon in seiner frühesten Kindheit in mich, seine Schwester, verliebt und betete mich geradezu an... Nun, und dies beruhte auf vollkommener Gegenseitigkeit. Auch ich betete ihn an, hauptsächlich jedoch seinen schon in den ersten Kinderjahren bzw. für einen zarten Knaben ganz enormen Riesenschwanz. Und meine Anbetung und meine Huldigung des letzteren gefiel ihm so, daß er eben auch mich, sein Schwesterlein, anbetete! Wir haben uns daher schon in unseren frühesten Kinderjahren tagtäglich zusammen amüsiert, uns gegenseitig an unseren reizendsten und zugleich sensibelsten Körperteilen, ich meine: an Schwanz und Vötzchen herumgespielt, herumgefingerlt, gekrault, gewichst, uns gegenseitig daran geleckt, gelutscht und abgesogen etc., selbst Papa und Mama miteinander gespielt, d.h. richtig gevögelt, ohne indes zum Ziele, ich meine den Verlust meiner Jungfernschaft zu gelangen. Weshalb?... Nun, Du weißt doch, Eugénie, mein süßer Schatz, daß ich mich bereits vor zehn Jahren, und zwar etwa in Deinem jetzigen Alter, d.h. mit fünfzehn Jahren, verheiratete. Mein Bruder ist nun aber sechs Jahre jünger als ich, und mit seinen acht bis neun Jahren war er damals doch noch nicht im Stande, mir die verhaßte Jungfernschaft endgültig zu nehmen, wenn ich seinen ihm von der Natur verliehenen Riesenschwanz auch noch so animierte und reizte und damals hierdurch schließlich, ich meine: durch mein beständiges Herumwichsen an demselben, dessen Riesenkaliber nur noch mehr immer erhöhte, so daß er heute, was seine Länge und Dicke betrifft, wohl als unübertroffen, phänomenal gelten kann. Es wäre mir mit ihm gleichwohl jedoch noch gelungen, mein Ziel zu erreichen, wenn ich mich nicht damals als Fünfzehnjährige mit dem Herrn de Saint-Ange verlobt hätte. Ich hatte ihm, meinem Bruder damals förmlich und feierlichst versprochen, daß, sobald ich erst verheiratet sein würde, kein anderer als er meine wirkliche Entjungferung vollziehen solle, denn ich merkte schon als Braut durch seine diesbezüglichen Avancen und Andeutungen, welch' pervers-erotischen Geschmacksrichtungen und Gelüsten mein zukünftiger Gatte wohl allein und ausschließlich huldigen würde. Ich habe meinem Bruder auch mein Wort gehalten; mein Herr Gemahl hatte an das sogenannte Jungfernhäutchen meines Vötzchens glücklicherweise nicht getippt, nicht einmal mit einem Finger geschweige denn mit seinem Schwanze, er hatte also mein Jungfernhäutchen im allergeringsten beschädigt und mein Bruder konnte somit alle meine Erstlinge pflücken, d.h. er konnte in seinem zehnten Lebensjahre endlich mein Jungfernhäutchen durchbohren und somit endlich sein geliebtes Schwesterlein entjungfern. — Seit der Zeit bis heutigen Tages setzen wir ganz einträchtiglich und ungestört unsere süße Libertinage nach besten Kräften weiter fort, ohne uns jedoch deswegen gegenseitig in anderer Beziehung irgendwie zu genieren, wenn uns eventuell andere Liebschaften und andere Genüsse winken und zu Gebote stehen. Ja, wir unterstützen uns hierin sogar gegenseitig; ich besorge ihm soweit es mir möglich ist, hübsche Mädchen und Frauen und er mir solche Männer!...

EUGÉNIE: Welch' entzückendes Arrangement dies!... Aber sag mal, süße Freundin, ist denn das nicht sogenannte Blutschande, was Du mit Deinem Herrn Bruder getrieben hast und noch treibst? Ist das nicht verboten?... Wird das nicht von den Gesetzen als Verbrechen angesehen und bestraft?...

DOLMANCÉ: Kann man dergleichen ganz natürliche, geschlechtliche Verbindungen von Familienmitgliedern untereinander, also zwischen Eltern, Kindern und Geschwistern mit- und untereinander, die ja auch zugleich die wonnevollsten Genüsse bereiten müssen, eben weil sie gleichzeitig die aufrichtigsten und die herzlichsten von allen sind, ich frage, kann man dieselben Verbrechen nennen? Nein, ... nimmermehr!... Sind sie uns nicht direkt von der Natur vorgeschrieben? Und rät uns diese, die

Natur, nicht immer und lediglich nur zu unserem Besten? Erwägen wir doch nur mal einen Augenblick folgendes, meine liebste Eugénie!... Wie konnte sich das Menschengeschlecht überhaupt nach den großen Krisen, die unser Planet, die Mutter Erde, auf der wir wohnen, durchgemacht hat, ich meine: nach der Erschaffung der ersten Menschen Adam und Eva und deren Kinder, sowie späterhin nach der nicht nur biblischen, sondern wirklich traditionell verbürgten Sintflut anders wieder erzeugen und regenerieren, als lediglich durch Blutschande? Finden wir dieses Exempel nicht auch in der Bibel und im Christenglauben statuiert und festgestellt, und bewiesen, daß die Familien Adams und Noahs sich unmöglich anders fortzupflanzen im Stande waren als durch dieses Mittel? War nicht Noah und dessen Familie als die einzigen die Sintflut überlebenden Menschen, gleich Adam und dessen Familie, der Restaurateur oder Wiederbegründer eines neuen Menschengeschlechtes und konnte sich das alles anders vollziehen, als durch die sogenannte Blutschande in und mit seinen eigenen Familienmitgliedern untereinander?... Blättern oder vertiefen Sie sich, liebe Eugénie, mal ein wenig in die Werke der Geschichte und der Sitten und Gebräuche der Menschheit, insbesondere der heidnischen Völker, und Sie finden darin nicht nur die Blutschande überall erlaubt, sondern sogar autorisiert und empfohlen, ja sogar gepriesen und verherrlicht, und zwar als ein sehr weises und wichtiges Naturgesetz lediglich zu dem Zwecke der engeren und engsten Verknüpfung und Verkittung der Familienbande. Wenn man in der Liebe gleich wie bei der Freundschaft und sonst überall sagt und sagen kann: Gleich und gleich gesellt sich gern oder: Gleiche und einander ähnliche Charaktere und Naturen passen am allerbesten zusammen und zueinander, wie und wo kann man dies dann richtiger und besser sagen als bei einem intimeren geschlechtlichen Verhältnisse zwischen Bruder und Schwester oder zwischen Vater und Tochter oder zwischen Sohn und Mutter? Eine ganz falsch angebrachte, lediglich aus der Befürchtung hergeleitete Politik, gewisse Familien dadurch allzu mächtig werden zu lassen, verbietet in unseren Sitten und Gesetzen die sogenannte Blutschande, aber fassen wir doch ja nicht das, was uns Egoismus, Ehrgeiz und Sonderinteressen vorgeschrieben haben, als Naturgesetz auf! Sondieren wir doch ein wenig unsere Herzen und hierauf möchte ich ganz besonders unsere Pedanten und Sittenprediger immer wieder von neuem hinweisen und fragen wir doch nur mal ganz allein dieses edle, allein der Liebe gewidmete geweihte und geheiligte Organ, das Herz, wir werden dann erkennen und begreifen, daß es absolut nichts Delikateres, Reineres und zugleich Süßeres gibt als die eigene und engste fleischliche Vereinigung der Familien, die die Moralisten 'Blutschande' nennen.

Hören wir doch endlich auf, uns gegen die Gefühle, die ein Bruder für seine Schwester oder umgekehrt, oder ein Vater für seine Tochter oder umgekehrt, empfinden kann, total blind zu stellen, man kann dieselben schwerlich und unmöglich nur Gefühle einer legitimen oder natürlichen familiären Zärtlichkeit zu einander nennen, nein, nein... gerade die heftigsten und stürmischesten Gefühle fleischlicher, sinnlicher, sündlicher Gelüste sind es gar zu häufig, die sie entflammen und die ihnen doch ganz allein die Natur ins Herz gepflanzt hat. Also!... Verdoppeln, verdreifachen und vervielfachen wir darum nur um so mehr und ganz getrost und ohne jegliche Furcht den so süßen, wonnigen Hochgenuß der Blutschande und seien wir fest überzeugt, daß je näher unserem Blute die Person unserer sündlichen Wünsche und Gelüste steht, wir um so mehr Wonne und Wollust bei unserer geschlechtlichen Befriedigung mit derselben empfinden werden. — Einer meiner intimsten Freunde zum Beispiele lebt seit langen Jahren bereits mit seiner eigenen erwachsenen Tochter — natürlich insgeheim — wie Mann und Frau zusammen. Vor ungefähr acht Tagen erst hat er einen Knaben von zwölf Jahren, seinen eigenen Sohn der aus dieser wilden Ehe mit seiner Tochter entstammte, entjungfert, d.h. er hat diesem seinen Sohne von seiner eigenen Tochter die Jungfernschaft seines Hintern genommen. In einigen Jahren soll, dem Wunsche meines Freundes gemäß, dieser Jüngling, insgeheim natürlich, sein eigenes Mütterlein heiraten, diese beiden sollen somit dann eine analoge Prozedur wie er selbst mit seiner eigenen Tochter durchmachen; und seine — meines Freundes Absichten — ich weiß es genau, gehen gleichzeitig weiter dahin, daß er selber noch seine geschlechtlichen und fleischlichen Gelüste an dem aus diesem Ehebunde entsprießenden Nachwuchse, zu befriedigen gedenkt. Und mein Freund selbst ist noch keineswegs zu alt dazu, er kann und wird es tatsächlich fertigbringen. Nun, das genügt doch! Nicht wahr, ja? Sie sehen also, meine kleine, süße Eugénie, mit welcher Unsumme, welch' unerhört potenzierten Ziffer und Staffel blutschänderischer Verbrechen dieser mein honnetter und im übrigen durchaus ehrenwerter Freund sich bedecken und besudeln würde, wenn an dem Vorurteile und dem Gemeinglauben, daß die Blutschande oder derartige geschlechtliche Liaisons überhaupt ein Übel oder gar ein Verbrechen seien, auch nur ein Fünkchen oder ein Atom Wahres wäre.

Kurz! Nochmals, mit einem Worte gesagt, ich für meine Person gehe von dem folgenden Grundsatze aus: Würde die Natur, wenn sie uns Menschen die sogen. blutschänderischen Gelüste verbieten wollte, es zulassen, daß wir bei denselben gerade solch einen unsagbaren, undefinierbaren Hochgenuß empfinden? Es ist doch unmöglich, daß die Natur etwas dulden kann, was ihr nicht gefällt oder sie beleidigen und verletzen würde!...

EUGÉNIE: Ah!... meine teuren Lehrmeister, ich sehe wohl, daß es nach Euren Begriffen und nach Euren Prinzipien und Theorien gar sehr wenig Verbrechen auf der Welt gibt, und daß wir uns getrost und ruhig allen unseren Begierden, Leidenschaften und Gelüsten, mögen dieselben den Einfältigen und Toren, die sich über alles alarmieren, auch noch so sonderbar und toll erscheinen, hingeben können, ... denn unsere sozialen Gesetze sind eben nicht die edlen, lauteren Gesetze der Natur. Gebt Ihr mir, meine lieben Freunde, indes nicht zu, daß es trotzdem noch gewisse andere absolut verbrecherische Handlungen auf Erden gibt, wenn uns dieselben vielfach auch von der Natur diktiert und inspiriert scheinen? Ich will ja zugeben, daß diese Natur, da sie nun einmal so verschiedenartige Neigungen und Leidenschaften in unsere Herzen und Sinne gepflanzt hat, uns manchmal zu geradezu grausamen Dingen verleiten kann, aber wenn wir einmal im Banne dieser grausamen Gelüste den sogenannten Inspirationen der Natur noch weiter, der Art folgen, daß wie z.B. ein Attentat auf das Leben eines unserer Mitmenschen, also einen richtigen Mord begehen, so ist dies doch, wie Ihr mir hoffentlich zugeben werdet, zweifellos ein sehr großes Verbrechen!?...

DOLMANCÉ: Das können wir Ihnen keineswegs zugeben, meine liebe Eugénie!... Da doch die Zerstörung oder der Untergang oder das Vergehen alles Irdischen eines der ersten Naturgesetze ist, so kann auch nicht die Zerstörung von irgend etwas auf der Welt, auch nicht die eines armseligen, erbärmlichen Menschenlebens ein Verbrechen sein? Wie könnte überhaupt eine Handlung, deren die Natur sich ja selber bedient, sie die Natur oder ihre Gesetze irgendwie verletzen? Der Mord, die Vernichtung und Zerstörung eines Menschenlebens ist an sich selbst übrigens nichts als ein Hirngespinst, als Chimäre; denn der Mord ist überhaupt gar keine Zerstörung, er ist nur eine Formveränderung. Er gibt der Natur lediglich die Elemente wieder, aus denen sie mit ihrer Geschicklichkeit und Kunstfertigkeit den Menschen wie jedes andere Tier, die Pflanzen und alles, was auf Erden wächst und lebt, geschaffen hat und die sie, die Natur, sodann für die Erschaffung anderer Wesen verwendet. Der Mörder leistet der Natur demnach nur einen großen Dienst damit, daß er ihr die Materialien wiederverschafft, die sie sogleich wieder weiter benutzen kann, und die Tat dieses Mörders, die nur Toren und Schwachköpfe verdammen können, wird somit nichts weiter als ein Verdienst in den Augen der Natur, dieser allgewaltigen und allmächtigen Agentin und Lenkerin des Universums. Nur unser menschlicher Hochmut oder Übermut ist es, der uns den Mord als ein Verbrechen ansehen und bestrafen läßt, denn da wir uns als die ersten, und zwar nicht gerade als die bevorzugtesten aber doch als die erlauchtesten Geschöpfe des Weltalls betrachten, so glauben wir, daß jede körperliche Verletzung oder gar die Zerstörung des Lebens dieses sublimen Geschöpfes Mensch, notwendigerweise ein ganz enormes Verbrechen sein müsse. Wir glauben, daß mit uns zugleich die Welt oder vielmehr die Natur untergehen würde, wenn unser so großartiges, so wunderbares Menschengeschlecht auf unserer Erde, diesem winzigen Bestandteile des Universums, diesem Sterne unter all den anderen Gestirnen des Firmaments, diesem Atom im Weltalle einmal zerstört würde, und gänzlich. ausstürbe, während doch gerade unser Aussterben den schöpferischen Kräften der Natur die Gelegenheit und die Möglichkeit geben würde, aus unseren Elementen wieder ein anderes, und zwar vielleicht oder ganz sicher ein besseres Menschengeschlecht zu reproduzieren und neuzuschaffen, und hierbei ihre besonderen Fähigkeiten auf's allerglänzendste zu betätigen!... Aber welche andere Inkonsequenzen ferner, meine Lieben! Ein ehrgeiziger Souverän oder Herrscher darf getrost und straflos und ohne irgendwelche Skrupel Tausende und Abertausende von Menschenleben im Kriege vernichten, ohne daß man ihn einen Verbrecher nennt oder nennen würde, im Gegenteil als ein Held, als ein Halbgott sogar wird er gepriesen noch bei der allerspätesten Nachwelt!... Ebenso können grausame, fanatische oder tyrannische Gesetze, Richtersprüche und -urteile in jedem Jahrhundert Millionen von Menschen, nachdem ihnen der Prozeß gemacht, zur Todesstrafe verurteilen und mittelst des Henkerbeiles dahinmorden, und wir einfache Privatleute, wir sollten aus unserer Mitte nicht einmal ein einzelnes Individuum unserer Rache oder unseren Leidenschaften und Kaprizen zum Opfer bringen können? Gibt es etwas Barbarischeres und zugleich Lächerlicheres und Absurderes als eben diese Argumente und dürfen wir nicht, unter dem Schleier der Geheimhaltung und tiefster Verschwiegenheit für alle diese Albernheiten und Ungereimtheiten auch unsere Rache nehmen?... Doch wir werden auf diesen Gegenstand noch mal später zurückkommen!...

EUGÉNIE: Ja, gewiß!... Ah!... Wie sind sie doch so verführerisch, Eure Lehren und Belehrungen, meine Lieben!... Nun, ... sagen Sie mir, lieber Dolmancé, auf Ihr Gewissen... Ja? Haben

Sie nicht auch selbst schon in Ihrem Leben häufiger auf diese Art Ihre Leidenschaften und Kaprizen befriedigt?

DOLMANCÉ: Zwingen Sie mich nicht, Ihnen jetzt gleich und hier alle meine Fehler und sogenannten Schandtaten oder Verbrechen, die ich bereits in meinem Leben begangen habe, aufzuzählen und zu beichten; ihre Art und Anzahl würden mich selber hier vor Ihnen zum Erröten bringen. Doch ich will sie Ihnen später mal eines schönen Tages gern alle bekennen!...

MADAME DE SAINT-ANGE: Nun!... Und wie oft hat nicht schon selber ein verbrecherischer Richter oder Staatsanwalt, der das scharfe, schneidige Schwert der Gesetze handhabt und der doch der Hüter der Gesetze sein soll, diese dazu mißbraucht, um lediglich seine eigenen Begierden und Gelüste nach Grausamkeit zu stillen und zu befriedigen!...

DOLMANCÉ: Wenn ich mir nur nichts anderes, nicht noch bei weitem Schlimmeres vorzuwerfen hätte!...

MADAME DE SAINT-ANGE *(ihm zärtlich um den Hals fallend)*: Reizender, prächtiger, göttlicher Mann!... Ich bete Sie an, da ich Sie jetzt, heute... erst... ganz kennengelernt habe!... Welch' ein Genie, welch' hoher Geist spricht doch aus Ihnen und spricht zugleich auch meine verständnisvolle, Ihnen ja... ach... so verwandte Seele an!...

DOLMANCÉ: Sehr liebenswürdig von Ihnen!... Sehr lieb, dies von Ihnen zu hören, meine Gnädigste!... Nun, Eugénie, Sie liebes Mädchen, seien Sie doch offen zu uns, haben Sie denn bis jetzt in Ihrem Leben wirklich noch nie jemandem den Tod gewünscht?...

EUGÉNIE: O ja, ... ja!... Und ich habe sie ja alle Tage unter meinen Augen, diese schändliche, abscheuliche Kreatur, die ich schon seit langem ins Grab gewünscht hätte!...

MADAME DE SAINT-ANGE: Wir wissen wohl, wen Du meinst!...

EUGÉNIE: Nun?...

MADAME DE SAINT-ANGE: Deine Mutter!...

EUGÉNIE: Ah!... Laß' mich mein Erröten an Deinem Busen

verbergen!... *(Madame nimmt sie in ihre Arme und küßt und liebkost sie auf das Leidenschaftlichste.)*

DOLMANCÉ: Ah!... Eugénie, göttergleiches, engelhaftes, berückendes, süßes Wesen! Ich möchte Dich hierfür auch meinerseits mit meinen Liebkosungen erdrücken, und zwar als Belohnung für Dein soeben gemachtes Geständnis, für Deine so schnell und so stark gewordene Willenskraft, sowie für alle diese hehren Gesinnungen, Absichten und Pläne in diesem Deinen so reizenden Köpfchen.

(Dolmancé streift ihr einziges Kleidungsstück, ihr ohnehin bereits stark verrutschtes und hoch emporgerafftes Gaze-Hemdchen vollends von ihrem Körper, so daß sie jetzt ganz nackt dasteht, kniet vor ihr und küßt und leckt an ihrem ganzen, reizenden, noch unschuldigen Mädchenkörper von unten bis oben, insbesondere ihren Hintern, den er außerdem zugleich mit den Händen zärtlich streichelt und betastet, dann kräftiger betätschelt, kneift, sowie einige leichtere, liebkosende Schläge auf seine runden Bakken versetzt. Infolgedessen beginnt sein Schwanz allmählich steif zu werden. Madame de Saint-Ange umfaßt mit ihrer Hand seinen Schwanz, der noch steifer wird, während Dolmancé zugleich mit seiner anderen Hand sich auch auf Madames Arsch und dessen Loch verirrt, die ihrerseits mit ihm, Dolmancé, dasselbe tut bzw. seinem Hintern das Gleiche mit Zinseszins wieder zurückgibt.)

MADAME DE SAINT-ANGE: Nun!... Sehen Sie jetzt nicht, mein Lieber, daß ich Sie auch wirklich ein bißchen... liebe und... anbete?...

DOLMANCÉ *(nachdem ihn Madame durch ihr Onanieren bzw. Abwichsen seines Schwanzes befriedigt und er fertig geworden)*: Ah!... Ah!... Sie charmantes, süßes Weib!... Ich habe Sie ja... schon längst... angebetet!... Nun!... Eugénie, reizender Engel!... Und diese vorhin geäußerten sublimen, großartigen Ideen, warum sollten Sie, süßes Geschöpf, oder wir alle zusammen sie denn nicht auch ausführen?

MADAME DE SAINT-ANGE: Eugénie, Liebling!... Geliebte!... Auch ich habe meine Mutter gerade ebenso wie Du die Deinige gehaßt und verabscheut und ich habe im geeigneten Augenblicke nicht gezaudert!...

EUGÉNIE: Die Mittel haben mir bis jetzt gefehlt!...

MADAME DE SAINT-ANGE: Sage lieber der Mut!...

EUGÉNIE: Ach!... Ich war und bin doch noch so jung!...

DOLMANCÉ: Aber jetzt Eugénie, was würden Sie jetzt tun?...

EUGÉNIE: Alles! Gebe man mir die Mittel, dann wird man es sehen, ... erleben!...

DOLMANCÉ: Sie sollen sie haben, diese Mittel, süße Eugénie!... Ich... ich werde sie Ihnen liefern, aber ich stelle zuvor eine Bedingung hierfür!...

EUGÉNIE: Welches ist sie? Oder vielmehr, welche Bedingung könnte es sein, die ich hierfür nicht gerne zu erfüllen bereit wäre?...

DOLMANCÉ: Ich meine die Bedingung: Ihr Versprechen an Madame, Ihren Hintern von mir entjungfern zu lassen, sofort auszuführen!... Komm her, kleine Verbrecherin, Muttermörderin in spe, komme doch, komme in meine Arme, ... ich kann es jetzt ja nicht mehr aushalten!... Dein reizender, süßer Hintern er soll und muß jetzt unbedingt der Preis und Lohn für die Mittel werden, die ich Dir bezüglich Deiner Rache an Deiner Mutter versprochen habe. Komm her, süßer Engel oder vielmehr kommet alle beide her, meine lieben süßen Freundinnen, um durch die Ströme und Ergüsse unserer zu zelebrierenden Liebesorgien oder vielmehr unserer gemeinsamen Vögeleien das Feuer, das uns jetzt alle drei entflammt, zu löschen!...

MADAME DE SAINT-ANGE: Gern, gern!... Sehr gern, ... mein teurer, geliebter Freund!... Aber stellen wir doch vorher einen kleinen Spielplan oder ein Programm für unsere zu veranstaltenden Tableaux vivants, für diese unsere zu zelebrierenden Liebesorgien auf. Es tut dies, wie bei jedem anderen Spiele, auch bei unseren Liebesspielen not, die doch wohl speziell oder lediglich in den Hochgenüssen der sogenannten Sodomie oder Arschvögelei für Sie, lieber Freund, gipfeln werden!

DOLMANCÉ: Schön!... Nichts einfacher als das!... Also stellen wir mal folgendes Programm auf! Die Hauptsache oder die Hauptaktion für uns alle drei ist doch die Ausführung von Eugéniens hinterer Entjungferung, und zwar so, daß ich selber dabei fertig werde, und zugleich diesem unseren charmanten, kleinen Engel soviel Wonne und Wollust als irgend möglich bereite. Nun und hierzu müssen Sie, meine Gnädigste, allerdings Ihrerseits ein bißchen mithelfen, doch sollen auch Sie selber, Gnädigste, nach meinem Spielplan hierbei keineswegs zu kurz kommen oder vernachlässigt werden und mit uns zusammen genießen bzw. fertig werden! Also!... Ich schlage folgendes Programm vor:

1. Tableau vivant: Sie, Madame de Saint-Ange und Eugénie in der vorhin bereits von uns erwähnten Position der Ziffer 69, und zwar selbstverständlich Sie, Gnädigste, auf dem Rücken liegend und Eugénie über Ihnen so, daß Sie ihren Podex sowie ihr Vötzchen vor Ihren Augen haben, während Eugénie sich zwischen Ihren Beinen und mit dem Kopfe über Ihrem Venusberge befindet. Ich werde dann meinen Steifen in das noch unentweihte, jungfräuliche, kleine, süße Arschloch Eugéniens, unseres holden Kindes, hineinpraktizieren, wobei Sie, meine Liebe, die Sie in dieser Position der 69 selber ja doch nahe genug sein werden, mir mit Ihren Händen sogar ein bißchen behilflich sein können. Sobald meine Schwanzspitze erst die Pforte gesprengt hat bzw. mein Steifer mit der Entjungferung dieses herrlichsten Mädchenarsches, den ich je in meinem Leben gesehen, beginnen wird, befriedigen Sie, Madame, währenddessen ein bißchen Eugéniens Vötzchen, insbesondere ihren kleinen oder wie Sie ihn vielmehr vorhin nannten: noch so winzigen, und noch sowenig ausgebildeten Kitzler, und zwar fingerln, reiben und wichsen Sie ihn zunächst ein bißchen, erst andante dann presto und furioso und beißen, lecken, saugen und lutschen Sie ihn dann, und zwar ganz genau im Takt und genauen Tempo mit meinen Stößen in ihrem Arsche, bis zur vollständigen Entladung ab. Inzwischen werden Sie selber, Gnädigste, ja ebenfalls in dieser Position der 69 von unserem Kinde an Ihrer Votze gefingert sowie an Ihrem Rie-

senkitzler gewichst, vielmehr geleckt und bis zum Überquellen und Überströmen Ihrer Liebessäfte abgelutscht werden, und daß unser Kind dies alles aus dem »FF« versteht und es non plus ultra oder wunderbar und auf das allerfeinste ausführt, das hat sie uns vorhin ja bereits, und zwar an Ihnen selber bewiesen! — Nun!... Auf diese Weise müssen und werden wir in unserem 1. Tableau unfehlbar alle drei gleichzeitig und zusammen fertig werden!...

II. Tableau vivant, kurz skizziert: Vollständiger Rollenwechsel der mitspielenden Schauspielerinnen in dem reizenden Duette des 69; also Eugénie unten und Madame über ihr und gleichzeitige Arschvögelei Madames durch den einzigen Mann und gleichzeitigen Helden des Stückes im doppelten Sinne des Wortes, meine eigene Wenigkeit.

III. Tableau vivant: Vollständiger Wechsel der Szenerie oder vielmehr, wie ich sagen wollte, der Stellungen. Um unser hinten entjungfertes Kind noch ein bißchen zu schonen: nochmalige, erneute Huldigung bzw. Arschvögelei Madames also in zweiter, verbesserter Auflage und gleichzeitiges Feiern von Eugéniens Vötzchen durch mich, und zwar zur Abwechslung mal in einer anderen vielmehr in folgender Position. Sie, meine Allergnädigste, mit Ihrem Oberkörper rechtwinklig über diese Chaiselongue-Lehne gebeugt und mir auf diese Weise Ihren Hintern in seiner ganzen Pracht zur Verfügung stellend, während Eugénie von dem Kanapee aus auf Sie, bzw. als Reiterin auf Ihren Hals und Nacken heraufturnt, derart, daß sie mir ihr Gesicht zuwendet. Auf diese Weise wird zugleich Eugéniens süßes Vötzchen mir, Ihrem beiderseitigen untertänigsten und gehorsamsten Diener und Helden, zur Verfügung stehen und ich werde sie durch Abwichsen, Absaugen ihres winzigen Kitzlerchens ein zweites Mal genießen lassen, während ich Ihren allergnädigsten Hintern vögele und Ihnen dabei gleichzeitig durch Abwichsen Ihres Riesenkitzlers Erleichterung und Befriedigung verschaffe, so daß wir schließlich wiederum alle drei zum dritten Male fertig werden.

IV. Tableau und Schlußbild. Rollenwechsel der Damen oder Schauspielerinnen à la Nr. II. Ich arschvögle jetzt wiederum unser bereits hinten entjungfertes, ihrerseits über der Chaise-longuelehne gebeugtes großes Kindchen, das sicher selbst nunmehr daran Geschmack und Hochgenuß finden wird, zum zweiten Male. Sie, Madame, klettern oder turnen nunmehr auf Eugéniens Nacken, aber jetzt umgekehrt und anders als Eugénie in Nr. III, d.h. Ihren Arsch mit seinem kleinen schwarzen Arschloch meinem Gesichte zugewandt, das ich dann anstatt der Votze — ein bißchen hofieren kann. Ich werde also Ihr Arschloch ablutschen, geradeso wie ich es im III. Tableau mit dem runden, fetten Vötzchen und dem kleinen Kitzler Eugéniens getan habe. Gleichzeitig reiben und wichsen Sie sich selber, meine Gnädigste, mit Ihrem Zeige- oder Mittelfinger Ihr eigenes Vötzchen bzw. Ihren Riesenkitzler ab, oder reiben und reiten Sie ihn sich eventuell in Ihrer Position auf Eugéniens schönen Halse und Schwanennacken ab. Sie werden demnach wiederum fertig werden, wie ich selbst in Eugéniens süßen Arsche und auch Eugénie, unsere charmante Novizin, da ich mit meinen freien Händen ihren bezaubernden, berückend-schönen Körper umschlingen werde, um an ihren Votzenlippen zu fingern und insbesondere ihren Zwergkitzler so nett und prächtig abzuwichsen, daß auch sie zugleich mit uns zusammen zum vierten Male fertig werden wird. — Nun, daß ich für meine Person das Letztere: ich meine viermal kurze Zeit hintereinander fertig zu werden, auch wirklich leisten und zu Stande bringen werde, dafür will ich mich verbürgen und davon werden Sie sich, meine Damen, ja bald selbst überzeugen!...

MADAME DE SAINT-ANGE: Wirklich charmant, großartig, Ihr Programm, Dolmancé!... Nun gut, mein lieber Freund!... Wir sind einverstanden... Aber Eines, mein Lieber, Etwas wird Ihnen doch bei alledem fehlen, werden Sie doch wohl schmerzlich vermissen!...

DOLMANCÉ: Ich weiß wohl, was Sie meinen, Gnädigste... einen echten, rechtschaffenen Schwanz zugleich für meinen eigenen Hintern, und zwar zu gleicher Zeit, während ich den Hauptakteur mit Ihnen beiden spiele!...

MADAME DE SAINT-ANGE: Gedulden Sie sich vorläufig noch ein bißchen, wenigstens für den heutigen Nachmittag, Sie werden ihn bekommen. Sie sollen ihn haben, und zwar heute Abend noch! Der Chevalier, mein Bruder, wird uns wohl noch heute Abend besuchen, er wird der Vierte in unserem Bunde sein, liebe Eugénie, und unsere Vergnügungen und unsere Liebesszenen werden denn auf ihren Gipfelpunkt gelangen. — Vorläufig also, meine Lieben, auf zur Tat denn, ... unter uns dreien!... Beginnen wir also mit dem I. Tableau vivant, Eugénie, geliebter, süßer Schatz!...

DOLMANCÉ: Einen Augenblick noch, meine allergnädigste Madame!... Ich sehe es doch an den schmachtenden Blicken Eugéniens, was sie vorerst noch mal gar zu gern mit mir tun möchte. Also laß' sie es mir doch noch mal machen, ... mit ihren kleinen zarten Fingern, hat sie's doch schon vorhin so schön gemacht; also, ... laß sie meinen Schwanz doch noch schnell mal ein bißchen wichsen, um ihn für unsere Tableaux zu präparieren, ... meinetwegen auch ganz abwichsen, er wird darum gleichwohl keineswegs bei unseren Tableaux vivants versagen!... Ist es doch der Anblick Ihrer beiden reizenden, Göttinnen-gleichen Gestalten in Ihren holden und bezaubernden Evaskostümen ohne jegliches Feigenblatt, der mich, wenn mein Steifer schlapp würde, immer wieder von Neuem reizen und entflammen würde!... *(Eugénie fingerlt und wichst inzwischen an seinem Schwanze.)* Ja, ja, kleiner Liebling, so machst Du es recht, ... ein wenig schneller, ... schneller jetzt, ... mehr, ... mein süßer Engel, ... halte den rötlichen Kopf des Schwanzes, die Eichel ein wenig fester zwischen Deinem Daumen und Zeigefinger und reibe mit den anderen Fingern Deiner um den Liebesszepter festgeschlossenen Hand tüchtig, ... weiter, ... so, ... so... ist es gut; ziehe und streife jedoch mit Deinem Daumen nicht immer wieder die Vorhaut über die Eichelspitze!... Je mehr Du Deine um den Schwanz geschlossene hohle Hand bald ein bißchen fester, dann wieder ein bißchen loser, bald zärtlicher hin und her reibst, bald ein wenig energischer, nachdrucksvoller und kräftiger drückst, ihn also gewissermaßen mit der Hand wichsest, einen um so stolzeren und prächtigeren Steifstand desselben wirst Du erzielen. Niemals also darfst Du die in Folge des Steifwerdens zurückgetretene Vorhaut über die Eichel hinüberziehen, während Du bei dem Abwichsen eines Schwanzes beschäftigt bist, weil dies in den letzten kritischen Augenblicken immer wieder die Aktion des Wichsens selber unnützerweise verlangsamt. — Gut so, … mein geliebter Engel!… Bereiten wir also auf diese Weise den steifen Liebesszepter vor, der Dich alsbald durchbohren, und zwar zunächst Dein hinteres Loch entjungfern wird. — Gib mir doch mal gleichzeitig jetzt Dein kleines Schnäbelchen oder Dein Mündchen und Deine Zunge her, Du kleiner Schelm!… So!… Siehst Du, wie gut Dir das tut!… Lehne Dich jetzt zugleich mit Deinen prächtigen, vollen, Arschbacken etwas mehr und fester auf meine linke Hand, damit ich mit meinem Zeigefinger ein bißchen dein Arschloch vorsondieren kann, während ich zugleich mit dem Zeigefinger meiner rechten Hand Deinen jetzt doch schon ein bißchen größeren… ja, ja… sehen Sie doch mal selbst, Madame, viel… viel größeren, … fast wie eine kleine Bohne groß gewordenen, gleichsam sein Näschen hervorsteckenden oder neugierig hervorguckenden, … zuckenden, … und vibrierenden Kitzler abwichse!…

MADAME DE SAINT-ANGE: Ein wirklich charmantes, entzückendes Theatervorspiel dies, zu den folgenden Tableaux vivants!… Doch, höre mal, Eugénie, holder, süßer Schatz, … möchtest Du ihm, unserem teuren, süßen Freunde gleich nicht mal ein noch größeres Vergnügen, einen noch größeren Hochgenuß bereiten als mit Deinen Fingern, ich meine mit Deinem Munde?!…

EUGÉNIE *(die inzwischen zugleich mit Dolmancé fertig geworden ist)*: Gewiß doch, meine Liebste, für ihn könnte ich jetzt alles tun und unternehmen, für sein Vergnügen würde ich jetzt selbst durch's… Feuer gehen!…

MADAME DE SAINT-ANGE: Nun so nimm doch mal seinen augenblicklich wieder etwas schlapp gewordenen Steifen in den

Mund und sauge und lutsche ihn ein wenig ab!... *(Eugénie tut es.)*

EUGÉNIE: So?... Ist's recht so, Dolmancé, mein Freund, ... ja?

DOLMANCÉ: Ah!... Welch' köstliches, bezauberndes, sammetweiches Schnäbelchen, welch' warmes, süßes Mündchen unser kleines süßes Kind hat... welch' weiches, feuchtes, seidiges Zünglein, ... welch' kleine, spitze Zähnchen!... Ah!... Ah!... Wahrhaftig!... Finde ich doch in ihrem warmen, kleinen, feuchten Mündchen noch mehr Reiz als eventuell in dem allerschönsten und bezauberndsten aller Ärsche oder Arschlöcher, ... wenn auch der Vergleich ein wenig unästhetisch ist oder klingt. — Reizende, liebeslüsterne, junge Mädchen, verweigert Euren Liebhabern oder Geliebten niemals diese süßen Huldigungen und diesen Hochgenuß, Ihr werdet sie dann stets zu Euren Füßen und in Euren Ketten und Fesseln hängen und schmachten sehen. Ah!... Ah!... Verflucht!... Gottverdammt noch mal!... Ah... Ich halte es... nicht... lange aus!...

MADAME DE SAINT-ANGE: Und wie schön und nett Du dabei lästern und fluchen kannst, mein lieber Freund!...

DOLMANCÉ: Her mit Deinem Riesenarsche, reizendes Weib Du!... Ja, ja, ... reizende, süße Madame, geben Sie mir doch gleichzeitig auch ein bißchen Ihren Prachtarsch hierher, damit ich ihn ein wenig küssen, lecken und in seiner Spalte und ganz unten an dem kleinen schwarzen Loch saugen und lutschen kann, während unser Kind meinen Steifen so reizend ablutscht. — Wundern Sie sich übrigens nicht über mein Schimpfen und Fluchen; eins meiner allergrößten Vergnügen ist es zu lästern und zu fluchen, wenn mein Schwanz mir steif steht. Mir scheint's dann, als ob mein noch tausendmal stärker exaltierter Geist diese Chimäre nur um so mehr verachte und verabscheue, ich könnte sie dann nur noch mehr lästern, schmähen und beleidigen. Und wenn dann mein Fluchen und meine Lästerungen mich zu der Überzeugung von der gänzlichen Nichtigkeit dieses chimärenhaften Gegenstandes meines Hasses führt, dann regt und reizt mich das nur noch immer mehr und ich möchte dann dieses Nichts, dieses gar nicht existierende Phantom mir immer wieder im Geist vorstellen und lebendig machen, um meine ganze Wut wenigstens auf irgend etwas zu konzentrieren und auszulassen. Versuchen Sie es doch nur mal selber, meine süßen, reizenden Damen und Sie werden sehen, wie außerordentlich und zugleich unfehlbar das Lästern und Fluchen Ihre Wollust steigern und erhöhen wird. Aber Gott verdammt!... Gott verflucht noch mal!... So!... Ich sehe schon, ich muß mich oder vielmehr meinen Schwanz, so groß und unbeschreiblich auch mein Hochgenuß ist, doch von diesem charmanten, wonnigen Mündchen unseres Kindes zurück und fortziehen, sonst würde ich ihr sogleich meinen... ganzen... Samen in ihr Schnäbelein hinein... spritzen!... Ah!... Also, ... genug jetzt, Eugénie... Halten Sie ein jetzt... bitte!... So ist's recht! — Machen Sie sich jetzt fertig... meine Damen, ... ich bin jetzt gerade in der allerbesten Stimmung hierfür! Es beginnt also das I. Bild unserer Tableaux vivants, wie ich es Ihnen vorhin skizziert habe. Stürzen wir uns also alle drei in den Strudel der extremsten Wollust und Seligkeit!...

(Die Attitüde der Tribadie in der Position der Ziffer 69 des I. Tableau zwischen Madame und Eugénie vollzieht sich programmgemäß, und Dolmancé greift bereits Eugéniens Arschloch an.)

EUGÉNIE: Ach!... Wie fürchte ich mich doch für Ihre wohl vergeblichen und fruchtlosen Bemühungen und Anstrengungen, bei mir... da hinten, ... mein liebster Dolmancé!...

Denn das Mißverhältnis zwischen Ihrem Riesensteifen... und meinem armen kleinen Loch... ist ja doch gar zu groß...

DOLMANCÉ: Dummheit!... Wir werden uns sogleich davon überzeugen, mein Liebling!... Ich sodomisiere ja jeden Tag noch viel, viel jüngere Löcher; erst gestern Abend habe ich einen kleinen Knaben von sieben Jahren mit diesem meinen Riesensteifen in weniger als drei Minuten entjungfert!... Mut, Mut, ... süße Eugénie, Mut!...

EUGÉNIE: Ah!... Ah!... O, weh!... O, weh! Sie zerreißen... mich ja vollständig!...

MADAME DE SAINT-ANGE: Ein bißchen... sachte, bitte... ein bißchen zarter vorgehen, ... mein lieber Dolmancé!... Schonen Sie mir das Kind ein wenig... bitte!... Denken Sie daran, daß ich persönlich verantwortlich für Eugénie bin!...

DOLMANCÉ: Tun Sie inzwischen nur Ihre Pflicht, Madame, ... wichsen, lecken, saugen, lutschen Sie sie doch... tüchtig, ... feste, ... sie wird dann sogleich bedeutend weniger oder gar keine Schmerzen mehr fühlen!... Übrigens... ist die Sache... ja... schon... fertig!... Da, sehen Sie selbst, ich bin ja schon bis zum Hefte, bis an die Wurzel meines Schwanzes drinnen!...

EUGÉNIE: Ah!... O, weh!... Ja, ja!... Das ist aber durchaus nicht ohne Schmerzen abgegangen. *(Sich umdrehend)* Seht nur mal den Angstschweiß, der mir auf der Stirne steht!... Ah!... Mein Gott, ... noch niemals habe ich einen solch' akuten, durchdringenden, durchbohrenden Schmerz empfunden, nicht einmal bei einem schmerzhaften hohlen Zahne!...

MADAME DE SAINT-ANGE: Na!... Siehst Du wohl, mein Liebling, nun bist Du schon zur Hälfte, wenigstens von hinten, entjungfert. Jetzt bist Du also kein junges Mädchen mehr, sondern stehst im Range der Frauen gleich wie ich, allerdings erst zur Hälfte, — was Deine hintere Hälfte betrifft; Nun, man kann schon eine solche Gloire für ein bißchen Schmerzen erkaufen!... Und, im übrigen, meine Finger, meine Zunge, beschwichtigen sie denn Deine Hauptschmerzen nicht ein ganz klein wenig?

EUGÉNIE: O ja, ... ja!... Ja!... Freilich... Geliebte, süße Freundin, ... wie könnte ich es ohne diesen Deinen Beistand... sonst... aushalten?... Kitzele mich weiter... weiter... Du mein Engel!... Lecke, ... lecke, ... lecke doch jetzt... so, ... weiter, ... an meinem Kitzler, lutsche ihn... doch... noch... ein bißchen... mehr... mehr!... Mehr!.... Ich fühle es, wie sich unmerklich und unwillkürlich mein vorheriger akuter Schmerz in die höchste... Lust, in die süßeste Wollust verwandelt!... Stoßen Sie, ... stoßen Sie weiter zu... in meinem Hintern, ... Dolmancé, es schmerzt mich ja... jetzt... gar... nicht... mehr!... Ah!... Ah!... meine Lieben!... Ich sterbe!...

Dolmancé *(nachdem alle drei zusammen fertig geworden und nach einer kleinen Zwischenpause)*: Ah! Gottverdammt!... Gottverflucht... noch mal und doppelt und dreifach!... Wohlan denn, ... meine Damen!... Auf, ... zur frischen Tat, ... zum neuen, fröhlichen Vögeln!... Es ist jetzt nach Schluß der Zwischenpause bereits die höchste Zeit für unser charmantes zweites Lebendes Bild, ... ich halte es nicht mehr länger aus!... Also wechseln Sie jetzt sogleich die Rollen, ... bitte meine Damen, und zwar à la 69: Eugénie unten, ... Madame über ihr!... So ist's recht!... Charmant!... Ausgezeichnet!... Sinnberückendes Tableau!... *(Nachdem das Arrangement fertig ist, greift Dolmancé Madames Hintern an.)* Ja, ja!... Hier, mit und in diesem kleinen Loch, das zwar auch ein bißchen eng und klein ist, habe ich immerhin weniger Mühe und Arbeit!... Wie schön und schlank und glatt mein Meisterwerkzeug hineindringt!... Nun trotzdessen ist Ihr Riesenarsch, Madame, um den die Venus-Kallipyge oder die schön-, voll- und prachtarschige Liebesgöttin Sie beneidet haben würde, ich sage: gleichwohl ist Ihr kallipyger Riesenglobus nicht weniger, nicht im allermindesten weniger süß und deliziös als Eugéniens prächtiges Ärschchen!...

(Nachdem auf diese Weise wie im ersten Bilde alle drei zum zweiten Male zusammen fertig geworden, schreitet man nach einer Zwischenpause zum dritten Tableaux vivant. Madame über die Chaiselonguelehne gebeugt, empfängt eine erneute Huldigung Dolmancés in zweiter, verbesserter Auflage in ihrem riesigen Hintern, während Eugénie auf ihrem Nacken reitend, und zwar mit Dolmancé zugewandtem Gesichte, sich von letzterem ihr Vötzchen bzw. ihren Kitzler ablutschen läßt.)

Eugénie: Bin ich Ihnen... so... recht... Dolmancé, geliebter Freund!... Ja?!...

Dolmancé: Ausgezeichnet!... Wunderbar!... Diese purpurrote, schöne, kleine, lüsterne und gleichwohl noch immer jungfräuliche Scheide präsentiert sich mir ja halt so reizend, so kokett und von seinen mehrmaligen Exerzitien so mollig angeschwollen, gleichsam aufgepumpt, und zugleich so weit geöffnet bzw.

auseinander klaffend, mit einem Worte so verführerisch, daß ich es am liebsten nicht nur anknabbern, sondern an- oder zerbeißen und aufessen oder vielmehr ganz und gar auffressen und verschlingen möchte!... Und der vorhin noch so winzige kleine Schelm, der Kitzler, ist ja bereits bald so groß wie der Ihrige, Madame, so groß wie ein Riesenpraliné... und wie er fortwährend aufzuckt, sich aufbäumt und dabei sein spitzes Näschen hervorstreckt, wie er mich gleichsam anlächelt, als wenn er meiner Zunge entgegenkommen und mich geradezu auffordern wollte, ihn zu streicheln, zu schmeicheln, bzw. mit meinem Speichel seinen Durst zu stillen... mit einem Worte, ihn zu zerlutschen, oder vielmehr mit meinen Zähnen zu zerbeißen und gleich den übrigen Resten des Vötzchens aufzufressen!... Doch, nehmen Sie mir bitte, meine Damen, diese meine galanten Huldigungen, und zumal mir, dem eingefleischten Sodomiten, nicht übel! Ich weiß es, ich bin es ja eigentlich gar nicht wert, dies Vötzchen zu feiern, ich bin ja eigentlich viel zu ungeschliffen dazu!... Solche wonnigen Schätze, solche süßen Reize sind ja eigentlich nicht für mich geschaffen!... Nur allein der Wunsch, dieses unser holdes Götterkind in die ersten Lektionen und die weiteren Staffeln der raffinierten geschlechtlichen Wollust einzuweihen und es zu unterweisen, und zwar als ihr getreuer Lehrmeister, kann mich eventuell entschuldigen und jede anderen etwaigen Bedenken aufheben! — Nun, ich werde ihn denn also zum so und so vielten Male heute von neuem fließen lassen, diesen köstlichen Liebessaft dieses ihres kleinen, runden, üppigen Vötzchens; ich will ihn herauslutschen, und zwar ihr Vötzchen auspumpen und so vollständig, daß nichts... gar nichts mehr... darin... übrig bleibt!... *(Er tut es.)*

EUGÉNIE: Ah!... Ah!... Ah!... Dolmancé, ah!... Sie machen mich ja... tot, ... ja... ganz tot... vor... Seligkeit!... Ich kann nicht... nicht... mehr!...

MADAME DE SAINT-ANGE: Was mich betrifft, ich bin auch gleich... so... weit!... Ah! Dolmancé!... Fick, ... ficke mich doch... da hinten... weiter, ... Geliebter, ... feste... kitzele mich doch zugleich... mit Deinen Fingern vorne... kräftiger, ... wichse ihn doch... meinen großen Kitzler tüchtiger... schneller... schneller... ja, ja... so, ... so... ist's... gut, ... so... recht mein Schatz! Ah! Ah!... Ich spritze... ja... auch schon, ... ich bin fertig... und zugleich vorn wie hinten total... überschwemmt!... Ah!...

EUGÉNIE: Ich ebenso... mein Lieb... mein Engel!... Ah!... mein Gott!... Wie süß er mich da unten an meinem wirklich noch nie so groß und dick und angeschwollen gewesenen Vötzchen, noch nie so riesenhaften... Kitzler abgelutscht hat!...

MADAME DE SAINT-ANGE: Mein Gott! sagst Du?! Lästere... fluche doch, kleines Hurenmädchen!... Fluche doch lieber... ein bißchen... während Du fertig wirst!...

EUGÉNIE: Nun gut!... Gottverdammt noch mal!... Ich spritze noch immer, ... ich bin ganz... naß... da unten... wie überschwemmt!... Ah!... Welch' unbeschreibliche süße Seligkeit!

(Nachdem eine erneute Ruhepause eingetreten ist, wird zum vierten und Schlußbilde geschritten, und zwar Eugénie von Dolmancé abermals von hinten eingefädelt und vorne abgewichst, während Madame auf Eugéniens Nacken reitend Dolmancé ihren Kallipygen, sowie ihre Arschspalte und ihr kleines schwarzes hinteres Loch zur Rosenblätterfabrikation darbietet und sich zugleich mit ihren Fingern selbst befriedigt!)

DOLMANCÉ: Also auf, zum Schluß-Tableau jetzt, meine Damen!... Auf Ihre Posten! Ich wäre ja zum Narren gemacht, wenn ich mir das leckere Schluß-Tableau gerade an Ihrem bereits von mir entjungferten Ärschchen, und zwar jetzt in zweiter, verschönerterer Auflage entgehen ließe. *(Eugénie setzt oder stellt sich vielmehr in Positur über der Sofalehne.)* So, mein holder Engel, so... ist's recht!... Ah!... Ah!... Da wäre ich ja also, und zwar diesmal verhältnismäßig ganz leicht wieder in meinem göttergleichen Unterschlupfe drin, den ich vorhin erst entjungfert habe. Und nun flugs her, Madame, mit Ihrem göttlichen Riesenarsche und Ihrem noch göttlicheren Zwergarschloch, damit ich es bequem und nach allen Regeln der Kunst auslutschen kann!...

Ah!... Wie liebe ich es doch, einen Arsch zu küssen, zu lecken, seine Spalte und sein Loch mit Rosenblättern zu bedecken und abzulutschen, wenn ich ihn soeben erst gevögelt habe!... Ach!... Lassen Sie ihn mich gehörig hofieren, Ihren Kallipygen, während ich meine Liebessäfte in den Ihrer kleinen Freundin hineinspritze. Ah!... Ah!... süßer, unbeschreiblich süßer Fick das!... Wollen Sie es glauben, meine Gnädigste, daß er, mein immer noch Steifer sich diesmal bereits ganz leicht und ohne jegliche Mühe und Anstrengung in unseres Kindes Prachtärschchen hineingeschlängelt hat? Und Sie können es nicht glauben, wie sie, das Kind, mit ihrem kleinen Loch ihn mir zärtlich zusammendrückt und zusammenpreßt, als wolle sie ihn ganz verschlingen und ihn gar nicht mehr wieder von sich hinaus lassen! Gott verdammt und verflucht noch mal, wie schwimme ich in Seligkeit und Wonne!... Ah!... Ich bin fertig, ... ich kann nicht mehr, ... meine Säfte spritzen und fließen und entströmen mir... immerfort... und fort!... Jetzt bin ich aber wirklich und wahrhaftig, ... ganz und gar... tot!... Ah!...

EUGÉNIE: Und mir geht es, meine geliebte Freundin, ... bei seinem gleichzeitigen fortwährenden Kitzeln, seinem Reiben, Wichsen oder vielmehr Zerzausen meines schon ganz... kaputten, mir jetzt, auch... schon ein wenig schmerzhaften, und wehe tuenden... Kitzlers... gerade so!... Ah!... Ah!... Ah!...

MADAME DE SAINT-ANGE: Und mir inzwischen bei meinem eigenen, freilich etwas galanteren und zarteren Selbstwichsen meines äußerst feinfühligen und empfindsamen Kitzlers... ebenso! Ah!... Ah!... Ah!... Nun; ... Sehen Sie doch mal, Dolmancé, wie unsere kleine Schelmin, unsere kleine Schülerin sich gar' so schnell an die Arschvögelei gewöhnt hat, wie sie somit unserer beiderseitigen Erziehung alle Ehre machen wird!...

DOLMANCÉ: Ja ja! Sie haben Recht!... Und ich kenne in der Tat eine Unzahl junger Mädchen ihres Alters, die nichts auf der Welt dazu bewegen können würde, sich auf eine andere Art vögeln zu lassen als in ihren Hintern. Es ist ja nur das erste Mal, das ihnen Überwindung und ein wenig Schmerz kostet. Eine verheiratete

Frau aber darf es nur erst einmal von hinten geschmeckt oder gekostet haben und sie wird nie oder schwerlich mehr etwas anderes, ich meine eine andere Art des Vögelns oder Gevögeltwerdens bei gleichzeitigem Abkitzeln oder Abwichsen ihres Vötzchens bzw. Kitzlers, wünschen oder vorziehen, zumal wenn sie die Schwangerschaft vermeiden will!...

Also, meine Damen, unsere lebenden Bilder, bei denen wir selber die Akteure und die Zuschauer zugleich gewesen sind, wären beendigt, fertig; ich selber aber bin es auch; ich bin nach meinen viermal hintereinander an Ihnen ausgeführten Heldenexerzitien und meinen eines Hercules würdigen Kraftleistungen auch fertig, und zwar in dem zweifachen Sinne des Wortes!... Lassen Sie mich für einen eventuellen fünften und weiteren Akt vorläufig wenigstens einige Augenblicke frischen Atem holen und ein bißchen pausieren!

MADAME DE SAINT-ANGE: Nu sieh doch mal diese Männer, liebe Eugénie, süßer Schatz!... Kaum haben sie sich ein bißchen angestrengt, so sind sie schon vollständig fertig, geknickt, gebrochen. Ihre Gelüste sind kaum ein wenig befriedigt, so sehen sie uns kaum noch mit einem Blicke an, und diese ihre Ohnmacht und ihre Impotenz führt sie schließlich dazu, daß sie sich alsbald vor uns ekeln und uns Weiber geradezu verachten!

DOLMANCÉ: Ah! wie unrecht, ein wie großes, unverzeihliches Unrecht tun Sie gerade mir damit, meine Gnädigste, ich weiß, Sie ironisieren ja doch nur... mit mir, nicht wahr!?... Sie charmante Schönheits- und Liebesgöttin Sie, Madame!... *(Er umarmt und küßt sie alle beide nacheinander zuerst zärtlich, dann stürmischer und leidenschaftlicher.)* Sind Sie denn nicht alle beide geradezu, ja gleichsam wie zur Liebe geboren und mit Ihren körperlichen Reizen dazu geschaffen, daß man Ihnen huldigen, Sie verehren und anbeten muß, in welchem Zustande man sich auch immer befinde und wäre es auch mit dem allergrößten und traurigsten Schlappschwanze!...

MADAME DE SAINT-ANGE: Na!... Gut gesagt!... Übrigens tröste Dich, Eugénie, mein Liebling! Wenn sie, die Männer, das

Recht zu haben glauben, uns zu vernachlässigen, wenn sie selbst befriedigt sind, so haben wir Frauen nicht minder das Recht, sie zu verachten und zugleich die Macht, falls uns die periodische Impotenz oder Unfähigkeit oder Schlappheit ihrer Mannesinsignien oder kurz gesagt: ihre Schlappschwänze hierzu zwingen, uns an ihnen zu rächen. — Wenn, wie uns die Schriftsteller Sueton und Paracelsus berichten, der Kaiser Tiberius lediglich aus Kaprize, aus Grausamkeit die Frauen und Mädchen, die eben noch von ihm gevögelt wurden und seinen sonstigen geilen Gelüsten gedient hatten, hinopfern oder hinschlachten ließ, so hat andererseits die berühmte abessinische Königin Zingua von Angola bekanntlich alle ihre Liebhaber, ähnlich, wie die Bienenkönigin es mit den ihrigen, den Drohnen, tut, hingeopfert, hielt sie sich doch selbst gewissermaßen für eine solche von den Männern als unnützen Drohnen umschwärmte hehre Bienenkönigin!

DOLMANCÉ: Sie sind doch ein kleiner liebenswürdiger Schäker, allergnädigste Madame! Diese Heldentaten eines Tiberius und einer Zingua kann ich wohl verstehen und vom Standpunkte der damaligen Zeiten und Sitten auch begreiflich finden! Dergleichen kann doch nicht hier unter uns, in unserem engeren Kreise passieren, ich meine: daß wir uns gegenseitig aus Grausamkeit oder meinetwegen auch aus purer Liebe töten oder auffressen; das tun ja dem Sprichworte nach nicht einmal die Wölfe untereinander, auch diese fressen sich nicht gegenseitig auf, und zwar weder aus Liebe, noch aus Grausamkeit, noch aus Hunger, am ehesten noch aus dem letzteren Motive! Also habt ja keine Furcht für mich, meine Geliebten; ich könnte es wohl und wäre vielleicht dazu im Stande Euch ein Leid anzutun, ich kriegte es indes gerade Euch beiden holden, süßen Kreaturen gegenüber nimmermehr fertig!...

EUGÉNIE: O nein, nein, geliebte Freundin, ... ich glaube es Dolmancé auf sein ehrliches Wort und sein ehrliches Gesicht als das eines Gentlemans und zugleich eines der liebenswürdigsten Lebemänner, daß er niemals seine Kavaliersehre verletzen oder seine Gentlemanpflichten gegen uns beide mißbrauchen würde! — Aber kommen wir doch bitte, meine Liebe, auf den Gegenstand bzw. auf unseren oder vielmehr meinen großen Plan, Du weißt doch bezüglich meiner... Mutter... zurück, den wir vor Aufführung unserer Tableaux vivants bereits so schön erörtert und erwogen hatten und der nicht nur mich sondern uns alle drei so sehr entflammt hat!...

MADAME DE SAINT-ANGE: Was? Du kleiner Schelm, Du Liebling!... Du denkst also wirklich immer noch daran? Ich dachte faktisch, daß diese ganze Geschichte nur eine plötzlich aufgetauchte fixe Idee in Deinem reizenden unschuldigen Köpfchen gewesen sei!...

EUGÉNIE: Keineswegs, meine Liebe! Es ist das im Gegenteile meine allerlauterste Gefühls- und Herzensregung, mein größter Herzenswunsch, meine allerfesteste Absicht und ich werde nicht eher befriedigt sein und ruhen, als bis diese Tat, oder nenne es meinetwegen so, dies Verbrechen vollzogen ist!...

MADAME DE SAINT-ANGE: Ach!... Habe doch Einsehen, Kind, ... habe doch ein bißchen Mitleid, ... denke doch daran, es ist doch immer Deine Mutter!

EUGÉNIE: Ach was, ... Mutter!... Ein leerer Titel, weiter doch... nichts!...

DOLMANCÉ: Unsere Kleine hat vollkommen Recht, meine liebe Madame, absolut Recht! Was heißt denn überhaupt Mutter? Hat denn ihre Mutter, als sie Eugénie in die Welt gesetzt hat, ich meine: als sie mit ihr schwanger war und sie geboren hat, gerade oder besonders an sie, ihre Tochter, gedacht, wollte sie überhaupt gerade Mutter einer Tochter sein, oder überhaupt Mutter werden? Hätte es nicht ebensogut ein Junge sein können, oder gar nichts, vielleicht nur eine Mißgeburt, oder Frühgeburt, oder Totgeburt? Sie hat sich nur einfach vögeln lassen, weil sie Vergnügen daran fand, ohne dabei auch nur im allermindesten gerade eine bzw. gerade diese Tochter, gerade Eugénie als ihre Tochter dabei im Auge zu haben. Was heißt also Mutter?!... Was geht also, umgekehrt dieser Tochter überhaupt ihre Mutter an?!... Mag Eugénie also doch mit Rücksicht hierauf vollkommen tun und lassen, was ihr beliebt! Lassen wir ihr also doch uneingeschränkteste, absolute Freiheit des Handelns und begnügen wir uns damit, ihr zu versichern, daß sie bei uns jegliche Hilfe und Unterstützung für ihre edlen Pläne und Absichten finden werde, und daß, was sie auch immer in dieser Beziehung unternimmt und tut, niemals etwas Übles oder gar ein Verbrechen sein kann!

EUGÉNIE: Ja, ja, meine Lieben, ... ich verabscheue und hasse dieses Scheusal ja so sehr und tausend Gründe für einen rechtfertigen ja meinen Haß auch der Art, daß ich am liebsten ihren... Tod wünschte, um welchen Preis es auch immer sein mag und was es auch für mich koste!...

DOLMANCÉ: Nun gut denn, Eugénie, süßer Schatz!... Da Dein Entschluß einmal fest und unerschütterlich ist, so sollst Du ihn auch zur Ausführung bringen, ich verspreche und schwöre es Dir; und also, sobald die Gelegenheit hierfür gekommen und günstig ist, kannst Du Dich meiner Hilfe und Unterstützung versichert halten!... Aber erlaube mir, Dir vorher einige Ratschläge zu erteilen, die Dir vor der Ausführung der Tat selbst nur von größtem Nutzen sein können. Laß' Dein nur uns dreien bekanntes Geheimnis vorher gegen niemanden entschlüpfen, meine Liebe, und vor allen Dingen handle allein, selbständig, ich meine, ohne einen anderen Komplizen als mich allein. Nichts ist gefährlicher, als noch andere und mehr Mitwisser und Komplizen oder Mitschuldige zu haben und traue in dieser Beziehung auch nicht etwaigen anderen noch so intimen und Dir ergebenen Freunden und Freundinnen, außer mir und Madame de Saint-Ange: Denke an den berühmten Ausspruch Machiavellis: Man darf bei Attentaten auf das Leben anderer nie Komplizen haben und wenn man sich ihrer einmal bedient hat, so entledige man sich derselben und bringe sie baldmöglichst um die Seite! — Außerdem denke aber auch daran, liebe Eugénie, daß, bevor Du zu der Tat selbst schreitest, Du Dein Opfer erst durch ein bißchen heuchlerischen, falschen Schein vorbereiten, es gewissermaßen gefügig machen und umgarnen mußt, bevor dasselbe in Deinem Netze unrettbar verloren und sein Leben verwirkt ist. Nähere Dich daher zuvor diesem Deinem Opfer heuchlerischerweise, und zwar mehr als Du es zuvor getan, beklage es, tröste es in seinem vermeintlichen Ungemach, nimm den größten zärtlichsten Anteil an allen seinen Leiden und Freuden, wiege es in Sicherheit. Hätschele es geradezu vorher und schwöre ihm oder vielmehr ihr, Deiner Mutter, daß Du sie... anbetest, ja tue noch mehr: überzeuge sie durch Deine falschen, heuchlerischen Liebkosungen geradezu davon, in diesem Falle gerade kann die Heuchelei und Falschheit gar nicht weit genug getrieben werden! — Nero streichelte und vögelte seine Gemahlin Agrippina in derselben Barke noch kurz vorher, von welcher er sie darauf wie ein ekliges Gewürm von sich und in das Meer schleuderte, den Haien zum Fraße. — Nimm Dir gerade dies Exempel zum Muster, meine Liebe, und bediene Dich daher eines jeglichen Betruges und jeglichen falschen Scheines, den Dein Geist nur ersinnen und der Deinen Zwecken dienlich sein kann! Wenn eine Portion Lüge, Scheinheiligkeit, Falschheit, von welchen Tugenden ja übrigens Deine Mutter, der hiermit nur gleiches mit gleichem vergolten wird, selber ein Vorbild und Modell ist, den Weibern immer eigen ist und auch not tut, so ist sie geradezu unumgänglich nötig in den Fällen, wo sie gerade als Mittel zum Zweck dienen soll. Und der Zweck heiligt ja bekanntlich die Mittel!...

EUGÉNIE: Ich werde mir dieses alles strikte und auf's gewissenhafteste angelegen sein lassen, zweifelt nicht daran, meine Lieben! — Aber ich möchte nun von Ihnen hören, lieber Dolmancé, ob Ihrer Meinung nach diese Falschheit des Charakters, die Sie als ihnen allen eigentümlich insbesondere den Frauen unterstellen, in der Welt absolut nötig ist, ich meine: ob sie allen Menschen mehr oder minder eigen ist oder vielmehr eigen sein sollte!...

DOLMANCÉ: Allerdings!... Zweifelsohne sollte sie es sein, und ist sie ja auch im menschlichen Leben unumgänglich nötig und in der ganzen Welt verbreitet: diese Scheinheiligkeit, Heuchelei und Falschheit! Wie sollte es sonst, ich bitte Sie, möglich sein, daß man so oft und alle Augenblicke, auf Schritt und Tritt, wenn man selber ein noch so tugendsames und ehrbares und sittenreines Individuum sein mag, falschen, hinterlistigen, heuchlerischen Kreaturen oder Kanaillen in die Hände fällt und von ihnen düpiert wird? Und umgekehrt wiederum, wie kann jemand, der heutzutage weder den Willen, noch die Macht, noch die mindeste Anlage zur sogenannten Tugend oder Tugendhaftigkeit besitzt, — was doch gerade nicht wenigen Leuten auf der Welt passiert, — es überhaupt zu etwas im Leben bringen oder zu ein wenig Reichtümern oder Ehrenstellen u.s.w., die ihm sonst seine Konkurrenten vor der Nase wegschnappen würden, gelangen, wenn er nicht den Heuchler, Scheinheiligen, Kriecher, Schwanzwedler oder gar den Spitzbuben zu spielen versteht, mit einem Wort: eine gute Dosis oder soviel Falschheit, Hinterlist und Betrug wie möglich aufbietet?!... Ist denn aber auch tatsächlich die forcierte Tugendhaftigkeit, oder nicht vielmehr allein deren Schein für unser soziales Leben maßgebend und notwendig? Zweifelsohne genügt der Schein der Tugend allein und vollkommen!... Will man seinen Mitmenschen bezüglich seiner Tugend oder seiner tugendhaften Eigenschaften Sand in die Augen streuen, so genügt doch schon der äußere Schein der Tugendhaftigkeit hierzu, denn der größte Tugendheld ist ja auch zugleich der größte Egoist, wie ich Ihnen, meine liebe Eugénie, ja schon vorhin bei Besprechung der sogenannten Wohltätigkeit oder Nächstenliebe näher detailliert habe. Seine Mitmenschen haben also ohnehin nichts oder nicht viel von ihm bzw. von seinen tugendhaften Eigenschaften, so daß es also schließlich ganz egal ist, ob er als ein Tugendheld gilt oder verschrien wird oder nicht! — Die Charakterfalschheit ist demnach, nochmals kurz wiederholt, für jedermann, der im Leben emporkommen will, durchaus und unumgänglich notwendig. Der falsche Mensch hat stets eine Art Priorität oder Vorrang und triumphiert stets über die so genannten Dummen unter seinen Mitmenschen, die nicht alle werden; nur er allein hat in in allem Erfolg, was er sich vornimmt und ausführt, und wäre es noch so lasterhaft und verbrecherisch. Er hat immer Recht, wenn der Dumme oder vielmehr der Tugendhafte Unrecht hat, er erlangt Macht, Ehre, Reichtümer, während der andere ewig eine Null bleibt, ja er wird schließlich von der öffentlichen Meinung vergöttert, während der andere in den Staub gezogen, verhöhnt und verachtet wird; denn, wer den Schaden hat, braucht für den Spott nicht sorgen! Nun, geht es im Leben nicht wirklich und tatsächlich so zu? Also geben wir uns nur getrost und immer der allergrößten Charakterfalschheit hin, betrachten wir dieselbe als den Schlüssel alles menschlichen Glückes auf Erden und freuen wir uns allein in dem pikanten Bewußtsein unserer Spitzbubenhaftigkeit darüber, unsere Mitmenschen so oft wie möglich düpiert bzw. sie recht ordentlich geschädigt und zum Narren gehalten zu haben!...

MADAME DE SAINT-ANGE: Nun, wohl, ich denke hierüber gerade und ganz genau so wie Sie, lieber Dolmancé und auch Eugénie, unsere Kleine, wird jetzt sicher wohl gerade so hierüber denken wie wir beide, sie wird auch Ihre Ratschläge befolgen sowie ihre eigenen Entschlüsse ihrer Mutter gegenüber... zur Ausführung bringen, nicht wahr, mein Schatz? — Lassen Sie uns, bitte jetzt unser vorhin begonnenes Thema über die verschiedenen besonderen Gelüste, Geschmacksrichtungen und Kaprizen der Männer bei ihren intimeren geschlechtlichen Verkehre mit uns weiter fortsetzen, meine lieben Freunde! Gerade dieses Gebiet muß übrigens auch ein ganz außergewöhnlich großes sein!... Da wir soeben bereits unsere kleine, herzige Schülerin in einige süßere praktische Mysterien eingeweiht haben, so wollen wir doch auch die Theorie nicht ganz vernachlässigen, zumal wir alle drei doch noch von den plastischen Darstellungen unserer Tableaux vivants ein bißchen erschöpft sind und uns daher ein wenig Erholung und Ruhe für die Fortsetzung unserer praktischen Übungen und Demonstrationen mit dem Chevalier, meinem Bruder, not tut!...

DOLMANCÉ: Schön, meine Gnädigste!... Ich glaube indes, daß die eingehenderen Details gerade über die besonderen Geschmacksrichtungen, Gelüste und Kaprizen der Männer in ihrem geschlechtlichen Verkehr mit dem anderen, schöneren Geschlechte für ein junges Mädchen wie unsere Eugénie nicht von großem Werte und Belang sind, da unsere Kleine speziell doch wahrscheinlich nicht das Metier einer Prostituierten oder Hure ergreifen sondern sich jedenfalls verheiraten wird, und in letzterer Voraussetzung möchte ich zehn gegen eins wetten, daß ihr künftiger Gatte höchstwahrscheinlich gerade diese Gelüste nicht besitzen wird. Wenn es dennoch der Fall wäre, nun so haben wir ihr ja bereits vorhin ihr Verhalten in dieser Hinsicht anempfohlen, nämlich einerseits möglichstes Entgegenkommen, Gefälligkeit und Nachsicht mit ihrem Gatten, andererseits aber auch viel Falschheit, Treulosigkeit, Untreue und Selbstentschädigung für dieses Entgegenkommen und die Nachsicht mit ihm, und zwar möglichst in Verschwiegenheit, im Geheimen! — Wenn Sie, meine liebe, reizende Eugénie, indessen doch einige nähere Analysen oder Aufschlüsse über die besonderen Gelüste und Vorlieben der Männer von mir zu hören wünschen, so möchte ich dieselben ganz kurz in die folgenden drei zusammenfassen,

erstens: die Sodomie oder Vorliebe der Arschvögelei,

zweitens: die antireligiösen, bzw. profanen Gelüste, die gerade während des Liebesaktes zum Ausdrucke kommen, sowie insbesondere die absoluteste Obszönität, Indezenz oder Schamlosigkeit während des sexuellen Verkehrs der beiden Geschlechter miteinander und

drittens: die grausamen Gelüste oder die Verübung allerlei Grausamkeiten während des Liebesaktes bzw. überhaupt in dem geschlechtlichen Verkehr mit dem anderen Geschlechte.

Was zunächst die Sodomie oder Arschvögelei betrifft, deren enthusiasmiertester Anhänger und Verehrer, ja ihr allergrößter Freund, ich selber zu sein mich rühme, so ist diese Passion oder Neigung heute zu Tage, wie sie es bereits in den allerfrühesten Zeiten des grauen Altertums war, die allerverbreitetste, allgemeinste, allbeliebteste und zweifelsohne zugleich die allersüßeste für uns Männer — wenigstens für mich. — Lassen Sie uns, meine liebe Eugénie, zu den Ihnen vorhin bereits ausführlicher über die Sodomie mitgeteilten Details noch einige wesentlichere Punkte nachtragen, die ich vorhin zu erwähnen vergessen habe! — Also, es gibt selbstverständlich zwei Sorten von Sodomiten, und zwar den aus Passion sodomsierenden Mann oder den aktiven Sodomiten, und die in den Arsch gevögelte männliche oder weibliche Person, den passiven Sodomiten oder richtiger: den Sodomisierten. Man hat nun öfters die Frage aufgeworfen, welche von den beiden Personen, die aktive oder passive, eigentlich mehr Genuß und Wollust bei dem Akte verspüre? Nun, nach meiner Meinung haben sie beide den gleichen Hochgenuß dabei, in gewisser Beziehung aber die passive Person, und zwar insofern vielleicht einen höheren als sie meist zugleich vorne und hinten genießt, falls sie währenddessen zugleich abgewichst, oder abgekitzelt wird, wenn es ein Mädchen ist. Ist der Passive ein Mann, so ist es für den letzteren ganz besonders reizend und süß, gewissermaßen sein Geschlecht zu metamorphosieren, so deliziös, die Hure zu spielen, ich meine damit: sich selber einem anderen Manne hinzugeben, der ihn als Frau, als Hure behandelt, diesen Mann seinen Liebhaber zu nennen, von ihm seine Geliebte genannt zu werden etc. etc. Ah!... meine lieben Freundinnen, welche Wonne und Seligkeit liegt doch gerade darin, ... Sie können es mir ja gar nicht glauben?!... Ich will mich jedoch jetzt auf die Schilderung der sodomitischen Genüsse der Frauen oder Mädchen als passive Personen beschränken sowie Ihnen gleichzeitig, liebe Eugénie, einige besondere und wichtigere Ratschläge hierfür erteilen, die ich vorhin noch nicht erwähnt zu haben glaube. Ich habe Sie ja hinten entjungfert, Sie haben also die Genüsse der passiven Person an sich selbst zur Genüge durchgekostet, und soviel ich gesehen habe, bin ich fest überzeugt, daß Sie eines Tages noch sehr große, ja, ja... Riesenfortschritte in dieser Karriere machen werden. Ich ermahne Sie daher, diese Passionen und Genüsse der fleischlichen Liebe ganz besonders zu pflegen, wie ich anderseits auch dessen gewiß bin, daß Sie diesen Rat auch wirklich befolgen werden.

Beherzigen Sie also folgende Punkte, wenn Sie sich in Ihren reizenden, süßen Arsch hinein vögeln lassen. Selbstverständlich lassen Sie sich zunächst, wie ich Ihnen schon vorhin empfohlen habe, Ihren kleinen Kitzler gründlich bis zur völligen Abfuhr und Entladung oder bis zum Spritzen Ihrer Liebessäfte wichsen, und zwar entweder von Ihrem Hinterficker oder auch von einer dritten Person, die mit im Bunde ist. Nichts auf der Welt vermählt sich und macht sich schöner als diese beiden Ströme vorn und hinten, in Ihrem süßen Vötzchen und zugleich in Ihrem — für mich wenigstens — noch süßeren Hintern!... Dann aber gebrauchen Sie bitte kein Bidet, d.h. keinerlei nachträgliche Toilette oder Reinigung oder Säuberung oder Abtrocknung Ihres Arsches mittelst feinen Linnens oder Schwammes oder irgendeines anderen sonstigen Gegenstandes. Die jedesmalige in das hintere Loch getriebene Bresche soll stets offen und ungereinigt und unangetastet bleiben, denn gerade hieraus resultieren ja für die passivgevögelte Person wonnige und wollüstige Sensationen und Kitzelgefühle, die gar nicht zu beschreiben sind und die nach einer sorgfältigen Toilette der betreffenden Partien nur vollständig aufgehoben werden würden. Sie haben gar keine Idee, wie sich gerade die wollüstigen Gefühle hierdurch erhöhen und verlängern, wenn man so verfährt, wie ich eben angegeben, d.h. also keine sofortige oder auch selbst nachträgliche Toilette macht. Ist die letztere jedoch aus anderen Gründen, die wir sogleich erwähnen werden, nötig, nun, so meiden Sie jedenfalls alle adstringierenden, desinfizierenden oder schwachsäuerlichen Toilettemittel oder Waschungen; diese verursachen nur sogenannte Hämorrhoiden und diese machen dann die Arschvögelei unnützerweise schmerzhaft! Gestatten Sie ferner niemals, daß Ihnen mehrere Männer nach- oder hintereinander in Ihren Arsch vögeln bzw. ihre Liebessäfte da hinein verspritzen. Diese sogenannte Saftmelange, dieses Mixtum compositum von mehreren verschiedenen Schwänzen, wenngleich an sich nicht ohne Reiz vielmehr von großer seliger Wonne und Wollust begleitet, zumal wenn Sie zugleich mehrere Male hintereinander von verschiedenen männlichen Fingern vorn an Ihrem Kitzler abgefertigt oder abgewichst werden, ist doch mitunter für die Gesundheit nachteilig und daher gefährlich! In diesen Fällen also machen Sie ja Toilette und reinigen und spülen Sie sich ihr hinteres Loch nach einer jeden erfolgten Einspritzung der Liebessäfte Ihrer Herren Liebhaber recht sorgfältig aus!...

EUGÉNIE *(sich zu Madame de Saint-Ange wendend)*: Aber wenn mir einmal da vorne... hinein die Einspritzung von mehreren galanten Schwänzen zu Teil würde, wäre es dann nicht, ein Verbrechen, diese wegzuspülen und fortzuschaffen?...

MADAME DE SAINT-ANGE: Keineswegs, mein Liebling!... Gerade im Gegenteil!... Gerade das allergrößte Verdienst wäre es, dies zu tun!... Glaube doch ja nicht, kleines Dummchen, daß es ein großes Übel oder gar ein Verbrechen sei, den sogenannten männlichen Samen auf diese Weise fortzuschaffen und somit seinem eigentlichen Zwecke zu entziehen, da ja die Fortpflanzung des Menschengeschlechtes, wie wir Dir bereits vorhin eingehend vordemonstriert und detailliert haben, nicht von der Natur gewünscht sondern nur lediglich geduldet wird, wir ihr also hiermit nur einen großen Dienst erweisen, wenn wir diesen glibbrig-ekligen Stoff aus unseren Scheiden sobald als möglich wieder herausspülen und ihn somit unschädlich machen! Darum, Eugénie, sei stets die geschworenste Feindin des an sich ja auch so ekelhaften Kinder-Gebärens und beseitige stets auf's allerschnellste, selbst in Deiner etwaigen späteren Ehe diesen ekligen, perfiden, männlichen Likör, der lediglich zu nichts weiter dient, als unsere Büsten oder Taillen zu verderben, wenn wir schwanger werden, ferner alle unsere späteren wollüstigen Sensationen und süßen, geilen Gelüste zu ertöten, unsere Gesundheit auf's höchste zu beeinträchtigen und zu schädigen, und uns frühzeitig altern und hinwelken zu lassen! Verpflichte eventuell Deinen späteren Gatten, sich mit der sofortigen Ausspülung Deines Vötzchens nach dem Vögeln zufrieden zu geben, sage ihm, daß Du die Babys oder die kleinen Kinder geradezu verabscheust, daß Du ihn darum anflehest, Dir keine zu machen, und offeriere ihm daher lieber alle anderen Manieren und Arten des Amüsements und der sexuellen Vergnügungen, die ich Dir vorhin auch schon näher detailliert habe, ich meine: laß' Dich lieber in Deine

Hand oder in Deinen Mund, oder in Deinen prächtigen Hintern vögeln und Dich dabei gleichzeitig selber von ihm durch Abwichsen befriedigen! Beherzige aber auch tatsächlich diese meine Ratschläge, meine liebe Kleine, denn ich erkläre und versichere es Dir: ich habe einen derartigen Ekel und Abscheu vor der Kinderfabrikation, und zwar sowohl vor der gedankenlosen und unbeabsichtigten wie vor der absichtlichen und gewerbsmäßigen, daß ich von dem Augenblicke an, wo Du, mein Liebling, schwanger würdest, aufhören würde, Deine Freundin zu sein. — Na!... Und wenn Dir dies Malheur trotz alledem, und zwar ohne Deine erwiesene Schuld und Absicht doch einmal passieren sollte, nun so benachrichtige mich wenigstens alsbald, und zwar rechtzeitig in den ersten sieben oder acht Wochen. Ich werde Dir dann ganz sacht und sachgemäß die Geschichte schon deichseln, bzw. Dir, Eugénie, liebes Kind, die Sache, ich meine: das in der Entstehung begriffene Baby aus Deiner Gebärmutter abtreiben bzw. hinausbefördern! Fürchte Dich ja keineswegs vor diesem sogenannten Baby- oder Kindesmorde, denn erstens ist es ja noch kein Baby sondern soll es erst nach langer bzw. längerer Zeit werden; es handelt sich demnach nur um einen sogen. Abort oder die künstliche Frühgeburt oder das Abtreiben des Fötus, der Frucht in der Gebärmutter, und dies ist ebensowenig oder zum mindesten doch noch weniger ein Verbrechen zu nennen als der Kindesmord selbst. Denn da es noch kein entwickeltes Baby ist, so sind wir doch immerhin selber die Herrinnen über das, was wir in unserem Leibe oder in unseren Eingeweiden tragen, und wir tun mit der Fortschaffung dieses Inhalts unserer Eingeweide — und die Gebärmutter gehört doch auch zu unseren Eingeweiden — ebenso wenig ein Unrecht oder ein Übel als mit der Fortschaffung oder Purgierung anderer, ich meine: eventuell des Inhalts unserer Därme, wenn sie verstopft sind, und wir das Bedürfnis hierfür haben und empfinden, durch laxierende oder purgierende Abführmittel!...

EUGÉNIE: Aber wenn das Kind schon vollkommen entwickelt und ausgebildet wäre, meine Liebe!?...

Madame de Saint-Ange: Und wäre es bereits zur Welt gekommen, so wären wir selbst in diesem Falle keineswegs weniger die Herrinnen, dies zu tun, d.h. das Kind zu töten, einen sogenannten faktischen Kindesmord zu begehen. Es gibt in der Welt kein anderes unanfechtbareres und unzweifelhafteres Recht als das der Gewalt der Mutter über ihre eigenen Sprößlinge, ihre Kinder; es gibt kein Volk in der ganzen Welt, das diese Wahrheit nicht auch anerkannt hätte, und diese letztere ist eben in der menschlichen Vernunft und in dem allgemeinen Naturprinzip begründet!...

Dolmancé: Freilich ist dieses Recht der Mutter bezüglich des Kindesmordes in der Natur begründet, das ist unbestreitbar!... Allein und lediglich der verrückte Glaube oder vielmehr der Aberglaube an Gott, eine Gottheit, ein göttliches Wesen ist die Quelle oder Ursache dieser außerordentlich großen zum Himmel schreienden Irrtümer gewesen, den Kindesmord als ein Verbrechen zu erachten. Denn die gottgläubigen, davon überzeugten Schwachköpfe und Toren glauben, daß wir unsere Existenz allein Gott verdanken und nicht, wie die Tiere, lediglich dem Vögeln unserer Eltern, und daß sobald ein Embryo oder ein Fruchtkeim im Mutterleibe heranreife, eine kleine Seele gewissermaßen von Gott selbst losgemacht oder losgelöst und ausgesandt, also eine göttliche Seele vom Himmel herabgeflogen komme, um sie, die Frucht im Mutterleibe, zu beleben, — diese albernen einfältigen Schwachköpfe, sage ich, mußten freilich in dieser ihrer Borniertheit die Tötung einer derartigen kleinen Kreatur als ein großes Kapitalverbrechen ansehen, da es ja nach ihrer Meinung nicht dem Menschen sondern Gott angehöre, ein Werk Gottes sei, also ihm, Gott allein, gehöre. Nun!... Wird das Kalb oder das Lamm denn nicht ebenso von Gott geschaffen, ist es nicht ebenso ein Gottesgeschöpf wie das Menschenkindlein und wird es nicht gleichwohl alle Tage hingeopfert, getötet, zerstückelt und... aufgespiesen, ohne daß dies ein Verbrechen bei uns wäre? — Heute zu Tage allerdings, seitdem die Leuchte der Philosophie und der Wissenschaften alle diese törichten und wahnwitzigen Betrügereien, Vorurteile und Ideen zerstört, seitdem die Gottheit als Chimäre oder Hirngespinst gekennzeichnet, verurteilt und abgetan ist, seitdem die Gesetze, Normen und Lehren der Naturwissenschaften insbesondere der Physiologie und der Embryologie uns das Grundprinzip der Fortpflanzung oder der Entwickelung der tierischen Geschlechter wie aller lebenden Wesen überhaupt, und zwar des Menschen gerade so wie der Tiere und selbst der Pflanzen, und der Mensch ist doch in körperlicher Beziehung nichts anderes als jedes andere Säugetier — klarer gestellt und bewiesen haben, ich sage: heute liefert uns diese Materie des Mechanismus der Fortpflanzung und der Geburt durchaus nichts Erstaunlicheres als das des Entstehens und Wachstums eines Getreidekorns. Alle diese vorbezeichneten Irrtümer beruhen demnach lediglich auf einer vollständigen Unwissenheit und Verkennung der allereinfachsten Naturgesetze. Nach Maßgabe unserer doch unbestreitbaren und unbestrittenen Menschenrechte sehen wir daher in unserem vernünftigen heutigen Zeitalter ein, daß wir vollkommen frei sind und die Berechtigung dazu haben, das, was wir meist nur widerwillig oder zufällig selbst ans Licht der Welt geschafft haben — ich meine ein Kind — auch wieder nach Belieben aus der Welt zu schaffen, daß man kein menschliches Individuum dazu zwingen kann und darf, Vater und Mutter werden und spielen zu sollen, wenn es keinerlei Lust dazu hat, daß dieses eine Geschöpf oder Kind mehr oder weniger auf der Welt für die letztere von gar keiner Bedeutung ist, und daß wir daher genau und ebenso unbeschränkte Gebieter und Herren über diesen aus dem Leibe oder den Eingeweiden bzw. der Gebärmutter der Frauen hervorgesprossenen belebten oder lebenden Fleischklumpen sind, wie wir es über die Nägel sind, die wir uns von den Fingern schneiden oder abreißen, oder über Hautpickel oder sonstige kleinere Wucherungen und Geschwüre, die wir von unserem Körper exstirpieren, oder wie wir Herren sind über unsere Verdauungsbeschwerden, die wir in unseren Eingeweiden unterdrücken und durch Laxier- und Purgiermittel bekämpfen, da ja doch das eine wie das andere lediglich ein Bestandteil von uns selbst ist, demnach uns gehört und wir doch die absolute Machtvollkommenheit für die Zerstörung des einen wie des anderen haben müssen. — Nachdem ich Ihnen ja bereits vorhin eingehender auseinandergesetzt habe, liebe Eugénie, wie unwesentlich und wie wenig oder überhaupt nicht der Mord im allgemeinen als ein Verbrechen auf Erden angesehen werden kann, werden Sie begreifen, von welcher um so geringerer und winzigerer Bedeutung überhaupt ein ganz simpler sogenannter Kindesmord an einem Wesen sein kann, das sich noch gar nicht einmal seines eigenen Ich's, seiner Individualität, bewußt ist im Gegensatze zu dem Morde an einem erwachsenen, seiner Verstandeskräfte vollkommen mächtigen Menschen. Es ist daher unnötig, überhaupt noch ein Wort mehr darüber zu verlieren. Ihr heller Verstand, Ihre Geistesschärfe, meine Liebe, wird dies alles ja bereits längst kapiert haben! Und die Lektüre der Geschichte und der Sitten und Gebräuche aller Zeiten und Völker auf Erden wird Ihnen ebenfalls den Beweis dafür liefern, daß der Kindesmord überall gebräuchlich und straflos gewesen, ja sogar als eine gute Tat bezeichnet worden ist, und zwar nicht nur bei den heidnischen Völkerschaften, sondern selbst bei den aufgeklärteren alten Griechen insbesondere den Spartanern, die ja alle ihre schwächlichen männlichen Kinder aussetzten oder töteten, gleichwie es heute noch bei den Chinesen mit dem zu großen insbesondere weiblichen Familienzuwachse geschieht, was ich ja auch bereits vorhin bei meinen philosophischen Erörterungen über den Mord im allgemeinen erwähnt habe.

EUGÉNIE *(zu Dolmancé)*: Sie glauben es mir nicht und ich kann es Ihnen unmöglich beschreiben, wie sehr Sie mich in allen diesen Punkten bereits, und zwar vollkommen überzeugt haben!... Aber sage Du mir, geliebte Freundin, hast Du Dich schon mitunter der Mittel bedient, von denen Du vorhin gesprochen vielmehr die Du mir vorhin angeboten hast, um einen Fötus oder eine etwaige Leibesfrucht zu zerstören oder zu töten?...

MADAME DE SAINT-ANGE: Allerdings, und zwar mehr als einmal und alle Male mit dem eklatantesten Erfolge. Ich muß Dir jedoch gestehen, daß ich dieses Mittel stets in der ersten Zeit bzw. in den ersten Wochen, oder in den ersten Monaten der Schwangerschaft angewendet habe. Einige meiner Freundinnen haben es allerdings sogar in der Mitte ihrer Schwangerschaft versucht und angewandt und sie haben mir versichert, in vollkommen gleicher Weise erfolgreich gewesen zu sein. Du kannst daher gegebenen oder vorkommenden Falles auf mich rechnen, sehe Dich jedoch wie gesagt vor, ich rate es Dir, daß dies nicht nötig wird und dieser Fall nicht eintritt, das ist entschieden besser und sicherer. — Nehmen wir jedoch jetzt unser interessantes voriges Thema zur Belehrung unserer Kleinen wieder auf, mein lieber Dolmancé!... Wir kommen demnach jetzt zum zweiten Punkte unseres Themas oder zur Besprechung der antireligiösen, profanen Gelüste während des Liebesaktes, sowie insbesondere zu der absolut, obszönsten Indezenz oder Unanständigkeit oder Schamlosigkeit in unserem intimeren sexuellen Verkehr mit dem anderen Geschlechte, — dann zu dem dritten Punkte über die grausamen oder Grausamkeitsgelüste während des Liebesaktes.

DOLMANCÉ: Ich nehme an, daß unsere Eugénie nunmehr bereits über all' den religiösen Blödsinn und allen Rummel, der mit der Religion, dem Gottesglauben etc. im Zusammenhange steht, soweit aufgeklärt ist, daß ihr auch jeglicher Spott und Hohn über alle diese schönen Dinge wie die Frömmigkeit, Gottesfurcht etc. etc. absolut bedeutungslos und zugleich vollkommen begreiflich erscheinen wird! Wenn man also diese verdammten Narrenpossen in seinem Geiste abgetan hat, so soll man dies eben auch gründlich getan haben und sich dann lieber gar nicht weiter mehr damit beschäftigen, auch in Gedanken nicht. Man sollte sie daher aber auch bei keiner passenden Gelegenheit unterlassen und nicht mit den häßlichsten und schmähendsten Ausdrücken sparen, letztere sollen und... müssen soviel als möglich skandalisieren, d.h. so skandalös wie möglich sein, und es ist doch auch so süß, mal ein bißchen zu skandalisieren!

Ganz besonders aber geben Sie sich, meine kleine reizende Schülerin, liebe Eugénie, der höchsten Schamlosigkeit hin, wenn

Sie mit anderen jungen Mädchen oder Jünglingen Ihres Alters zusammenkommen, die noch im tiefsten Dunkel des Aberglaubens stehen und zugleich auch in geschlechtlicher Beziehung noch unwissend bzw. noch unverdorben, noch rein und unschuldig sind. Verführen Sie sie dann und unterweisen und weihen Sie sie in alle Ihnen bereits bekannten raffinierten Genüsse und Wonnen des intimeren geschlechtlichen Verkehrs miteinander ein. Lassen Sie diese Mädchens oder diese jungen Burschen entweder absichtlich, oder gleichsam unbeabsichtigt und naiverweise oder wie zufällig alle Ihre süßen körperlichen Reize schauen und bewundern! Spielen Sie sich dabei nicht selber als große, erwachsene Dame auf, sondern im Gegenteile, möglichst als naiver, unschuldiger Backfisch. Zeigen Sie Ihren Freundinnen und Freunden zunächst gelegentlich oder zufälligerweise, vielleicht unter dem Vorwande allzugroßer Hitze, die Sie verspüren, Ihren reizenden, entzückenden Busen. Gehen Sie mit ihnen oder nehmen Sie sie dann in einen verschwiegeneren Teil Ihres Gartens oder Parkes und heben Sie dort absichtlich oder naiverweise Ihre Röcke und Dessous hoch, so hoch als möglich, und zwar mit der allergrößten Unverfrorenheit, Ungeniertheit und Unanständigkeit; knöpfen Sie dann Ihr Höschen auf, um eventuell nach einem tückischen Floh zu jagen, lassen es zur Erde gleiten und zeigen Sie nunmehr Ihrem erstaunten und entzückten Publikum Ihre vollen, üppigen Knie und Waden, Ihre noch volleren üppigeren, schöngedrechselten Beine und Schenkel und lassen Sie sie sodann Ihre intimsten und geheimsten Schätze und Reize sehen, bewundern, anstaunen und anbeten, und zwar Ihr reizendes, süßes Vötzchen mit seinem rundlich-dicken, üppigen Lippenpaare, seiner zarten feinen Spalte zwischen demselben und dem darin eingebetteten, kleinen, winzigen Kitzler, sowie den krausen, dunklen Flaum Ihrer weichen seidigen Schamhärchen ringsherum, endlich Ihren noch reizenderen, prächtigen — für mich wenigstens — noch süßeren Arsch mitsamt seinem kleinen göttlichen Loch, ... Gottverdammt!... Falls Sie, geliebte Eugénie, holdes, bezauberndes Wesen, keine anderen triftigeren Gründe für die

Präsentation oder die Ausstellung und Schaustellung aller dieser Ihrer tatsächlich sinnberückenden und bezaubernden Schätze und Reize, die ich ja selber aus eigener Anschauung näher kenne, daher auch zu schildern und zu würdigen im Stande bin — finden sollten, als Ihr Echauffement bei der eventuell drückenden und lästigen sommerlichen Temperatur und Hitze oder einen tückischen Floh etc., so markieren Sie nur naiv vor Ihren Gästen das allerdringlichste Bedürfnis zu einem nötigen kleinen Geschäft oder günstigen Falles eventuell auch für das größere hintere Geschäft. Sie heben daher lediglich für diese Zwecke oder für diese natürlichen Verrichtungen Ihre Röckchen... hoch empor, öffnen Ihr Höschen vorne und hinten, hocken sich mit starkgebeugten Knien und so weit als möglich geöffneten Schenkeln, wie die jungen Damen es belieben, wenn sie es mit diesem leiblichen Geschäft und Bedürfnis ein bißchen eilig haben, ins Gras, oder auf den Rasen, oder auf den Parkkies nieder und: voilà le Tableau zeigen sich dann gleichfalls in Ihrer ganzen sinnberückenden blendenden Pracht und Herrlichkeit Ihrer vorhin geschilderten Schätze und Reize!... Fordern Sie das nämliche, dasselbe, von Ihren Gästen, den anderen Mädchens und den Jünglingen und Knaben! Lassen Sie sich von ihnen gleichfalls alle ihre körperlichen Reize insbesondere ihre Vötzchen oder Schwänze präsentieren oder vorweisen, und helfen Sie ihnen eventuell hierbei, falls sie noch ein bißchen zu prüde oder schüchtern dabei tun, d.h. bringen Sie selbst diese lüsternen Objekte für Ihre Augenweide aus ihren Verstecken, den Kleidern oder Hosen an das offene Tageslicht!... Verführen Sie diese Ihre jungen Freundinnen und Freunde dann durch gegenseitiges Onanieren, oder Abwichsen, oder Ablutschen ihrer Vötzchen oder Schwänze, eventuell auch in der Ihnen bereits aus unseren Tableaux vivants bekannten reizenden Position der Ziffer 69!... Halten Sie ihnen die größten Unanständigkeitspredigten, überzeugen Sie sie von dem Törichten ihrer sogenannten Moral- und Anstandsbegriffe, kurz, machen Sie sie allerschnellstens ebenso geil und lüstern und verdorben oder vielmehr so reizend-galant wie Sie selbst es sind, mein Liebling!... Und vor allen Dingen vergessen Sie nicht dabei... zu fluchen und zu lästern wie ein Mann, wie der wütendste Arschficker, wie Sie es ja von mir selbst vorhin bei unseren Tableaux vivants gehört haben! — Sind Ihre kleinen Freunde, die betreffenden Mädchens oder Knaben eventuell noch ganz jung, noch ein bißchen sehr jung, nun, um so besser, ... so tun Sie es mit ihnen trotzdem genau so wie ich Ihnen vorhin geraten; vor ihnen brauchen Sie sich doch noch umso weniger zu genieren, sich zum Pissen hinzuhocken und Ihre blendenden, bezaubernden Schenkel dabei recht weit zu spreizen. Ihre Kleinen werden Ihnen dann sofort nachahmen, ganz plötzlich das nämliche dringendste Bedürfnis zum Pissen spüren und ihre Vötzchen oder Schwänzchen dabei präsentieren, und ist es dann doch nur für Sie um so ehrenvoller und zugleich bei weitem amüsanter und süßer, diese vielleicht noch gänzlich unverdorbenen, ahnungslosen Wesen sowohl durch die Schaustellung der Ihrigen wie der unschuldigen jugendlichen Körperreize der anderen, und durch die Hilfsmittel des Kitzelns, Wichsens, Saugens und Lutschens ihrer Nacktvötzchen und Nacktschwänze zu verführen und moralisch zu verderben! — Nicht minder frei und galant müssen Sie sich indes auch den erwachsenen Männern gegenüber benehmen und sich denselben ebenfalls in der allergottlosesten, und obszönsten Schamlosigkeit, oder absichtlich markierten Ungeniertheit und Naivität hingeben! Ohne sich über die Freiheiten, die sich dieselben Ihnen gegenüber herausnehmen, im allermindesten irritiert zu zeigen, müssen Sie sie sogar soviel als möglich hierzu provozieren und herausfordern und ihnen im Geheimen und unter Diskretion alles, was sie irgendwie amüsieren und selig machen kann, bewilligen! Geizen Sie insbesondere ihnen, auch wenn sie schüchtern und blöde tun, mit der Schaustellung der Ihnen eigenen süßen Körperreize und Schätze nicht, lassen Sie diesen blöden Männern dieselben, ich meine Ihre Reize, alle, alle, sämtlich, von dem Busen bis untern Nabel und von den Waden bis zum Vötzchen und Prachtarsche nach Herzenslust anschauen, bewundern, anstaunen und anbeten, bzw. sie zugleich befühlen und ein bißchen streicheln!... Eventuell fühlen Sie auch ihnen gegenüber, falls Sie nicht auf andere Weise bei diesen Schüchternen und Blöden zum Ziele gelangen, ganz plötzlich das allerdringlichste Bedürfnis zu einem kleinen Geschäft, d.h. zum Pissen; diesem unmittelbaren charmanten Schauspiele vor seinen Augen, auf- und ausgeführt durch eine schöne, reizende, junge Dame, ... widersteht... kein Mann!... Lassen Sie sich währenddessen von ihm bewundern, anstaunen, oder auch ein bißchen an Ihrem vom Urin tauigen, feuchten Vötzchen streicheln. Stehen Sie dann auf, befreien Sie endlich selbst seinen jedenfalls inzwischen erwartungsvoll gewordenen Steifschwanz, wichsen Sie ihn ab und lassen Sie sich unter Ihrem hochgehobenen Röckchen Ihr inzwischen auch sehnsüchtig verlangendes Vötzchen gleichzeitig von ihm abfrottieren, abkitzeln oder regelrecht wichsen. Gehen Sie dann aber noch weiter in der Stufenleiter der Galanterie und der seligen Wollust, offerieren Sie ihm unbesorgt, um alle weiteren Konsequenzen einer etwaigen Schwangerschaft Ihren prächtigen Arsch zur Sodomie. — Da ja doch nun leider mal die chimärenhafte Ehre oder die Herzenswünsche bzw. die heißesten und geilsten Gelüste der Frauen und noch mehr der jungen Mädchen auf die Huldigung ihrer vorderen Reize, ihrer Vötzchen gerichtet sind, bzw. bei den letzteren auf ihre baldmöglichste Entjungferung, so seien sie ja, oder vielmehr Sie, mein reizendes kleines Fräulein, meine liebe Eugénie, gerade in diesem Punkte ein wenig diffiziler, spröder und jedenfalls wenden Sie sofort nach der eventuell hierbei erfolgten Entjungferung Ihres Vötzchens, sowie auch späterhin nach dem Vögeln in dieses gerade, alle Ihnen von Madame bereits geratenen und ans Herz gelegten Vorsichtsmaßregeln zur Vermeidung der Schwangerschaft an, von denen die wirksamste und zuverlässigste wohl die sofortige Toilette oder sorgfältigste und ausgiebigste Ausspülung Ihrer durchbohrten Scheide ist, und beachten Sie späterhin, falls auch dies nichts genützt haben sollte, oder Ihnen im Freien oder außer dem Hause nach dem Vögeln keine Mittel hierfür zur Verfügung standen,

Madames Ratschläge betreffs des Aborts oder der Abtreibung Ihrer Leibesfrucht! — Sind Sie aber einmal verheiratet, nun, so machen Sie es mit Ihrem Herrn Gemahl gerade so wie bei Ihrer eventuellen, von mir geschilderten erstmaligen Entjungferung, ... hüten Sie sich insbesondere vor der Schwangerschaft!... Nehmen Sie sich dann nebenbei noch Lakaien oder Leibdiener, und zwar so viel als Sie mögen, jedoch keine sogenannten Liebhaber oder Hausfreunde, oder lassen Sie sich von anderen diskreten jungen Leuten, die Ihnen gefallen, für Ihr Geld vögeln! — Wenn Sie alles dieses tun, so sind Sie ebenso fein heraus und lanciert wie unsere liebe Madame de Saint-Ange, ebenso glücklich hier auf Erden wie sie, genießen dabei zugleich denselben Respekt, dieselbe Achtung, und Reputation in der sogenannten Gesellschaft wie sie und haben die wahre Kunst für ihr Vergnügen, alles zu tun und zu lassen, was und wie es Ihnen beliebt, gefunden und halten sie fest, Ihr ganzes Leben lang!... — Fahren wir nunmehr mit der Abhandlung oder Besprechung des dritten Punktes unseres Themas: Über die Genüsse der Grausamkeit in der Liebe oder bei dem Liebesakte oder überhaupt in dem intimeren oder raffinierteren sexuellen Verkehre mit dem anderen Geschlechte fort! — Diese Genüsse oder vielmehr Hochgenüsse, die man sich durch Akte der Grausamkeit in der fleischlichen Liebe mit Personen des anderen Geschlechtes verschafft, sind heute ganz allgemein in der Welt, und zwar besonders bei den Männern verbreitet, doch kommen sie gleicherweise auch bei den hierfür veranlagten herrischen, herrschsüchtigen und tyrannischen Frauen vor, wie wir im folgenden näher explizieren werden, und die Gründe für diese besonderen Neigungen sind die folgenden: Wir wollen uns eben so viel als möglich wollüstig erregen, und zwar ein bißchen mehr und in höherem Grade als andere Lebemänner, sagen die mit diesen keineswegs pervers zu bezeichnenden Gelüsten zur Grausamkeit in der Liebe behafteten oder veranlagten Männer und Frauen. Die wollüstige Erregung und Aufregung ist doch der eigentliche Zweck und die Absicht bei einem jeden geschlechtlichen oder fleischlichen Liebesakte, nun, wir gebrauchen dazu lediglich etwas größere Reizmittel, d.h. wir regen uns geradezu durch den Anblick der den anderen von uns verursachten oder zugefügten körperlichen Schmerzen, Qualen und Martern auf, die sich insbesondere durch willkürliche oder reflektorische krampfartige Vibrationen der Muskeln, durch mehr oder minder kontinuierliche Zuckungen einzelner Muskelgruppen wie die der Gliedmaßen, des Hintern, oder der Geschlechtsteile äußern, und somit gewissermaßen ein den wonnigen und wollüstigen krampfartigen Zuckungen oder Vibrationen dieser Teile bei dem höchsten Liebesgenusse, dem Fertigwerden oder Déchargieren oder Spritzen analoges Bild vorspiegeln, je nachdem man die letzteren — die Geschlechtsteile — ein bißchen malträtiert bzw. verwundet, d.h. ein bißchen sticht, oder ritzt, oder schneidet, oder brennt etc. oder sie, wie es der Lustmörder tut, sogar gänzlich ab- oder herausschneidet — letzteres bei den weiblichen Genitalien — zerstückelt und schließlich auffrißt. Von diesem Gesichtspunkte aus betrachtet, ist es uns ganz gleichgültig, ob diese unsere grausamen Gelüste unseren gequälten und gepeinigten Versuchsobjekten behagen oder nicht, ob sie ihnen gefallen oder mißfallen. Es handelt sich bei unserem Grausamkeitstriebe, unseren grausamen Gelüsten, wie gesagt, lediglich darum, unsere gesamten Gefühls- und Sinnesnerven zu schockieren und zu kitzeln und sie nach Möglichkeit in die höchste Aufregung bzw. in Aufruhr zu bringen. Für uns grausamkeitslüsterne Männer ist eben der Schmerz und das schmerzhafte Zucken dieser Körperteile insbesondere der Genitalien unserer Opfer das allerwollüstigste Gefühl, das wir dabei verspüren, das unsere Lebensgeister und unsere Blutzirkulation hierbei in die höchste Wallung versetzt, und sich dann durch die gleichzeitige Erregung und den Kitzel unserer sensiblen Geschlechtsnerven auf unsere eigenen Wollustorgane, unsere eigenen Geschlechtsteile weiter fortpflanzt und dieselben zum Steifstand, ja ohne Onanieren oder Vögeln zum Fertigwerden oder zur Ejakulation bringt. — Die Wollustgefühle und Genüsse, die wir bei den Weibern finden, sind im allgemeinen doch immer nur sehr geringe, unbedeutende und imaginäre, insbesondere wenn wir selber schon ein bißchen bejahrt sind. In solchen Fällen werden unsere Grausamkeitsgelüste unbedingt und zweifellos am besten angebracht sein und die sichtbaren Schmerzensäußerungen sowie die willkürlichen Konvulsionen unserer Opferlämmer uns mehr befriedigen als ihre Spasmen oder unwillkürlichen Zuckungen in ihrer höchsten Liebesekstase, wenn ihre Kitzler sich erigieren oder steif werden und sie fertig werden, d.h. wenn zugleich ihre Kitzler, Schamlefzen- und Scheidendrüsen ihre Liebessäfte zu produzieren beginnen.

Nun werden Sie mir vielleicht einwenden, meine liebe Eugénie, diese Ihre Grausamkeitsgelüste verursachen Ihren sogenannten Opferlämmern doch mitunter ganz fürchterliche, unsagbare Schmerzen, Qualen und Martern! Ist es denn recht und human, seine Mitmenschen lediglich zu seinem eigenen Vergnügen und zur Befriedigung seiner eigenen geschlechtlichen Wollust zu peinigen, zu quälen und zu martern? Nun, ich kann Ihnen darauf nur antworten: in diesem Punkte geht unser Egoismus, unsere Eigenliebe eben so weit, daß wir uns selbst für alles, unsere Mitmenschen für nichts ansehen vielmehr lediglich für wahrhafte geradezu gefühllose Lämmchen unserer Opfergelüste, gleichviel, ob sie überhaupt irgendwelche Schmerzen zu verspüren im Stande sind oder nicht. Jedenfalls spüren wir doch nicht ihre Schmerzen oder ihre Qualen und Martern, warum sollten wir also die Opferlämmer unserer Gelüste schonen? Uns selber kostet es doch keine Träne, sondern im Gegenteile, es verursacht uns, wie ich soeben ausführlicher detailliert habe, den allergrößten Hochgenuß!... Jeder aber ist sich selbst der Nächste sowohl was seine Interessen wie seine Vergnügen betrifft, und dieser Grundsatz ist doch ein fundamentaler, gleichsam das Naturprinzip in der Welt. Sprechen Sie mir doch ja nicht, liebe Eugénie, von der chimärenhaften Stimme der Natur, die uns rät: *Was Du nicht willst, daß man Dir tu', das füg' auch keinem andern zu!...* Reiner Blödsinn das!... Dieser Grundsatz oder dieses Sprichwort ist und wird uns doch nicht von der Natur diktiert sondern ist lediglich von den Menschen, und zwar von törichten, blödsinnigen, ganz unfähigen Menschen ausgebrütet bzw. ausgeheckt worden, und nimmermehr wird ein starker, mächtiger Mensch in dem Gefühle seiner Kraft und Macht und Stärke solch einen baren Un- und Wahnsinn zu seinen sogenannten Prinzipien machen. Übrigens waren es ja die ersten Christen, die wegen ihres Glaubens oder vielmehr wegen ihres Unglaubens mit Recht verfolgt und späterhin wegen der diversen an ihnen vollzogenen Marterungen und Inquisitionen künstlich mit der Gloriole sogenannter Märtyrer umgeben waren, die, als man sie gebrannt, geschunden und gemartert hatte, dieses Sprichwort in die Welt lanciert oder vielmehr bei ihren Martern hineingebrüllt haben. — Wie sollte gerade die Natur, die uns doch lediglich rät, uns während unserer kurzen Lebenszeit hienieden auf Erden soviel als möglich zu amüsieren, zu vergnügen und Genüsse zu verschaffen, uns solche beispiellos-albernen und törichten Regungen und Prinzipien empfehlen?... Nun werden Sie mir, liebe Eugénie, vielleicht erwidern: Aber die anderen, die Opfer Ihrer grausamen Gelüste, können sich revanchieren, sie können sich doch rächen!... Nur zu!... Mögen sie es doch!... Ist es doch nur ihr gutes Recht, ... vorausgesetzt natürlich, daß sie die Stärkeren sind! — Ist dies doch das Kardinalprinzip aller Fehden, wie aller Kriege oder kriegerischer Unternehmungen und der fortwährenden Feindseligkeiten und Streitigkeiten zwischen den Menschen hienieden auf Erden, die die Natur in unsere Herzen gepflanzt hat, und zwar eben lediglich in der weisen Absicht, mit dem zwecklosen Ballast und Überflusse der Menschen oder Menschenleben möglichst aufzuräumen und an deren Stelle wieder neue Wesen zu kreieren, die es dann allerdings schließlich ebenso machen wie ihre Vorgänger! — Aber ich will Ihnen, liebe Eugénie, einen anderen, besseren Beweis für diese meine Lehren geben, daß die Grausamkeit weit entfernt, ein Laster oder gar Verbrechen zu sein, vielmehr das allererste und ursprünglichste Prinzip ist, das die Natur uns Menschen schon von unserer frühesten Kindheit an eingeflößt hat. Das Menschenbaby zerbricht sein Spielzeug, seine Puppe etc. es zerstört alles, was in den Bereich seiner kleinen Händchen gelangt, es beißt in die Brüste der Amme gerade so, wie es sonst nur die Erwachsenen mit ihren weiblichen Geliebten tun, es erdrosselt sein lebendes Spielzeug, sein Vögelchen, oder sonstiges kleineres schwächlicheres Tier, das man ihm zum Spielen gibt, und zwar noch bevor es — das Baby — Vernunft oder Überlegungskraft besitzt. Die Grausamkeit ist ferner im Tierreiche allgemein und instinktiv verbreitet, und zwar keineswegs nur bei sogenannten wilden Tieren. Und bei den Tieren sind doch die Gesetze, Pläne und Absichten der Natur bei weitem fundierter, markanter und ausgeprägter als bei uns Menschen. Das Gleiche gilt von den im Urzustande befindlichen heidnischen und wilden Völkerschaften, den sogenannten Menschenfressern, — wahren Gourmets, — die nicht nur ihre Mitmenschen, Feinde und Freunde nach Herzenslust und aus wollüstiger Grausamkeit töten, sondern sie auch auffressen, wie jeden anderen tierischen Leckerbissen und genau so wie manche unserer heutigen Lustmörder: die reizendsten und zugleich üppigsten und fettesten Teile insbesondere die Brüste der Frauen, die Hintern oder Ärsche, die Lendenstücke, die Schenkel und die Geschlechtsteile, besonders die Fett- oder Vötzchen nach Art des Ihrigen zum Beispiele, verehrtes Fräulein Eugénie, mit der allergrößten Gourmandise... Es wäre demnach absolut falsch und absurd zu behaupten, daß die Bestialität oder Menschenfresserei wie die Grausamkeit überhaupt ein Zeichen der Perversität oder vielmehr der sittlichen Depravation für den zivilisierten Menschen sei; die Grausamkeit ist eben, ich wiederhole es nochmals, in der Natur selbst fundiert. Wir werden schon mit einer großen Dosis Grausamkeit geboren, die allein die Kultur oder die sogenannte moralische Erziehung des Menschen ein wenig modifiziert und mildert. Aber diese Kultur oder diese Erziehung des Menschen liegt keineswegs in der Natur, ist keineswegs in ihr begründet oder wird von ihr auch nur beabsichtigt und gewünscht; im Gegenteil, sie schadet vielmehr nur der Natur und ihren ewigen, ehernen Gesetzen. Gerade so wie die übermäßige

Kultur den Bäumen oder den Pflanzen schadet. Vergleichen Sie mal in Ihrem Garten oder in den Parks und Plantagen einen Baum, der durch das Wirken und Walten der Natur allein emporgewachsen und zur Blüte und zum Fruchtansatze gelangt ist mit einem künstlich und mühsam durch die Hand und Pflege des Gärtners aufgezogenen und Sie werden sehen, welcher der schönere und herrlichere von beiden ist, welcher die besseren, größeren, köstlicheren und süßeren Früchte trägt. Ich will Ihnen damit also nur beweisen, daß die Grausamkeit wie die grausamen Gelüste durchaus natürliche und daher geradezu eine Tugend sind, bzw. edle, lobenswerte und verdienstvolle Taten und Handlungen auslösen, also nimmermehr als lasterhaft oder gar verbrecherisch bezeichnet werden können und müssen.

Nun, wir wollen die Grausamkeitsgelüste und insbesondere deren Auswüchse im geschlechtlichen Verkehre heute nicht weiter theoretisch erörtern, wir kommen später noch eingehender auf dieses Thema zurück, meine liebe Eugénie. Ihr Begriffsvermögen und Ihre glühende Einbildungskraft und Phantasie werden sich dieselben wohl leicht vorstellen können. Exemplifizieren wir oder nehmen wir heute nur kurz einige verbürgte Fälle aus der Geschichte aller Zeiten und Nationen als Belege für meine Behauptung, daß sie, die grausamen oder Grausamkeitsgelüste bei einer starken, charakter- und taktfesten, stoischen Seele oder Person gar keine Grenzen haben und haben dürfen. — Die römischen Kaiser alias Lustmörder — Nero, Tiberius, Heliogabal u.a. — opferten und schlachteten langsam und eigenhändig Kinder, insbesondere junge Mädchen hin, um durch deren kürzere oder längere Todeszuckungen sich geschlechtlich aufzuregen bzw. einen Steifstand ihrer durch die wüstesten Orgien und Gelage meist konstanten und kontinuierlichen Schlappschwänze zu erzielen. Charolais, Condé u.a. insbesondere der berühmte Maréchal de Rêtz begingen gleichfalls Wollust- oder Lustmorde lediglich zu demselben Zwecke. Letzterer gestand einmal in einem Verhöre, daß er keinen anderen größeren Hochgenuß, keine intensivere Wollust kenne, als wenn er selbst von seinem Beichtvater alle möglichen körperlichen Qualen und Martern erdulde und seine eigenen Grausamkeitsgelüste seinerseits wiederum an jungen unschuldigen Kindern beiderlei Geschlechts ausließe. Man fand in seinem Schlosse in der Bretagne über sieben- bis achthundert Leichen derartiger dahingeopferter Knaben und Mädchen. Das alles läßt sich sehr wohl erklären und begreifen und entschuldigen. Unser heißes Temperament, unser hitzigeres Blut und unsere noch hitzigeren Phantasien sind die Ursachen hierfür und geben uns diese Grausamkeitsgelüste à la Nero, Tiberius, oder Charolais oder Rêtz etc. ein. Man kann die Natur deswegen nicht mehr anklagen, weil sie uns gerade mit den Anlagen zu diesen Gelüsten geschaffen hat als eventuell mit den Anlagen zu allen möglichen Tugenden; sie, die Natur, hat eben dabei ganz nach ihrem Gefallen und Belieben und ihren diesbezüglichen Plänen und Absichten gehandelt und wir müssen uns damit vollkommen zufriedengeben.

Ich komme nunmehr zu den sogenannten Grausamkeitstrieben und Gelüsten der Frauen, die bei den letzteren stets oder meistenteils weit aktiver, mächtiger und weit potenzierter als bei den Männern aufzutreten pflegen, und zwar in Folge der bei ihnen bei weitem höheren und größeren Sensibilität oder Reizbarkeit ihrer Sinne bzw. ihrer Sinnlichkeit und ihrer Geschlechtsorgane überhaupt, sowie in Folge ihrer ausschweifenderen Phantasien bzw. ihres phantastischen Esprits, oder ihrer Phantastereien. Wir unterscheiden daher bei den Frauen im allgemeinen zweierlei Arten von Grausamkeitsgelüsten. Die ersteren entstehen lediglich aus reinster Stupidität, die uns ein derartiges niemals erwägendes, analysierendes, überlegendes weibliches Individuum einfach mit dem wilden Tiere auf gleicher Stufe stehend erscheinen läßt. Ein solches stupides oder über-hysterisches Weib empfindet aber auch selten selber Vergnügen oder gar Wollust bei ihren Brutalitäten und Grausamkeitsaktionen. Diese letzteren sind insofern auch meistens nicht allzu gefährlich, weil man sie als die Taten Wahnwitziger oder Irrsinniger leicht inhibieren und unschädlich machen kann.

Ganz anders verhält es sich mit der zweiten Kategorie der sogenannten grausamkeitslüsternen Frauen. Diese sind keine stupiden, oder hysterisch veranlagten Geschöpfe sondern im Gegenteile im Besitz ihrer vollständigen Geistes- und Verstandeskräfte, dabei jedoch von sehr leicht aufgeregten, außerordentlich reizbaren, mitunter auch leicht aufbrausenden, herrschsüchtigen und jähzornigen Charakter und Temperament, und dabei gleichwohl stets von einer geradezu rührenden Finesse und Delikatesse oder Zartheit, ich möchte sagen: von echter Weiblichkeit ihres allgemeinen sonstigen Benehmens in ihrem gewöhnlichen, alltäglichen Leben, so daß man ihnen sehr oft gar nicht ansieht oder anmerkt, daß sie grausame oder grausamkeitslüsterne Ideen zu hegen fähig sind. Und wie wenig Leute gibt es, die diese subtilen und feineren Temperamentseigentümlichkeiten und Charakterdifferenzen eines solchen Weibes zu erkennen und zu fassen vermögen! Und dennoch existieren diese subtileren Temperaments- und Charakterdifferenzen bei diesen Weibern zweifellos, die sie in Folge der außerordentlichen Sensibilität und Reizbarkeit ihrer Sinne insbesondere der ihrer Geschlechtssphäre oder ihrer Sinnlichkeit ebenso zur brünstigsten Liebesglut und zur frivolsten, obszönsten Geilheit wie gleichzeitig zu den wildesten, grausamsten und verbrecherischsten Gelüsten ihren Liebhabern gegenüber und zu den allergrößten körperlichen Peinigungen, Quälereien und Martern derselben führen. Bei alledem sind und bleiben sie die charmantesten, entzückendsten und süßesten Geschöpfe auf der Welt; sind sie doch meistenteils zugleich von seltener, ja von idealer Schönheit und Anmut, von hohem, majestätischem Wuchse und ebenmäßiger, kräftiger hoher Statur — ganz genau wie Sie, reizende Madame — diese anbetungswürdigen holden Idealgestalten, so daß sie allen Männern die Köpfe verdrehen. Unsere absurden Sitten und Gesetze erlauben es ihnen heute ja allerdings nicht, ihren Passionen in aller und voller Öffentlichkeit nachzugehen bzw. sie offen zu betätigen, sie sind daher gezwungen, ihren Gelüsten lediglich im Geheimen und unter dem dichten Schleier der tiefsten Verschwiegenheit zu frönen und sich dabei zugleich rein äußerlich den Schein ehrbarster, sittsamster, tugendhaftester, sogenannter Musterfrauen zu geben, — ganz genau wie Sie, allergnädigste Madame, reizende Freundin! — Nun, wollen Sie die Gesamtkategorie dieser Frauen kennenlernen, meine liebe Eugénie? Avisieren Sie ihnen irgend ein grausames Schauspiel: ein Duell, einen Gladiatoren- oder öffentlichen Preisringkampf, eventuell auch eine größere, schrecklichere Feuersbrunst, bei welcher viele Menschenleben in Gefahr sind oder vernichtet werden, ein Schlachtfeld während eines Kriegsgetümmels in nicht allzuweiter Ferne, oder besser noch das Schauspiel einer öffentlichen Stäupung oder gar einer Hinrichtung, gleichviel ob mittelst des Stranges oder der Guillotine oder durch — jetzt leider allerdings nicht mehr moderne — allerlei sonstige schreckliche mittelalterliche Torturen und Sie werden sie heraneilen, Hals über Kopf heranstürmen sehen, scharenweise, diese holdseligen, männerbezaubernden Geschöpfe, mit hochroten vor innerer Aufregung und Erwartung glühenden Physiognomien und zitternden, erwartungsvollen Begierden und Manieren, in denen sich ihre ganze innere, seelische Erregung nach Befriedigung ihres Genusses oder Hochgenusses bei dem Schauspiele und ihrer Augenweide andersartigen Szenen kundtun!

Werfen wir nun mal kurz einen Blick auf die historisch berühmten grausamkeitslüsternen Frauen!... Zingua, die berühmte grausame Königin von Angola, einem afrikanischen Staate, ließ, wie wir schon vorhin erwähnt haben, ihre sämtlichen Liebhaber, nachdem sie sich von ihnen hatte vögeln lassen, töten bzw. hinschlachten, da sie sich selbst in ihrer Omnipotenz bzw. ihrer überschwenglichen Phantasie gleichsam als eine Bienenkönigin, ihre Liebhaber als unnütze Drohnen ansah. Mitunter ließ sie auch zwei kräftige Kriegsleute miteinander bis auf's Blut, bzw. bis zum Tode des einen ringen und kämpfen und gab sich dann selber oder vielmehr ihre königliche Votze dem Sieger als Preis hin. Um ihren wilden Leidenschaften und Gelüsten zu frönen, erließ sie, wie die Missionare berichten, einen sogen. Ukas, nach welchem alle vor ihrem dreißigsten Lebensjahre schwanger gewordenen Frauen ihres Königreiches in einem Riesenmörser zu Brei zerstoßen werden sollten und sie amüsierte und delektierte sich auch in der Tat des öfteren bei diesem holden Schauspiele.

Zoë, die Gattin eines chinesischen Kaisers, kannte keinen größeren Hochgenuß, als Verbrecher oder in Ermangelung solcher einfache Sklaven hinrichten zu sehen und sie vorher zunächst auf die allerundenkbarste grausamste Art und Weise foltern und martern zu lassen, während sie sich dabei gleichzeitig von ihrem Gatten vögeln ließ, und den Elan ihrer eigenen Wollust bei der Vögelei und ihrer eigenen Befriedigung, ich meine, ihre eigenen Liebes- und Wollustseufzer mit den Seufzern, dem Gestöhne und dem Schmerzensjammern der unglücklichen Opfer vereinigte. Sie soll in dem Übermaße und Raffinement ihrer außerordentlichen Grausamkeitsgelüste auch die Erfinderin der berühmten eisernen Jungfrau d.i. ein Folter- oder Marterinstrument in Form einer mannshohen eisernen Säule — ähnlich unseren heutigen größeren eisernen Öfen — gewesen sein, die durch untergelegtes Feuer glühend gemacht wurden und in die man die Opfer ihrer Gelüste hineinsteckte, um sie darin ganz langsam lebendig zu braten bzw. zu rösten und zu verbrennen. Die Kaiserin Theodora, die Gattin Justinians, amüsierte sich nicht nur königlich sondern selbstredend kaiserlich, dabei zuzusehen, wie man Männer in ihrer Gegenwart bzw. vor ihren Augen zu Eunuchen machte, d.h. kastrierte, und sie wichste sich während dieser für sie so außerordentlich interessanten Operation höchstselbst ihr hierdurch erigiertes oder steif-gewordenes notorisches Prachtexemplar eines kaiserlichen Riesenkitzlers von zirka 2 Zoll Länge mit höchster Hingabe ab. — Und Messalina, ihre kaiserliche Kollegin, wiederum wichste sich gleichfalls mit Inbrunst ihren höchsteigenen, immersteifen Prachtkitzler ab, während sie vor ihren Augen durch ihre schönen Dienerinnen junge kräftige Männer mit den stolzesten Schwänzen nicht nur bis zu ihrer allervollständigsten Erschlaffung, nein bis zu Tode masturbieren, d.h. wichsen ließ und dauerte dies auch mehrere und viele Stunden ununterbrochen und hintereinander, in denen sich die durch das Wichsen erschöpften Dienerinnen einander ablösen mußten, wiewohl sie selbstverständlich keinen männlichen Samen mehr aus dem zermarterten Gliede sondern lediglich Blut herausmelkten. Waren sie noch nicht ganz tot, so ließ sie ihren Opfern einfach den Gnadenstoß geben, sie töten, um sich noch an ihren Todeszuckungen zu delektieren bzw. höchsteigenhändig ihren nimmerschlappen Riesenkitzler abzuwichsen.

Die Indianerinnen bzw. Ureinwohnerinnen Amerikas amüsierten und regten sich geschlechtlich damit auf, die Schwänze ihrer Ehemänner durch giftige Insekten, die sie ihnen auf die Eichel und Schwanzspitze sowie auf das Glied selbst setzten, bis ins Ungemessene vergrößeren und anschwellen zu lassen, was den Männern natürlicherweise ganz unerhörte und unsägliche Schmerzen und Qualen verursachte. Sie banden die Männer zu diesem Zwecke an große Baumstämme fest und vereinigten sich gleichzeitig in größerer Anzahl um einen Mann, um seinem Zorne und seiner etwaigen Rache zu entgehen und um so sicherer zu ihrem Zwecke zu gelangen, der darin bestand, sich gegenseitig untereinander bei dem hehren Anblicke dieser riesengroß geschwollenen, fortwährend vor Schmerzen zusammenzuckenden Riesenschwänze, abzuwichsen.

Als sie die zum ersten Male in das Land eindringenden sie hierbei überraschenden feindlichen Spanier gewahrten, hielten die Frauen selbst diese ihre Männer so lange fest, bis sie von den fremden Europäern hingemordet wurden und gaben sich selber dann auf's Zügelloseste ihren Feinden hin, bzw. ließen sich von ihnen vögeln und infizierten sie zum Danke hierfür zugleich syphilitisch!... Ist es doch erwiesen, daß die Spanier der ersten Expedition des Kolumbus die bis dahin noch unbekannte Syphilis nach Europa mitbrachten oder einschleppten.

Die berühmten Frauen Voirin und Brinvilliers frönten ihren sonderbaren Grausamkeitsgelüsten dadurch, daß sie alle ihre Liebhaber lediglich zu ihrem Spezialvergnügen vergifteten, um sich dann an ihren Todeszuckungen zu delektieren und geschlechtlich aufzuregen. Mit einem Worte, die Geschichte aller

Zeiten und aller Nationen liefert uns tausend und abertausend Züge und Beispiele der allerhorribelsten Grausamkeitsaktionen von Vertreterinnen des schöneren, zarteren Geschlechts, meine liebe Eugénie, ich kann sie Ihnen in der Kürze unserer Zeit nur nicht alle hier aufführen!...

Ein Mittel freilich scheint mir den Frauen noch immer nicht genügend bekannt oder vielmehr, von ihren nicht genügend gewürdigt und angewendet zu werden, das bespielsweise bei den Männern als ein sehr großes Stimulans oder Reizmittel für die Grausamkeit dient, ich meine die Ausübung der aktiven Flagellation. Sehr viele Frauen bedienen sich ja derselben bereits in ausgedehntestem Maße, aber bei diesem Geschlechte, den Frauen, ist die aktive Flagellation im allgemeinen doch noch immer nicht so verbreitet und im Gebrauche wie es wünschenswert wäre. Die heutige menschliche Gesellschaft in ihrer Allgemeinheit würde nach meiner Ansicht hierdurch lediglich einen großen Gewinn erzielen, denn da unsere heutigen Frauen ihre etwaigen grausamen Gelüste und Passionen nicht gut auf andere schlimmere und ungesetzlichere Weise betätigen können, so verfallen sie eben auf noch andere im Grunde nicht weniger schlimme oder noch weit schlimmere Dinge, durch welche sie ihre Gatten und ihre Familien leicht kompromittieren und in Verzweiflung bringen können! — Nun, es gibt aber endlich auch noch andere Mittel, durch welche eine außerordentlich sensibel veranlagte und zugleich grausamkeitslüsterne Frau ihre wilden Passionen und Gelüste vollauf zu befriedigen vermag und auf die wir später noch ausführlicher zurückkommen werden, meine liebe Eugénie, aber sie sind immerhin... gefährlich und ich wage einstweilen nicht... sie... Ihnen... gerade zu empfehlen!... Aber! Potz Blitz!... Verflucht noch' mal!... was haben Sie denn, ... was tun Sie... denn... da, mein kleiner süßer Engel, ... kleine Eugénie!... Sehen Sie nur, Madame, in welchem Zustande... sich unser Kind befindet!...

EUGÉNIE *(seit einiger Zeit bereits mit ihren Fingern an ihrem Vötzchen spielend sowie an ihrem Kitzler leidenschaftlich herumkrabbelnd und eifrig an ihm frottierend und wichsend)*: Ah!...

Ah!... Verdammt!... Ich denke noch immer an die... verflixte... schöne... Geschichte... von der Messalina... und ihren... wichsenden... Dienerinnen... Du weißt doch... geliebte Freundin!... Ah!... Ah! Dolmancé, Sie haben mir mit Ihren Unterweisungen und... Belehrungen... ja... vollständig... den Kopf verdreht!... Da sehen Sie... die Wirkung... Ihrer verflixten Ratschläge... und Lehren!...

DOLMANCÉ: Zu Hilfe, Madame, zu Hilfe!... Lassen wir doch nicht auf diese Weise unser kleines Fräulein so ganz allein, und ohne uns, ohne unsere Hilfe und unseren Beistand... fertig... werden...

MADAME DE SAINT-ANGE: Potz Blitz!... Himmel!... Sie haben Recht! Das wäre allerdings höchst schlecht und unrecht von uns gehandelt!... *(Eugénie in ihre Arme nehmend und sie leidenschaftlich an sich pressend und küssend.)* Süßes, anbetungswürdiges Geschöpf Du!... Habe ich doch noch nie in meinem Leben eine derartige Sensibilität wie die Deinige wahrgenommen und zugleich noch nie ein so reizendes Geschöpf wie Dich in meinen Armen gehalten!...

DOLMANCÉ: Erbarmen Sie sich ja schnell der vorderen Medaille oder vielmehr des vorderen Juwels unserer Kleinen und pumpen und saugen und lutschen Sie den kleinen Kitzler ihres üppigen, molligen Vötzchens bis Sie allen ihren Liebeslikör aus demselben herausgeschlürft und hinausgepumpt haben, während ich mich gleichzeitig mit meiner Zunge an ihr hinteres, für mich ja noch seligeres reizenderes und süßeres, kleines, schwarzes Loch heranmache, um es zu feiern und eine von meinen berühmten Lippen- und Zungentrillerarien auf demselben zu spielen; sie muß dann unter unseren Händen mindestens sieben bis acht Mal hintereinander selig vielmehr fertig werden!...

EUGÉNIE *(bereits in seligem Wollustrausche befangen)*: Ah!... seliger Fickdusian... Ich glaube selbst, daß es... mir... wohl kaum schwer... fallen... dürfte, so oft fertig... so oft... naß wie augenblicklich... ganz naß... zu werden... da unten! Ah!... Ah!... Ah!...

DOLMANCÉ: Potz Blitz und Gottverdammt und gevögelt, meine Damen!... In dieser reizenden Gruppierung und Stellung, in der wir uns augenblicklich befinden, und zwar Madame auf den Knien vor dem vorderen Juwelenschmuckkästchen — ich verstehe damit ihren winzigen Kitzler als den Juwel oder Edelstein und ihr Vötzchen als das Schmuckkästchen — und ich ein wenig seitwärts gebückt vor dem hinteren Liebesaltare unserer Kleinen, können Sie alle beide nacheinander mich doch ebenfalls ganz gut und gern ein bißchen durch Schwanzablutschen befriedigen, und zwar zuerst Sie, gnädiges... kleines Fräulein Eugénie!... Hierdurch komme auch ich gleichzeitig auf meine Kosten und zum höchsten Genusse und kann mich dann meinerseits später bei Ihnen, gnädigste Madame, revanchieren!

EUGÉNIE: Ach ja, ja, ... geliebte, süße Freundin!... Gönne mir doch, bitte, ... die Ehre an diesem, ... schönen... prächtigen Schwanze vor Dir ein bißchen... zu knabbern, hinein... zu beißen, ... ja ja, ... Ihre Lehren fruchten, lieber Dolmancé... und zu lutschen!... *(Sie tut es.)*

DOLMANCÉ: Ah!... Welch köstliche Wollust!... Welche Seligkeit, ... in diesem warmen geilen Mündchen und zwischen diesem feuchten sammetweichen Lippenpaare!... Aber, gnädiges... Fräulein, werden Sie auch wirklich in dem kritischen Augenblicke, wenn ich abprotze oder spritze, dessen eingedenk sein, was Sie mir vorhin versprochen haben?...

MADAME DE SAINT-ANGE: Ja doch!... Ja ja!... Sie wird ihn schlucken, Ihren Liebeslikör, ... sie wird alles... herunterschlucken, ... verlassen Sie sich darauf, mein lieber Freund, ... ich möchte darauf wetten, ... ich kenne sie doch!... Aber sollte sie aus kindischer, törichter Ziererei oder Prüderie, oder aus sonst welchem anderen Grunde ihre Pflicht und Schuldigkeit, die ihr doch schon ihre Geilheit inspirieren sollte, vernachlässigen, so...

DOLMANCÉ *(erregt)*: So würde ich ihr dies nimmermehr verzeihen, allergnädigste Madame, nimmermehr!... Und einer exemplarischen Strafe durch mich, ihren Lehrmeister, kann sie gewiß sein. Ich schwöre es Ihnen, ... ihr Ärschchen soll geprügelt werden, wie es noch keinem Engelein im Himmel und auf Erden passiert ist, … und zwar bis auf's Blut!… Ah!… Gottverdammt!… Ich… bin… fertig, … ich spritze… ja… schon!… Recht… recht… so, … schlucke es… herunter, Eugénie, … daß auch nicht ein… ein Tropfen… verloren geht!… Ah!… Ah!… Ah!… Madame!… Erbarmen Sie sich doch mal ein bißchen meines erlauchten Arsches, er präsentiert sich jetzt doch Ihren freien Händen so sehnsüchtig und verlangend! Merken Sie denn nicht, wie er sich Ihnen selber offeriert und seine roten Backen und seine Spalte Ihrem Finger entgegen öffnet?… Gottverdammt!… Nun ist meine Ekstase vollständig. Sie stecken ja Ihre… beiden reizenden allergnädigsten Finger bis ans Heft hinein!… Ah!… Lassen Sie mich!… Ich kann nicht mehr!… Dieser unser kleiner, süßer Engel hat mich ja… fast tot… gelutscht! Oh!…

EUGÉNIE: Na!… Siehst Du, mein teurer, angebeteter hoher Herr Lehrmeister, Professor, … ich habe auch nicht einen… einzigen Tropfen… beim… Herunterschlucken… verloren!… Oh!… Süßer!… Küsse mich, … küsse mich doch… mein einzig Geliebter!… Siehst Du… Dein Samen oder Liebessaft ist jetzt durch meinen Mund ebenfalls in mein Inneres, in meine Gedärme gelangt, wenn auch auf anderem Wege, auf dem Umwege durch… meinen… Schnabel!… Ah!…

DOLMANCÉ: Sie ist doch wirklich zu entzückend, wirklich zu süß, unser kleines, gnädiges… Fräulein!… Ah!… Ah!… Und wie unsere geliebte Kleine selber fertig, wie ihr… Mäuschen naß geworden ist, … sehen Sie nur mal, meine Gnädigste!…

MADAME DE SAINT-ANGE: Ganz überschwemmt ist sie, ja ja, … geradezu überschwemmt!… Sehen Sie mal, lieber Dolmancé, wie jetzt der immer noch von ihrem geilen, zuckenden Kitzler destillierte, aus ihren üppigen Vötzchenlippen herabströmende Liebessaft an ihren prallen, rosigen Schenkeln herunterfließt!… — Aber, Potzhimmel… was höre ich!… Man klopft!… Wer kann uns jetzt zu stören wagen?… Doch, es wird schon spät, bald dunkel!… Es kann nur mein Herr Bruder sein.

EUGÉNIE: O, … oh!… teuerste Freundin!… Das ist ja… ein

Verrat; ist ja doch mehr wie ein Verrat von Dir!... Denke doch nur in welchem Aufzuge, in welcher Verfassung... in welchem Kostüme ich mich jetzt gerade befinde!...

DOLMANCÉ: Verrat?... Ah!... beispielloser Verrat?... Nicht wahr, mein liebes Fräulein?... Doch beruhigen Sie sich nur!... Furchten Sie nichts, mein süßer Engel!... Wir: Madame, meine Wenigkeit, sowie Madames Bruder, der Chevalier de Mirvel, wir wollen und werden alle gemeinschaftlich lediglich für Ihr Vergnügen und für Ihre weitere Ausbildung in der höheren Wissenschaft und Kunst zu Lieben... tätig sein!...

MADAME DE SAINT-ANGE: Ja, ja!... Wir werden sie alsbald davon überzeugen!... Komm' herein, bitte, geliebter Bruder und lache mir dies süße, kleine Mädchen tüchtig aus, die sich soeben, sie weiß es allerdings selbst nicht wohin, zu verstecken sucht, um von Dir nicht in ihrem allerschönsten und reizendsten Galakostüm, dem Evaskostüme ohne jegliches Feigenblatt gesehen zu werden.

Ende des ersten Teiles

Zweiter Teil

Vierter Dialog

MADAME DE SAINT-ANGE, EUGÉNIE, DOLMANCÉ
und der CHEVALIER DE MIRVEL

CHEVALIER DE MIRVEL: Pardon, mein gnädigstes Fräulein! Ich begrüße Sie ganz untertänigst! Verzeihen Sie meine indiskrete Überrumpelung!... Genieren Sie sich doch bitte, ... ich beschwöre Sie inständigst, keineswegs und zweifeln Sie vor allem nicht an meiner ehrlichsten, aufrichtigsten Diskretion, für die sowohl meine Schwester wie dieser mein Freund hier, Monsieur Dolmancé, Ihnen auf Ehrenwort bürgen werden...

DOLMANCÉ: Ach was!... Wozu denn alle diese Redensarten, ... diese zeremoniellen Faxen... Wozu alle diese Ziererei und Prüderie von Ihrer Seite, meine liebe, reizende Eugénie, und dieses lächerliche Zeremoniell Deinerseits, lieber Chevalier!... Also!... kurz gesagt, ... wir sind gerade bei der angenehmen und schönen Beschäftigung, mein lieber Chevalier, diese junge, hübsche Dame, Mademoiselle Eugénie de Mistival in die Mysterien der höheren Liebeskunst einzuweihen, in die eine junge Dame ihres Alters heute zu Tage unbedingt, und zwar nicht nur theoretisch sondern auch praktisch, unterwiesen und ausgebildet werden muß. Wir haben nun gerade die Theorie erledigt und sind jetzt bei der Praxis; es fehlt unserem bisherigen paradiesischen Trio aus zwei Evas und einem Adam — meine eigene Wenigkeit selber — eben der zweite Mann oder Adam als Partner oder vielmehr der zweite in Aktion und Tätigkeit tretende Schwanz!... Gelegener konntest Du uns also gar nicht kommen, mein lieber Chevalier! Und besser könntest Du dich auch gar nicht in unserem geschlossenen Kreis einführen, und zugleich unserem gnädigen Fräulein alle Scheu und Verlegenheit benehmen, als wenn Du dich ihr sobald als möglich in unserer Mitte als zweiter Adam ohne Feigenblatt vorstellst!... Ja, ja, ... das fehlende Feigenblatt ist ja gerade für uns die Hauptsache, nämlich Dein ganz kolossaler Schwerenöter von Liebesszepter in seiner ganzen Pracht und Glorie, von dem das gnädige Fräulein, beiläufig gesagt von Deiner Schwester, bereits genug des Rühmlichen gehört hat und den das Fräulein doch noch nicht kennt, vielmehr gern kennenzulernen ein bißchen neugierig sein dürfte! Und da wir gerade bei dem Thema mit der 'Überschrift': Wie ein stolzer Schwanz fertig wird, insbesondere wie er seinen Liebessaft verspritzt und wie dieser Liebessaft aussieht, angelangt sind, und der meinige indiskreterweise zugestanden, durch diverse vorherige Opferungen bei unseren Damen, schon etwas geschwächt und ein wenig schlapp geworden ist, nun, ... so sollst Du, mein Junge, ... nun fix, ... willst Du... uns nicht sogleich als Modell für dieses reizende Tableau dienen?...

CHEVALIER DE MIRVEL: Dieser Vorschlag ist für mich ja allerdings so reizend und schmeichelhaft zugleich, daß ich ihn unmöglich abschlagen möchte;... nun und das gnädige Fräulein zeigt sich meinen von ihren Reizen bereits ganz geblendeten Augen ja auch in einer so verführerisch-bezaubernden, naturalistischen Kostümierung, daß ich auch nicht einen Augenblick zögere, ihr und Euch allen, meine Lieben, dieses Tableau oder Modell für Eure gewünschte Unterrichtslektion an meiner eigenen Person zu stellen!...

MADAME DE SAINT-ANGE: Nun gut, mein Junge... Rede nur nicht so viel, sondern ziehe Dich doch lieber schon ein bißchen aus!... Oder soll ich Dir vielleicht als Kammerzofe... dienen?...

EUGÉNIE *(bisher ihre Hände als Feigenblatt benützend)*: O... Oh!... Wahrhaftig, meine Lieben!... Das ist doch zu... stark!... Ihr mißbraucht ja... meine Jugend und... meine Schamhaftigkeit... nicht schlecht!... Was soll denn der Herr... von mir... denken?... Für was... wird er mich... halten?... Ah!...

CHEVALIER DE MIRVEL *(im Begriffe sich schnell seiner Kleider zu entledigen)*: Für das charmanteste... bezauberndste... junge

Mädchen, ... für das anbetungswürdigste, süßeste... Geschöpf auf Erden, das ich je in meinem Leben gesehen habe! *(Er nähert sich ihr, küßt sie leidenschaftlich und läßt seine Hände ganz schnell über alle ihre körperlichen Reize promenieren.)* Gott!... Welch' frische, liebliche, kokette, mollige Schätze!... Welch' berückende, ... sinnbetörende Reize!...

DOLMANCÉ: Hörst Du denn nicht! Gänzlich entkleiden sollst Du dich, und zwar schnellstens und nicht so viel schwatzen und quasseln, mein lieber Junge!... *(Letzterer tut es.)* Ich als der Älteste von uns allen hier werde die Szene oder das Tableau dirigieren! Das ist mein Recht als Dozent und ordentlicher Professor an der Hochschule der Ars amandi!... Also zunächst soll unsere Kleine den Mechanismus und das Drum und Dran eines abprotzenden oder spritzenden Schwanzes bei unserem Chevalier kennenlernen und diesen Liebeslikör höchstselbst in nächster Nähe in Augenschein nehmen, um seine Beschaffenheit genauer zu prüfen und zu studieren, und zwar auf folgende Art und Weise. Da sie wohl nicht eine ganz kaltblütige Zuschauerin eines solchen Aktes sein wird, so wollen wir uns alle vier, und zwar *les cavaliers et les dames* wie in der *Quadrille naturaliste* möglichst nahe einander gegenüber plazieren, jedoch: *les cavaliers seules*, ebenso *les dames seules*! Sie Madame kitzeln oder vielmehr wichsen dabei Ihre kleine Freundin und lassen sich gleichzeitig von ihr abwichsen, während ich es bei unserem Freunde, dem Chevalier, oder vielmehr bei dem Kolossalen unseres kleinen Chevalier tun werde. Wenn es sich um derartige Dinge handelt wie das Abwichsen eines stolzen Schwanzes, so versteht dies am besten nur ein Mann bei dem anderen, und zwar eine Männerhand unendlich besser und sachgemäßer als die allerroutinierteste Frauenhand; gerade so, wie Ihr Weiber, ... ich wollte sagen: Frauen und Mädchen es miteinander, ich meine das gegenseitige Onanieren oder Abwichsen Eurer Vötzchen am allerbesten versteht!... Also plazieren wir uns wie angegeben. Nichts ist süßer als ein derartiges Tableau für alle Beteiligten. — Komm her, mein kleiner Adam, mit Deinem pyramidalen Non plus ultra-

Schwanze! Du kannst Dich übrigens für meine Liebesdienste auch ein bißchen bei mir revanchieren! *(Der Chevalier ist nunmehr ebenfalls ganz nackt.)* sieh nur, wie unser Fräulein ihre Augen geschämig zu Boden senkt, wie sie ihn, Deinen bereits brillanten Riesen gar nicht anzuschauen wagt!... Madame! Nehmen Sie doch nun bitte endgültig die Feigenblatthand unserer Kleinen von ihrem freilich noch unschuldigen vorderen Liebesaltare fort und beginnen Sie jetzt Ihrerseits mit Ihrer süßen Arbeit! So ist's recht!... sieh mal, mein Junge, wie das Jungfernvötzchen unseres gnädigen Fräuleins sich jetzt von selber ein wenig öffnet, wie ihr winziger Kitzler jetzt neugierig hervorguckt, um sich Deinen Riesen anzuschauen, sieh nur wie ihr kleiner Schelmenkitzler schon steif ist und fortwährend zittert und zusammenzuckt, wie wenn er dem liebkosenden Finger Deiner Schwester entgegen lechzt!...

MADAME DE SAINT-ANGE: Sind wir so... recht, ... mein lieber Dolmancé!... Sind wir beide Quadrillepaare nahe genug aneinander plaziert?... Nun, Liebling!... Guck Dir doch mal das Rieswunderwundertier meines Bruders ein bißchen... an. Es beißt doch nicht!... Es ist ja doch noch immer ganz... zahm... in unseres Professors Hand...

DOLMANCÉ *(der sich inzwischen des bereits in voller Parade befindlichen Riesen des Chevaliers bemächtigt hat)*: Ja, so ist's gut! Oder rücken Sie, meine Damen, vielmehr bitte noch ein wenig mehr zu uns heran! Gucken Sie mal her, meine liebe Eugénie; es ist dies übrigens unbedingt notwendig für Sie, denn passen Sie nur ja auf, ... alsbald sollen nicht nur Ihre zarten Brüstchen, sondern Ihr ganzes Gesichtchen mit den Liebesfluten dieses herrlichen Riesenschwanzes überströmt und überschwemmt werden, er soll Ihnen sozusagen, wenn Sie nicht ja aufpassen, in Ihr süßes Schnäbelchen, vielmehr auf Ihr Näschen spritzen! Ich selber werde als Spritzenmeister den Strahl schon so dirigieren, daß Sie sich nicht zu beklagen haben sollen, bzw. daß die Liebesglut Ihres entflammenden ganzen Körpers, und zwar von oben bis unten von seinen Fluten gelöscht werden soll!... Wichsen Sie nur inzwischen tüchtig ihren kleinen, zuckenden Schelmenkitzler weiter, Madame, und Sie, Eugénie, revanchieren Sie sich nicht minder feste an dem steifen Riesen Madames und geben Sie sich zugleich beim Anblicke dieses Herrlichsten vor allen unseres lieben Chevalier, den höchsten, geilsten Wollustgefühlen hin!... Fort mit jeglicher alberner Prüderie, oder sogenannter jungfräulicher Schamhaftigkeit!... Wenn die Natur es gewollt hätte, daß wir gerade unsere schönsten und reizendsten, wenngleich sensibelsten Teile unseres Körpers, unsere Schwänze und Votzen beständig versteckt halten sollten, so würde sie schon selber dafür Sorge getragen haben und sie in irgendeiner Hautfalte wie bei den meisten, insbesondere den männlichen Tieren im Stadium der Ruhe, für den Anblick verborgen haben. Stattdessen hat sie uns Menschen aber gerade diese Teile, und zwar eben sowohl wie die Votzen auch die Schwänze ganz sichtbar und offen zwischen die Beine eingepflanzt, uns selber und allen unseren Mitbrüdern und Mitschwestern zur Freude und zur offenen Augenweide. Sie, die Natur, hat damit also gleichzeitig ihren Wunsch bekundet, daß wir mit diesen unseren Emblemen möglichst da, wo die Verhältnisse und die Umstände es irgend gestatten oder gar erheischen, wie in unserem Falle heute, in paradiesischem Zustande einhergehen und uns nackt wie wir geboren, zeigen sollen. Anderen Falles verletzen wir eben ihre Wünsche und Absichten und verstoßen gegen dieselben!... Sehen Sie zum Beispiel mal die Kinder beiderlei Geschlechts, und zwar nicht nur die kleinsten sondern auch schon die größeren, die in ihrer Unschuld und Unkenntnis jeglichen sogenannten Anstandes oder Schamgefühles in der heißen Jahreszeit, oder auch in der Kälte instinktiv, wenn es sie dort juckt, oder wenn sie ein natürliches Bedürfnis zu befriedigen haben, ihre Nacktvötzchen oder Schwänzchen ganz offen zur Schau stellen, ja sich naiverweise vor aller Augen daran kratzen, wichsen, und zu erleichtern suchen, wenn es sie ein bißchen mehr juckt, während die erwachsenen Mädchen oder Buben dies lieber heimlich, oder nur in intimen Freundes- oder Freundinnenkreisen wie wir heute offen tun. Ähnlich oder noch naturwüchsiger und instinktiver machen es die Araberinnen und viele andere Moslemitinnen noch heute, die von Kopf bis zu den Füßen in dichte, lange, wallende Gewänder gehüllt und nach den Vorschriften des Koran ihre Gesichter bis auf kleine Höhlen für die Augen maskiert und verschleiert halten, wenn sie in der Sommerhitze am hellen Tage und auf öffentlicher Straße beim Promenieren plötzlich mit den Händen unter ihre Gewänder greifen, dieselben emporraffen und ganz ungeniert und ohne Prüderie an ihren Vötzchen kratzen und daran wichsen, wenn sie's juckt, dabei aber gleichzeitig niemals ihr Antlitz entschleiern würden. Sie schämen sich also mehr ihrer Gesichter, und wären sie noch so jugendfrisch und reizend zu zeigen, als ihrer Vötzchen, und mit Recht; dies letztere verbietet ihnen der Koran nicht, denn ihre Geschlechtsteile sind doch nur Naturalia *(natürliche Dinge)* und Naturalia non sunt turpia d.h. sie können doch das Schamgefühl nicht verletzen... Auch die Bewohnerinnen der südlichen Länderstriche Afrikas, dergleichen die Südseeinsulanerinnen tragen lediglich zum Schutze gegen giftige Insekten, weniger gegen die sengende Glut der dortigen regulären Normaltemperatur: Lendenschürzen oder leichte Kniegewänder, aber wie gesagt, lediglich der Insekten wegen, die sich gern in ihre bei der Gluthitze immer offenstehenden Votzen verkriechen und einnisten würden, und nicht etwa aus Schamhaftigkeit; und wenn sie's juckt, und das tut's begreiflicherweise sehr oft, so fingern und wichsen sie ganz offen und vor aller Welt daran herum. Sie verlängern hierdurch künstlich ihre Kitzler mitunter mehrere Zoll lang, desgleichen ihre kleinen — zwischen den großen Votzenlippen eingebetteten — Schamlippen derart bis ins Ungemessene, daß sie von ihren Votzen lappenweise, wie kleine Schürzen, mitunter bis an die Knie herabhängen, — sogenannte Hottentottenschürzen — wie sie eben bei den Hottentottenweibern als eine ganz besondere exquisite Schönheit ihrer Votzen gelten...

Madame de Saint-Ange: Nun, was mir an unserem lieben Freunde und Professor der Gelehrsamkeit, an Dolmancé, am besten gefällt ist, daß er bei seinen so hochinteressanten und belehrenden Vorträgen wenigstens nicht seine Zeit vertrödelt. Sieh mal Eugénie, Liebling, wie schön und wie nett er ihn wichst, diesen meinen brüderlichen Riesenschwanz, und wie zärtlich-schmunzelnd und wohlgefällig er dabei zugleich seinen — meines Bruders Arsch betrachtet und examiniert!... Zittere und zappele nicht so mit Deinen Fingern an meiner Votze und meinem Kitzler herum, mein Engel, sondern reibe, wichse ruhiger und zugleich ein bißchen fester und energischer!... Wir halten es ja ohnehin alle vier... nicht mehr lange... aus!... Sieh nur, Liebling, wie der Riesenspritzenkolben meines Bruders bereits in der Luft umherfuchtelt, er wird uns bald vollständig besprengen.

EUGÉNIE *(in Folge ihres eigenen geilen Echauffements mutiger, und mit ihrer freien Hand nach der Schwanzspitze des Chevalier greifend und sie umfassend)*: Ah!... Ah, ... meine geliebte, süße Freundin!... Welch' ein Ungeheuer... welch ein Riesenmonstrum von Glied!... Kann ich es doch nicht mal... mit... meiner.... Hand... umfassen!... Ah! Mein Gott!... Sind sie denn... alle... so groß... wie... dieser?

DOLMANCÉ: Sie kleiner Schelm und Schäker, ... reizende Eugénie!... Sehen Sie denn nicht, daß der meinige ein bißchen oder vielmehr... ganz bedeutend... kleiner... ist?... Ja ja!... Solch' eine pyramidale Manneszierde, solch ein Riesengerät ist ja für eine junge Dame, und zwar für eine Jungfer, die sie zum allerersten Male sieht, immer ein bißchen beängstigend. Sie ahnen wohl, daß solch ein Kaliber Ihre kleine jungfräuliche vordere Festung nicht so ganz ohne Gefahren stürmen und einnehmen dürfte!...

EUGÉNIE *(von Madame bereits in höhere Ekstase gebracht bzw. gewichst)*: Ah!... Bah!... Ich würde es trotzdem mal mit allen derartigen süßen Riesen zu meinem Vergnügen aufnehmen, oder es doch wenigstens mal ein bißchen probieren und versuchen, ... nicht wahr?... meine Lieben?...

DOLMANCÉ: Gewiß doch!... Sie haben vollkommen Recht damit, mein gnädiges Fräulein!... — Halten wir jedoch jetzt mal ein bißchen ein mit unserer süßen Arbeit vielmehr wichsen Sie einander ein bißchen langsamer, ganz langsam... meine Damen, wie ich es augenblicklich mit meinem Freunde tue, um unsere Ekstase dadurch zu verlängern und zu erhöhen und es nicht sogleich und so rasch zur Krise oder zum Fertigwerden kommen zu lassen! Der gegenseitige Anblick unserer erhitzten Schwänze und Votzen ist doch noch ungleich süßer!... Also, ... Sie haben absolut Recht, meine liebe Eugénie! Eine junge Dame soll und darf sich nie vor einem schönen, steifen, stolzen Schwanze fürchten, oder gar erschrecken, wenn er ausnahmsweise auch mal von einem außergewöhnlicheren Riesenkaliber ist. Das Vötzchen und die Scheidenöffnung ist ja immerhin sehr elastisch und nachgiebig und läßt ihn schließlich doch ein, wenn es anfänglich auch ein wenig Schmerzen verursacht in dem Augenblicke, da das sogenannte Hymen oder das Jungfernhäutchen von dem anstürmenden Feinde gesprengt wird, entzweiplatzt und so für immer verloren geht. Dafür entschädigen sie aber auch um so größere Wonne- und Wollustempfindungen und Seligkeitsgefühle in Folge der bei weitem reichlicheren und ergiebigeren balsamischen oder schmerzstillenden Einspritzung dieses voluminöseren und großkaliberiger veranlagten Schwanzes! Habe ich doch noch weit jüngere Mädchen als Sie, mein liebes Fräulein, und zwar neun bis zehnjährige und zugleich ganz zarte, ja mitunter geradezu schwächlich veranlagte Mädchen, von weit größeren Schwänzen noch als dem unseres Chevalier, — nicht in ihren Hintern — sondern in ihre Nacktvötzchen vögeln sehen, ohne daß ihnen dies irgend etwas geschadet hätte!... *Nur mit Geduld und Spucke besiegt man jede Mucke,* oder vielmehr ein jedes Hindernis, sagt ein schönes Sprichwort. Es ist daher eine Torheit sondergleichen, wenn man meint, daß die jungen Mädchen nur durch ganz kleine Schwänze entjungfert werden können oder sollten. Nach meiner Meinung sollte ein junges Mädchen, das ihre vordere Jungfernschaft endgültig los werden will, sich vielmehr den allergrößten Schwanz hierfür zu verschaffen suchen, denn manche Mädchen haben, wie es physiologisch und medizinisch festgestellt ist, ein so feines, elastisches oder dehnbares und nachgiebiges Jungfernhäutchen, daß ein kleiner Schwanz dasselbe wohl durchdringt, jedoch absolut nicht beschädigt noch überhaupt dazu im Stande ist, und die Mädchens in Folge dessen Jungfer bleiben. Oder das Jungfernhäutchen ist umgekehrt mitunter derart rigide, d. h. fest, dick und widerstandsfähig, daß ein kleiner oder mittelgroßer Schwanz es nicht anzugreifen, zu stürmen, oder zu beschädigen, geschweige denn zu durchbohren vermag, vielmehr lediglich ein recht großkaliberiger hierfür notwendig ist, falls sie nicht ewig Jungfer bleiben will! — Hat sie sich aber erst an die recht großen Schwänze gewöhnt, so wird sie wohl nur ungern zu den mittleren oder gar den kleinen greifen, zumal wenn sie die Wahl unter ihnen hat; und ist sie wohlhabend, reich und unabhängig, so wird es ihr für ihr Geld nicht schwer fallen, ihre Gelüste nach Riesenschwänzen zu stillen und sie möge sich auch lediglich an diese halten. Gefällt ihr aber auch einmal ein Mittelgroßer oder Kleiner ausnehmend und möchte sie ihn nun mal gern probieren und kosten, nun... so lasse sie sich von ihm in ihrem Hintern bedienen d. h. arschvögeln!...

MADAME DE SAINT-ANGE: Da haben Sie vollkommen Recht, mein lieber Freund!... Und will sie sich noch mehr Vergnügen oder Hochgenuß und Wollust verschaffen, ... nun, so lasse sie sich von dem Riesenschwanze vorn und von dem kleineren oder mittleren Schwanze zu gleicher Zeit in den Hintern vögeln. Bei diesem Akte der Liebe oder Vögelei verspürt sie die doppelte Ekstase in Folge der wollüstigen Stöße des erregten Vötzchenvöglers und des Arschfickers zugleich und wird von den Liebessäften beider vorne und hinten überschwemmt, ihre eigenen Säfte... zugleich... vor seliger Wonne... sterbend... spritzen!...

DOLMANCÉ: Sehr richtig!... Wichsen wir einander jetzt nur ein ganz wenig kräftiger, aber noch nicht schneller, ... nicht... so schnell... bitte... Madame!... Um unsere Ekstase noch ein wenig länger auszudehnen, was ja an sich doch so... süß und noch süßer als das Fertigwerden selbst ist, um zugleich noch ganz schnell den Faden dieses unseres interessanten Themas ein wenig weiterzuspinnen!... Also, nach Ihrer Ansicht und Ihrem Geschmacke, meine Gnädigste, scheint mir, könnten oder müßten oder sollten Sie eigentlich noch zwei, drei, vier oder mehr Schwänze für Ihr soeben geschildertes Liebes- oder Fick-Tableau zur Verfügung haben, ich meine, außer einen Schwanze im Vötzchen und einem im Arsche noch einen zugleich in Ihrem allergnädigsten Munde und noch je einen zugleich in jeder Ihrer Hände etc.?!...

MADAME DE SAINT-ANGE: Allerdings!... Gewiß doch! Und außerdem noch einen Schwanz zwischen den Brüsten, je einen zwischen den Achselhöhlen, ferner je einen hinter den Ohrläppchen, je zehn eventuell in der Friseur zwischen den Haaren, und noch diverse vor der Nase und vor den Augen, die von ihren Besitzern hierbei selber abgewichst werden, und wären es dreißig, fünfzig oder hundert Schwänze zugleich... um mich herum! Sie alle müßte ich um mich haben, um sie gleichzeitig zu sehen, nacheinander zu befühlen und zu fingern und zu wichsen, oder sie sich selber wichsen zu sehen, um meine eigene Geilheit und Ekstase zu steigern, mit einem Worte: hunderte und mehr leibhaftiger Schwänze um mich zu haben und von ihnen zu gleicher Zeit, in dem nämlichen Augenblicke, bespritzt zu werden, wenn ich selber... spritze!... Ah!... Und ich habe sie gehabt und mehr als ein-, und dutzend-, und schock-mal, ... Sie können mir's glauben... Du selber wirst mir dies bestätigen, mein lieber Bruder!... warst Du es doch bei derartigen Gelegenheiten, der mich mit seinem Riesenszepter zugleich vorn in meiner Votze selber die allergrößte Seligkeit kosten ließ. Ja ja, mein lieber Dolmancé, welch' ein großer Lebemann im Punkte der Sodomie oder der Arschvögelei Sie auch immer sein mögen, ich schmeichele mir, Sie in der ars amandi doch noch bei weitem zu übertreffen... und zu überflügeln!...

EUGÉNIE *(inzwischen mit ihrer Freundin, gleich dem Chevalier mit Dolmancé in gegenseitigem ununterbrochenem Abwichsen begriffen)*: Ah! Ah!... Geliebte Freundin! Du machst mir mit Deinen Geständnissen... ja... ganz den Kopf... verdreht!... Wie mich das... erhitzt?... Wie?... Du meinst, auch ich könnte mir solche... Genüsse... verschaffen wie Du?... So viele...

Schwänze, alle... ringsum mich... herum?! Ah!... Welche Seligkeit das sein müßte!... Oh!... Du tust mir ja jetzt weh... mit Deinen Fingern... da unten!... Ah! Halt ein!... Ach, Ach! Ich... spritze... ich bin... ganz... hin... Ah! Süße!... So hast Du mich... ja noch nie... da unten... gefingerlt... noch nie... so naß... gemacht... wie jetzt!... Ah! Du bist ja die reine, ... verkörperte Liebes- oder Wollustgöttin... Ah, ... sieh doch mal jetzt den stolzen... zum Bersten steifen... Riesen Deines... Bruders, wie er jetzt... endlich... auch fertig zu werden scheint, ... wie sein purpurroter, ... majestätischer Kopf in Dolmancés Hand unaufhörlich vibriert und zusammenzuckt!... Ah!... Achtung!... Vorsicht, ... Geliebte!... Laß' uns lieber... ganz... zurücktreten!...

DOLMANCÉ: Halt, halt!... Hier geblieben!... Bleiben Sie doch ruhig stehen, gnädigstes Fräulein! Madame, halten Sie unsere Kleine doch zurück, bitte... Es kommt ja... schon, ... er ist... fertig!... Ah!... Und ich... gleichfalls... Ah!... — Doch jetzt kommt ja erst die Hauptsache, meine Damen! *(Er dirigiert inzwischen sorgfältigst die mit Macht und ohne Ende hervorspritzenden Ströme der Liebessäfte seines Freundes auf den Körper der beiden Damen, insbesondere auf Eugénie, deren Körper ganz und gar überschwemmt und mit ihren eigenen noch immer hervorperlenden Liebessäften wie unter eine Samendusche getaucht erscheint.)* Nun, gnädiges Fräulein, wichsen Sie doch bitte Ihre Freundin, die noch nicht soweit zu sein scheint, ein bißchen schneller und energischer!... So... ist's recht!... Vergelten Sie ihr doch, was sie soeben für Sie getan hat!... Sieh nur Chevalier, mein Junge, wie die beiden Vötzchen unserer Damen zittern, vibrieren und zucken und sich dabei beständig öffnen und schließen, ... wie ihre neugierig hervorlugenden Kitzler, und zwar nicht nur Deiner Schwester Großer sondern sogar auch der Winzige unseres Fräuleins steif in Parade stehen, wie selbst ihre göttlichen Liebesäpfelchen, ... ihre vollen, üppigen, runden Schenkel, ... und Beine, ... und Waden... vor Ekstase zittern und vibrieren!...

EUGÉNIE: Ja ja, ... Sie haben ja so recht! Spotten Sie doch nicht immer Professorchen! Doch... ich kann nicht mehr... Ich zittere, ... doch lediglich wohl nur aus Mattigkeit, ... vor... seliger... Schwäche... Sieh nur, süße Freundin, wie ich... aussehe!... Mein ganzer Körper von oben... bis unten... ist ja vollgespritzt, ... total durchnäßt, ... als wäre ich in ein Bad von lauter Liebessäften getaucht worden. Sogar... bis in die Augen... hinein hat er... ihn mir... gespritzt, so daß ich gar nichts mehr sehen kann!...

MADAME DE SAINT-ANGE *(die inzwischen gleichfalls fertig geworden ist)*: Halt! Halt, ... mein Liebling, ... noch nicht zur Toilette, bitte! Komm her, kleiner Liebling, ... laß mich diese kostbaren brüderlichen Liebesperlen von Deinen großen Augensternen, von Deinem süßen Schnäuzchen und Deinen ganzen reizenden Körper mit meiner Zunge abtrocknen oder ablecken, ... ich will Dir dann mit meinem Speichel Deinen, wie ich sehe, noch immer steifen, nimmerschlappen und verlangenden, winzigen Kitzler... ablutschen, ... damit Du ganz schnell noch einmal und noch seliger fertig wirst!...

EUGÉNIE: Ach ja, ... in der Tat, ... eine gute Idee von Dir! Aber unter einer Bedingung, meine Süße, und zwar in der Position, ... wie heißt sie doch schon!... ja, ja, ... in der Position der Ziffer 69, ... ich unten, ... Du oben... über mir!... Die Herren werden wohl nichts dagegen einzuwenden haben, wenn wir uns beide jetzt in Ihrer Gegenwart, lediglich, und ein wenig für uns beide allein interessieren!...

MADAME DE SAINT-ANGE: Charmantes Götter- und Mädchen Du!... Du übertriffst und überflügelst mich ja noch mit Deinen großartigen, reizenden Ideen! Komm' her, mein kleiner Liebling!... Küsse mich schnell vorerst noch ein paar tausend und abertausendmal, laß mich Dich dann ein bißchen mit meiner Zunge schnäbeln und an Deinem oberen langen, schmalen Zünglein saugen und lutschen, um danach sogleich an Deinem winzigen unteren Schamzünglein... da... zwischen Deinen dicken, süßen Vötzchenlippen die süßere Fortsetzung folgen zu lassen...

(Das Tableau in der Ziffer 69 vollzieht sich zwischen den beiden Damen. Beide werden nochmals fertig und erheben sich aus ihrer reizenden Stellung. Madame ist aber scheinbar noch immer nicht gesättigt!) Ah!... Seliger Hochgenuß!... Doch möchte ich... Dich... bitten... mein lieber Bruder!... Wichse Dich... doch... nicht... selber!... Bitte, ... lieber Bruder!... *(Sie wirft sich auf das Kanapee, spreizt ihre Schenkel auseinander und weist auf ihr vor Geilheit zitternde, purpurrote Votze.)*

DOLMANCÉ: Ja, ja, ... mein lieber Chevalier! Tue ihr doch den Gefallen, ... lutsche ihr doch mal... ein bißchen gründlicher den schwesterlichen Riesenkitzler ab! Du verstehst ja das, so viel ich weiß, ganz vorzüglich!... Mir, ... Du weißt doch, ... kennst doch meinen Gusto, überlasse dann nachher das hintere Loch Deines Schwesterleins!...

CHEVALIER DE MIRVEL: Viel lieber noch möchte ich mein geliebtes schwesterliches Vötzchen vögeln!... Du siehst doch, ... er steht mir ja schon wieder längst zum Platzen, und zwar in Folge des reizenden Tableau vivant der beiden Damen in ihrer Leckszene.

MADAME DE SAINT-ANGE: Natürlich! Freilich sollst Du mich vögeln!... Sehne ich mich doch bereits wieder gar so sehr nach meinem geliebten, brüderlichen Riesen, den ich schon so lange... und zwar bereits seit gestern Abend... entbehrt! Komme her, geliebter Bruder, ... in meine Arme... Ah...

DOLMANCÉ: Nun gut denn, meine Lieben? Gestattet mir jedoch noch einen Augenblick. Ich werde diese brillante Gelegenheit dazu benutzen, ganz schnell ein neues Tableau vivant für uns alle vier zu arrangieren!... Also, ... bitte Ihre schönen, vollen, prächtigen Götter- oder Göttinnenbeine ein bißchen... mehr noch auseinander, Madame, meine reizende Freundin und Kollegin im Liebesprofessorat!... Recht so!... Nehmen Sie jetzt bitte Ihre Feigenblattfinger von Ihrem allergnädigsten Kitzler, damit mein Freund mit seinem Riesen seine Stelle vertreten kann... So mein Junge, ... stecke ihn jetzt bitte hinein, in die ihm wohlbekannte schwesterliche Liebesöffnung und überlasse mir, Deinem lieben, besten Freunde zugleich Dein für mich ebenso oder noch süßeres hinteres Loch zum vögeln, wie es Dein blutschänderischer Riese für das geliebte, süße, schwesterliche Vötzchen ist!... Eugénie, unsere Kleine, die ich ganz schnell mit diesem aus Madames Juwelenschrein entnommenen, wie ich sehe auch bereits mit Sahne gefüllten, Riesengodmiché bewaffne, wird mich zugleich in den Arsch vögeln und sich dabei gleichzeitig mit den Fingern ihrer freien Hand ein bißchen... selbst wichsen. Nicht wahr Eugénie, kleiner süßer Schatz, Du meine Lieblings- und Musterschülerin vor allen, ... Du tust es doch mir, Deinem Lehrmeister bzw. Herrn Professor, zu Liebe?... Du mußt Dich doch in alle diversen Rollen, die die höhere Kunst zu Lieben erheischt, allmählich schicken!...

EUGÉNIE *(mit dem um die Hüften dicht über ihrem Vötzchen angeschnallten Godmiché oder künstlichen Schwanze stolzierend, paradierend und kokettierend)*: Gern... Lassen Sie mich ganz schnell noch in den Spiegel gucken! Ach, wie reizend... Wunderbar!... *(Sie streichelt und liebkost ihren Riesen.)* Ah! Ah!... Gewiß, ... sehr gern, Professor, mein Lieber, ... oder muß ich jetzt zu Ihnen sagen: meine Liebe!... meine kleine, liebe Gassenhure, Gottverdammt u.s.w.? Ja?... Was sollte ich Ihnen zu Liebe jetzt nicht tun mögen, der Sie mich zu meiner höchsten Freude und zu meinem Stolze aus einem kleinen bescheidenen Mädchen in einen richtigen, stolzen, geschwänzten jungen Mann metamorphosiert haben! Sie sollen Ihre helle Freude an Ihrer kleinen Schülerin haben! Ich empfinde und fühle, obwohl selber im wahren Sinne des Wortes noch Jungfer, doch jetzt schon einen ganz unbändigen Hochgenuß bei diesen Ensemble-Spielen. Vivat die Unkeuschheit, es lebe die Liebe und deren Saft: der Liebeslikör, oder wie man sagt: dessen Suff... Hoch, hoch, hoch!... *(Sie arschvögelt Dolmancé nach allen Regeln der Kunst, nachdem sie seinen Hintern mit dem Godmiché durchbohrt hat.)* Ist es so richtig, mein lieber Herr Professor, ... ist er... Ihnen... so, angenehm?... Ja?!...

DOLMANCÉ *(gleich den beiden geschwisterlichen Liebesakteu-*

ren über die reizenden und drolligen Späße Eugéniens herzlich lachend und sich amüsierend.) Wunderbar!... Ausgezeichnet, ... mein Schatz, ... mein Liebling, ... mein geliebter... Männe!... Fick, ficke mich recht brav, mein Männchen Du! Wahrhaftig meine Lieben, ... die kleine Unschuld — die letztere wird unser Kind ja heute Abend allerdings wohl auch noch los werden — vögelt mich wie ein Mann, als wenn sie ihr ganzes Leben lang überhaupt nichts anderes getan hätte! Na, ... so wären wir ja jetzt alle vier wie die Ketten oder Perlen des Rosenkranzes auf's engste miteinander verbunden, das Tableau vivant fertig und es erübrigt jetzt nur noch die Aktion der Akteure: das süße Vögeln selbst und das süßere gleichzeitige Fertigwerden! Also, ... wohlauf denn, geritten: hopp, hopp!...

MADAME DE SAINT-ANGE: Ah!... Süße Last, die ich mir da mit Euch allen dreien aufgebürdet habe!... Doch ich ertrage sie... ganz gern! Ah!... Bruder, Du machst mich ja ganz... kaputt mit Deinem Riesen heute, ... so lang, ... so dick, ... so riesig ist er mir noch nie... vorgekommen wie gerade jetzt. Doch, stoße nur immer weiter... kräftig zu, ... mein Engel, ... solltest Du mein Vötzchen auch total zerschinden!

DOLMANCÉ: Verdammt! Verflucht noch mal, ... Chevalier, mein Junge, was hast Du heute für einen süßen, göttlichen Arsch!... Welche Wollust, ... welche Seligkeit verspüre ich doch in demselben, ... Ah!... Ach, seliger oder heiliger Fick-Fickdusian, ... laßt uns nunmehr alle vier zugleich fertig werden!... Liebling, mein kleiner Männe, kleiner Professor der Sodomie in spe, ... wichsest Du Dir auch Deinen Winzigen, Du weißt doch, was ich meine: Dein kleines Kitzlerchen, selber oder kannst Du ein bißchen schlecht an ihn herankommen? Doch, ich spüre es an den Bewegungen und Zuckungen Deiner üppigen, prallen Vötzchenlippen, die so zärtlich mein hinteres Loch umschmeicheln, und an Deinen in nächster Nähe daselbst herumpromenierenden Fingern, daß Du es — das winzige Votzenzünglein wirklich attrapiert hast und nicht... gerade allzusehr schmachten lässest!... Ah Gottverdammt nochmals! Ich bin ganz... futsch! Ach!...

Und in meinem ganzen Leben habe ich nicht so süß arsch-gevögelt und gespritzt wie in Deinem Hintern soeben, mein Junge! Eugénie, mein Männe, lassen Sie jetzt... Ihre Godmichésahne gleichfalls spritzen!... Ah!... Ah!... *(Das Tableau löst sich auf, nachdem alle vier Akteure zugleich fertig geworden. Madame verbleibt halb ohnmächtig noch auf dem Kanapee.)*

CHEVALIER DE MIRVEL: Seht nur, wie wir alle durch unsere dreifache Last auf ihr, meine Schwester, zugerichtet haben!...

DOLMANCÉ: Ah!... Ah!... Sind Sie das wirklich, Sie, die Liebesheroine, die unverwüstliche Heldin in punkto des seligen Vögelns!... Seht da die kallipyge Liebesgöttin... halbtot... mit ihren weitgespreizten Schenkeln daliegend!... Und wie das volle üppige, purpurne, leicht klaffende, blutschänderische Vötzchen samt dem steifen Riesenkitzler immer noch vibriert und zuckt und wie es sich selbst besudelt und immer noch... fortwährend von dem beiderseitigen, zärtlich miteinander vermählten geschwisterlichen Balsam überquillt!...

MADAME DE SAINT-ANGE *(sich erhebend)*: Seit wann sind Sie denn ein so großer Votzenenthusiast geworden, mein lieber Freund!... Sollten Sie alter unverbesserlicher Sodomit sich am Ende noch in mein volles, üppiges, rosiges, oder purpurnes, leicht klaffendes Vötzchen verlieben?... Das wäre ja der höchste Triumph, ... bei Ihnen als dem Unverbesserlichen jedoch auch fast unglaublich!... Doch, machen wir jetzt eine kleine Erholungspause, meine Lieben!...

DOLMANCÉ: Ich bin zwar Sodomit, doch immer Mensch und zugleich Kunst- und Schönheitskenner und Verehrer! Warum soll ich also als Mensch Ihr zweifellos schönes und reizendes und einer Venus- oder Liebesgöttin würdiges Vötzchen nicht würdigen und an ihm wie an jedem anderen Kunstwerke der Natur Gefallen finden, wenn ich als Sodomit auch meinen Prinzipien getreu bin und bleibe, meine Gnädigste!... *(Sich zu Eugénie wendend und sie leidenschaftlich küssend.)* Und Du, meine kleine Schülerin, charmantes, süßes Geschöpf!... Wie prächtig, wie süß Du mich doch vorhin gevögelt hast, ... wie ein Gott vielmehr wie eine Göttin, und bei alledem ist diese kleine Göttin in persona vorne an ihrem göttlichen oder Göttervötzchen noch immer jungfräulich!...

EUGÉNIE: Ach, meine Lieben!... Und auch ich habe in der Tat recht viel Vergnügen und Hochgenuß dabei empfunden!... Sieh nur mal, süße Freundin — Sie nicht... meine Herren, drehen Sie sich mal einen Augenblick um und gucken Sie nicht her — sieh nur... wie naß!... ich... da... unten noch immer bin!...

MADAME DE SAINT-ANGE: Nun ja, ... das stammt doch nur von Deinem... eigenen Fingerln, mein Liebling. Nicht wahr?...

DOLMANCÉ: Ganz selbstverständlich!... Als Hochschulkandidatin in unserer Akademie der Liebeskunst hier muß sie doch auch mit dem Godmiché umzugehen lernen, und da sie diesen einstweilen doch noch nicht in ihr eigenes, verschlossenes Jungfernvötzchen plazieren kann, so muß sie sich eben vorerst mit anderen offeneren Zielobjekten für diesen Godmiché begnügen. Ja ja, ein weibliches Wesen darf und soll oder sollte in den Liebesgenüssen überhaupt keinerlei Grenzen kennen, sie sollte vielmehr noch diese Grenzen zu überschreiten und ihre Genüsse noch zu erhöhen und zu vervielfältigen suchen, und zwar so viel es ihr möglich ist!...

MADAME DE SAINT-ANGE: Sehr richtig!... Wissen Sie übrigens, mein lieber Freund! Ich habe bei einem Notar 500 Louisdors für diejenige männliche oder weibliche Person deponiert, die mich einen sogenannten Hochgenuß in der Liebe kennen lehrt, der mir noch unbekannt wäre, und die mich in einen Geilheits- oder Wollusttaumel zu versenken im Stande wäre, den ich noch nicht genossen oder durchgekostet hätte!... *(Inzwischen befreunden sich der Chevalier und Eugénie immer mehr miteinander, bewundern gegenseitig ihre gesamten im paradiesischen Zustande befindlichen körperlichen Schätze und Reize, und küssen und wichsen sich gegenseitig leidenschaftlich.)*

DOLMANCÉ: Sonderbare Idee von Ihnen, Madame, ... doch ich kann sie wohl begreifen! Ich glaube indessen, daß diese Ihre Sucht nach immer neuen Genüssen lediglich aus Blasiertheit oder vielmehr aus Ihrem Überdrusse an allen diesen Ihren bisherigen Liebesgenüssen entspringt!

MADAME DE SAINT-ANGE: Wie meinen Sie das, mein lieber Spottvogel?

DOLMANCÉ: Ich meine, ... in allen Ehren, ... ich kenne nichts Langweiligeres für ein weibliches Wesen, zumal für eine bezaubernde, charmante Huldgöttin wie Sie, meine Gnädigste, als immer allein ins Vötzchen gevögelt zu werden. Es gibt ja da noch andere Abwechslungen genug!... Wenn man aber mal wie Sie erst die Hochgenüsse der Arschvögelei, ich meine der passiven, selbstverständlich mit gleichzeitiger Abkitzelung oder Abwichsung seitens des Partners oder einer dritten Person kennengelernt hat, so begreife ich nicht, wie man da überhaupt noch einen anderen Genuß oder Hochgenuß ersehnen kann?

MADAME DE SAINT-ANGE: Sie wollen sich die 5.000 Louis wohl selber verdienen, mein lieber Freund!... Das dürfte Ihnen allerdings schwerlich gelingen! Sie reden lediglich von Ihrem Sodomitenstandpunkte, und predigen und lobpreisen natürlich Ihre eigenen Neigungen wie ein jeder Bauer nur seine eigenen Kartoffeln preist, wie jeder Vater nur sein eigenes Kind und Machwerk, das er indessen vielleicht gar nicht einmal gemacht hat! Sie verstehen übrigens ja doch auch nichts anderes als die Arschvögelei!... Wer sagt Ihnen denn, oder vielmehr, habe ich Ihnen heute Nachmittag unter uns nicht wiederholt zugestanden, und haben Sie es nicht selbst mehrere Male hintereinander an meinem... wie Sie ihn nannten, Kallipygen oder schönen prächtigen Riesenarsche erprobt, daß ich keineswegs eine Gegnerin oder Feindin der Arschvögelei bin?... Wenn man jedoch so denkt wie ich... so will und möchte man nicht bloß in die Votze und in den Arsch, sondern überall, ... überallhin und hineingevögelt werden, ... in die Hände, in den Mund, zwischen die Brüste, die Achselhöhlen, die Ellbogengelenke, die Kniegelenke, hinter die Ohrläppchen, oder in die Ohren, in die Nase, selbst in die Augen, letzteres soll gut sein für manche Ohren-, Nasen- und Augenleiden, — oder in die Frisur, ebenso an den Fußsohlen, oder längs der üppigen schöngedrechselten Waden und Beine, sowie zwischen die letzteren von den geschlossenen Knien an bis zum Venusberg, zwischen die Strumpfbänder oder unter dieselben oder direkt in die Strümpfe hinein, oder zwischen die engan-liegenden Höschensäume an den Schenkeln etc., etc. oder was weiß ich... sonst wo noch hin, was ich alles an mir bereits von zahlreichen galanten und geilen Schwänzen durchgemacht und zur Genüge durchgekostet habe. Dies also bietet mir gerade nichts mehr neues, wennschon diese sonderbaren Neigungen und Gelüste sehr, sehr viele ja sogar die meisten Männer, die ich kenne, besitzen, bzw. dieselben ganz besonders gerade an meinem Körper auszuführen scheinen und ich selber — was ich nicht leugnen kann und will, jedesmal auch ein wenig angenehm hierdurch erregt, selbst erhitzt werde. Im allgemeinen gebe ich Ihnen vollkommen Recht, mein lieber Freund, ist, was die effektiven und reellen Genüsse der Frauen betrifft, von allen oben erwähnten, nächst dem Vögeln in ihre vorderen Kleinodien oder Vötzchen, die passive Arschvögelei bei gleichzeitiger Abkitzelung immer der größte und vollste Hochgenuß, und es gibt, wie ich bereits erwähnt habe, unendlich viele Frauen, die gerade letzteren Hochgenuß vor allem anderen, selbst der Vötzchenvögelei vorziehen und nicht allein oder lediglich aus Furcht vor etwaiger Schwangerschaft, sondern weil sie daran eben bedeutend mehr, ja bei weitem mehr Vergnügen empfinden!...

Chevalier de Mirvel: Ich für meine Person kann dies, offen gesagt, nicht begreifen! Wie denken Sie darüber, meine Braut, meine süße Eugénie?... Ach so, Sie sind ja selber noch Jungfer, können da also gar nicht mit hineinreden, da Sie ja doch noch nicht die Genüsse und Hochgenüsse der Vötzchenvögelei kennen und erprobt haben. — Was mich speziell betrifft, meine Lieben, so gebe ich mich dem schöneren Geschlechte zwar auch gern zu allen möglichen Phantasien und Kaprizen und Liebestorheiten hin, die man von mir wünschen mag, auch zu ihrer Arschvögelei; aus reinstem, eigensten Gusto oder Geschmacke ziehe ich bei den schönen Frauen und Mädchen jedoch unter allen Umständen und unbedingt ihre schönsten und süßesten vorderen Liebesaltäre vor, die die Natur selbst dazu bestimmt hat, auf ihnen zu opfern vielmehr ihnen allein zu huldigen!...

DOLMANCÉ: Die Natur?!... die Natur?! Was faselst Du denn schon wieder von Natur, mein Junge, die Du doch gar nicht kennst und von der Du leider noch nichts, rein nichts gelernt hast! Schäme Dich, Du junger, absolut ungelehriger Schüler, Deinem früheren Lehrmeister gegenüber, mein teurer Chevalier!... Habe ich Dir's nicht schon xmal eingebleut, daß, wenn Du die Naturgesetze fleißig und mit Verstand und eingehender prüfest, einsehen wirst, daß gerade die Natur uns auf keine anderen Liebesaltäre als die kleinen runden, süßen Arschloch hinweist, denen wir allein opfern und huldigen sollen? Sie, die Natur, gestattet wohl die anderen Löcher und Körperöffnungen: wie die Votze, den Mund, die Ohren, Augen, die Nase, ... aber sie befiehlt oder weist uns geradezu auf das kleine, schwarze, runde hintere Loch hin! Ich will Dir das noch klarer, in die Augen fallender beweisen!

Wenn die Natur es nicht geradezu gewünscht und beabsichtigt hätte, daß wir allein in das Arschloch vögeln sollen, warum hätte sie dann das letztere gerade: rundlich bzw. seine Öffnung unserem Schwanze proportioniert geschaffen? Welch' vernünftig denkender Mensch wird es denn kapieren oder begreifen, daß die Natur gerade ein ovales Loch, wie es die Votze ist, für die runden Schwänze der Männer geschaffen haben sollte, also ein für den runden Schwanz ganz unproportioniertes?... Also hier hast Du doch den klarsten, striktesten Beweis!... Nun!... Sie brauchen mich deshalb nicht alle so furchtbar auszulachen, meine Geliebten!... Sie wissen ja doch, wie ich es meine, wenn ich auch einmal ein bißchen ulken tue!... Nicht wahr?... Sie wissen ja doch, ich meine, im Grunde genommen, ... daß die Natur diese Differenzierungen der Löcher, der ovalen und runden nur deshalb vorgenommen hat, weil sie keineswegs die allzu übermäßige Fortpflanzung des Menschengeschlechtes wünscht, — wie ich früher bereits des Eingehenderen erörtert habe — und deshalb, weil sie, die Natur, diese Fortpflanzung nur duldet, nicht jedoch beabsichtigt, sie die Schwänze also auf letztere, ihnen proportioniertere Körperöffnung hinweist!... Aber setzen wir doch nunmehr lieber die Unterweisungen unserer kleinen Mademoiselle Eugénie weiter fort, und zwar beginnen wir jetzt, um sie für den ihr so schwierig und fürchterlich dünkenden Akt ihrer vorderen Entjungferung bzw. die Empfangnahme des männlichen Liebeslikörs in ihr Vötzchen erst ein bißchen mehr vorzubereiten, und sie ferner daran zu gewöhnen, sich für diesen Liebeslikör des Mannes nicht gar zu sehr und übermäßig zu fürchten, endlich... weil dies uns allen zugleich einen großen Zeitvertreib und Spaß bereiten würde, — nachdem sie vorhin einen stolzen Schwanz spritzen gesehen und gefühlt hat — sie selbst ihn einen solchen Steifen, wichsen, spritzen und höchstselbst seine Ströme beliebig in die Luft oder auf uns Zuschauer dirigieren zu lassen!...

MADAME DE SAINT-ANGE: Was Sie doch allen Ernstes für nette, großartige Ideen zu unserer Belustigung und zum allgemeinen Zeitvertreib auszubrüten verstehen, mein Lieber!... Nun, ich glaube, daß Sie diesmal mit dieser Ihrer Idee doch wohl ein wenig Ihre und meines Bruders Kräfte überschätzen! Denn wie ich während unserer interessanten Diskussion wahrgenommen habe und es an dem Teppich und dem Fußboden gewahr werde, ist ja doch mein Bruder soeben erst wieder zum zweiten, im Ganzen also bereits zum dritten Male, und zwar die beiden letzten Male von der reizenden Hand unserer Kleinen fertig geworden, da sie sich beide gegenseitig ein wenig gefingerlt haben. Er, vielmehr sein Schwanz dürfte daher wohl einen Augenblick der Ruhe und Erholung benötigen!... Lassen Sie uns daher lieber noch etwas pausieren!... Seht, da sind wir weiblichen Wesen doch von ganz anderem, naturwüchsigerem und derberem Schrot und Korne; unsere Vötzchen stehen jederzeit offen und zum Empfange bereit — d.h. Eugéniens ja allerdings noch nicht — während Ihr meistenteils die sogenannten immerschlappen Jammerlappen seid!

DOLMANCÉ: Sie sind doch gar zu süß, zu reizend, allergnädigste Madame, wenn Sie mal Ihrerseits ein bißchen zu scherzen geruhen;... Sie glauben doch selbst nicht, was Sie da sagen! — Aber Unrecht haben Sie immerhin durchaus nicht; ich gestehe, daß ich für meine besonderen und spezielleren Zwecke und Projekte die ich soeben in meinem Hirne spinne oder schmiede, ohnehin gern einen anständigen jungen, hübschen, besonders kräftigen und leistungsfähigen Burschen Ihres Landhauses — Sie wissen doch, ich meine einen mit einem ordentlichen rechten Kallipygen für mich und zugleich mit einem Riesenkaliberigen für Sie — haben möchte, der uns als Probierjunge, — Du brauchst deshalb auf ihn nicht eifersüchtig zu sein, mein lieber Chevalier, ich habe eben dabei meine ganz besonderen Pläne, und zwar insbesondere auch für mein eigenes geehrtes passives Arschloch... und Du hast doch... hier Deine Braut, unser gnädiges Fräulein!...

MADAME DE SAINT-ANGE: Ihr Wille geschehe!... Ihr ganz spezieller Wunsch kann leicht erfüllt werden. Ich habe gerade jetzt seit mehreren Tagen einen solchen reizenden, prächtigen, süßen Buben bei mir... hier auf meiner Villa.

DOLMANCÉ: Ist es nicht der kleine, dicke und bildhübsche siebzehn bis achtzehnjährige junge Mann, den ich heute mittags in Ihrem Treibhause gesehen habe?

MADAME DE SAINT-ANGE: Allerdings! Ich meinte keinen anderen als Augustin, ein vor allen meinen hiesigen Untergebenen reizenster und bester Mann — Du kennst ihn ja auch, mein lieber Bruder — und dabei zugleich durchaus nicht ungeschliffen und ungebildet, sowie von einer absoluten Diskretion, für die ich selbst mich verbürge. Denn ich besitze und kenne ihn bereits mehrere Tage, wie er mich genau, in meinem höchsten oder paradiesischen Galastaate wie eben heute unter uns, und zwar ebenso aus- wie inwendig kennt. Ich habe ihn auch lediglich wegen seines ganz besonders gerühmten Schwanzes engagiert, und ich bin bis jetzt mit demselben durchaus und in jeder Hinsicht zufrieden. Also, sein Schwanz mißt, wenn er steif ist, genau 13 Zoll in der Länge bei einem Volumen oder Umfange von 8 1/2

Zoll im Durchmesser, also noch etwas mehr wie der des Chevaliers, meines geliebten Bruders!... Überdies ist Augustin mir schon so ergeben und vertraut und hat auch bereits an mehreren meiner Orgien hier in den letzten Tagen teilgenommen, ich meine also, er ist bereits derartig eingeführt, daß Ihr Euch, meine Lieben, insbesondere Du, Eugénie, mein kleiner Liebling, in Eurem augenblicklichen paradiesischen Kostüme vor ihm nicht zu genieren braucht!...

DOLMANCÉ: 13 Zoll Länge zu 8 1/2 Zoll Dicke oder Umfang!?... gerechter Himmel! Chevalier, mein Junge, da kannst Du ja überhaupt gar nicht mitreden und ich erst, ... ich müßte mich ja ganz und gar in den Staub verkriechen und mich in mir selbst zurückziehen vor Beschämung!... Ah! Gottverdammt nochmal!... Und dieses Riesenmonstrum von Schwanz erigiert sich, entladet, ... spritzt?...

MADAME DE SAINT-ANGE: Nun, meinen Sie etwa, er tut es nicht, ... er wird Sie allemal erst um Erlaubnis fragen? Und er... spritzt... fast wie ein hoch vom Gebirge herabstürzender Gießbach!... Ich lasse ihn sofort durch meine Zofe Bella holen!...

EUGÉNIE: Ah!... Ah!... Muß das... ein kleiner... Süßer... sein!...

(Madame klingelt und erteilt ihrer Zofe nähere Anweisungen, auch für das spätere Souper.)

Fünfter Dialog

Madame de Saint-Ange, Eugénie, Dolmancé,
der Chevalier de Mirval
(sämtliche in Evas- bzw. Adamskostüm) und Augustin

Madame de Saint-Ange *(Augustin, einen etwas stark beleibten, im Übrigen modern und elegant gekleideten, bildhübschen, strammen jungen Burschen vorstellend)*: Hier: Monsieur Augustin, der junge Mann oder einfach mein Bube, von dem ich Euch vorhin gesprochen habe, meine Lieben!... Lasset uns nun also alle miteinander ein bißchen lustig sein und ausgelassen und tollen, denn ohne Amüsement ist doch das ganze Leben nur ein elendes Jammerdasein!... Komme doch ein bißchen näher zu uns heran und zeige Dich nicht so schüchtern gegenüber dieser jungen Dame, meiner Freundin, ... mein lieber Bube, Du kleiner Tölpel, zumal wenn Du als diplomierter Kunstgärtner in diesen Garten Eden oder in dieses irdische Paradies, mein Boudoir kommst, in welchem ganz naturgemäß auch die Männlein und Weiblein in ihren paradiesischen Kostümen ohne Feigenblatt — denn Feigenblätter gibt es höchstens in Deinem Treibhause, nicht jedoch hier in meinen Boudoir — einhergehen müssen!...

Augustin: Meiner Treu, ... allergnädigste Madame!... Sie sagen doch immer, daß ich sonst... gar nicht so blöde und schüchtern bin, wenn Sie mir Ihr eigenes, liebstes, auf der Frontseite gelegenes oder ein anderes, neues... frisches... noch jungfräuliches... Garten-Blumen-Beetchen auf Ihrer Villa gehörig zu beharken, zu besamen oder besäen und recht fleißig zu begießen geben!...

Dolmancé *(gleich den anderen aus vollstem Halse lachend)*: Ah! Köstlich!... Charmanter, ... kostbarer Junge, dieser unser kleine, runde, schöne Augustin!... Und ebenso frisch wie natürlich! Ah!... Oh!... Und welch' ein prächtiges ganz famoses, kallipyges Hintergestelle der süße, kleine Geselle hat!... Oh!... Oh!?... *(ihn auf Eugénie aufmerksam machend, welche sich geschämig im Hintergrunde aufhaltend — ihre Hände wiederum als Feigenblätter benützt)* Na, Augustin! Sieh Dir doch mal dies neue, ... frische, ... noch vollkommen jungfräuliche Wunder-Blumen-Beetchen an, wie denkst Du darüber! Möchtest Du es nicht auch ein bißchen beharken, besamen und recht fleißig begießen?...

AUGUSTIN *(verlegen)*: Ah!... Oh!... Oh!... Verflucht noch mal, ... steht mir der Schwanz! *(er senkt wiederum verschämt seine Blicke und bedeckt sich gleichfalls die über seiner Hose kenntlich gewordene ungeheure Hervorwölbung mit den Händen.)* Oh, ... mein gnädiger Herr!... Solch' entzückende, bezaubernde Pracht- und Wunderblumen sind doch... nicht... für unsereinen... für... meinesgleichen vom gütigen Himmel geschaffen!... Ah!...

DOLMANCÉ *(zu Eugénie)*: Nun, mein gnädigstes Fräulein!... Wie denken Sie darüber vielmehr über diese naturwüchsigen und darum ehrlichen und aufrichtigen Elogen unseres Bubens?... Wie denken Sie überhaupt über diesen unseren dritten Mann hier in unserem Bunde?... Gefällt er Ihnen auch ein bißchen? Chevalier! Du brauchst nicht weiter eifersüchtig wegen Deiner Braut zu sein!... Seien wir heute hier doch mal ein bißchen ganz unter uns!...

EUGÉNIE *(stark errötend)*: O, Himmel!... Ich schäme mich doch so sehr, ... vor diesem hübschen, jungen Menschen... in diesem Aufzuge!... Oh!...

DOLMANCÉ: Nun gut meine Liebe! Sie sollen jetzt aber mal als meine brave, getreue und folgsame Schülerin, die Sie doch bisher gewesen sind, jegliche Scham und Scheu ablegen und beweisen, daß Sie auch wirklich Willens und bestrebt sind, meine Ratschläge und Lehren zu befolgen, die doch, wie Sie sich wohl erinnern, darauf hinausgehen, daß eine junge Dame, gleichviel in welchem Kostüme oder Aufzuge sie sich einem Manne oder einem Jünglinge gegenüber befindet, ob in großer Toilette, oder im Négligé, oder im Badekostüm, oder in ihrem allerreizendsten Kostüme: dem ihrer Stammutter Evas, sich nie vor ihm zu schämen nötig hat, zumal wenn sie sich zugleich ihrer wirklichen körperlichen Reize voll bewußt ist, und erst recht nicht, wenn sie diesen Mann oder Jüngling zum allerersten Male in ihrem Leben sieht. Dies müßte Ihnen doch schon die Stimme der Natur inspirieren, die Ihnen diese Reize verliehen, die Sie mit diesen molligen, holden, süßen Körperschönheiten ausgestattet hat! Also, wohlan denn Eugénie, denken Sie ein bißchen daran, was ich Ihnen heute Nachmittag empfohlen habe, wenn Sie mit einem etwas schüchternen und blöden jungen Manne in Berührung kommen. Beweisen Sie durch die Tat, daß Sie die würdige Schülerin Ihres Lehrmeisters sind. Spielen Sie also doch ein wenig das naive kleine Gassen- oder Hurenmädchen mit diesem Tölpel, provozieren Sie ihn doch ein bißchen und prostituieren und produzieren oder vielmehr präsentieren Sie sich ihm zunächst in Ihrer ganzen majestätischen Beauté de Diablesse, Ihrer die Liebesgöttin Venus selber... überstrahlenden Schönheit dadurch, daß Sie vor allem Ihre Hände nicht länger als Feigenblätter benützen, sondern lieber mit denselben die stark — besonders an einer gewissen Stelle wie Sie sehen — enorm gespannten Hosen dieses jungen Mannes eigenhändig losknöpfen, ... dieselben... so, ... so ist's recht, mein Liebling, jetzt... bis zur Erde heruntergleiten lassen, ... so, ... so, ... von seinen Beinen einzeln fortziehen, ... so, recht, ... und indem Sie nunmehr... sein Hemd hoch unter seine... Weste zusammenrollen und damit dem so sehr nach Freiheit lüsternen Vogel die Freiheit geben;... so... so... ist's recht, ... mein Liebling! Sehen Sie, wie schön und wie leicht das gegangen ist?... Sie können nun zunächst Ihre Neugierde betreffs seiner vorderen männlichen Attribute, sowie gleichzeitig auch ich bezüglich seines... Hinterns, — Potzdonnerwetter, hat der Kerl einen prächtigen, ... leckeren, ... appetitlichen Kallipygen — befriedigen!... So, mein Liebling, ... sehen Sie, wie das alles… gar so schwer nicht ist als Sie es sich gedacht haben?… Zittern Sie aber bitte… nicht so… sehr dabei, sondern umfassen Sie jetzt ganz ruhig und kaltblütig mit einer Hand dieses runde, dicke, enorme Stück Männerfleisch, das Sie, wie ich sehe, durch seine große Länge und Form erschreckt, — oder ist es nur ein freudiger Überraschungsschreck?… Lassen Sie jetzt zugleich Ihre andere Hand auf seine feisten Riesenarschbacken herumpromenieren und suchen Sie… jetzt… mit einem Finger die kleine, runde, schwarze Öffnung seines Arschlochs zu kitzeln und ein bißchen tiefer in dasselbe einzudringen. Sehen Sie so wie ich… es mache. *(Um Eugénie zu zeigen, um was es sich handelt, sokratisiert oder kitzelt und fingert er Augustin selber vorher ein wenig an seinem Loch.)* — Ja, ja, … so ist es recht… mein kleines, gelehriges Fräulein! Streifen Sie nun, bitte, die Vorhaut von seinem dicken, rötlichen Eichelkopfe, … ziehen Sie dieselbe beim Wichsen aber ja nicht wieder herüber, sondern halten Sie sie — die Eichel — ja ja: das Köpfchen oder vielmehr den Riesenkopf des Riesenschwanzes stets nackt und bloß, d.h. ohne Kapuze und reiben, wichsen Sie dem langen Goliat, wenn Sie ihn auch nicht ganz umspannen können, was nichts schadet, mit Ihrer hohlen Hand nur tüchtig, tüchtig weiter, pressen Sie ihn dabei zugleich, als wollten Sie ihn… zerquetschen!… So!… so ist's schön… von Ihnen… gemacht!… Sehen Sie jetzt bereits… Ihren Erfolg?… Verflucht noch mal hat er… einen Kerl von Schwanz!… Und Du mein Bube!… Stehe doch nicht… ich bitte Dich, so blöde und befangen wie ein Opferlamm da, das alles mit sich… machen läßt!… Halte doch nicht immer Deinen Prachtarsch mit Deinen Händen hinten fest; er wird Dir doch nicht fortrennen! Hast Du denn gar keine schönere und angenehmere Beschäftigung für sie? Lasse sie doch ein bißchen über diese Liebesäpfelchen, über diese ebenso oder noch reizenderen sammetweichen Arschbacken unseres gnädigen Fräuleins und… da unten… so gucke doch mal herunter, Du schüchterner Einfaltspinsel, … über diese ihre köstliche, bezaubernde Wunderblume herumpromenieren, die einem aufgeplatzten und frischgespaltenen, rotbäckigen, reifen, saftigen Pfirsiche deines Treibhauses auf's Vollkommenste ähnlich sieht und aus deren oder dessen leicht geöffnetem oberen Spältchen ein gewisses Etwas wie ein Zungenspitzlein hervorguckt und fortwährend zittert und zusammenzuckt!...

AUGUSTIN: Ah, mein gnädiger Herr, ... das wage ich... nimmermehr!... Dazu traue ich mich ja... nicht!... Aber eines... möchte ich wohl gern!... Erlauben Sie es... gnädigste Madame, daß ich das gnädige Fräulein, das mir eine solche, unsagbare Wonne bereitet... nur einmal, ... ein ganz klein wenig... auf ihr wunderbares, kleines, rotes... Pfirsichmündchen... küssen darf?...

MADAME DE SAINT-ANGE: Aber freilich doch, kleiner schüchterner Schelm!... Bist Du doch nie so blöde und schüchtern gewesen wie gerade heute, ... ich kenne Dich ja gar nicht wieder! Küsse sie doch meinetwegen so viel Du willst und magst, ... küssest Du mich denn nicht auch nach Herzenslust, wenn wir miteinander vögeln?... Komm her, Chevalier, mein Lieber, laß uns beide angesichts dieses reizenden Tableaus einander auch ein bißchen gegenseitig wichsen!...

Augustin: Ja, ja, ... gnädigste Madame!... Ich soll... sie... küssen, ... aber solch ein kleines, wunderbares Purpurmündchen wie das des gnädigen Fräuleins habe ich mein Lebtag noch nicht gesehen, ... so daß ich mich wirklich gar nicht... herantraue!... Nein, nein, ... ich kann... ich wage es nicht!... Wie frisch es ist... dies kleine Rosenmündchen, ... wahrhaftig, mir scheint es in der Nähe auch wie eine eben aufgeblühte kleine Rosenknospe aus unserem Garten duftend!...

DOLMANCÉ: Seht!... Hört nur!... Nun wird er gar poetisch!... O... Du lieber Augustin!... *(auf dessen fürchterlichen, bereits zum Platzen steif gewordenen Liebesszepter zeigend.)* Da meine Lieben, ... seht die Arbeit und die Leistungsfähigkeit unserer Kleinen!...

EUGÉNIE *(stark errötend, sich selber mit ihrer freien Hand an ihrem Kitzler spielend, bzw. wichsend)*: Oh! Hilf Himmel... Wie er immer noch voluminöser, ... und riesenhafter, ... und beängstigender wird, ... fast so wie ich ihn einmal bei einem edlen, schweren Vollbluthengste auf dem Landgute meines Vaters gesehen habe, als derselbe auf eine Stute... hinaufsprang!...

DOLMANCÉ: Na, um so besser!... Lassen Sie ihn doch ruhig immer größer, ... riesenhafter werden, mein Liebling! So!... Wichsen Sie ihn jetzt bitte wieder ein bißchen regelmäßiger, und zwar taktmäßiger und zugleich energischer! Lassen Sie mich's Ihnen mal ein bißchen vormachen meine Liebe, ... gestatten Sie bitte, so, ... sehen Sie, wie ich's mache! *(Er wichst Augustin selber ein wenig.)* Sehen Sie, wie diese meine Handbewegungen und -frottierungen fester, kerniger, solider und dennoch zugleich zärtlicher oder zarter sind als die Ihrigen?... Ja ja, ... das alles will gelernt sein, zumal für eine Novizin in der ars amandi, wie Sie es sind! Da, nehmen Sie ihn wieder; machen Sie es nach bitte... und vor allem — was Sie immer wieder zu vergessen scheinen — streifen Sie ja nicht die Vorhaut über die Eichel zurück!... Gut so, ... prächtig!... Nun wollen wir mal nachmessen, ob Madame Recht hat und ob er wirklich größer ist als der Deinige, Chevalier!... Ich sehe, Deine Schwester bedient Dich ja auch ganz liebenswürdig und nett, ... der Deinige steht Dir auch bereits zum Bersten, gerade so wie es lediglich bei dem Anblicke von Bubens Götter Kallipygem mit dem meinigen der Fall ist!...

EUGÉNIE *(keck)*: Zweifeln Sie doch nicht, ... messen Sie doch nicht erst, ... ich sehe ja doch, daß Ihr beide nicht im Entferntesten an Bubens... heranreicht!...

DOLMANCÉ: Das tut ja auch nichts zur Sache, kleiner Liebling, ich will doch nur sehen, ob Madames angegebene Maße stimmen!... *(Er mißt ihn mittelst eines Zentimetermaßes.)* Ja!... Wahrhaftig!... Sie haben Recht, Madame! 13 Zoll in der Länge und im Durchmesser! Oh!... Oh!... Ich habe allerdings, das muß ich gestehen, bis jetzt in meinem Leben noch keinen Größeren, Riesenhafteren gesehen!... Das nennt sich nun mal in der Tat und mit Recht ein Riesengoliatschwanz!... Wenn das nun die allgemeine Normalgröße oder der Normale bei allen Männern wäre, meine Damen, was würden Sie dazu sagen? Und Sie, Madame, ... Sie bedienen sich wirklich... dieses... Normalschwanzes oder vielmehr Abnormschwanzes?...

MADAME DE SAINT-ANGE: Natürlich... Regelmäßig, und zwar alle Nächte, die ich hier auf dieser Landvilla bereits zugebracht habe!...

DOLMANCÉ: Aber doch hoffentlich nicht in Ihrem... hinteren Loch?!... Oh!...

MADAME DE SAINT-ANGE: Manchmal noch öfter hinten als vorne!...

DOLMANCÉ: Ah!... Himmel noch mal!... Verflucht!... Alle Achtung!... Hut ab vor Ihnen, Allergnädigste, wenn ich als Adam hier einen Hut auf hätte!... Welch eine pyramidale Libertinage das!... Auf Ehre, ... ich weiß nicht, ... ich glaube, bei mir da hinten würde er nicht hineingehen!...

MADAME DE SAINT-ANGE: Na na, ... Sie oller Hinter-Fickariatsprofessor!... Spielen Sie sich doch nicht mit einem Male als den Englochigen auf bezüglich Ihres Sodomiterarsches; er würde in Ihren Arsch gerade so oder jedenfalls noch leichter hineinspazieren als in den meinigen!...

DOLMANCÉ: Nun, wir wollen und werden es alsbald probieren!... Mein Bube wird und soll die Ehre haben, mir mit seiner Likörspritze auch mal ein bißchen meinen Hintern vollzupumpen und ich werde ihm dann auch nichts schuldig bleiben, sondern ihm vielmehr nach Kräften und mit Zinseszins heimzahlen!... Aber setzen wir nun ganz schnell unsere Lektion weiter fort; ich sehe, es ist die allerhöchste Zeit hierfür!... Sehen Sie, Eugénie, gnädiges Fräulein, die Schlange des Paradieses hier ist gleich bereit, ihr Gift auszuspeien!... Nehmen Sie sich in Acht, ... treten Sie lieber ein klein wenig mehr zurück, ... so!... Fixieren Sie jetzt mal genau mit Ihren bezaubernden dunkelblauen Augensternen die dunkelblaurote, zur Entladung bereite Riesenschwanzspitze, sehen Sie, wie sie jetzt zwischen Ihren Fingern fortwährend zuckt! Da der blöde Schelm doch selber zu schüchtern und zu dumm dazu ist, so suchen Sie selber sich seines sauberen hübschen Schnabels zu bemächtigen, . ja ja, ... küssen, saugen, schnäbeln Sie ihn zugleich recht tüchtig mein Liebling... Sie verstehen das ja, wie ich weiß, ganz ausgezeichnet!... So, drücken Sie jetzt seine immer noch schlapp herabhängenden Hände an Ihre Liebesäpfelchen, und seine Rechte jetzt ein wenig an Ihr, wie ich sehe, vor Geilheit und Aufregung weitgeöffnetes und bereits wieder stärker geschwollenes und aufgeblähtes üppiges Riesenspeckvötzchen und reiben Sie sich selbst mit seinen Fingern Ihren winzigen zitternden, ein wenig nach tauigem Naß und Balsam lechzenden und durstigen Steifkitzler ab!... *(Sie tut es.)* Ah!... Er ist jetzt so... weit unser... Bube!... Achtung!... Rette sich, wer kann! Zurück meine Lieben!... die Schleusen öffnen sich! Ah!...

AUGUSTIN: Ah!... Ah!... Ah!... Gnädigstes Fräulein!... Ich... kann... nicht... mehr... Ah!... Ah!... Wie bin ich Ihnen dankbar!...

DOLMANCÉ: Zurück!.... Ah!... gevögelt! Himmelkreuzbomben u.s.w.!... Welche Sintflut männlichsten Samenlikörs!... Könnte man doch damit gleich ein paar Regimenter eines weiblichen Gardeamazonenkorps versorgen, wenn man sie künstlicherweise durch Einspritzung in ihre keuschen, züchtigen Vötzchen, Scheiden und Gebärmutter schwanger machen wollte! Seht nur, meine Lieben, mit welchem Elan er sein Geschütz abgefeuert hat! Der erste Strahl ist ja mehr als zwanzig Fuß bis an die gegenüberliegende Wand unseres Boudoirs gespritzt und hat sie vollständig weiß gemalt; das ganze Boudoir ist ja jetzt derart überschwemmt und unter Wasser gesetzt, daß wir alle miteinander ein Fickbad darin nehmen könnten, und es fließt und tropft noch immer weiter aus der männlichen Riesenfontäne! Ah!... Und... er hat sie noch in voriger Nacht gevögelt, Madame?!

MADAME DE SAINT-ANGE *(mit ihrem Bruder in gegenseitigem leidenschaftlichen Abwichsen begriffen)*: Natürlich!.... Im Ganzen neun oder zehn Mal, wie ich glaube! Es ist schon lange her, daß ich mich nicht mehr mit dem Zählen abgebe, wenn mir die Votze und mein Herr Kitzler während einer heißen Sommernacht beständig juckt, insbesondere letzterer, mein immer steifer und nimmer schlapper Riese, auf den ich mit Recht stolz bin!... Ah!... meine Lieben, ... auch ich bin... fertig!... Ah!... Ah... Chevalier, geliebter Bruder, so gut wie Du versteht es doch niemand, meinen Steifen zu demütigen und zum Weinen zu bringen!... Ah!... Ah!...

CHEVALIER DE MIRVEL: Seht da... Auch ich... ergänze noch das Fickbad in unserem Boudoir mit meiner über- und übersprudelnden Fontäne!...

EUGÉNIE: Ah'... Ah!... Auch ich bin ja schon... längst, ... und zwar mehrere Male... hintereinander... dabei... fertig geworden!... Komme doch zur Toilette in das Badezimmer, geliebte süße Freundin, es brennt... mir... da unten... immer noch so sehr,.... ich muß sie... mir... ein bißchen kühlen... und erfrischen!... *(Sie geht mit Madame in das benachbarte Badezimmer. Nach einer kleinen Pause während welcher Augustin die Spuren seiner und des Chevaliers abundanter Liebesergüsse im Boudoir wieder fortzuräumen beschäftigt ist, erscheinen sie wieder.)* Na, mein lieber Herr Professor Dolmancé!... Wie sind Sie mit Ihrer kleinen Schülerin im allgemeinen zufrieden?

DOLMANCÉ: Sehr gut!.... Ausgezeichnet! Aber, was mich betrifft, so bin ich von uns fünf Akteuren vorhin der einzige und derjenige gewesen, der dabei leer ausgegangen und zu kurz gekommen ist! Nun, ich erwarte jetzt dafür meine Belohnung!... Auch Sie, Eugénie, mein Liebling, haben immer noch einige kleine Episoden in der ars amandi zu studieren und nachzutragen!...

MADAME DE SAINT-ANGE: Warten Sie einen Augenblick!... Unserer Kleinen fehlt ja doch noch die praktische Erfahrung! Ich für meine Person bin mit ihren Fortschritten vollkommen zufrieden, sie hat bereits die besten Anlagen dafür, mir in allen Stücken gleich zu werden. Lassen wir sie jetzt noch einen Augenblick in Ruhe, ein wenig zu Atem kommen und sich erholen, ihr Vötzchen ist, wie ich soeben selber konstatiert habe, faktisch ein bißchen sehr angegriffen... und Du mein Bruder, Du weißt doch... was ich Dir und ihr versprochen habe, das halte ich auch, ... die

Blume ihrer Jungfernschaft sollst Du noch heute pflücken!... Laßt uns unser Fräulein hierfür doch noch erst ein bißchen geiler und williger machen und durch unsere Geilheit ein wenig mehr aufregen, laßt uns vor allem unseren Freund Dolmancé jetzt für seine bisherige Liebenswürdigkeit und für seine Enthaltsamkeit entschädigen! Dolmancé, ich weiß, Sie möchten jetzt doch gar zu gern ein Ärschlein für Ihren, wie ich sehe, stolzen und steifen Sodomiten haben, da Sie doch immerfort an meiner hinteren oder Hintermedaille — oder wie nannten Sie ihn doch schon, ... ja, ja, ... an meinen Kallipygen herumschnüffeln!... Also, ich schlage folgendes Tableau vivant vor: Ich will Ihnen, lieber Freund, also gern meinen immer noch zärtlich umschnüffelten Kallipygen zur Verfügung stellen; ich selbst werde mich zu diesem Zwecke in den Armen meines geliebten Bruders befinden, der mich einfädeln, oder deutlicher gesagt vögeln wird, oder vielmehr, ich werde ihn in dieser Stellung der Art vögeln, daß er auf dem Kanapee liegt und ich über ihm reitend mich selber auf seinen brüderlichen Riesen aufspieße oder einvotze. Sie, Herr Arschfickariatsprofessor, werden mich dabei gleichzeitig in meinen Arsch vögeln und können sich zu gleicher Zeit vom Buben in Ihren Hinterlader vögeln lassen, damit Sie hierdurch endlich an das Ziel Ihrer heißen Wünsche und Sehnsucht gelangen und endlich einmal auf Ihre Kosten kommen! Eugénie, unsere Kleine, wird als Direktor oder weiblicher Impresario und Manager das ganze Tableau dirigieren, um sich gleichzeitig hierbei mit allem für sie Wissenswerten in der hohen Kunst der höheren Ensembles der Gruppenvögelei theoretisch und praktisch vertraut zu machen!... Was meinen Sie dazu?... Wir brauchen schließlich aber auch unsere Kleine als Direktrice des Ganzen, um Ihnen den furchtbaren Normalen Augustins in Ihren Sodomiterhintern richtig hineinzudirigieren, denn sonst kommen wir oder Sie, Dolmancé, wohl allein nicht mit ihm in Ihren Hintern zu Stande und fertig!... Eugénie kann sich währenddessen gleichzeitig von Bubens dicken Fingerlein abwichsen lassen; sie wird dabei also einen doppelten Genuß verspüren, indem sie

Augustins Riesen in Ihren Sodomiterhintern richtig zu bugsieren und hineinzudirigieren haben und sich gleichzeitig vom Buben durch Abkitzeln befriedigen lassen wird!...

DOLMANCÉ: Großartig, ... dieses Ihr soeben ersonnenes Tableau, in der Tat!... Also wohlan denn, schreiten wir sofort zum Arrangement desselben!... *(indem er sich des Normalschwanzes Augustins, der sich inzwischen gleichfalls splitternackt entkleidet hat, bemächtigt.)* Komm her, Prachtbube, damit ich Dein vorhin so angestrengtes Gigantenschwänze wieder ein bißchen ins Leben zurückrufe! Verflucht, ... ist das ein herrlicher Schwanz! Ist es doch noch gar nicht recht trocken geworden und schon wünsche ich von Neuem seinen Riesenschwanzlikör zu verzapfen, und zwar diesmal für mich selbst vielmehr meinen Sodomiterarsch! Drehe Dich schnell mal ein bißchen um, damit ich inzwischen flugs Deinen Götter-Kallipygen genauer examinieren, sokratisieren und auf seinem Loch schnell ein paar Rosenblätter hinzaubern kann!...

CHEVALIER DE MIRVEL: Komm her, geliebtes Schwesterlein!... Du siehst ich liege hier auf dem Kanapee bereits in Paradestellung! Sieh, wie mein brüderlicher Steifer sich schon in der Luft streckt und reckt und dehnt und gleichsam nach der geliebten schwesterlichen Votze sehnsüchtig Ausschau hält, ... laß ihn bitte nicht so lange schmachten! So, klettere jetzt auf mich herauf und stecke oder votze ihn Dir selber ein! So, ... süßer Liebling, ... beuge Dich nun ein bißchen zu mir herab und gib mir Dein süßes schwesterliches Zünglein zum Lutschen und Schnabulieren!... So!... Himmel, ... wie süß ist doch die wirkliche und echte Bruder- und Schwesterliebe!... So, ... nun dürfte auch Dein prächtiger Kallipyge mit seinem kleinen Loch weit genug geöffnet sein, um Dolmancés sodomitischen Freudenspender zu bewillkommnen und gastfreundlich aufzunehmen! Das Tableau kann also jetzt beginnen!...

DOLMANCÉ: Halt, halt!... Noch einen Augenblick Geduld, meine Lieben! Wir, speziell ich und Augustin, sind ja noch nicht so weit wie Ihr. Verharret also bitte nur noch eine Sekunde in

Eurer reizenden und zärtlichen, geschwisterlichen Umarmung und wartet ab, bis ich das Signal zur allgemeinen Attacke gebe!... Eugénie, mein Liebling, verfolgen Sie zu Ihrer eigenen Belehrung nur ganz genau alle Details! Bei dem nächsten Tableau sollen Sie selber mit Ihrem Freunde und Bräutigam, dem Chevalier, und zwar Sie beide als die Hauptakteure mimen bzw. die ersten Heldenrollen spielen!... So, ... nun hätte ich also durch mein Streicheln und Wichsen unseres Buben Gigantenschwanz wieder auf seine normalen 13 Zoll gebracht, so daß er mich oder vielmehr meinen bedauernswerten, armen Hintern wohl durch- und durch zu bohren, zu durchlöchern und auseinander zu reißen im Stande sein dürfte! Seien Sie, Eugénie, mein Liebling, dem Buben hierbei ein bißchen behilflich, indem Sie meinen Sodomiterhintern mitsamt dem Loch mit Ihren Händen ein wenig auseinanderspreizen und zugleich Bubens Normalen derart dirigieren, daß er leichter und vollständig hineinschlüpft, nicht aber gar womöglich schon ante portas — vor dem Tore — abprotzt und so meinen und seinen Zweck verfehlt!... Also nun kann es wohl endlich steigen, unser Ensemble-Tableau-vivant!... Achtung, Madame, liebe Freundin, ich bin... jetzt... hinter... Ihrem... Ah!... Ah!... Es geht nicht!... Ich bin wohl zu... erhitzt, ... zu... aufgeregt von allen diesen meinen Vorbereitungen an Augustin u.s.w., ... oder ist es meine Angst vor seinem 13 Zölligen, ... oder ist es die Hitze!... Soeben stand... er... mir noch zum Bersten, nun ante portas knickt er plötzlich um und in sich zusammen!... O welche Blamage für mich, den alten Hinterfickerprofessor!... Eugénie, bitte, öffnen Sie doch mal die oberen Fensterflügel, es ist doch gar zu heiß hier!... Madame, öffnen Sie mit Ihren Fingern gütigst ein bißchen mehr Ihren süßen, prächtigen Allergnädigsten, ... bin ich heute Nachmittag doch schon mehrere Male ganz leicht in Ihren Götterarsch eingedrungen! Spreizen Sie jetzt das Loch mit Ihren Fingern mehr auseinander, liebste Freundin, ... so, ... so!... Nein, es geht... noch... nicht! Eugénie, Liebling, ... so helfen Sie uns doch ein bißchen, ... so; ... halten auch Sie zugleich Madames Riesenhinterbacken so viel wie möglich auseinander!... So ist's recht... meine Kleine!... Nein, es geht noch... immer... nicht!... Ah!... Lache und greine doch nicht so schadenfroh, Herr Augustin!... Wie ich in Deinem Alter war, wäre mir das auch nicht passiert!... Und ihr anderen, Eugénie und Ihr beiden zärtlichen Geschwister, Ihr braucht mich auch nicht auszulachen! Wartet nur noch einen Augenblick, ... es wird schon gehen! Komm her, Eugénie, Liebling, ... lasse ihn los, den Riesen-Kallipygen Deiner Freundin, ... er rennt nicht weg, und hilf mir lieber ein wenig!... Wichse ihn, meinen immer wieder Schlappen flugs ordentlich steif... aber feste, ... kleiner Liebling, ich weiß, du wirst es im Nu, im Handumdrehen fertig bringen!...

Chevalier! Madame!... Wichst Euch oder vögelt Euch inzwischen ein wenig, das soll mir jetzt bald ganz egal sein!...

MADAME DE SAINT-ANGE *(lachend)*: Ja ja!... Augustin mit seinem Normalen, ... er hat's ihm angetan!... Da sieht man den Löwen, wie er sich vor der Maus fürchtet und ängstigt und... abschnappt! Ha, ha, ha, ha!!!!

EUGÉNIE: Mache ich es Ihnen recht... so, ... mein lieber Herr Schlappschwanzprofessor?...

DOLMANCÉ: Nun fangen auch Sie noch an zu spotten!... Verflucht noch mal!... Ja ja, ... wer den Schaden hat... braucht bekanntlich nicht für den Spott sorgen!... Sie machen Ihre Handgreiflichkeiten beim Wichsen immer noch ein bißchen zu schüchtern und zu zart, meine liebe, kleine, reizende Eugénie, ... drücken Sie ihn doch etwas energischer und fester mit Ihrem hohlen, kleinen Pätschchen und reiben Sie ihn zugleich solider und kräftiger, insbesondere an der Eichel und der Spitze! Die Hand muß sich um den Schwanz noch fester schließen, ihn mehr komprimieren, als es jede andere Körperpartie, die engste Votze, oder das engste Arschloch zu tun im Stande ist. So ist's recht, ... mein Liebling!... Du bist und bleibst ja doch meine alle Zeit gelehrige Schülerin und beste, liebste, kleine Freundin! Nicht wahr?... Wohlan denn, Madame, ... jetzt bin ich wirklich endlich in der Verfassung, Ihnen oder Ihrem Riesengötterarsche zu huldigen! Eugénie, helfen Sie mir schnell noch ein bißchen wie vorhin hinein, und verhelfen Sie dann auch zugleich Augustin zur Huldigung meines Hintern!... Unser Programm muß absolut absolviert werden!...

CHEVALIER DE MIRVEL: Ha! ha! ha! ha!... Schäme Dich, mein lieber, alter Freund! Inzwischen sind wir Schwestern und Brüder, wie wir es ja auch nicht anders gewöhnt sind, längst fertig geworden!... Glaubst Du denn, daß wir so lange warten können, wie Du Deine Augenblicke und Sekunden mit den Vorbereitungen für Deinen Schlappen in eben so lange, bange Minuten ausdehnst? Allerdings habe ich Dich noch nie in so tristem Zustande oder vielmehr so überreizt und aufgeregt und erhitzt gesehen wie heute und die allzugroße Aufregung macht ja allerdings sehr oft den sonst Herrlichsten unter den Steifen zum Schlappschwanze! Ja ja!... Hat denn der neue Kallipyge Bubens Dein Sodomitenherz so aufgeregt, oder war es Deine große Besorgnis oder freudige Angst vor seinem Normalen für Deine hintere Sodomiten seele? Ach du lieber Augustin!... Augustin!... Augustin!... Du kennst doch die Melodie?...

MADAME DE SAINT-ANGE: Spotte nicht, mein Bruder, es wäre Dir und jedem anderen möglicherweise ebenso gegangen! Freund Dolmancé hat uns übrigens heute Nachmittags bereits gezeigt, was er zu leisten vermag!... Doch das tut ja weiter nichts zur Sache, daß wir beide bereits fertig geworden sind, mein lieber Freund und Professor! Sehen Sie, ich habe soeben mit einer Hand meinen brüderlichen Riesen an meinem eigenen Riesen — meinem Kitzler — wieder steif und in die schönste Verfassung und Parade gebracht und ihn mir wieder eingefädelt. Mein Kallipyger steht Ihnen daher gerade so wie vorhin zur Verfügung und unser Gruppen-Tableau kann demnach jetzt endgültig steigen und vor sich gehen!... Ah! Welch' Vergnügen und Genuß für mich, da ich wiederum eingevotzt bin, zugleich und gerade von Ihnen, lieber Freund, einem wahrhaften Hinterficker in den Arsch gevögelt zu werden!... Wie liebe ich gerade diese gleichzeitigen Hochgenüsse in meinem Innern vorn und hinten!...

DOLMANCÉ: Ihre Wünsche und Gelüste sollen nunmehr befriedigt werden! Lassen Sie mich zum Danke für Ihre Liebenswürdigkeit ganz schnell noch einen Augenblick Ihren süßen leckeren, appetitlichen Allergnädigsten küssen, ein bißchen lekken und feiern, bevor ich in das Innere Ihres Heiligtums oder Allerheiligsten entriere!... Verdammt, ... welch' bezaubernder, göttlicher Prachtarsch!... Ah!... Ich halte es nicht länger aus!... Fort jetzt, Eugénie, mit Ihren kleinen Pätschlein von Madames Hintern!... Sehen Sie, Kleine, wie schön, ... wie glatt und schlank er jetzt und ohne jede Hilfe Ihrerseits hineingeschlüpft ist, bis an die Wurzel und bis zu den beiden ovalen Zeugen meines großen Hoden!... Sehen Sie sich die Sache mal genau, ganz in der Nähe an;... eine junge Dame und zugleich Novizin wie Sie kann zwecks ihrer höheren Ausbildung ja selber nie genug davon sehen und in näheren Augenschein nehmen und studieren, um sich zu informieren und Erfahrungen zu sammeln und sie dann später selber zu verwerten!... Fühlen Sie sie jetzt alle beide in Ihrem allergnädigsten, charmantesten Innern, Madame, den brüderlichen meines Freundes und den meinigen?...

MADAME DE SAINT-ANGE: Ah!... Ah!... Welch' himmlische Wonne und Wollust! Welch' unsagbare süße Seligkeit!... Oh!... Heiliger Fickdusian, ... wie groß ist doch Deine Macht!...

DOLMANCÉ: Nun, fix hierher zu mir, Herr Augustin, mit Deinem ehrenvollen Beinamen der Normale, oder Ehrenritter des 13 Zölligen. Höre doch nun mal auf zu wichsen, Dich selbst zu befriedigen und dabei unausgesetzt nach Fräulein Eugéniens üppigem, quabbeligem Riesenspeckvötzchen hinzuschielen und mit demselben zu liebäugeln oder zu blickvögeln, es ist ja doch noch ganz unschuldig und jungfräulich und einstweilen doch noch nicht für Deinen Normalen bestimmt!... Eugénie, mein Liebling, ... helfen Sie uns jetzt schnell mal bitte zu dem schwierigsten Akte unseres Gruppendioramas!.... Setzen Sie Bube sogleich in Positur auf meinem Sodomiterhintern!...

EUGÉNIE *(Augustins Normalen in vollster Parade mit ihren Blicken fixierend und verschlingend, dabei mit einer Hand an ihrem Vötzchen und Kitzler herumspielend und mit der anderen*

Bube an seinem Normalen zum Kanapee hinziehend): So, ... da ist er! *(Zu Augustin)* Nicht wahr mein schöner Bube, ... siehst Du das loch, das Du jetzt durchbohren sollst!...

AUGUSTIN: Ich sehe es wohl!... Verdammt!... Da ist ja übrigens noch Platz genug für meinen... ! Viel lieber würde ich indes... in... den... Ihrigen... liebes Fräulein, ... hinein... mögen!... Ah!... Ah!... Küssen Sie mich doch wenigstens... noch einmal... ein bißchen, ... gnädiges Fräulein, damit er besser und couragierter hineingeht!... Ah!... Gnädigstes Fräulein, ... wie sind Sie doch... so hübsch, ... so wunderschön, ... so süß!...

EUGÉNIE *(ihn küssend)*: Oh! Dich küssen?... So viel Du willst und magst!... Du bist ja auch so... hübsch, ... so frisch, ... Bube!

DOLMANCÉ: Erzählt Euch das alles doch lieber später, wenn wir mehr Zeit haben, Ihr Taugenichtse!... Fix, fix jetzt, es ist die allerhöchste Zeit!... *(Augustin besteigt Dolmancés Hintern und dringt, mit Eugéniens Hilfe, mit der Spitze seines Abnormalen ganz leicht in dessen Arschloch ein.)*

EUGÉNIE *(mit einer Hand Bubens Schwanz dirigierend und mit den geilen Fingern ihrer anderen Hand an den üppigen Riesenlippen ihres Vötzchens herumkrabbelnd sowie ihren steifen winzigen Kitzler malträtierend)*: Ah!... Wie leicht und glatt die Spitze und das rote Köpfchen hineingeschlüpft sind! *(In höchster Erregung.)* Ah! Mir scheint, der Rest... wird... sogleich nachfolgen Ah!... Ah!...

DOLMANCÉ: Stoße doch, ... stoße doch nur kräftiger zu, mein süßer Bubenmänne!... Zerreiße mich vollständig, wenn's nicht anders geht!... So, ... so ist's recht!... Ah!... Ah!... Es... ist... vollbracht!... Endlich!... Verdammt!... Welch' mächtige, ... massige Schwartenwurst ich da in meinem Darme habe!... So etwas Delikates und Feines habe ich mein Lebtag noch nicht gekostet, in meiner ganzen Praxis als Hinterficker!... Wieviel Zoll sind denn noch immer draußen, liebe Eugénie? Es geht ja scheinbar nicht mehr weiter vorwärts!...

EUGÉNIE: Ich muß doch gleich mal genauer nachsehen und nachmessen! *(Sie tut es.)* Kaum 2 Zoll, Herr Professor!...

DOLMANCÉ: So viel hättest Du auch mit dem bloßen Augenmaße messen können, mein Liebling, und nicht erst so umständlich mittelst des Bandmaßes! Ei, ei, ... kleine Schelmin, Du willst Dich wohl selbst nur ein bißchen bei allen diesen Manipulationen und Handgreiflichkeiten aufregen!... Doch, das ist ja auch leicht begreiflich und verzeihlich!... Also 11 Zoll in meinem Arsche und Darme!... Ah!... Jetzt spüre ich's, ... nun ist er ganz drin! Ah!... Welch' ein Hochgenuß! Ah!... Ich... spritze jetzt, Madame in Ihren... Allergnädigsten!... Sind Sie... auch... so weit?...

MADAME DE SAINT-ANGE: Ah! Ah!... Ich bin soeben... wieder... fertig, ... vorne... und hinten... zugleich und vollständig überschwemmt und unter Wasser gesetzt! Ah!... Welch' ein unbeschreiblich süßer, seliger Genuß das! Ah!... Komm her, Eugénie, Liebling, ... Liebling!... Betrachte mich mal ganz genau in meiner ganzen Liebesglut und seligen Wollust, ... in meinem Geilheitsfuror!... Nimm Dir selber ein Beispiel daran! Sieh, Deine intimste Freundin, wie nett und schön sie mit einem Male zugleich die Verführerin, die skandalöse, ehebrecherische Gattin, die blutschänderische Schwester und die Sodomitin spielt und zu spielen versteht!... O Lucifer, ... Höllenkönig! Oberster der Teufel! Einziger, alleiniger Gott und Abgott meiner Seele!... Inspiriere mir doch noch tausend andere, neue Teufelsgelüste und Du sollst an mir Deine eifrigste und gehorsamste Dienerin und Opferpriesterin finden!... Komm her zu mir, Eugénie, damit ich Dich, da ich nun doppelt und dreifach und Du noch garnicht fertig geworden, ein bißchen entschädige, damit ich Dich — vor Liebe und vor Sehnsucht ein bißchen tot küsse! Laß' mich Dein reizendes schmachtendes, süßes Riesenvötzchen mit meinem Munde erreichen und es von Deiner Freundin anknabbern, anbeißen und am liebsten ganz aufessen, und Deinen kleinen Kitzler derart auspumpen und auslutschen, daß Du dich nicht mehr ganz und gar vernachlässigt und verlassen von uns allen zu fühlen brauchst!... *(Sie tut es.)*

DOLMANCÉ *(nachdem Augustin inzwischen ebenfalls bereits in*

Dolmancés Hintern fertig geworden, das Tableau vivant sich aufgelöst hat, und die beteiligten männlichen Akteure zugleich Zuschauer des nunmehr gleichfalls beendeten, reizenden Schauspiels der sapphischen Liebe zwischen den lange bereits danach schmachtenden weiblichen Schauspielerinnen geworden): Nicht wahr,... meine Herrschaften, war das ein allgemeiner, ... allseitiger Hochgenuß!... *(auf Augustin weisend)* Dieser Prachtbube hat meinen Arsch oder vielmehr meine Eingeweide tatsächlich wohl am ergiebigsten und verschwenderischsten mit seinen Liebessäften, ich wollte sagen: Liebesströmen unter Wasser gesetzt!...

EUGÉNIE *(immer noch in höchster Ekstase, sich in die Arme ihrer Freundin werfend und sodann auf dem Kanapee mit weit geöffneten Schenkeln auf Madames Schoße Platz nehmend)*: Und Du, meine Süße, mich... nicht minder! Ah!... Seht nur meine Lieben, ... sehen Sie mal Professorchen, ... wie ich... da unten... schwimme, ... wie ich vor... Nässe... da drinnen *(zeigt auf ihr Vötzchen, das sie mit ihren Fingern ein wenig öffnet)*... gebadet bin, als wenn ich Bubens Normalen... da drin... gehabt... hätte!... Kommen Sie näher, ... sehen und überzeugen... Sie sich selber, ... wenn Sie's nicht glauben wollen...

DOLMANCÉ: Wahrhaftig!... Meine kleine, gelehrige Schülerin... hat Recht!... Madame hat ihr zwar von außen ihre Liebesperlen möglichst weggesaugt und fortgeleckt, doch kommen immer noch wieder neue Tränenperlen zum Vorschein! sieh nur Chevalier!...

CHEVALIER DE MIRVEL: In der Tat!... Himmel!... Welch' süßes, niedliches, kokettes und bezauberndes Vötzchen meine Braut hat... Habe ich es doch noch nicht in solcher allernächsten Nähe bewundern können!... Wie prall und üppig zugleich die Riesenlippen, ... wie zum Anbeißen, ... oder lieber noch zum Verschlingen oder Auffressen!... Und wie zierlich und kokett der immer noch zu Tränen gerührte und dabei steif und stramm stehende kleine Kitzler mit seinem seideglänzenden sammetweichen roten Kapuzchen!... *(er touchiert ihn und öffnet zugleich das Vötzchen seines absolut stille haltenden Braut ein bißchen mehr.)* Und diese gleichfalls steifen, kleinen Schmetterlingsflügeln ähnlichen, inneren Schamlippchen, ... und das darunter befindliche kleine reizende Urin- oder Piß-Loch!... Ah!... Wie süß!... Wie kann man nur so süß... sein, oder vielmehr ein so süßes... Vötzchen besitzen?... Und wie schlüpfrig, feucht und zart und weich die rosige Schleimhaut zwischen diesen üppigen, glühenden Riesenpurpurlippen!... Ah!... Und wie Monsieur, der immer größer werdende, lächelnde, und weinende Schelm und Kitzler jetzt wieder zu vibrieren und zu zucken beginnt!... Ah! Ich halte es nicht einen Augenblick mehr länger aus! Laßt mich doch dies alles nicht nur betrachten und befühlen, sondern auch schnell ein wenig beriechen, belecken und kosten... und... *(er leckt und saugt und lutscht schnell ein wenig an Eugéniens Riesenvötzchenlippen und Zwergkitzler und versucht seinen inzwischen längst wieder zum Bersten steifgewordenen Riesen zwischen Eugéniens sich nun mehr automatisch schließende Schenkel in ihr Vötzchen zu bugsieren, um sie, wenn möglich, sogleich in dieser unbequemen Positur auf Madames Schoße zu entjungfern.)*

EUGÉNIE: Halt halt!... Halten Sie ein... bitte!... Halten Sie doch ein, ... mein Lieber!... das tut... ja... weh, ... was Sie da... machen!... Fort!... Es brennt mir ja... da... drin... wie Feuer!... *(sie stößt ihn von sich.)* Das steht ja auch gar nicht in unserem... augenblicklichen Programm, ... nicht wahr, geliebte Freundin?... Nicht wahr, mein lieber Herr Professor Dolmancé? Bei uns soll doch heute alles programmäßig zugehen, und bis jetzt ist mir doch noch nicht bekannt, daß das Urteil bereits über... mich... gesprochen... und verhängt ist!... Ah!...

MADAME DE SAINT-ANGE *(Eugénie auf ihrem Schoße behaltend und sie leidenschaftlich küssend)*: Ah!... das drollige Geschöpf!... Ja ja, sie hat recht, vollkommen recht, meine kleine Freundin;... gedulde Dich noch eine kleine Weile, lieber Bruder! Das Urteil wird in der nächsten Nummer oder in dem nächsten Akte unserer Liebespantomime gesprochen und gefällt werden!

Ihr beide werdet darin die Hauptakteure vielmehr die Heldenrollen der Brautnacht spielen! *(Der Chevalier hat inzwischen vor dem Objekte seiner glühenden Sehnsucht seine enormen Liebeslikörströme abgeprotzt, mit denen er das Vötzchen, den Venushügel und die vollen strammen, üppigen Schenkel Eugéniens auf Madames Schoße überschwemmt, die er sogleich mit gieriger Zunge wieder ableckt und reinigt.)*

EUGÉNIE *(durch die leidenschaftlichen Liebesmanöver des Chevalier in erneute Ekstase versetzt)*: Na, ... Augustin!... Normalbüblein!... Du sagst und tust ja weiter gar nichts als Deinen... immersteifen... Normalen festhalten und streicheln!... Wie oft bist Du denn schon inzwischen allein fertig geworden?... »Nur« zweimal?!... Du hast Dich doch auf meine vorherige allgemeine Einladung hierzu noch gar nicht davon überzeugt, wie ich... da unten... und jetzt schon wieder oder... immer noch schwimme!... Freilich ist es augenblicklich nicht mehr so schlimm, nachdem der Chevalier der selber Schuld daran, ... mir soeben selbst... da... ein bißchen Toilette gemacht hat!... Komm doch mal also näher und überzeuge Dich selber *(spreizt — noch immer auf Madames Schoße sitzend, selber wiederum mit ihren Fingern die Riesenlippen ihres Vötzchens auseinander.)* Stecke mal Deinen Zeigefinger ein klein wenig hinein, ... es brennt ja jetzt nicht... mehr... so schlimm... wie vorher! Ah! So ist's schön!... Aber, bitte nicht da... oben... kitzeln, wie der Chevalier, ... das... regt... mich... zu sehr... auf!... Ah!...

MADAME DE SAINT-ANGE: Ja, ja, ... mein Bube!... Ansehen darfst Du Dir den Kitzler, die Wunderknospe in diesem Schmuckkästchen, ... dies Allerheiligste, ... aber anfassen oder daran tippen nicht!... das gnädige Fräulein regt sich sonst zu sehr auf und darum kann ich es Dir nicht gestatten!...

AUGUSTIN: O, ... Oh!... Welch' große Gnade Sie mir gewähren, gnädigste Madame, und Sie... gnädigstes Fräulein. Ja, ja!... darf ich's mir wirklich... mal ganz in der Nähe... und ganz genau ansehen, ... dies Wunderblümchen?... *(Er tut es, mit einer Hand seinen Normalen wichsend während Madame zu seiner*

Freude und Genugtuung mit ihren Händen Eugéniens Schenkel noch weiter öffnet. Augustin beugt sich über dieselben hinüber, um das Innere dieses Wunderblümleins genauer zu erforschen und wichst sich gleichzeitig mit solcher Vehemenz ab, daß er von Neuem abprotzt und das ganze Boudoir gleichsam wieder unter Wasser setzt.)

DOLMANCÉ: Ja, ja! Wer hätte das noch vor wenigen Stunden gedacht, welche Riesenfortschritte unser reizendes gnädiges... Fräulein so schnell machen würde?... Entzückendes, brillantes, bezauberndes Geschöpf unsere Kleine... nicht wahr, Madame? Wie ihr immer noch unschuldiges, jungfräuliches Vötzchen alle Schwänze bezaubert und betört und zu immer neuen Tränenströmen zu rühren vermag?... Ja, ja!... Sind das nicht tatsächliche Riesenfortschritte? Hatte sie doch vorhin gar nicht Hände genug, um sie als Feigenblätter für ihre allerheiligste Wunder- oder Zauberblume zu benutzen, und präsentiert dies Zauberblümlein jetzt ganz offen vor unser aller Augen zur Schau!... Ich glaube sicher, daß sie jetzt selber sogar ein wenig Vergnügen oder Befriedigung oder Wollust dabei empfindet, diese ihre Reize zur Schau zu stellen und bewundern zu lassen, oder sollte sie es lediglich aus femininer Koketterie und Eitelkeit oder Stolz auf die freilich unbestrittene Schönheit ihrer Reize getan haben? Für diese letztere Absicht müßte sie allerdings von mir, ihrem gestrengen Herrn Professor und Lehrmeister, ein wenig bestraft werden!...

Kommen Sie her, mein großes kleines Fräulein, damit ich Ihr Ärschchen wie den eines ganz gewöhnlichen Backfisches für Ihr unanständiges Betragen ganz schnell ein bißchen verprügele! *(Er hebt sie von Madames Schoße, nimmt sie in seine Arme und küßt sie leidenschaftlich. Dann setzt er sich auf's Kanapee neben Madame und legt Eugénie über seine Knie, um ihren weißen, prächtigen Hintern mit seiner Hand ein wenig purpurrot zu klatschen und ihn sodann mit seiner Zunge zu belecken und sein Loch mit Rosenblättern zu besäen.)* So!... meine kleine ungezogene, unanständige Schülerin!... Küssen Sie mich jetzt zum Danke für die

Prügel, die Sie von Ihrem Herrn Lehrer erhalten haben!… *(Sie tut es.)*

MADAME DE SAINT-ANGE *(nachdem Augustin inzwischen die Spuren der verlorenen Liebessäfte im Boudoir beseitigt hat)*: Nun… Chevalier, mein Geliebter, was willst Du denn schon wieder von mir!… He? Nicht doch, mein Bruder!… Fort mit Deinem Finger… von meinem, wie Du weißt, so sehr empfindlichen Kitzler!… Rege ihn nicht gleich wieder auf und reize ihn nicht, … er steht ja, wie Du siehst, schon von selber stramm und steif und er ist nur zu bald wieder zu Tränen gerührt!… Du sollst und hast Dich übrigens jetzt lediglich nur noch um Deine Braut, Mademoiselle de Mistival, zu kümmern und nicht um mich! Hast Du doch vorhin ihre charmante jungfräuliche Blume genugsam aus der Ferne und in allernächster Nähe bewundert, betastet, berochen, geschmeckt, freilich nur mit Deinen Lippen und Deiner Zunge, … nun, Du sollst sie jetzt bald auch pflücken bzw. mit Deinem Riesen schmecken! Also schone Dich bitte doch lieber ein bißchen hierfür, für Euer Liebesduett, das Brautnacht-Tableau!… — Machen wir jetzt übrigens eine allgemeine längere Zwischenpause und stärken wir uns ein wenig am Buffet im Speisezimmer. Soupieren werden wir ein wenig später, wobei Augustin uns zugleich als Garçon bedienen wird. — Eugénie, laß uns unsere Gaze-Hemdchen überwerfen, in dieser Hitze können wir uns doch unmöglich ankleiden; die Herren mögen sich kostümieren, wie es ihnen beliebt, oder in dieser schwülen Temperatur lieber weiter in ihrem eleganten, reizenden Adamskostüme verbleiben! Nach unserer Stärkungs- und Erfrischungspause, der wir alle doch zweifelsohne benötigen, beginnt nach unserem allgemeinen Programm: das Liebesduo oder Entjungferungs-Tableau, meine Lieben, mit den Akteuren: Chevalier de Mirvel und Mademoiselle Eugénie de Mistival!…

EUGÉNIE *(in ihrem Gaze-Hemdchen)*: Ach nein, nein, … heute noch nicht… bitte, meine Geliebten!… Ich habe es garnicht so eilig damit!… Es kann ja auch ein ander Mal sein!… Morgen ist ja auch noch ein Tag, und ich bleibe doch noch morgen bei Dir,

Süße!... Nicht wahr? Ich habe ja auch... so große Angst dafür, ... Du kannst es mir wirklich gar nicht glauben!... Dann lieber heute schon noch ein Mal von hinten, ... wie Dolmancé, unser Professorchen, es mir... heute Nachmittag... gemacht... hat, und zwar meinetwegen so oft und so viel Ihr alle, ich meine die Herren, wollet und möget!... Ja?...

MADAME DE SAINT-ANGE *(ebenfalls in ihrem Gaze-Hemdchen, sich mit Eugénie und ihren männlichen Gästen, die in ihrem adamitischen Kostüme verbleiben, ins Speisezimmer begebend, in dem Augustin als nackter Ganymed aufwartet)*: Sehen Sie doch nur mal dies unser naives, deliziöses Kind, unsere kleine Schülerin, mein lieber Dolmancé!... Sie bittet uns direkt um das, was man sonst von anderen jungen Damen nur sehr schwer oder gar nicht erreichen kann, ... sie wird noch die richtige Sodomitin werden, Ihre würdige Schwester in Sodom, Sie oller Sodomit Dolmancé, ... wir werden es erleben! *(Sie stoßen mit den Pokalen an.)* Prosit denn! Es lebe unsere Sodomsschwester, Eugénie, die Sodomitin!... Prost, prost! *(Alle unisono)* Prosit, ... prost, ... die Sodomitin!...

EUGÉNIE *(nachdem alle an der Tafel Platz genommen)*: Prost, ... prost!... Warum denn nicht?... Sodomitin?... Sodom?... Klingt übrigens ganz wunderschön! Nicht wahr? Ich eine Sodomsschwester?... doch laßt uns mal unseren geehrten und gelehrten Herrn Professor darüber befragen!... Sagen Sie mal, geliebter Bruder in Sodom, ... dieses schöne Wort hängt doch mit dem biblischen Sodom und Gomorrha zusammen, welche Städte ihrer Sünden und Frevel- und Schandtaten wegen vom Himmel aus durch Feuer, Pech und Schwefel vom Erdboden vertilgt worden sind. Wenn ich auch nach unserer heutigen interessanten, theoretischen Dissertation über die Torheiten der religiösen Dinge im allgemeinen wie über die Albernheiten und Ungereimtheiten der biblischen Überlieferungen im besonderen völlig aufgeklärt und bekehrt bin, so bleibt es doch eine historisch verbürgte Tatsache, daß diese beiden Städte im Altertume untergegangen sind. Geschah dies etwa zur Strafe wegen der allzugroßen Unzucht und der geschlechtlichen Ausschweifungen ihrer Bewohner in puncto Sodomie, wie Sie, lieber Dolmancé, und Augustin es vorhin miteinander... gemacht und uns zum Besten gegeben haben, oder dadurch, daß diese Städte ausstarben, weil die Fortpflanzung der Menschen in ihnen hierdurch inhibiert wurde? Ist denn diese Neigung und Geschmackskaprize der Männer lediglich zu ihrem eigenen Geschlechte und nicht zu dem unsrigen, wodurch die Fortpflanzung des Menschengeschlechts in Frage gestellt wird, überhaupt als ein so großes *Delikt* zu bezeichnen? Was haben Sie mir, Ihrer stets gelehrigen kleinen Schülerin hierauf zu erwidern?...

DOLMANCÉ: Nun genau dasselbe, was ich Ihnen bereits heute Nachmittag unter uns ausführlicher erklärt habe und Sie, mein kleiner Liebling, nicht in ihrem Köpfchen behalten haben, was Sie daher nach Tische für Ihre Unaufmerksamkeit wiederum an Ihrem Arsche büßen sollen!... Also, in der Liebe im allgemeinen, demnach auch in der Liebe der Männer zu ihrem eigenen Geschlechte gibt und kann es überhaupt keinen Delikt oder Frevel geben, da jegliche Liebe insbesondere jegliche Liebesaktion uns Menschen von der Natur diktiert und inspiriert wird, demnach eine natürliche und keine frevelhafte oder gar verbrecherische sein kann! Also kann es ja auch nicht die Liebe des Mannes ausschließlich zum Manne oder zu seinem eigenen Geschlechte sein, ebenso wenig wie es die sapphische oder lesbische oder die Liebe der Frau zu ihrem eigenen Geschlechte ist. — Die beiden kleinen Nester Sodom und Gomorrha sind nicht nach der sogenannten heiligen Schrift bzw. nach dem Verfasser derselben: einem blödsinnigen und bornierten Juden während seiner langen babylonischen Gefangenschaft, von Gott durch Feuer und Schwefel zerstört worden — das ist doch weiter nichts als eine alberne Fabel —, sondern, wie es damals schon und heute alle Tage passiert, durch einfache Naturgewalten: Erdbeben oder vulkanische Erschütterungen feuerspeiender Berge, ähnlich wie Herculanum und Pompeji durch die Lava aus den Feuer- und Schwefelspeienden Kratern des Vesuv etc.... Das war und ist das ganze, große Wunder!… Im Übrigen verbindet man die Liebe der Männer zu ihrem eigenen Geschlechte durchaus mit Unrecht mit dem Namen Sodom! Nur die französische Sprache allein vermischt die beiden Begriffe *Sodomie* und *Arschvögelei* im allgemeinen miteinander. In allen anderen Sprachen versteht man unter Sodomie: die widernatürliche Unzucht der Männer oder Frauen mit Tieren, und zwar selbstverständlich der Männer mit weiblichen und der Frauen mit männlichen Tieren. Ja, ja, meine Lieben, Sie scheinen ja davon in Ihrer Unschuld noch gar nichts gehört zu haben, … wir werden später oder ein ander Mal noch auf diesen Gegenstand näher zurückkommen!… Also, in der Bibel, sowie späterhin in der auf diese fußenden staatlichen Gesetzgebung vieler Länder verdammte man allerdings ebenso die sogenannte Sodomie oder widernatürliche Unzucht mit Tieren, wie die nicht sodomitische Liebe der Männer zu ihrem eigenen Geschlechte als schwere Delikte und Vergehen, trotzdem die letztere zu allen Zeiten und in allen Ländern des Altertums und Mittelalters verbreitet war, wie sie es in der heutigen Zeit überall in der ganzen Welt ist, trotzdem sie — nochmals wiederholt — nur eine ganz natürliche Geschmacksrichtung in der Liebe ist.

EUGÉNIE: Ganz natürliche?

DOLMANCÉ: Ganz natürliche!…. Allerdings!… Eine ganz und gar natürliche, meine liebe Eugénie, denn die Stimme der Natur kann doch keine doppelzüngige sein, so daß sie gleichzeitig das verdammen könnte, was sie uns inspiriert!… Und es ist doch zweifellos, daß uns Männer lediglich die Stimme der Natur zu unseren Neigungen und Geschmackskaprizen veranlaßt! Sie müssen mir allerdings zur besseren Begründung dieser meiner Behauptung einige kurze Wiederholungen des bereits heute Nachmittag von mir darüber Gesagten gestatten!… Es wird zunächst eingewendet, diese sogenannte Männer-Liebe lediglich zu ihrem eigenen Geschlecht stelle die Fortpflanzung des Menschengeschlechts in Frage. Schön!… Zugegeben!… Was schadet denn das? Die Natur wünscht ja doch diese übermäßige Fortpflanzung des menschlichen Geschlechts gar nicht, wie ich Ihnen heute bereits erörtert habe, sondern duldet sie lediglich. Wenn sie das Letztere nicht wenigstens täte, ich meine sie duldete, dann wären ja die Weiber und alle weiblichen Wesen im ganzen Tierreiche überhaupt überflüssig! Und das sind sie ohnehin, denn tatsächlich pflanzen sich Legionen von Tiergattungen, insbesondere der niederen, auch ohne die beiden Geschlechter des männlichen und weiblichen fort, und zwar die sogenannten Hermaphroditen oder Zwittertiere, die beide Geschlechter in einem Individuum vereinen, und das Heer der einzelligen niederen Mikroorganismen, Monaden u.s.w. — In der Natur entsteht und vergeht bekanntlich alles, das ist doch ihr Kardinalprinzip, ihr Fundamentalgesetz. Die Wiederzerstörung aller lebenden Wesen ist demnach ebenso eins der Naturgesetze wie die Erschaffung derselben. Wenn dies also feststeht, wie kann man da die Natur verletzen, wenn man als Mann verschmäht oder sich weigert oder sich ekelt, ein Weib zu... vögeln, lediglich bzw. nur um der Fortpflanzung seines Geschlechtes willen? Im Gegenteile leistet man der Natur damit einen Dienst, daß man sie der Mühe überhebt, das eventuell Fortpflanzungsprodukt, den erzeugten Menschen wieder zu zerstören!... Wo bleibt da also, frage ich, das Delikt oder Verbrechen?

Nun, könnten die Idioten und Fortpflanzer einwenden: Ja, ... dieser kostbare, befruchtende, Kinder erzeugende Samen sollte doch zu keinem anderen Zwecke in die Eingeweide der Frau gelangen als zu dem der Fortpflanzung; also ist es doch eine Sünde, statt die Votze damit zu besamen, ihn in den Arsch der Frau zu verspritzen, ihn aber gar, diesen kostbaren Stoff, den männlichen Samen in dem Arsche eines anderen Mannes zu vergeuden, das ist doch vollends das unverzeihlichste und verdammenswerteste Verbrechen!?... — O sancta simplicitas!... O heiliger Blödsinn, ... ein derartiger Gedanke!... Die Natur denkt ja gar nicht daran zu wünschen, daß dieser preziöse Stoff nur allein zur Kindererzeugung und Fortpflanzung dienen solle, denn sonst würde sie es ja nicht zulassen können, daß wir Männer mitunter sogenannte Pollutionen oder unwillkürliche Samenverluste besonders in der Nacht im Schlafe oder im Traume haben, ohne daß wir uns dabei in der Phantasie erregen oder gar durch Onanieren oder Schwanzwichsen diese Samenverluste verursachen. Würde sie, Natur, ferner, wenn sie diesen kostbaren männlichen Liebessaft lediglich und allein der Kindererzeugung vorbehalten wünschte, uns überhaupt das Masturbieren oder Onanieren oder Schwanzwichsen zu unserem eigenen Spezialvergnügen, bzw. zu unserer Selbstbefriedigung gestatten, bei der wir die größte Wollust und Seligkeit genießen, und zwar mitunter noch mehr als beim Vögeln in eine alte oder selbst jüngere, häßliche, mitunter wie ein Scheunentor sperrweit offene Votze, — ich spreche nicht von mir, denn ich habe überhaupt noch keine Votze gevögelt —; ich sage: würde sie uns das Onanieren oder die Samenverluste ohne den Koitus oder die Votzenvögelei gestatten und uns bei diesem sündhaften Onanieren zugleich diese selige Wonne oder noch weit größere Wollust als beim Votzenvögeln gönnen, wenn wir die Natur damit beleidigten oder auch nur vor den Kopf stießen?... Die Natur sieht also alle diese unseren willkürlichen und absichtlichen Samenverluste wie die bei allen anderen Arten des Onanierens und Déchargierens oder Genießens und Verspritzens der Liebessäfte der Männer in alle sonstigen möglichen oder fast unmöglichen Körperteile des Weibes wie: zwischen die Hände, Brüste, Achselhöhlen, Kniekehlen und in Mund, Nase, Ohren, Augen des Weibes u.s.w. — wie wir es Ihnen ja schon vorhin bei dem Kapitel des Onanierens des Mannes an dem Weibe eingehender detailliert haben, — ebenso auch die Sodomie oder Arschvögelei oder die Samenverluste in weiblichen oder lieber noch in männlichen Ärschen — mit der gleichen Nonchalance und Gleichgültigkeit an wie unsere Liebessaft- oder Samenergießungen in die weibliche Votze, Scheide und die eigentliche weibliche Gebärmutter!...

Ferner, wenn nun mal die Natur das Weib lediglich zu weiter nichts anderem als zum Kinder-Gebären und zu einer möglichst ergiebigen Fortpflanzungstätigkeit erschaffen hätte, so hätte sie doch gewollt und dafür Sorge getragen, daß eine jede Frau bei einem Durchschnittsalter von sechzig bis siebzig Jahren, und zwar von ihrem fünfzehnten bis zum fünfzigsten Lebensjahre zum allermindesten mit ein paar Dutzend Kindern die Welt beglückselige — wie es bei den Tieren manche langlebige sogenannte Ferkelsauen tun — und nicht zumeist nur mit einem oder höchstens zwei Bälgen oder Babys oder allermeistens sogar mit überhaupt keinem!... Zweifeln wir demnach keineswegs, daß gerade der Sodomit und die Tribade, die lediglich die Geschmacksrichtung für ihr eigenes, nicht jedoch für das andere Geschlecht besitzen, der Natur die liebsten und süßesten Kinder sind, und zwar deshalb, weil sie ja doch ihrerseits die ekelhafte Kinderfabrikation und weitere Vermehrung des menschlichen Geschlechts hintanhalten, was eben für sie — die Natur — kein Unglück ist! Oder glauben Sie, meine Liebe, daß ebenso wie alte vorsintflutliche Tierrassen noch keine Menschenrassen vollständig ausgestorben sind? Lesen Sie, bitte, Buffon, nach der mehrere solcher gänzlich ausgestorbenen Menschenrassen in seinen Werken aufzählt! Die stille weiter waltende Natur kümmert sich nicht im allermindesten darum, ihretwegen könnte die gesamte Menschheit auf der Erde aussterben, deswegen leben wahrscheinlich noch andere Menschen auf anderen Planeten wie unsere Erde, und der Lauf der anderen Planeten oder Sterne am Himmelszelte, der Wechsel der Monde und Gestirne wird eben dadurch nicht im mindesten tangiert oder aufgehalten, das Universum oder Weltall geht deswegen noch lange nicht aus den Fugen!... Ganz wahrhaftig nicht!...

Kommen wir jetzt kurz noch mal auf die sogenannte Arschvögelei oder, wenn Sie sie nun einmal so nennen wollen, auf die aktive und passive Sodomie zurück! Es gibt also, wie schon gesagt, kein einziges von Menschen bewohntes Fleckchen auf Erden, auf dem dies angebliche Delikt, die sogenannte Sodomie oder Arschvögelei nicht beliebt wäre, nicht ihre Altäre und ihre Opferpriester und Anhänger gehabt hätte und noch heute hat! Die alten Griechen, insbesondere die gebildeteren Stände, die ungebildeteren keineswegs minder, hielten die Arschvögelei oder wie sie sie nannten: die Päderastie oder Knabenliebe für eine höchst löbliche, vortreffliche Sache, sie verschmähten aber auch nicht die schönen Frauen- und Mädchenärsche und errichteten deshalb der Venus-Kallipyge, d.h. der schönarschigen Liebesgöttin, nicht nur Statuen, die sich ganz besonders durch ihre Hintermedaillen oder ihre Riesenprachthintern auszeichneten — für die z.B. der Riesen- oder Prachtarsch unserer liebenswürdigen Freundin und Gastgeberin Madame de Saint-Ange, wenn sie damals bereits gelebt hätte, zweifellos das allergesuchteste Modell der griechischen Bildhauer bei ihren kallipygen Liebesgöttinnen gewesen wäre, — sondern erbauten ihr auch Tempel für die Anbetung der Kallipygen und richtige Opferaltäre. Von den Griechen übertrug sich der Kultus der schönarschigen Liebesgöttin auf die Römer und von diesen wiederum auf die ganze von ihnen eroberte zivilisierte und unzivilisierte Welt, in der es schöne, stolze und steife Schwänze sowie schöne, fleischige Männer- oder Frauen- oder Knaben- oder Mädchenärsche gegeben hat. Am allermeisten huldigten diesem Kultus sogar die gebildetsten, gelehrtesten und berühmtesten Männer aller Zeitperioden wie Sokrates, Alkibiades u.s.w., und am allerinbrünstigsten, wie dies auch noch heute bei uns geschieht, die sogenannten heiligen Männer, die fromme, sündenreine hohe Geistlichkeit, die Päpste, die Kirchenfürsten, Priester, Pfaffen, Klosterbrüder etc. und daraus allein folgert ja schon mit apodiktischer Gewißheit, daß die Arschvögelei keine Sünde oder gar ein Delikt oder Verbrechen sein kann, ... sonst würden sich die heiligen Männer nicht derselben schuldig gemacht haben! Es gibt also kein Land, kein Winkel, kein Fleckchen auf unseren beiden Erdhemisphären, in denen er nicht bekannt wäre, der süße Kult der Arschvögelei; fanden ihn doch Cook und Columbus auch bereits in den von ihnen entdeckten neuen Weltgebieten vor, und wenn wir mit unseren Luftballons oder Flugmaschinen dereinst einmal auf dem Monde oder einem anderen möglicherweise von Menschen bewohnten Planeten unsere Visitenkarten abgeben werden, so werden wir ihn zweifellos auch dort finden!

O meine Lieben, gibt es denn eine größere Torheit, einen höheren, helleren Wahnsinn als jemanden deswegen zu ächten oder zu verdammen, weil er einen hübschen Männer- oder Jünglingsarsch oder vielmehr dessen Loch einer noch so niedlichen und koketten Votze vorzieht und an und in dem ersteren mehr Vergnügen und Wollust und Seligkeit empfindet als in letzterer? Gewährt ihm doch der männliche Besitzer dieses Arsches doppelte Genüsse, und zwar insofern er ihm gleichzeitig oder zu gleicher Zeit Liebhaber oder Liebhaberin sein kann, je nachdem er den aktiven oder passiven Sodomiten spielt, während ihm das Weib lediglich den einen Genuß des Vögelns in ihren Arsch bieten kann, weil er doch ihre Votze — offen gesagt — und zwar mitunter bis zum Ekel verachtet, und sie ihn als Aktive doch höchstens mit dem schalen, problematischen Scheingenuß eines Godmiché oder künstlichen Schwanzes befriedigen kann!

Prüfen Sie schließlich mal genau den Arschtypus eines passiven sogenannten Sodomiten, ich meine: eines echten, wahrhaft passionierten passiven Sodomiten und Sie werden an ihm ganz auffallend eklatante Unterschiede von dem spezifischen Männerarschtyp finden! Er hat mit einem Worte gesagt einen weiblichen, keinen männlichen Arsch… und der Unterschied?… Nun, … seine Arschbacken sind viel weißer, zarter, rundlicher, wenn schon nicht gerade immer üppiger und voller wie die manches anderen Mannes, kein Härchen oder gar Haarwald umschattet sein Allerheiligstes: das Sanktuarium oder den Altar der Wollust, das kleine, runde, schwarze Loch, dessen Inneres mit einer weit zarteren, weicheren, viel feiner nuancierteren, daher auch weit sensibleren, reizbareren Schleimhaut, und zwar genau so wie die des Inneren des Votzenvorhofes zwischen den großen Schamlippen und der Scheidenschleimhaut des Weibes austapeziert ist! Noch mehr, auch das ganze Wesen, Benehmen und Gebahren und der Charakter des Sodomiten ist ein entschieden weiblicher, kein männlicher; er besitzt dasselbe feminine Air, dieselbe Zartheit und Empfindlichkeit und die nämliche reizende Geschmeidigkeit oder Bieg- und Schmiegsamkeit zärtlicher Frauen, …

freilich mitunter aber auch dieselben weiblichen Schwächen, dieselben Untugenden und Laster;... ja sehr oft besitzt er sogar dieselben echt femininen, sehnsüchtigen, schmachtenden Züge der prostituierten Kurtisanen in seinem Antlitze!... Ist es daher denkbar, daß die Natur, die diese zwitterhaften Mannweiber, diese passiven Sodomiten geschaffen hat wie alle andere Menschen, sich dabei besonders aufregen und irritieren sollte und könnte, daß dieselben nun einmal diese Geschmacksrichtung besitzen?...

Ach, ... meine liebreizende, teuere Eugénie, ... meine bisher stets folgsame, gelehrige kleine Schülerin Sie!... Wenn Sie doch immer nur daran dächten, welch' ein Hochgenuß auch für das Weib, insbesondere aber für die jungen und jüngeren Damen es ist, wenn so ein Herrlicher vor allen, ein großer, schöner, stolzer, steifer Schwanz, wie Sie deren drei mit einem Male zugleich jetzt vor sich sehen *(da die männlichen Gäste, insbesondere der Chevalier und Bube-Augustin als Ganymed oder bedienender Garçon im Adamskostüm, während dieser längeren gelehrten und belehrenden philosophischen Diskussion Dolmancés in dem Speisezimmer umherpromenieren, die Damen immer wieder zum Trinken animierend und ihre Pokale einschenkend, wobei ihre Riesenschwänze jedesmal von den durch die feurigen Weine bereits sehr angeregten Damen ganz schnell ein bißchen geliebkost werden, so befanden sich dieselben sehr bald wieder in vollster Paradestellung.)* — ich sage, wenn Sie, Eugénie, doch immer daran denken möchten, wie süß es ist, wenn ein solch herrlicher Schwanz Ihren Kallipygen oder Arsch in Besitz nimmt, wenn er bis zur Wurzel oder bis zu den Hoden in Ihrem süßen hinteren Allerheiligsten verschwindet, sich dort stolz bläht und leidenschaftlich und mit aller Liebesglut und Hitze in demselben herumplänkelt und manövriert, dann wiederum im weiteren Manövrieren einen scheinbaren siegreichen Rückzug bis zur Vorhaut oder zur Eichelspitze ausführt, nur um sogleich von Neuem mit umso couragierterer Attacke bis an seine Wurzel und zu den Schamhaaren wieder an und hineinzustürmen, ... ah, ... sollten Sie denn nicht Ihr ganzes Leben keine anderen Genüsse kennen, keinen anderen gerade diesem Hochgenuße, der Arschvögelei vorziehen? Ja, ja!... In der Tat, ... kein Hochgenuß auf Erden kann diesem gleichkommen, er ist der alleinige Hochgenuß aller Philosophen, aller Heroen, aller Götter, wenn anders wir nicht die stolzen, herrlichen Schwänze als die wahren, einzigen, alleinigen Götter anerkennen wollen, die wir hienieden auf Erden anbeten sollten!...

EUGÉNIE *(vom Genusse der feurigen Weine und der glühenden, feurigen Schilderungen Dolmancés, sowie von ihrer Augenweide an den drei herrlichen Schwänzen auf's Allerhöchste erregt und geil gemacht und zugleich mit Madame gegenseitig leidenschaftlich an ihren glühenden Vötzchen krabbelnd und ihre Kitzler wichsend)*... Ah! Ah, ... meine Lieben!... Möchtet Ihr mir alle drei nicht gleich... in... meinen... Hintern... vögeln?! Ich halte es vor Sehnsucht... und Verlangen... danach... fast nicht mehr länger aus!...

DOLMANCÉ: Süßes, angebetetes Wesen! Wie schnell doch meine Lehren fruchten und so erfolgreich sind!... Aber, ... bitte doch nicht hier, mein Liebling; lassen Sie uns jetzt alle ins Boudoir zurückkehren und dort unsere weiteren Tableaux vivants arrangieren!...

EUGÉNIE *(nachdem alle in das trauliche diskrete Boudoir zurückgekehrt, woselbst sie sich mit einer Hand unter ihrem Gaze-Négligé inzwischen selber weiter abwichst, zu Dolmancé, ihm ihren Hintern entblößend)*: Hier, ... hier, mein lieber Herr Professor, ... hier ist mein... Ihr... angebeteter Kallipyge, ... hier... Ihr... Allerheiligstes *(mit einem Finger der anderen Hand zugleich ihr Arschloch streichelnd)*: Es steht zu Ihrer... vollständigsten... Verfügung!... Vögeln Sie mich, bitte!... Ah!... Ah!... Ich... werde... fertig... Ich... spritze... ja... schon!... Ich kann... nicht... mehr! Ah!... Ah!... Ah!... *(Madame de Saint-Ange, gleichfalls noch mit ihrem Gaze-Négligé bekleidet, nimmt sie in ihre Arme, küßt sie in sapphitischer, geiler Aufregung halbtot und legt dann zur Inszenierung eines neuen Solo-Tableaus ihre halbohnmächtige Freundin der Art auf das Kanapee, daß deren Ge-*

sicht auf der Samtlehne desselben ruht, während ihre rechtwinklig gebeugten Knie sich auf dem Kanapee selbst befinden, und nach gleichzeitigem, möglichst weiten Auseinanderspreizen ihrer vollen üppigen Schenkel und Emporraffen ihres Négligés über dieselben bis zum Nacken somit Eugéniens blendend weißer samtglänzender Kallipyger in seiner ganzen Fülle mit seiner weitgeöffneten Spalte und dem allerheiligsten kleinen schwarzen Loch darunter, sowie zugleich mit dem unter diesem befindlichen wie ein frischgespaltener, reifer saftiger, rotbäckiger Pfirsich ausschauenden noch immer jungfräulichen Vötzchen zur allgemeinen Repräsentation gelangt, auf dessen neugierig herausguckendem und leicht vibrierendem kleinen Kitzler einige Perlen seines soeben erst destillierten Liebessaftes schimmern.)

MADAME DE SAINT-ANGE: Na, ... meine Herren!... Was sagen Sie zu diesem Solo-Tableau!... Ist es nicht des Pinsels eines Apelles oder Raphaels, oder des Marmors eines Praxiteles würdig?...

CHEVALIER DE MIRVEL (*bei dem Anblicke dieses bezaubernden Solo-Tableaus seinen lange bereits zum Platzen steifen Riesen feurig wichsend und déchargierend*): Ah!... Ah!.... Ich bin schon fertig... futsch!... Ah!...

AUGUSTIN (*desgleichen seinen Normalschwanz furchtbar mit den Händen malträtierend und wiederum gewohnheitsmäßig das Boudoir unter Wasser setzend*): O! Oh!... allergnädigste Madame!... das ist zu viel... mit einem Male... für meine Augen!... Das halte ich... nicht... aus!... Ah!... *(Er wichst sich eifrig von Neuem.)*

MADAME DE SAINT-ANGE: Nun, ... mein lieber Herr Hinterfickerprofessor!... Können Sie der vorherigen freundlichen Einladung des gnädigen Fräuleins, unserer Kleinen, ihr die Genüsse Sodoms, die Sie am Schlusse Ihrer eingehenderen Untersuchung über dieselben in so glühenden Farben geschildert haben, zu verschaffen, noch widerstehen? Führt Sie dieser allerdings nur weibliche Götter- oder Arsch denn gar nicht ein bißchen in Versuchung? Sehen Sie nur, wie seine seidenglänzende süße Spalte noch immer weiter auseinander klafft und gähnt und sein allerheiligstes Loch jetzt sogar ein wenig zu vibrieren und zu zucken beginnt, ... Sie geradezu... anzuflehen scheint!...

Eugénie *(die aus ihrer Halbohnmacht wieder zu sich gekommen, gleichwohl in ihrer durch ihre Reize alle Zuschauer verwirrenden und berückenden lüsternen und indezenten Positur weiter verharrt und ihr Gesicht mit einem holdseligen Lächeln ein wenig umwendet)*: Nun, ... mein lieber Herr Professor Dolmancé!... Wie lange soll ich denn noch... so... auf dem Kanapee... bleiben... und warten?... Sie haben mich ja... bereits heute Nachmittag... da... hinten... entjungfert!... Sie haben, ... Professorchen, ... von allen dreien... ja auch den am wenigsten Fürchterlichen für meine... Ihnen so liebe, ... kleine, schmale und enge hintere Pforte!...

Madame de Saint-Ange: Nun, ... Dolmancé?!...

Dolmancé *(dem der Chevalier inzwischen fortwährend intime, verständnisvolle Blicke zuwirft und der seinerseits den ihm zufällig gerade zugewendeten Kallipygen Bubens gleichfalls mit heißen Blicken verschlingt, ... zögernd)*: Sie sehen doch meinen ebenfalls schon lange zum Platzen Steifen, Madame!... Sie kennen doch auch meine Kardinalprinzipien als Hinterficker!... Im übrigen möchte ich auch meinem lieben teuren Freunde, Ihrem Herrn Bruder, den Vorrang einräumen, der meine Stelle, wie ich glaube, ganz ausgezeichnet vertreten wird, da sein kleiner Riese schon wieder in vollster Parade steht und der, da seine Braut, unsere Kleine, sich vor ihrem Duett: die Brautnacht, oder die Entjungferung ihres Vötzchens immer noch ein bißchen fürchtet, ihren Willen respektieren und einstweilen mit der ebenso süßen, nachbarlichen Pforte vorliebnehmen wird, bevor er zu dem großen Akte selber schreitet, ... nicht wahr, Chevalier! mein Junge?... Und dann, ... wissen Sie wohl, meine geliebte Musterschülerin und Sie, teuerste Madame, ... ich bin es zwar gewesen, der sie unser Kind heute Nachmittag hinten entjungfert hat, ... aber doch nur, ... pardon, ... lediglich in Ermangelung eines... besseren... Objekts!... Ich meine, da ich als alter, eingefleischter, hartgesottener Sodomit jetzt hier in Chevaliers und insbesondere in Bubens mir noch ganz neuem Kallipygenhintern ein für meine spezielleren Gelüste und Neigungen weit besseres und mich mehr reizendes Objekt zu meiner Verfügung habe — ohne Sie, mein Fräulein, damit irgendwie beleidigen oder kränken zu wollen, wenn ich dies sage — so möchte ich vor allem, ... wie gesagt, mal den mir noch ganz und gar neuen süßen Kallipygen unseres reizenden Bubens kosten!... *(beleckt sich die Lippen.)* Ich schlage daher jetzt ganz schnell vorerst folgendes Ensemble- oder Gruppen-Tableau vor: Sie, liebe Eugénie, mein kleiner Liebling, bleiben noch ein klein wenig in Ihrer charmanten, Sie einstweilen nicht anstrengenden, uns alle jedoch gleichzeitig überaus aufregenden und für unsere Ensemble-Gruppe vorzubereitenden und anregenden Positur. Der Chevalier, Ihr Bräutigam, wird Sie einstweilen an meiner Stelle lediglich Ihrem Wunsche gemäß befriedigen, und sich hoffentlich nicht in der richtigen Pforte irren oder vielmehr in der unrichtigen verirren, sowie dabei gleichzeitig Ihren Winzigen, ich meine Ihren Kitzler, wichsen!... Gleichzeitig wird Madame ihren Bruder mit diesem, ... ja mit diesem... Riesengodmiché, — sehen Sie ihn sich mal von der Seite ein bißchen an, mein liebes Fräulein, — ich sage: Madame wird ihren Bruder gleichzeitig damit somodisieren, indem sie zugleich ihren Riesenkallipygen Augustin, unserem Buben, zur Sodomisierung präsentiert und ich, ... ich mache zu gleicher Zeit den schönen, ... ach so... seligen... Beschluß für mich und unsere ganze Rosenkranz-Ensemble-Gruppe in Bubens süßem Prachtarsche!... Ah!... Ich bin ihm andererseits ja auch diese Revanche schuldig, da er mich doch vorhin so... süß enculiert hat, ... und wir müssen wie in unseren früheren Tableaux vivants wiederum alle zusammen zu gleicher Zeit fertig werden!...

EUGÉNIE *(sich erhebend, um sich gleich Madame ihres Négligés gänzlich zu entledigen, und nunmehr resolut im Begriffe, in Evaskostüme ihre vorige laszive indezente Pose wieder einzunehmen)*: Ich bin zufrieden, nehmt Euch nur in Acht, oder vielmehr macht es ein bißchen sachte und vorsichtig, damit Ihr mich nicht vom Kanapee kopfüber über die Lehne hinüberpirouettieren läßt!... Und Sie, lieber Chevalier, ... verirren Sie sich, ich beschwöre Sie, ja nicht etwa in der Türe, ... das wäre ja... einstweilen... auch... noch... nicht programmgemäß, ... nicht wahr, meine Lieben!... Sie aber, ... Monsieur Dolmancé, mit Ihnen... bin ich gar nicht zufrieden!... Wie kann man nur einer jungen Dame, die man sein Liebling, ... sein Liebling usw. nennt, einen solchen Korb geben, wie Sie es getan haben, und so freimütig und so wenig gentlemanlike seine Neigungen vorschützen? Ich finde das geradezu unverzeihlich von Ihnen und ich werde mich dafür revanchieren, ... wenn Sie mich noch einmal um etwas... Ähnliches... bitten!... Verlassen Sie sich darauf!...

DOLMANCÉ: Ich bitte Sie nochmals tausendmal um Verzeihung, mein liebenswürdiges, ... meine kleine, reizende, schmollende Schülerin!... Wir von der Zunft oder Sippschaft der echten und wahrhaften Sodomiten sind nun aber einmal so, wir pikieren und tun uns öfter sogar auf unseren Freimut bezüglich unserer strengen Prinzipien etwas zu Gute!...

MADAME DE SAINT-ANGE *(scherzend)*: Aber schön ist dies doch allemal auch nicht, wie z.B. vorhin mit Ihrem ungalanten Freimut gerade gegenüber unserer Kleinen, mein Lieber!...

DOLMANCÉ: Ich gebe es ja zu! Im allgemeinen aber muß und soll doch der Mensch stets offen und ehrlich und freimütig sein!... Können Sie es also einem eingefleischten Hinterfickerprofessor — wie mir, der sich auf diesen Titel und diese Würde nicht wenig einbildet — verdenken, wenn er offen und freimütig ist, wenn er sich nun mal von dem hübschen, prächtigen männlichen Hintern unseres Buben so angezogen, so magnetisiert und hypnotisiert fühlt, daß er ihn auch dem allersüßesten weiblichen Kallipygen, selbst dem Ihrigen, Madame, nicht nur Eugéniens, vorzieht?...

MADAME DE SAINT-ANGE: Nun, die Geschmäcker der Menschen und besonders der Männer sind ja allerdings verschieden und die Neigungen der echten Brüder Sodoms sind ja allerdings noch wieder ganz besondere!... Das weiß ich wohl, ... und deshalb nehme ich Ihnen Ihre Offenheit und Ihren Freimut auch nicht übel, im Gegenteile, ich würdige ihn sogar in seiner vollsten Bedeutung und das mußt Du auch tun, ... nicht wahr, ... Eugénie, mein süßer Schatz, mein Liebling!... Nicht wahr?...

EUGÉNIE: Ja ja!... Ja doch!... Ich würdige es ja, Madame, ... ich tue es hiermit... feierlichst!... Bist Du nun zufrieden?... Aber wie lange wollt Ihr mich noch in dieser... meiner wahrhaft netten... Stellung weiter zappeln... und warten lassen?... Ah!... Ah!... Ah!... Mein lieber Chevalier, bitte... kitzeln Sie mich doch nicht... immerfort... so sehr... an meinem Kitzler... Ah!... Ah!... Ah!... Ich kann das doch... nun mal... nicht... vertragen!... Ich werde sonst auch... gleich wieder... fertig, ... bevor wir noch unser... berühmtes Tableau begonnen haben!... Ah!... Ach, halten Sie doch ein, bitte, mein Herr, ... ich beschwöre Sie inständigst, ... Sie stecken mir schon wieder... Ihren Finger... und noch tiefer... da... zwischen... meine... Lippen hinein... das schmerzt ja... doch... so... sehr!... Wie kann man denn, ich bitte Sie, ... so ungalant... gegen eine junge Dame sein... und ihr... solch... unnötige... Schmerzen... verursachen?... Ah!... Was tun Sie denn jetzt schon wieder?... Ah!... So... ist's... recht, ... mein lieber, ... süßer Chevalier, ... so ist es reizend, ... so ist's schön!... Ja, ja, ... lecken, ... lecken Sie... hier... mir bitte... lieber ein bißchen, ... ja, ja... auch da... am Kitzler... Ah!... Welche Seligkeit... Ah!... So, so, ... saugen Sie, ... ja, ja, ... lutschen Sie... ihn... ein bißchen, ... aber nicht beißen!... Oh!... Oh!... Nun, ... Sie beißen mir... ja... jetzt... wohl aus Dankbarkeit... für meine Hingabe... in die... Lippen! Au, ... Au!... O weh!... Nicht doch, ... das... tut ja... so weh... Ich kann... nicht... mehr!... Schnell fort jetzt... mit Ihren Zähnen... und Ihrer Zunge... denn... ich... spritze!... Ah! Ah! Ah!... *(Sie kehrt sich aus ihrer Stellung brüsk um und läßt sich halb ohnmächtig mit dem Rücken auf das Kanapee niederfallen, während der Chevalier sich gleichzeitig auf ihre hierbei weitgeöffneten Schenkel stürzt und ihren balsamischen Liebestau von ihrem vorhin ein wenig malträtierten*

Kitzler aufsaugt, bzw. aus ihrem durch die Bisse leicht geschwollenen jungfräulichen Vötzchen ausschlürft und sie dadurch wiederbelebt.)

MADAME DE SAINT-ANGE: Welch entzückendes, süßes Geschöpf!... Welche Fortschritte in der höheren Liebeskunst sie bereits bekundet?!...

DOLMANCÉ: Unglaublich, aber wahr!...

EUGÉNIE *(noch ein wenig erschöpft und in der gleichen Lage auf dem Kanapee verharrend)*: Kommen Sie her an meine rechte Seite, mein süßer Chevalier; komm her an meine andere Seite, mein treuer Augustin, mein Bube!... Hast Du Dich doch, wie ich wohl gesehen habe, während der ganzen Zeit damit begnügt, mich lediglich mit Deinen heißen Blicken zu verzehren und mich nicht anzurühren, sondern lediglich Deinen Riesengroßen und Dicken noch länger und größer und dicker und riesiger zu machen... und zu wichsen!... Wie oft bist Du denn wiederum inzwischen fertig geworden, Bube?... Nur zweimal?!... Also gerade so oft, ... wie Sie, mein lieber Chevalier, soviel ich bei Ihnen gesehen habe, und zwar ebenfalls durch allerhöchsteigene Selbstbefriedigung!... Man sieht es übrigens ja auch an der Boudoirüberschwemmung!... Und das alles in Folge meiner vorherigen — ich gebe es zu — allerdings ein bißchen sehr... unanständigen... Position... hier auf dem Kanapee, ... bei meinem sogenannten Solo-Tableau?!... Nun, zum Danke dafür, und da doch alle guten Dinge drei sind, will ich Euch beiden selber jetzt ein bißchen mit meinen Fingern Eure Riesen erleichtern, ... damit ich nicht ganz aus der Übung komme, ... und Ihr mich zugleich ferner ein bißchen in Ruhe läßt!... *(Sie beginnt die beiden Riesenschwänze zu ihren beiden Seiten zu wichsen, während Madame sich zugleich auf sie stürzt, um ihr Vötzchen zu minettieren.)*

DOLMANCÉ: Halt, halt, ... meine Lieben! Steht denn dies alles in unserem Programm?... Ich, als der Älteste, habe hier doch zu kommandieren und ich habe doch bereits vor fast einer halben Stunde das Programm für unser Ensemble-Tableau entworfen!...

Madame, bedenken Sie doch, ... Sie schwächen ja unsere Kleine und Ihren Bruder derart, daß der Hauptakt oder das Liebesduett-Tableau, in dem sie beide die Hauptrollen spielen sollen, ich meine die Brautnacht oder die vordere Entjungferung Eugéniens durch den Chevalier heute wohl nicht mehr zur Ausführung kommen dürfte!...

EUGÉNIE: Ach, ... lassen Sie uns doch, Professorchen!... Ich habe jetzt auch gar keine Lust mehr zu Ihrem vorhin vorgeschlagenen programmäßigen Ensemble-Tableau!...

DOLMANCÉ: Wie? Was?... Ich werde Ihnen schon die Lust beibringen! *(holt eine Rute aus Madames Toilettenschranke hervor.)*

MADAME DE SAINT-ANGE: Dolmancé hat vollkommen Recht, mein Liebling! *(sie erhebt sich von Eugéniens Schenkeln und legt sich neben ihr mit weitgespreizten Beinen quer über das Kanapee.)* Komm her, mein lieber Augustin! Wir beide haben heute bis jetzt am meisten und längsten geschmachtet!... Sieh, wie das Vötzchen Deiner allergnädigsten Madame sich wieder mal nach langer Zeit nach Deinem Kleinen sehnt, ... wie es ihm schon mit offenem Munde entgegenlacht!... So ist's recht, mein Liebling!... Ah!... Er scheint mir doch noch tagtäglich größer und dicker zu werden, Dein 13 Zölliger!... *(Sie läßt sich inzwischen von Augustin minettieren .und dann vögeln.)* Und Du, mein Bruder, komme gleichfalls hierher mit Deinem süßen Riesen, damit ich ihn Dir zugleich ein bißchen ablutschen kann und mich auf diese Weise doppelt animiere!... Und Du, Eugénie, mein Liebling... versuch es nur mal ein bißchen, ... lasse Dir inzwischen von Dolmancé, Deinem Herrn Lehrer und Professor, ein wenig Deinen süßen Kallipygen mit der Rute streicheln und streicheln, ... Du sollst mal sehen, wie reizend das ist, wie sehr Dich dies aufregen und erhitzen wird, ... wie Du wieder Lust zu unserem programmgemäßen Ensemble-Tableau, und dann sogar noch heute zu dem Duett der Brautnacht zwischen Dir und Deinem künftigen Bräutigam, meinen Bruder, als vorzeitigem Räuber Deiner vorderen Jungfernschaft... bekommen wirst!...

DOLMANCÉ *(nachdem Eugénie, neugierig, ihre vorherige interessante und laszive Pose eingenommen hat und ihre rosigen Arschbacken samt der Spalte und ihrem allerheiligsten Loch von ihm mit der Rute zunächst ein wenig gestreichelt und gekitzelt worden)*: Ja, ja!... Sie werden den Erfolg alsbald verspüren, mein charmantes, geliebtes Fräulein!... Sie kennen noch gar nicht den Hochgenuß, ... die große Macht, die diese süßen, vorbereitenden Prügelpräliminarien auf die Erregung der geschlechtlichen Wollust für den darauf folgenden Liebesakt selbst ausüben!... *(streichelt und streicht jetzt ihre karminrot gewordenen Arschbacken etwas stärker mit der Rute.)*

EUGÉNIE: O Himmel!... Wie er mich... zerbläut!... Liebster Professor, ... machen Sie es doch... ein bißchen... gelinder, ... nicht zu schlimm, ... zu toll... mit mir! Das tut ja weh, ... oder meinen Sie etwa nicht?...

MADAME DE SAINT-ANGE *(inzwischen selber und zugleich mit Augustuin, ihrem Kavalier, fertig geworden)*: Warte, mein süßer Engel, ich werde Dich rächen!... Bleibe nur in Deiner Positur! *(sie ergreift eine andere, stärkere Rute aus ihrem Toilettenschranke und prügelt damit ihrerseits Dolmancé auf seinen Sodomiterhintern.)*

DOLMANCÉ: O meine Liebe!... Wie süß von Ihnen... Welch göttlicher Einfall!... Das machen Sie ja ganz superb, ganz vortrefflich, ... Sie tun mir damit sogar einen großen, außerordentlichen Gefallen!... Wie liebe ich es doch, daß man mir meinen Sodomiterarsch gehörig prügelt, wenn ich zugleich einen anderen Kallipygen verprügele und zumal, wenn er so reizend und so engelsgleich ist wie der unserer Kleinen!... Nur eines möchte ich Sie, mein gnädiges Fräulein, bitten, ... mir zu gestatten, Sie in dem Takte, in dem Maße sowie mit der Kraft, wie Madame es mit dem meinigen tut, auch den Ihrigen jetzt ein wenig stärker streicheln, streicheln oder streichen zu dürfen!... Nun, ... und Ihr, Herr Chevalier, und Du, Bube, habt Ihr jetzt wieder nichts zu tun?!... Wollt Ihr Euch jetzt schon wieder bei dem Anblicke dieses so hochinteressanten Prügel-Tableaus an unserem Fräulein erhitzen, erleichtern und wichsen?... Nun, dann wollen wir das auch gleich etwas anders arrangieren!... Bitte, Madame, hören Sie doch mal einen Augenblick auf! So!... Kommen Sie jetzt herunter, bitte, von der Chaiselongue, mein charmantes, gnädiges Fräulein, ... so;... nun klettern oder turnen Sie mal ein bißchen auf Ihrer Freundin Rücken hinauf, und zwar huckepack, so ist's recht! Umklammern Sie ordentlich Madames Hals und schlingen ihre gespreizten, dicken Beine um Madames Taille oder Unterleib zusammen! So!... So ist's recht! Vorzüglich!... Reizendes Tableau!... Wie eine junge Mutter aus dem Reiche der Feen, die ihr großes Baby huckepack trägt! So habe ich denn jetzt zu gleicher Zeit zwei Götter- oder Göttinnen oder vielmehr einen Göttin- und einen Kallipygen, und zwar den einen dicht über dem anderen zu meiner Verfügung und zum Streicheln für mein Rutenbündel!... Hier, Chevalier, ... hier Bube, ... hier habt Ihr jeder eine etwas derbere und saftigere, gebundene Rute! Bitte bedienet mich, vielmehr meinen Hintern von jeder Seite kräftig damit, und schonet ihn bitte keineswegs, ... so, ... und nun kann dies Interims-Flagellations-Tableau steigen und beginnen!... Ah!... So ist's recht... dreister Bube, ... geniere Dich doch ja nicht!... So, ... so, ... Du siehst doch, wie es Dein Partner, ... wie es der junge gnädige Herr macht!... Ah!... Ah, ... welche Seligkeit!...

MADAME DE SAINT-ANGE: Feste, ... feste!... Lieber Freund! Schonen Sie uns doch auch nicht!... Ich finde dieses Arrangement, dies neue Flagellations-Tableau, geradezu entzückend!... Aber wetzen Sie Ihr Rutenbündel doch ein bißchen kräftiger und verwechseln Sie nicht die beiden vor Ihrer Nase befindlichen übereinander aufgebauten Kallipygen, vielmehr schonen auch Sie nicht, bitte, Herr Professor, die unartigen und darum prügelnswerten Ärschchen Ihrer beiden kleinen Schülerinnen!... *(Sie bückt sich soviel als möglich, und zwar ziemlich in rechtem Winkel mit ihrer süßen Last auf dem Rücken nach unten und hält sich dabei an der Kanapeelehne fest; hierbei kommen die beiden Kallipygen in ihrer ganzen Fülle mehr zur Geltung, sowie die bei-*

den Vötzchen mit dem bereits steifen und stark vibrierenden großen und kleinen Kitzler Madames und Eugéniens zum Vorschein.) So lieber Dolmancé, ... vergessen Sie bitte auch nicht, in der Spalte unserer beiden Ärschlein, sowie da unten... etwas tiefer die unartigen, ... übereinander liegenden benachbarten Juwelen oder Heiligtümer oder Allerheiligsten, ich meine die Löcher und Vötzchen Ihrer beiden unartigen Kleinen mit der Rute ein wenig zu streicheln und gelind zu wetzen!... Bruder, ich bitte Dich, ... und Du Bube... Du tust es ja, wie ich von der Seite sehe, noch kräftiger und eifriger, ... Dein 13 Zölliger wird ja dadurch doch nicht größer... wichst Euch doch nicht immerwährend!... Habt Ihr denn unsere Vötzchen heute nicht schon zu Genüge gesehen und angestaunt, so daß Ihr sie wohl bald hinreichend aus- und inwendig kennen dürftet!... Brüderchen, denke doch an die Dir heute noch bevorstehende Brautnacht mit diesem Engelein, meine süße Freundin, an ihre Entjungferung!... Möchtest Du Dich dabei nachher vielleicht ein bißchen... blamieren ?!...

EUGÉNIE: O weh!... Das kann ja... heute... noch... gut... werden!... Nein, nein, meine Geliebte!... Heute wird nichts mehr davon, ... morgen ist ja auch noch ein Tag hierfür, ... ich bleibe ja doch noch morgen bei Dir, und wir können dann noch genug Brautnacht feiern!...

CHEVALIER DE MIRVEL: Sorge Dich nicht um mich, meine liebe Schwester! Du kennst mich doch!... Habe ich denn schon je in meinem Leben in dieser Beziehung versagt? Bei meinen zwanzig Lenzen, die ich jetzt zähle, ist doch so etwas ganz ausgeschlossen!... Also lasse mir doch das Vergnügen, mich bei dem Schauspiele und dem Anblicke solcher Reize meiner Braut, wie ich sie ja nicht alle Tage zu schauen und zu bewundern bekomme, gleichzeitig ein bißchen abzuwichsen!...

DOLMANCÉ *(inzwischen energischer und kräftiger die beiden übereinander befindlichen Ärsche der Damen mit der Rute streichend und jetzt auch deren bereits stark erregte, gerötete, zitternde und sich zugleich fortwährend öffnende und schließende*

Vötzchen mit der Rutenspitze treffend und streichelnd): Nun, ... wichst Euch nur immerzu, meine Lieben, soviel Ihr möget, ... tue ich es selbst doch beim Anblicke dieser bezaubernden, prächtigen, hinteren Opferaltäre! Holet jetzt aber ein bißchen kräftiger aus und schonet mich nicht, ... bitte, Chevalier, ... und Du schüchterner Bube, ebenso!... Haue doch nur ein bißchen kräftiger, ... ich spüre... ja noch gar nichts!...

EUGÉNIE: O, ... Oh!... O, weh!... Professorchen!... Gnade!... Erbarmen! Ich halte es... nicht aus, ... das tut... ja doch... so weh, ... das brennt... ja überall, ... oben und... unten... zugleich!... Wahrhaftig... ich glaube, Sie haben mich schon... ganz... blutig geschlagen, ... ich fühle es... ganz... naß... da hinten und unten, ... mein Blut... fließt... wohl?!...

DOLMANCÉ: Noch nicht, ... es sind nur... eine Menge... kleiner... weißer... Tränenperlchen... da unten, ... Sie wissen doch wo, ... also an Ihrem... Winzigen, ... mein liebes Fräulein!... Nur Geduld!... Nur noch ein ganz kleines Dutzend mit dieser neuen Rute hier, ... dann sind wir wohl inzwischen alle fertig, ... und damit zugleich auch unser charmantes, interimistisches Flagellations-Tableau!...

MADAME DE SAINT-ANGE: Noch einen Augenblick Mut, mein Engel, ... ich bin bald auch soweit wie Du, ... und wenn Dein Arsch wie der meinige auch wirklich ein bißchen Blut lassen oder blutig werden sollte, was schadet denn das, werden sie doch dadurch nur um so schöner koloriert und gleichzeitig um so üppiger, voller, um so kallipygerer!...

EUGÉNIE: In der Tat, ... ich... kann... nicht... mehr!... Halten Sie ein... Dolmancé, unbedingt, ... bitte!...

DOLMANCÉ: Ah!... Ah!... Gottverdammt!... Potzblitz und Donnerwetter etc.! Verflucht noch mal!... Ihr purpurrotes, zartes, sammetweiches Ärschchen... blutet... jetzt... wirklich! Ah!... Ah!... dieser Anblick macht mich ja allein ... schon... fertig! Ah!... Ich spritze... auch!... Ah! dieses... Götterschauspiel! *(Er stürzt sich auf den leicht blutenden Hintern Eugéniens und leckt und saugt und lutscht ganz wild die Blutströpfchen mit höchster Gourmandise auf, bis sie vollständig und endgültig verschwinden.)*

MADAME DE SAINT-ANGE *(inzwischen ebenfalls fertig geworden und Dolmancés Wut von der Seite beobachtend)*: Ah!... Sie wilder, blutdürstiger Barbar!... *(Sie setzt sich auf die Chaiselongue, nimmt Eugénie auf ihren Schoß und kühlt ihren heißen malträtierten Hintern, sowie ihr glühendes purpurrotes Riesenvötzchen mittelst parfümierten Wassers.)*

CHEVALIER DE MIRVEL *(gleich Augustin ebenfalls, durch höchsteigenes Wichsen fertig geworden)*: Ah!... Gottverdammt, Dolmancé! Bist Du mir schon wieder mal zuvorgekommen?!... Ja, ja, ... bei dergleichen süßen Leckereien kann man niemals fix genug zur Stelle sein, ... und wer zuerst kommt, mahlt zuerst!... Was Du doch für ein Glückspilz bist, ... und noch dazu bei jungen Damen!... Wäre es für Dich indes lieber noch ein Junge gewesen, ... wäre es z.B. Bube gewesen, so würdest Du dich dabei womöglich noch ein bißchen mehr erhitzt haben!...

DOLMANCÉ *(seine blutigen Lippen gourmandmäßig ablekkend)*: Ich leugne es nicht!... Meine Wollust an Eugéniens Arsche wäre übrigens eine noch viel größere gewesen, wenn sie oder vielmehr ihr engelhafter Kallipyger noch... ein bißchen... blutiger gewesen wäre, oder mehr Schweiß... d.h. mehr Blut geschwitzt hätte!...

EUGÉNIE: Oh!... Professorchen!... Was sind Sie doch für ein großes, ... blutdürstiges Ungeheuer!...

DOLMANCÉ: Sehr schmeichelhaft für mich diese Bezeichnung, mein Liebling, meine kleine süße jetzt wieder artige Schülerin!... Sie können mir damit keine größere Eloge sagen... kein größeres Lob spenden, zumal ich Ihnen als Ihr Herr Professor doch auch zugleich so viel Vergnügen und Wonne verschafft habe!...

CHEVALIER DE MIRVEL *(eifersüchtig)*: Sehr gut gesagt!... Doch, ... im übrigen, ... ich kalkuliere, ... ich, ... ich bestehe jetzt auf mein... oder wo nicht... zunächst auf unser Programm, meine Herrschaften!... Haben Sie denn inzwischen ganz und gar an unser gemeinschaftliches bzw. Ensemble-Tableau vergessen, das wir doch mit vollständigem, allgemeinem oder allseitigem Einverständnisse vorhin ausführen wollten?!... Sie wissen doch, ich meine: das große Sodomitenrosenkranz-Tableau, und zwar zuerst: Mademoiselle Eugénie — leider — in Hinterpositur, ... dann ich! — leider immer noch nur Enculage — als Enculeur, dann die Schwester, ... ihr Bruder vermittelst Riesengodmichés enculierend..., allerdings sonderbare, ... seltsame... Geschwisterliebe das, ... dann Bube: meine Schwester einfädelnd oder enculierend;... und zugleich... zum Abschlusse des Ganzen... *Honni soit qui mal y pense...* der Herr Hauptakteur... unser hochgeehrter, ... vielgeliebter Herr Professor, der endlich das Ziel seiner Wünsche und Gelüste... seinen Augustin oder vielmehr... seine... 'Augustine' bekommen und ehelichen d.h. eine Ehe à la Sodom mit ihr schließen wird!...

DOLMANCÉ *(nach einer kleinen Pause, in der die beiden Damen ungeniert in der Position der Ziffer 69 auf dem Kanapee, und zwar unter dem Vorwande, ihre von Dolmancé bei der Flagellationsszene ein wenig arg malträtierten Vötzchen zu kühlen, sich minettieren und hierdurch wiederum aufregen)*: Nun, ... meine Herrschaften!... Halten Sie jetzt... ein, bitte, meine Damen, ... sind Sie bereit?!...

(Alle im Chore: Ja, ja!... Natürlich!...)

Dann bitte also, lieber Chevalier!... Mache Deiner Dame Dein Kompliment und engagiere sie höflichst zum... nun zu... zu einem kleinen Hinterfick!... Also los... mein Junge, bitte!... Ah! und du mein lieber Augustin!... Ah! komm her meine kleine, süße 'Augustine', kleines süßes Hurenmädchen, Du!... Ah!...

MADAME DE SAINT-ANGE *(sich mit Eugénie aus ihrer reizenden Positur erhebend und ihre beider oder gegenseitige angenehmere, kühlende Behandlung unterbrechend)*: Habt Ihr es denn schon so eilig?... Ihr Männer gönnt uns Frauen doch absolut gar kein Vergnügen!... Ihr seid stets egoistisch nur auf Euer Amüsement bedacht!... Komm also mal her, mein Liebling!... Du bist doch, wie ich sehe, schon wieder ein bißchen in der richtigen Verfassung und Aufregung... da unten!... Mein Bruder, Dein programmgemäßer zukünftiger Gatte oder vielmehr Dein programmäßiger heutiger Bräutigam wird Dich ein bißchen... zunächst sodomisieren und Dich zu Deiner Beruhigung dabei gleichzeitig vorne abkitzeln und endgültig befriedigen. Das ist doch zum mindesten sein Bräutigamsrecht, ... und ich werde Acht geben, daß er in seiner Bräutigamshitze, sieh nur mal seinen Riesenszepter an, wie er schon wieder steif zum Bersten ist, daß er sich nicht in der richtigen Türe irrt und in Dein Vötzchen verirrt. So!... Setze Dich jetzt wieder wie vorhin in Deine reizende, sinnbetörende hintere Positur zurecht, ... den Kopf recht tief auf die Lehne gebeugt;... halte Dich zugleich mit den Händen an derselben fest, damit Du nachher nicht etwa das Gleichgewicht verlierst und kopfüber auf den Teppich pirouettierst!... So!... So ist's recht, mein Liebling!...

EUGÉNIE: Sag mal, Liebste! Könnte ihn, Deinen Bruder, denn heute nicht doch noch mal unser Professorchen vertreten, denn der hat doch, wie ich sehe und jetzt nochmals konstatieren kann, den... Kleinsten von den drei Schrecklichen. Morgen ist ja auch noch ein Tag und ich bleibe doch noch morgen bei Dir, und als zärtlicher Bräutigam muß er doch die Wünsche seiner Braut auch ein bißchen respektieren!... Habe ich nicht Recht?!...

CHEVALIER DE MIRVEL *(indem er ganz schnell noch ein wenig ihr zitterndes, stark vergrößertes purpurrotes Vötzchen und ihr kleines schwarzes Arschloch kitzelt, küßt und leckt, da sie bereits wieder die vorige indezente Position auf dem Kanapee eingenommen hat, wodurch er Eugénie seinen Wünschen geneigter macht)*: Nun, meine holdselige, süße Braut, ... süßer Engel, ... fürchte Dich doch nicht immer so sehr vor mir, Deinem Bräutigam und Geliebten, ich bestehe ja doch nur auf meine Bräutigamsrechte und das Vergnügen und die Wonne und die Seligkeit, die wir heute noch miteinander kosten und genießen können, wozu sie denn... auf morgen aufschieben und uns heute derselben berauben?!... *(Er setzt sich inzwischen seinerseits sogleich hinter ihr in Positur, bringt die Spitze seines steifen Riesen an ihre kleine, obere, enge Pforte und versucht, dieselbe zu sprengen, während Madame ihm dabei behilflich ist und Eugéniens Arschäckchen mit ihren Händen noch weiter auseinanderspreizt.)* Nun, Schwesterlein... und Dolmancé, ... seht, ich bin doch taktfest... ich habe mich bis jetzt keineswegs in das unrechte Türchen verirrt!...

EUGÉNIE: O Himmel!... Das geht doch nicht!... Ah!... Das schmerzt ja doch so sehr!... Mit Dolmancé ging es heute... Nachmittag doch viel schneller... und leichter!... Ah!... Er kommt... doch... nimmermehr... hinein!... Ah! Sie zerreißen mich ja... vollständig!... Halten Sie doch ein, bitte, mein... lieber... lieber Chevalier!...

CHEVALIER DE MIRVEL *(inzwischen gleichzeitig mit seinen Fingern ihren Kitzler wichsend, sowie zugleich zwischen ihren feuchten, zuckenden, großen und kleinen Schamlefzen sanft und zärtlich herumspielend und hin- und herreibend)*: Unmöglich, mein geliebter, süßer Engel!... Er ist ja auch schon bald... zur Hälfte... drin!... Ah!... Nur noch ein paar Stöße... und es ist vollbracht!... Wir sind dann bereits zu einer Hälfte vermählt und es erübrigt uns dann nur noch die andere vordere oder untere, süßere Hälfte! Also halten Sie aus, mein Liebling... bedenken Sie doch, ich befinde mich hier vor den kritischen Augen Ihres und meines früheren Lehrmeisters, Professor Dolmancé, und ich muß mich daher doch ein bißchen seiner früheren Lektionen und Unterweisungen würdig zeigen!... *(mit einem erneuerten, kräftigeren Vorstoß hat er endlich die Festung bezwungen und erobert.)* Ah!... Ah!... Wie süß es doch bei Ihnen... da drinnen... ist, ... meine geliebte, süße Braut!...

DOLMANCÉ: Er ist am Ziele, ... er hat sich also bereits zur besseren, süßeren Hälfte vermählt!... Ah! Wie unsagbar liebe ich es doch zuzuschauen, wenn nach eingedrungenem Schwanze die Schamhaare des Mannes sich an den Rändern des enculierten Afters zärtlich reiben oder vielmehr dieselben zärtlich und kosend umschmeicheln!... *(Er schnallt inzwischen Madame einen sehr großkaliberigen Godmiché um.)* Nun schnell, Madame, ... verlieren wir jetzt keinen Augenblick unsere Zeit! Vögeln Sie jetzt schnell Ihren Herrn Bruder in den Hintern!... Fix, Bube, ... hierher!... Gucke doch nicht immer nur unser Fräulein Eugénie an! Sieh mich doch auch einmal ein bißchen, Deinen Bräutigam... an!... Und wichse Dir ihn doch nicht immerwährend, mein Lieber!... Nun, das schadet aber nichts, ... um so parater und parademäßiger wird er sein! — So, ... fix nun, ... greif an, enculiere jetzt Madame, Dein Frauchen, ... so, ... so ist's recht!... Nun, ... geliebte, süße 'Augustine', ... mache jetzt Deine Hinterbeine ein bißchen weiter auseinander, ... so, ... strecke jetzt Deinen süßen Kallipygen noch ein wenig mehr nach hinten und empfange jetzt Deinen zärtlichen Bräutigam in Deinem süßen... hinteren Schoße, ... das Rosenkranz-Ensemble-Enculage-Tableau kann jetzt steigen!... Nicht wahr!... Vergessen die Herren Arschficker bitte ja nicht, ihre Damen mit ihren Händen gleichzeitig vorne gehörig abzuwichsen, damit wir wiederum alle Fünfe zusammen fertig werden!

MADAME DE SAINT-ANGE: Sehen Sie Dolmancé, wie unsere Kleine bereits Geschmack daran gefunden zu haben scheint, wie sich ihr ganzer Körper wollüstig wiegt, wie er gleichsam vor Wonne erschauert!...

EUGÉNIE: Kann ich etwas dafür? Ich schwimme schon wieder... vor Seligkeit!... Erst die Rute Dolmancés auf meinem Hintern, dann dieser ungeheuere Liebesszepter in meinem... Innern, und dann dieser mein liebenswürdiger, geliebter Herr Bräutigam, dessen eine Hand mir gleichzeitig da unten... tief... zwischen meinen... nassen Lippen herummanövriert, hin und her tändelt und mit der anderen Hand zugleich... an... meinem Kitzler... Ah!... Ah!... geliebte Freundin! Ich kann... nicht... mehr! Ich glaube, ... ich bin inzwischen schon... zweimal... fertig... geworden!... Ah!... Ah!... Ich bin... ganz... tot!... *(sie knickt zusammen und vergräbt ihr Gesicht in die Polsterlehne des Kanapees.)*

MADAME DE SAINT-ANGE: Ah! Ah!... Mir geht es ebenso!... Ah!... Gottverdammt, Bube!... So schön, ... so feurig und so süß hast Du mich ja noch nie mit Deinen Fingern in meinem

Vötzchen und zugleich an meinem Kitzler abgewichst!... Wo hast denn Du das gelernt? Ja, ja, ... das ist, ... das nennt man wohl den männlichen Instinkt!...

DOLMANCÉ *(endlich am Ziele seiner Wünsche und heißesten Gelüste in Seligkeit schwimmend)*: Noch einen Augenblick, meine Geliebten! Unterbrecht noch nicht das Rosenkranz-Ensemble-Tableau!... Auch ich, ... ich bin sogleich bei meinem kleinen süßen Hurenmädchen, ... meiner 'Augustine', fertig!... Ah!... Ah!... Welch' Hochgenuß, ... welch' unbeschreibliche Wonne!...

CHEVALIER DE MIRVEL: Mach' fix, mein Lieber! Wir anderen alle sind ja... inzwischen... längst so weit!... Denke doch daran und nehme doch etwas Rücksicht auf meine Braut, ... sie bedarf ja doch so dringend der Ruhe und der Wiedererholung!... Ist sie doch noch immer wie ohnmächtig, wie halbtot... in meinen Armen!...

AUGUSTIN: Ja, ja, ... fix... gnädiger Herr! Ich bin ja selber lange, ... lange schon fertig!... Ah!...

(Nachdem Dolmancé fertig geworden und die Gruppe des Rosenkranz-Tableaus sich aufgelöst hat, beschäftigt sich Madame auf's liebevollste und zärtlichste mit der noch immer wie ohnmächtig daliegenden Eugénie und ruft sie durch Kühlungen und erfrischende Bäder ihrer arg malträtierten hinteren und vorderen Reize auf dem Bidet sowie durch die gleichzeitigen Karessierungen ihres sehr stark angeschwollenen Vötzchens bald wieder ins Leben zurück.)

CHEVALIER DE MIRVEL: Nun, willst Du nicht auch auf's Bidet, meine liebe Schwester?... Gestattest Du, ... darf ich Dich und meine Braut nicht auch ein bißchen als Kammerzofe bedienen?...

MADAME DE SAINT-ANGE: Nein, nein!... Laß nur!... Überlasse Deine Braut nur mal vorläufig mir!... Sieh mal hier... hinten, ... und hier vorne, ... Du hast sie nicht schlecht zugerichtet mit Deinem Riesen und mit Deinen Fingern!... Was mich speziell betrifft, so liebe ich das Bidet nicht... ich behalte viel lieber den Liebessaft in meinem Hintern, er kühlt mich besser als das kühlste, parfümierteste Wasser!... *(Die Herren holen inzwischen Erfrischungen und Wein aus dem Speisezimmer ins Boudoir.)*

EUGÉNIE *(nach einer Erholungspause, in der sie gleich Madame ihr Gaze-Négligé wieder angezogen hat, auf Madames Schoße auf dem Kanapee sitzend und wiederum heiter, lustig und ausgelassen)*: Nun, meine geliebte, süße Freundin, ... stoße mal jetzt mit Deiner Halbschwägerin — da ich doch erst hinten entjungfert bin und zukünftigen Ganz- oder Vollschwägerin, nicht wahr?... ein bißchen mit diesem schäumenden Champagner an!... So!... — Laß uns jetzt erst ein bißchen miteinander plaudern!... Ich habe doch noch so viel auf dem Herzen, wonach ich Dich gerne fragen möchte!... Also sag' mal, meine Liebe, sollte denn eine Frau oder ein junges Mädchen diese Art der Liebe, wie ich sie soeben mit Deinem Bruder gekostet habe, nicht allen, allen anderen Arten vorziehen, wenn man... ihr... einen derartigen Liebesantrag macht?

MADAME DE SAINT-ANGE *(sie leidenschaftlich küssend)*: Ich habe es Dir doch heute Nachmittag bereits zu wiederholten Malen gesagt, mein Engel, daß sie es soll, wenn sie — natürlich vorausgesetzt ohne Gefahr für eine etwaige Schwangerschaft — nicht doch die natürlichere Art der Liebe, die Du ja noch gar nicht kennst und daher auch nicht zu beurteilen und zu würdigen vermagst, vorzieht! Will sich eine junge Frau oder ein junges Mädchen jedoch einem fremden Manne, und zwar einem Sodomiten, der ihr diesen, für ihn selbst natürlicherweise süßeren Antrag macht, hingeben, nun so sei sie vorerst anscheinend ein wenig prüde und ziere sich erst längere oder kürzere Zeit, bevor sie ihm diese Gunst oder Vergünstigung gewährt. Der Mann oder Sodomit selbst, der ein kallipyges Weib nicht verschmäht und durch ihre Ziererei und Sprödigkeit noch lüsterner gemacht wird, er wird, das glaube mir, für diese Vergünstigung zu allem bzw. zu jedem Opfer fähig sein, er wird sich eventuell pekuniär für seine Angebetete ruinieren, falls sie es verlangt; ich kenne das aus Erfahrung!...

DOLMANCÉ *(zu den Damen, deren Gespräch er nicht mitan-*

gehört hat, hintretend): Nun, mein Fräulein, ... kleiner Engel!... Sind Sie jetzt bekehrt?... Haben Sie ein bißchen Geschmack an der Sodomie gefunden?... Glauben Sie jetzt selbst, daß die Arschvögelei kein Verbrechen ist?...

EUGÉNIE: Und wenn sie es wäre, was schadete es? Haben Sie mich nicht gelehrt, haben Sie mich nicht vielmehr belehrt, daß es überhaupt kein Verbrechen hienieden auf Erden gibt in dem Sinne, in welchem die Welt oder die Menschen das Verbrechen auffassen? Es müßten daher doch nur noch sehr wenig Dinge oder Handlungen auf der Welt geben, die jetzt noch in meinen Augen als verbrecherische gelten könnten!...

DOLMANCÉ: Es gibt überhaupt keine verbrecherischen Dinge oder Handlungen auf der Welt; wie eine jede andere so hat auch die monströseste und verbrecherischeste Handlung noch immer ihre größeren, oder kleineren, oder kleinsten Lichtseiten, die sie entschuldigen, gutheißen, ja mitunter sogar lobenswert erscheinen lassen!...

EUGÉNIE: So?!...

DOLMANCÉ: Gewiß!... Und in diesem Falle hört sie eben auf, eine verbrecherische Handlung zu sein, denn was dem einen Menschen eventuell Schaden zufügt, das macht dem anderen, dem sogenannten Verbrecher zumeist Vergnügen und Freude, macht ihn mitunter geradezu glücklich und glückselig; und beweisen Sie mir mal, daß der Natur das eine, das geschädigte Individuum kostbarer und teurer ist als das andere Individuum: die schädigende oder verbrecherische Person. Bei ihr, in ihren Augen sind alle Individuen gleich, das eine ist der Natur doch ebenso lieb wie das andere!... Ist das nicht richtig?...

EUGÉNIE: Wenn aber unsere verbrecherische Handlung oder Tat eine größere Anzahl von Individuen oder Mitmenschen schädigt und uns selber dabei gleichzeitig nur eine ganz geringe oder minimale Dosis Vergnügen einträgt, oder gar keines bereitet, wäre es dann nicht schrecklich, diese Tat dennoch zu begehen?!

DOLMANCÉ: Keineswegs!... Ganz und gar nicht... Weil man das doch gar nicht miteinander in Vergleich stellen oder ganz genau abwägen kann, was die anderen empfinden oder leiden und was wir fühlen!... Die stärksten, fürchterlichsten, intensivsten Schmerzen der anderen, die fühlen wir doch nicht, die wir sie ihnen verursachen!... Im Gegenteile, selbst der allergeringste Vergnügungs- oder Wollustkitzel, der uns hieraus resultiert, er überwiegt doch hundert- und tausendfältig die furchtbarsten Qualen und Leiden der anderen, eben weil wir sie ja nicht mitempfinden, sondern vielmehr Genuß und mehr oder weniger Wollustkitzel! Die Quelle und Ursache für alle diese moralischen Irrtümer war lediglich das Gebahren der ersten Anhänger des sogenannten Christentums, die das schöne Wort von der Christen- oder Nächsten- oder Bruderliebe geprägt bzw. erfunden haben, nämlich: *Liebe Deinen Nächsten wie Dich selbst.* Denn da sie selber als Bettler, die nichts zu beißen und zu brechen hatten, herumvagabundierten, waren sie auf die Wohltätigkeit oder die milden Spenden ihrer Nächsten geradezu angewiesen und darum predigten sie fortwährend, daß wir allesamt Brüder und Kinder Gottes seien und daher einander unterstützen müßten. Sie hatten also nur ihr eigenes oder eigenstes Interesse im Auge, nämlich ihr Schmarotzerleben von der Milde der anderen zu fristen — Nun, über das Wesen Gottes sind Sie ja wohl bereits zur Genüge von mir aufgeklärt, meine liebe Eugénie;... wir sind daher also weder alle insgesamt Gotteskinder, noch weniger sind wir alle miteinander Brüder. Die Natur hat uns doch nicht alle zusammen und miteinander und mit einem Male als Brüder und Schwestern geschaffen, sondern ein jegliches Individuum für sich isoliert, allein und besonders, und obendrein immer das eine feindselig gegen das andere und umgekehrt bzw. in beständigem, fortwährendem Kriegszustande mit dem anderen! Wie sollten da also, ich bitte Sie, alle diese sogenannten oder vermeintlichen Tugenden der Bruder- oder Nächstenliebe in der Natur begründet oder Naturgesetze sein und gar erst alle die anderen schönen Dinge wie die Frömmigkeit, die Wohltätigkeit, die Humanität u.s.w.? Das wäre doch geradezu der barste, allerreinste Blödsinn vom reinsten Wasser!

EUGÉNIE: Aber wenn die Natur, wie Sie sagen, nun einmal die

Menschen isoliert oder allein und ganz unabhängig von einander geschaffen hat, so gibt es doch trotzdem, wie Sie mir zugeben werden, gewisse Bedürfnisse in der Welt, die sie einander nähern und somit zwischen ihnen notwendigerweise gewisse Bande knüpfen wie die des Blutes unter den Angehörigen einer und derselben Familie, ich meine speziell die Bande der Liebe, der Freundschaft, der Dankbarkeit, der Erkenntlichkeit, ... diese werden Sie doch hoffentlich gelten lassen?...

DOLMANCÉ: Nicht ein Jota mehr als die anderen, ... in der Tat... meine Liebe! — Nun, lassen Sie uns dieselben, ich meine: die Liebe, die Freundschaft, die Dankbarkeit oder Erkenntlichkeit mal ganz kurz analysieren!... Was zunächst die Liebe anbetrifft, so werden Sie mir eventuell sagen, daß es das Bedürfnis, sich zu verheiraten, seinen Stammbaum zu erhalten oder vielleicht auch ein bißchen seine Vermögensverhältnisse zu rangieren ist, die Sie dazu veranlassen, die unlöslichen, geheiligten Bande der Ehe mit einem Manne einzugehen! Welch' absurde Torheit das, ... ich bitte Sie?!... Solange der Akt des Vögelns dauert, aber auch nur so lange, nicht einen Moment länger, ... ja gewiß, da bedürfen Sie seiner, dieses Mannes; aber sobald die Vögelei vorüber ist, was bleiben dann noch, ich frage Sie, für sogenannte Bande der Liebe zwischen Ihnen und Ihrem Ehemanne?!... — Und welche andere Bande oder Verpflichtungen haben Sie denn an die Früchte dieser Vögeleien, an ihre Nachkommenschaft? In den allermeisten Fällen ist die sogenannte Elternliebe ihren Kindern gegenüber doch nichts weiter und nichts anderes als der krasseste Egoismus, ich meine: als das eigenste Interesse, daß ihnen ihre Kinder dereinst in ihrem — der Eltern — Alter, wenn sie einmal altersschwach und arbeitsunfähig geworden, das wiedervergelten, was sie für dieselben — ihre Kinder, — getan und angewandt. Was hat da also noch das sogenannte vierte Gebot, das lediglich auf dem Egoismus der Eltern basiert, für einen Sinn? Ein barer Unsinn ist es, wie Sie sehen!... Lassen wir uns also nicht zum Narren halten; wir schulden unseren Eltern gar nichts, absolut nichts, und da sie lediglich und nur für sich und nicht für uns arbeiten, so dürfen und müssen wir sie deswegen sogar verabscheuen, ja sie von uns abschütteln oder nötigenfalls sogar um die Seite oder Ecke bringen, — Sie verstehen mich doch, — wenn deren ganzes Benehmen und Gebahren uns gegenüber, uns hierzu zwingt! Denken Sie doch an Ihre eigene Mutter, meine liebe Eugénie, und zugleich daran, was Sie uns heute Nachmittag selber feierlichst gestanden und versprochen haben!...

Sie sprachen vorhin von den Banden der Liebe, Eugénie! O, mögen Sie sich von denselben niemals fesseln und umstricken lassen!... Was ist... was heißt denn eigentlich Liebe? Man kann sie, glaube ich, als die Wirkung oder den Effekt gewisser persönlicher Eigenschaften, insbesondere der körperlichen Schönheit oder gewisser körperlicher Reize einer anderen Person auf uns, die wir angeblich lieben oder zu lieben vermeinen, definieren! Dieser Effekt berauscht und entflammt uns mitunter ganz plötzlich!... Nun gut, wenn wir diesen Gegenstand oder vielmehr die Person, die wir ganz plötzlich zu lieben vermeinen, besitzen, ich meine: vögeln, dann sind wir zufriedengestellt oder befriedigt: ist es uns unmöglich, sie zu besitzen bzw. sie zu vögeln oder von ihr gevögelt zu werden, dann sind wir verzweifelt!... nicht wahr? Was ist also die Basis, der Urquell der sogenannten Liebe? Der Wunsch zu vögeln oder gevögelt zu werden! Und welches sind seine Folgen, wenn unsere Wünsche nicht befriedigt werden?... Törichte Betrübnis!... nicht wahr?... — Nun, so garantieren, oder versichern, oder bemächtigen wir uns doch eventuell einfach mit Gewalt des Gegenstandes unserer Sehnsucht und unserer Liebe und genießen und befriedigen wir uns an ihm, wenn wir ihn haben! Im anderen Falle aber, wenn wir ihn nicht haben oder haben können, nun so trösten wir uns. Es gibt doch noch Tausende und Abertausende anderer Frauen und Mädchen oder Männer und Jünglinge auf der Welt, die auch Vötzchen und Schwänze und vielleicht noch reizendere und süßere besitzen, als es gerade die eine Votze oder der eine Schwanz ist, die oder den wir nicht zur Stillung unserer Begierde kriegen können. Was für ein horribler

Wahnsinn also, gerade nach dem einen Vötzchen oder nach dem einen Schwanze zu schmachten, vor Sehnsuchtsschmerzen vergehen zu wollen oder gar deshalb eventuell Selbstmord aus unglücklicher Liebe zu verüben?!... Bietet doch diese sogenannte platonische, schmachtende, sich selbstverzehrende Liebe nichts anderes als metaphysische oder überirdische Genüsse, d.h. lediglich dieselben Genüsse, wie sie eventuell ein Irrsinniger, ein unheilbar Wahnsinniger zu empfinden fähig oder im Stande ist, also mit einem Worte: überhaupt gar keinen Genuß, geschweige denn Genüsse!... — Ja!... Wenn wir den Gegenstand unserer Liebe und Anbetung faktisch ewig und immer und ihn nur allein zu lieben vermöchten, so hätte das gewissermaßen einen Sinn oder doch etwas für sich! Aber wie oft kommt das vor? Kommt so etwas überhaupt vor?... Hat man nicht lediglich fortwährend Beispiele des geraden Gegenteils... was diese sogenannten unvergänglichen, ewigen Liebesbande betrifft?... Einige Tage oder einige Wochen höchstens dauert der Liebesrausch einer solchen Liaison, dann ist es mit ihr am seligen Ende. Nur zu oft müssen wir über den gänzlich unverdienten Weihrauch, den wir auf den süßen Liebesaltären unserer Angebeteten geopfert haben, geradezu vor Scham erröten und können es nachher nicht begreifen, was uns eigentlich an ihnen so verführt oder gar erhitzt hat. Ja!... könnten wir ihn, den Gegenstand, unserer Sehnsucht und unserer sogenannten Liebe vorher immer erst ein bißchen genauer prüfen, ich meine: könnten wir ihn unverhüllt und in natura, d.h. im paradiesischen Kostüme ohne jegliches Feigenblatt — wie wir es bei Ihnen beiden, meine Damen, heute konnten — näher untersuchen, um nicht — sozusagen — die Katze im Sacke zu kaufen, so würde das ja auch nicht möglich sein können! Aber wie oft kommt es in den heutigen sogenannten guten Gesellschaftskreisen, in denen nur der — gute Ton und Anstand und die Sitte allein herrschen vor, daß — ich rede im folgenden nicht von mir noch von uns sogenannten Sodomiten, sondern exemplifiziere nur ein wenig im allgemeinen — ich sage, daß ein junger Mann sich in die strammen, üppigen, schöngedrechselten womöglich mit schönen, bunten oder geringelten oder sonst mit allerlei reizenden Mustern verzierten langen Strümpfen... und koketten Strumpfbändern und Schleifchen bekleideten Waden einer jungen Frau oder Dame oder eines jungen Mädchens vergafft, die sie ihm absichtlich, oder vielleicht nur zufällig und unabsichtlich gezeigt hat — und er nachher ernüchtert wird, wenn er erst mal die ungestalteten, verkrüppelten Zehen der in das engste Schuhwerk eingezwängten kleinen Füßchen und die Hühneraugen, Überbeine etc. an der großen Zehe u.s.w. seiner Dulcinea zu Gesichte bekommt, ... geschweige gar, wenn er wahrnehmen muß, daß die strammen, süßen Waden seiner Angebeteten eitel Wattur und keine Spur von Natur gewesen sind!... Oder er läßt sich etwa im Ballsaale oder auf der Promenade von ihrem anscheinend vollen, herrlichen, duftigen Busen betören und berauschen, und findet nachher nur kleine, winzige, welke, bis an den Nabel schlapp herabhängende und lediglich künstlich ausgestopft und parfümiert gewesene Brüste, die also keineswegs als volle, rundliche, herrliche Liebesäpfelchen bezeichnet werden können!... Oder er begeistert sich an ihrem scheinbar Kallipygen oder göttlichen Riesenhintern — und findet lediglich ein unscheinbares, trauriges, jammervolles Backfisch- oder Kindesärschlein, das durch einen künstlichen *Cul de Paris* oder einen umfangreichen hinteren Aufbau seine Augen verblendet hatte!... Oder er kalkuliert und konstruiert und taxiert ihr Vötzchen, selbstverständlich ohne es vorher gesehen zu haben, lediglich aus den dasselbe scheinbar markierenden Konturen bzw. einer kleinen, nuancierten Hervorwölbung an der betreffenden Stelle ihrer ein wenig straffliegenden Ball- oder Gesellschaftsrobe... in seiner Phantasie als ein ganz besonderes begehrenswertes und bezauberndes, volles, üppigschwellendes Wundergebilde oder Naturwunder, mit einem Wort: als ein saftiges, anbetungs- oder vielmehr anknabbernswürdiges Vötzchen — und findet nachher das gerade Gegenteil: eine welke, magere, eingefallene, fleisch- und fett- und specklose übelriechende Tranfunze oder eine sogenannte ekelhafte Lappen- oder Schnabelvotze mit mehreren Zoll lang heraus- und herabhängenden häutigen Lappen, den durch Onanieren krankhaft vergrößerten sogenannten kleinen Schamlippen, die man bei einem Normalvötzchen überhaupt nicht zu sehen bekommt, da sie doch zwischen den großen Schamlippen eingebettet bzw. von ihnen bedeckt sind!... Oder er findet eine immer offenstehende, gähnende, scheuentorgroße und klaffende Altevettelvotze, so daß ihre eventuell noch für einen Sodomiten ein wenig begehrenswerte Körperöffnung vielleicht ihr kleines, rundliches Arschloch wäre, wenn letzteres nicht gleichzeitig etwa noch innerlich durch Hämorrhoiden oder gar noch äußerlich durch ekelhafte Warzen, Pickel, Narben u.s.w. verunstaltet wäre!... Ja ja!... Das alles kommt wohl vor und kann wohl passieren, wenn man wie angegeben — die Katze im Sacke, oder im vollen Staate der Garderobe kauft!...

Ihr aber, Ihr wahrhaft schönfüßigen, schönwadigen, schönbrüstigen, schönarschigen und schönvotzigen Frauen und jungen Mädchen, deren höchste Idealgestalten — wie wir alle zur Genüge zu konstatieren Gelegenheit gehabt haben — die beiden hier anwesenden Damen, Sie Madame und Sie Eugénie, selbst verkörpern, lasset diese Eure körperlichen Schätze und Reize auch zur Geltung kommen. Gebet dieselben allen Männer preis, die sie begehren und ersehnen! Vögelt!... Vögelt meine Lieben, oder vielmehr laßt Euch vögeln immerwährend, das ist das einzige wahrhafte Vergnügen, die wahrhafte Seligkeit schon hienieden auf Erden;... aber meidet, ... fliehet... die sogenannte Liebe!... Das einzige Gute und Wahre an und in der Liebe ist das Physische, das Natürliche in ihr sagt schon der große Philosoph Buffon, d.h. die innige Vermählung der beiden konträren Geschlechtsorgane oder kurz gesagt: des Schwanzes mit dem Vötzchen, — ich spreche jetzt wie gesagt vom allgemeinen Standpunkte, nicht von dem speziellen meinigen oder demjenigen meiner Sodomitenzunft!... Also, ich wiederhole es nochmals, meine liebe Eugénie, denn vorzugsweise Ihnen allein gelten doch heute meine Abhandlungen, amüsieren Sie sich, vögeln Sie soviel Sie können und mögen, ... aber l i e b e n Sie niemals!... Kommen Sie nie in die Verlegenheit geliebt zu werden, sondern lassen Sie sich statt dessen ganz einfach vögeln und wiedervögeln, lediglich zu Ihrem höchsteigenen Vergnügen! Lassen Sie sich nie auf schmachtende, verliebte Blicke, auf Liebesseufzer, Sehnsuchtsgirren- oder Gewimmer ein, kümmern Sie sich nicht um galante Billets-doux und dergleichen sonstige Narrenpossen und Firlefanz, sondern vögeln Sie einfach, oder lassen sich vögeln, gleichviel vorn oder hinten, ich meine in den Hintern, selbstverständlich aber lieber hinten als vorne, und zwar schon zur Vermeidung der eventuellen Schwangerschaft! Steigern Sie die Zahl Ihrer Liebhaber oder Vögler bis ins Infinitum d.h. bis ins Unermessliche, wechseln Sie dieselben zugleich so oft wie möglich, um stets neue, frische Schwänze und von ihnen Genüsse zu haben und zu kosten!... Sie müssen nämlich vor allem und immer wieder daran denken, daß die Frau gerade ebenso wie das weibliche Tier von der Natur nicht nur für ein Männchen, sondern für sie alle, alle geschaffen ist! Immer lustig, froh und heiter, immer Hure, niemals liebend, immer nur das fleischliche Vergnügen und die fleischliche Wollust anbetend werden Sie immer nur Rosen niemals Dornen auf Ihrem ganzen irdischen Lebenspfade hienieden vorfinden!... *(Leise flüsternd, um von Augustin nicht gehört und verstanden zu werden.)* Bitte, Eugénie, fragen Sie mal Ihre Freundin, Madame, die sich doch mit mir zugleich Ihrer Erziehung in der höheren Kunst zu Lieben widmet, was sie für ein Aufhebens mit einem Manne macht, der sie einmal geliebt bzw. gevögelt hat. Fragen Sie sie mal, ob sie untröstlich wäre, wenn sie ihren Augustin morgen verlieren würde, der noch heute ihre Wonne und ihr Entzücken bildet, zweifelsohne würde sie morgen einen anderen, ebenso normalen, ich meine normalschwänzigen Buben bekommen und engagieren und nicht weiter an den ersten denken und übermorgen, wenn sie einen dritten fände, dem zweiten gleichfalls einfach dem Laufpaß geben?... Ja ja!...

MADAME DE SAINT-ANGE: Ja ja, ... Eugénie, mein Schatz, mein süßer Liebling!... Im allgemeinen und besonderen von alledem, was er uns soeben vorphilosophiert hat, kann und muß ich ihm, unserem Professor der Gelehrtheit, vollkommen Recht geben.

Was Augustin betrifft, so habe ich allerdings gar keinen Grund und hoffe auch so bald oder späterhin keinen zu haben, mit ihm, besonders seinem normalen 13 Zölligen einmal unzufrieden zu werden, auch glaube ich schwerlich, jemals einen prächtigeren, noch normaleren entdecken zu können, der seinige ist doch schon das Non plus ultra aller Schwänze!...

CHEVALIER DE MIRVEL: Ja ja!... Da sehen Sie, mein liebes Fräulein, wie mein Freund Dolmancé zu übertreiben versteht. Er redet ja mitunter recht viel wahres, aber das meiste davon ist doch übertrieben, ja sogar ganz ungereimt und unlogisch, ich werde Ihnen das später noch näher demonstrieren. Am ungereimtesten jedoch sind seine Ratschläge bezüglich der Ächtung und Verdammung jeder aufrichtigen und wahrhaften Liebe, wie ich sie... äh, ... z.B... für Sie, mein gnädiges Fräulein... fühle, und zwar...

DOLMANCÉ *(ihn unterbrechend)*: Ich weiß, was Du sagen willst: von ganzem Herzen und mit ganzer Seele!... Nun, nun!... Abwarten!... Ich meinerseits, ich habe ja nichts dagegen und ich gebe Dir als Dein wahrhafter, treuer, alter Freund meinen Segen! Amen!... — Doch kommen wir schnell noch einen Augenblick auf unser voriges Thema zurück, ich meine zur endgültigen Besprechung der beiden Fesseln oder Bande, die die Menschen aneinander ketten sollen, nämlich die Freundschaft und die Dankbarkeit oder Erkenntlichkeit. — Respektieren wir die ersteren, die Bande der Freundschaft, solange sie unseren speziellen Interessen dient und wir scheinbar Nutzen von ihr zu ziehen vermögen. Können wir es nicht mehr, so hört die Freundschaft ja ohnehin ganz von selbst auf. Haben Sie schon einmal einen Freund im Unglücke oder in der Not gehabt oder gesehen, ich meine: wenn es Ihnen schlecht gegangen ist?... Ich nicht!... Wenn es Ihnen dagegen gut geht, wenn Sie insbesondere reich und zugleich ein bißchen freigiebig sind, so wird es Ihnen an sogenannten Freunden nicht mangeln, Sie werden sie haben, soviel wie es Sandkörner am Meere gibt, oder noch mehr wie die Sternlein am Firmament und Himmelszelt. Es ist das alles eben mal ein in der Natur begründeter, fundamentaler alter Erfahrungssatz! Es gibt daher nichts Egoistischeres als es die Gesetze der Natur sind, ahmen wir sie doch also nach und seien wir ebenfalls Egoisten und nichts anderes!

Nun, was die sogenannte Erkenntlichkeit oder Dankbarkeit und dergleichen blödsinnige Gefühlsduseleien betrifft, so habe ich Ihnen, meine liebe kleine Schülerin, ja bereits am heutigen Nachmittage in Gegenwart Ihrer Freundin gerade über dieses Kapitel, das ich allerdings unter einem anderen Namen, nämlich die sogenannte Wohltätigkeit oder wohltätige Nächstenliebe und deren Wirkungen abgehandelt habe, zur Genüge auseinandergesetzt, daß es eine derartige Tugend oder Regung wie die Dankbarkeit oder Erkenntlichkeit überhaupt nicht gibt, sondern, daß man diese Herzensregungen in allen Fällen nur als affektierte, heuchlerische oder Scheinregungen bezeichnen kann und daß dasselbe ebenso bei dem Wohltäter wie bei dem für die Wohltaten quittierenden, erkenntlichen oder dankbaren Individuum in gleicher Weise zutrifft!... — Undank, nicht Dank ist nun mal der Welten Lohn und wird es ewig bleiben! — Was wollen Sie, liebe Eugénie, also noch sonst für heilige oder geheiligte Bande zwischen den Menschen konstruieren oder ersinnen?...

EUGÉNIE: Ich gebe zu, Sie haben im allgemeinen und speziellen ja... so... so... Recht, mein lieber Herr Professor!... Aber wenn gleichzeitig alle die Laster und Delikte die Sie, Professorchen, als höchste Tugenden preisen nun mal in der Natur begründet sind, weshalb werden sie denn von unseren Gesetzgebern verurteilt, ich meine von den Gesetzen verfolgt und verboten und bestraft?

DOLMANCÉ: Auch diese Fragen habe ich Ihnen heute Nachmittag bereits einmal, und zwar eingehender beantwortet, Sie scheinen nur nicht mehr daran zu denken, mein gnädiges Fräulein, Sie meine teuerste, reizende aber ein bißchen unaufmerksame Schülerin, ich werde Sie dafür nachher gleich ein bißchen bestrafen, ... Sie wissen doch wie und wo?... — Also, ... unsere staatliche Gesetzgebung oder unsere Gesetze werden doch nicht für den einzelnen Menschen und Staatsbürger, sondern für die Allgemeinheit gemacht, weshalb sie ja auch im fortwährenden Widerspruche mit den persönlichen Interessen des Einzelindividuums stehen, ... als ob das persönliche Interesse stets mit dem allgemeinen Interesse identisch wäre! Die für die Gesamtheit ganz guten und weisen Gesetze sind daher für den einzelnen Menschen höchst verwerflich, schädlich und gefährlich, sie genieren ihn unaufhörlich zu drei Vierteln seines ganzen Lebens hindurch und der weise und vernünftige Mensch erträgt und duldet sie beispielsweise gerade so, wie er nun mal die giftigen Schlangen oder die giftigen Kräuter und Pflanzen auf der Welt dulden muß, welch letztere, wenn sie auch verwunden und vergiften, gleichwohl in der Medizin angewendet werden und daher notwendig sind! Der vernünftige Mensch und der aufgeklärte helle Kopf wird sich also durch geeignete Vorsichtsmaßregeln, durch Verstand und Klugheit schon vor den Schlingen und Fallen der Gesetze zu hüten und zu schützen wissen!... Darum sollten auch Sie, mein gnädigstes Fräulein, Sie wissen doch, ich spiele auf Ihre uns heute Nachmittag eingestandenen edlen Absichten und Pläne Ihrer Mutter gegenüber an, nicht unentschlossen sein, oder gar die sogenannten Gesetze oder den Strafrichter fürchten;... Sie wissen doch, Sie können sich unserer, Madames und meiner tatkräftigsten Unterstützung hierbei jederzeit versichert halten!

EUGÉNIE *(bei dem Anblick der inzwischen fortwährend in ihrer Nähe herumwedelnden, steifen Riesenschwänze des nackten Chevaliers und Bubens hochgradig aufgeregt, verspürt wiederum ein heftiges Jucken ihres erigierten Kitzlers und sucht sich auf Madames Schoße durch fortwährendes indezentes Aneinanderreiben ihrer prallen, vollen Schenkel über ihrem Vötzchen ein wenig künstlich abzuwichsen oder selbst zu befriedigen, ohne sich im mindesten der Finger unter ihrem Gaze-Morgenröckchen zu bedienen)*: Ja, ja, ... dieses Opfer für meine Wiedervergeltungs- und Rachegelüste möchte ich haben und kostete es mein eigenes Leben!...

DOLMANCÉ: Gottverdammt!... Haben Sie gehört, Madame!...

Welch' herrliche, großartige Entschlüsse unser Kind, unsere würdige Schülerin in ihrem Köpflein hegt!... Komm' her, Eugénie, ... Du bist ja ein ganz entzückendes Geschöpf, ... laß Dich dafür, für dieses Dein Geständnis küssen, ... laß Dich von mir küssen tausend und abertausendmal, Du meine würdige Schülerin! *(Er nimmt sie von Madames Schoße und küßt sie erst zärtlich dann immer leidenschaftlicher, während er zugleich ihr Gaze-Hemdchen von hinten hoch in die Höhe streift, um ihren Hintern und sein Allerheiligstes, ihr hinteres kleines schwarzes Loch gleichzeitig ein bißchen zu fingern.)* Verdammt nochmal!... Madame, kommen Sie doch bitte her und überzeugen Sie sich selber!... Ist sie doch wirklich... ganz von selbst... fertig geworden, unsere Kleine, unser gnädiges Fräulein!... Ist sie doch... ganz naß... da vorne, ... da unten, ... so daß mir ihr Liebessaft noch immer meinen Finger an ihrem hinteren Loch benetzt, ... und zwar ohne daß ich — ich versichere es Ihnen auf Ehrenwort — ihren Kitzler oder gar ihr Vötzchen auch nur angerührt hätte!... Ist das nicht merkwürdig?... Ist das nicht wunderbar?... Sollte das allein... die Wirkung meiner Küsse sein?!... Wär's möglich?... Dafür muß ich sie unbedingt... sogleich... doch noch mal enculieren, wenn ich damit auch meinen alten Prinzipien untreu werden sollte, die mir vorschreiben, niemals einen weiblichen Arsch zu vögeln, wenn mir gleichzeitig ein männlicher oder wie hier gar zwei solcher männlicher Kallipygen zur Verfügung stehen!

EUGÉNIE *(sich von ihm losmachend und die drei nebeneinander aufgepflanzten Schwänze fixierend vergleichend und insbesondere Bubens Ungeheueren dabei mit ihren Blicken verschlingend und immer wieder examinierend, nach einigem Zaudern und Überlegen)*: Nein, nein!... Ja, ja!... Professorchen, ... Sie sind mir doch der Allerliebste, ... weil der am wenigsten Fürchterliche mit Bezug auf Ihren Liebesszepter!... Bilden Sie sich denn nicht auch ein klein wenig darauf etwas ein? *(ihr Gaze-Hemdchen abstreifend und auf einen Sessel zueilend, auf dem sie niederkniet, und sich wie vorhin auf dem Kanapee in ihrem rei-*

zenden Solo-Tableau in Positur setzt.) Hier ist... mein... Hintern... Professor!... Wie?... Gefällt er Ihnen ein bißchen, ... nicht wahr?... Tun Sie jetzt mit ihm meinetwegen, was Sie wollen!... Ist er Ihnen... so... recht?

DOLMANCÉ: Halt!... Einen Augenblick noch, ... mein Liebling!... Ich habe eine Idee... für ein neues, großartiges Ensemble-Tableau-vivant, bei dem wir alle, wie ich hoffe, auf unsere Kosten kommen werden, insbesondere auch Bube, meine Braut, dem ich gerne einen kleinen Hochgenuß verschaffen möchte! Da Sie, mein gnädiges Fräulein, wie ich sehe, auch in Ihrer jetzigen, bezaubernden Positur noch immer ein bißchen von der Seite nach Bubens normal-kaliberigem 13 Zöller hinschielen oder hinäugeln oder vielmehr mit demselben blickvögeln — das Kaliber muß Ihnen doch gar zu sehr gefallen, und ich glaube es wohl, da Sie doch ein derartiges Schwanzmonstrum wohl noch nie in ihrem Leben zu Gesichte bekommen haben dürften, ich sage: deshalb soll Bube — meine Braut — dank seines normalen Vorderen wie Hintern jetzt eine für ihn selbst etwas angenehmere und dankbarere Rolle spielen und Sie, — also das gnädige Fräulein, — wenigstens ein bißchen dabei mit seinem Normalen abkitzeln oder abwichsen dürfen! — Du brauchst deswegen keineswegs den Eifersüchtigen zu spielen oder Trübsal zu blasen, Chevalier, mein lieber Junge, ... da Deine Brautnachtnummer unfehlbar die nächste und zugleich die Schlußnummer unseres Programms für heute sein wird! Also lassen wir die Brautnacht den Abschluß unseres heutigen Festes bilden wie bei jedem anderen Feste!... Finis coronat opus!... Wie ich sehe, sind Sie alle einverstanden, meine Herrschaften! Also wohlan denn!... Steigen Sie bitte von Ihrem Sessel herunter, Eugénie, mein Liebling! So!... Nun, ... Augustin, mein kleines dickes Spitzbübchen... setze Du Dich jetzt auf diesen Sessel, die Beine ein bißchen zusammen, so, ... deinen Normalen hoch, ... recht hoch in der Luft, ... so ist's recht!... Nun setzen Sie sich bitte, Eugénie, mit gespreizten Beinen so auf Bubens Schenkel und beugen sich zugleich ein wenig nach vorn zu Bube hin, daß Ihr reizendes Arschloch mehr zu Tage tritt und ich es bequem enculieren bzw. nach meiner Manier einfädeln kann. Zum Danke dafür werde ich selber Ihren Winzigen, ich meine Ihren Kitzler nicht mit meinen Fingern sondern mit Bubens Normalschwanzspitze, und zwar nach allen Regeln der Kunst und zugleich mit der notwendigen Vorsicht, damit er kein Unheil anstifte, befriedigen oder abwichsen!... Da ich Dich, mein lieber Bube, für das alsbald danach folgende Schluß- oder Brautnachts-Tableau, und zwar für mich selbst bzw. für meinen höchsteigenen Sodomiterhintern gebrauche, so wirst Du Dich hoffentlich in Acht nehmen, um jetzt nicht abzuprotzen, Dich dadurch zu schwächen und nachher womöglich die Rolle des Schlappschwanzes an meinem Hintern zu spielen. Ich sehe, Du grinsest mich ein wenig beseligt und verständnisvoll zugleich an; ich hoffe also, daß Du Wort halten wirst!... So, ... Eugénie, mein Liebling!... Sie haben sich ja bereits ganz prächtig in Ihre ein bißchen neuartige, aber, wie es scheint, für Sie darum nicht minder interessante Positur geschwungen, so ist's recht!... Fort von da, ... von hier, ... mit Deinem Ungeheuer, Bube! Da gibt es noch nichts für Dich zu tun, ... dies Pförtlein ist noch verbarrikadiert und einstweilen auch noch keinesfalls für Dich bestimmt!... Verstehst Du mich?!... Hier bei uns geht alles programmäßig zu und muß und soll es auch, denn darüber habe ich ganz allein mit Madames Erlaubnis als Professor oder Maître oder Generalimpresario unserer heutigen Tableaux vivants unter uns zu verfügen!... Und Du, ... Chevalier, mein Junge, ... wichse inzwischen nicht immerwährend an dem freilich schönen, herrlichen, immersteifen schwesterlichen Riesenkitzler und gleichzeitig an Deinem eigenen Riesen herum, ohne dabei ein Wörtlein zu verlieren, ich will nicht sagen: eine Lippe oder einen Lippentriller zu riskieren!... Komm her, ... jetzt bist Du an der Reihe für unser Tableau!... Setze Dich jetzt, bitte, ... so auf Eugéniens, Deiner Braut, Schultern oder vielmehr auf ihren Rosennacken, daß ich zugleich Deinen süßen Kallipygen ein bißchen sokratisieren oder feiern bzw. mit meiner Zunge berosenblättern und zugleich mit meiner anderen freien Hand Deinen Riesen abwichsen kann; so daß ich beim Enculieren Deiner Braut zugleich Dich, den Bräutigam, sokratisiere und gleichzeitig zwei Riesen mit einer jeden Hand befriedige oder abwichse!... O, heiliger Urian... Du Schutzpatron der Sodomiten, welch ein Hochgenuß wird das für mich, deinen allertreuesten und untertänigsten Jünger sein!... *(Der Chevalier beeilt sich inzwischen, Dolmancés Wunsche nachzukommen und reitet bereits auf dem Nacken seiner Braut herum.)* So, ... mein Junge! Du hast mein Arrangement ganz ausgezeichnet begriffen! So!... so ist's recht!... — Nun, und damit mein Sodomitenhochgenuß erst vollkommen und auf seinen Zenit bzw. seinen tatsächlichen Gipfelpunkt gelange, so bitte ich Sie, Madame, sich Ihres größtkalibrigen und zugleich vorher ein wenig geladenen Godmichés zu bedienen, den Sie in Ihrem Juwelenschreine aufzuweisen haben, — ja, ja, ... diesen da, ... schadet nichts, ... er ist, wie ich sehe, ein 15 Zölliger, übertrifft also noch den Normalschwanz unseres Bube, — um Ihren alleruntertänigsten Freund und Diener damit zugleich nach allen Regeln der sodomitischen Kunst zu sodomisieren und... sich selber dabei... gleichzeitig, leider in Ermangelung eines anderen, der es Ihnen tun könnte, Ihren eigenen allergnädigsten Riesen höchstselbst abzuwichsen, damit wir wiederum alle fünf zu gleicher Zeit fertig werden!...

MADAME DE SAINT-ANGE: Aber, lieber Freund!... Mit diesem Bijou! — er ist ja allerdings, zu meiner Rechtfertigung muß ich's bekennen, meine allergrößte und letzte Nummer zugleich in meiner ganzen Kollektion, dessen ich mich nur sehr selten bediene, also keineswegs für die Hinterpassage konstruiert und geeignet — werde ich Sie doch kaputt machen, ... zerschinden, ... zerreißen, ... tot machen!...

DOLMANCÉ: Machen Sie!... Machen Sie mich, bitte, meinetwegen tot, ... aber ja, ... fix... fix bitte!... Ich glaube doch nicht, daß Sie mich so leicht mit ihm tot machen, nachdem ich bereits Bubens nicht gerade viel weniger Normalen gekostet habe! Also bitte, Madame, ... stoßen Sie endlich zu, ... so, ... so, ... ist's recht!... Öffnen Sie selber bitte ein wenig die Pforte, so gut es geht, so, ... stoßen Sie doch... kräftiger bitte, ... schonen Sie mich nicht!... Ich werde Ihren Liebling Eugénie nicht früher enculieren als bis Sie mit Ihrem Paradeschwanz nicht wenigstens in meinem Hintern eingedrungen sind!... Ah!... Ah!... Er... ist... es... jetzt, ... er ist ja... bereits... eingedrungen, ... ich spüre es!... Ah!... Sehen Sie, ... halbtot haben Sie mich allerdings schon gemacht, ... denn, ... ha!... auch ich, ... auch ich bin ja... soeben... in unseres Lieblings Ärschlein... eingedrungen!... Ah!... Ah!... Gottverflucht und verdammt noch mal und noch mal und noch tausend und abertausendmal! Welch' seliger Hochgenuß!...

EUGÉNIE: Hilf Himmel, ... Professor!... Sie zerreißen mich ja vollständig. Ach!... O weh!... Machen Sie es doch bitte... ein bißchen galanter und sanfter!... Es schmerzt mich ja noch mehr... als vorhin... beim Chevalier... und seinem Riesen!... Ah!...

DOLMANCÉ: Still... still, mein Liebling!... Lamentiere nicht so sehr!... Du sollst sogleich eine Arie aus einer ganz anderen Tonart singen!...

EUGÉNIE: Ach, ach!... Sie böser, häßlicher, ungalanter Professor!... Sie machen mich ja... ganz tot... vor Schmerzen!...

DOLMANCÉ: Ah!... Göttlicher Ficker!... Jetzt habe ich sie... endlich... alle beide... drin, ... Madames und den meinigen... Ah, ah!... *(Er wichst inzwischen mit einer Hand kräftig Bubens Schwanzspitze an Eugéniens längst steif aufgerichtetem, verlangendem, lechzendem Kitzler und ergötzt sich zugleich am Lecken, Saugen und Ablutschen des Hintern seines Freundes, des Chevaliers, und an dem Abwichsen dessen steifen Riesenschwanzes.)* Ah, ... wie liebe ich es doch, und wie süß ist's doch für einen alten Sodomiten, wie ich es bin, zwei so herrliche Schwänze zugleich zu wichsen, sei es bei dem einen auch auf dem Kitzler eines jungfräulichen Vötzchens!... Du, ... Chevalier, ... mein süßer Junge, ... hebe Deinen süßen Kallipygen noch ein wenig mehr, damit ich Dein kleines rundes Allerheiligstes ein bißchen besser lecken und berosenblättern kann, ... so, ... so ist's recht!... Und Sie Madame, ... vögeln Sie, ... vögeln Sie bitte mich... Ihre kleine Hure, ... ja, ja... ich bin's... und will es sein...

ein bißchen strammer!... Eugénie, mein Engel, mach, ... daß Du fertig wirst! Ah!... Ah!... Du bist... ja schon... ganz naß!... Ja, ja, ... und wie ich konstatiere auf doppelte, zweifache, ja dreifache Art und Weise!... Überschwemmt mir dieser Spitzbube, dieser Schurke und Taugenichts... doch wirklich meine ganze Hand und nicht bloß Eugéniens jungfräuliches, intaktes Vötzchen, ... Beine, ... sondern, ihren ganzen Körper... von oben... bis unten mit seiner Riesenwunder-Fontaine!... Ah!... Chevalier... und Du machst das Bad... komplett, ... du setzest ja Bubens und Eugéniens Köpfe fast bis zum Ertränken unter Wasser, ... und bereitest ja mit Augustin zusammen... wiederum, uns allen hier... ein Boudoirbad!... Ah, Ah!... Auch ich, ... spritze ja noch immer fort in unseres Kindes Eingeweiden!... Madame!... Bitte, bitte liebe Freundin, ... lassen Sie jetzt auch Ihren geladenen Godmiché spritzen! Ah, ... ach!... Ich... kann... nicht... mehr! Nun ist's genug! *(Er zieht sich langsam aus Eugéniens Hintern zurück und die Tableau-Gruppe löst sich damit auf. Madame beschäftigt sich dann in dem Badezimmer auf's sorgfältigste mit der Toilette und Säuberung des von den männlichen Liebessäften vollständig gebadeten Körpers Eugéniens, insbesondere auch mit der Kühlung und Erfrischung ihres malträtierten Hinterns auf dem Bidet, und erscheint nach einer längeren Pause wieder mit der heiteren, durch die gleichzeitigen zärtlichen, sapphitischen Liebkosungen Madames an ihrem Jungfernvötzchen während der Toilette noch wollüstiger erregten Freundin — beide wiederum in ihren Gaze-Négligés — im Boudoir.)*

EUGÉNIE: Na, süße Freundin!... Du Ärmste hast ja leider vorhin die undankbarste Rolle von uns allen gespielt und bist ja gar nicht auf Deine Kosten gekommen!... Wie mir das leid tut!... Laß' mich Dich doch dafür entschädigen, ... ich möchte Dich... dafür... gerne ein bißchen... minettieren!... Du siehst, ich bin nicht undankbar! Willst Du?... Du brauchst Dich vor dem anwesenden Herrenpublikum doch nicht zu genieren?!... Mich verschone... bitte... jedoch noch ein bißchen, ... ich bin zu sehr angegriffen!... Ah!...

MADAME DE SAINT-ANGE: Charmanter, süßer Engel Du!... Ich hätte es nimmermehr gedacht und für möglich gehalten, in Dir so schnell eine so gelehrige und eine so... und zwar im Doppelsinne des Wortes aufmerksame und dankbare Schülerin zugleich zu finden... Gewiß, ... gerne, mein Schatz!... Vor wem von Euch, meine Lieben, sollte ich mich auch genieren? *(Sie rafft ihr Gaze-Hemdchen hoch empor und setzt sich auf den — inzwischen gereinigten — Sessel, über dessen beide Seitenlehnen sie je eines ihrer strammen, prächtigen Beine hinüberstreckt, so daß ihr stets frisches, kokettes Vötzchen mit seinen hierbei weitgeöffneten Lippen und seinem immersteifen und immens großen Kitzler geradezu hierzu einladet und herausfordert, und läßt sich dann von der vor ihr knieenden Eugénie durch Ablutschen ihres Riesen befriedigen.)*

EUGÉNIE *(entzückt)*: Himmel!... Wie süß das ist!... Wie mich das... doch selber... aufregt?!... *(sie läßt ihre Hand unter ihrem Gazeröckchen verschwinden, um sich selber an ihrem Kitzler zu fingern und zu wichsen.)* Ah, ... meine Süße!... Du spritzest... ja... schon... so rasch, ... ich konnte mich dessen... fast... nicht... versehen... Ah! Laß' ihn mich doch auch mal... kosten, ... trinken, ... schlürfen, ... aus... saugen, Deinen Liebessaft... wie Du es ja... bei mir... immer... tust!... Ah!... schmeckt... das süß?!...

CHEVALIER DE MIRVEL *(in höchster Ekstase bei dieser Szene, zugleich von neuem seinen Riesen wichsend und bald zum Abspritzen fertig)*: O, Oh!... Ich halte dies alles, ... diese Qualen... nicht eine Minute... mehr... länger aus!... Wenn ich jetzt nicht endlich bald zu meinen mir verbrieften und feierlichst garantierten Bräutigamsrechten gelange, Schwesterlein, so verabschiede ich mich sofort und verlasse Dein Haus und feiere die Brautnacht mit dem ersten besten Straßenmädchen, das mir draußen in den Weg läuft, ... das versichere ich Dir und Dir, mein lieber Freund, auf Ehrenwort, ... Magst Du dann heute Nacht allein nach der Stadt zurückkehren, lieber Dolmancé!...

DOLMANCÉ: Stelle ich mich denn vielleicht Deinen sehnsüchtigen Wünschen entgegen?!...

MADAME DE SAINT-ANGE: Und ich noch weniger!... Und Du selbst ebensowenig, Eugénie, mein süßer Engel, nicht wahr?... Du... Du tust es doch... mir zu Liebe! Nicht wahr?...

EUGÉNIE: Dir zu Liebe?... Nein, ... ich täte es ja auch gern Deinem Bruder zu Liebe. Er hat mir ja auch sogleich vom ersten Augenblicke an gefallen, mein zukünftiger... Bräutigam, ... und die gleichen sehnsüchtigen Wünsche in mir selber erregt!... Aber ich fühle mich doch heute gar zu abgespannt dazu! Bedenke doch, was wir heute Nachmittag und heute Abend... bereits zusammen was für nette Schweinereien, insbesondere was die Vögelei in meinem... Hintern betrifft, ... wir... bereits angestellt haben?!... Ich hätte das ja alles in meinem ganzen Leben nicht für möglich gehalten, wenn ich es nicht selber tatsächlich mitgemacht hätte!...

MADAME DE SAINT-ANGE: Und Du sollst deshalb auch heute, und zwar zum Schlusse, noch mehr kosten, und zwar das Süßeste, was eine junge Dame Deines Alters zu kosten überhaupt im Stande ist!... Höre mich also an, mein Liebling!...

Laß' Dich wenigstens von meinem Bruder, und zwar unter meiner Leitung und Anleitung ganz schnell erst noch ein bißchen dazu vorbereiten; wenn Du es dann noch wirklich refüsieren solltest, nun, dann verspreche ich Dir's feierlichst, Deine Brautnacht oder den Verlust Deiner Jungfernschaft auf morgen zu verschieben! Bist Du nun zufrieden?

EUGÉNIE *(an ihrem Kitzler weiter spielend)*: Gern!... Ich akzeptiere Deinen Vorschlag!... Ich muß... ja... doch!...

MADAME DE SAINT-ANGE: Fort mit Deiner Hand, ... da unten, Liebling!... Laß' mich Dir's zunächst wiedervergelten, was Du soeben an meiner Votze und meinem Riesen so süß getan hast, mein süßer Engel! *(Sie erhebt sich von dem Lehnsessel, minettiert Eugénie vor ihr knieend zunächst schnell einige Augenblicke, indem sie ihren Kopf unter deren Gaze-Morgenröckchen, mit dem sie noch bekleidet ist, steckt, und macht sie dadurch noch geiler und lüsterner, daß sie nach einigen kräftigen Zungenschlägen sogleich wieder aufhört und sich erhebt, um ihr das Hemdchen vom Körper zu streifen. Sie läßt Eugénie nunmehr auf dem Sessel in der gleichen Positur, die sie selbst vorhin eingenommen hatte, mit weit auseinandergespreizten Beinen, die sie über die beiden Lehnen des Sessels postiert, Platz nehmen, so daß ihre immer noch jungfräulichen Reize und Schätze in ihrer ganzen bezaubernden Unschuld, aber auch zugleich in ihrer ganzen indezenten, wenn schon sinnbetörenden Pracht und Herrlichkeit zur allgemeinen Augenweide und Inspektion offen zur Schau gestellt werden.)*

Nun, meine Lieben!... Habt Ihr schon mal etwas ähnliches, etwas schöneres oder süßeres gesehen als dies Solo-Tableau eines jungfräulichen Vötzchens?!... Ist's nicht eigentlich der Verewigung durch den berühmtesten Maler würdig?... Nicht wahr, meine Lieben, ... das ist doch keine sogenannte alte Vettelvotze wie sie uns unser lieber Freund Dolmancé vorhin so reizend und so ausführlich gezeichnet hat!... Seht Euch diesen vollen üppigen, saftigen, rosigen gespaltenen, Liebespfirsich mal genau an! Er unterscheidet sich von einem rosigen, saftigen Kinder- oder Backfischvötzchen lediglich und allein durch seinen kleinen, feinen, seidigen, kastanienbraunen Flaumenkranz auf dem fetten, üppigen Venushügelchen!... Und diese zarte, rosige sammetglänzende Haut des Unterleibes mit dem kleinen sich vor Scham versteckenden Näbelchen!... Und diese feine, weiche, etwas dunkler tapezierte oder schattierte echte Sammethaut an ihren prallen, vollen inneren Schenkelpartien, insbesondere in der Nähe des Allerheiligsten und des Vötzchens!... Ah!... Und vor allem aber letzteres selber!... Diese ein wenig leicht geöffneten, festen, vollen und üppigen Lippen mit ihrer purpurroten Spalte, ... den bereits vor Verlangen und sehnsüchtiger Erwartung fortwährend zitternden und zuckenden winzigen Schelmenkitzler, mit den Schmetterlingsflügeln ähnlichen sogenannten kleinen Schamlippen und dem kleinen, reizenden, süßen Piß-Loch dazwischen!... Ah!... Ah!... Ich halte es... ja nicht mehr... länger... aus;... ich muß das Ganze sogleich ein bißchen auf... essen... oder lieber gleich... vollständig!... *(Sie minettiert Eugénie sogleich, und zwar absichtlich nur einige Augenblicke und unterbricht ihre*

Liebkosungen alsbald wieder, um sie dadurch nur noch mehr zu erhitzen.) So, Bruder!... Komm jetzt hierher!... Höre endlich mal auf mit Deinem eigenen fortwährenden Wichsen, damit Eugénie, Deinen eben erst abgeprotzten, krummen Riesen schnell selber weiterwichse!... Küsse, lutsche und schnäbele sie zugleich dabei ein bißchen an ihrem oberen Rosenmündchen, züngele zur Abwechslung auch ein wenig in ihren Ohren und an ihren Ohrläppchen!... *(sie legt ihr seinen Riesen in die Hand, der bereits nach einigen wenigen Liebkosungen durch Eugéniens Finger von Neuem abprotzt.)*

EUGÉNIE: Ah!... Ah!... Geliebte Freundin!... Mach' doch!... Mach' doch!... bitte... weiter!... Rasch!... Höre doch nicht... mit einem Male... immer wieder auf... wenn es... gerade... am schönsten... ist!... Du hast mich ja doch noch nie so... rücksichtslos, ... so schlecht... behandelt, ... wie gerade jetzt!... Ah!... *(sie versucht sich mit ihren Fingern selber abzukitzeln)*

DOLMANCÉ: Fix, fix, ... Chevalier mein Junge!... Vertrete jetzt schnell Dein Schwesterlein ein bißchen und präpariere so Deine Braut für ihre sofortige Entjungferung!... Sieh, wie ihr steifer Winziger so schön zu bitten versteht, ... wie er Dich oder vielmehr Deine Zunge geradezu anfleht!... Also kitzle, wichse, lecke, sauge, lutsche ihn schnell ein wenig!... Stecke auch mal Deinen Finger, und zwar ein bißchen tiefer in ihr vorderes Allerheiligstes, um sie ein wenig vorzubereiten und allmählich an das Schrecklichere zu gewöhnen!... *(Der Chevalier stürzt sich sofort mit Gier auf seine Beute, während Madame dabei zugleich ihre Freundin bald schnäbelt, bald raffinierterweise an den Wärzchen ihrer Liebesäpfelchen saugt.)* — So, mein Junge, ... so ist's brav!... Hebe jetzt bitte Deinen Kallipygen ein bißchen höher, damit ich ihn zugleich im Knien enculiere und Bube — der inzwischen das Boudoir auch wieder mehrere Male durch höchsteigene Selbstbefriedigung, und zwar angesichts Eugéniens Solo-Tableaus ganz unter Wasser gesetzt hat... mir gleichzeitig seine Schulden in meinem Hintern mit Zinseszinsen zurückzahlt!...

CHEVALIER DE MIRVEL: Bin ich Dir recht so, ... mein Lieber!...

DOLMANCÉ: Noch ein klein wenig höher, Deinen süßen männlichen Kallipygen, bitte mein Junge!... So ist's recht!... Glaube mir, es ist für mich doch ein ungeheuerer, ungleich süßerer Unterschied zwischen einem männlichen und einem weiblichen Kallipygen, wenn ich die Wahl zwischen beiden habe!... Und Du Bube;... kannst Du Dich noch immer nicht entschließen, ... knie doch nieder, ich mache Dir ja schon meinen Liebesaltar ganz bequem zu recht!...

AUGUSTIN *(naiv)*: Ihr Liebesaltar, ... gnädiger Herr?!... Und à propos?! Ach, ... ein schöner Liebesaltar!... Der vordere gnä Fräulein ist denn doch ein bißchen schöner, ... mir auch lieber!... Ich konnte doch bei dem Anblicke unseres gnädigen Fräuleins da auf dem Sessel und bei dem Gedanken, sie vorhin... mit meinem... Schwanz... selbst... abgekitzelt... zu haben, nicht widerstehen, mich selber zweimal abzuwichsen! Ich kann Ihnen daher jetzt sogleich... nicht zu Diensten sein, gnädiger... Herr!...

DOLMANCÉ *(scherzend, bzw. in der Absicht, Madame zu sekundieren und Eugénie noch geiler zu machen)*: Nun, dann nicht, Bube, ... Du böser Bube, Du Spitzbube und Schlappschwanz in Permanenz!... Ja ja, so geht es einmal in der Welt! Wie jeder Gläubige seinen ihm ganz besonders liebsten Heiligen anbetet, so predigt und schwärmt auch jeder Schwanz für sein Loch, das ihm am besten gefällt! Glaubst Du denn, daß ein Arschloch nicht ebenso süß ist oder sein kann oder vielmehr noch süßer als das schönste und süßeste Riesenvötzchen? Nun denn Eugénie, meine kleine, gehorsame, süße Schülerin, ... bitte, seien Sie so gütig und strafen Sie diesen unseren Bube — dieses meine Braut — jetzt zum Lohne für seinen Schlappschwanz mal gleich ein bißchen durch Wichsen oder vielmehr Lutschen seines Normalen, um ihn, und zwar wie gesagt, zu seiner Strafe gleich wiederum — wenn auch diesmal in Ihrem Rosenmündchen — abprotzen zu lassen!... Nicht wahr?...

EUGÉNIE *(nachdem Augustin flugs seinen Normalen ihrem Munde bequem genähert hat)*: Na!... Seht Ihr, meine Lieben? Mache ich es nicht gut?... Ich wichse ihn jetzt mit meinem Munde, … ich beiße und sauge und lutsche ihn, den normalen 13 Zöller;… freilich kann ich nur… seine Spitze, … und seine Rieseneichel… in meinem Munde… beherbergen, … und letztere allein schon füllt ihn mir aus… und bringt mich fast zum Ersticken!… Ah!… Ah!… dieser doppelte und dreifache;… Reiz… an meinem… Munde, … meinen Brüsten und besonders an meiner… Votze ah, ah!… Ich halte es nicht… mehr… länger aus!… Haltet an, meine Lieben!… Ich bin ja schon zum zweiten… Male… jetzt… so weit… Ah!… Hört endlich auf, bitte! Ah!… Ich… spritze, … ich kann… nicht mehr!… Ich ster… be!…

DOLMANCÉ: So leicht noch nicht, mein Liebling!… Ah! Sie leben ja doch immer noch ein bißchen!… Sie sollen sogleich noch viel süßere Freuden und Genüsse kennenlernen und kosten!… Wohlan denn, Chevalier!… Auf zur Tat!… Das Vötzchen Deiner Braut dürfte jetzt gerade in der richtigsten Verfassung, nämlich gerade genügend naß und schlüpfrig, wegsam und elastisch sein zu seiner endlichen Entjungferung, … ja ja, endlichen, denn ein wenig lange hat es ja nun allerdings damit gedauert — um Deinen Riesen mit Leichtigkeit aufzunehmen und ihn willkommen zu heißen!… Also schleunigst auf zur Tat, … zum Attentat, mein Junge!… Wie Du siehst, bin ich soeben aus Deinem Götterarsche retiriert, um Dir hierbei nicht etwa hinderlich zu werden; ich werde mich dafür in dem kleinen schwarzen Kallipygen-Venusloch Deines Schwesterleins entschädigen, um dort meine Liebessäfte loszuwerden, die demnach in der allernächsten geschwisterlichen Verwandtschaft verspritzt werden und verbleiben!… Nicht wahr? Finden Sie es nicht süß, meine Lieben, diese Operation in einem Arsche zu beginnen, um sie dann in einem anderen noch dazu nahe verwandten, ja sogar geschwisterlichen… zu beendigen, … während Bube sich zugleich endlich seiner Pflichten und Schulden an meinem Liebesaltare entledigt!…

EUGÉNIE *(aus ihrer Ohnmacht und Ekstase erwachend und bereits den Riesen ihres Bräutigams zum Attentat bereit ante portas gewahrend)*: O Himmel!… Nein nein!… Ich mag… und will es nicht… von ihm… von seinem Riesen!… Er tötet mich… bestimmt! Ah!... Wenn es nun schon durchaus sein muß, ... so möchte ich schon am liebsten dazu den Ihrigen, Professor... haben! Gefällt er mir doch von allen am besten!... Auch möchte ich diese... Operation deshalb am liebsten Ihnen verdanken, da Sie mich doch heute auch bereits... hinten... entjungfert haben, ... der Chevalier, mein Bräutigam, könnte ja dann später oder morgen die zweite Nummer... haben!...

DOLMANCÉ: Unmöglich, mein Liebling!... Fügen Sie sich nur, mein kleiner Engel!... Ihr heutiger mehrmaliger Antrag ehrt mich ja in der Tat ganz außerordentlich — wie ich es Ihnen heute Abend ja auch bereits mehrmals wiederholt habe; doch ich habe bis jetzt weder als Jüngling noch als Mann jemals in meinem ganzen Leben eine Votze oder ein Vötzchen gevögelt... und Sie können doch nicht verlangen, daß ich jetzt in meinem Alter diesen meinen strengen Prinzipien untreu werde!... Ihre Jungfernschaft gehört nun einmal dem Chevalier, Ihrem Herrn Bräutigam und niemand anderem auf der Welt! Übrigens ist das ja auch eine unter uns programmäßig beschlossene Sache, an der sich nun einmal absolut nichts ändern läßt. Der Chevalier ist aber auch der einzige Würdige, diese Operation Ihrer vorderen Entjungferung zu vollziehen, ... berauben wir ihn daher auch nicht seiner Rechte!

MADAME DE SAINT-ANGE *(scherzend und ironisch zu Dolmancé)*: Sie Unmensch... Sie Barbar, mein Herr, ... die Entjungferungsoperation eines Vötzchens einer jungen Dame zu refüsieren, die doch unbestreitbar und unbestritten das bezauberndste und schönste, jungfräuliche, junge Mädchen mit dem schönsten oder Riesenvötzchen in ganz Paris und Frankreich ist!?... Unerhört, ... in der Tat!... Doch, fix, ... fix... geliebter Bruder!... Auf zur Tat!... Es ist die allerhöchste Zeit jetzt!... Behandle sie jedoch ein bißchen schonend dabei und gehe ein wenig sachte und behutsam vor!... Sieh, wie klein und eng doch immerhin die Öffnung ihres Spältchens ist, in das Du Deinen Riesen einfädeln willst, ... wie wenig proportioniert doch dies süße Juwelenschmuckkästchen meiner kleinen süßen Freundin für Deinen Zentrumsbohrer ist?!...

EUGÉNIE: Ach! Ach!... meine Liebe!... Er wird mich... armes Opferlamm töten, ... unvermeidlich, ... zweifellos!... Ah!...

CHEVALIER DE MIRVEL *(sie inzwischen von neuem leidenschaftlich minettierend, dadurch von neuem erhitzend und danach sogleich die Spitze seines Riesen in das Ziel seiner Sehnsucht hineindirigierend)*: Ah!... Liebling, ... süße Braut!... Du sollst bald anderen Sinnes werden!... Schwester!... Dolmancé!... Bitte haltet Ihr beide doch ein wenig ihre Hände und ihre Beine fest, damit sie nicht soviel herum... zappelt!... So, ... so, ist's recht!... Ah! Gottverdammt! Es ist ja doch alles so feucht, so schlüpfrig, ... und so nachgiebig bei ihr... da drinnen, ... es muß ja doch gehen!... Ah!... Und sollte ich sie gleich zu schanden reißen und zerspalten, ... Tod und Teufel, ... ich werde und muß reüssieren! *(Er stößt bzw. versucht mit seinem Glied langsam aber kräftig weiter vorzudringen und das Jungfernhäutchen zu sprengen.)*

EUGÉNIE: Sacht!... Sachte!... Sachter!... Halten Sie doch einen... Augenblick... ein, ... Sie Ungeheuer!... Ah, ah!... O weh!... Oh!... *(sie schreit nach einem kräftigeren Stoße ihres Bräutigams plötzlich auf und die Tränen fließen ihr dabei im Affekt über ihre Wangen.)* Zu Hilfe, ... teure Freundin!... zu Hilfe!... das schmerzt ja doch... zu sehr, ... ganz... unerträglich!... (*sie sträubt sich und zappelt mit den Beinen wild umher, so daß Dolmancé und Madame die größte Mühe haben, sie festzuhalten.)* Nein nein, ... ich will nicht, daß er mich... weiter... martert!... Ich schreie: Mörder, ... Mord, ... wenn Ihr mich... jetzt... nicht in Ruhe... lasset!...

CHEVALIER DE MIRVEL *(einen Augenblick pausierend)*: Schreie immer zu, mein Engel!... Ich versichere Dir, daß er, mein Riese, ja schon zur Hälfte gewonnenes Spiel hat, ... die Hauptsache also bereits erledigt ist;... daher rühren also lediglich Deine Schmerzen, ... er wird sich sogleich ganz und gar mit Deinem Vötzchen vermählen, ... verheiraten, ... ohne es zu morden oder in Stücke zu zerreißen, und Du wirst dann wohl alsbald eine andere, süßere Jubelarie aus einer ganz anderen Tonart singen! *(Er stößt nunmehr ununterbrochen, leidenschaftlicher weiter und dringt bis an's Heft oder vielmehr bis zu den Hoden in seiner Braut Vötzchen ein, dessen Martern und Schmerzen er durch seine ergiebige Entladung bzw. durch die reichlichen Ströme seiner balsamischen Liebessäfte kühlt und lindert.)*

EUGÉNIE: Ah!... Barbar!... Ah!... Ah!...

DOLMANCÉ: Gottverdammt! Welch wonnevoller seliger Fick das!... nicht wahr, ... Chevalier, mein lieber Junge?... Sieh da!... Enfin le pucelage foutu!... Die Jungfernschaft ist endlich futsch... au diable!... Seht da, das Zeichen, ... wie der Jungfernschweiß, ... das Jungfernblut fließt!... Ah!...

EUGÉNIE *(während der Chevalier sogleich von neuem, und zwar nunmehr ein wenig leichter und glatter mit seinem nimmerschlappen bzw. noch immer nicht gesättigten und vollkommen befriedigten Riesen in die soeben endgültig gesprengte Pforte eindringt, und dabei von Dolmancé zugleich an seinem allerheiligsten Loch und an seinen Hoden gefingert und gekitzelt wird, währenddessen Madame mit ihrem Finger gleichzeitig den winzigen, jetzt freilich etwas vergrößerten Kitzler Eugéniens leidenschaftlich wichst und feiert)*: Mach, mach, ... blutdürstiger, ungesättigter Tiger Du!... Zerreiße mich denn... nunmehr vollständig und endgültig, wenn Du es nicht anders willst, ... ich spotte Deiner jetzt!... *(sie beginnt nunmehr unter der zärtlichen Assistenz des Fingers ihrer Freundin selber Vergnügen bzw. die süße Wonne und Wollust des Vögelns zu empfinden)* Küsse mich, mein Geliebter!... Küsse mich... mein... süßer Chevalier!... Ah!... Ah!... besser, ... mehr!... Laß' mich doch... zugleich ein bißchen an Deiner... Zunge saugen... und lutschen, ... Du böser Marter- und Henkersknecht Du!... Oh!... Ist es denn möglich, daß ich alles... dieses... nun wirklich... überstanden, ... über... wunden habe?... Lebe ich denn noch immer? Hat der Riese mein Vötzchen wirklich nicht total... zerrissen?... Bin ich denn jetzt... wirklich kein einfältiges kleines Mädchen mehr, sondern eine richtige große Dame geworden?... — Oh!... Wie süß, ... wie unbeschreiblich süß... das... ist!... Wie schnell doch die Schmerzen... dahin, und vergessen sind, wenn man die Votze und den Leib mit diesem süßen Schwanz..., diesem Liebesszepter und Wonnespender bis zum Platzen vollgepfropft spürt!... Ah!... Hätte ich es doch nimmermehr für möglich gehalten?!... — Wahrlich töricht sind alle, alle jungen Mädchen, die sich so... sehr... dafür... fürchten! Welch' himmlische Wonnen versagen sie sich... lediglich... um so geringfügiger Schmerzen willen?... Ja, ja, ... ich bin jetzt vollkommen bekehrt, meine Lieben!... Verzeihet mein voriges Gejammer, ... das lediglich von meiner Angst... und Furcht... und meinem... Schrecken... diktiert wurden, ... verzeihen... insbesondere Sie mir, ... lieber Chevalier!... Ah!... Ah!... Fick'... mich, mein lieber Chevalier, ... mein süßer Bräutigam, ... ich spüre es jetzt selber, ... ich werde... gleich... wieder... fertig werden, ah, kühle und erfrische mit Deinem... lindernden Liebesbalsam die... Wunden, ... die Du mir... so süß... da drinnen... geschlagen hast!...

(Nachdem beide von neuem fertig geworden und somit das Brautnacht-Tableau beendigt ist, macht Eugénie sofort mit Hilfe bzw. unter der zärtlichsten Assistenz Madame de Saint-Anges im anstoßenden Badezimmer die sorgfältigste Toilette bzw. die notwendigen prophylaktischen bzw. vorbeugenden und gleichzeitig erfrischenden Ausspülungen ihres nunmehr entjungferten Vötzchens — jetzt daher nicht mehr: Vötzchens — und kehrt nach einer längeren Pause mit ihrer Freundin, beide wiederum mit ihren Gaze-Négligés bekleidet... ins Boudoir zurück.)

MADAME DE SAINT-ANGE: Es ist schon spät geworden!... Wollen wir jetzt nicht zum Schlusse unserer heutigen Sitzung, bevor wir uns für morgen Nachmittag von den Herren verabschieden, ganz schnell noch eine kleine Erholungs- oder vielmehr Erfrischungs- und Imbißpause machen? Bube!... Du weißt ja doch Bescheid!... *(Bube — immer noch gleich den anderen Herren im Adamskostüme — beeilt sich, als nackter Ganymed Wein und Erfrischungen aus dem Speisezimmer herbeizuholen und waltet als Garçon seines Amtes.)*

EUGÉNIE *(in höchstem Grade stolz auf ihre neue Würde als Exjungfer, ausgelassen, animiert und scherzend)*: Ich bin wieder vollständig erfrischt! Ich hätte es nimmermehr geglaubt, daß das so schnell bei mir, ... vielmehr bei meiner armen, ... bemitleidenswerten... Votze möglich sein würde! *(sie kokettiert, liebäugelt und blickvögelt dabei zugleich mit dem Amor- oder Liebesköcher Bubens, der ihr galant zum Trinken einschänkt, wobei sich sein Normaler — trotz des vorherigen Ablutschens — wiederum in seiner ganzen 13 zölligen Pracht und männlichen Würde repräsentiert.)* ... Ich glaube, ... ich könnte es jetzt bald sogar mit einem noch weit größeren wie z.B. unseres Bubens... aufnehmen!...

DOLMANCÉ: Wie?!... Sie meinen, ... Sie beabsichtigen, ihn, den normalen 13 Zöller unseres Bubens, meiner Braut Augustin oder 'Augustine', sogleich in sich... in ihr gewesenes Jungfernvötzchen... aufzunehmen!... Nun, warum denn nicht, meine kleine Lieblingsschülerin, kleiner Schäker? Ihr Wille kann geschehen!... Meiner Ansicht nach wäre das aber auch nur außerordentlich vorteilhaft für Sie, vielmehr für Ihr nun mal bereits operiertes, oder entjungfertes und offenes Vötzchen!... Ich meine: es wäre von der allergrößten Wichtigkeit, dasselbe durch eine kleine Nachoperation noch ein wenig offener zu machen, daß das von unserem Chevalier deflorierte und entblätterte Jungfernhäutchen nicht Gelegenheit hat, womöglich über Nacht wieder zusammenzuwachsen, mit einem Worte: daß Sie nun Ihre Jungfernschaft endgültig auf Nimmerwiedersehen los und ledig werden!... Ich stelle also hiermit den Antrag, oder fälle hiermit das Urteil, daß unseres gnädigen Fräuleins Wille eventuell geschehe und respektiert werde, und zwar sogleich zum Abschluß unserer heutigen Soiree, bevor wir Herren uns für heute von hier vielmehr von den Damen verabschieden!... Seid Ihr damit einverstanden, meine Lieben!...

(Alle, mit Ausnahme Eugéniens: Ja, ja!...)

EUGÉNIE *(in Todesangst)*: Ihr seid wohl nicht gescheit? Wollt Ihr mich denn noch zum Schlusse des heutigen Abends, der doch bis jetzt einen so schönen Verlauf genommen hat, ... mit diesem sogenannten Normalen wirklich... töten?!... Ich glaube... es blutet... mir... noch... immer da... unten!... *(sie hebt mit einer Hand ihr Gazeröckchen empor und steckt einen Finger ihrer anderen Hand in ihr Vötzchen hinein, um die Anwesenden eventuell von der Wahrheit ihrer Behauptung zu überzeugen, was ihr nicht recht gelingt, denn der Finger, auf den sich der Chevalier stürzt, um ihn sogleich abzulutschen, zeigt keine Spur von Blut.)* — Ich habe doch vorhin nur gesagt: ich könnte jetzt eventuell noch einen Größeren bewillkommnen oder befriedigen und nicht: ich möchte es jetzt sofort tun!... Was wollt Ihr denn also schon wieder von mir?!... Habt doch ein bißchen Erbarmen mit mir!... Habe ich denn heute nicht schon genug Heldentaten geleistet? Schütze Du mich doch, geliebte Freundin, vor allen diesen Bösewichtern und Barbaren, Mädchenmördern!...

MADAME DE SAINT-ANGE: Mädchenmörder?!... Geliebter Schatz, ... naiver, süßer Engel Du!... Mit Deiner Jungfernschaft ist's doch nun vorbei; es kann also doch kein neues Attentat mehr auf dieselbe geschehen, ... und, daß mein Bube Dich ebensowenig wie Dein Bräutigam, mein Bruder, es getan hat, morden wird, das kann und will und möchte ich Dir feierlichst garantieren, mein Liebling!... Wozu also Deine übermäßige Angst?... Komm her zu mir auf's Kanapee und küsse mich, mein Engel, oder vielmehr, lasse Dich noch mal zum Schlusse für diese heutige Festsitzung bzw. zur Feier Deiner glücklichen und glücklich abgelaufenen Entjungferung ein bißchen von mir schnäbeln!... Laß' uns dann à la 69 gegenseitig ganz schnell ein bißchen unsere Vötzchen minettieren, ... Du liebst es ja doch gerade so wie ich und brauchst Dich vor den Herren doch ebenfalls keineswegs mehr zu genieren, in deren Gegenwart wir das Schauspiel des lesbischen Liebes-Tableaus heute Abend ja übrigens bereits zweimal aufgeführt haben! *(Eugénie läßt sich hierzu leicht überreden, sie streifen ihre Gazeröckchen ab und führen zum dritten Male das Tableau der Lesbierinnen in der Position der Ziffer 69, und zwar Eugénie unten Madame über ihr auf, wobei letztere wohlweislich und absichtlich, um ihre kleine Freundin wieder geil zu machen und zu erhitzen, diverse Male ihre Feiern an dem Kitzler unterbricht, um lediglich an den üppigen in Folge der vielen am heutigen Abende auf sie ausgeübten Reizungen ins Riesenhafte angeschwollenen purpurnen Schamlippen Eugéniens zu saugen und zu lutschen.)*... Ja, ja, mein süßer Liebling, mein Engel!... Das Urteil ist einstimmig, abgesehen von Deiner eigenen, negierenden Stimme, gefällt, mithin unwiderruflich und rechtskräftig!... Dagegen ist nun gar nichts mehr zu machen!... Sieh da, ... Dein Vötzchen, dessen Riesenlippen ich jetzt... so weit als möglich auseinanderspreize... ist ja auch bereits so weit und nachgiebig und elastisch geworden, daß Du jetzt, und zwar gerade bei Augustins Normalem zweifellos nur noch mehr Wollust und Hochgenuß und Seligkeit empfinden wirst, als Du sie vorhin nach den ersten Schmerzen Deiner eigentlichen Entjungferung gespürt hast!...

AUGUSTIN *(inzwischen im Vorgefühle seiner Seligkeit leidenschaftlich seinen Normalen wichsend)*: Ach ja!... Ja, ja... meine gnädigsten Herrschaften!... Ah! Ah!... Ich... bin... bereit!... Um dies, Ihr Urteil zu vollstrecken, würde ich, wenn ich jetzt nicht gerade zur Stelle wäre, bis von Rom oder Konstantinopel zu Fuße... hierher... fliegen!...

CHEVALIER DE MIRVEL *(den enormen Normalen Bubens mit seinen Händen umfassend und streichelnd)*: Zu Fuße: fliegen, ... Dummkopf!... Ist Dir schon der feurige Burgunder zu Kopfe gestiegen, ... oder ist es Deine, nach den Reizen meiner Braut leckere Liebesrage?!... Nun gut! Haltet ein, meine Damen, in Eurem süßen Liebes- oder Zungenspiele!... Ich, für meine Person, ich mache, wie Ihr seht: gute Miene zum bösen Spiele, ... ich bin, wie Ihr seht, durchaus nicht, ... garnicht eifersüchtig, ... da ich doch vorhin selber meine Zustimmung zu dem Urteil gegeben habe!... Sehen Sie, Eugénie, unseren Bube, oder vielmehr unseres Bube unübertroffenen Unübertrefflichen, vor dem ich selbst mich in Demut beugen muß, da er mir doch über ist... ist er nicht... ein wenig... meiner Vertretung würdig?!...

EUGÉNIE *(von ihrer Freundin, die sich vorschnell aus der interessanten und reizenden Positur des 69 erhebt, zwar unbefriedigt jedoch wiederum in die höchste Geilheitsekstase versetzt —*

scherzend): O, heiliger Himmel!... Welch ein Urteil, ... schon mehr Verurteilung... zum Tode!... Ja ja, ... ich sehe es, ... Ihr wollt mich absolut töten, ... das ist ja ganz klar!...

AUGUSTIN *(resolut und kühn das gnädige Fräulein umarmend)*: O mein, ... mein allergnädigstes Fräulein!... Davon... stirbt... man... ja... doch... nicht!...

DOLMANCÉ: Sehr richtig Bube!... Einen Augenblick, mein süßer Bube, ... 'Augustine', Du als meine kleine Braut, — da Du doch — für mich alten Sodomiten wenigstens — zugleich ein kleines Frauenzimmer bist, Du sollst natürlich nicht unser Fräulein vögeln, sondern von ihr gevögelt werden, und zwar in der Stellung à la manière paresseuse, also folgendermaßen: Du selber legst Dich auf das Kanapee mit Deinem Goliatsschwerte möglichst grimmig in der Luft herumfuchtelnd, und unser gnädiges Fräulein über oder auf Dir reitend wird mit unserer aller Assistenz und Hilfe versuchen, dieses Schwert in seine oder vielmehr in ihre natürliche Scheide hinein zu praktizieren!... — Sie sollen mal sehen, Fräulein Eugénie, meine liebe kleine Schülerin, ... es wird mit unserer Assistenz schon noch verhältnismäßig leicht gelingen, ... wo nicht, nun, so sollen Sie für heute vielmehr bis morgen davon dispensiert sein, was wir Ihnen feierlich versprechen wollen! So!... So... ist's... recht, ... Eugénie, mein kleiner Liebling, ... Sie verstehen mich... ja doch ganz ausgezeichnet und noch besser, als ich glaubte... sich als kühne Reiterin in den Sattel zu schwingen!... Versuchen Sie nun mal zunächst selber, ihren Winzigen, ich meinen Ihren Kitzler mit seiner Lanzen- oder Schwertspitze ein bißchen zu streicheln, ... das weitere kommt dann schon noch ganz von selbst vielmehr mit unserer Beihilfe zu Stande!... So, ... so ist's recht, ... gelehriger Liebling!... Nun kommen Sie, Madame, bitte her zu mir, um unserer Kleinen ein bißchen behilflich zu sein und mich dabei zugleich Ihren süßen Kallipygen enculieren zu lassen, während ich gleichzeitig Eugéniens Kallipygen mit diesen schönbebänderten Rutenbündelchen da ein bißchen peitsche und erhitze, um sie hierdurch zu ihrem zweiten Liebes- oder Vögelduett oder ihrer Entjungferung in zweiter verbesserterer Auflage durch Augustin zu animieren! Mein lieber Freund, der Chevalier, wird mich oder meinen Sodomiterhintern dabei zunächst ein bißchen mit der Peitsche, oder diesem netten Ochsenziemer da aus Ihrer großartigen Kollektion Ihres Toilettenschrankes zerbläuen, um mich dann gleichfalls zu enculieren bzw. wenn Sie nun mal diesen Ausdruck lieber hören, zu sodomisieren!... Nicht wahr!?... Großartig?... Was?... Habe ich nicht ausgezeichnete, eines außerordentlichen Professor der höheren Liebeskunst würdige Ideen?... *(Das neue Ensemble-Schluß-Tableau wird nach Dolmancés Vorschlag arrangiert und in Szene gesetzt.)*

EUGÉNIE *(mit Hilfe Madames, die ihr durch Auseinanderspreizen der Riesenvötzchenlippen und ergiebiges Einfetten des an sich bereits schlüpfrigen Innern der Scheide mit einer parfümierten Pomade, die wirksamste Beihilfe dabei leistet, von Bubens Normalen sachte bis zur Hälfte bereits eingefädelt)*: Ah!... Ah!... O weh!... O weh!... Der Mensch reißt mich doch... noch... wirklich... ganz kaputt... ganz... auseinander!... Halte Du doch ganz stille, Bube, ... Du sollst doch stille... liegen, ... und nicht so viel... herumzappeln!... Laß mich doch ganz allein... Dich... vögeln, ... dann tut mir das... doch... nicht... so... furchtbar weh!... O!... Oh!... Professor!... Wie Sie zugleich meinen Hintern prügeln und zerbläuen, ... Sie Ungeheuer, ... Sie Barbar'... Das heißt wohl, ... das soll mich wohl... von allen beiden Seiten... zugleich... vollkommen... in Feuer und Flammen aufgehen lassen!... Ah!... Ihr Henker alle... miteinander... zusammen!... Ah!... Ah!...

DOLMANCÉ: Ja, ja, ... mein Liebling, Du wirst uns allen zusammen miteinander alsbald den größten Dank wissen, da Du nur umso süßer und wonniger und seliger fertig werden wirst!... Und wie nett Sie sie dabei zugleich an ihrem Winzigen wichsen, Madame, und zugleich den noch draußen stehenden Rest von Bubens Normalen immer wieder von neuem einpomadieren, ... fast in der Pomade ertränken! Gottverdammt, ... er muß sein Schwert doch in seine natürliche Scheide kriegen und wenn sie wirklich dabei aufplatzen sollte!... Ah!... Ah!... Wie ich sehe, ist er... ja... bereits... zu fast drei Vierteln... drin!... Sieh nur, Chevalier und Sie Madame, wie die purpurroten Riesenspecklippen unserer Kleinen ihn zärtlich umspannen, wie sie sich elastisch immer weiter und weiter dehnen, ... wie das Vötzchen jetzt fast so weit auseinandergesprengt und gespreizt ist, als ob es ein Baby an das Licht der Welt bringen wollte... Ah!... Ah!... Ihr allerheiligstes Loch, allergnädigste Madame, beginnt jetzt auch zu zucken, ... Ihr allergnädigster Riesenkitzler unter meinen Fingern gleichfalls!... Bubens Goliatschwanz scheint mir — obwohl er noch lange nicht Sieger der Festung ist — jetzt gleichfalls fertig werden zu wollen, ... desgleichen Chevaliers in meinem Sodomiterhintern, ... wir werden jetzt wohl alle miteinander bald so... weit... sein!...

MADAME DE SAINT-ANGE: Fick, ... fick!... mein Sodomit, ... und quassle doch nicht immer so viel!...

CHEVALIER DE MIRVEL *(sich mit seinem Freunde Dolmancé durch Blicke und Zeichensprache verständigend)*: Changez oder vielmehr changeons les dames, mein Lieber!... Schnell, schnell, ... fix!... Enculiere jetzt schnell Eugéniens, meiner Braut, hinteres Loch, Du alter Sodomit, damit sie doch auch zum rechten, richtigen Abschluß unseres heutigen Liebesfest den Hochgenuß des Entredeux oder zwischen zwei Feuern von vorne und hinten zugleich kennenlernt! Ich werde Deine Stelle vertreten, die von Dir begonnene Enculage meiner Schwester fortsetzen und sie zugleich bis zu ihrer Krise wichsen, während sie Deine Sodomshinterbacken mit diesem langen Ochsenziemer zugleich ebenso Blut schwitzen lassen wird, wie Du es mit dem Kallipygen meiner Braut tust!...

DOLMANCÉ *(schreitet in höchster Wut und Ekstase sofort zur Ausführung)*: Akzeptiert, mein süßer Junge!... Du übertriffst, ... Du überragst ja Deinen früheren Lehrmeister noch um ein Beträchtliches mit Deinen göttlichen Ideen!... Nun, ist Dein Changez les dames nicht fix und elegant und schneidig-exquisit zugleich von uns ausgeführt?!...

EUGÉNIE: Herr Gott... des Himmels!... Was ist... denn... nun... los?!... Das... geht... doch nicht!... Unmöglich!... Ah!... Ah!... Dolmancé, ... Professor! Sind Sie denn ganz... verrückt... geworden?!... Was fällt... Ihnen... denn ein?!... Was machen Sie denn... nun... da... mit... mir?!... *(sie fällt, mit Bube zugleich fertig geworden, in eine richtige Ohnmacht über dessen Körper, während Dolmancé unverrichteter Sache vor dem allerheiligsten Loch Eugéniens abprotzt und gleich den beiden Geschwistern fertig wird. Das Schluß-Tableau löst sich somit auf. Nach einer längeren Pause erwacht Eugénie unter sorgsamst angewendeten Belebungsmitteln der zärtlich um ihre kleine Freundin bemühten Madame de Saint-Ange aus ihrer Ohnmacht, erfrischt ihre Lebensgeister mit dem edlen feurigen Rebensafte, den ihr der Chevalier kredenzt und selber einflößt, und wird dann ganz ungeniert in aller Gegenwart, da sie noch zu schwach ist, Madame ins Toilettekabinett zu folgen, auf dem Bidet durch kühlende Bäder, Irrigationen, Infusionen und nachherige schmerzstillende Bepuderungen der feuerroten, stark wundgeriebenen, inneren Partien ihrer Riesenvötzchenlippen sowie der arg verletzten Teile ihres Scheidenvorhofes und des von neuem blutenden, total zerfetzten Jungfernhäutchens auf dem Kanapee wieder einigermaßen zurechtgedoktert.)*

Ach!... Ach!... Ihr schadenfrohen Bösewichte, ... Ihr schlechten Menschen!... Ich werde jetzt wohl ein ganzes Jahr lang... daran genug... haben, ... oder mindestens so lange brauchen, bis ich... da unten... wiederhergestellt sein werde! Ihr brauchet daher morgen gar nicht erst wieder herzukommen, meine Herren! Was lachen Sie denn?... Soll ich mich morgen lediglich für Ihre heutigen Liebenswürdigkeiten bedanken?... zu weiterem werde ich ja doch nicht fähig sein!... Bitte, ziehe mir doch schnell mein Négligé über, meine Liebe! Mich friert!... Ich glaube, ich werde noch ernstlich krank werden!...

MADAME DE SAINT-ANGE *(sich und Eugénie mit den Gaze-Négligés bekleidend)*: Nicht doch, mein Liebling! Morgen früh werden Deine Schmerzen längst vorüber sein; Du wirst mir's dann selber eingestehen!... Was wetten wir darauf?... *(Sie nimmt sie in ihre Arme und küßt und schnäbelt sie mit ihrer Zunge leidenschaftlich.)*

DOLMANCÉ: Wie süß sie ist, unsere Kleine, Deine süße, liebe Braut, Chevalier!...

CHEVALIER DE MIRVEL: Ah!... Anbetungswürdig!... Gewiß!...

EUGÉNIE: Sie verachte ich, Sie böser Professor!... Sie haben mir heute Abend nichts als Possen gespielt! Sie haben zugleich meine vordere operative Entjungferung, um die ich Sie doch so sehr gebeten hatte, refüsiert! Pfui, ... wie ungalant!

DOLMANCÉ: Konnte ich denn meinen Dogmen, meinen ganzen Lebensprinzipien zuwiderhandeln?...

MADAME DE SAINT-ANGE: Nun genug davon für heute, meine Lieben!... Ihr könnt Euch ja noch morgen genug zanken!... Machen wir für heute Abend endgültig Finish oder Schluß unserer Liebes-Soirée. Es ist übrigens auch schon ein bißchen spät geworden!... Morgen ganz neues ausgewähltes Programm!... Ich glaube, wir sind heute alle in gleicher Weise erschöpft, und wir können, was die Befriedigung unserer geschlechtlichen Kaprizen und Gelüste, sowie gleichzeitig die praktische Unterweisung und Ausbildung Eugéniens, unserer kleinen Schülerin, betrifft, mit unseren heutigen Resultaten vollkommen zufrieden sein!... *(Dolmancé und der Chevalier, die sich inzwischen angekleidet haben, entfernen sich nach ungezählten ganz schnellen, liebkosenden Empfehlungen bzw. Abschiedsbezeugungen von Madame und Eugénie durch Küssen und Touchieren ihrer hinteren und vorderen Schätze und Reize, — um sich nach der Stadt zurückzubegeben. Bube macht noch schnell ein wenig Ordnung in dem Boudoir und empfiehlt sich gleichfalls. Die Damen verbringen in Madames Schlafzimmer den Rest der Nacht allein bis zum späten Nachmittage des folgenden Tages, vielmehr nicht ohne mehrmalige lesbische Liebesopfer am nächsten Vormittage zur Erfrischung ihrer Vötzchen.)*

Sechster Dialog

Spielt am folgenden Nachmittag
MADAME DE SAINT-ANGE, EUGÉNIE *(in ihren Négligés),*
DOLMANCÉ, der CHEVALIER *(in Salonkostümen)*
desgleichen AUGUSTIN *(als bedienender Garçon)*

MADAME DE SAINT-ANGE: Setzen wir uns und plaudern wir zunächst ein bißchen, meine Lieben! Eugénie, unsere kleine Freundin, ist augenblicklich doch noch zu sehr abgespannt und einstweilen für unsere weiteren praktischen Demonstrationen und Unterweisungen nicht zu gebrauchen!... Beschäftigen wir uns daher lieber ein bißchen wieder mit der Theorie, aber ohne jegliche weitschweifigeren, bandwurmartigen philosophischen Abhandlungen, die unsere Schülerin abschrecken können, mein lieber Dolmancé!...

EUGÉNIE: Ja, ja, Professorchen! Setzen Sie, bitte, meine theoretischen Instruktionen und Unterweisungen weiter fort, ... ich habe heute nämlich einen ganz enormen physischen und moralischen Katzenjammer zugleich!... Sagen Sie mir daher, bitte, etwas, das mich wegen unserer gestrigen Ekstase in der höheren sexuellen oder fleischlichen Liebespraxis ein wenig trösten könnte, zerstreuen Sie meine Gewissensbisse und ermutigen Sie mich im allgemeinen und besonderen ein wenig! Nicht wahr?...

DOLMANCÉ: Gern, sehr gern, mein kleiner Liebling!... Über welches speziellere Thema wollen wir uns denn heute unterhalten oder vielmehr soll ich Sie belehren?...

EUGÉNIE: Ich möchte gern wissen, ob die sogenannten g u t e n S i t t e n, wie man sie im Speziellen so nennt, für die Gesellschaft in einem geordneten, republikanischen Staatswesen — wie zur Zeit dem unseren — unbedingt notwendig sind und in einem solchen notwendigerweise ausgeübt werden sollen und müssen oder nicht, vielmehr von welchem Einfluß dieselben auf den Charakter sowie auf die Geschicke der Nationen im allgemeinen sind?…

DOLMANCÉ: Ah! Sehr gut!… Dies Thema haben Sie ja ganz ausgezeichnet formuliert, Sie kleine, charmante, bezaubernde Philosophin, Sie, meine würdige Schülerin! Da trifft sich das ja aber auch übrigens… zufällig… ganz famos für uns, … ich habe nämlich gerade heute Vormittag in einer Verlagsbuchhandlung im Palais d'Égalité eine soeben frisch aus der Presse gekommene Broschüre gesehen und gleich mitgenommen, die ihrem Titel nach ungefähr Ihren Fragen entsprechen bzw. dieselben erschöpfend beantworten dürfte!… Hier ist sie!…

MADAME DE SAINT-ANGE: Lassen Sie mal sehen! *(Sie liest den Titel.) Franzosen! Noch eine Anstrengung, wenn ihr Republikaner sein wollt!* — Ah! Sonderbarer, vielversprechender Titel!… Chevalier, mein Bruder! Du besitzst ja ein besonders klangvolles Organ zum Vorlesen! Lies uns doch ein bißchen aus dieser Broschüre vor!

CHEVALIER DE MIRVEL: Gewiß! Recht gern!…

DOLMANCÉ: Wenn ich mich nicht täusche, wird ihr Inhalt gerade den Fragen Eugénies vollkommen entsprechen!…

EUGÉNIE: Ich glaube es auch…

MADAME DE SAINT-ANGE: Geh hinaus Augustin: das hier ist nichts für Dich; aber entferne Dich nicht; wir werden läuten, sobald Du wieder erscheinen sollst.

CHEVALIER DE MIRVEL: Wohlan denn!… Ich beginne, meine Herrschaften!… *(Er setzt sich während der Verlesung so dicht neben Eugénie auf das Kanapee, daß sie seinem Schwanz die Freiheit geben und daran herumspielen kann, während er unter ihrem Hemd ganz sachte, um dem schwer malträtierten Vötzchen nicht weh zu tun, das Gleiche an ihrem Kitzler tut. Madame vergnügt sich in gleicher Weise mit Augustin bzw. läßt sich im weiteren Verlaufe des Vorlesens mehrere Male von ihm vögeln, während Dolmancé sich hierdurch nicht ablenken läßt, sondern andächtig den druckfrischen Geistesprodukten lauscht.)*

Franzosen! noch eine Anstrengung, wenn ihr Republikaner sein wollt!

Die Religion

Ich beabsichtige, dem werten Leser mit meiner heutigen Flugschrift große und ganz besondere Ideen zu unterbreiten, die er durchaus beherzigen oder über die er doch wenigstens nachdenken sollte. Wenn sie ihm auch nicht alle gefallen sollten, so werden sie doch dazu beitragen, ihm ein wenig Licht zu bringen, und ich werde etwas zum Fortschreiten der Aufklärung beigetragen haben. Damit wäre ich zufrieden! — Mit großem Bedauern muß ich leider wahrnehmen, wie langsam wir ans Ziel zu gelangen suchen; mit Besorgnis spüre ich, daß wir drauf und dran sind, unser Ziel noch einmal zu verfehlen. Glaubt man denn, dieses Ziel sei erreicht, wenn man uns Gesetze gegeben hat? Das soll sich niemand einbilden. Was sollen wir mit Gesetzen ohne Religion anfangen? Wir brauchen einen Religionskult, einen dem Charakter des Republikaners angepaßten Kult, der sich so deutlich von dem Roms unterscheidet, daß es unmöglich ist, je zu diesem zurückzukehren. In einem Jahrhundert, in dem wir zudem überzeugt sind, die Religion müsse auf der Moral und nicht die Moral auf der Religion aufbauen, ist eine Religion erforderlich, die den Sitten gerecht wird, die gleichsam deren Weiterführung ist, deren notwendige Folge, eine Religion, welche die Seele erhebt und sie fortwährend auf der Höhe jener kostbaren Freiheit hält, sie sich jetzt zu ihrem einzigen Idol gemacht hat. Nun frage ich, kann man ernsthaft annehmen, die Religion eines Sklaven des Titus, die eines gemeinen Marktschreiers aus Judäa, könne einer freien und kriegerischen Nation, die sich gerade neu gestaltet hat, angemessen sein? Nein, Landsleute, nein, das könnt ihr nicht glauben. Wenn sich der Franzose zu seinem eigenen Schaden weiter in der Finsternis des Christentums vergrübe, hätten ihn auf der einen Seite der Hochmut, die tyrannische Willkür und der Despotismus der Priester, jene unter dieser unsauberen Horde immer wieder aufblühenden Laster, und auf der anderen Seite die Erbärmlichkeit, Engstirnigkeit und Seichtheit der Dogmen und Mysterien dieser unwürdigen und phantastischen Religion, die den Stolz einer Republikanerseele abstumpft, bald wieder unter das Joch zurückgezwungen, das seine entschiedene Tatkraft gerade erst abgeschüttelt hat!

Verlieren wir nicht aus den Augen, daß diese puerile Religion eine ihrer besten Waffen in den Händen unserer Tyrannen war: Eines ihrer ersten Dogmen lautete, man solle *dem Kaiser geben, was des Kaisers ist*; aber wir haben Cäsar vom Thron gestoßen und wollen ihm nichts mehr geben. Franzosen, bildet euch nicht ein, der Geist eines unter Schwur genommenen Klerus könne nicht mehr der eines aufsässigen Klerus sein; es gibt standesgebundene Laster, die man niemals ablegt. Noch vor Ablauf der nächsten zehn Jahre würden eure Priester mit Hilfe der christlichen Religion, ihres Aberglaubens und ihrer Vorurteile trotz ihres Eides und trotz ihrer Armut die Herrschaft über die Seelen zurückgewinnen, die sie an sich gerissen hatten; sie würden euch wieder an die Kette der Könige legen, weil deren Macht immer die Macht jener gestützt hat, und euer großartiges republikanisches Gebäude würde zusammenstürzen, weil ihm das Fundament fehlt.

O, die ihr die Sichel in der Hand haltet, versetzt dem Baum des Aberglaubens den letzten Schlag; gebt euch nicht damit zufrieden, die Zweige abzuhauen: reißt dieses Gewächs, von dem eine so ansteckende Wirkung ausgeht, mit seinen Wurzeln aus; seid überzeugt, daß eure Anschauung von Freiheit und Gleichheit den Priestern am Altar Christi zu eindeutig wider den Strich geht, als daß es jemals auch nur einen einzigen geben könnte, der sie sich entweder aufrichtig zu eigen machte oder sie nicht zu erschüttern suchte, wenn es ihm gelänge, einen Teil seiner Herrschaft über die Gewissen zurückzugewinnen. Welcher Priester würde nicht, vergleicht er die Stellung, auf die man ihn gerade herabgedrückt hat, mit der, derer er sich einstmals erfreute, alles in seiner Macht Stehende unternehmen, um sowohl das Vertrauen als auch die Autorität wiederzuerlangen, die ihm genommen worden sind? Und wie viele schwache und kleinmütige Geschöpfe würden sogleich wieder zu Sklaven dieses ehrgeizigen Tonsurträgers! Warum will man nicht wahrhaben, daß Mißstände, die einmal bestanden haben, wieder neu entstehen können? Waren die Priester nicht in den Anfängen der christlichen Kirche das, was sie heute sind? Ihr seht, zu was sie es gebracht haben: Aber wer hat sie dorthin geführt? Waren das nicht die Mittel, die ihnen die Religion zur Verfügung stellte? Also, wenn ihr sie nicht ganz verbietet, diese Religion, werden ihre Verkünder bald dasselbe Ziel wieder erreichen, da ihnen immer noch die gleichen Mittel zur Verfügung stehen.

Vernichtet also ein für allemal alles, was eines Tages euer Werk zerstören könnte. Bedenkt, daß die Frucht eurer Anstrengungen nur euren Nachkommen zugute kommt, daß also euer Pflichtbewußtsein und eure Rechtschaffenheit verlangen, ihnen keinen dieser gefährlichen Keime zu hinterlassen, die sie wieder in das Chaos zurückstoßen könnten, dem zu entrinnen uns soviel Mühe gekostet hat. Schon zerstreuen sich unsere Vorurteile, schon schwört das Volk den katholischen Ungereimtheiten ab; es hat bereits die Tempel abgeschafft, es hat die Götzenbilder gestürzt, es ist übereingekommen, daß die Heirat nicht mehr als ein bürgerlicher Rechtsakt ist; die zerbrochenen Beichtstühle leisten Dienste in öffentlichen Versammlungsräumen; die sogenannten Gläubigen bleiben dem apostolischen Zechgelage fern und überlassen die Götter aus Mehl den Mäusen. Franzosen, hört nicht auf: Ganz Europa hat schon eine Hand auf der Binde, die seine Augen mit Blindheit schlägt, und erwartet von euch die Anstrengung, die sie von seiner Stirn reißen soll. Beeilt euch: Laßt dem *heiligen Rom*, das auf jede Art und Weise bemüht ist, eure

Kraft zu schwächen, nicht viel Zeit, vielleicht noch einige Proselyten zu erhalten. Schlagt ihm schonungslos auf das hochmütige und zitternde Haupt, damit in weniger als zwei Monaten der Baum der Freiheit, der die Trümmer des heiligen Stuhls von Sankt Peter überschattet, mit dem Gewicht seiner siegreichen Zweige all diese verabscheuungswürdigen Idole des Christentums zudeckt, die unverschämterweise über der Asche eines Cato und eines Brutus errichtet worden sind.

Franzosen, ich wiederhole: Europa erwartet von euch, daß ihr es von *Zepter* und *Weihrauch* befreit. Vergeßt nicht, daß Ihr Euch nicht von der Tyrannei der Könige befreien könnt, ohne ihm nicht zugleich die Zügel des religiösen Aberglaubens zu zerreißen: Die Bande des einen sind zu eng mit denen des anderen verknüpft, als daß ihr nicht, ließet ihr eines der beiden fortbestehen, gleich wieder unter die Herrschaft dessen zurückfallen würdet, dessen Auflösung ihr versäumt habt. Weder vor einem imaginären Wesen noch vor einem gemeinen Betrüger darf ein Republikaner in die Knie gehen; *Mut* und *Freiheit* sollen jetzt seine einzigen Götter sein. Rom verschwand, sobald das Christentum dort verkündet wurde, und Frankreich ist verloren, wenn es hier immer noch verehrt wird.

Wenn man sorgfältig die absurden Dogmen, die erschreckenden Mysterien, die gräßlichen Zeremonien und die unmögliche Moral dieser abscheulichen Religion prüft, wird man sehen, ob sie einer Republik würdig sein kann. Glaubt ihr wirklich, ich ließe mich von den Ansichten eines Menschen beherrschen, den ich gerade zu Füßen eines schwachsinnigen Jesus-Priesters gesehen habe? Nein, nein, gewiß nicht! Dieser Mensch wird stets niederträchtig bleiben, stets durch die Plattheit seines Standpunktes an den Scheußlichkeiten des Ancien régime festhalten. Wer imstande war, sich den Dummheiten einer so abgeschmackten Religion zu unterwerfen wie jener, die wir in unserer Torheit zugelassen haben, kann mir keine Gesetze mehr vorschreiben oder zu meiner Aufklärung beitragen; ich sehe in ihm nur noch einen Sklaven von Vorurteilen und Aberglauben.

Werfen wir, um uns von dieser Wahrheit zu überzeugen, einen Blick auf die wenigen Individuen, die dem unsinnigen Glaubenskult unserer Väter verbunden bleiben; wir werden feststellen, daß sie alle unversöhnliche Feinde des gegenwärtigen Systems sind, wir werden sehen, ob sich nicht allein unter ihnen die ganze zu Recht verachtete Kaste der *Royalisten* und *Aristokraten* findet. Der Sklave eines gekrönten Straßenräubers mag, wenn er will, zu Füßen eines Heiligenbildes aus Teig niederknien, ein solches Ding ist für seine Dreckseele gemacht worden; wer Königen dienen kann, muß Götter anbeten! Aber wir, Franzosen, aber wir, meine Landsleute, wir sollen unter so verächtlichem Zwang noch demütig im Staube kriechen? Eher tausendmal sterben, als uns ihm von neuem unterwerfen! Da wir aber eine Religion für notwendig halten, laßt uns die der Römer nachahmen: Tatkraft, Leidenschaft und Heldentum, das waren die achtbaren Gegenstände ihres Kultes. Derartige Idole erhoben die Seele und elektrisierten sie; mehr noch, sie machten sie der Tugenden des verehrten Wesens teilhaftig. Bewunderer der Minerva wollten lebensklug sein. Mut war in dem Herzen desjenigen, den man zu Füßen des Mars sah. Kein einziger Gott dieser großen Männer war kraftlos; alle übertrugen das Feuer, das sie selbst entflammte, auf die Seele desjenigen, der sie verehrte; und da man die Hoffnung hatte, eines Tages selbst einmal angebetet zu werden, strebte man danach, mindestens ebenso groß zu werden wie der, den man zum Vorbild auserkoren hatte. Was finden wir dagegen in den nichtssagenden Göttern des Christentums? Ich frage euch, was bietet euch diese dumme Religion?* Läßt der seichte Betrüger von Nazareth in euch irgendwelche großen Ideen entstehen? Regt euch seine dreckige und ekelhafte Mutter, die un-

* Wenn jemand diese Religion aufmerksam untersucht, so wird er feststellen, daß die Ruchlosigkeiten, von denen sie erfüllt ist, teils von der Roheit und dem Unwissen der Juden, teils von der Gleichgültigkeit und Verworrenheit der Heiden herrühren; anstatt sich anzueignen, was die Völker der Antike an Gutem haben mochten, scheinen die Christen ihre Religion nur aus einer Mischung aller Laster gebildet zu haben, die sie überall antrafen.

keusche Maria, zu irgendwelchen Tugenden an? Und findet Ihr etwa unter den Heiligen, mit denen sein Elysium ausgeschmückt ist, Vorbilder für Größe, Heldenmut oder Tugend? Es ist nur zu wahr, aber diese stumpfsinnige Religion regt keine erhabenen Gedanken an, kein Künstler kann ihre Embleme an den Bauwerken verwenden, die er errichtet; sogar in Rom entnehmen die meisten Verzierungen und Ornamente des Papstpalastes ihre Motive dem Heidentum, und solange die Welt besteht, wird dieses allein die Begeisterung großer Menschen anfeuern.

Sollte es vielleicht im reinen Theismus vorkommen, daß wir auf mehr Antrieb zur Erhabenheit und Größe treffen? Vermag vielleicht der Glaube an ein imaginäres Wesen unseren Seelen das für republikanische Tugenden erforderliche Maß an Kraft zu verleihen, das den Menschen dazu bringt, diese Tugenden zu lieben oder auszuüben? Hüten wir uns vor dieser Einbildung; wir sind von diesem Hirngespinst abgekommen, und jetzt ist der Atheismus die einzige Philosophie aller Menschen, die vernünftig denken können. Mit zunehmender Aufklärung haben wir auch begriffen, daß, da der Materie die Bewegung innewohnt, ein Beweger, der notwendig wäre, um diese Bewegung hervorzubringen, nur eine Chimäre ist, und daß, da alles Existierende seinem Wesen nach in Bewegung sein muß, eine treibende Kraft überflüssig ist; man hat begriffen, daß dieser wahrhafte Gott, den die ersten Gesetzgeber mit Bedacht erfanden, nichts anderes als ein weiteres Mittel in ihren Händen war, um uns an die Kette zu legen, und daß, da sie allein sich das Recht vorbehielten, dieses Gespenst zum Sprechen zu bringen, sie recht gut verstanden, es nur das sagen zu lassen, was der Unterstützung der lächerlichen Gesetze diente, mit denen sie danach trachteten, uns unter das Joch zu bringen. Lykurg, Numa, Moses, Jesus Christus, Mohammed, all diese Schurken, all diese großen Tyrannen unserer Gedanken wußten die Gottheiten, die sie erzeugten, ihrem maßlosen Ehrgeiz zu verbinden, und da sie sicher waren, die Völker mit dem Erlaß dieser Götter zu bezwingen, sorgten sie, wie man weiß, stets dafür, sie entweder nur zur passenden Gelegenheit zu befragen oder sie nur antworten zu lassen, was ihnen nach ihrer Meinung nützlich sein könnte.

Laßt uns also heute mit der gleichen Verachtung auf den eitlen Gott herabblicken, den diese Betrüger gepredigt haben, wie auf all diese religiösen Haarspaltereien, die von dessen lächerlicher Anerkennung herrühren; mit diesem Kinderspielzeug kann man freie Menschen nicht länger zerstreuen. Die völlige Ausrottung des Kultes sollte also einen notwendigen Teil unserer Prinzipien ausmachen, die wir in ganz Europa verbreiten. Geben wir uns nicht damit zufrieden, die Zepter zu zerbrechen, sondern zermalmen wir für alle Zeiten die Idole: Es war immer nur ein Schritt vom Aberglauben zum Royalismus.* Das muß auch zweifellos so sein, da ja einer der ersten Artikel, auf den die Könige bei ihrer Salbung verpflichtet wurden, immer die Aufrechterhaltung der herrschenden Religion war, die wiederum eine der politischen Grundlagen darstellte, die ihrem Thron die beste Stütze geben konnte. Aber da er niedergerissen ist, dieser Thron, da er es glücklicherweise für alle Zeiten ist, sollten wir uns nicht mehr fürchten, ebenfalls das zu vernichten, was seine Stützen ausmachte.

Ja, Bürger, die Religion paßt nicht zum System der Freiheit, das habt ihr eingesehen. Nie wird sich ein freier Mensch vor den Göttern des Christentums beugen; nie werden seine Dogmen, nie seine Riten, seine Mysterien oder seine Sittenlehre für einen Republikaner angemessen sein. Noch eine Anstrengung; da ihr euch nun einmal bemüht, alle Vorurteile zu zerstören, laßt keines von ihnen fortbestehen, da es nur eines einzigen bedarf, um sie alle wieder aufleben zu lassen. Wie sicher können wir doch ihres

* Man verfolge die Geschichte aller Völker: Nirgendwo wird man finden, daß sie die Regierungsform, die sie hatten, für eine monarchische eintauschten, die sie mit den Mitteln der Verdummung und des Aberglaubens in Banden halten würde. Man wird immer wieder feststellen, daß Könige die Religion unterstützen und die Religion die Könige heiligt. Man kennt die Geschichte von dem Haushofmeister und dem Koch: *Geben Sie mir den Pfeffer, und ich gebe Ihnen die Butter.* Unglückselige Menschen, seid ihr denn immer noch dazu bestimmt, dem Herrn dieser beiden Spitzbuben zu gleichen?

Wiederauftauchens sein, wenn das, welches ihr am Leben gelassen habt, bestimmt die Wiege all der anderen ist! Glauben wir nicht länger, die Religion könne dem Menschen von Nutzen sein. Wir brauchen gute Gesetze, dann können wir auf die Religion verzichten. Aber das Volk braucht die Religion, wird behauptet; sie vertreibt ihm die Zeit, sie hält es im Zaum. Schön und gut! Dann gebt uns also eine, die freien Menschen zukommt! Gebt uns die Götter des Heidentums zurück. Gern werden wir Jupiter, Herkules oder Pallas Athene anbeten; aber wir wollen nichts mehr von dem märchenhaften Schöpfer eines Universums wissen, das sich selbst bewegt, nichts mehr von einem Gott ohne räumliche Ausdehnung, der dennoch alles mit seiner Unermeßlichkeit erfüllt, nichts mehr von einem allmächtigen Gott, der niemals ausführt, was sein Wille ist, nichts mehr von einem überaus guten Wesen, das die Ordnung liebt, in dessen Regierung jedoch alles in Unordnung ist. Nein, wir wollen keinen Gott mehr, der die Ordnung der Natur stört, der der Vater von Verwirrung ist, der den Menschen in dem Augenblick antreibt, in dem dieser Greueltaten begeht; ein solcher Gott läßt uns vor Empörung erschaudern, und wir verbannen ihn für alle Zeiten in die Vergessenheit, aus der der niederträchtige Robespierre ihn wieder hervorholen wollte.* Franzosen, ersetzen wir dieses unwürdige Wahnbild durch die eindrucksvollen Trugbilder, die Rom zur Herrin des Universums machten; verfahren wir mit allen christlichen Idolen so, wie wir mit denen unserer Könige verfahren sind. Wir haben die Banner der Freiheit auf den Fundamenten aufgepflanzt, auf denen einst Tyrannen ruhten; nun laßt uns auch die Bildnisse bedeutender Männer auf den Sockeln

* Alle Religionen stimmen darin überein, uns die tiefe Weisheit und Macht der Gottheit anzupreisen; aber sobald sie uns deren Auswirkungen darlegen, entdecken wir nur Unklugheit, Schwäche und Wahn. Gott, sagt man, hat die Welt für sich selbst erschaffen, und bisher ist es ihm nicht gelungen, sich in ihr auf rechte Weise ehren zu lassen; Gott hat uns erschaffen, um von uns angebetet zu werden, und wir verbringen unsere Tage damit, ihn zu verhöhnen! Was ist das für ein armseliger Gott!

der vom Christentum angebeteten Lumpenkerle wieder aufstellen.* Wir wollen auch die Auswirkungen des Atheismus auf unsere Landbevölkerung nicht länger fürchten. Haben nicht sogar die Bauern die Notwendigkeit der Ausrottung der katholischen Religion eingesehen, die den wahren Grundsätzen der Freiheit so völlig widerspricht? Haben sie nicht ohne Furcht und Schmerz zugesehen, wie ihre Altäre und Pfarrhäuser eingerissen wurden? Ach! Seid überzeugt, sie verzichten gleichfalls auf ihren lächerlichen Gott. Die Standbilder des Mars, der Minerva und der Freiheit werden an den bevorzugten Plätzen ihrer Wohnorte aufgestellt; dort wird alljährlich ein Fest gefeiert; die Bürgerkrone wird dem Bürger zuerkannt, der sich um das Vaterland am meisten verdient gemacht hat. Am Rande eines einsamen Waldes werden Venus, Hymen und Amor, deren Statuen im Schutze eines ländlichen Tempels errichtet wurden, die Huldigungen der Liebenden empfangen; dort wird die Schönheit mit der Hand der Anmut die Beständigkeit krönen. Es wird nicht nur darauf ankommen zu lieben, um dieser Krone würdig zu sein, muß man sie auch verdienen: Heldenmut, Talente, Menschlichkeit, Seelengröße und eine erprobte Bürgergesinnung, das sind die Attribute, die der Liebhaber seiner Geliebten zu Füßen legen muß, und sie wiegen die der Geburt und des Reichtums wohl auf, die ein törichter Hochmut einst forderte. Diese Religion wird wenigstens einige Tugenden erblühen lassen, während aus jener, die wir früher aus Schwäche öffentlich bekannt haben, nur Verbrechen hervorgehen. Diese Religion wird sich mit der Freiheit verbinden, der wir dienen; sie wird sie beleben, kräftig erhalten und entflammen, im Gegensatz zum Theismus, der seinem Wesen und seiner Anlage nach der größte Todfeind der Freiheit ist, der wir dienen. Kostete es einen Tropfen Blut, als die heidnischen Götzenbilder zur Zeit des oströmischen Reiches zerstört wurden? Von der Dummheit eines wieder versklavten Volkes vorbe-

* Es handelt sich hier nur um diejenigen, deren Ruhm seit langer Zeit feststeht.

reitet, vollzog sich die Revolution ohne den geringsten Widerstand. Wie können wir fürchten, der Sieg der Philosophie wäre mühseliger als der des Despotismus? Einzig die Priester halten dieses Volk noch zu Füßen ihres trügerischen Gottes nieder, dieses Volk, dessen Aufklärung ihr so scheut; entfernt sie von ihm, und der Schleier fällt von selbst. Seid überzeugt, daß dieses Volk viel klüger ist, als ihr denkt und daß es sich, von den Fesseln der Tyrannei befreit, auch bald von denen des Aberglaubens lösen wird. Ihr habt Angst vor ihm, wenn diese Zügel wegfallen: Welche Narrheit! Ach' glaubt es nur, Bürger, der, den das materielle Schwert der Gesetze nicht zurückhält, läßt sich auch nicht durch die moralische Furcht vor den Qualen der Hölle hindern, über die er sich seit seiner Kindheit lustig macht; kurz, euer Theismus hat viele Freveltaten veranlaßt, aber nie eine einzige verhindert. Wenn es wahr ist, daß Leidenschaften blind machen, daß sie vor unseren Augen eine Wolke schweben lassen, die uns die Gefahren verhüllt, von denen sie umgeben sind, wie können wir dann annehmen, daß Gefahren, die in solcher Ferne liegen wie die von eurem Gott angedrohten Strafen, diese Wolke vertreiben können, die selbst das Schwert der Gesetze nicht aufzulösen vermag, das immer drohend über den Leidenschaften hängt? Wenn also bewiesen ist, daß die zusätzlichen Schranken überflüssig sind, welche die Vorstellung von einem Gott auferlegt, wenn außerdem bewiesen ist, daß dieser Gott in seinen anderen Auswirkungen gefährlich ist, so frage ich, wozu er denn nützlich sein soll und aus welchen Beweggründen wir darauf bestehen könnten, sein Leben zu verlängern. Man wird mir erwidern, wir seien noch nicht reif genug, um unsere Revolution so offenkundig zu sichern? Ach! Mitbürger, der Weg, den wir seit '89 zurückgelegt haben, war viel schwieriger als der, der noch vor uns liegt, und wir brauchen bei dem, was ich euch vorschlage, auf die öffentliche Meinung lange nicht so stark einzuwirken, wie wir es seit dem Sturm auf die Bastille taten, als wir sie in jeder Hinsicht umwühlten. Seien wir überzeugt, daß ein Volk, das klug und mutig genug war, einen unverschämten Monarchen vom Gipfel seiner Herrlichkeit zum

Fuße des Schafotts zu führen, das in so wenigen Jahren so viele Vorurteile besiegen, so viele lächerliche Schranken zerbrechen konnte, auch genügend Klugheit und Mut besitzt, um der guten Sache willen, zum Gedeih der Republik, ein Gespenst zu opfern, das noch weit trügerischer ist, als das eines Königs je sein konnte.

Franzosen, führt die ersten Schläge und eure nationale Erziehung erledigt den Rest; aber macht euch schnell ans Werk und macht es zu einer eurer wichtigsten Aufgaben; legt vor allem diese wesentliche Sittenlehre zugrunde, die von der religiösen Erziehung so vernachlässigt worden ist. Ersetzt die gottbezogenen Torheiten, mit denen ihr die jungen Stimmen eurer Kinder ermüdet, durch hervorragende gesellschaftliche Prinzipien; anstatt wertlose Gebete auswendig zu lernen, die sie mit sechzehn vergessen zu haben stolz sein werden, sollten sie über ihre Pflichten innerhalb der Gesellschaft unterrichtet werden; lehrt sie, Tugenden zu lieben, von denen ihr ihnen früher kaum gesprochen habt und die ohne eure frommen Geschichten für ihr persönliches Glück ausreichen; bringt sie zur Einsicht, daß dieses Glück darin besteht, die anderen ebenso glücklich zu machen, wie wir selbst es sein wollen. Wenn ihr aber diese Wahrheiten auf die christlichen Hirngespinste gründet, wie ihr es in eurem Wahnsinn einst getan habt, werden eure Schüler, sobald sie die Nichtigkeit des Fundaments erkannt haben, das Gebäude zum Einstürzen bringen, und sie werden nur deshalb zu Verbrechern, weil sie glauben, die Religion, die sie verworfen haben, verböte ihnen, es zu sein. Überzeugt sie hingegen davon, daß Tugend einzig und allein deshalb nötig ist, weil ihr eigenes Glück von ihr abhängt, dann werden sie aus Egoismus zu rechtschaffenden Menschen, und diese Macht, welche die gesamte Menschheit regiert, ist immer noch die zuverlässigste von allen. Man vermeide also mit der größten Sorgfalt, irgendein religiöses Märchen unter die nationale Erziehung zu mischen. Verlieren wir nie aus den Augen, es sind freie Menschen, die wir heranbilden wollten, und keine elenden Anbeter eines Gottes. Ein einfacher Philosoph lehre seine neuen Schüler die unbegreifliche Großartigkeit der Natur;

er beweise ihnen, daß die den Menschen oft sehr gefährliche Überzeugung von der Existenz eines Gottes nie zu ihrem Glück beiträgt und daß sie nicht glücklicher sein werden, wenn sie als Ursache für etwas, das sie nicht verstehen, etwas anderes annehmen, das sie noch weniger verstehen; er beweise ihnen, daß es weitaus weniger wesentlich ist, die Natur zu begreifen, als sie zu genießen und ihre Gesetze zu achten; daß diese Gesetze ebenso weise wie einfach sind, daß sie im Herzen aller Menschen geschrieben stehen und daß man nur das Herz befragen braucht, um ihre Antriebe zu erfassen. Wollen eure Schüler euch unbedingt von einem Schöpfer sprechen hören, so antwortet ihnen: Da die Dinge immer das waren, was sie sind, da sie nie einen Anfang hatten und nie ein Ende haben werden, wird es für den Menschen ebenso überflüssig wie unmöglich, auf einen imaginären Ursprung zurückzugehen, der nichts erklärt und zu nichts führt. Sagt ihnen: Die Menschen können keine wahre Vorstellung von einem Wesen haben, das auf keinen unserer Sinne einwirkt.

Alle unsere Gedanken sind Vorstellungen von Gegenständen, die auf unsere Sinne einwirken; was kann sich uns in der Gottesvorstellung widerspiegeln, die doch offensichtlich eine gegenstandslose Idee ist? Ist eine solche Vorstellung, so sollt ihr ihnen hinzufügen, nicht ebenso unmöglich wie eine Wirkung ohne Ursache? Ist eine Idee ohne Urbild etwas anderes als ein Hirngespinst? Einige Kirchenlehrer, so fahrt ihr fort, behaupten, die Gottesidee wäre den Menschen angeboren und ihnen vom Mutterleibe an mitgegeben. Aber das ist falsch, werdet ihr ihnen sagen; jedes Prinzip beruht auf einer Erkenntnis, jede Erkenntnis ist das Resultat einer Erfahrung, und Erfahrung läßt sich nur durch das Wirken der Sinne erlangen; woraus folgt, daß die religiösen Prinzipien sich offenbar auf nichts gründen und keineswegs angeboren sind. Wie, fahrt ihr fort, hat man vernünftigen Wesen einreden können, das am schwersten Verständliche sei für sie das Wesentlichste? Es kommt daher, weil man sie heftig erschreckt hat; es kommt daher, weil man aufhört, vernünftig zu denken, wenn man Angst hat; es kommt daher, weil man ihnen vor allem geraten hat, ihrem Verstand zu mißtrauen, und es kommt daher, daß man, alles glaubt und nichts überprüft, wenn das Gehirn verwirrt ist. Unwissenheit und Furcht, so sagt ihr ihnen dann noch, sind die beiden Grundpfeiler jeder Religion. Die Ungewißheit, in der der Mensch sich in bezug auf seinen Gott befindet, ist genau der Beweggrund, der ihn an seine Religion bindet. Der Mensch hat in der Finsternis Angst, sowohl physisch als auch geistig; die Furcht wird ihm zur Gewohnheit und weiterhin zum Bedürfnis: Er würde meinen, ihm fehlte irgend etwas, wenn er nichts mehr zu hoffen oder zu fürchten hätte. Anschließend kommt ihr auf die Vorzüge der Sittenlehre zurück: Gebt euren Schülern zu diesem großen Thema lieber mehr Beispiele als Lektionen, mehr Beweise als Bücher in die Hand, und ihr werdet gute Bürger aus ihnen machen, gute Krieger, Väter, Ehegatten; so werdet ihr Menschen heranbilden, die der Freiheit ihres Landes so eng verbunden sind, daß ihnen kein Gedanke an Knechtschaft mehr in den Sinn kommt und keine religiöse Furcht ihren Geist verwirren kann. Dann wird in allen Seelen der wahre Patriotismus aufbrechen; in all seiner Kraft und Reinheit wird er dort herrschen, weil er zu der einzig beherrschenden Empfindung wird und weil keine fremdartigen Gedanken seine Kraft mehr schwächen; dann ist eure zweite Generation in Sicherheit, und euer Werk, durch sie gefestigt, wird das Gesetz des Universums werden. Doch werden diese Ratschläge aus Angst oder Kleinmut nicht befolgt, und wenn man die Grundmauern des Gebäudes bestehen läßt, das man zerstört zu haben glaubte, was geschieht dann? Auf diesen Grundmauern wird man wieder aufbauen und dieselben Kolosse darauf errichten, mit dem grausamen Unterschied allerdings, daß sie diesmal so fest einzementiert sein werden, daß es weder eurer noch den folgenden Generationen gelingen wird, sie umzustürzen.

Es ist zweifellos so, daß die Religion nichts anderes als die Wiege des Despotismus ist; der erste aller Tyrannen war ein Priester; der erste König und der erste Kaiser Roms, Numa und Augustus, verbündeten sich mit der Priesterkaste; Konstantin und

Chlodwig waren eher Geistliche als Staatsoberhäupter; Heliogabal war ein Sonnenpriester. Zu allen Zeiten, in allen Jahrhunderten bestand zwischen Tyrannei und Religion ein so enger Zusammenhang, daß mehr als bewiesen ist: Wenn man das eine zerstört, muß man auch das andere unterminieren, aus dem wichtigen Grunde, weil das eine dem anderen immer zur Macht verhelfen wird. Ich schlage indessen weder Blutbäder noch Ausweisungen vor; all diese Greueltaten liegen meiner Seele zu fern, als sie auch nur eine Minute lang in Betracht zu ziehen. Nein, mordet nicht und verweist niemanden des Landes: Diese Abscheulichkeiten sind die Mittel der Könige oder der Ruchlosen, die sie nachahmten; wenn ihr handelt wie sie, werdet ihr keinen Abscheu erwecken gegen diejenigen, die solche Abscheulichkeiten begingen. Laßt uns nur bei den Götzenbildern Gewalt anwenden; ihre Diener, braucht man nur lächerlich zu machen: Der Sarkasmus Julians schadete der christlichen Religion mehr als alle Foltern Neros. Ja, zerstören wir für immer jede Gottesidee, und machen wir aus den Priestern Soldaten; einige sind es bereits; sie sollen sich an diesen für einen republikaner so ehrenwerten Beruf halten und uns in Zukunft weder etwas von ihrem chimärischen Wesen noch von dessen erdichteter Religion erzählen, die unsere ganze Verachtung verdient. Den ersten dieser gebenedeiten Scharlatane, der uns noch einmal von Gott oder Religion spricht, werden wir dazu verurteilen, auf allen Märkten der größten Städte Frankreichs verhöhnt, lächerlich gemacht und mit Kot beworfen zu werden; und lebenslängliches Gefängnis soll die Strafe für den sein, der zweimal in den selben Fehler verfällt. Daß die schmählichsten Gotteslästerungen, die atheistischsten Schriften ohne Einschränkung erlaubt werden, damit diese entsetzlichen Spielzeuge unserer Kindheit in den Herzen und der Erinnerung der Menschen völlig ausgerottet werden. Man schreibe einen Wettbewerb für das Werk aus, das am besten geeignet ist, die Europäer endlich über einen so bedeutenden Gegenstand aufzuklären, und ein von der Nation gestifteter, ansehnlicher Preis sei die Belohnung dessen, der, nachdem er alles gesagt und alles bewiesen hat, seinen Landsleuten nur noch eine Sichel übrigläßt, um all diese Hirngespinste zu zerschlagen, und ein aufrechtes Herz, um sie zu hassen. In sechs Monaten wird alles vorbei sein; euer niederträchtiger Gott wird sich in ein Nichts aufgelöst haben, und zwar ohne daß ihr aufgehört hättet, gerecht zu sein und sehr darauf bedacht, die anderen zu achten, ohne daß ihr aufgehört hättet, das Schwert der Gesetze zu fürchten und anständige, gebildete Menschen zu sein, denn man wird erkannt haben, daß der wahre Freund des Vaterlandes sich nicht von Hirngespinsten leiten lassen darf wie der Sklave von Königen; kurz, man wird begriffen haben, daß weder die eitle Hoffnung auf eine bessere Welt, noch die Furcht vor größeren Übeln, als sie uns die Natur schickt, einen Republikaner lenken dürfen, dessen alleinige Führerin die Tugend ist wie der einzige Zügel das Gewissen.

Die Sitten

Ebenso wenig passen die heutigen Sittengesetze zu einem freien, republikanischen Staatswesen. — Franzosen! Ihr seid doch viel zu aufgeklärt, als daß Ihr glauben könntet, unsere heutigen Sitten, wie überhaupt unser ganzer derzeitiger Gesetzeskodex, der uns von den drakonischen Gesetzgebern aufgezwungen worden ist, seinen einer freien, republikanischen Nation wie der unseren überhaupt würdig! Unmöglich kann sich der Bürger eines freien Staates wie der Sklave eines tyrannischen Königs betragen, da die Verschiedenheit ihrer Interessen und Pflichten und des Verhältnisses untereinander eine ganz andere Verhaltensweise in der Welt bedingen; eine Menge kleiner Verfehlungen, kleiner gesellschaftlicher Vergehen, die unter der Herrschaft der Könige als sehr schwer angesehen wurden, da die Könige darauf achten mußten, Schranken zwischen sich und ihren Untertanen zu errichten, um als verehrungswürdig und unnahbar zu gelten, werden hier nichtig. Andere Verfehlungen, die unter den Begriff Königsmord oder Sakrileg fallen, müssen in einem republikanischen Staat unter einer Regierung, die weder Könige noch Religion kennt, von selbst verschwinden. — Mitbürger, es gibt — völlige Gewissens- und Pressefreiheit vorausgesetzt — in einem Staate, der auf Freiheit und Gleichheit aufbaut, im Grunde sehr wenige verbrecherische Handlungen, und wenn man die Dinge recht erwägt und prüft, ist eigentlich nur das verbrecherisch, was das Gesetz verwirft; denn da die Natur uns sowohl die Laster als auch die Tugenden diktiert, die sie uns mit Rücksicht auf unsere Körper- und Geistesbeschaffenheit eingibt oder, philosophischer ausgedrückt, mit Rücksicht auf das Bedürfnis, das sie nach dem einen oder anderen hat, weil die Natur einen sehr unsicheren Maßstab liefern würde, um mit Genauigkeit zu bestimmen, was gut und was böse ist. Um diese Behauptungen besser zu begründen, Mitbürger, wollen wir uns nun die verschiedenen Handlungen der Menschen, die man gewöhnlich als Delikte gegen die guten Sitten bezeichnet, vom Gesichtspunkte des Republikaners ein wenig näher betrachten!

Man hat doch zu allen Zeiten die sogenannten irdischen Pflichten der Menschen — denn nach dem Tode gibt es keine mehr — unter folgenden drei Aspekten betrachtet:

1. die imaginären Pflichten gegenüber dem höchsten Wesen, die ihm sein Gewissen und seine Gläubigkeit auferlegen.
2. die Pflichten gegenüber unseren Mitmenschen.
3. die Pflichten, die wir gegen uns selbst zu erfüllen haben.

Die notwendige Gewißheit, daß sich kein Gott um uns gekümmert hat und daß wir als von der Natur wie auch die Tiere und die Pflanzen notwendig bedingte Wesen sind, weil es unmöglich ist, daß wir nicht da wären, diese Gewißheit macht doch, wie sich zeigt, auf einen Schlag den ganzen ersten Teil dieser Pflichten zunichte, ich meine jene, die wir fälschlicherweise einer Gottheit zu schulden glauben; mit ihnen verschwinden alle religiösen Vergehen, all jene, die unter den vagen und ungeklärten Begriffen *Gottlosigkeit, Sakrileg, Blasphemie, Atheismus* usw. bekannt sind, kurz, all jene welche Athen so ungerechterweise an Alkibiades und Frankreich an dem unglücklichen La Barre bestraften. Wenn es irgendetwas Wahnwitziges in dieser Welt gibt, so ist es der Anblick von Menschen, die ihren Gott und das von ihm Geforderte nur von ihren beschränkten Vorstellungen her kennen und dennoch darüber urteilen wollen, was dies lächerliche Phantom ihrer Einbildungskraft befriedigt und erzürnt. Ich wünsche also, daß man nicht nur alle Kulte uneingeschränkt zuließe; ich möchte, daß man auch die Freiheit erhielte, über alle zu spotten und zu lachen; daß Menschen, welche in irgendeinem Tempel beisammen wären, um den Ewigen auf ihre Art anzurufen, wie Schauspieler auf dem Theater betrachtet und einem jeden erlaubt würde, ihre Spiele belachen zu gehen. Wenn ihr die Religion nicht so einschätzt, werden sie den Ernst wiedererlangen, welcher sie zu etwas Wichtigem macht, werden sie alsbald wieder Meinungen unter ihren Schutz nehmen, und sobald man sich wieder über die Religionen auseinandersetzt, wird man sich auch ihretwegen wieder schlagen;* wenn die Gleichheit durch die Bevorzugung und Beschützung, die einer von ihnen zuteil wird, zerstört worden ist, wird sie bald die Herrschaft verloren haben, und aus der wiedererbauten *Theokratie* entsteht bald wieder die *Aristokratie*. Ich kann deshalb nicht oft genug wiederholen: keine Götter mehr, Franzosen, keine Götter mehr, wenn ihr nicht wollt, daß ihre verderbliche Macht euch bald wieder in alle Schrecken des Despotismus stürzt; nur indem ihr über sie spottet, werdet ihr sie zerstören; alle Gefahren in ihrem Gefolge werden sofort in wenigen Monaten wiederauferstehen, wenn ihr es

* Jedes Volk behauptet, seine Religion sei die beste, und stützt sich, um dies darzulegen, auf eine Unzahl von Beweisen, die nicht nur untereinander nicht übereinstimmen, sondern sich fast alle widersprechen. Welche ist, angenommen, es gibt einen Gott, die ihm wohlgefällige, frage ich in der tiefen Unwissenheit, in der wir uns befinden. Wenn wir weise sein wollen, müssen wir sie entweder alle gleichermaßen beschützen oder alle zugleich verbieten; das Verbot ist nun aber sicherer, da wir die moralische Gewißheit haben, daß jede Religion nur ein Mummenschanz ist, von denen keine mehr als die andere einem nicht existierenden Gott gefallen kann.

mit Ernst oder Gewichtigkeit betreibt. Reißt ihre Idole nicht im Zorne herunter; macht sie durch Spiel zu Staub, und die Überzeugungen werden von selbst hinfällig.

Ich hoffe dies wird als Beweis dafür ausreichen, daß kein Gesetz gegen Religionsdelikte erlassen werden darf, weil, wer eine Chimäre beleidigt, gar nichts beleidigt, und weil es höchst inkonsequent wäre, wollte man die bestrafen, die einen Kult beleidigen oder verachten, dessen Vorrang vor anderen uns nichts mit Evidenz beweist; das hieße zwangsläufig Partei ergreifen und von vornherein die Waage der Gleichheit, oberstes Gesetz eurer neuen Regierungsform, antasten.

Was den zweiten Punkt: unsere Pflichten gegenüber unseren Mitmenschen betrifft, so ist derselbe allerdings der umfassendste von allen dreien. — Die von lauter Sophismen und Sophistereien strotzende christliche Moral schreibt uns vor: *Liebe deinen Nächsten wie Dich selbst!*... Schön gesagt das!... Nichts wäre in der Tat sublimer, wenn es möglich wäre, daß das Falsche irgendwann Merkmale des Schönen trüge. Es handelt sich nicht darum, seinen Nächsten zu lieben wie sich selbst, da dies allen Gesetzen der Natur zuwiderläuft und nur ihre Stimme alle Handlungen unseres Lebens leiten soll; es kann lediglich davon die Rede sein, unseresgleichen zu lieben wie Brüder oder wie Freunde, die die Natur uns gibt und mit denen wir um so besser in einem republikanischen Staatswesen zusammenleben müssen, als das Wegfallen des Abstandes notwendig die Bindungen enger werden läßt.

Menschlichkeit, Brüderlichkeit und Wohltätigkeit sollen uns deshalb unsere gegenseitigen Verpflichtungen vorschreiben, und wir wollen sie individuell mit dem einfachen Maß an Energie, das uns die Natur hierfür gegeben hat, erfüllen, ohne die zu tadeln und vor allem ohne die zu bestrafen, die, kühleren oder mürrischen Temperaments, in diesen doch so zu Herzen gehenden Bindungen nicht all die süßen Empfindungen verspüren, die andere dort finden. Es kann also ebensowenig allgemeine Gesetze oder Vorschriften für die Wohltätigkeit oder die Nächstenliebe geben, wie man einem Oberfeldherrn für alle seine Soldaten Uniformen von dem gleichen Maße vorschreiben wollte! Ebenso verschieden wie die Menschen, — unsere Nächsten — in ihrem Äußeren, sind eben auch ihre Charaktereigenschaften; was dem einen recht ist, ist dem anderen noch lange nicht billig. Allgemeine Gesetze und Vorschriften sind mithin unzulässig und unsinnig.

Ich räume ein, daß man nicht soviele Gesetze erlassen kann, wie es Menschen gibt; doch die Gesetze können so milde sein, von so geringer Zahl, daß alle Menschen, gleich welchen Charakters, sich leicht danach richten können. Außerdem möchte ich fordern, daß diese wenigen Gesetze so beschaffen sein sollten, daß sie leicht auf alle Charaktere angewandt werden können; die Absicht desjenigen, der sie anzuwenden hätte, müßte sein, je nach der betreffenden Person mehr oder weniger hart zu treffen. Es ist erwiesen, daß gewisse Menschen diese oder jene Tugend nicht ausüben können, wie dies oder jenes Heilmittel für gewisse Temperamente abträglich sein muß. Welcher Gipfel der Ungerechtigkeit wäre nun aber erreicht, wenn ihr den mit dem Gesetz schlüget, der sich nicht dem Gesetz beugen kann! Wäre das Unrecht in diesem Falle nicht mit dem vergleichbar, das ihr beginget, wenn ihr einem Blinden zwingen wolltet, Farben zu unterscheiden? Aus diesen ersten Prinzipien folgt, wie man spürt, die Notwendigkeit, milde Gesetze zu erlassen und vor allem für immer die Abscheulichkeit der Todestrafe abzuschaffen, weil das Gesetz, das das menschliche Leben antastet, unanwendbar, ungerecht, unerlaubt ist. Es ist natürlich nicht so, daß es nicht eine unendliche Zahl von Fällen gäbe, wie ich gleich zeigen werde, in denen ohne Verstoß gegen die Natur (auch das werde ich gleich beweisen) die Menschen von dieser gemeinsamen Natur die uneingeschränkte Freiheit erhalten hätten, einander nach dem Leben zu trachten; es ist jedoch unmöglich, daß das Gesetz dasselbe Privileg erhält, weil das Gesetz, seinem Wesen nach kalt, keinerlei Zugang zu den Leidenschaften haben kann, die im Menschen die grausame Handlung des Tötens rechtfertigen mögen; der Mensch erhält von der Natur die Impulse, die diese seine Handlung verzeihlich machen können, das Gesetz hingegen, immer im Gegensatz zur Natur und nichts von ihr empfangend, darf nicht ermächtigt werden, sich dieselben Verirrungen zu leisten: da es nicht dieselben Beweggründe hat, kann es unmöglich die gleichen Rechte haben. Dies sind gelehrte und feine Unterscheidungen, die manchen Leuten entgehen, weil nur sehr wenige Leute nachdenken; doch die Gebildeten, denen ich sie zugedacht habe, werden sie annehmen, und sie werden, so hoffe ich, auf das neue Gesetzbuch, das für uns vorbereitet wird, mit einwirken.

Der zweite Grund für die Abschaffung der Todesstrafe liegt darin, daß diese nie das Verbrechen verhindert hat, denn man begeht es sogar angesichts des Schafottes. Diese Strafe muß, kurz gesagt abgeschafft werden, denn man kann wohl keine schlechtere Rechnung die aufmachen, einen Menschen dafür sterben zu lassen, daß er einen anderen getötet hat, weil dieses Verfahren offensichtlich dazu führt, daß statt eines Menschen gleich zwei weniger auf der Welt sind, und eine solche Rechenkunst dürfte wohl nur Henkern und Dummköpfen einleuchten.

Die Delikte also, deren wir uns unseren Mitmenschen gegenüber schuldig machen können, lassen sich etwa in folgende vier Hauptpunkte zusammenfassen: die geflissentliche rohe Beleidigung oder die *Verleumdung* unserer Nächsten, der *Diebstahl* an seinem Habe und Gut, die imaginären Vergehen oder Verbrechen gegen die sogenannte Sittlichkeit, die *Unkeuschheit* und endlich das Attentat gegen das Leben unserer Nächsten, der *Mord.*

Sind nun alle diese Handlungen, die in einem monarchischen Staate als Hauptverbrechen gelten, in einer Republik als ebenso schwere oder verbrecherische anzusehen?... Betrachten wir sie etwas im Lichte der Philosophie! Ich bemerke vorweg, daß ich, der Autor dieser kleinen Broschüre durchaus kein geborener Verbrecher oder pervers veranlagter, oder zu dergleichen Verbrechen neigender Mensch bin, sondern lediglich meine Ideen entwickele und vertrete, die seit der Zeit meiner geistigen Reife in mir gleichgeblieben sind und deren Entwurf sich der infame Despotismus der Tyrannen seit Jahrhunderten widersetzt hatte; weh denen, die immer nur das Übel an philosophischen Meinungen zu entdecken vermögen und in Gefahr sind, sich an der Lektüre Senecas oder Charrons vergiften! Nicht zu ihnen rede ich: ich wende mich nur an Menschen, die mich verstehen können, und diese werden mich ohne Gefahr lesen.

Ich gestehe ganz freimütig und offen, was den ersten Punkt: Die Verleumdung betrifft, nie im Leben daran gedacht zu haben, die gegenseitigen geflissentlichen Beleidigungen oder Verleumdungen der Menschen für ein Übel anzusehen, und zwar schon für den monarchischen Staatsbürger nicht, geschweige denn für den Republikaner! Denn in einer Regierung wie der unseren sind doch die Menschen enger aneinander gebunden und werden doch auch ihr eigenes Interesse sowie das ihrer Mitbrüder viel besser schätzen und wahrnehmen. Ich meine: es werden in unserem freien Staate überhaupt gar nicht so viel Beleidigungs- und Verleumdungsprozesse vorkommen, da wir jetzt doch eo ipso viel ruhiger, friedlicher, humaner und brüderlicher miteinander leben werden! Trifft aber eine Verleumdung einen schlechten Menschen, der sie wirklich verdient, nun dann ist ihm damit doch nur sein Recht geschehen; es liegt nicht viel daran, ob man über ihm etwas mehr oder weniger Schlimmes sagt!

Wenn mir aber z.B. jemand vorschwindelt, in Hannover, wohin ich eine Reise beabsichtige, herrsche augenblicklich ein ungesundes Klima, ich setzte mich der Gefahr eines Fieberanfalls aus und mich von der Reise hierdurch zurückhielte, so hat er, wenn es wirklich wahr wäre, mir doch damit einen guten Dienst getan, wenn es aber gelogen ist, doch nur einen faulen Witz gemacht. Ich kann ihn deshalb doch nicht wegen Beleidigung oder gar Verleumdung belangen und bestrafen lassen.

Trifft die Verleumdung aber einen wahrhaft tugendhaften und ehrsamen Menschen unverdientermaßen, nun dann sollte sich dieser doch weiter nichts daraus machen oder es sich so sehr zu

Herzen nehmen! Im Gefühle seiner Unschuld und seiner Ehrsamkeit wird er schließlich doch derjenige sein, der über seinen Verleumder triumphiert. Die Saat und das Gift der Verleumdung wird auf den Letzteren zurückfallen, der Unschuldige dabei umso makelloser erscheinen und umso brillanter dabei abschneiden! Ja, die Verleumdung dient sogar als ein läuterndes und rechtfertigendes Mittel, denn durch sie wird die Tugend erst ins wahre, rechte Licht gesetzt; dem unschuldig Verleumdeten muß daran gelegen sein, die Verleumdung zu widerlegen, und seine tugendhaften Handlungen werden dann weltbekannt. Ein Verleumder ist also keineswegs gefährlich im sozialen Leben, denn er dient doch lediglich als Mittel, um sowohl die Laster der schlechten Menschen, wie die Tugenden der guten ans Licht zu befördern; er darf somit in einer freien Republik auch keineswegs bestraft werden.

Prüfen wir nunmehr den zweiten Punkt unserer Betrachtungen über die Delikte gegenüber unseren Mitmenschen: den Diebstahl. — Wenn wir die Weltgeschichte durchblättern, so finden wir, daß der Diebstahl im Altertum allgemein erlaubt gewesen ist, insbesondere in Griechenland: in Athen und Sparta. Andere Völker haben ihn als kriegerische Tugenden angesehen und verherrlicht, und es ist doch auch ganz zweifellos, daß der Diebstahl viel persönlichen Mut, Stärke, Unerschrockenheit, Geschicklichkeit u.s.w., also insbesondere für eine Republik sehr notwendige Tugenden erfordert! Es hat sogar Völker gegeben, bei denen der Bestohlene bestraft wurde, weil er sein Eigentum nicht gut oder besser verwahrt hatte. Es ist daher ungerecht, den Besitz durch Gesetze zu sanktionieren bzw. zu heiligen, da doch hierdurch erst recht allen Verbrechern die Lust zum Stehlen inspiriert wird und sie auch sicher dazu gelangen werden, die verschlossenen Türen zu öffnen, hinter denen der Besitzende sein Eigentum zu sichern verleitet wird. Wozu denn aber all dieses?

Da doch der Diebstahl lediglich für den Dieb — der vielleicht unverdientermaßen nichts oder wenig besitzt — den Endzweck hat, sich etwas von dem unverdienten Reichtum und Überflusse seiner Mitmenschen anzueignen, so ist doch im republikanischen Staate, dessen Hauptprinzip die völlige Gleichheit aller Menschen ist, die eigenmächtige Aneignung einigen Gutes oder Geldes von einem im Überflusse schwelgenden Mitmenschen keineswegs als ein Verbrechen zu bezeichnen oder als solches zu bestrafen! Will der Reiche sein Geld und sein Hab und Gut im sozialen Staate nicht mit seinem armen Genossen, Mitbruder und Mitbürger freiwillig teilen, so muß er sich eben auch gefallen lassen, daß man es ihm wider seinen Willen fortnimmt! Nur auf diese Weise kann die vollkommene Gleichheit in einem republikanischen Staate gewährleistet und erzielt werden!

Die Natur selbst sanktioniert aber auch den Diebstahl, denn seine erste Bedingung ist doch die Stärke und die Macht; und die Macht geht doch allemal vor Recht. Der Mächtige bestiehlt eben einfach ganz naturgemäß den Schwächeren, dagegen läßt sich nichts machen! Die Gesetze gegen den Diebstahl sind daher vollkommen vergebliches Machwerk! Man stiehlt ja doch im monarchischen Staate auch ganz rechtlich; die Justiz stiehlt, indem sie sich ihre Rechtsprechung bezahlen läßt, die sie eigentlich unentgeltlich ausüben sollte. Der Priester stiehlt, indem er sich für seine Vermittlung zwischen Gott und Menschen bei Taufen, Trauungen, Begräbnissen etc. bezahlen läßt. Die Regierungen stehlen durch die Auferlegung drückender Steuerlasten. Der Kaufmann stiehlt, indem er seine Waren weit über ihren Wert verkauft... nun, warum soll daher der professionelle Dieb denn nicht auch... ein bißchen... stehlen?

Ich spare mir weitere Worte zur Weckung der Einsicht, daß es eine abscheuliche Grausamkeit ist, Diebe zu bestrafen. Nehmt das weise Gesetz jenes Volkes zum Vorbild, von dem ich gerade sprach; bestraft den Mann, der nachlässig genug ist, sich bestehlen zu lassen, doch sprecht keinerlei Strafe gegen den Dieb aus; bedenkt, daß euer Eid ihn zu dieser Handlung berechtigt und daß er, als er sie vollbrachte lediglich dem ersten und vernünftigsten aller Triebe nachging, dem der Erhaltung seiner Existenz, auf wessen Kosten es immer geschehe.

Auch die sogenannten Sittlichkeitsverbrechen müssen in einem freien republikanischen Staate als ganz gleichgültige oder harmlose betrachtet werden, da doch einem solchen Staatswesen nichts daran gelegen sein kann, ob seine Bürger sittenstreng und keusch nach den absurden Begriffen der strengen Moralisten und Sittenrichter, seien oder nicht! Analysieren wir ein wenig näher diese sogenannten Sittlichkeitsvergehen und Verbrechen, insbesondere die *Prostitution*, den *Ehebruch*, die *Blutschande*, die *Vergewaltigung* sowie die *Sodomie*.

Keinen Augenblick vermögen wir daran zu zweifeln, daß alles, was man moralische Verbrechen nennt, also Handlungen der eben genannten Art, in einer Regierungsform, deren einzige Verpflichtung in der Bewahrung der für ihre eingene Aufrechterhaltung wesentlichen Form mit den geeigneten Mitteln besteht, völlig gleichgültig erscheint: das ist die einzige Moral einer republikanischen Staatsform. Da diese aber von den sie umgebenden Despoten immerfort bekämpft wird, kann man vernünftigerweise nicht annehmen, daß die Mittel der Erhaltung *moralische Mittel* sein können; denn man wird sie nur mit den Mitteln des Krieges erhalten, und nichts ist weniger moralisch als der Krieg. Nun frage ich, wie man beweisen will, daß es in einem seiner Pflichten wegen *unmoralischen* Staat von Bedeutung ist, daß die Einzelnen *moralisch* sind. Ich gehe noch weiter: es ist gut, daß sie es nicht sind: Die Gesetzgeber Griechenlands hatten klar erkannt, daß es eine wichtige Notwendigkeit ist, die Glieder erkranken zu lassen, damit sich ihre *moralische Auflösung* auf die ganze Maschine nützlich auswirkte. Daraus ergab sich der Geist des Aufruhrs, der für reinen Staat unbedingt nötig ist, in dem man so glücklich lebt wie in einem republikanischen und darum den Haß und Neid all der umliegenden Regierungsformen erregt. Der Aufruhr, so dachten diese weisen Gesetzgeber, ist keineswegs ein *moralischer* Zustand; und dennoch muß er der permanente Zustand einer Republik sein; es wäre demnach ebenso absurd wie gefährlich, von denen, die die ständige *unmoralische* Erschütterung der Maschine in Gang halten sollen, zu verlangen, daß sie selbst sehr *moralische* Wesen sein sollten, weil der moralische Zustand eines Menschen ein Zustand des Friedens und der Ruhe ist, wohingegen sein *unmoralischer* Zustand einer ewiger Bewegung ist, der ihn dem notwendigen Aufruhr annähert, in welchem der Republikaner den Staat, dem er angehört, stets erhalten muß.

Was zunächst den Mangel an Schamhaftigkeit betrifft, so ist sie lediglich ein Produkt der höheren Zivilisation, vor allem jedoch der Koketterie der Frauen. Diese haben die ihre körperlichen Reize verhüllende Kleidung weniger gegen die Unbilden der Witterungseinflüsse, als zu dem Zwecke erfunden, ihre etwaigen mangelhaften oder fehlerhaften körperlichen Reize durch ein raffiniertes Kleiderarrangement zu verbergen und auszugleichen! Ursprünglich gingen die Menschen wie unsere Stammeltern Adam und Eva einher, und sehr viele Völker, insbesondere im südlichen Klima, gehen noch heute völlig nackt, ohne sich dabei irgend eines Gefühls von Schamhaftigkeit bewußt zu sein oder deshalb auch nur im mindesten unkeusch oder unsittlich zu sein! Im Gegenteile, die Kleidung entsittlicht durch Erregung geschlechtlicher Begierden: nämlich Reize zu sehen, die durch sie versteckt werden und von denen man jedenfalls weniger oder überhaupt gar keine Notiz nehmen würde, wenn sie, wie bei den Tieren, völlig unbedeckt wären oder speziell nur zur Zeit einer geschlechtlichen Kopulation.

Lykurg und Solon veranlaßten die jungen Mädchen sich im Theater und bei den öffentlichen Spielen und Schauspielen, sowie bei ihren öffentlichen, jugendlichen Sportexerzitien gleich den Jünglingen bei den ihrigen völlig nackt zu zeigen.* Die alten

*Man behauptete, es sei die Absicht dieser Gesetzgeber gewesen, durch die Abstumpfung der männlichen Leidenschaft für nackte Mädchen diejenige anzustacheln, welche Männer manchmal für ihr eigenes Geschlecht empfinden. Diese Weisen ließen zur Schau stellen, wovor sie Abscheu zu erregen wünschten, und versteckten, was sie zur Erregung süßer Begierden für geeignet hielten; arbeiteten sie nicht jedenfalls für das von uns bezeichnete Ziel? Wie man sieht, empfanden sie die Notwendigkeit der Unmoral für die republikanischen Sitten.

Römer ahmten dieses Beispiel bei den Gladiatorenkämpfen und bei ihren Festlichkeiten zu Ehren ihrer Götter und Göttinnen nach, insbesondere bei den Festspielen zu Ehren der Flora oder Frühlingsgöttin und der Venus, bei denen die jungen Mädchen öffentlich Evaskostüme tragen mußten.

Die *Prostitution* ist nichts als die natürliche Wirkung oder Folge der strengen Sittlichkeitsgesetze! Sie wird vielfach deshalb als eine Schande betrachtet, weil die Prostituierten für die Genüsse, die sie den Männern offerieren, die sie aber gleichzeitig auch selber empfinden, Geschenke annehmen. Dann wäre auch die Ehe eine Prostitution, sie wird ja meistens erkauft, und zwar wird hier umgekehrt der Mann für dieselbe bezahlt, damit er seine Ehegattin zu unterhalten und seine Kinder zu ernähren im Stande ist. Ebenso aber, wie wir allen Männern das Recht zur Liebe und zum Liebesgenusse einräumen, müssen wir dieses Recht durchaus auch allen Frauen geben und nicht nur einigen wenigen, da ohnehin im Naturzustande der Menschheit alle Frauen allen Männern gehörten und umgekehrt!

Jetzt, da wir uns all diesen Dingen wieder zugewandt haben, nachdem wir die Menge der religiösen Irrtümer aufgegeben haben, die uns gefangen hielten, und da wir der Natur wieder näher stehen, dürfen wir nur auf ihre Stimme hören, in der Überzeugung, daß, wenn es irgendwo ein Verbrechen gibt, dieses vielmehr darin besteht, gegen die von ihr verursachten Neigungen zu kämpfen, da wir sicher sind, daß die Begehrlichkeit eine Folge dieser Neigungen ist und es sich also viel weniger darum handelt, die Neigungen in uns zu ersticken, als darum, die Mittel für ihre ungestörte Befriedigung zu schaffen. Wir müssen uns deshalb darum bemühen, in diesem Bereich für Ordnung zu sorgen, hier die notwendige Sicherheit dafür zu gewährleisten, daß der Bürger, den das Bedürfnis zum Objekt der Begierde treibt, sich mit ihm all dem hingeben kann, was seine Leidenschaften ihm vorschreiben, ohne jemals an irgendetwas gebunden zu sein, denn es gibt keine Leidenschaft im Menschen, die mehr der vollen Entfaltung der Freiheit bedarf als diese. Man errichte ihm daher würdige Paläste, in denen sie sich ungestört und ungeniert prostituieren können soviel sie mögen, in denen jeder freie Mann und Bürger freien Zutritt hat, in denen jede Art der Galanterie und Libertinage selbst der perversesten Geschmacksrichtungen geduldet und gestattet sein soll und in denen ebenso der Sodomie wie der Tribadie offen gehuldigt werden darf! Die Frauen und jungen Mädchen sollen aber auch außerhalb dieser allgemeinen Versammlungsorte, in ihren eigenen Wohnungen, niemanden refüsieren oder ablehnen, der um ihre Gunst und ihre Liebe wirbt, sie sollen niemals einen Mann dem anderen vorziehen! Wenn sie ihn auch nicht lieben, so sollen sie doch wenigstens seine Begierden nach ihren Reizen gern befriedigen und damit nicht geizen, d.h. mit einem Worte: sie sollen sich jedermann gegenüber gern und in gleicher Weise prostituieren!...

Es ist gewiß, daß die Frauen im Zustande der Natur *vulgivag* geboren werden, das heißt, sie genießen die Vorteile der anderen Tier-Weibchen und gehören wie diese ausnahmslos allen männlichen Tieren; so waren, daran kann nicht gezweifelt werden, die ersten Naturgesetze und die einzigen Einrichtungen beschaffen, die die Menschen unternahmen. *Eigennutz, Egoismus und Liebe* ließen diese ersten und natürlichen Ansichten verfallen; man glaubte sich zu bereichern, wenn man eine Frau nahm und mit ihr das Vermögen ihrer Familie; damit waren die beiden ersten genannten Gefühle befriedigt; öfter noch entführte man diese Frau und faßte Zuneigung zu ihr; hier sehen wir das zweite Motiv wirksam werden, und es war in jedem Falle eine Form von Unrecht.

Nie kann ein Akt des Besitzens an einem freien Wesen vollzogen werden; es ist ebenso ungerecht, eine Frau ausschließlich zu besitzen, wie der Besitz von Sklaven; alle Menschen sind frei geboren, und alle sind gleich in ihren Rechten: verlieren wir diese Grundsätze niemals aus den Augen. Es kann demnach auch nie einem Geschlecht ein legitimes Recht zuerkannt werden, sich des anderen ausschließlich zu bemächtigen, und nie kann eins dieser Geschlechter oder dieser Klassen die andere nach Gutdünken besitzen. Nicht einmal nach dem reinen Naturgesetz kann eine Frau als Motiv der Verweigerung gegenüber dem, der sie begehrt, die Liebe anführen, weil dieses Motiv einen Ausschluß vornimmt, und kein Mann vom Besitz einer Frau ausgeschlossen werden kann, sobald klar ist, daß sie tatsächlich allen Männern gehört. Der Akt des Besitzens kann nur an einem Gebäude oder an einem Tier vollzogen werden, niemals aber an einem Individuum, das uns ähnlich ist, und alle Fesseln die eine Frau an einen Mann binden können, sind, wie immer ihr sie euch denken mögt, ebenso widerrechtlich wie trügerisch.

Wenn also unbestreitbar ist, daß wir von der Natur das Recht erhalten haben, jeder Frau nach Belieben unsere Wünsche auszusprechen, so ist auch unbestreitbar, daß wir das Recht haben, sie zu zwingen, sich unseren Wünschen zu unterwerfen, aber nicht ausschließlich, dann widerspräche ich mir, sondern nur für den Moment.* Es ist unbestreitbar, daß wir das Recht haben, Gesetze zu erlassen, welche sie zwingen, der Glut dessen nachzugeben, der sie begehrt; da die Gewalt selbst eine der Auswirkungen dieses Rechtes ist, können wir sie legal anwenden. Ja! Hat die Natur nicht dieses Recht beweisen, indem sie uns die Kraft verlieh, sie unseren Wünschen zu unterwerfen?

Vergeblich sollen die Frauen zu ihrer Verteidigung Schamhaftigkeit oder ihre Zuneigung zu anderen Männern ins Feld führen; diese trügerischen Mittel sind nichtig; wir haben oben gesehen, welch künstliches und verächtliches Gefühl die Scham ist. Die

* Man wende hier nicht ein, ich würde mir widersprechen und zerstörte, nachdem ich oben dargelegt habe, wir besäßen kein Recht, eine Frau an uns zu fesseln, nun diese Grundsätze mit der Behauptung, wir hätten das Recht, sie zu zwingen; ich widerhole, daß es sich hier nur um den sinnlichen Genuß handelt, nicht um Eigentum; ich habe kein Anrecht auf Eigentum an einem Brunnen, dem ich unterwegs begegne, aber ich habe sicher das Recht, ihn zu genießen; ich habe das Recht, das klare Wasser zu nutzen, das er meinem Durst anbietet; so habe ich auch keinerlei Recht auf das Eigentum an dieser oder jener Frau, doch ein unbestreitbares Recht darauf, sie zu genießen; und ich habe das Recht, diesen Genuß zu erzwingen, wenn sie ihn mir, aus welchem Grunde auch immer, verweigert.

Liebe, die man *Wahnsinn der Seele* nennen kann, besitzt auch keine besseren Rechte, den Widerstand der Frauen zu legitimieren; da sie nur zwei Individuen, das liebende und das geliebte Wesen, befriedigt, kann sie nicht dem Glück der anderen dienen, und es geschah doch zum Glücke aller und nicht für ein egoistisches und privilegiertes Glück, daß uns die Frauen gegeben wurden. Alle Männer haben also ein gleiches Recht auf den Genuß aller Frauen; nach den Gesetzen der Natur gibt es daher keinen Mann, der ein persönliches und einmaliges Recht an einer Frau beanspruchen kann. Das Gesetz, welches die Frauen in dem uns erwünschten Maße in den oben erwähnten Freudenhäusern zur Prostitution verpflichtet, sie dazu zwingt, wenn sie sich verweigern, und sie bestraft, wenn sie sich versagen, ist also durchaus gerecht, und kein legitimes oder billiges Motiv könnte dagegen ins Feld geführt werden.

Ein Mann, der irgendeine Frau oder ein Mädchen genießen will, kann sie also, wenn die Gesetze, die ihr erlassen werdet, gerecht sind, auffordern lassen, sich in einem der Häuser einzufinden, von denen ich sprach; und dort wird sie ihm unter Aufsicht der Matronen dieses Venustempels zu dem Zweck übergeben, mit Demut und Unterwürfigkeit alle Launen zu befriedigen, die er sich mit ihr vertreiben möchte, wie ausgefallen und ungewöhnlich diese auch sein mögen, denn es gibt keine einzige, die in der Natur nicht vorkäme, keine einzige wird von dieser verleugnet. Man braucht hier nur noch Altersgrenzen festzusetzen; ich meine nun aber, daß man dies nicht kann, ohne die Freiheit dessen einzuschränken, der ein Mädchen dieses oder jenes Alters genießen möchte. Wer das Recht hat, die Früchte eines Baumes zu essen, dem steht es natürlich auch frei, sie grün oder reif zu pflücken, wie es seinen Geschmack entspricht. Doch man wird einwenden, es gäbe ein Alter, in dem die Handlungen des Mannes der Gesundheit des Mädchens deutlich schaden. Diese Erwägung ist völlig wertlos; sobald man mir das Eigentumsrecht am Genuß zugesteht, ist dieses Recht von den Auswirkungen des Genusses ganz und gar unabhängig; von diesem Augenblick an ist es belanglos, ob der Akt dem Objekt, das sich unterwerfen muß, nützt oder schadet. Habe ich nicht bereits bewiesen, daß es legal ist, den Willen einer Frau in dieser Sache zu brechen, und daß sie sich, sobald sie den Wunsch nach dem Genusse hervorruft, diesem auch unterwerfen muß, ohne Rücksicht auf jedes egoistische Gefühl? Das gleiche gilt für ihre Gesundheit. Sobald die Rücksicht auf solche Erwägungen den Genuß dessen, der ihn begehrt, zerstören oder mindern, obwohl er doch das Recht dazu hat, sich ihn zu verschaffen, wird diese Rücksichtnahme auf das Alter nichtig, weil es hier keineswegs um die Empfindungen des Objektes geht, das die Natur und das Gesetz zur augenblicklichen Befriedigung der Begierden des anderen verurteilt haben; in dieser Untersuchung ist nur davon die Rede, was der Begehrende braucht. Wir werden die Sache wieder ins Lot bringen.

Ja, wir werden das Gleichgewicht wiederherstellen, und wir müssen es zweifellos auch; jene Frauen, die wir gerade so grausam versklavt haben, müssen unleugbar entschädigt werden, und dies wird der Gegenstand der Antwort auf die zweite Frage sein, die ich gestellt habe.

Wenn wir zugeben, wie wir es gerade getan haben, daß alle Frauen unseren Begierden unterworfen werden müssen, können wir ihnen gewiß auch gestatten, ihre eigenen ausgiebig zu befriedigen; unsere Gesetze müssen in diesem Punkte ihr feuriges Temperament begünstigen, und es ist absurd, daß man ihre Ehre sowohl als ihre Tugend in die widernatürlichen Anstrengung eingesetzt hat, die sie aufbieten, um jenen Neigungen zu widerstehen, die ihnen in ungleich größerem Maße zuteilgeworden sind als uns; diese Ungerechtigkeit der Sitten ist um so schreiender, als wir zugleich ihrer Schwächung mittels der Verführung zustimmen und sie hernach dafür bestrafen, daß sie all unseren Anstrengungen, sie zu Fall zu bringen, nachgegeben haben. Die ganze Absurdität unserer Sitten liegt, so scheint mir, in dieser ungerechten Abscheulichkeit, und allein ihre Darlegung müßte uns begreifen lassen, wie überaus dringend es wäre, sie gegen reinere einzutauschen. Ich sage also, daß die Frauen, die von der Natur doch lediglich zum Lieben geschaffen sind, sich frei von den Bindungen der Ehe und den Vorurteilen der Scham hingeben sollen? Ist ein weibliches Wesen darum besser oder schlechter, keuscher oder unkeuscher, wenn es als sogenannte Prostituierte einen gewissen Körperteil zwischen ihren Schenkeln mehr oder weniger offen hat und offen zur Schau stellt?! Ist denn Liebe ein Verbrechen und darf man denn nicht... zärtlich sein? Die guten Sitten müssen ihnen das individuelle Vergnügen und Glück gewährleisten und verbürgen, sonst sind sie wertlos!

Die Folgen einer solchen allgemeinen Freiheit in der Liebe nämlich: Kinder ohne legitime Väter sind doch in einer Republik nicht nachteilig, in der alle Menschen eine gemeinschaftliche Mutter und einen gemeinschaftlichen Vater haben, nämlich ihr Vaterland. O, um wieviel mehr werden die, welche niemanden anders kennen als das Vaterland, es lieben, da sie von Geburt an wissen, daß sie nur von ihm alles zu erwarten haben! Glaubt nicht, daß ihr gute Republikaner heranbilden könnt, solange ihr die Kinder, die doch nur der Republik gehören sollen, in ihren Familien isoliert! Indem sie dort nur einigen wenigen Individuen das Maß an Liebe schenken, welches sie auf alle ihre Brüder verteilen müßten, übernehmen sie zwangsläufig die oft gefährlichen Vorurteile dieser Individuen; ihre Meinungen, ihre Ideen isolieren und sondern sich ab und zu den Tugenden eines Staatsmannes werden sie absolut unfähig. Weil sie schließlich ihr Herz ganz denen schenken, die sie geboren haben, finden sie in diesem Herzen keinerlei Zuneigung mehr für die Republik, die ihr Leben erhält, sie erzieht und bildet, als seien diese späteren Wohltaten nicht viel wichtiger als die ersten! Wenn es von größtem Nachteil ist, die Kinder solchermaßen in ihren Familien Interessen aufnehmen zu lassen, die sich von denen des Vaterlandes oft beträchtlich unterscheiden, ist es demnach von größtem Vorteil, sie von ihnen zu trennen; findet diese Trennung nicht auf das natürlichste durch die von mir vorgeschlagenen Mittel statt, da doch, indem alle Ehebande absolut zerstört werden, keine anderen Früchte des Vergnügens der Frauen mehr zur

Welt kommen als Kinder, denen die Bekanntschaft mit ihrem Vater absolut untersagt ist und denen damit auch die Mittel verwehrt sind, einer einzigen Familie anzugehören, statt, wie sie es sollten, einzig dem Vaterland?

Es wird also Häuser geben, in denen sich Frauen unter dem Schutz der Regierung Ausschweifungen hingeben können. Der gegenseitige gemeinschaftliche Besitz der Männer und Frauen oder die freie Liebe oder die Polygamie ist das einzige wahrhafte Naturgesetz, wie bei den Tieren. Die freie und schrankenlose Vereinigung und die beliebige Kopulation der beiden Geschlechter entspricht allein der natürlichen und die Ehe oder die sogenannte Monogamie den unnatürlichen Verhältnissen!

Die Freiheit des Genusses in der Liebe muß den Mädchen aber auch bereits von ihrem frühesten oder zartesten Alter* an gestattet werden, oder doch wenigstens sobald sich der Geschlechtstrieb zu regen beginnt; sie verletzen die Naturgesetze, wenn sie ihren sich regendem Geschlechtstriebe Widerstand entgegensetzen!**

Also, Vertreterinnen des schöneren, charmanteren Geschlechts! Auch Ihr solltet und sollet frei sein in unserem republikanischen Staatswesen und gerade so wie die Männer unge-

* Die Babylonierinnen brachten bereits in ihrem siebten Lebensjahre ihre Erstlinge in den Tempeln der Venus zum Opfer dar, und alle Südländerinnen tun es heute fast im selben Alter. Gerade durch die frühzeitigen Liebesgenüsse und durch die frühzeitigen Äußerungen ihrer Laszivität und Geilheit werden die körperlichen Reize der jungen Mädchen ganz ungemein erhöht und verschönert.

** Man vergleiche zum Beispiel zwei Mädchen gleichen jugendlichen Alters und ungefähr gleicher körperlicher Schönheit miteinander, von denen die eine absolut keusch lebt die andere sich der Prostitution ergibt und man wird sofort den Unterschied zwischen beiden wahrnehmen, der stets zu Gunsten der letzteren ausfällt; das kleine Huren- oder Gassenmädchen wird stets frischer, pikanter, verlockender, charmanter und süßer aussehen als das andere züchtige und keusche, und in allen Stücken Vorrang und Bevorzugung vor der anderen genießen. Wer wüßte es ferner nicht, um wieviel mehr noch eine eventuell erste Schwangerschaftsperiode ein solches blutjunges Mädchen zu verschönern und es körperlich zu idealisieren vermag?

stört und nach Belieben alle Freuden und Genüsse der Liebe und der fleischlichen Wollust kosten dürfen! Fürchtet keine törichten, absurden Vorwürfe und Tadel deswegen! Die alten pedantischen Vorurteile sind in unserem modernen staatlichen Gemeinwesen völlig ausgelöscht und zunichte gemacht. Man wird Euch daher nicht mehr nutz- und zwecklos vor Scham erröten sehen, wenn man jetzt von Euch eine kleine Gunst oder Liebesbezeugung erflehen wird und mit Myrten und Rosen bekränzt werdet Ihr als die angebeteten, süßen Huld- und Liebesgöttinnen der früheren klassischen, griechisch-römischen Zeitepoche... in unserem modernen heutigen Zeitalter wieder auferstehen!...

Wenn wir nunmehr den Ehebruch näher analysieren, so haben wir hier nicht mehr viel hinzuzusetzen. Was die Ehe selbst betrifft, so handelt es sich nicht um die Frage, ob der Ehebruch in den Augen des Volkes, das ihn lediglich duldet, oder desjenigen, das ihn keineswegs duldet, oder desjenigen, das ihn verbietet und bestraft, ein Verbrechen ist, sondern ob die gesamte Menschheit und die Natur durch das Delikt des Ehebruchs beleidigt und verletzt werden. Der Ehebruch ist kein Delikt, kein Laster oder Verbrechen, sondern im Gegenteil eine große Tugend, insofern er uns doch von der Natur geradezu inspiriert und diktiert wird. Gibt es doch nichts Unnatürlicheres oder Naturwidrigeres als die Langweiligkeit oder Ewigkeit des sogenannten ehelichen Bundes, des drückendsten und lästigsten Bundes oder Bandes das es auf Erden geben kann! Man unterscheidet doch in der Liebe zweierlei Arten: die moralische oder pflichtgemäße und die physische oder natürliche. Ebenso wie der Mann seine Maîtresse liebt kann eine Frau doch auch moralisch ihren Gatten anbeten und physisch nebenbei zeitweise ein bißchen den Hausfreund oder sonst jemanden, der ihr gefällt und ihr Vergnügen und den Hof macht, lieben! Überdies hat geradeso wie der Mann seine Geliebten, jede Frau von Temperament stets mehrere Liebhaber unbedingt nötig! Und da auch die Ehre ein ganz konkreter und subjektiver Begriff ist, so kann der Ehebruch und alle anderen sonstigen Seitensprünge seiner lieben Gemahlin die Ehre des

Gatten doch in keiner Weise tangieren, wie es ja ebenso auch umgekehrt hinsichtlich des Ehebruchs des Mannes seiner Gattin gegenüber der Fall ist. In der Republik der alten Griechen war der Ehebruch nicht nur geduldet, sondern auch gestattet und ganz gang und gäbe, ... wie er es übrigens... heute ja auch bei uns ist!...

Bei den Tataren wurden die verheirateten Frauen um so mehr geehrt, je mehr sie sich im Ehebruche prostituierten; sie trugen sogar am Halse gewisse sichtbare Abzeichen ihrer Venuspriesterinnenwürde, an denen man sie sofort erkennen konnte, und man achtete und schätzte gerade die so dekorierten Ehefrauen am allermeisten. In gewissen Teilen des sibirischen Rußlands, sowie der nördlichen Distrikte unserer Hemisphäre liefern und bieten heute noch die Männer ihre eigenen Frauen und Töchter lediglich aus Gastfreundschaft den durchreisenden Gästen und Freunden zugleich mit der Ruhestätte für die Nacht zur gefälligen, freundlichen Benützung an und preisen dabei zugleich deren diverse körperliche Reize wie sie sonst nur ihre schönen Pferde und Wagen zur gefälligen Benützung oder zum Kaufe anzupreisen pflegen. — Nun, und was soll ich Euch erst betreffs des Ehebruchs in unserem heutigen Zeitalter, und zwar speziell bei uns, die wir doch tonangebend darin sind, eventuell noch lang und breit von den liebenswürdigen Schwerenötern, den heiligen Herrn Priestern und Pfaffen erzählen, die ganz allein schon dafür Sorge tragen, daß der Ehebruch bei uns wie in allen anderen katholischen Ländern, in denen die Pfaffen zum Zölibat und der Enthaltsamkeit gezwungen werden — ich sage sorgen, daß der Ehebruch nie zum Aussterben kommt.

Auch der Inzest oder die sogenannte Blutschande ist kein Verbrechen! Sie stärkt die Freiheit der Individuen, die sich nicht genieren ihre Familienbande dadurch noch fester zu verknüpfen, sie schärft und steigert an sich nur die verwandtschaftliche Liebe, die elterliche und geschwisterliche Liebe und erhöht dadurch direkt oder indirekt zugleich auch die allgemeine Liebe zum Vaterlande. Denn da alle Bürger mehr oder minder entweder verwandt und verschwägert werden, so werden sie auch mehr uneigennütziges Interesse und mehr Liebe für ihr gemeinschaftliches und gemeinsames Vaterland haben!

Die Urinstitutionen der Menschen waren sogar der Blutschande günstig, sie schrieben sie sogar vor, denn man findet sie überall bei dem Abschluß der Gesellschaftsverträge der Völker.

Und diese Sitte müßte heute unbedingt in einem freien Staate zum Gesetze erhoben werden, da doch hier bei uns die *Brüderlichkeit* als Basis unseres Staatswesens gilt! Wie konnten doch die Gesetzgeber so einfältig und borniert sein, gerade denen, die von der Natur durch ihre Blutsverwandtschaft oder ihre Blutbande dazu berufen sind, einander am meisten zu lieben, dies nicht zu gestatten?!

Bei den Negerrassen prostituieren sich die Frauen ganz allgemein mit ihren Söhnen, wie die Väter mit den Töchtern und die Geschwister gleichfalls untereinander; wenn der Vater stirbt, so muß dort kodexmäßig der älteste Sohn seine verwitwete Mutter heiraten. In Südamerika koitieren die Männer und Väter ganz allgemein mit ihren Schwestern, wie mit ihren Töchtern, sie leben in Polygamie und heiraten einfach mit den Müttern zugleich deren erwachsene oder kaum flügge gewordenen Töchter. Die allermerkwürdigsten Verwandtschaftsgrade entwickeln sich freilich allmählich daraus; nun bei den polygamen Ehen oder der Weibergemeinschaft oder Vielweiberei ist die Blutschande selbstverständlich doch niemals ausgeschlossen!... Die Notzucht ist ebenfalls kein Sittlichkeitsdelikt, geschweige denn als ein Verbrechen zu bezeichnen, und zwar noch weniger als der Diebstahl! — Denn dieser raubt das Eigentum eines Mitmenschen während jene — die Notzucht — das Eigentum der Mitschwester nicht raubt, sondern doch nur... ein bißchen verschlechtert! Im übrigen aber begeht der Notzüchtende doch lediglich eine Handlung oder Operation, die früher oder später vermittelst der kirchlichen und standesamtlichen Sanktion hierfür doch vor einem anderen Mitbruder ausgeübt worden wäre!

Aber die Sodomie, dies vermeintliche Verbrechen, welches

Pech und Schwefel, Feuer und Flamme auf die Städte Sodom und Gomorrha, die sich ihr ergaben, brachte, ist doch eine ganz ungeheuerliche sittliche Verirrung, die mit den allerhärtesten Bestrafungen belegt werden müßte und sollte?!... Nun, ein unglückliches Individuum zum Tode verurteilen zu wollen wäre geradezu eine Barbarei, ein Wahnsinn, weil doch jede Neigung, ja selbst die größte Geschmacksverirrung und Abnormität in der sexuellen Liebessphäre niemals ein Verbrechen sein kann, zumal dieselbe doch lediglich gerade so wie jeder andere normale Geschmack oder jede andere normale Geschmacksrichtung den Menschen oder vielmehr den Männern von der Natur eingegeben wird!...

Man erschaudert bei dem Gedanken, daß noch keine 40 Jahre vergangen sind, als der Unverstand der Gesetzgeber noch auf diesem Stande war. Tröstet euch, Bürger, solche Absurditäten werden nicht mehr vorkommen: die Weisheit eurer Gesetzgeber bürgt euch dafür. Vollkommen aufgeklärt über die Schwäche bestimmter Menschen, weiß man heute wohl, daß ein solcher Irrtum nicht verbrecherisch sein kann und daß die Natur an der Flüssigkeit, die durch unsere Lenden fließt, kein so großes Interesse genommen haben kann, daß sie sich über den Weg, den wir dieser Flüssigkeit zu geben wünschen, erzürnen könnte.

Welches ist das einzige Verbrechen, das hierin liegen kann? Gewiß nicht, diese oder jene Stelle zu benutzen, es sei denn, man wolle behaupten, nicht alle Körperteile seien gleich und es gebe reine und unreine; doch da ein solcher Unterschied nicht haltbar ist, könnte das einzige Delikt hier in der Verschwendung des Samens liegen. Nun frage ich aber, ob es wahrscheinlich ist, daß die Natur den Samen als derart kostbar ansieht, daß es unmöglich wäre, ihn zu verlieren, ohne ein Verbrechen zu begehen? Würde sie dann diese Verschwendung täglich verursachen, wenn dem so wäre, und kommt es nicht einer Erlaubnis gleich, sie im Traum und beim Geschlechtsakt mit einer schwangeren Frau zuzulassen? Ist es denkbar, daß die Natur uns die Möglichkeit gegeben hat, ein sie verletzendes Verbrechen zu begehen? Ist es möglich, daß sie die Zerstörung ihrer Wünsche durch die Menschen billigt und daß diese dadurch stärker werden als sie? Es ist unerhört, in welch einen Abgrund von Absurditäten man gerät, wenn man beim Nachdenken auf die Hilfe der Fackel der Vernunft verzichtet. Wir wollen deshalb als Gewißheit festhalten, daß es genauso selbstverständlich ist, eine Frau auf diese wie jene Weise zu genießen, wie es völlig gleichgültig ist, ob man ein Mädchen oder einen Knaben genießt, und daß, sobald feststeht, daß keine anderen als die von der Natur gegebenen Neigungen in uns sein können, sie zu weise und zu konsequent gewesen ist, uns mit solchen auszustatten, von denen sie sich beleidigt fühlen könnte.

Die Neigung zur Sodomie entspringt der Veranlagung, und wir sind an dieser Veranlagung völlig unbeteiligt. Kinder im zartesten Alter zeigen schon Geschmack daran und legen ihn nie wieder ab. Manchmal ist sie auch die Frucht der Übersättigung; doch gehört sie, selbst in diesem Falle, weniger der Natur an? Sie ist in jeder Hinsicht ihr Werk, und die Menschen müssen in jedem Falle respektieren, was sie uns eingibt. Wenn mittels einer genauen Untersuchung der Beweis gelänge, daß diese Vorliebe viel stärker berühren kann als die andere, daß die aus ihr gewonnenen Lustempfindungen viel inniger sind und daß deshalb ihre Anhänger tausendmal größer sind als ihre Feinde, könnte man daraus nicht schließen, dieses Laster, weit davon entfernt, die Natur zu beleidigen, diene vielmehr ihren Zielen und an der Fortpflanzung liege ihr viel weniger, als wir törichterweise glauben? Nun, sehen wir uns im Universum um, wieviele Völker, die die Frauen verachten, finden wir doch da! Es gibt deren einige, die sich der Frauen nur bedienen, um zu dem Kind zu gelangen, das nötig ist, um sie zu ersetzen. Der Brauch, daß in den Republiken die Männer zusammenleben, wird dort immer zur Ausbreitung dieses Lasters führen, aber es ist darum gewiß kein gefährliches.

Hätten die weisen Gesetzgeber des alten Griechenlands die Sodomie in ihrer Republik sanktioniert, wenn sie dieselbe als Verbrechen angesehen hätten? Im Gegenteil, sie hielten sie geradezu notwendig für ein kriegerisches Volk. Plutarch berichtet uns mit glühendem Enthusiasmus von den Kriegerbataillionen der Liebenden und Geliebten, d.h. der aktiven und passiven Sodomiten; sie ganz allein verteidigten längere Zeit hindurch ihr Vaterland, denn die Sodomie zementiert oder kittet geradezu brüderliche Bande unter den Kriegern. — In Amerika prostituierten sich bei seiner Entdeckung durch Columbus die passiven Sodomiten sogar durch Anlegung weiblicher Tracht und Kleidung. — In allen Serails der Mohammedaner aller Zonen und Länder findet Ihr noch heute allgemein neben der Vielweiberei die Sodomie oder die Knabenliebe in allerhöchsten Ehren gehalten, ja geradezu vergöttert, wie solches ja auch bei den alten Griechen und Römern der Fall gewesen ist und wie es von einem Martial, Catull, Tibull, Horaz und Virgil in ihren unsterblichen Werken hinlänglich zum Ausdrucke gebracht worden ist!

Wollt ihr eine letzte Autorität hören, für den Beweis, wie nützlich dies Laster in einer Republik ist? Laßt uns Hieronymus den Peripatetiker hören: »Die Knabenliebe«, so sagt er, »breitet sich über ganz Griechenland aus, weil sie Mut und Kraft verleiht und weil sie der Vertreibung von Tyrannen diente; die Verschwörungen bildeten sich unter Liebenden, und man ließ sich eher foltern, als daß man seine Komplizen preisgab; der Patriotismus opferte alles für das Staatswohl auf; man war sicher, daß diese Verbindungen die Republik stürzten, man predigte gegen die Frauen, und es galt als eine dem Despotismus vorbehaltene Schwäche, sich mit solchen Kreaturen zu verbinden.« Immer war Päderastie das Laster der Kriegervölker. Cäsar berichtet, daß die Gallier ihm in außerordentlichem Maße anhingen. Die Kriege, welche die Republiken durchzustehen hatten, förderten dieses Laster, indem sie die Geschlechter trennten, und die Religion erkannte es bald, nachdem man seine dem Staat so nützlichen Folgen erkannt hatte. Bekanntlich heiligten die Römer die Liebe Jupiters und Ganymeds.

Da die Sodomie, gleich wie die Tribadie der Frauen untereinander, auch heute noch auf dem ganzen Weltenrunde verbreitet ist und auch sein wird, solange die Welt und die Menschen auf ihr existieren werden, so kann sie doch auch nimmer mehr oder entschieden noch weniger als die eigentliche Sodomie oder widernatürliche Unzucht mit Tieren oder mit leblosen Wesen wie Leichen oder Statuen etc. etc., als sogenanntes Sittlichkeitsvergehen oder gar als Verbrechen angesehen oder bestraft werden!

Es bleibt uns nun noch übrig die letzte Kategorie der sogenannten Verbrechen gegen unsere Nächsten: den Mord ein wenig näher zu analysieren; und zwar muß man hierbei fragen, ob der Mord:

1. in Bezug auf die Naturgesetze,
2. in Bezug auf die politischen Gesetze zu verwerfen ist;
3. ob er überhaupt der menschlichen Gesellschaft schädlich ist;
4. wie der Mord in einem republikanischen Staate analysiert werden muß und
5. ob der Mord durch einen weiteren Mord vergolten oder gerächt werden soll!

1. Vom Standpunkte der Natur aus betrachtet, ist der Mord kein Verbrechen, denn zwischen den Menschen und den Tieren und den Pflanzen existiert in der Natur, die sie alle gleicherweise geschaffen, kein Unterschied. Denn auch der Mensch wird geboren oder entsteht, wächst, vermehrt sich oder pflanzt sich fort, gerade so wie das Tier und die Pflanze und stirbt ab und wird dann gerade so wie diese nach einiger Zeit zu Staub und Asche, und zwar in Folge seiner den Tieren und Pflanzen vollkommen ähnlichen gesamten organischen Beschaffenheit. Es wäre also vom Standpunkte der Natur aus ein ebenso großes Verbrechen, ein Tier zu töten, und nur unser ungerechtfertigter Dünkel hat einen Unterschied hierin erfunden. Von welchem Werte kann denn aber überhaupt ein Geschöpf, und zwar ebenso das Tier wie der Mensch, sein, welches zu schaffen die Natur ebensowenig Mühe kostet wie es zu zerstören? Sind doch die erzeugenden Stoffe und Elemente, aus denen die Natur die Menschen gleich wie die Tiere und Pflanzen bildet, gerade diejenigen, die nach dem Tode bzw. der Zerstörung und Auflösung derselben oder anderer gleicher Organismen resultieren. — Die Vernichtung aller lebenden Wesen, gleichviel auf welche Art und Weise sie geschieht, ist aber ein fundamentales Naturgesetz, und sie ist

demnach doch lediglich und nichts weiter als eine Veränderung der Formen, der kaum merkliche Übergang vom Leben zum Tode und umgekehrt: die sogenannte Metempsychose des großen Philosophen Pythagoras. — Das Töten oder der Mord kann mithin niemals ein Verbrechen sein, da doch eine Veränderung der Form, die durch den Tod hervorgerufen wird, keine Vernichtung ist, sondern im Gegenteil: ein Wiederaufleben in einer anderen Form und Existenz! Sobald ein Tier zu leben aufhört, bilden sich aus oder auf seinem Kadaver doch sofort kleinere Tiere. Es ist, mit einem Worte gesagt, daher durchaus vernunftgemäß zu behaupten, daß wir der Natur durch den Mord geradezu die größten Dienste leisten oder ihr den größten Gefallen erweisen, da doch hierdurch unsere Beihilfe für ihre ständigen Bemühungen zu fortwährenden Veränderungen der organischen Form und Materie nur ihre Zwecke fördert! Übrigens sind die Triebe zum Töten oder zum Morden lediglich Naturtriebe, gerade so wie es bei den Raubtieren der Fall ist.

Die großen Mordtaten oder die Massenmorde in den Kriegen sind doch auch als nichts anderes aufzufassen, als wie sonst die Massenvernichtung der Menschen durch die Natur, und zwar eventuell durch Natur- oder Elementarereignisse wie die Pest, oder die Seuchenkrankheiten überhaupt, Hungersnot, Schiffbrüche, Feuersbrünste, Explosionen, vulkanische Eruptionen oder Erdbeben u.s.w.. Die Natur selbst mordet also täglich mit der größten Nonchalance und Gleichgültigkeit Tausende von Wesen, die sie geschaffen hat, und der Mensch, das höchstbegabte Wesen in der Natur, sollte sich nicht einmal ein... ganz kleines Mördchen leisten, ein einzelnes Individuum auf die Seite bringen dürfen, das ihm im Wege steht? Nun die Natur hat uns Menschen doch den Haß und die Rache in unsere Herzen und Seelen oder Sinne gepflanzt und somit schließlich auch die Massenmorde: die Kriege, die soviel Unheil und Blutvergießen und Grausamkeiten verursachen!... Und diese Kriegsmordtaten, die ein einziger Souverän mitunter ohne jeden Grund, aus purer Laune oder Wahnwitz heraufbeschwören kann, sie sind doch heute in der Welt ganz allgemein sanktioniert und werden doch nicht als... Verbrechen angesehen, sondern im Gegenteil, als etwas sehr Würdiges, sehr Großes und Erhabenes. — Mithin kann also der Einzelmord ebensowenig wie der Kriegs- oder Massenmord ein Verbrechen gegen die Natur sein! Quod erat demonstrandum!

2. Der Mord ist sogar als ein sehr großer Faktor in der Politik anzusehen. Durch seine Kriege ist doch Rom seiner Zeit die Beherrscherin des ganzen damals bekannten Weltkreises geworden! — Durch den Mord oder diverse Mordtaten bzw. durch die Blutströme der Revolution und des Bürgerkrieges ist auch Frankreich, unser geliebtes Vaterland, jetzt endlich frei! Was ist mithin der Bürgerkrieg wie jeder andere Krieg anderes als eine Kunst und Wissenschaft des Vernichtens und Zerstörens und Mordens? — Sonderbar, ... höchst sonderbar! Die Menschen lehren die Wissenschaft und die Kunst des Kriegführens, also des fürchterlichsten Massenmorden in den sogenannten Kriegsakademien öffentlich, sie belohnen diejenigen, die ihre eingebildeten Gegner oder Feinde töten trotz des Gebotes: *Du sollst nicht töten, sondern Deinen Nächsten lieben wie Dich selbst*; und gleichzeitig verdammen sie ein kleines, winziges Einzelmördchen als das allerschrecklichste Verbrechen! Wo bleibt da die Moral, die Logik, der gesunde Menschenverstand?

3. In sozialer Hinsicht ist der Mord ebenfalls kein Verbrechen. Was liegt denn der menschlichen Gesellschaft an dem Verluste eines Einzelindividuums, eines einzelnen ihrer Mitglieder? Der Tod eines Menschen kann doch keinerlei schädlichen Einfluß auf die ganze soziale Volksmasse haben. Denn wenn dieser getötete Mensch im Leben sogar eine Berühmtheit und eine ganz hervorragende Leuchte gewesen sein mag, so ist doch jeder Mensch im Leben ersetzbar, und der Berühmte wird vielleicht durch eine noch größere Berühmtheit in ihrem Fache und ihren Leistungen wieder ersetzt! — Die Welt oder die Natur würde es aber nicht genieren, wenn ganz plötzlich selbst die Hälfte oder drei Viertel der gesamten Menschheit mit einem Male getötet oder hingemordet würde. In dem Zustande der Übriggebliebenen würde

sich hierdurch ebenfalls nichts weiter ändern, und das Weltall oder die Natur selbst würde deshalb noch lange nicht zu Grunde gehen, oder sich im allermindesten verändern, selbst wenn einmal die gesamte Menschheit auf Erden ausstürbe, sie würde nach wie vor weiterbestehen und aus unseren zerstörten organischen Atomen und Elementen möglicherweise viel bessere Menschen, als wir es sind, erschaffen.

4. Wenn wir nun zu der Frage kommen, wie der Mord in der menschlichen Gesellschaft unter einem republikanischen und zugleich kriegerischen Staatswesen, wie dem unsrigen, aufzufassen ist, so müssen wir vor allem daran festhalten, daß eine große Nation, die das Joch der monarchischen Regierung und Tyrannei abgeworfen hat, um einen republikanischen Staat aufzubauen, sich nur durch Morde und Verbrechen weiterbehaupten kann. Denn wir befinden uns doch bereits im Zustande des Verbrechens, und wollten wir jetzt sogleich vom Verbrechen zur Tugend hinübersegeln, d.h. wieder zahm werden und duckmäuserisch unter das alte abgeschüttelte Joch kriechen, nun so würde unser baldigster Zusammenbruch das sichere Resultat sein! Alle intellektuell großen Ideen müssen in einem freien Staate lediglich den Spuren der Natur folgen, die sie auf den richtigen Weg weist, und so geben sich auch heute noch gerade die freiesten und unabhängigsten Völker dem Morde bzw. dem sogenannten oder vermeintlichen Verbrechen des Mordens am allermeisten hin. Hierfür lassen sich unzählige Beispiele aus der Geschichte aller Völker und Zeiten anführen! — In Sparta ging man auf die Sklaven-Jagd, genau wie bei uns auf die der Rebhühner. Man entledigte sich der damaligen, im Kriege gefangenen Feinde, der sogenannten Heloten oder Sklaven ganz einfach durch Erschießen, um sie nicht zu Hause erst noch lange füttern zu dürfen. In Italien ist doch heute noch der Geheimbund der sogenannten *Mafia* erlaubt, der ganz ungeniert die Blutrache auf seine Fahne geschrieben hat und höchst selbst Richter und Henker zugleich in einer Person spielt! Viele wilde Völker töten heute noch ihre Familienangehörigen, wenn sie alt und gebrechlich sind, gerade so wie es instinktiv die Tiere

tun. Sie töten ebenso ihre neugeborenen Kinder, wenn sie ihnen nicht schön genug oder gar mißgestaltet oder nicht kräftig genug erscheinen; wie es auch die alten Griechen mit ihren männlichen Neugeborenen taten, wenn diese ihnen nicht wohlgestaltet oder kräftig genug zu sein schienen, um späterhin als kraftvolle Jünglinge die Republik, ihr Vaterland, schützen und verteidigen zu können. Bei den alten Germanen hatte nicht nur der Häuptling, sondern jeder Familienvater das unbeschränkte Recht über Leben und Tod eines jeden Mitgliedes der ganzen Familie, vielfach sogar hinsichtlich der entferntesten Verwandten.

Schließlich glaubte man überall zu recht, daß der Mörder, der seine Sensibilität soweit unterdrückt, daß er seinesgleichen zu töten und der öffentlichen oder privaten Rache zu trotzen vermag, überall glaubte man, daß ein solcher Mann nur sehr mutig und folglich in einem republikanischen Staat sehr wertvoll sein könne. Durchforschen wir Nationen, die noch wilder und nur zufrieden waren, wenn sie Kinder, und zwar oft ihre eigenen, hinschlachteten, so sehen wir diese Handlungen allgemein verbreitet und häufig im Gesetz verankert. Mehrere wilde Völker töten ihre Kinder sogleich nach der Geburt. Bis der Sitz des Kaisertums verlegt wurde warfen alle Römer ihre Kinder, die sie nicht ernähren wollten, auf den Schindanger. Die alten Gesetzgeber hatten nicht die geringsten Skrupel, Kinder dem Tod zu weihen, und nie unterdrückte eins ihrer Gesetzbücher die Rechte, die ein Vater über seine Familie zu besitzen glaubte. Aristoteles befürwortete die Abtreibung; und die antiken Republikaner, die voll von Enthusiasmus, von Eifer für das Vaterland waren, kannten durchaus nicht jenes individuelle Mitleid, das man bei den modernen Nationen antrifft; man liebte seine Kinder weniger, doch sein Vaterland liebte man mehr. In China findet man noch heute in den frühesten Tagesstunden eine Unmasse von Neugeborenen und Säuglingen, lebend oder tot von ihren Eltern ausgesetzt, auf den Straßen liegen, die öffentlichen Totengräber schaufeln sie ganz einfach auf einen großen Düngerkarren und werfen sie in die erst beste Kompostgrube. Mitunter entledigen schon die Hebammen die Mütter von den lästigen Kleinen dadurch, daß sie sie einfach in einer Bütte siedenden Wassers ertränken und dann hinterm Hause in den Kanal werfen. Der berühmte Reisende und Schriftsteller Duhalde gibt die Anzahl der auf diese Weise täglich ausgesetzten, getöteten und hingemordeten Kinder auf mehr als 30.000 an! Ist es nicht weise und vernunftgemäß, der stets wachsenden Zahl der Menschen bzw. der Übervölkerung in einem Staate auf diese Weise Dämme entgegenzusetzen und das um so mehr noch in einem republikanischen Staatswesen? Denn im monarchischen Staate muß die Bevölkerung doch geradezu gesteigert werden, schon weil die Herren Herrscher sich nur durch die größere Zahl der Einwohner vielmehr durch deren somit größere Steuerbeiträge selber bereichern können. Die Revolutionen in den Monarchien sind aber schließlich nichts anderes, als die Wirkung dieser Übervölkerung, wie ihre Motive die Beseitigung ihrer Urheber der Monarchen selber sind.

Hütet euch, ein Volk zu sehr anwachsen zu lassen, in dem jegliches Einzelwesen souverän ist, und seid gewiß, daß Revolutionen immer nur Auswirkungen von Überbevölkerung sind. Wenn ihr für den Glanz des Staates euren Kriegern das Recht verleiht, Menschen zu töten, so verleiht für die Erhaltung eben desselben Staates jedem Einzelnen das Recht, so oft er es will, und da er es doch tun darf, ohne gegen die Natur zu verstoßen, sich seiner Kinder zu entledigen, die er nicht ernähren kann oder aus denen der Staat keinerlei Nutzen ziehen kann; verleiht ihm auch das Recht, sich auf seine Gefahr aller Feinde zu entledigen, die ihm Schaden zufügen können, weil die Auswirkung dieser an sich völlig belanglosen Handlungen darin bestehen wird, die Zahl eurer Bevölkerung in einem vertretbaren Maß zu halten und nie so zu vergrößern, daß sie eure Regierung stürzt. Laßt die Monarchisten sagen, ein Staat sei nur groß infolge seines außerordentlichen Volksreichtums: solch ein Staat wird immer arm sein, wenn seine Bevölkerung die Ernährungsmöglichkeiten übersteigt, und immer blühend, wenn er mit seinen Überschüssen durch Beschränkung auf das rechte Maß Handel treiben kann. Beschneidet ihr nicht den Baum, wenn er zuviele Zweige hat? Und schneidet ihr nicht zur Erhaltung des Stammes die Äste ab? Jedes System, das von diesen Grundsätzen abweicht, ist eine Verirrung, deren Fehler uns bald den völligen Einsturz des Gebäudes bringen würden, das wir gerade erst mit soviel Mühe errichtet haben; doch, um die Bevölkerung zu verringern, sollte man nicht den Menschen vernichten, wenn er schon da ist. Es ist nicht recht, die Tage eines wohlgestalteten Individuums abzukürzen; richtig ist hingegen, sage ich euch, ein der Welt mit Sicherheit unnützes Wesen daran zu hindern, zum Leben zu gelangen. Die menschliche Art muß von der Wiege an gereinigt werden: das, von dem ihr voraussetzt, daß es der Gesellschaft nie nützlich werden kann, müßt ihr gleich von ihr abtrennen; dies sind die einzigen vernünftigen Mittel zur Verminderung einer Bevölkerung, deren allzu starke Vermehrung, wie wir soeben bewiesen haben, verhängnisvoll wäre.

Es wird Zeit zusammenzufassen.

5. Der Mord soll und darf in einem freien Staate nicht durch einen anderen Mord gerächt werden!... Keinesfalls! — Ich begnadige Dich, sagte Ludwig der XV zu seinem Günstling Charolais, der einen Menschen lediglich zu seinem Vergnügen getötet hatte, doch begnadige ich auch denjenigen, der Dich töten wird! Die ganze Basis, der ganze Schwerpunkt, des Gesetzeskodex liegt in diesen zwar erhabenen und pathetischen jedoch ungerechten, die Natur beleidigenden Worten.

Ist denn der Mord ein Verbrechen oder ist er es nicht? — Wie ich nunmehr wohl sattsam bewiesen zu haben glaube, ist er kein Verbrechen! Nun, und wenn der Mord kein Verbrechen ist, so kann man ihn doch auch unmöglich bestrafen oder rächen wollen; wenn er aber wirklich ein Verbrechen ist, durch welche stupiden und barbarischen Gründe will man ihn dann durch ein ähnliches oder vielmehr durch das selbe Verbrechen strafen und rächen?

Es erübrigt uns zum Schlusse unserer heutigen kleinen Abhandlung noch über die Pflichten des Menschen gegen sich selbst zu sprechen. Das einzige Verbrechen, das der Mensch in dieser

Beziehung begehen kann, dürfte der Selbstmord sein. Ich will und mag mich nicht erst lange über den Wahnwitz der Gesetzgeber aufregen, die den Selbstmord als Verbrechen stempeln und ihn, vielmehr den Versuch hierzu, sogar bestrafen wollen; als wenn derjenige sich nicht schon genug damit bestraft, der sich selbst mordet! Ich verweise alle, die noch Zweifel haben könnten, an den berühmten Brief Rousseaus. Fast überall im Altertum wie im Mittelalter war der Selbstmord vom Staate und von der Religion nicht nur geduldet, sondern sogar autorisiert! Man tötete sich vielfach öffentlich vor allem Volk, — wie heute noch in Japan durch das Harakiri oder Bauchaufschlitzen — und gab diesem hiermit das erhabenste Schauspiel zur gefälligen Nachahmung. Die unsterblichen Heldentaten der Römer in ihren Kriegen waren doch auch nichts anderes als Selbstmorde, und es geschieht doch auch noch heute bzw. in unseren heutigen Kriegen, daß sich Feldherrn, Offiziere und Soldaten geradezu den feindlichen Geschossen exponieren oder ihnen direkt entgegenrennen, wie es sonst in anderen Fällen nur wirkliche Selbstmörder tun würden; sie sterben dann lediglich einen selbstmörderischen Heldentod!...

Nun, Franzosen, Mitbürger! Lasset auch uns einen derartigen Selbstmord nicht scheuen, wenn unsere Republik, unser heutiger freier Staat, den wir nur durch das Blut unserer Mitbrüder teuer erkauft haben, dereinst in Gefahr kommen sollte, wieder von neuem einem tyrannischen Despoten in die Hände zu fallen! Als Rom von den Galliern erobert wurde, gaben sich die berühmtesten Senatoren den Tod; wenn wir denselben Geist wieder aufnehmen, machen wir uns dieselben Tugenden zu eigen. Während des Feldzuges von '92 hat sich ein Soldat aus Kummer darüber das Leben genommen, daß er seinen Kameraden nicht in das Gefecht von Jemmapes folgen konnte. Wenn wir uns ständig zur Höhe dieser stolzen Republikaner aufschwingen, werden wir sie bald an Tugend übertreffen: die Staatsform macht den Menschen. Eine so lange Gewöhnung an den Despotismus hatte unsere Tapferkeit ganz geschwächt; sie hatte unsere Sitten verfallen lassen, doch wir werden eine Wiedergeburt erleben; bald wird man erkennen, welch erhabener Taten der französische Geist, der französische Charakter fähig ist, wenn wir frei sind; laßt uns um den Preis unseres Vermögens und unseres Lebens die Freiheit verteidigen, die uns schon soviele Opfer gekostet hat, und laßt uns keinen von diesen betrauern, wenn wir zum Ziel gelangen; sie selbst haben sich alle freiwillig aufgeopfert; wir wollen nicht, daß ihr Blut umsonst geflossen ist. Aber Einigkeit... Einigkeit, oder die Frucht all unserer Mühen wird uns verlorengehen; laßt uns hervorragende Gesetze auf der Grundlage der Siege aufstellen, die wir davongetragen; unsere ersten Gesetzgeber, die ja noch Sklaven des Despoten waren, den wir endlich beseitigt haben, hinterließen uns Gesetze, die dieses Tyrannen würdigt waren, den sie noch beweihräucherten: erneuern wir ihr Werk, bedenken wir, daß wir endlich für Republikaner und Philosophen arbeiten werden; unsere Gesetze sollen so milde sein wie das Volk, das sie lenken müssen.

Damit kein Rückschritt geschehe, lasset uns alle einig sein, laßt uns die *Freiheit*, *Gleichheit* und *Brüderlichkeit* nicht nur auf unsere Fahnen schreiben und dieselben hoch halten, sondern diese Tugenden in unserem sozialen Miteinanderleben und Vorwärtsstreben auch wirklich betätigen!... Machen wir unser Vaterland und dadurch uns selbst durch gute, weise und vernünftige Gesetze, durch Eintracht und strenges Meiden jeglichen Brüderzwistes zu dem berühmtesten, von allen anderen Völkern beneidetsten Staate, auf der ganzen Welt!

Wenn ich hier, wie ich es getan habe, die Nichtigkeit und Gleichgültigkeit einer Unzahl von Handlungen darlege, die unsere Vorfahren, von einer falschen Religion verführt, als verbrecherisch betrachteten, vermindere ich unsere Arbeit auf wenige Dinge. Erlassen wir nur wenige, aber gute Gesetze; — es geht nicht darum, die Verbote zu vervielfachen, es ist nur davon die Rede, denen, die man einführt, Unangreifbarkeit zu verleihen; — die Gesetze, die wir verkünden, sollen nur die Ruhe des Bürgers, sein Glück und den Ruhm der Republik zum Ziele haben; aber ich möchte nicht, Franzosen, daß, nachdem ihr den Feind aus dem Lande vertrieben habt, euch der Eifer bei der Verfolgung eurer Grundsätze noch weiter drängt; nur mit Feuer und Schwert könntet ihr sie bis an die Grenzen des Universums tragen. Bevor ihr solche Beschlüsse verwirklicht, erinnert euch an den kläglichen Erfolg der Kreuzzüge. Wenn der Feind jenseits des Rheins steht, so glaubt mir, bewacht eure Grenzen und bleibt zu Hause; belebt euren Handel, verschafft euren Manufakturen neue Energie und neue Märkte; führt eure Künste zu neuer Blüte, fördert die Landwirtschaft, die in einem Staat wie dem euren so wesentlich ist und deren Geist sein müßte, alle versorgen zu können und niemandes zu bedürfen; laßt die Throne Europas von selbst zusammenbrechen: euer Beispiel und Wohlergehen wird sie bald umstoßen, ohne daß ihr euch einzumischen braucht.

Wenn ihr in eurem Innern unüberwindlich und euer wohlgeordneten Zustände und guten Gesetze wegen Vorbild aller Völker seid, werdet ihr alle Staaten der Welt dazu zwingen, euch nachzuahmen, und ein jeder wird es sich zur Ehre rechnen, mit euch verbündet zu sein; aber wenn ihr des eitlen Ruhmes wegen, eure Grundsätze in die Ferne zu tragen, die Sorge um eure eigene Glückseligkeit aufgebt, dann wird der bloß schlummernde Despotismus wiedererstehen, innere Zwistigkeiten werden euch zerrütten, eure Finanzen und Soldaten werden erschöpft sein, und all dies, um schließlich wieder die Ketten eurer Tyrannen zu küssen, die euch während eurer Abwesenheit unterjochten; alles, was ihr begehrt, könnt ihr erreichen, ohne eure Häuser zuverlassen;

Mögen sich dann die anderen Nationen an unserer *grande nation* ein Beispiel nehmen und ebenso frei und einträchtig und glücklich sein wie wir, die wir ihnen durch unser mustergültiges, eines republikanischen Staates würdiges Verhalten die Bahnen hierfür vorschreiben!...

Eugénie *(sich von dem Chevalier los machend und auf Dolmancé zueilend)*: Wundervoll!... Welche Begeisterung besonders zum Schlusse des Ganzen!... Der Aufsatz stimmt in so vielen Dingen auffallend mit ihren Ansichten überein, daß ich versucht bin, sie für den Verfasser zu halten. Falls dies so sein sollte, mein aufrichtigstes Kompliment für Ihre schriftstellerischen Lorbeeren, die Sie sich doch zweifelsohne hiermit erwerben werden!... Nur eines gruselt mich offengestanden ein bißchen, nämlich was Sie da alles von dem erlaubten Morde und dem Morden überhaupt schreiben!

Madame de Saint-Ange: Komm her an meine Brust, mein lieber Professor, Dolmancé, Du mein getreuer Gesinnungsgenosse! Hast Du mir speziell doch alles dieses wie aus der Seele geschrieben!... *(Sie umarmt und küßt ihn leidenschaftlich.)*

Chevalier de Mirvel: Auf einige oder speziell einen ganz besonders krassen Widerspruch in Deiner Broschüre möchte ich Dich doch mal aufmerksam machen, alter Freund! Du schwätzest da so viel von *Freiheit* und insbesondere von *Gleichheit*, *Brüderlichkeit* u.s.w. Du sagst: der Reiche solle seine Güter mit seinem armen Mitbruder teilen, da es andernfalls kein Verbrechen wäre, ihm sein Hab und Gut gewaltsam fortzunehmen bzw. es ihm ganz einfach zu stehlen! Wie würde es aber Dir gefallen, wenn man Deinen wohlgefüllten Geldschrank plötzlich über Nacht entleeren würde, so daß Du selber arm wie eine Kirchenmaus würdest, ja womöglich ein Bettler und auf die Wohltätigkeit anderer, Deiner sogenannten Mitbrüder, angewiesen? Wäre es in diesem Falle nicht richtiger, daß das einmal gleichviel ob auf redliche Art und Weise oder sonstwie erworbene Eigentum auch fernerhin von den Gesetzen geschützt bliebe und daß stattdessen wie bisher lediglich die barmherzige Nächstenliebe und die Wohltätigkeit gegenüber der unverschuldeten oder verschämten Armut, gegenüber Krüppeln, Siechen oder Kranken, die nicht arbeiten können, Platz greift und ihr freiester Spielraum gelassen würde?...

EUGÉNIE: Ja ja, ich denke gerade und ganz genau so wie mein geehrter Herr Vorredner, mein lieber Bräutigam!... Ich finde gar manche Ihrer Prinzipien, vom Standpunkte der reinen Menschlichkeit betrachtet, doch ein bißchen sehr gefährlich!...

DOLMANCÉ: Ach was! Papperlapapp!... Lassen Sie sich doch nicht immer nur von der Stimme Ihrers Herzens beeinflussen und glauben Sie doch nicht immer — ebenso auch Du, mein lieber Chevalier — an die sogenannte aufrichtige, barmherzige Nächstenliebe und dergleichen ähnlichen Rummel u.s.w.!...

CHEVALIER DE MIRVEL: Na, ich wünschte Dich nur einige Zeit lang in einer ähnlichen Lage wie tausende und abertausende unserer Arbeiter, die lediglich von ihrer Hände Arbeit leben. Wie würde Dir ein solches Leben gefallen, der Du gewöhnt bist, Deinen vom Rausche der Vergnügungen aller Art ermüdeten Körper allnächtlich auf luxuriösen, weichen Daunen zu betten, wenn Du nun mit einem Male mit einem einfachen Strohlager, oder einem Bündel Stroh in der Herberge oder gar in einem Stalle oder einer Scheune, oder auch auf dem nackten kalten Erdboden vorlieb nehmen müßtest? Statt Deiner bisherigen leckeren und opulenten, lukullischen Mahlzeiten müßtest Du dich dann mit einem Stückchen trockenen Brotes begnügen, mitunter sogar an Deinen eigenen Hungerpfoten saugen! Wie würde Dir nun dies alles gefallen und behagen?... Wie würdest Du, Barbar, in dieser Deiner bejammernswerten Lage, falls Du nicht zu einem professionellen Diebe, Räuber und Verbrecher herabsinken willst, einen uneigennützigen Wohltäter segnen, der seine Nächstenliebe und Brüderlichkeit im wahren Sinne des Wortes durch seine Wohltätigkeit an Dir betätigt und Dir die Mühseligkeiten und die schwere Bürde Deines Lebens ein bißchen erleichtert?... Nicht wahr? Habe ich Recht oder nicht?... Eugénie und Du liebe Schwester, gebet ihr mir doch wenigstens Recht; lasset und verwerfet meinetwegen allen Glauben an ein höheres Wesen, aber verwerfet nicht auch zugleich jegliche edlen und humanen

Regungen Eures Herzens Euren Mitmenschen und Nächsten gegenüber! Ich bin zwar noch jung und dabei Atheist, Roué, und zwar sogar ein großer Wüstling vor dem Herrn und zu allen Raffinements und Schandtaten in punkto amoris wie z.B. auch zur Blutschande mit der eigenen Schwester fähig, ich mache mir wie gesagt, keinerlei Gewissensbisse daraus, gleichwohl habe ich mir jedoch bis jetzt meine Herzensregungen gegenüber der Not und dem Elende meiner Mitmenschen stets erhalten und bewahrt!...

DOLMANCÉ: Ja ja, mein Junge! Eben weil Du noch jung, und zwar noch gar zu jung bist, kennst Du die Welt nicht oder noch nicht genügend, es fehlt Dir eben an Erfahrungen und an Weltkenntnis! Du kennst noch nicht die Perfidie, die Hinterlist und Falschheit, die Heuchelei und den Undank in der Welt und wenn Du älter sein wirst, wirst Du es sein, der mir Recht geben wird und Dir dabei auch weiter keinerlei Gewissensbisse machen, ... mein lieber Junge!...

CHEVALIER DE MIRVEL: Gewissensbisse und Reue entspringen doch lediglich aus unserem Herzen. Alle Deine Sophismen oder Sophistereien können doch nichts daran ändern oder dies einfach wegleugnen wollen!...

DOLMANCÉ: Aus unserem Herzen?... Was sind denn die sogenannten Herzensregungen?... Was ist denn überhaupt das Herz? Es ist doch anatomisch lediglich ein Muskel wie jeder andere auch, der lediglich und allein die Blutzirkulation reguliert, ... sonst weiter nichts tut und tun kann! Es gibt doch also gar keine anderen Herzensregungen oder Bewegungen als die, welche diese Blutpumpstation naturgemäß zu leisten hat, nämlich das Blut im Körper von den Arterien in die Venen und umgekehrt wieder zurück zu pumpen, ... gerade ebenso wie die Lungen das Geschäft des Atmens besorgen oder regulieren und wie ein jedes andere menschliche und tierische Eingeweide seine ganz besonderen Funktionen von der Natur vorgeschrieben erhalten hat. Was faselst Du also fortwährend von Deinem sogenannten Herzen? Der Ochse hat doch auch ein Herz, und zwar ein noch viel größeres als der Mensch und kennt trotzdem keinerlei derartige Regungen oder Gefühlsduseleien!...

MADAME DE SAINT-ANGE: Ja ja, geliebter Bruder, ... Freund Dolmancé hat Recht; ich gebe ihm für meine Person vollkommen Recht, er spricht mir aus der Seele!... Höre also nun schon mal lieber mit Deinen sentimentalen Gefühlsduseleien auf!... Vögle uns statt dessen doch lieber ein bißchen! Wir sind doch heute hier nicht zusammen gekommen, um lediglich Trübsal zu blasen und uns dem allgemeinen Weltschmerze zu ergeben, sondern um zu vögeln!... Außerdem störst Du doch geradezu unsere beabsichtigte weitere Ausbildung unserer kleinen Schülerin Eugénie, dieser süßen reizenden Mademoiselle, Deiner Braut!... Oder glaubst Du Dich gerade mit diesen Deinen Perorationen bei Deiner Braut ganz besonders einzuschmeicheln und ihr damit besonders imponieren zu wollen?...

EUGÉNIE: Ja, ja, mein lieber Chevalier! Ich muß Ihrer Schwester ebenfalls in allen Stücken Recht geben!... Und Sie Dolmancé, Professorchen, Sie triumphieren wiederum in meinen Augen vollkommen über dem Chevalier! Seine Lehren können mir in der Tat nicht allzusehr imponieren, ... wogegen mich die Ihren verführen, ... blenden! Ah, ... glauben Sie mir doch, Chevalier, ... schwärmen Sie lieber ein bißchen von Ihren Passionen und Heldentaten in der Liebe als von Ihren tugendhaften Herzenskaprizen wenn Sie eine junge Dame verführen oder ihr besonders imponieren wollen!... Übrigens, geliebte Freunde, Eure Unterweisungen oder meine weitere Ausbildung durch Euch kann und wird er doch nicht stören, und zwar einfach deshalb nicht, weil dieselbe ja schon beendet ist. Ja, ja, Euer Werk ist beendigt! Eure Lehren und Eure Prinzipien sind mir bereits derart in Fleisch und Blut übergangen, daß es kein Zurück mehr für mich gibt oder daß die Sophismen Deines Bruders noch irgend einen Eindruck auf mich machen, oder gar Eure Prinzipien zu zerstören vermögen!...

DOLMANCÉ: Komm her, meine reizende kleine Schülerin! Laß Dich hierfür von mir ein bißchen küssen und lieb haben! *(Er küßt sie feurig auf ihren Mund, sodann auf ihren Hintern, den er von dem Gazeröckchen entblößt, bis sie sich nach einer Weile von ihm frei macht.)*

MADAME DE SAINT-ANGE: Und von mir gleichfalls, kleiner geliebter, süßer Engel! *(Sie umarmt, küßt und schnäbelt sie auf's allerzärtlichste und versucht sie dann, sich niederbückend, zu minettieren was Eugénie jedoch refüsiert.)*

CHEVALIER DE MIRVEL *(seinerseits nunmehr Eugénie in seine Arme nehmend und sie zärtlich küssend und liebkosend)*: Nun, ich erkläre mich Euch allen gegenüber feierlichst für geschlagen, ... für besiegt! Ich werde also meine Moral und meine tugendhaften Herzensregungen für mich allein behalten, nicht wahr Schwesterlein, ... nicht wahr, meine süße Braut, geliebter, holder Schatz?!...

MADAME DE SAINT-ANGE: Ja, ja, mein lieber Bruder, ... so ist's recht von Dir, ... so gefällst Du mir wieder ein bißchen besser!... Vögle uns also lieber gleich ein bißchen und behalte Deine Moralpredigten für Dich oder für andere Kreise als die unsrigen. Wir dispensieren Dich ganz feierlichst davon!...

EUGÉNIE *(da der Chevalier bereits Miene und Anstalten macht, der Aufforderung seiner Schwester zunächst an ihr, seiner Braut, nachzukommen)*: Halt, halt!... Nein, nein, ... mein lieber Chevalier, ... heute gibt's das nicht... bei... mir... und auch wohl nicht in acht Tagen oder Wochen! *(Sie hebt ihr Gazeröckchen von vorne hoch und spreizt ein wenig ihre vollen, üppigen, lediglich mit hohen schwarzen Seidenstrümpfen bekleideten, fein geschnitten Beine.)* Seht da!... Ihr habt mir gestern ja das arme, ... kleine... Ding... da unten... vollständig kaputt... zu Schanden gerissen!... Also, ansehen ja, ... aber anrühren... mit Deinem... Riesen... nicht, ... wenn ich bitten darf, ... oder doch höchstens mit dem Finger, ... oder mit der Zunge, und zwar nur allein... da... oberhalb an meinem kleinen Kitzler, also nicht, ... keineswegs... mit irgend einem anderen Instrument, ... Ihr versteht mich doch meine Herren!... — Vor allen Dingen hätte ich noch eine kleine wichtige Frage an Sie, Herr Professor, zu richten!...

Lasse mich also noch ein Weilchen in Ruhe bitte mein lieber Chevalier, ... oder bleibe meinetwegen auch zu meinen Füßen hier vor dem Kanapee... und lecke... und lutsche... inzwischen... weiter... an meinem... an Deinem... bräutlichen Juwel... wie Du ihn nennst... meinen kleinen, ... immer so aufgeregten, ... so leicht zu Tränen gerührten Kitzler! Ah! Ah! Wie süß Du das doch... immer wieder... zu... machen... verstehst... mit Deiner weichen... zärtlichen Zungenspitze!... Ah!... Ah!... Ich... spritze... schon... wieder!... — Also... sagen Sie mal, Professorchen, — nun, ... bleib nur... meinetwegen... weiter... zwischen meinen Beinen sitzen, mein lieber Chevalier, wenn Dir's gar so ausnehmend da gefällt — ich habe doch gestern Abend bei unseren diversen Tableaux vivants, insbesondere bei den Ensemble-Gruppen in denen Sie selber sodomitisch tätig waren, namentlich wenn es galt die Rute oder die Peitsche oder den Ochsenziemer zu schwingen und meinen armen — nun, wie nannten Sie ihn doch schon, meinen Hintern?... ach ja!... meinen Kallipygen... zu zerbläuen, zu schinden, aber auch dann, wenn Sie es bei dem noch Kallipygeren meiner Freundin, Madames... taten, bei Ihnen eine Art von Feuer, ich möchte fast sagen von Roheit wahrgenommen, daß Sie meiner Meinung nach fähig gewesen wären, uns wirklich dabei oder dadurch tot zu schlagen! Ist diese Grausamkeit bei der Flagellation faktisch ein wesentliches und notwendiges Requisit des Genusses; erhöht sie denn nach Ihrer Meinung wirklich die geschlechtliche Wollust bei dem Flagellanten so sehr... oder ist dies lediglich eine ihnen eigene Geschmacksverirrung?... Halten Sie den Gegenstand, der Ihnen zur Befriedigung dieser Ihrer geschlechtlichen Gelüste und Launen dient, für ganz gefühllos, für gar nichts, ... ich meine für ein ganz unempfindliches oder lebloses Wesen, mit dem Sie eben machen können was Ihnen beliebt?...

DOLMANCÉ: Allerdings! Sie haben Recht!... Dafür halte ich sie allerdings diese Person, die ich meinen Gelüsten dienstbar mache oder die sich mir freiwillig hingibt. Das habe ich ihnen doch gestern bereits mehrfach expliziert, meine kleine, reizende, jedoch leider etwas unaufmerksame Schülerin!... Sie haben gestern Abend bei Ihrer Zerstreuung und bei Ihrem Kokettieren mit den beiden anwesenden riesigen Mannesinsignien, die Ihre Gedanken abgelenkt haben, nur nicht genau aufgepaßt, was ich Ihnen doziert habe!... Mag diese Person meinen eigenen Genuß teilen oder nicht, mag sie dabei selber Befriedigung oder Gleichgültigkeit oder gar Schmerzen, Martern, Qualen und Torturen empfinden und furchtbar leiden, das ist mir absolut gleichgültig!...

EUGÉNIE: Nun, das Letztere ist Ihnen doch wohl noch ein bißchen lieber.

DOLMANCÉ: Ich leugne es keineswegs! Es ist mir ungleich lieber!... Martern und Schmerzen meines Opfers sind lediglich geeignet, ein Vergnügen, meinen Hochgenuß und meine geschlechtliche Wollust noch mehr anzustacheln, zu erhöhen, zu potenzieren; ich habe Ihnen die Motive oder Gründe hierfür ja gestern bereits unter dem Kapitel: Über die Grausamkeit in der Liebe des Näheren und Weitläufigeren auseinandergesetzt und detailliert!... — Werfen Sie in Gedanken mit mir einen Blick in die mohammedanischen, selbst in die christlichen Serails oder Harems in Europa, Asien und der übrigen Welt und Sie werden finden, daß die Herren Sultane und Paschas oder wie sie sonst heißen mögen, diese großmächtigen und viel vermögenden Herren vermögend im Doppelsinne des Wortes — wenn ihnen ihr Szepter, ich meine den sie zwischen den Beinen haben, steht, nur kommandieren oder den Handschuh hinwerfen und sklavischen Gehorsam für alle ihre Gelüste, selbst die perversesten Neigungen heischen und sich den Teufel darum scheren, ob ihr Opfer dabei Lust und Genuß oder Schmerzen und Qualen empfindet. Sind sie befriedigt oder das Opferlamm kaputt gemartert, so entfernt es sich oder wird ganz einfach... fortgeschafft und vivat sequens um eventuell einem neuen, anderen Platz zu machen! — Selbst wenn die Herren Potentaten oder Haremchefs nur einfach vögeln und sonst weiter nichts tun, würden sie es als höchst respektwidrig finden, wenn es ihren Favoritinnen einfallen würde auch Genuß hierbei zu empfinden oder gar' den Genuß ihres Herrn und Gebieters zu teilen, sie würden sogar dafür bestraft werden, eventuell mit Ruten zu Tode geprügelt werden.

Der berühmte König oder Schah Achim von Persien ließ einem jeden weiblichen Wesen, das sich erdreistete, in seiner Gegenwart beim Vögeln oder bei der bekannten Krise dem sogenannten Fertig werden einen Liebesseufzer laut werden zu lassen, das Köpfchen abschlagen oder machte es höchst selbst mit seinem krummen Persersäbel um ihr Köpfchen kürzer. Dieser Autokrat, Selbstherrscher und tyrannische Despot hatte eine eigene weibliche Amazonenleibgarde. Auf einen einzigen Wink von ihm mußten deren Mitglieder seinen Befehlen und Gelüsten den striktesten Gehorsam leisten, andernfalls ereilte sie sofort der allergrausamste Tod, oder die schrecklichsten Strafen. Martern und Greuel in dieser Beziehung ereigneten sich alltäglich entweder von seiner eigenen Hand oder unter seinen höchsteigenen königlichen Augen zu seiner Augenweide durch seine Henkersknechte.

Ja, ja, meine liebe Eugénie, derartige Prinzipien sind tatsächlich in der Natur begründet, daß diejenigen weiblichen Personen die unseren Sinnengelüsten frönen, dabei nicht an sich selbst oder ihren eigenen Genuß denken dürfen, sondern lediglich an den unsrigen, ich meine den ihrer Herren und Gebieter. Genießen sie — die weiblichen Wesen selbst dabei, so beeinträchtigen sie unseren Genuß. Es scheint, als ob wir weniger Vergnügen dabei empfänden, wenn wir ihn erst mit einer anderen Person teilen, diesen Genuß somit für uns selbst ein wenig reduzieren und verkleinern müssen. Es gibt keinen Mann, der, wenn ihm sein Schwanz steif steht, nicht der ganz allein in der Welt genußfähige unumschränkte Autokrat und Despot sein möchte. — Es ist eine absolut falsche Behauptung, daß der Mann nur dann Vergnügen, Genuß und Wollust empfinde, wenn er sie zugleich der anderen Person, die sich ihm hierfür hingibt, einflößt. Das müßte ihm seine natürliche, angeborene, tyrannische Eigenliebe schon nicht gestatten. Ausnahmen bestätigen nur die Regeln!... Ich meine damit nicht Dich, mein lieber Chevalier, noch Dich, Eugénie! Unter Brautleuten ist so manches Mode und zu konstatieren was gegen diese meine Argumente sprechen könnte!... So bin ich denn auch fest überzeugt davon, daß Du, lieber Chevalier Deine Braut augenblicklich nicht nur lediglich zu Deinem sondern gleichzeitig auch zu ihrem Vergnügen minettierst!

Ich will jedoch nicht von meinem Thema abschweifen und möchte nun mehr Folgendes erwähnen: Der Akt des Vögelns ist ja doch im allgemeinen beim Menschen wie bei den Tieren mehr oder weniger in gleicher Weise ein Akt der Gewalttätigkeit. Das Weib oder das Femininum oder Weibchen gibt sich ihm dem Manne, gleich wie es bei den Tieren der Fall ist doch niemals, oder nur in seltenen Fällen stets freiwillig hin, ich meine: es offeriert und gibt ihm doch nicht allemal sogleich seine Votze zur gefälligen, freundlichen Benutzung her, also muß der Mann, wie das männliche Tier ohnehin stets mehr oder weniger Gewalt und Roheit bei dem Akte anwenden! Und das ist auch gut so und von der Natur wohl weislich arrangiert und eingerichtet!... Vergleichen Sie die Menschen und die Tiere in ihrer ungebundenen Freiheit und in der Gefangenschaft oder Sklaverei sowie ihre Nachkommenschaft und Sie werden den ganz gewaltigen Unterschied zwischen diesen beiden Faktoren der freien und gezwungenen Begattung der elterlichen Paare erkennen!

Auch die schwächere und zartere Körperkonstitution des weiblichen Geschlechts bedingt es, daß es sich dem stärkeren, männlichen unterordne. Er soll Dein Herr sein! Er soll sie, wenn schon im häuslichen Miteinanderleben nicht knechten dürfen, so doch sich gänzlich untertan und gefügig machen, sowie insbesondere zu jeglicher Neigung in der geschlechtlichen Sphäre zwingen dürfen, nötigenfalls unter Anwendung der rohesten Grausamkeit und Gewalttat. Er soll aber auch seine ganz besonderen und speziellen grausamen Gelüste, von denen ich Sie, liebe Eugénie, ja schon gestern ausführlicher unterhalten habe, an ihr befriedigen dürfen, und zwar zu jeder Zeit und wann und wo und wie oder in welcher Weise es ihm beliebt!...

Ich weiß wohl, daß es gar viele Männer, sogenannte Pantoffelhelden gibt, die sich von ihren Amazonen oder Walküren oder

Xanthippen unterjochen lassen und sklavisch-unterwürfig zu den Füßen ihrer tyrannischen Dulcinea hingeschmiegen — ich sage: diesen Tyranninnen die wonnigsten und wollüstigsten Genüsse verschaffen, um sich danach oder zum Danke hierfür mit Fußtritten oder mit Peitschenhieben von ihnen beschenken zu lassen; aber von diesen Mannweibern oder männlichen Zwittergeschöpfen mag ich hier nicht weiter sprechen! Was scheren und kümmern diese uns übrigens? Mögen sie im Pfuhle ihrer Niedrigkeit und Sklaverei verbleiben und weiter vegetieren bis an ihr selig Ende!...

Doch, wir werden die verkehrte Welt nicht mehr ändern, sondern müssen sie so nehmen, wie sie einmal ist! Und deshalb lasset uns, meine Lieben, jetzt nicht mehr weiter darüber philosophieren oder uns gar darüber aufregen, sondern genießen wir lieber das, was uns einem jeden die Gegenwart gerne bietet, ... nicht wahr Madame!... Sie geben mir vollkommen Recht? Sie denken doch gerade so wie ich! Sie selber sind doch keine Xanthippe oder Amazone oder Walküre noch eine sonstige Spielverderberin in punkto amoris, sondern eine Liebesgöttin, und zwar eine kallipyge Venus und zugleich meine mir durchaus gesinnungs- und seelenverwandte Genossin und Mitschwester, und Sie reizende Eugénie, kleiner Liebling, besitzen die allerbesten Chancen und Anlagen Ihrer Freundin dereinst vollkommen gleich zu werden! Und da sich, wie das Sprichwort sagt, die Wölfe, wie die allergrausamsten Raubtiere, untereinander nicht zerfleischen oder töten, so werden auch wir, meine liebe Eugénie, in unserer Gesellschaft, in unserem grausamsten Liebesfuror oder bei unseren gegenseitigen Flagellationsproben dies nicht tun; befürchten Sie daher nichts derartiges in unserem eigenen Freundeskreise!... Lasset uns also daher jetzt lieber gleich wieder ein bißchen von der Theorie zur Praxis übergehen, meine Lieben.

Himmel, ich lade. Rufen Sie Augustin zurück, ich bitte Sie! *(Man klingelt und er tritt ein.)* Komm her, Bube und wichse nicht immerfort Deinen Riesen bei dem aufregenden Anblicke unseres verliebten onanierenden und minettierenden Brautpärchens!

Hierher Bube, göttlicher Augustin!... Dein prächtiger Götterkallipyge erhitzt mich alten Sodomiten bereits wieder den ganzen heutigen Nachmittag ganz außerordentlich! Laß mich dieses Meisterwerk der Natur nach allen Regeln der sodomitischen Kunst ein wenig streicheln, hofieren, sokratisieren und sodomisieren etc. etc.!... Ich konstatiere im Übrigen, daß die Temperatur heute noch schwüler, noch heißer ist als gestern! Also herunter mit unseren Kleidern, meine Herren, bitte! Stolzieren wir statt dessen lieber in unserem gestrigen paradiesischem Kostüme einher und ohne jegliche Badehose oder Feigenblatt. Vor unseren Damen brauchen wir uns doch nicht zu genieren! Seht, ich mache selber bereits den Anfang!... Schnell, Augustin, ... und Du gleichfalls, lieber Chevalier, ... ich habe wieder eine neue Idee, ein neues Tableau in petto! Die Damen befinden sich ja ohnehin bereits, wie gestern, in ihren Gaze-Hemd deren sie sich leicht entledigen können!... Erschrecken Sie nicht, Eugénie, meine liebe, kleine, reizende Schülerin! Da ich, Ihr Lehrmeister in der Kunst zu lieben, mich ja vorhin selber durch eigenen Augenschein von der Verwüstung Ihres kleinen, zarten Vötzchens, — da es bereits entjungfert, kann ich's nicht mehr als Vötzchen bezeichnen — so soll dasselbe heute noch nach Möglichkeit geschont werden und lediglich Ihrem weniger geschädigten hinteren Pförtlein ein wenig den Hof gemacht werden dürfen! Sie geben mir, wie ich sehe, ja ebenfalls darin Recht, Sie auch Madame, nicht wahr? Also bleibt's dabei!... *(Die Herren und Damen haben sich inzwischen nackt ausgezogen.)* So!... Nun komme mal her, Bube, süße Gestalt, damit ich Dich nach langer Zeit wieder ein bißchen vögle oder vielmehr sodomisiere!... So!... Bleibe aufrecht stehen und bücke Dich nur ganz wenig nach vorne dabei, denn unser gnädiges Fräulein, das Deinem gestrigen schlimmen Attentäter gar nicht mehr zu zürnen scheint, da sie ihn schon wiederum ganz verliebt und verzückt anstaunt, wird ihn zum Danke für seine zum Schlusse unserer gestrigen Sitzung bewiesenen Heldentaten ein bißchen mit ihrer Zunge ablutschen!... Nicht wahr, Eugénie, mein Liebling, ... Sie tun es doch ganz gerne auch mit Ihrem Rosenmündchen, da Sie ihn ja schon mit Ihren Blicken oder vielmehr mit Ihren Äuglein verzehren, ja fast verschlingen!... Der Chevalier wird hierbei gleichzeitig in ihren Kallipygen, bzw. in ihr allerheiligstes hinteres Loch vögeln und sich jedenfalls dabei nicht in der richtigen Türe irren, da er doch auf das kleine, für ihn süßere, aber leider noch wunde Vötzchen gebührende Rücksicht nehmen muß!... Und Sie allergnädigste Madame, Sie geruhen auf meine Bitte wohl allergnädigst auf den Schultern oder dem Stiernacken Bubens als reitende Amazone derart Platz zu nehmen, daß ich mich zugleich an Ihrem noch Kallipygereren als alle anderen ergötzen und ihm ein bißchen mit meiner Zunge den Hof machen kann! Ich werde dabei gleichzeitig versuchen, Ihren Kitzler mit meinen darin geübten und gewandten Fingergriffen abzutrillern, während Sie in Ihrer Positur zugleich mit diesem schönbebänderten Rutenbündelchen den Hintern Ihres geliebten Bruders zu noch größerer Liebesrage in dem allerheiligsten hinteren Loch seiner Braut enthusiasmieren mögen! *(Das Tableau vivant vollzieht sich sogleich ganz exakt nach dem Vorschlage Dolmancés.)* Ja ja, ... das klappt ja prächtig, ... wundervoll, meine Lieben! Da macht es in der Tat Vergnügen, Euch als Oberbefehlshaber meiner Tableaux vivants zu kommandieren, wenn sie so exakt und wundervoll ausgeführt werden!... Wollen Sie mich Ihren Prachtriesen, ich meine Ihren unvergleichlichen, süßen Götterkallipygen jetzt nicht, ein ganz klein wenig nur, mit dieser langen feinen Nadel, die ich gerade bei der Hand habe, blutig stechen oder vielmehr Farbe bekennen und ihn nachher eventuell ein bißchen von mir blutig beißen lassen, während ich Augustin vögele, reizende Freundin, allergnädigste Madame?... Sie ahnen ja nicht, wie Sie meine Wollust und meine Seligkeit dadurch steigern und erhöhen würden!...

MADAME DE SAINT-ANGE *(lachend und scherzend)*: So viel es Sie gelüstet, ... machen Sie nur immerzu! Mein Hintern kennt alle Arten von Galanterien und Zärtlichkeiten, auch die allerperversesten und grausamsten, mein lieber Freund!... Aber nehmen Sie

sich zugleich auch ein bißchen vor meiner Revanche in Acht; ich bin zufälligerweise von dem heutigen Dîner und Dessert hierzu aufgelegt und ganz besonders disponiert. Ich schwöre Ihnen, bei dem kleinsten Stich oder Biß ein Ihrer Nase vielleicht nicht angenehmes kleines oder größeres sogenanntes Fürzchen mit meiner hinteren Fagotttrompete in Ihren Mund hineinzublasen!…

DOLMANCÉ *(entzückt)*: Ah!… verdammt!… Welch' süße Drohung meine liebste, reizendste Freundin! Sie machen mich ja geradezu damit zu dem Glückseligsten aller Sterblichen!… *(Er sticht und küßt ihr zugleich den vollen, prächtigen Riesenhintern und empfängt zur Revanche hierfür einen donnernden Furz in den Mund, den er gierig einzuatmen bemüht ist, was sich noch zu diversen Malen in immer neuer, vermehrter Auflage wiederholt.)* Ah!… Himmelkreuzdonnerwetter etc. etc. noch einmal… verdammt, … Ah, … ist das göttlich, Madame, mein süßer Engel! Reserviere mir bitte noch einige Deiner duftigen Engels-Harmonien für meine sogleich eintretende Krise in Augustins Götterarsche und halte Dich gleichzeitig versichert, daß ich Dich zum Danke dafür meinerseits ebenfalls nicht mit meiner grausamen Nadel und meinen noch grausameren Zähnen in Deinen Riesenkallipygen verschonen werde! *(Er sticht und beißt sie weiter blutig und erhält seinen Dank dafür unaufhörlich und promptest weiter, bis er in Augustins Hintern déchargiert und zugleich vor seliger Wonne und Wollust und geilem Entzücken fast ohnmächtig zur Erde zusammenknickt. Nachdem auch die anderen Akteure des Tableau fertig geworden, löst sich dasselbe auf.)*

EUGÉNIE *(sich der von Augustin in ihrem Munde und von dem Chevalier in ihrem Hintern empfangenen Ströme von Liebessäften wieder entledigend)*: Sieh da Professor!… Sehen Sie mal gestrenger Lehrmeister, wie Ihre Herren Schüler mich zugerichtet haben!… Habe ich doch meinen Mund… und meinen Hintern ganz voll von zwei Sorten von Liebeslikören und welche noble Marken obendrein!… Ich kann mich ja gar nicht… retten und reinigen… von all dem glibberigen Zeug da! Puh!…

DOLMANCÉ *(in lebhaftester Ekstase)*: Komm her, schnell

Eugénie, süßer Engel, … Liebling!… Laß mich, bitte, doch ganz schnell den Likör Deines Bräutigams aus Deinem Kallipygen mit meinem Munde herausschlürfen, nachdem Du Dein süßes Mündchen von dem Likör meines Bräutchens Augustin inzwischen leider bereits gesäubert und ausgespült hast!…

EUGÉNIE *(ihm ihren Hintern zu diesem Zwecke zur Verfügung stellend)*: Ah!… Welche Extravaganz!…

DOLMANCÉ: Ah!… Nichts Süßeres, Duftigeres, Feineres und Leckeres, als der Liebeslikör, der aus einem sodomisierten Arsche, geschweige aus einem süßen Arsche wieder zum Vorschein kommt! Was ist der Nektar und Ambrosia der Götter im Olymp dagegen gewesen?!… *(Er saugt ihn auf und schluckt ihn mit gierigen Zügen hinunter, hierbei allerdings zugleich Eugéniens schwarzes, kleines Loch mitfeiernd und beleckt sich selber dann seine Mundwinkel mit der Zunge.)* Ah!… Sehen Sie, wie prächtig das gemundet und geschmeckt hat?…

(Indem er sich nunmehr an Bubens Hintern und dessen Loch zu schaffen macht, um sich allem Anscheine nach an seinem höchsteigenen dahinein verspritzten Liebeslikör einen kleinen Rausch anzutrinken und dabei zugleich noch etwas anderes, für seine perversen Gourmandgelüste noch Delikateres, gewahr zu werden scheint.)

Gestatten Sie gütigst meine Damen, daß ich mich ein Weilchen mit Augustin, meinem Sodomitenbräutchen… zusammen… entferne, das heißt, mich mit ihm in das Toilettenzimmer begebe!… Äh!…

MADAME DE SAINT-ANGE: Nanu?!… Können Sie denn das, was Sie mit ihm vorhaben, … ich ahne es wohl, — ah! Dolmancé, … meines Gatten würdiger Freund Du, — nicht auch hier… besorgen?…

DOLMANCÉ: Nein nein, meine Liebe!… Ich für meine Person, … ich würde mich ja nicht genieren, … allein Augustin, er geniert sich gar zu sehr, — wie er mir soeben zugeflüstert hat, … besonders vor Mademoiselle Eugénie!…

EUGÉNIE *(harmlos und naiv)*: Nanu?!… Was wollen denn die

beiden eigentlich mit einander machen?... Sag Du mir's doch, geliebte Freundin!... Lasse sie bitte doch nicht allein hinausgehen!... Was haben sie sich denn... jetzt noch... vor uns zu genieren?...

DOLMANCÉ: Sie wollen es also durchaus wissen, kleine Schelmin?... Erraten Sie's denn nicht?...

EUGÉNIE: Nein!... Keineswegs, ... in der Tat!...

DOLMANCÉ *(im Begriffe, den noch immer zögernden und sich sträubenden Augustin ins Nachbarkabinett hineinzuziehen)*: Nun, dann lassen Sie's sich von Madame oder Ihrem Herrn Bräutigam, dem Chevalier sagen! Adieu, auf gleich.

CHEVALIER DE MIRVEL *(Eugénie zuflüsternd)*: Es handelt sich doch lediglich darum, daß Augustin, wie mein Schwager es mit Ihrer Freundin, meiner Schwester, stets zu tun beliebt — oder vielmehr es sich von ihr machen läßt, ihm ein bißchen, ... nun wie soll ich mich ausdrücken, ... sein großes, hinteres, natürliches Leibesbedürfnis oder Geschäft... in den Mund... hinein... macht!...

MADAME DE SAINT-ANGE: Sage doch offen und frei: ihm in den Mund scheißt!... Ich habe Dir diese Neigung meines Mannes des Vicomte de Saint-Ange doch gestern mitgeteilt, Eugénie, kleiner unschuldiger Engel Du!...

DOLMANCÉ *(noch im Türrahmen und Bube nunmehr gewaltsam mit sich fortziehend)*: Nun wissen Sie es also, kleiner Liebling, ... Nicht wahr?!... Komm Bube, ... schnell!... Es scheint inzwischen bei Dir damit ja auch bereits die höchste Eile zu haben!...

EUGÉNIE *(naiv)*: Ach, lassen Sie mich doch bitte ein bißchen mit dabei sein, Professorchen!... Ich will Sie gern auch dabei zugleich ein bißchen abwichsen, ... wenn es Ihnen recht ist, ... während Bube... Sie... Ihnen, ...

DOLMANCÉ: Nein, nein, mein süßer Engel!... Das ist eine Ehrensache, die wir Sodomiten am besten allein abmachen!... Auch das andere, das gegenseitige Abwichsen werden wir in unserer Position des Soixante-neuf uns schon selber besorgen!...

Sie würden uns, mein Liebling, mit Verlaub, also nur stören und genieren!... Also, ... nochmals, Adieu auf einige Augenblicke meine Lieben!...

(Er zieht nunmehr Augustin mit sich in's benachbarte Toilettenzimmer.)

Siebter Dialog

MADAME DE SAINT-ANGE, EUGÉNIE, der CHEVALIER
(später DOLMANCÉ)

MADAME DE SAINT-ANGE: Ja ja, mein lieber Bruder, ... Dein Freund Dolmancé ist doch in der Tat nicht nur ein Lebemann und Sodomit, sondern ein ganz ausschweifender Saukerl zugleich!... Doch das tut nichts, ... in meinen Augen tut ihm das keinerlei Abbruch bezüglich seines Renommees!...

CHEVALIER DE MIRVEL: Nun, ... habe ich Dir über ihn etwas vorgelogen, als ich ihn Dir schilderte! Hab ich Dir's gestern nicht schon vorher angedeutet, was er für ein ungeheuerlicher, in allen Satteln gerechter Kerl ist?!...

EUGÉNIE *(schwärmerisch)*: Ich bin überzeugt, daß es einen zweiten Menschen wie seinesgleichen überhaupt nicht mehr auf der Welt gibt!... Ach, meine Lieben, ... ist er nicht reizend, ... entzückend unser Professor, ... ist er nicht eigentlich ein süßer, ... wenn auch schmutziger Kerl in mancher Beziehung!... Aber seine Arrangements, ... seine Tableaux vivants, ... ganz unerreicht, ... himmlisch, ... geradezu wonnevoll süß, ... nicht wahr, meine Lieben?... Laß ihn uns doch öfterer bei Dir sehen, geliebte Freundin!...

MADAME DE SAINT-ANGE *(lauschend)*: Man klingelt?... Was, ... wer kann das sein, ... wer wagt es, uns hier zu stören? Ich habe doch den strengsten Befehl erteilt, niemanden vorzulassen!... Nun, es wird sich möglicherweise nur um eine sehr eilige Botschaft oder eine Depesche für mich handeln!... Sieh doch mal bitte, Chevalier, was denn eigentlich los ist, ... zieh Dir aber vorerst wenigstens Dein Hemd an!...

CHEVALIER DE MIRVEL *(nackt hinauseilend und mit einem Eil-*

briefe zurückkommend): Dein Zöfchen Bella, ... äh, ... übrigens ganz charmantes kleines Mädchen *(zu Eugénie)*, Ah!... Pardon, mein gnädiges Fräulein, verzeihe kleines, süßes Bräutchen, ... ich meinte es ja nicht so! *(Madame nimmt ihm inzwischen den Brief ab.)* Ja ja, ... es ist ein Eilbrief, rekommandiert zugestellt, deshalb mußte ich ihn ja erst draußen bei Bella in Deinem Namen unterschreiben, ... er ist sogar mit der Bemerkung persönlich abzugeben versehen!...

MADAME DE SAINT-ANGE *(den Brief aufbrechend)*: Ah! Ah!... Was ist denn das?... Das ist ja... von Deinem... Vater... Eugénie!...

EUGÉNIE: Von meinem Vater?!... Oh!... Wir sind verloren!...

MADAME DE SAINT-ANGE: Na, na!... Lesen wir doch erst, dann werden wir ja sehen!... Beruhige Dich nur, mein süßer Liebling, ... Dein Vater ist ja... einer meiner allerintimsten Freunde, was Du vielleicht noch nicht weißt!... *(Sie liest)*:

Eilige Mitteilung an die erlauchte Vicomtesse de Saint-Ange von Monsieur de Mistival.

Sollten Sie es für möglich halten, meine verehrteste Madame, daß mein Scheusal von Ehegemahlin, diese unausstehliche Vettel, Betschwester und Heilige, die im Übrigen bereits eine gerichtliche Scheidungsklage wegen Ehebruchs, schwerer Mißhandlung, unüberwindlicher Abneigung etc. etc. gegen mich anhängig gemacht, sich soeben auf den Weg zu Ihnen begeben hat, um meine Tochter Eugénie, über deren längeres Ausbleiben von Hause sie im höchsten Grade aufgebracht und empört ist, von Ihnen abzuholen, und zwar wie sie sagt: den Krallen der Tigerin und der sie vergiftenden Schlange und Megäre zu entreißen! Sie muß in ihrer Unschuld also doch wohl etwas ahnen, die alte Betschwester, ... wenn sie gleichwohl auch nicht den tausendsten Teil der vollen Wahrheit betreffs Eugénie, die mit meinem Einverständnis und meiner ausdrücklichen Erlaubnis Ihr Gast ist, ahnen und erraten dürfte! Doch gleichviel, ... bestrafen Sie die eklige Vettel, bitte, nach Gebühr für ihre unverschämte Impertinenz!

Ich gebe Ihnen hierfür absolute, uneingeschränkte Vollmacht! Gestern habe ich sie bereits gehörig deswegen gemaßregelt, bzw. ihren heiligen Hintern zur Strafe wieder ein bißchen zerbläut, diese Lektion scheint aber noch keineswegs genügt zu haben! Setzen Sie, teure Freundin, diese Lektion, also bei ihr in etwas wirksamerer Weise weiter fort, ... machen Sie mit Hilfe Ihres, wie ich aus persönlicher Erfahrung weiß, darin geübten und eingeweihten Hauspersonals mit ihr meinetwegen, was Sie wollen und seien Sie versichert, daß selbst das Allerschlimmste, was Sie mit ihr täten, meine vollste Sympathie haben wird. Ich, für meine Person, würde es nicht beklagen, — denn schon allzulange verabscheue ich sie und ekelt sie mich geradezu an, — wenn Sie Madame, ... nun Sie verstehen mich doch?... Also, was Sie auch immer mit ihr tun mögen um mich zu rächen und sie nach Verdienst zu strafen, ... es soll absolut... wohlgetan sein; das ist nochmals alles, was ich Ihnen sagen kann!... Sie wird diesem meinem Schreiben auf dem Fuße folgen, bereiten Sie sich also bitte schleunigst zu ihrem würdigen Empfange vor, meine Liebe! Adieu, in Eile!... Grüßen Sie mir mein kleines, süßes Mädchen Eugénie, ... ich würde gern mit Euch beiden zusammen bzw. in Eurem Bunde sein, doch ich bin, durch äußerst dringliche Geschäfte verhindert. Schicken Sie mir bitte mein geliebtes Töchterlein ja nicht früher wieder zurück, bis Sie sie — wie Sie mir's versprochen haben — vollkommen, und zwar nach jeder Richtung und Beziehung instruiert haben! Ich gebe Ihnen also gern und in jeder Beziehung die Vollmacht, auch bezüglich jeglicher praktischen Unterweisung meiner Tochter in der höheren, raffinierteren Kunst der Liebe, in der Sie selber eine Hohepriesterin sind, und seien Sie versichert, daß Sie damit lediglich für mich und meine Absichten meinem eigenen reizenden Töchterlein gegenüber arbeiten!...

In Eile... zu Ihren Füßen, Ihr alleruntertänigster, Sie anbetender etc., ... folgt...

Unterschrift.

Nun?!... Nicht wahr, Eugénie, mein süßer Schatz, mein kleiner Engel! Da siehst Du doch, daß die Sache keineswegs so schlimm ist und Dein galanter, liebenswürdiger Vater es noch weniger ist!... Freilich, Deine würdige Frau Mama, ... nun, sie scheint mir nach alledem, ja wirklich ein ganz ausgezeichnetes, ... nettes Dämchen zu sein!...

EUGÉNIE: Ein Scheusal ist sie, ... ja, ja, ... damit hat mein Papa vollkommen Recht!...

O, diese olle, eklige Vettel! Nichts kann man ihr nach Wunsch und recht machen. Sie behandelt mich ja noch schlimmer als eine Stiefmutter, ... als wenn ich überhaupt gar nicht ihr Fleisch und Blut wäre! Und ich glaube fast selber, daß sie gar nicht meine rechte Mutter sein kann, sonst würde ich sie doch nimmermehr so sehr verabscheuen und hassen können!... Doch nun wollen wir uns revanchieren, es ihr vergelten!... Nicht wahr? Da mein Herr Papa uns doch Generalvollmacht hierfür erteilt hat, so müssen wir sie auch würdig empfangen und behandeln, und zwar so wie sie es verdient, die scheinheilige, verabscheuenswerte Vettel!...

MADAME DE SAINT-ANGE: Komm an mein Herz, Du mein reizender, engelsgleicher Liebling!... Wie selig bin ich doch, solche edle, exzellenten Anlagen in so kurzer Zeit bei Dir, meiner kleinen Schülerin, erweckt zu haben und nunmehr wahrnehmen zu können!... Beruhige Dich vollkommen, ich verspreche Dir's feierlichst, daß wir sie nach Deinem und Deines Vaters Willen nicht schonen werden!... Du wolltest doch gestern schon mit Bezug auf Deine Mutter ein Opfer, ... nun, besser konnte es das Geschick und der Zufall ja gar nicht fügen, als daß dies Opfertier uns heute ganz von selbst in die Hände und in sein eigenes Verderben hinein rennt!...

EUGÉNIE: Ah!... Und wir werden uns dabei ergötzen, meine Liebe!...

MADAME DE SAINT-ANGE: Ja, ja, ... gewiß, ... selbstverständlich!... Doch möchte ich vor allem wissen, wie Dolmancé, der, wie ich hoffe, doch den Hauptakteur hierbei spielen wird und auf dessen tatkräftigste Hilfe ich ganz besonders rechne, diese Neuigkeit aufnehmen wird!...

DOLMANCÉ *(mit Augustin in's Boudoir zurückkehrend)*: Ich nehme die Sache mit Entzücken auf und auf mich, meine Damen!... Grandioser Zufall!... Er konnte uns heute gar nicht gelegener kommen! Ich weiß alles, habe alles, insbesondere auch die Verlesung des Schreibens Ihres Herrn Vaters in dem Nachbarzimmer deutlich hören können, meine liebe Eugénie. Madame de Mistival, Ihre innigstgeliebte, zärtliche Frau Mama, gedenkt uns also alsbald hier mit allerhöchst ihrem Besuche zu beehren!... Nun, ich hoffe, meine kleine, gelehrige Schülerin, daß Sie die strikte Erfüllung der Wünsche Ihres Herrn Vaters, sowie Ihrer eigenen bezüglich Ihrer gnädigen Frau Mama nicht vergessen oder gar ein bißchen vernachlässigen werden!...

EUGÉNIE: Vernachlässigen?!... Im Gegenteil, noch überbieten und übertreffen will ich seine und meine Absichten bezüglich dieses Scheusals, und der tiefste Abgrund oder die Hölle mögen mich verschlingen, wenn Ihr mich zittern sehen oder schwach fühlen solltet, selbst bei den allerschrecklichsten Strafen und Peinigungen, selbst bei einem langsamen, allmählichen Martertode, zu dem Ihr sie eventuell verurteilen würdet!... Arrangieren Sie, mein lieber Dolmancé, bitte alles gemäß der uns erteilten Generalvollmacht meines Vaters, nach Ihrem Belieben!

CHEVALIER DE MIRVEL: Na, na!... Eugénie?!...

DOLMANCÉ: Lassen Sie Madame, Ihre Freundin, und mich nur machen!... Ihr anderen alle gehorcht uns und befolget lediglich genau unsere Anweisungen! Ah! Ein verdeckter eleganter Fiaker fährt ja eben vor! *(Er geht ans Fenster.)* Eine einzelne Dame, ... sie ist es zweifelsohne, ... sie sieht übrigens noch jung... und gar nicht übel aus, ... nun, sie ist ja auch unseres Kindes Mutter, ... sie sieht ja fast wie ihre ältere Schwester aus!... Ah! Ja, ja, ja doch... die falsche, scheinheilige, heuchlerische Kreatur, ... in der Tat wie eine richtige Betschwester und Heilige erscheint sie jetzt, während sie ihrem Kutscher offenbar salbungsvolle Anweisungen erteilt, ... sich zum Portal begibt, ... und jetzt mit der öffnenden, ihr jedoch scheinbar den Eintritt verwehrenden Zofe, lang und breit verhandelt! Ah!...

MADAME DE SAINT-ANGE: Wollen wir zu ihrem Empfange uns nicht ganz schnell ein bißchen anständiger machen, ich meine unsere Kleidung ordnen oder vielmehr noch ein wenig vervollständigen, um ihr so etwas würdiger entgegenzutreten!...

DOLMANCÉ: Im Gegenteile, wir treten ihr in dem Kostüme, in dem wir uns jetzt befinden, viel würdiger entgegen! Sie haben doch Ihre Gaze-Négligés an, meine Damen, ... das genügt doch vollkommen! Wir, die Herren der Schöpfung und der gegenwärtigen Situation schlüpfen ganz schnell lediglich in unsere Hosen, das genügt ebenfalls vollkommen!... Sie soll bei ihrem Entree doch gerade gewahr werden, in welcher höchst ehrenwerten, eleganten vielmehr galanten Elite-Gesellschaft sich ihr geliebtes Töchterlein seit dem gestrigen Tage bereits befindet, damit ihr der heiligen, von uns allen so hoch verehrten, gnädigen Frau Mama absolut keinerlei Zweifel bleibt, auf welche exzellente, interessante und amüsante Art und Weise ihr gestern früh noch unschuldiges, keusches, mit einem Worte noch jungfräuliches Töchterchen ihre Zeit hier zugebracht hat!...

(Die Damen ziehen wiederum ihre Gaze-Hemdchen, die Herren lediglich ihre Hosen an.)

MADAME DE SAINT-ANGE: Mut!... Mut!... Eugénie!... Ah! Gottverdammt!... Das wird ja heute hier noch eine prächtige, ... großartige Szene zum Schlusse geben!...

Schlußdialog

Madame de Saint-Ange, Madame de Mistival, Eugénie, Dolmancé, der Chevalier, Augustin und später Lapierre *(ein Kutscher bzw. Reitknecht Dolmancés)*

Madame de Mistival *(mit ausgesuchtester Höflichkeit von der lediglich mit ihrem Gaze-Négligé bekleideten Madame de Saint-Ange aus dem Empfangssalon ins Boudoir geleitet)*: Bitte Sie also nochmals um Entschuldigung, gnädige Frau Vicomtesse, daß ich mir die Freiheit genommen habe, ohne Ihnen meinen Besuch angekündigt zu haben, hier in Ihrer Villa zu erscheinen. Da jedoch meine Tochter Eugénie, wie ich von meinem Manne höre, sich bereits seit gestern Mittag hier bei Ihnen zu Besuch aufhält, und zwar, wie ich bemerke, ohne meine Erlaubnis hierfür und trotz meines ausdrücklichen Verbotes sogar zum ersten Male die ganze Nacht über vom elterlichen Hause fortgeblieben ist, so möchte ich, zumal es für ein junges Mädchen ihres Alters doch nicht schicklich ist, den weiten Weg zu ihren Eltern nach der Stadt allein zurückzulegen, sie jetzt sogleich in meinem Fiaker mit mir nach Hause nehmen, wogegen Sie doch hoffentlich nichts einzuwenden haben werden, Madame!...

Madame de Saint-Ange. Allerdings habe ich sogar sehr viel dagegen einzuwenden! Nach Ihren Worten vielmehr Ihren ziemlich unhöflichen Äußerungen von der Ihrer Tochter verweigerten Erlaubnis, ... mich zu besuchen u.s.w., sowie nach Ihrem ganzen Auftreten zu urteilen möchte man fast annehmen, daß Sie Ihr Fräulein Tochter hier bei mir in schlechten oder gar in gefährlichen Händen wähnen!...

Madame de Mistival *(das Boudoir und die Herrengesellschaft näher musternd, sowie ihre Tochter, die sich hinter den lediglich mit ihren Hosen und Hemden bekleideten Herren versteckt hält, in ihrem Gaze-Négligé gewahrend)*: In der Tat!... Nach dem Aufzuge und dem Zustande, in dem ich meine Tochter, Sie selbst Madame, sowie Ihre gesamte hier anwesende Herrengesellschaft vorfinde, zu urteilen, glaube ich durchaus nicht Unrecht zu haben, wenn ich konstatiere, daß sie hier sogar sehr schlecht aufgehoben ist!...

DOLMANCÉ: Welch' eine impertinente Person, ... in der Tat!... Unerhört!... Was erlauben Sie sich denn eigentlich für sonderbare Redensarten oder vielmehr Frechheiten und Insulte hier uns gegenüber, ... verehrteste Madame! Ich kenne zwar nicht Ihre besonderen, näheren Beziehungen zu Madame de Saint-Ange, doch das versichere ich Ihnen auf mein Ehrenwort als Kavalier, ich für meine Person würde an Madame de Saint-Anges Stelle von meinem Hausrechte Gebrauch machen und Sie hierfür ganz einfach von meiner Dienerschaft nicht... zur Türe, sondern... zum Fenster hinauswerfen lassen!...

MADAME DE MISTIVAL *(in höchstem Grade erregt)*: Was meinen Sie damit: zum Fenster hinauswerfen !... Wer sind Sie denn eigentlich mein Herr, der Sie sich mir noch gar nicht vorgestellt haben, ... der Sie sich erdreisten, mir gegenüber hier eine derartige Rede zu führen?... Man hüte sich wohl eine sehr einflußreiche und ehrbare Frau wie mich zu beleidigen oder ihr gar ohne Weiteres die Türe zu weisen!... Ich habe also zwar noch immer nicht die Ehre Sie zu kennen, mein Herr, aber nach Ihrem ganzen Auftreten und Benehmen, insbesondere auch nach dem Zustande, in dem Sie und Ihre Herren Kollegen sich hier als Gäste Madame de Saint-Anges befinden, kann man sich gar leicht das Weitere über Ihre allgemeine Moral sowie über die sonstigen Gepflogenheiten der Gesellschaft, in der ich leider meine Tochter hier vorfinden muß zusammenreimen!... Eugénie!... Komm, folge mir auf der Stelle nach Hause!...

EUGÉNIE *(zu ihrer Mutter)*: Verzeihen Sie Madame, aber ich werde nicht die Ehre haben, diesem, Ihrem sehnlichsten Wunsche, nachzukommen!...

MADAME DE MISTIVAL. Wie?!... Was?!... Meine Tochter rebelliert ebenfalls gegen mich?!... Ah?!...

DOLMANCÉ *(sardonisch)*: Allerdings, ... sie rebelliert... und zwar formell und absolut, wie Sie sehen, ... sie verweigert Ihnen vollkommen und ganz und gar, wie Sie soeben gehört haben, den schuldigen Gehorsam, ... verehrteste Madame! So etwas dürfen Sie in der Tat nicht dulden!... Wollen Sie, daß ich sogleich eine hübsche, stramme Rute holen lasse, um diesem widerspenstigen, ungezogenen Kinde oder vielmehr Fräulein dafür hier in unserer aller Gegenwart ein bißchen ihre schönen, reizenden, prächtigen Hinterbäckchen zu verbläuen?

EUGÉNIE: Ach ja, ja, ... das wäre reizend mein lieber Monsieur Dolmancé!... Ich fürchte oder geniere mich absolut gar nicht dafür!... Doch glaube ich beinahe, daß die Rute in Ihren Händen dann wohl gar noch eher zur Züchtigung Madames, meiner lieben Frau Mama, als zu der meinigen verwandt werden sollte!...

MADAME DE MISTIVAL *(auf's Äußerste empört)*: Schämst Du Dich denn gar nicht ein bißchen mehr vor Deiner eigenen Mutter, Eugénie, ... gottloses, freches, impertinentes Wesen Du! Ach!... Du bist ja, wie ich sehe, leider in dieser kurzen Zeit schon ein ganz verdorbenes, ... verlorenes, ... ja, ja... unrettbar verlorenes Geschöpf geworden!... Ach, wie schrecklich ist das doch für ein armes, liebendes Mutterherz!...

DOLMANCÉ *(sich Eugéniens Mutter nähernd)*: Ein wenig sachte, ... sachte, verehrteste Madame. Bitte vor allen Dingen nur keine Beleidigungen oder Schmähungen Ihrem Fräulein Tochter gegenüber in unserer Gegenwart!... So wissen Sie denn, wir alle hier sind Ihrer Tochter Eugénie beste und intimste Freunde, Geliebte und Beschützer zugleich und Sie würden es auf mein Ehrenwort schwer zu bereuen haben, wenn Sie in diesem, von Ihnen beliebten, beleidigenden und schmähenden Tone mit unserem Liebling und Schützling weiter verfahren!

MADAME DE MISTIVAL *(in höchster Ekstase)*: Wie?!... Meine Tochter sollte mir nicht mehr gehorchen dürfen, wenn ich ihr als Mutter jetzt befehle, sofort mit mir dieses Haus zu verlassen?...

Ich sollte keinerlei mütterlichen Rechte an meinem eigenen — wenn auch ungeratenen — Kinde mehr besitzen?!

DOLMANCÉ *(ironisch)*: Ruhe, ... Ruhe, ... meine allverehrteste, gnädigste, ... reizende Madame!... Sie sehen ja, auf Taille, ... wirklich ganz charmant aus in Ihrem Zorn! Regen Sie sich doch bitte nicht unnützerweise so sehr auf, sondern schenken Sie mir in aller Ruhe einige Augenblicke Gehör!... Das Weitere wird sich dann schon noch später unter uns finden!... Also!... Sie erzählen uns soeben etwas von Ihren sogenannten mütterlichen Rechten!... Was sind denn das fur Rechte? Doch nichts weiter als leere Phrasen und eitle Hirngespinste Ihrer Phantasie! Glauben Sie denn selber wirklich an Ihre sogenannten oder vermeintlichen mütterlichen Rechte?... Nein, ... gewißlich nicht!... Denn als Ihr Herr Gemahl, Monsieur de Mistival, oder wer es eventuell sonst noch vor ihm gewesen sein mag, Sie zum ersten Male gevögelt bzw. seine Liebessäfte in Ihre holde, keusche und gleichwohl damals vielleicht gar nicht mehr ganz jungfräuliche Scheide verspritzte, aus der späterhin Eugénie an das Licht der Welt herausgekommen ist, hatten Sie damals die Absicht, ich wiederhole es, die löbliche und edle Absicht, gerade eine Tochter, gerade oder ausgerechnet Eugénie zu gebären und nicht lieber vielleicht einen Jungen, ... einen Eugen, ... oder noch lieber vielmehr am liebsten ganz kinderlos zu bleiben oder, falls das nicht mehr möglich war, vielleicht einfach mit einer bloßen Früh- oder Fehlgeburt, ... als mit einem sogenannten blauen Auge... davonzukommen?... Nicht wahr, ... ich habe... und Sie geben mir doch darin vollkommen Recht? Nun also!... Welche Rechte, — unterbrechen Sie mich nicht bitte, meine reizende Madame, sondern lassen Sie mich erst ausreden, — ich frage, ... welche mütterlichen Rechte haben Sie nachdem noch auf dieses, wider Ihren eigenen Willen — was Sie ja vorhin bereits zugegeben haben — von Ihnen geborenem Kind und welchen Dank oder Gehorsam beanspruchen Sie denn eigentlich hierfür von diesem Ihrem Kinde lediglich dafür, daß es eben geboren worden, weil Sie sich in Ihre häßliche, ... ja, ja, nach Ihrem häßlichen Charakter, wenn schon nicht nach

Ihrem sonst ganz passablen Exterieur zu urteilen, offenbar häßliche Votze etliche Tropfen sogenannten männlichen Samens haben hineinvögeln lassen, dabei selber fertig wurden, danach schwanger geworden sind und dann späterhin unter mehr oder wenigen Schmerzen ein Prachtmädchen geboren haben, deren Mutter zu sein Sie überhaupt gar nicht würdig und wert sind!... Glauben Sie mir Madame, ... es gibt nichts Absurderes, Illusorischeres, Chimärenhafteres auf der Welt, als die sogenannte Elternliebe, oder die Liebe der Väter und Mütter zu ihren Kindern und umgekehrt! Sind doch derartige Gefühle keineswegs in der Natur, noch im menschlichen Wesen überhaupt begründet, da es Länder gegeben hat und noch gibt, wie im alten Griechenland und heute noch in Indien und China, in denen die Kinder skrupellos von ihren Eltern hingemordet werden, ebenso wie es in anderen heidnischen Ländern und bei den wilden Völkerschaften umgekehrt ganz allgemein die Sprößlinge mit ihren Eltern und Erzeugern tun! Und sehen wir nicht das Nämliche bei den Tieren? Was gehen denn den Hahn die Kücken an? Und auch die Henne beschäftigt sich doch nur so lange mit ihnen, bis sie selbständig geworden sind und kümmert sich dann absolut nicht weiter mehr um ihre Nachkommenschaft... und ganz ebenso finden Sie es bei allen anderen Tieren, den menschenähnlichen Affen, und den Menschen, sowohl bei den unzivilisierten, wie den zivilisierten! Die sogenannte Elternliebe, gerade so wie die sogenannten elterlichen Rechte ihren Kindern gegenüber, sind demnach nichts weiter als althergebrachte, veraltete, absurde und abgeschmackte Begriffe, die einst von schwachköpfigen Moralisten und Gesetzgebern aufgestellt und sanktioniert worden sind und durch altkonservative Gebräuche, Sitten und Gewohnheiten sich bis zum heutigen Tage leider weitervererbt haben! Vom Standpunkte der Natur aus sind sie jedoch, wie ich soeben bewiesen habe, der allerreinste Blödsinn von allerreinsten, ... ich möchte fast sagen... destilliertesten Wasser! Ebenso wenig wie die Eltern ihren Kindern irgend etwas verdanken, eben so wenig verdanken oder schulden die Letzteren ihren

Eltern auch nur das Allermindeste! Ein jegliches selbständige Individuum und lebende Wesen hier auf Erden hat lediglich sein eigenes Interesse für seine irdische Laufbahn wahrzunehmen und sich nicht weiter um veraltete Rechte und Gesetze oder Gebräuche und Gewohnheiten wie Pflichten gegen die Eltern etc. etc. und dergleichen Rummel sonst zu scheren, die der Natur zuwider sind und der menschlichen Vernunft geradezu Hohn sprechen!...

MADAME DE MISTIVAL. Ich bewundere, ... ich bin in der Tat erstaunt, über Ihren überzeugungstreuen Redefluß, mein Herr, mit dem Sie jedenfalls bereits mein Kind geistig und seelisch unrettbar zu Grunde gerichtet und vergiftet haben!... Ich hätte also als Mutter überhaupt gar keine Rechte auf mein Kind?! Doch was soll ich mit Ihnen überhaupt noch hierüber des Längeren philosophieren!... Höre Du mich doch wenigstens meine Tochter!... Schämst Du Dich denn gar nicht ein bißchen von mir?... Schuldest Du mir denn gar Nichts für meine Liebe, meine Mühen und Sorgen um Dich, ... für meine mütterliche Erziehung, die ich Dir habe zu Teil werden lassen?...

DOLMANCÉ: Was soll sie Ihnen denn dafür wohl schulden? Was haben Sie ihr denn überhaupt für eine nette, mütterliche Erziehung zu Teil werden lassen?... Die denkbar allerschlimmste und gefährlichste, die wir hier erst mit Stumpf und Stiel haben ausrotten müssen, da es lediglich die blödsinnigsten, absurdesten Grundsätze und Prinzipien und Lehren von Religion, Moral und Tugend u.s.w. gewesen sind, die Sie ihr eingeimpft und mit denen Sie ihren Verstand und ihren Geist vollständig umnebelt haben! Sie haben ihr von allen möglichen und unmöglichen Tugenden gepredigt, als wenn solche hienieden auf Erden überhaupt notwendig wären... — Sie haben ihr bisher beständig vorgepredigt, daß die Liebe oder vielmehr die Unkeuschheit, mit einem Worte das Vögeln, für ein junges Mädchen unanständig, unschicklich, ja sündhaft sei, während das Vögeln oder die freie Liebe oder die galante Immoralität und die Prostitution für die jungen Damen unseres heutigen modernen Zeitalters nicht nur angenehm und süß, sondern auch unbedingt notwendig ist, weil sie allein das schale, öde, triste Leben unserer jungen Damen vor ihrer Verheiratung ein wenig zu versüßen im Stande ist und dieselben zugleich davon abhält, sich durch etwaige Selbstbefriedigung oder Selbstbefleckung ihrer kleinen oder größeren, reizenden und juckenden Vötzchen und Kitzler mittelst der Finger oder allermöglicher Instrumente etc. einen ungenügenden Ersatz für ihr in der Natur begründetes, wollustlüsternes Naturell, ich meine, für ihre vorher erwähnten Geschlechts- und Wollustorgane zu verschaffen! Als wenn nicht übrigens gerade die allerunkeuschesten, unmoralischsten oder galantesten jungen Mädchen von allen jungen und alten Männern, — selbst den ältesten — tatsächlich am allermeisten geliebt, begehrt, angebetet und in den Himmel hochgehoben werden, so daß sich alle derartige holde, reizende Vertreterinnen des schönen Geschlechts als süße Sünderinnen wahrlich und füglich absolut keinerlei Skrupel ihrer etwaigen Reputation wegen zu machen nötig haben!... — Ja ja, ... täuschen Sie sich nur nicht, meine verehrteste, reizende Madame, Sie haben für Ihr Fräulein Tochter absolut nichts, gar nichts getan, wofür sie Ihnen zu irgend welcher Rücksichtnahme, geschweige zu irgend welchen Danke verpflichtet wäre. Sie haben ihr gegenüber nicht einmal die allergeringsten Pflichten, die einer jeden Mutter von der Natur diktiert und inspiriert werden, wirklich erfüllt, da Sie sie so keusch und tugendrein erzogen haben! Eugénie ist Ihnen daher nicht nur nicht die allergeringste Kindesliebe schuldig, sondern sie schuldet Ihnen das Gegenteil hierfür, lediglich den höchsten Haß und Abscheu, ja, ... die allergrößte Verachtung!...

Madame de Mistival. Gerechter Himmel!... Eugénie, mein Kind scheint wirklich... ganz und gar... zu Grunde gerichtet, verdorben und unrettbar... verloren... zu sein!... Eugénie, meine teure Eugénie, ... höre doch jetzt zum letzten Male wenigstens auf die flehentlichen Bitten Deiner Mutter, die während Deines ganzen Lebens stets um Dein leibliches und geistiges Wohl besorgt und bekümmert gewesen ist! Sollen es doch jetzt nicht meine Befehle, sondern meine inständigen Bitten sein, mein Kind, die ich an Dich richte. Es ist ja unglücklicherweise und leider nur zu wahr, daß Du Dich hier in den Händen von Ungeheuern und Verbrechern oder aber in einem richtigen Tollhause befindest, ... entreiße Dich daher selbst so schleunigst wie möglich dieser... gemeingefährlichen Gesellschaft und folge mir nach Hause!... Siehe, ich, ... Deine Mutter, ... bitte Dich kniefällig darum. *(Sie wirft sich, in Tränen ausbrechend, Eugénie, ihrem Kinde, zu Füßen und will sie mit sich fort zur Türe hinausziehen.)*

DOLMANCÉ *(Eugénie heimlich verständnisvolle Blicke und Gesten zuwinkend)*: Ah!... Sehr gut!... Ausgezeichnet!... Seht doch nur mal diese Rührszenen dieser scheinheiligen, mütterlichen Kreatur!... Nun, Eugénie, ... sind Sie denn noch immer... gar nicht... ein bißchen gerührt?!...

EUGÉNIE *(auf einen diesbezüglichen deutlicheren Wink Dolmancés ihr Gaze-Hemdchen, mit dem allein sie ja bekleidet ist, in die Höhe raffend und ihrer Mutter den vollen, feisten, üppigen Podex zuwendend)*: Sieh da geliebtes, kleines Mütterlein, ... meine Hinterbäckchen, ... Du hast sie ja doch schon sehr lange nicht gesehen!... Sie befinden sich gerade im Bereiche Deines Mundes, ... Deiner Zunge!... Küsse sie doch... ein bißchen, mein Herz, ... streichel sie, ... sauge... und lutsche doch ein bißchen an ihnen... und dem kleinen schwarzen Loch da drinnen, ... wie es meine Freundin und alle diese Herren hier, ... die es so schön, ... so süß... verstehen, bereits... getan... haben!... Das ist das Einzige, ... das ist alles, was ich Dir... für heute bewilligen kann... und bewilligen werde!... *(zu ihren Freunden)* Nun, Dolmancé, und Du, geliebte Freundin, ... bin ich Eure würdige Schülerin oder nicht?... Nicht wahr?!...

MADAME DE MISTIVAL *(Eugénie schaudernd und mit Entsetzen von sich stoßend)*: Ah!... Ah!... Teufelin!... Ungeheuer Du!... Fort mit Dir, ... Du bist mein Kind nicht... Du... bist... meine Tochter ferner nicht mehr!...

EUGÉNIE *(erregt und pikiert)*: Fehlt nur noch Dein mütterlicher Fluch über mein unseliges Haupt, mein teures Mütterlein, um diese Szene noch ein bißchen… rührender zu machen, was alles mich indes ebenso gleichgültig und kalt lassen dürfte!…

DOLMANCÉ: Nun ist es aber auch mit unserer Geduld zu Ende, Madame! Wie können Sie sich unterfangen, erdreisten, Eugénie, unsere Freundin, die, wie ich Ihnen bereits vorhin erklärt habe, unter unserem persönlichen Schutze steht, derart zu schmähen und zu beleidigen und sie Teufelin und Ungeheuer zu nennen und sie roherweise von sich zu stoßen?… Diese Tat verlangt Bestrafung, und zwar eine schwere Strafe, … Sie sollen sie sogleich empfangen!… Haben Sie die Güte sich sofort zu entkleiden, und zwar splitternackt bitte, um die für diese, Ihre Brutalität verdiente Strafe sogleich entgegenzunehmen!…

MADAME DE MISTIVAL. Herr des Himmels!… Ist denn der Mensch total verrückt?… Befinde ich mich hier wirklich in einem Tollhause?…

DOLMANCÉ: Augustin! Schnell mein Junge hierher, … leiste Madame de Mistival Deine äußerst geschätzten Dienste als Kammerzofe, da sie sich, wie es scheint, geniert, sich allein hier in unserer Gegenwart zu entkleiden und sich's gleich uns ein bißchen bequem zu machen. *(Augustin beeilt sich diesem Befehle ungesäumt unter Anwendung von Gewalt nachzukommen.)*

MADAME DE MISTIVAL *(zu Madame de Saint-Ange)*: O weh!… Herr des Himmels, … erbarme Dich doch meiner!… Wo bin ich denn hier hingeraten?!… Madame de Saint-Ange, ich wende mich an Sie, als die Herrin dieses Hauses!… Können Sie als Frau, … als achtbare, ehrenwerte Frau, … es dulden, daß man mir hier in Ihrem Hause von fremden Männern… einen solchen Affront und Schimpf, … eine solche Schmach und Schande antut?… Glauben Sie, daß ich mich nicht bei der Polizei und den Gerichten wegen der mir zugefügten schweren Beschimpfungen und tätlichen Beleidigungen beschweren werde, … fürchten Sie denn gar nicht die Folgen, die für Sie hieraus entstehen würden?!…

MADAME DE SAINT-ANGE *(kalt)*: Sie werden wohl schwerlich mehr in die Lage kommen oder dazu Gelegenheit haben, sich zu beschweren…

MADAME DE MISTIVAL. Oh!... Großer, allmächtiger Gott und himmlischer Vater!... Man will mich also offenbar... hier... töten!

DOLMANCÉ:... Ja, ja! Ganz recht, ... ganz einfach um die Ecke bringen!... Nun und warum denn nicht auch?... Verdienten Sie es im wahrsten Sinne des Wortes denn vielleicht nicht?!...

(Augustin hat der sich heftig sträubenden Mutter Eugéniens inzwischen die Kleider bis auf Unterhose und Hemd fast förmlich vom Leibe gerissen.)

MADAME DE SAINT-ANGE. Einen Augenblick noch, meine Herren!... Bevor Sie die nackten körperlichen Schätze und Reize von Eugéniens Mutter in Augenschein zu nehmen und zu bewundern Gelegenheit haben werden, möchte ich Sie ganz schnell noch darauf hinweisen, in welchem tristen Zustande Sie insbesondere die hinteren Reize derselben heute vorfinden werden.... Eugénie flüsterte mir soeben ins Ohr, daß ihr Mütterlein gestern von ihrem gestrengen Herrn Papa eine ganz gehörige Tracht Prügel für ihre Unbotmäßigkeit gegen ihn auf ihren allerwertesten heiligen Prachthintern erhalten hat. Sie werden daher die heiligen oder scheinheiligen allergnädigsten Hinterbäckchen der gnädige Frau von Mistival, wie mir Eugénie versichert, in ziemlich zerschundenem, wenn nicht gar zerfetztem, mindestens aber in geknülltem Atlastaffet ähnlichen Zustande zu sehen bekommen!...

DOLMANCÉ: Das macht nichts! *(indem er selber Madame de Mistival schnell Unterhose und Hemd vom Leibe herabreißt.)* Ah!... Parbleu!... Potztausend!... Wahrhaftig!... Ah!... Auf Ehre!... Wunderbar!... Ich habe, glaube ich, selten einen so verprügelten und arg malträtierten, gleichwohl und trotzdem jedoch so charmanten, prächtigen und bezaubernden Frauenarsch in meinem ganzen Leben gesehen, wie diesen kallipygen, heiligen Riesenhintern! Ah!... verdammt, ... aber auch sogar die Vorderpartie ist nicht ganz verschont worden von den Zärtlichkeiten des Gatten bzw. denjenigen seiner Peitsche oder Rute, nicht mal die schön gedrechselten Schenkel, Beine und Waden, nicht mal das schöne schwarze Vließ auf dem Venusberge — Augustin halte sie doch fester, mein Junge, ... und fange nicht erst wieder an, Deinen Riesen abzuwichsen, ... er soll nachher schon noch Arbeit genug bekommen, — ja, ja, ... verschont ist nicht mal das in dem seidigen Ebenholzvließe versteckte, Eugéniens Vötzchen ziemlich ähnliche, üppige Lippenpaar dieser mütterlichen, heiligen Votze!... Doch vor allem dieser umfangreiche, kugelige, feiste, hübsche, appetitliche, wenn auch ein wenig zerbläute göttliche Prachtarsch!... *(er betastet ihn längs seiner ganzen feinen zarten Spalte, insbesondere auch an seinen kleinen schwarzen Loch und streichelt und küßt ihn dann leidenschaftlich.)*

MADAME DE SAINT-ANGE. Ach was, Dolmancé! Wozu denn diese Verzückung!... Ein jeder Frauenarsch ist doch schön, es gibt doch überhaupt gar keine häßliche Frauendusiane!, ... die neuen sind ja aber — natürlich immer die schönsten!

MADAME DE MISTIVAL *(in höchster Wut und Erregung über die ihr zugefügte Schmach und Erniedrigung)*: Laßt mich jetzt, ... lasset mich... jetzt... endlich los, ... oder ich schreie laut um Hilfe, ... daß es durch das ganze Haus, ... daß es... weit bis auf die Straße... schallt!... *(Sie tut es.)*

MADAME DE SAINT-ANGE *(sich ihr nähernd und sie heftig am Arme packend)*: Still!... Ruhe!... Ganz ruhig, bitte, Du scheinheilige Hurenvettel Du!... Macht Dir denn das Streicheln und Feiern Deines Arschloches nicht auch ein bißchen Freude, ... da Du doch so geil mit Deinem Bauche und Arsche wackelst, wie eine richtige Bauchtänzerin und auch unter dem Dich wichsenden Finger Deiner Dich festhaltenden Kammerzofe — unseres Buben — wie ich sehe, soeben fertiggeworden bist!... Also, schreie und brülle jetzt nicht um Hilfe wegen Mord und Totschlag!... Ich will Dir übrigens jetzt nur mal die ungeschminkte Wahrheit sagen und Dir vollständig reinen Wein über Dein Schicksal einschenken! Du befindest Dich hier in unserer absoluten Gewalt, und zwar bist Du von Deinem eigenen, liebenswürdigen Herrn Gemahl und Gebieter, der Dich scheinheilige Kreatur, Xanthippe, Hexe noch ganz anders behandeln sollte, hierher gesandt, bzw. uns allen hier speziell zum Zwecke Deiner wohlverdienten exemplarischen Bestrafung ausgeliefert! Welches Deine Strafe sein wird?... Nun, ... wir haben von Deinem Manne die vollkommenste Machtbefugnis über Dein ganzes nichtsnutziges, armseliges, scheinheiliges Leben, ... über Dein... bißchen Scheinleben in Händen. Hier lies diesen seinen Brief! *(Sie überreicht ihr ihres Gatten Schreiben.)*

Nun!... Was sagst Du nun dazu?... Nichts?!... Was mit Dir geschehen soll, werden wir hier nachher noch gemeinschaftlich beschließen! Vielleicht wirst Du aufgehängt, oder noch lebend gemartert, oder auf dem Hofe unten gerädert, oder gekreuzigt, oder lebendig zerstückelt oder lebendig verbrannt, ... kurz, die Art Deiner Todesstrafe hängt außer von uns allen hier insbesondere auch von dem Urteilsspruche und der Entscheidung Deiner Tochter Eugénie ab, sie wird also Dein wohlverdientes Urteil, eventuell Dein Todesurteil fällen, und Du wirst dann unerbittlich den Tod erleiden, ... mache Dich nur jetzt schon eventuell ganz und gar darauf gefaßt, Du eklige Vettel!... Bevor Du endgültig dahingeopfert wirst, sollst Du jedoch noch eine ganze Blumenlese von Qualen, Peinigungen und Martern erdulden vielmehr über Deinen schönen, zarten Leib ergehen lassen, wenn Du dabei vielleicht auch zugleich die höchsten Wonnen während der gleichzeitigen geschlechtlichen Befriedigung oder Huldigung Deiner vorderen und hinteren körperlichen Reize — wie vorhin erst — durchkosten wirst!... Also mache Dich nur auf ein baldiges, ... seliges Ende bereit!... Was Dein etwaiges Hilferufen, Lamentieren, Schreien, Zetern und Toben betrifft, so wisse, daß solches vollkommen zwecklos ist. Man würde in diesem Kabinette einen Ochsen knebeln und lebendig abschinden können, ohne daß sein Gebrüll oder Schmerzgeheule draußen zu hören wäre!... Mein ganzes Hauspersonal ist vorhin für den ganzen Nachmittag und Abend von mir beurlaubt, Dein Gespann sowie Dein Kutscher und Diener, die Dich hergebracht haben, sind auf meine Anordnung längst nach Hause zurückgeschickt worden, das alles haben wir also vorher bereits auf's Beste arrangiert!...

Mit einem Worte, lediglich Dein eigener Gemahl ist es, Du eklige Hurenvettel, der uns hierzu ausdrücklich ermächtigt und autorisiert hat! Deine eigene Visite hier bei uns ist also nur eine Falle, in die Du in Deiner eigenen Borniertheit hineingeschlüpft und nunmehr gefangen bist und aus der Du Dich zu erretten jetzt... nicht mehr... im Stande bist!...

DOLMANCÉ *(zu der gleichzeitig vor Schamgefühl, wie vor Todesangst über das ihr noch Bevorstehende zitternden und bebenden Madame de Mistival)*: Ich hoffe, daß Madame, unser lieber Gast, ... sich nunmehr ein wenig beruhigen werde, da sie jetzt weiß, daß sie sich nun mal in unserer Gewalt befindet, aus der es für sie kein Entrinnen mehr gibt und daß sie ihr Geschick doch nicht mehr zu ändern oder aufzuhalten in der Lage ist, *(ihren Hintern weiter betastend und einige leichtere, liebkosende Schläge auf die runden, vollen, zerschundenen Arschbacken mit der Hand applizierend.)* Beruhigen Sie sich also, wie gesagt, nur ein bißchen, reizende Madame, ... vorerst bzw. vor unserem Urteilsspruche und seiner Vollstreckung sollen Sie selber als scheinheilige Ehebrecherin — da Sie es doch wider Ihren eigenen Willen sein werden — noch alle Staffeln der Wollust und der Wonnen und Hochgenüsse, der für Ihre heiligen Tugendbegriffe ja so sündhaften, ekligen, verpönten, fleischlichen, freien Liebe bzw. der unzüchtigsten Galanterien an Ihrem reizenden, appetitlichen Leibe schmecken und durchkosten!... Kommen Sie her, Eugénie, treueste kleine Freundin! Herunter mit Ihrem Gaze-Hemdlein!... So!... Stellen Sie sich bitte jetzt mit ihrem Kallipygen dicht neben den zerschundenen, gleichwohl appetitlichen Götter- oder Göttinnenkallipygen Ihrer Frau Mama, damit ich Eure beiden mit einander verwandten Prachtärsche mal ein bißchen näher inspizieren und miteinander vergleichen kann, und zwar ganz besonders daraufhin, ob sie beide, — abgesehen von den noch kenntlichen väterlichen Schmissen auf dieser heiligen mütterlichen Liliensamt-Haut — noch sonstige charakteristische oder typische Familienähnlichkeiten in ihrer Konfiguration und Gestalt, insbesondere aber an ihrem kleinen schwarzen Loch aufzuweisen haben, ich verstehe mich darauf als Sachverständiger und Kenner!... Augustin, halte Madame fest, ... fester!... So ist's gut, mein Junge!... *(Eugénie kommt seinem Wunsche nach.)* In der Tat Eugénie, Dein Arsch samt dem soeben von meinen Fingern bloßgelegten und geöffneten, ... gestern bereits durch mich entjungferten Loch ist reizend, süß, meine Liebe, ... aber Mamas Loch, — halte sie doch ordentlich fest, Bube, — ist gleichfalls auch nicht ohne... faktisch leckere ... Reize!... Ja, ja! Lasset sie mich doch ganz schnell alle beide nacheinander ein bißchen durchbohren oder sodomisieren, und zwar zuerst Mamas, die als die Ältere auch den Vorrang haben soll und zuerst da hinein von mir gevögelt werden soll!... Augustin, mein Junge, so ist's recht, ... noch mehr herunter mit Mamas heiligem Oberkörper — und ihrer üppigen Milchwirtschaft, ihrem göttlichen strotzenden Busen, ... halte sie dabei fest in Deinem Arme und spiele ihr während meiner Enculageübung gleichzeitig nochmals ein bißchen an ihrem — wahrscheinlich nur aus Familientradition — gleichfalls ein wenig winzigen heiligen mütterlichen Kitzler!...

MADAME DE MISTIVAL. Ach!... Herr des Himmels!... Welch' Schimpf, ... welche Schmach und Schande, ... welche tätliche Beleidigungen!...

DOLMANCÉ *(mit Augustins und Madame de Saint-Anges Unterstützung bereits im schönsten Zuge, vielmehr Madame de Mistivals Arschloch angreifend und sodomisierend)*: Tätliche Beleidigungen, Madame?!... Sie werden sogleich den Hochgenuß derselben verspüren!... Wichse, ... wichse sie nur ein bißchen kräftiger weiter, inzwischen Augustin!... Seht nur mal, meine Lieben, wie schnell und leicht und glatt und elegant mein Sodomitenschwanz sich den Eingang in die mütterliche, heilige, hintere Pforte erzwungen hat! Ah, offenbar hat, wie man sieht, Ihr Herr Gemahl, oder ist es etwa ein anderer gewesen, reizendes Mamachen?... der sich öfter dieser Route bedient!... Ah! Auf Taille, ... großartiger Fick das, ... so einen neuen und obendrein noch ein wenig zerschundenen Hintern zu vögeln, an dessen Rissen, Schrunden und Narben man sich gleichzeitig seinen

Bauchnabel und den Bauch selber zärtlich reiben kann, ... ah, ... wie das so süß prickelt, ... kribbelt, so reizend und amüsant ist... Ah!... Ich spritze... schon, ... ich bin fertig!... Komm her, Eugénie, mein kleiner Liebling!... Laß mich, bis ich neue Kräfte zu neuem Sturme in Deine hintere, bereits von mir besiegte Festung sammele, wenigstens Dein süßes Ärschchen ein bißchen lecken und feiern, ... ich meine an Deinem Loch saugen, lutschen und Rosenblätter zaubern, damit ich selber bald wieder in den richtigen Zug komme! Ah!... So!... *(er enculiert nunmehr Eugénie)* — Ah'... Welch' ungleich größerer und süßerer Hochgenuß doch bei Deinem kleineren und engeren hinteren Pförtlein, mein Liebling!... Ah!... Nun, ... bin... ich... vorläufig... zufriedengestellt!...

Sie, meine Damen, Madame Saint-Ange und Eugénie, möchte ich, für die Fortsetzung unseres Programmes, nunmehr bitten, sich jede mit einem etwas respektablen Godemiché zu bewaffnen, um dieser respektabelsten, ehrenwertesten und hochehrbarsten gnädigen Frau, unserem lieben Gaste hier, jetzt mit demselben eine Probe von vorne und von hinten zugleich, und zwar Eugénie von hinten und Sie, teure Freundin, von vorne! Währenddessen wird der Chevalier Eugénie, seine Braut und Augustin Madame de Saint-Ange, seine Gnädige, gleichzeitig von hinten bedienen und von vorne wichsen, ... ich werde das Ganze dirigieren und voilà, ein neues improvisiertes, göttergleiches Schauspiel und Tableau vivant unter uns!... *(Die Ensemble-Gruppe wird nach Dolmancés Vorschlag und Arrangement ausgeführt, wonach Madame de Mistival ohnmächtig zusammenbricht, und durch eine größere Anzahl, von Dolmancé mit äußerster Kraftanstrengung versetzten, Reitpeitschenhiebe auf ihrem Hintern und ihre Schenkel wieder ins Leben zurückgerufen wird.)*

So, reizende Madame, ... Sie leben ja immer noch ein bißchen... Ah!... Seht da meine Lieben, den schönen, feurigglühenden, soeben von mir ein wenig mehr zerschundenen und zerfetzten Prachthintern Madames, ... wie er vor Glut raucht und Farbe bekennt, bzw. so reizende Blutperlchen schwitzt!... Ah!... welch reizender, süßer Götteranblick und welch' ein Hochgenuß zugleich für meine sensible Sodomitenplempe, ... seht, ... wie mir mein soeben noch schlappen Schwanz bei diesem Schauspiele, ... diesem Götteranblicke wiederum zum Bersten steif geworden ist! Ich werde diesen günstigen Moment sofort benutzen und diesem rauchenden, blutigen, zerfetzten, gleichwohl oder gerade dadurch, für mich nur um so appetitlicheren Meisterwerke der Natur meinerseits jetzt schnell sogleich eine neue Sodomitenhuldigung angedeihen lassen! Während meines Genusses wird ein jeder von Euch, meine Lieben, das Urteil über ihre wohl verdiente, endgültige Bestrafung fällen, zu der sie verdammt werden soll, und wenn ich bitten darf, sprecht Euer Urteil wohlüberlegt, damit wir sie mit unseren Martern und Qualen, die wir ihr angedeihen zu lassen gedenken, stufenweise beehren und beglückseligen, um ihr nicht sofort und mit einem Male den vollständigen Garaus zu machen, vielmehr damit sie eine jede einzelne Marter an ihrem reizenden Leibe auch spüre und ganz durchkoste!... Augustin, tröste und sokratisiere mich oder vielmehr vögle mich bitte zugleich in meinem Hintern, ... Du verstehst das ja doch bereits so ausgezeichnet, während ich diesen rauchenden, zerschundenen und dadurch für mich um so süßeren, heiligen Hurenvettelarsch vögele!... Eugénie, meine reizende und gelehrige Schülerin, laß mich währenddessen zugleich Deinen süßen, prächtigen Arsch küssen und sokratisieren, während ich Mamas wohlpräparierte, heiße Hinternröhre enculiere, und Sie, teuerste Freundin, Madame de Saint-Ange, nähern Sie mir gleichzeitig bitte Ihren Riesenkallipygen, damit ich ihn ein bißchen betätscheln und abwechselnd mit dem Eugéniens sokratisieren kann! Nichts süßer als ringsum von lauter Ärschen, zumal lauter Kallipygen schönen Frauenärschen umgeben zu sein, wenn man selber bei dem Vögeln eines heißen und feurigen — im Doppelsinne des Wortes — wenn auch ein wenig zerschundenen Kallipygen begriffen ist!...

(Das neue Tableau vollzieht sich inzwischen Dolmancés Wünschen entsprechend.)

Eugénie *(zu Dolmancé)*: Wozu wirst Du sie denn eigentlich nachher endgültig verurteilen Professorchen, lieber Freund? Was hast Du denn eigentlich für Absichten mit ihr vor — nachdem Du einmal erst Deine sodomitischen Gelüste an ihr vollauf befriedigt haben wirst?!...

Dolmancé *(sein Opfer weitervögelnd)*: Zu befriedigen bin ich in meinen sodomitischen Gelüsten, wenn dieselben erst mal gründlich angefacht und angeregt sind, überhaupt nicht!... Was ich schließlich nachher mit ihr, dieser heiligen Hurenvettel zu tun beabsichtige? Nun das Allereinfachste und Natürlichste von der Welt!... Ich werde sie ganz einfach pfählen oder vielmehr kreuzigen und ihr die heilige lasterhafte Votze und danach die heiligen Glieder, insbesondere die runden Arme und die noch runderen, volleren und üppigeren Schenkel und Beine einzeln ein wenig mittelst langen glühenden Nadeln, Pinzetten, kleinen Zänglein und größeren Zangen zwicken und dann allmählich ausreißen!... Ha!... Ha!... welch' ein Hochgenuß, daß für mich sein wird!... *(Er läßt sich inzwischen von Madame de Saint-Ange einige längere, spitze Nadeln und ein kleines, haarscharf zugespitztes Stilett reichen und spickt damit zur Probe so tief wie möglich während seines weiteren Arschvögelns mit seinem nunmehr Nimmerschlappen in Madame de Mistivals zerschundenen und fast zerfetzten glühenden Hintern — deren Schamlippen, Kitzler, Schamhügel und Schenkel!)*

Madame de Mistival *(vor Schmerzen laut aufschreiend und jammernd)*: Ah! Ungeheuer!... Verbrecher!... Mörder!... Halt ein!... Herr des Himmels!... Er tötet... mich... Oh!... O weh!... Ich halte es... nicht... länger aus!... Heiliger Vater im Himmel, ... gerechter Gott, ... erbarme... Dich doch meiner... und ende... meine... Pein!...

Dolmancé: Flehe ihn doch nicht unnützerweise an, diesen Deinen himmlischen Gott und Vater, meine Verehrteste!... Er hat ja doch kein Ohr für Dein Flehen und Gezeter, wie er sich doch überhaupt nicht um seine sündigen, armseligen Menschenkinder bekümmert!... Was ist ihm, dem Herrn des Himmels, überhaupt an Deinem malträtierten, oder zerschundenen Weiberarsch oder gar an Deinem von mir zugleich ein wenig mit Nadeln zerspickten, scheinheiligen Hurenvettelvötzchen gelegen?... *(Er ritzt und spickt sie inzwischen weiter mittelst Stilett und Nadeln.)*

MADAME DE MISTIVAL *(laut schluchzend)*: O weh mir!... Herr Gott, ... was habe ich denn verbrochen, daß Du mich so schwer... strafst und büßen läßt!... Ich halte es ja nicht länger aus!... Mache ein Ende mit mir, ... Du Henkersknecht!... Beelzebub!...

DOLMANCÉ: Keine Elogen bitte, wie Beelzebub und dergleichen, ... allerwerteste und verehrteste Madame!... Merkwürdig!... Höchst seltsam!... Du fühlest Schmerzen, ... süße, reizende Mama, und ich empfinde gerade dabei die allerhöchste und intensivste Wonne in Deinem, wie ein Glut- oder Backofen brennenden Hintern, während ich zugleich Dein Vötzchen und Deinen Kitzler, statt mit den Fingern, ein bißchen mit Stilett und Nadel pieke, ritze, kitzle oder vielmehr abwichse!... Ah! Ah!... Am liebsten würde ich Dich auf diese Manier gleich ganz und gar zu Tode spicken und verbluten lassen, wenn ich nicht Deinen anderen Henkersknechten, meinen lieben anderen Freunden hier, auch noch ein wenig Vergnügen mit Dir, vielmehr an Deinem reizenden Körper gönnen würde!... Wohlan denn, meine Freunde!... Ans Werk!... Ich für meine Person... kann nicht mehr, ... ich bin... ganz... weg!...

(Nachdem Augustin die, durch die tiefen durchdringenden Nadelstiche an den Geschlechtsteilen und den Innenseiten der Schenkel des nunmehr völlig willenlosen und apathisch daliegenden Opferlammes Madame de Mistival verursachten Blutungen und Blessuren gestillt hat, enculiert Madame de Saint-Ange nochmals Eugéniens Mutter vermittelst ihres Godemichés und fädelt sie dann mit demselben unter Assistenz Augustins noch von vorne ein, indem sie zugleich aus dem bereits fast vollständig zerspickten und zerstochenen Hintern derselben mittelst einer Anzahl langer spitzer Nadeln ein ganz neuartiges Nadelkissen zu impro-

visieren sucht. — Als folgender ist der Chevalier an der Reihe, der sie gleichfalls von vorne und von hinten einfädelt und dabei an den bereits von Dolmancés Stichen hochgradig angeschwollenen, feuerroten und arg zerstochenen Votzenlippen und Schenkeln Madame de Mistivals von Neuem mittelst des Stiletts und mehrerer längerer feiner Nadeln ein Blutbad anrichtet, während der sie hierbei festhaltende und bändigende Augustin sie auf Geheiß Dolmancés wegen ihrer Reaktion und Widerspenstigkeit durch kräftige Katzenkopftriller, Nasenstüber — sowie durch Nadelstiche in die Brüste und die Brustwarzen und darauf folgendes Saugen der Blutströpfchen von ihren vollen üppigen Brüsten in Schach hält. Nach einer Weile wird das halbohnmächtige Opferlamm von Augustin in ähnlicher Weise wie vorhin von dem Chevalier bedient bzw. bearbeitet, während Dolmancé und Madame de Saint-Ange gemeinschaftlich das Werk des Stechens und Saugens an ihres Opfers Brüsten weiter fortsetzen.)

DOLMANCÉ: Nun, meine kleine, süße, reizende Eugénie! Nunmehr ist die Reihe an Ihnen!... Werden Sie sich jetzt auch wirklich als meine kleine, würdige Schülerin erweisen? Vögeln Sie jetzt bitte Ihre geliebte Frau Mama mit Ihrem Liebesszepter, diesem pyramidalen, fürchterlichen Godemiché aus der Kollektion Ihrer Freundin, zunächst von vorne in das jetzt sogenannte, blutige, Krokodilstränen über Sie ungeratenes Töchterlein weinende, mütterliche Vötzchen, aus dem Sie selber in höchsteigener Person einst an das Tageslicht herausgeschlüpft sind!...

EUGÉNIE *(mit dem größtkalibrigen Godemiché aus Madame de Saint-Anges Juwelenschranke bewaffnet und keck damit umherstolzierend)*: Ich komme schon!... Achtung!... Da bin ich Mamachen, ... Dich zur Abwechslung mal anstatt als ungehorsame Tochter als galanter Papa oder Herr Gemahl zu bedienen!... Er ist wohl zweifelsohne ein bißchen stärker, voluminöser und riesiger als der Papachens, mein Riesenschwanz, ... nicht wahr, meine Teure? Doch schadet's nichts, er wird sich schon Entree verschaffen!... Recht so Chevalier, geliebter Bräutigam, ... hilf dem stattlichen, beschwänzten Vögelchen Deines Bräutchens ein bißchen in das enge, schmale, mütterliche Flugloch hinein!... Ja ja, Geliebter, ... krabbele, oder wichse mir dabei zugleich an meinen... Kitzler, ... das gibt mir mehr Mut!... Ah! Ah!... Wie süß Du das... verstehst, ... mein süßer Bräutigam!... Ah!... Was? Du schreist, ... Du greinst und heulst Madame, ... während Dein Töchterlein Dich doch nur... ein bißchen... vögelt!... Macht Dir das denn nicht auch ein wenig... Vergnügen?! Ah!... Und Du, Dolmancé, Du vögelst... mich gar zu gleicher Zeit von hinten!... Ah!... Nicht wahr, meine Lieben, ... was wollt Ihr jetzt noch mehr von mir!... Habe ich nicht Karriere, ... Riesenfortschritte gemacht, als Eure Schülerin in dieser kurzen Zeit!...

Habe ich nicht alle Staffeln des Lasters zugleich erklommen, als kleine Hure, Blutschänderin, Sodomitin und alles das als blutjunge, kaum aufgeblühte, gestern erst entblätterte oder entjungferte Mädchenknospe von fünfzehn Jahren!... Ja, ja, ... ich glaube es jetzt selbst, ... ich bin nunmehr bereits ein ganz... verlorenes... Geschöpf!

Doch das schadet ja auch weiter nichts, ... das reut mich gar nicht und wird und soll mich nimmer reuen!... Doch, ... Ah!... Sieh da, ... ich glaube, wir werden beide zugleich fertig, ... ich unter des Chevaliers agilen und geschickten Fingern an meinem Vötzchen und Kitzler und Mütterchen zugleich durch den blutschänderischen, künstlichen Schwanz ihres Töchterleins!... Sehet da, wie sie vor Seligkeit und Wollust erschauert und zusammenzuckt und mich mit ihren mütterlichen Liebessäften überschwemmt, die sich mit den meinigen unter meines Bräutigams zärtlichen Fingern so schön und süß vermählen!... *(Sie preßt ihre Mutter leidenschaftlicher in ihre Arme.)* Ah, Chevalier, ... wichse noch ein bißchen... so... weiter, Geliebter, ... und Du Dolmancé, fick, ... ficke... kräftiger... weiter, mein Lieber, ... und ergieße nunmehr auch Deine Liebestränen in meinen Hintern, damit ich von allen Seiten zugleich... diese balsamische Labung verspüre!...

(Madame de Mistival, von Dolmancé während seiner Enculage Eugéniens, von neuem über ihren ganzen, von ihm in seiner Posi-

tur erreichbaren Körper, insbesondere an Brust, Bauch und Unterleib mit Nadel- und Stilettstichen blutig gespickt, durchbohrt bzw. aufgespießt, fällt inzwischen von neuem in eine derartige tiefe Ohnmacht, daß sie anscheinend vollkommen gefühl- und leblos den Armen Eugéniens entgleitet. Diese will ihrer Mutter Hilfe leisten, um sie wieder zu beleben, doch wird sie von Dolmancé daran verhindert.)

DOLMANCÉ: Nein, nein, meine Liebe, ... mein Liebling, ... lassen Sie sie nur ruhig liegen, diese scheinheilige heilige Madonna in diesem ihrem Scheintode!... Nichts Schöneres und Aufregenderes übrigens kenne ich, als ein hinten und vorne bis zur Abfuhr oder Erschlaffung abgevögeltes und gleichzeitig ein bißchen mit scharfen, spitzen Nadeln blutig gekitzeltes, schönes Weib in tiefster Ohnmacht oder im Scheintode!... Doch, wollt Ihr sie übrigens nicht alsbald, oder überhaupt nicht mehr wieder in ihr tristes Leben zurückrufen, so will ich Euch nunmehr ein gutes Mittel hierfür vorschlagen!... Eugénie, mein Liebling, strecken Sie sich mit Ihrem süßen, üppigen Kallipygen über Ihrer Mutter — Ihres Opfers — Gesicht aus, und zwar der Art, daß ihr eventuell ganz und gar der letzte Atemzug ausgeht und... sie ersticken muß!... Auf diese Weise werde ich erkennen, ob Sie wirklich charakterfest und willensstark sind, Ihre Absichten und Pläne, die Sie gestern und heute in unserer aller Gegenwart gegen Ihre Mutter geschmiedet haben, auch durch die Tat zu realisieren und zur Ausführung zu bringen!... In dieser ihrer Positur mit Ihrem prächtigen, feisten, schweren Kallipygen auf Ihrer Mutter Mund und Nase, soll Ihr Bräutigam, der Chevalier Ihr wenn gleich von gestern noch ein bißchen wundes... Vötzchen... einfädeln, ist's doch immerhin nicht so wund wie Mamas — damit er mit seinen feurigen Bräutigamsstößen zugleich Ihrem Mutter mordenden Arsche den nötigen Nachdruck gibt!... Sie selber, mein Liebling, werden gleichzeitig die Gewogenheit haben, Augustins und meinen Schwanz bei dieser Gelegenheit mit je einem Ihrer Hände abzuwichsen, während wir zugleich Ihre Freundin Madame de Saint-Ange abwechselnd abkitzeln werden, damit wir doch alle zusammen hierbei zu gleicher Zeit ein Göttervergnügen durchkosten und somit auch auf unsere Rechnung kommen, während Ihre Frau Mama zugleich unwillkürlich in ihrer Ohnmacht eines unmerklichen, sanften und schmerzlosen Todes einschläft!... Was meint Ihr dazu?!...

CHEVALIER DE MIRVEL: Na, na, ... Dolmancé, ... Du Scheusal und Teufel in Menschengestalt!... Meinst Du das denn wirklich in allem Ernste, ... Du Ungeheuer!... Das hieße doch aller menschlichen Natur, ... aller Gesittung, ... allen heiligen Gesetzen der Menschheit Hohn sprechen!... Gewiß doch, ... strafen, ... körperlich bestrafen wollen wir sie, ... eine exemplarische Strafe, ... einen Denkzettel, ... womöglich für ihr ganzes Leben, soll sie nach dem Wunsche ihres Gatten und meines Bräutchens von hier mit fortnehmen, ... aber sie wirklich töten, ... morden?!... Das meint Ihr doch nicht etwa im Ernste, meine Lieben! Wie?!... Und dann bedenket doch, ... versetzt Euch ein wenig auf meinen Standpunkt, ... es ist doch immer meine Schwiegermama in spe!...

DOLMANCÉ: Ach was, Du törichter, alberner Faselhans!... Was schert Dich denn Deine Schwiegermama, wenn Du nur mal Deine Braut hast! Und was faselst und schwätzest Du nun schon wieder mal von natürlichen und von heiligen Gesetzen der Humanität und dergleichen sonstigen Blödsinn?!... Als wenn ich Dir nicht gestern und heute unter dem Wahrzeichen der realen Naturphilosophie bereits genügend Aufschlüsse und Aufklärungen darüber gegeben habe, was man unter den eigentlichen Naturgesetzen und unter den modernen, wahren Moral- und Humanitätsprinzipien versteht und verstehen muß und soll!... Soll ich Dir vielleicht hier — angesichts unseres Opfers — meine Natur- und Realphilosophie noch einmal des Längeren und Breiteren wiederkäuen?! Entweder bist Du zu trotzköpfig um sie begreifen zu wollen, oder zu schwachköpfig, um sie überhaupt begreifen zu können, in beiden Fällen ist also jede Belehrung deinerseits zum mindesten überflüssig, bzw. wie man sagt, Hopfen und Malz bei Dir vollkommen verloren! — Doch lasset uns jetzt hier nicht zanken und uns gegenseitig ärgern! — Du siehst doch Chevalier, mein Junge, daß sie noch lebt, Deine Schwiegermama und bei ihrer immerhin kräftigen Körperkonstitution trotz ihrer Ohnmacht selbst dann noch leben wird, wenn Du Deine Braut noch mal ganz schnell in dieser etwas ungewöhnlichen Position, oder auf diese ein wenig ungewöhnliche Art vögelst! Hierdurch also wirst Du Deine böse Schwiegermutter in spe ganz gewiß nicht los, ... falls wir sie nicht heute noch zu einer anderen, sichereren Todesart verurteilen. Also top, vertragen wir uns wieder, und führen wir nunmehr getrost meinen vorgenannten... charmanten Vorschlag aus!... Nur zu, Eugénie! Plazieren Sie sich bitte!... doch, was sehe ich, ... Sie erbleichen, ... zaudern!...

EUGÉNIE *(keck)*: Ich, ... erbleichen, ... zaudern!... Oh, oh, Professor, ... da täuschen Sie sich doch ein bißchen gar gewaltig! Sie sollen sehen, daß ich in der Tat keinen Augenblick zaudere!... *(sie setzt sich, wie vorhin von Dolmancé vorgeschlagen, rücklings über ihrer ohnmächtigen Mutter Gesicht in Positur und spreizt die Beine derartig, daß ihr Hintern auf ihrer Mutter Stirn und Hinterkopf und lediglich ihr — immer noch von gestern ein wenig lädiertes — Vötzchen auf oder über deren Mund und Nase zu liegen kommt, also der Art, daß sie ihrer Mutter immerhin nicht den schwachen Atem ganz zu benehmen im Stande ist, sie ladet in dieser ihrer lasziven Stellung und Positur nunmehr den Chevalier zum Vögeln seines von ihm gestern entjungferten Vötzchens ein. Letzterer kann beim Anblicke dieser lockenden, verführerischen Reize seines Bräutchens denn auch nicht widerstehen, er vögelt sie schnellstens, und zwar ganz außerordentlich zärtlich und behutsam und mit aller Vorsicht für die ohnmächtige Mutter zugleich und erhebt sich dann sofort, nachdem sie beide fertig geworden sind.)*

DOLMANCÉ: Wie?!... die Tote ist dabei immer noch nicht wiederauferstanden?!... Schnell, die Ruten, die Geißeln, die Peitschen her, ... oder besser noch, hole mir lieber schnell aus dem Garten ein paar ordentliche, scharfe, spitze Dornenstrauchreiser her, Augustin!... *(Er peitscht die Ohnmächtige währenddessen in ihrer tiefen Lethargie mehrmals heftig mittelst der Geißel, einer mehrsträhnigen ledernen Klopfpeitsche.)* Ah!... Meiner Treu!... Ich glaube wirklich, ... sie ist... futsch, ... mausetot?... da sie ja... kaum... noch mehr... atmet!...

EUGÉNIE *(entsetzt)*: Tot!... Wirklich... tot!... Ah!... Wie!... Was!... *(elegisch zu ihrer Freundin.)* Ah!... So muß ich denn also in diesem Sommer Trauer tragen, wiewohl ich letztgerade so hübsche helle Kleider von Väterchen geschenkt erhalten habe!...

MADAME DE SAINT-ANGE *(in helles Lachen ausbrechend)*: Ah!... Seht dies kleine eitele Ungeheuer von Tochter!... Woran sie doch zu allererst denkt!...

DOLMANCÉ *(seines Opfers Puls und Herzschlag prüfend, zu Eugénie)*: Sachte, ... sachte!... So weit sind wir ja noch gar nicht, mein Liebling! Beunruhige Dich nicht zu früh wegen Deiner Trauertoilette oder Deiner reizenden hellen Kleidchen wegen! Madame lebt ja noch immer... ein bißchen, ... sie atmet ja noch, ... seht doch selber, ... ihre robuste Natur und Körperkonstitution hält schon noch ein wenig Stand!... *(Indem er Augustin die Dornensträucher, die er herbeigebracht hat, abnimmt.)* Nun wollen wir doch mal die Wirkung und den Erfolg dieses letzten Reiz- und Heilmittels feststellen! Sollte dieses noch nicht wirken, ... nun so stehen uns schließlich noch andere drastischere Hilfsmittel zu Gebote, vor allen Dingen unsere Nadeln und Dolche oder eine kleine niedliche Zange, ... oder ein kleines Brenneisen etc. etc., womit wir sie ein bißchen kitzeln, kneipen, zwicken oder auch brennen können und worauf sie zweifelsohne schneller reagieren und sich wiederbeleben wird!... Inzwischen sind Sie, kleines, reizendes Fräulein Eugénie, wohl so gütig und liebenswürdig meinen toten bzw. schlappen Wonne- und Freudenspender alias Sodomitenschwanz durch Ablutschen ein bißchen wiederzubeleben, während Augustin zugleich meinen Sodomhintern enculiert!... Und Du, lieber Chevalier, würdest mir gleichzeitig einen großen Gefallen und Hochgenuß erweisen, wenn Du Dein Schwesterlein derart im Stehen in den Hintern vögelst, daß ich Eure beiden geschwisterlichen Kallipygen von der Seite befingern, betätscheln, oder auch zur Abwechslung den einen nach dem anderen ein wenig küssen, lecken, vielmehr sokratisieren kann!…

(Während diese neue Gruppe sich seinem Vorschlage gemäß inszeniert, peitscht Dolmancé Madame de Mistivals, seines armen Opferlammes, ganzen Körper auf's allergrausamste mit den inzwischen von Augustin zusammengebundenen Dornenreisern, sticht sie dann von neuem mit mehreren Nadeln und dem dolchartigen Stilett in ihre allerempfindlichsten Hautpartien, insbesondere in die strammen, vollen Brüste, in die bereits arg malträtierten, stark geschwollenen und verfärbten Schamlippen, in die nahe befindlichen Aftermuskeln, in die vollen üppigen Schenkel und Waden, sowie in die Fußsohlen und kneipt ihr dann mittelst einer feinen, gleichfalls scharfen Zange die Brüste und Geschlechtsteile derart zusammen, daß Madame de Mistival endlich doch aus ihrer scheintodähnlichen, tiefen Ohnmacht langsam wiedererwacht und in Folge der grausamen Behandlung und der ihr zugefügten Martern und intensiven, fürchterlichen Schmerzen fieberhaft in ununterbrochenen, krampfartigen Windungen und Zuckungen ihres ganzen Körpers zusammenschauert.) Na, seht Ihr jetzt selbst die Wirkung meiner großartigen, Wiederbelebungsmittel, meine Lieben? Habe ich nicht recht gehabt, daß sie noch nicht… mausetot ist, … es jedoch nach unserer diesbezüglichen endgültigen Urteilsfällung heute alsbald ja noch immer… werden kann!…

Madame de Mistival *(unter anhaltenden krampfhaften, epileptischen Zuckungen ihres Körpers starr und groß die Augen öffnend)*: Ah!… Heiliger Himmel!… Warum hat man… mir denn nicht… gleich… vollends… den Garaus… gemacht… und mich ins Grab gesenkt!… Allgütiger Vater im Himmel, … erbarme Dich doch meiner!… Warum bin ich denn verurteilt… noch länger diese Qualen und Martern, … diese Grausamkeiten, … diese fürchterlichen… Schrecken… zu erdulden!… Was habt Ihr denn… noch… mit… mir… vor, … Ihr Henker, … Ihr Teufel in Menschengestalt!… Ach, … und Eugénie, … meine eigene Tochter, … mein eigenes Fleisch und Blut, … verdorben und verloren, ... mit ihnen, ... in ihrem... teuflischen... Bunde!... (sie stöhnt und jammert herzzerreißend.)

DOLMANCÉ *(sein Opfer zynisch weiter malträtierend bzw. mit den Dornenruten und insbesondere mit den Nadeln an ihrem vor Schmerzen heftig peitschenden, zitternden, bebenden und zuckenden Körper fortoperierend)*: Ah!... Ah!... meine Gnädigste, ... mein verehrtestes kleines Teufelsmütterchen, da Du doch als des Teufels Großmutter noch ein bißchen zu jung bist, ... was wir noch weiter mit Dir vorhaben... möchtest Du also gern wissen?... Nun, das kannst Du ja... sogleich erfahren!... *(den Anwesenden verständnisvolle und verstohlene Blicke und Gesten suggerierend, während er von Augustin in den Hintern gevögelt wird und während Eugénie — die gleichzeitig von dem seine Schwester vögelnden Chevalier abgewichst wird — noch immer seinen Schwanz im Munde hat und an demselben saugt und lutscht.)* Madame de Saint-Ange, beginnen Sie bitte mit Ihrem Urteilsspruche!...

MADAME DE SAINT-ANGE. Ich verurteile sie dazu, gehängt zu werden!...

DER CHEVALIER: Ich beantrage, sie lebend auf chinesische Manier in mindestens zwanzigtausend einzelne kleine Teile zu zerstückeln!...

AUGUSTIN: Ich schlage vor, ihr auf einfachere und leichtere Manier bei lebendigem Leibe die Arme und Beine kunstgerecht aus den Gelenken herauszuschneiden und ihr dann großmütig den Gnadenstoß zu geben!...

EUGÉNIE *(mit Pathos — scheinbar in der Absicht alle noch zu übertrumpfen)*: Ich möchte Madame am liebsten lebendig am Spieße braten und rösten sehen!... Ich würde ganz gerne das Feuer dazu schüren!...

DOLMANCÉ: Ah!... Ah!... Ganz ausgezeichnet!... Ganz famos, ... meine Lieben!... Ihr übertrifft, ... Ihr überbietet ja geradezu einer den anderen, gewissermaßen, ganz phänomenal, kolossal, ... ja, ja!... Ich habe, ... äh, ... in der Tat in meinem Leben noch keine weiseren und gerechteren Richter und

Richterinnen als Euch, meine kleine Henkers- und Teufelsgesellschaft, kennen gelernt!... Doch lasset mich, als Eurem Ältesten in der Gesellschaft und somit Obersten der Teufel und gleichzeitigem Oberjustitiarius jetzt auch zu meinem obersten Schieds- oder Entscheidungsspruche und Urteile kommen!... Ich bin der Ansicht, daß sie, unser Opferlämmchen mit dem Tode eigentlich viel, viel zu gelinde für ihre mannigfachen scheinheiligen Sünden und Untugenden, die sie hienieden auf Erden bereits begangen hat, bestraft würde, ich verurteile sie daher ganz feierlichst... dazu weiterzuleben, jedoch zugleich mit etlichen gewissen Denkzetteln, die sie von hier mitnehmen, ihr ganzes ferneres Leben lang mit sich herumschleppen bzw. nicht mehr so leicht los werden soll und die ihr das Leben hienieden bereits zum Vorgeschmacke der Hölle machen werden! Wir selber alle aber gehen glänzend aus dieser Affäre hervor, wir waschen unsere Hände in der allerreinsten Unschuld, da wir dann ja doch immerhin wenigstens keine effektiven, leibhaftigen Mörder gewesen sind!... Also höret meinen allerneuesten Plan! Ihr werdet staunen, da er Euch allen ja doch wohl ebenso neu wie unerwartet vorkommen wird, uns jedoch dem Dilemma entheben soll, zu Mördern, wenn auch an einem winzigen, armseligen, scheinheiligen Menschenleben, das den Tod tausendmal reell verdient hat, geworden zu sein! Wie gesagt, diese Strafe die mir erst vorhin einfiel oder in den Sinn kam, als unser Chevalier seine Moralprinzipien äußerte und seine Bedenken oder Tugendanwandlungen hatte, ist zwar etwas neuartig und originell, aber effektvoll und ganz und gar unseren Zwecken entsprechend, mit einem Worte, unserer würdig!... Ich habe, wie Sie wissen, unten in Ihrer Gesindestube, Madame, meinen gestern erst gemieteten Kutscher Lapierre zurückgelassen, einen Prachtkerl von herkulischer Gestalt und Körperkraft und von der Natur mit einem der schönsten, stolzesten und furchtbarsten, und zwar im Doppelsinne des Wortes — ich sage also: mit einem ganz phänomenalen Riesenschwanze ausgestattet — gegen den übrigens Dein 13 Zöller, Bube, ein Waisenknabe oder vielmehr ein Zwergenschwanz ist — und der, wie ich heute erst erfahren habe, ... leider mit dem allerschlimmsten Schanker, ... Bubo, sowie mit hochgradiger tertiärer Syphilis in der allerhöchsten Potenz unheilbar infiziert und behaftet ist, ... bei seiner Ejakulation oder Vögelei daher lediglich Gift bzw. lebenslängliches, unheilbares Siechtum zu produzieren oder zu verbreiten im Stande ist!... Ich will ihn heraufholen lassen, damit er auf mein Geheiß mit seinem Giftschwanze dieser unserer tugendhaften, keuschen, züchtigen und heiligen Madame hier sein unheilbares Gift in ihre beiden Leibes und Liebesöffnungen vorne und hinten der Art einspritze bzw. einimpfe, daß sie für ihr ganzes Leben lang daran genug bzw. sich damit herumzuschleppen haben wird, so daß sie für die Zukunft ihren Gatten, sowie jeden anderen Schwanz mit etwaigen Liebesseufzern und sehnsüchtigen Anträgen ungeschoren und in Ruhe lassen, desgleichen fernerhin auch nicht daran denken wird ihrem Töchterlein, unserer süßen Eugénie, zu verwehren sich so oft und soviel sie's will und mag, und gleichviel von welchem edlen mit einem gesunden, frischen, stolzen Mannesszepter ausgestatteten Kämpen, und zwar gleichviel ob vorne oder hinten, sich bedienen oder vögeln zu lassen!...

(Nachdem alle diesem exzellenten Vorschlage enthusiastisch zu applaudiert, läßt man den Patentkutscher Dolmancés durch Augustin ins Boudoir kommen.)

DOLMANCÉ: Lapierre!... Vögeln Sie sogleich bitte hier diese hochedle, ... hübsche... Dame, die Sie da so matt oder vielmehr... so schmachtend... und verlangend auf dem Ruhebette hingegossen sehen, ... sie ist, ich bemerke und betone es Ihnen gegenüber noch ganz besonders, ... absolut gesund. Möglicher weise können Sie daher sich selber durch einen recht wollüstigen und brünstigen Fick mit derselben wieder auskurieren und heilen! —

LAPIERRE: Hier, und in Ihrer aller Gegenwart, ... gnädiger Herr!...

DOLMANCÉ: Fürchtest oder schämst Du dich vielleicht in unserer aller Gegenwart Deinen netten, liebenswürdigen, stolzen Schwanz zu zeigen!...

Lapierre: O nein, ... keineswegs, ... wenn der gnädige Herr befehlen!... *(er begibt sich mit seinem schauderhaft ausschauenden Riesengiftschwanze zu Madame de Mistival)* Wohlan denn Madame, ... machen Sie Ihre... Beine, bitte, ein klein wenig... mehr auseinander, ...

Madame de Mistival. O weh!... Heiliger Himmel!... Welch unerhörter, ... schrecklicher Schimpf, ... welche Schande, ... welch... unsägliches... Unheil man... mir... antut!...

Eugénie: Sei doch nur friedlich, Mamachen und beruhige Dich doch!... Das ist ja immerhin nicht so schlimm wie zu sterben!... Und dann hätte ich nach Deinem Tode doch anstandshalber Deinetwegen in diesem Sommer Trauerkleidung anlegen und meine hübschen hellen, süßen Sommerroben und Hütchen vermodern lassen können!...

Dolmancé: Vertreiben wir uns inzwischen doch ein wenig die Zeit und amüsieren wir uns lieber bei dem holden Anblicke dieses schönen Fickduetts zwischen unserem durch und durch verseuchten, syphilitischen Helden Lapierre und seinem armen Opfertiere gleichzeitig ein bißchen untereinander, meine Lieben!... Lasset uns alle gegenseitig, um uns dadurch ein bißchen an- und aufzuregen, die Hintern mit Ruten peitschen und dabei zu gleicher Zeit vorne einander wichsen, ... und zwar soll Madame de Saint-Ange den Hintern Lapierres gehörig fitzen und geißeln, damit er um so stürmischer, brünstiger und heldenhafter vögeln und sein Gift um so reichlicher und ergiebiger in die ihm zu Gebote stehende, wenn schon nicht mehr unschuldige, so doch keusche, tugendhafte, fromme und heilige Votze verspritzen kann! Ich selber werde Madame de Saint-Ange dabei peitschen und zugleich vorne abkitzeln. Augustin wird das nämliche mir selbst... besorgen, und unser Brautpaar, Eugénie und der Chevalier, werden sich auf diese, für sie nicht mehr ungewöhnliche oder ungewohnte Manier, desgleichen gegenseitig in derselben Weise durch Flagellieren und gegenseitiges Onanieren befriedigen, ... meinethalben auch durch Vögeln, zumal sie beide sich doch schon so lange der süßen Vögelei enthalten haben, wie es sonst unter

Brautleuten nicht Usus ist. Ist es doch schon fast ein Viertelstündchen her, seitdem sie sich zuletzt auf Mamas Nase… gefickt haben!… *(Das neue Gruppen-Tableau wird arrangiert und ausgeführt. Nachdem Lapierre fertig geworden und die scheinheilige Votze Madame de Mistivals zur Strafe für ihre präsumtive Heiligkeit gründlich verseucht worden ist, befiehlt ihm Dolmancé, nunmehr auch die hintere Liebespforte seines Opfers zur sicheren und wirksameren Verseuchung ihres Blutes in Angriff zu nehmen. Lapierre bewährt sich als der allezeit gehorsame und zugleich erprobte und würdige Diener seines Herrn und exekutiert nunmehr auch seine giftige Enculage zur allgemeinen vollsten Zufriedenheit.)*

DOLMANCÉ *(nachdem das beispiellose und schändliche Bubenwerk vollbracht ist)*: Das hast Du ganz vorzüglich gemacht Lapierre!… Mache jetzt, daß Du verschwindest! Doch halt, noch einen Augenblick, … hier hast Du in unserer aller Namen ein kleines Trinkgeld für Deine Bemühungen *(er gibt ihm einen Zehn-Louis d'or-Schein.)* Nicht wahr?… Hat der Kerl nicht eine großartige Impfung seiner verseuchten giftigen Liebessäfte ausgeführt, wie sie Tronchin sein Leben lang nicht gemacht hat! *(Lapierre verläßt das Boudoir.)*

MADAME DE SAINT-ANGE. Nun, das hast Du gut arrangiert, mein lieber Dolmancé!… Wir sind eigentlich jedoch mit Deiner Operation noch nicht fertig, … ich meine, noch nicht ganz fertig!… Ich habe nämlich auch noch eine Idee, … und zwar eine ganz großartige!… Wäre es nämlich nicht wesentlich und nötig, nützlich, naheliegend, klar und einfach, daß wir nunmehr verhindern, daß das syphilitische Gift, welches jetzt in den heiligen Adern unserer Madonna fließet, nicht allzuschnell wieder ihrem verseuchten Körper entströme oder sich verflüchtige, … ich meine, daß wir ihr sofort ganz schnell Votze und Arschloch einfach zunähen!… Hierdurch würde dann das syphilitische Gift gewissermaßen noch konzentrierter in ihrem Körper, beziehungsweise in ihren Gedärmen, Adern und Knochen aufgespeichert und dieselben ganz und gar durchseuchen, oder doch weniger schnell aus denselben wieder herauskommen, verschwinden und verflüchten können!... Ich selber werde es unserer kleinen Schülerin Eugénie zeigen wie man das macht, eine heilige — mütterliche — Madonnenvotze auf kürzere oder längere Zeit zum vollständigen Verschlusse zu bringen, d.h. sie am besten... zu vernähen!... Sie selber, Dolmancé, besorgen die Geschichte, ich meine das Zunähen, dann wohl am besten hinten an ihrem heiligen Arschloch!...

DOLMANCÉ: Komm her, geliebte Freundin, ... laß Dich schnell ein bißchen von mir küssen und streicheln für diese Deine großartige, ausgezeichnete, Dir alle Ehre machende Idee, auf die ich alter Sünder selber niemals gekommen wäre *(er küßt sie feurig und sokratisiert dann ihre prächtigen Riesengloben, während Madame bereits mehrere, mit starker buntfarbiger Seide eingefädelte, Heftnadeln zurechtlegt und Eugénie Anweisungen zum Vernähen der mütterlichen Votzenlippen erteilt.)*

EUGÉNIE *(wütend)*: Famos!... Ausgezeichnet meine Liebe!... Schnell, die Nadeln mit den bunten Seidenfädchen her!... Ha!... Ich, Deine würdige Schülerin, ... ich werd's schon machen, mit Wonne!... So übe ich doch wenigstens... ein bißchen Rache und Wiedervergeltung an ihr für all das Unrecht und Böse, das sie mir in meinem Leben bereits zugefügt hat und Rache ist doch... so süß, — zumal wir sie nun mal doch nicht zum wohlverdienten Tode verurteilt haben!... Also, Mamachen!... Öffnen Sie, bitte, ein bißchen mehr... ihre Beine, ... damit ich als geschickte Tailleuse und Operateurin... sie... Ihnen... ganz schnell ein bißchen ver- und zunähe, ... damit Sie mir für die Zukunft auch keinen Bruder oder Schwester mehr schenken können!... *(Madame de Saint-Ange reicht ihr die eingefädelte Heftnadel und Eugénie näht vom Mittelfleische zwischen dem mütterlichen After und der Votze beginnend von unten nach oben allmählich die bereits hochgradig angeschwollenen Schamlippen ihrer eigenen — während dieser Operation von Augustin kräftig und energisch festgehaltenen — Mutter zu.)*

MADAME DE MISTIVAL. O heiliger Himmel!... Erbarme...

Dich... doch... endlich... meiner... und lasse mich... sogleich... sterben!... Welche Schmerzen, ... welchen Schimpf... muß ich ertragen... und noch dazu von der eigenen Tochter, ... meinem eigenen Fleisch und Blute!... O weh, ... wehe... mir!...

EUGÉNIE: Beruhige Dich doch nur, ... Mütterlein!... Wie oft hast Du mich nicht in meinem Leben eben so geärgert und gekränkt und mich zum Wehewehe-Rufen veranlaßt!... Ja ja, ... Rache ist süß!... Also, ... vollständige... Ruhe bitte ich mir jetzt von Dir aus!... Ha?!... Zur Strafe für Dein weiteres Lamentieren sollst Du jetzt schnell noch dies... und dies... und das... erhalten!... *(sie spickt ihre Mutter mit der Nadel mehrmals in die blutenden und zuckenden, stark geschwollenen Votzenlippen, sowie in das Innere der geöffneten Scheide, in den erigierten Kitzler, den Schamhügel und in den Unterleib.)* Das hat übrigens... nichts weiter... zu bedeuten, Mamachen, ... ich probiere nur, ob die Nadel noch scharf genug ist, damit sie um so leichter durch diese... dicken... ... Lippen... hindurchgeht!...

DOLMANCÉ und MADAME DE SAINT-ANGE *(sich vor Heiterkeit und Lachen schüttelnd, unisono)*: Bravo, bravo, ... kleine, reizende, süße Schülerin Du!...

CHEVALIER DE MIRVEL *(unwillig)*: Genug!... Höre auf Eugénie, Du kleine Spitzbübin!... Du setzest mein Schwiegermamachen mutwilligerweise ja noch ganz und gar unter Blut!... Du richtest an ihrem Körper ja wie eine richtige Furie und Megäre... ein wahres Blutbad... mit Deiner scharfen, spitzen Nadel an!...

DOLMANCÉ *(angesichts dieser delikaten Operation bzw. des interessanten Manövrierens Eugéniens auf ihrem mütterlichen Operations- oder Schlachtfelde, mit seiner Seelen- und Gesinnungsgenossin Madame de Saint-Ange in gegenseitiger, leidenschaftlicher Masturbation begriffen)*: Ah! Verdammt!... Wie mich diese Deine Eleganz und der Schneid, Deine Geschicklichkeit und Handfertigkeit bei dieser Deiner Operation aufregt, Eugénie, kleiner Liebling!... sieh nur, wie mir mein Sodomsszepter wieder bereits zum Platzen steif geworden ist! Nimm

Dich oder vielmehr Dein kleines Sodomsloch vor ihm in Acht!... Doch lasse Dir nur, in aller Ruhe, Zeit dein Werk nach allen Regeln der Kunst zu beendigen!... Steche sie dann bitte nur öfter noch ein bißchen überall mit Deiner blutigen Nadel an ihrem ganzen, zerschundenen Leibe, das macht mir das allergrößte Vergnügen und einen ganz unbeschreiblichen... Spaß!...

EUGÉNIE: Wenn Euch das wirklich so ungeheueren Spaß bereitet, so will ich... sie... noch gern nicht nur mit ein paar Dutzend, sondern noch mit ein paar hundert saftigen blutigen Stichen mit meinen blanken, hübschen Heftnadeln... überall hin... beglückseligen!... Chevalier, komm her, mein süßer Junge und kitzle mich, Deine Braut, während meiner delikaten, chirurgischen Operation doch auch ein bißchen so schön ab, wie Dolmancé es mit Deiner Schwester tut!...

CHEVALIER DE MIRVEL *(ihr nur zögernd und widerstrebend gehorchend, ironisch)*: Das hätte ich Dir, geliebte kleine Schelmin, ... reizender Engel, in der Tat niemals zugetraut, daß Du so schneidig und elegant und geschickt zugleich wie die berühmteste Hofschneider-Meisterin mit der Nadel umzugehen verstehst!... Wo hast Du denn eigentlich Unterricht hierin genossen?

EUGÉNIE *(erzürnt)*: Keine Ironie... bitte, keine Beleidigungen... alter Junge, ... sonst pieke ich gleich auch Dich ein bißchen in Deinen großen, ... dicken... Riesen... da zwischen Deinen Beinen, ... da ich nun schon mal so schön im Zuge bin!... Begnüge Dich doch damit, meinen Kitzler ein bißchen zu streicheln, und zwar nach allen Regeln der Kunst, wie Du es doch so schön verstehst!... Sag mal... hast Du denn mit einem Male nur eine Hand... dazu übrig? Wo hast Du denn die andere?... Kitzle, wichse doch feste, ... ein bißchen kräftiger... mit Deinen Fingern, ... stecke doch die Finger der anderen Hand gleichzeitig, ... ja, ja, ... ein bißchen tiefer, ... tie... fer in meine verlangende, ... schmachtende, ... von Dir ent... jungferte Votze! Ah!... So ist's recht, mein Liebling, ... ah!... Nun!... Wie?... Du hörst jetzt... schon wieder auf, ... während Du doch noch alle Hände voll zu tun hättest? Du hast die Finger ja schon wieder von Deinen...

bräutlichen Schätzen zurückgezogen! Pfui, ... Du schlechter Mensch!... Aha, ... ah, ... entschuldige, ... Du kniest und bückst Dich ja jetzt rücklings zur Erde nieder, ... um meinen aufgeregten Kitzler und meine Votze mit Deinem Munde und Deiner Zunge zu feiern!... Ah... Ah!... So ist's recht, ... so ist es... süß, ... mein süßer Chevalier!... Ah! Seliger... Hochgenuß, ... das!... Seht nur, Dolmancé und Du, geliebte Freundin, wie ich... sie... dabei... zugleich zersteche, die Brüste, ... die Schenkel, ... und die Votze meines Mütterleins!...

MADAME DE MISTIVAL. Ah!... O weh, ... niederträchtige... Dirne, ... Scheusal, ... Ungeheuer!... Du... zerstückelst... mich ja vollständig!... Und was muß ich leider, ... obendrein... für freche, gottlose, ungeheuerliche Zoten von Dir hören, ... sehen... und erleben!... Weh, ... wehe!... Welch Unheil, ... welche Schmach und Schande für mich, ... Dir das Leben gegeben zu haben!...

EUGÉNIE: Ruhe, Ruhe!... Beruhige Dich doch nur, Mamachen!... Sieh da, ... meine schwierige Operation, ... meine Arbeit ist ja... bereits vollendet, ... ich bin... ja... schon... fertig... und zwar im Doppelsinne des Wortes!... Ah! Chevalier, mein süßer Bräutigam, ... ich... pisse, ... ich... spritze!... Welche süße Wonne und Seligkeit Du mir wiederum... mit Deiner Zunge... bereitet hast! Ah!... Ah!...

DOLMANCÉ *(sich aus Madame de Saint-Anges Armen erhebend)*: Eugénie, ... stehen Sie auf, bitte!... Überlassen Sie jetzt mir die Fortsetzung der Operation an Mamas heiligem hinteren Loch!... Drehe sie jetzt auf den Bauch um, bitte, Augustin, mein Junge!...

MADAME DE SAINT-ANGE. Sie sind zu aufgeregt, Dolmancé! Ihr soeben abgeprotztes Maschinengewehr, Ihr Sodomitenszepter steht in Erwartung der interessanten Dinge, die Sie vorhaben ja bereits wiederum in vollster Parade!... Sie werden unser Opferlamm, wie ich fürchte, jetzt wirklich total kaputt dabei machen, ... sie töten!...

DOLMANCÉ: Und wenn schon!... Was würde denn das

schließlich schaden?... Haben wir nicht von ihrem Gatten jede Vollmacht, gewissermaßen die Erlaubnis hierfür, ... sind wir also nicht direkt dazu autorisiert?!... *(Nachdem Augustin sie auf den Bauch gelegt und die Hinterbacken Madame de Mistivals weit auseinander gespreizt hat, ergreift Dolmancé eine eingefädelte, stärkere Heftnadel und beginnt, seinem Opfer das hintere Loch mittelst größerer, umgreifender, in die dem After benachbarte Haut und Muskulatur gelegte Nähte und Hefte zu vernähen.)*

MADAME DE MISTIVAL *(wie eine Besessene schreiend und vor Schmerzen heulend)*: O weh, ... o weh!... Wehe mir!...

DOLMANCÉ *(ihr probeweise einige andere Heftnadeln tiefer bzw. völlig in das üppige, vor Schmerzen zuckende Fleisch der Hinterbacken hineinstoßend, so daß das Blut in hohem Bogen hinausspritzt)*: Schweig, ... olle Vettel, ... olle Sau, ... oder ich zerspicke und zerfetze Dir Deinen Sauarsch ganz und gar zu Marmelade!... Eugénie, ... komm her, mein Liebling, wichse mich doch schnell noch ein bißchen dabei, ...

EUGÉNIE: Gern, mein Lieber!... *(sie tut es.)*

MADAME DE SAINT-ANGE. Ja, ja!... Bearbeite sie nur ganz gehörig, diese dicken, vollen, heiligen Hinterbacken, ...vergiß dabei aber auch nicht Deine eigentliche Arbeit, die Vernähung des Arschloches, mein Lieber!...

DOLMANCÉ: Unbesorgt, geliebte Freundin! Ist's doch schon geschehen! So!... Jetzt sind die Muskeln rings um das Afterröschen vollständig durch die Naht zusammen geschweißt!... Jetzt will ich ihr die mürben Arschbäckchen noch ein bißchen weiter spicken, ähnlich wie man ein Kaninchenfilet vor dem Braten zu spicken pflegt!... Eugénie, kleine Schelmin, Du vergißt ja schon wieder meine genaueren Informationen für das Abwichsen eines steifen Mannesszepters!... Du streifst ja immer wieder mit Deinen Fingern die Vorhaut über die Eichel, ... das sollst Du nicht tun, sondern lediglich immer feste den Schwanz selbst seiner ganzen Länge nach in Deiner Hand reiben und wichsen!...

EUGÉNIE: Ah, ... verzeihe, liebes Professorchen... Durch das

Schreien und Lamentieren meines Mütterleins bin ich wohl etwas zerstreut und abgelenkt worden, so daß ich nicht genau darauf aufgepaßt habe, ob Deine glühendrote Vorhaut sich unter oder über Deiner... drolligen, ... sogenannten Eichel befand!...

DOLMANCÉ: Ah! Verdammt!... Eugénie, Liebling... ich bin schon wieder... fertig... und zwar sowohl mit dem Nähen, wie... unter Deinen... süßen Fingern!... Madame de Saint-Ange, Chevalier, ... so ist's recht von Euch, meine Lieben! Vögelt Euch, ... wie dies zwischen Bruder und Schwester besonders süß ist, ... im Stehen und Du Augustin — ich brauche Dich jetzt nicht mehr, da Madame ja schon von selber still liegt — enculiere Madame Saint-Ange währenddessen, so daß sie zwischen zwei Feuer kommt, d.h. vorne und hinten zugleich aufgespießt wird!... Bei dem Geschäfte, das ich nunmehr zu vollführen beabsichtige, müßte und möchte man am liebsten von lauter Prachtärschen ringsum umgeben sein!... *(Während dieses neue Gruppen-Tableau in Szene gesetzt wird, spickt und sticht Dolmancé, der von Eugénie weiter masturbiert wird, die Arschbacken Madame de Mistivals, ferner ihre Schenkel, ihren schöngeschwungenen Rücken, Nacken und Hals, sowie ihre unteren Partien, die üppigen Beine und Waden, also ihre ganze Körperrückseite entlang mit einem Nadelbündel, sowie abwechselnd mittelst seines Stiletts.)*

MADAME DE MISTIVAL *(bei ihren unsäglichen körperlichen und seelischen Qualen kaum noch einige schwache Lebenszeichen äußernd)*: Ach!... Ach!... Erbarmung!... Erbarmen Sie... sich... doch... endlich... meiner... ein wenig... mein Herr! Ich bitte Sie... tausend, ... tausendmal um Gnade!... Oder... töten Sie mich... doch lieber... gleich mit einem Male, ... damit... diese fürchterlichen, ... unerträglichen Martern und Qualen... endlich... ein Ende nehmen!...

DOLMANCÉ *(in Superlativ und Zenit seines Hochgenusses und seiner geschlechtlichen Wollust schwelgend, da er seinen Grausamkeitsgelüsten nunmehr frei die Zügel schießen lassen kann)*: Ich möchte es schon tun, ... Dich... mit einem Male... töten, ...

doch ist ja hier die allgemeine Stimmung, wie es scheint, dagegen!... Ah! ich habe schon lange, ... lange nicht mehr in meinem Leben ein so wollüstiges Nervenprickeln, einen solchen Steifstand meines Sodomitenschwanzes, zumal nach bereits so zahlreichen Entladungen desselben, noch solche unversiegbare Ströme meiner Liebessäfte als bei diesen, meinen delikaten Exerzitien auf diesem zerstochenen... und zerfetzten weiblichen Kallipygen gehabt und gekannt!...

EUGÉNIE *(immer wieder von neuem Dolmancés Schwanz mit Verve wichsend)*: Ja, ja... mir scheint es auch so!...

MADAME DE SAINT-ANGE *(von ihrem Bruder und von Augustin zugleich vorn und hinten eingefädelt und mit ihren beiden Rittern oder Reitersmännern zu Dolmancé näher heran avancierend)*: Hast Du nun auch meinen... oder Deinen gewünschten männlichen Kallipygen auf diese Weise... gut zu Deiner Verfügung, mein Lieber!...

DOLMANCÉ: Ja, ja!... Nur mag Augustin sich ein wenig mehr nach rechts herumdrehen, damit ich seinen Kallipygen besser von der Seite angreifen kann und sich zugleich ein wenig bücken, um sein süßes schwarzes Löchlein besser meiner Zunge zu nähern!...

EUGÉNIE *(bei diesem neuen Tableau und durch ihr weiteres Onanieren an dem nimmerschlappen Dolmancés' selber in geile Ekstase gebracht und an ihrem Kitzler höchst selbst wichsend und ihn mit ihren Fingern malträtierend)*: Ah!... Welch ein Hochgenuß so miteinander... zu schweinigeln!... Ah! Ah!... Seht nur meine Lieben, wie unser böser Professor mein armes Mütterlein sozusagen unter Blut gesetzt hat, ... ihr ein richtiges Blutbad bereitet, ... sie schwimmt ja schon gewissermaßen ganz und gar in ihrem... eigenen... Blute...

DOLMANCÉ: Tut nichts, mein Liebling! Du wirst deshalb doch Deine hübschen, hellen, süßen Sommerkleidchen weiter tragen können und keine häßlichen, dunklen Trauergewänder Deines Mütterleins wegen anzulegen brauchen, ... sie hat ja eine gute und robuste Natur und stirbt daran... noch lange nicht!... Na, seid Ihr anderen auch bald fertig! Was mich betrifft, so bin ich unter den süßen Fingern unseres süßen Kindes zum xten Male wieder so weit, die Wunden, die ich ihrem Mütterlein geschlagen, gestochen und sonst zugefügt, ein wenig mit meinem kühlenden, balsamischen Lebens- und Liebestau zu überrieseln!...

MADAME DE SAINT-ANGE. Ja, ja, Dolmancé, mein Schatz! Auch wir sind gleich so weit!... Wir werden wiederum alle zusammen und zugleich douce compagnie miteinander fertig werden!...

DOLMANCÉ *(nachdem er seine Gelüste an dem hinteren, fertig infibulierten Opfer gestillt, von neuem déchargierend und Madame de Mistivals umfangreiches, hinteres, blutiges Schlachtfeld mit seinen Liebessäften überströmend)*: Ah! gut gevögelt!... Verflucht noch mal, ... meine Liebessäfte fließen noch immer unversiegbar, unaufhörlich!... Eugénie, richte doch bitte den Strahl jetzt ein bißchen mehr auf den mütterlichen, nunmehr wie ein richtiges blutiges Sieb oder Reibeisen zerstochenen und durchlöcherten Kallipygen selbst!... Ah!... Ich kann nicht mehr!... Ich bin ganz... futsch!... Ach, warum übermannt uns nur so schnell diese hochgradige, intensive Schwäche und Schlappheit unmittelbar nach unserer höchsten geschlechtlichen Wollustekstase?!...

MADAME DE SAINT-ANGE *(zu ihren beiden sie vorne und hinten zugleich bedienenden Kämpen)*: Nun haltet noch ein Weilchen aus! Und Du Bube, ... fick, ... fick... doch schneller, ... ein wenig strammer, ... schneidiger, ich und mein Bruder, wir sind ja bereits... lange fertig!... Weißt Du denn nicht, daß Du ihn, Deinen Normalen oder Riesen, nicht immer wieder zurückziehen, sondern ihn feste in meinem Arsche selber hin und herbewegen sollst bis zu Deiner endgültigen Krise?... Ah! Ah... Es kommt ja jetzt auch bei Dir... in meinem Hintern, mein süßer Bube, ... ich spüre Deine Entladung gleich wie den Strahl des Kolbens einer Dampfdruckfeuerspritze in meinen Eingeweiden... Ah!... Wie süß für mich, mein inneres Feuer und meine innere Leibes- und Liebesglut wieder mal gehörig von beiden Seiten vorn und hinten zugleich gelöscht zu erhalten!...

(Nachdem Madame de Saint-Ange zunächst selber ihre hoch-

steigene vordere und hintere Toilette gemacht und beendigt und sie sich samt Eugénie und den Herren der Gesellschaft notdürftig wieder angekleidet haben, bemüht sie sich im Vereine mit Eugénie, dem Chevalier und Augustin erfolgreich die zum dritten Male vor Schmerzen ohnmächtig gewordene Madame de Mistival durch ihre eifrigsten und sorgfältigsten Bemühungen und Hilfeleistungen allmählich wieder ins Leben zurückzurufen. Nachdem dies endlich gelungen, legen sie dieselbe auf ein Ruhebett und lindern durch kühle und schmerzstillende Kataplasmen, Pflasterungen und Verbände die ihrem Opfer zugefügten zahllosen Wunden und Verletzungen, — ohne allerdings die noch frischen, fest haftenden Nähte an der vorderen und hinteren Leibesöffnung derselben zu entfernen — und bringen sie durch Einflößen von Wein, Milch sowie durch Verabreichung kräftigender Speisen und Erfrischungen bald wieder einigermaßen zu sich, daß man auf Geheiß Dolmancés ihrem sehnlichsten Wunsche, wieder angekleidet zu werden, um nur sobald als möglich aus diesem Hause des Schreckens fort in ihr Heim zu gelangen, bereitwilligst nachkommt. Freilich vermag sie sich, wieder angekleidet, kaum auf den Beinen zu halten, sie wird jedoch cavalièrement von dem Chevalier unterstützt und von ihm, inzwischen ihrer Abreise durch Madame de Saint-Anges Gespann gewärtig, zu einem Sessel geleitet, auf den sie sich sichtlich nur unter unsäglichen Schmerzen und im Fieberfroste wiederholt sich schüttelnd und zusammenzuckend niederzulassen im Stande ist.)

DOLMANCÉ *(seinem Opfer die Abschiedspredigt haltend)*: Nun, meine Liebe!... Grüßen Sie Ihren liebenswürdigen und durchaus lobenswerten Herrn Gemahl auf's Allerbeste von uns allen und teilen Sie ihm mit, daß wir seine Anordnungen bzw. seine Wünsche, die er uns mit Bezug auf Sie, meine Gnädigste, seine reizende Gemahlin — und allerdings leider zugleich Mutter einer reizenderen Tochter noch — aufgetragen hat *(seinen diesbezüglichen Brief haben Sie doch höchstselbst gelesen)* auf's pünktlichste und à la lettre oder buchstäblich ausgeführt haben! Ihr Fräulein Tochter werden Sie jetzt nicht mit nach Hause nehmen, dieselbe bleibt einstweilen noch einige Wochen oder Monate hier auf diesen schönen Landgute bei uns, so lange es ihr hier bei Madame de Saint-Ange bzw. in unserer ehrenwerten Gesellschaft gefällt und behagt, vielmehr bis wir ihre Erziehung nach den Prinzipien unserer wahren Lebens- und Moralphilosophie beendigt haben werden!... Merken Sie sich selber gleichzeitig Folgendes, bitte! Sollte Eugénie, unserem Kinde, ... unserem kleinen, reizenden Liebling jetzt oder späterhin — vielleicht als des Chevaliers Gemahlin, jemals ein böses Wort oder auch nur ein böser, mütterlicher Blick von Ihnen zu Teil werden, die Sie überhaupt unwürdig sind, die Mutter eines so charmanten, liebreizenden, süßen, engelsgleichen Wesens zu sein, so haben Sie nicht nur eine Wiederholung oder eine zweite, vollständig verbesserte Auflage unserer heutigen, verhältnismäßig gelinde an Ihnen geübten Behandlung und Bestrafung zu gewärtigen, sondern auch die Fortsetzung eben dieser Behandlung bis zur endgültigen Abfuhr', d.h. bis Sie nicht mehr im Stande sein werden, sich in diesem Leben überhaupt noch über uns zu beschweren, vielmehr nur noch im jenseitigen Leben entweder bei Ihren Heiligen im Himmel droben oder vielmehr unten bei Ihresgleichen, den Scheinheiligen in der Hölle. deren Qualen und Martern für Kreaturen Ihres Gelichters eigentlich noch viel zu harmlose und zu gelinde sein dürften!...

Nehmen Sie also einstweilen das gesamte, heute von uns an Ihrem reizenden Frauenkörper statuierte Exempel, als mahnendes Andenken von hier, aus diesem kleinen, reizenden Landhäuschen Madame de Saint-Anges mit und vergegenwärtigen Sie sich fernerhin Ihr ganzes Leben lang immer wieder, daß die höchste irdische Glückseligkeit für uns Menschen hienieden auf Erden nicht im Beten und Kasteien oder in der scheinheiligen Ausübung und Befolgung aller möglichen und unmöglichen Tugenden und Moralprinzipien, ... sondern lediglich im Ficken oder Vögeln oder Gevögelt werden besteht, ... für Sie selber auf geraume Zeit hin freilich nicht mehr, da Sie mit Ihren verseuchten Liebessäften ja nur Andere anstecken und verseuchen würden!...

Bedenken Sie ferner, daß Ihr Fräulein Tochter sich bereits in dem Alter befindet, zu tun und zu lassen was ihr beliebt, d.h. nicht mehr unter der Vormundschaft oder gar Knechtschaft ihrer Mutter oder sonst jemandes steht, ... daß sie mit ihrem liebreizenden Körper und ihrer idealen Gestalt geradezu wie geschaffen und geboren dazu ist, zu lieben und geliebt zu werden, oder vielmehr zu vögeln oder sich vögeln zu lassen und immer wieder und wieder gevögelt zu werden, so oft es ihr beliebt und Vergnügen, Wonne, Wollust, Hochgenuß und irdische Seligkeit bereitet!...

(Augustin erscheint und meldet, daß der verdeckte Fiaker Madame de Saint-Anges inzwischen bereits zur Abfahrt fertig stehe.)

Also nun hinaus mit Dir, Du eklige, scheinheilige Kreatur!... Augustin wird Dich hinuntertragen und Seine Durchlaucht der Herr — Chevalier de Mirvel — Dein künftiger Schwiegersohn — wird dich, wozu er sich, wie ich sehe, bereits in vollen Dreß geworfen hat, bis nach Hause geleiten, um Dich deinem lieben Herrn und Gemahl, wenn auch nicht ganz unversehrt und heil, so doch immer noch ein bißchen lebend zu überantworten, ihm gleichzeitig genaueren Bericht über Deinen gegenwärtigen, körperlichen und seelischen Zustand zu erstatten, sowie zugleich — wie er mir soeben zuflüstert — um seines und Deines Töchterleins Hand anzuhalten!... Nun er ist und kann wohl auch zweifelsohne bei seinem Schwiegervater in spe wenigstens, seines Erfolges sicher sein!... Bis zu ihrer alsbaldigen Vermählung, — die Verlobung haben wir ja bereits gestern Abends in unserem engeren Familien- oder Freundeskreise zelebriert, — bleibt Eugénie hier in ihrer Freundin Hause, wo sie besser vielmehr am allerbesten aufgehoben ist!... Adieu Madame!... Adieu Chevalier, mein Junge!... Führe Deine Sache bei Deinem Herrn Schwiegerpapa zum guten Ende!

Unserer aller herzlichste Glückwünsche im Voraus!... Laß es Dir unterwegs jedoch nicht einfallen, Deine trotz alledem immer noch hübsche und reizende Schwiegermama im Wagen irgendwie zu streicheln, oder, wenn Dich wieder ein Steifstand Deines Riesen anwandeln sollte, gar zu vögeln!... Du weißt doch, ... sie ist jetzt von allen beiden Seiten unzugänglich und hermetisch zugenäht... und außerdem ist sie jetzt mit dem syphilitischen Gifte verpestet!

... Mag sie sich nur zu Hause eventuell von ihrer Lieblingskammerzofe die Nähte von Votze und Arschloch wieder auftrennen lassen, um wenigstens ihre vorderen und hinteren leiblichen Bedürfnisse wieder befriedigen zu können!...

(Der Chevalier begibt sich nach kurzer, zärtlicher, leidenschaftlicher Umarmung und Verabschiedung von Eugénie, seinem Bräutchen, mit Madame de Mistival, die hierbei von Augustin getragen wird, hinunter, hilft ihr mit Augustin und einem anderen den Fiaker begleitenden Diener in den Wagen und fährt mit ihr in vorsichtigem Tempo zur Stadt in ihres Gatten Hotel zurück. Augustin begibt sich wieder ins Boudoir.)

MADAME DE SAINT-ANGE: Darf ich zunächst zum Souper bitten!...

DOLMANCÉ: Nun, meine Lieben! Nicht wahr, ... das war heute eine schöne Tagesübung für uns alle!... Laßt uns nunmehr zu Tische gehen und danach alle vier einträchtig in dasselbe Bett und Nachtlager!... Ich speise niemals fröhlicher und besser und schlafe niemals angenehmer, friedlicher und süßer, als wenn ich mich im Laufe des Tages ein bißchen recht gehörig und ordentlich mit, — wie die schwach- und hohlköpfigen Toren es zu nennen belieben, — sogenannten grausamen und verbrecherischen Taten, die für mich lediglich die einzigen wahren Hochgenüsse hienieden auf Erden ausmachen, ... besudelt habe!

Ende

Die Idee des Bösen

Das Phänomen Sade

Der Name Marquis de Sade bedeutet für viele vornehmlich eins: Klassiker der pornographischen Literatur. Assoziationen von Orgien, von peitschenschwingenden Lebemännern, von Ausschweifungen und *Sadismus* stellen sich ein — eben der Inbegriff von Sauereien. Vielleicht geht bei einigen Neugierigen die Kenntnis weiter, die einen Blick in die *Justine* oder *Juliette* geworfen oder *Die 120 Tage von Sodom* in Pasolinis gewagter Verfilmung gesehen haben, doch der wirkliche Gehalt des Sadeschen Werkes — seine spektakuläre Dimension — ist einem größeren Publikum nach wie vor kaum bekannt.

Sades umfangreiches literarisches Werk hatte Einfluß auf Generationen von Dichtern und Denkern und prägte bedeutende philosophische Strömungen in diesem Jahrhundert. Dies gilt in besonderem Maße für den aufklärerischen Anspruch seiner philosophischen und politischen Denkansätze, die eine komplexe Einheit bilden mit der radikalen Forderung nach Realisierung von Lust. Für die Entstehung der Psychoanalyse ist Sade ein Wegbereiter durch die Hervorhebung der Rolle des Sexualinstinkts. Auch gehört er zu den ersten, der Erotik mit Schmerz in Verbindung bringt. Gleichzeitig durchzieht sein gesamtes Werk ein aufrührerischer Geist. So geht die Denkform einer *permanenten Revolution* als Aufforderung an Denken und Handeln wesentlich auf ihn zurück (vgl. S. 298; Seitenangaben in Klammern beziehen sich auf diesen Band).

Als universalgebildeter Literat entspricht Sade den eher bescheidenen inhaltlichen Qualitäten des Rokokoromans. Umso mehr überrascht er durch die Form: Er vollbringt die innovative

Leistung, für philosophisches und politisches Denken eine literarische Ausdrucksform gefunden zu haben. Gerade das weist den Marquis nicht nur als *homme de lettres* aus, sondern zeigt zugleich Scharfsinn bei der Verbreitung seiner Ideen: ein großes Publikum läßt sich eben nur durch ein angemessenes Medium erreichen, und erotische Literatur kam nicht nur in den zügellosen Zeiten des Rokoko gut an! Vorwegnahme also moderner, essayistisch geprägter Formen philosophischen Denkens.

Das Phänomen Sade gründet sich auf ein vielschichtiges Werk, das dem Bösen verpflichtet ist. Ein Hauptmerkmal stellt dabei das Skandalon dar. Durchsetzt von immer wiederkehrenden Szenen brutalster Gewalt und stilistisch beherrscht von manischen Wiederholungen und hemmungsloser Übertreibung bis hin zur Gigantomanie, lösten seine Schriften stets die denkbar heftigsten Reaktionen aus. Kritiker überboten sich mit moralischer Entrüstung und schärfster Verurteilung, gefolgt von der offiziellen Zensur. Ein Großteil seiner Arbeit wurde beschlagnahmt oder vernichtet. In Frankreich waren seine gewagtesten Schriften 150 Jahre lang verboten, erst Mitte der 60er Jahre dieses Jahrhunderts ist dort sein gesamtes Werk erschienen. Die kritische Ablehnung dauerte bis zu Beginn des 20. Jahrhunderts. Erst durch die surrealistische Bewegung wurde Sade größte Anerkennung zuteil, und sein Opus erfuhr in wissenschaftlich zuverlässigen Ausgaben eine erste wirkliche Rezeption... und Aufwertung. Das führte bei der Kritik zum anderen Extrem: vom *verruchten Philosophen* zum *göttlichen Marquis*. Die beiden extremen Haltungen von Ablehnung und Glorifizierung kennzeichnen bis heute die Aufnahme des Sadeschen Werkes. Gleichgültig läßt es niemanden!

Eine Frage spielt bei dem Phänomen Sade eine besondere Rolle: wie sieht es mit der Forderung nach uneingeschränkter Wollust diesseits der Fiktion, also im Leben des Autors aus? Hat er seine ausführlich beschriebenen Scheußlichkeiten auch praktiziert und sozusagen aus der Erfahrung heraus geschrieben? Zur Klärung dieser Frage hilft ein Blick auf die französischen Zustände jener

Zeit, eine Zeit äußerst lockerer Sitten. Libertinage war ein Privileg des Adels, und diesem, dem Hochadel sogar, gehörte der Marquis an. In der Gesellschaft herrschte das Gefühl von Rechtlosigkeit: der Adel genoß die Freiheit, das Volk war vogelfrei. Es mußte sogar für die blutigen Vergnügungen der erlauchten Gesellschaft des *Ancien régime* als Opfer herhalten. Hinrichtungen waren öffentlich, Ungerechtigkeit, Willkür und Verleumdung an der Tagesordnung. Die Sitten verfielen zunehmend, besonders in der Zeit nach der Revolution. Allein in Paris gab es zahllose Bordelle, in denen man mit öffentlicher Duldung jede Art von Ausschweifung gegen Geld ausleben konnte. Vor diesem Hintergrund läßt sich der reale Anteil an Sades Grausamkeitsphantasien ungefähr ausloten. Die Verschwendungssucht dieses Lebemanns schien notorisch, sein zügelloser Lebenswandel sorgte in den Pariser Salons für Gesprächsstoff. 1768 und 1772 war er in Skandale verwickelt, die die geringe Höhe seiner Hemmschwellen erahnen lassen. Der erste, wenn auch von der Öffentlichkeit aufgebauschte, brachte ihm sechs Monate Haft. Der zweite Skandal von Marseille führte sogar zu einer Anklage wegen Sodomie, d.h. Analverkehr (mit seinem Diener) und versuchtem Giftmord (an Prostituierten) und zum Todesurteil — denn auf Sodomie stand die Todesstrafe! Das Urteil wurde in Aix en Provence *in effigie* vollstreckt: während sein Abbild auf dem Scheiterhaufen verbrannte, war es Sade gelungen, mit einer Geliebten, höchstwahrscheinlich seine Schwägerin, nach Italien zu fliehen... Nach eigener Aussage war er ein überzeugter Libertin, aber kein Verbrecher. Diese Beteuerung verweist darauf, daß sein Werk sehr wohl als Schnittstelle von Wirklichkeit und Fiktion zu verstehen ist. Aber um seine Leserschaft zu überzeugen und in Bann zu halten, mußte der Romancier sich noch mehr einfallen lassen. Der Schrecken der fünf blutigen Revolutionsjahre war kaum zu überbieten, und so »mußte man die Hölle zur Hilfe nehmen« schreibt er 1800 in *Idée sur les romans*, dem Vorwort zu *Les crimes de l'amour*. Er hat sie zur Hilfe genommen.

Daß sich die kritische Meinung über Sade in zwei extreme Lager spaltet, hat auch mit den Widersprüchen in seinem Werk zu tun. Einerseits prangert er die Machenschaften des Adels, des Klerus und der Monarchie an, andererseits bekennt er sich zu Machiavellismus, Verbrechen und Grausamkeit. Entstammen diese Widersprüche der Willkür? Sind sie reine Nachlässigkeit oder vielleicht Ausdruck von Sades launischem Charakter, für den er bekannt war? Nie hat er versucht, die widersprüchlichen Aussagen abzumildern oder gar aufzuheben. Wie läßt sich aber sein Anspruch, jede Form von Unterdrückung zu entlarven und insbesondere die religiöse Tyrannei zu demaskieren — diese großen Ideale aufklärerischer Vernunft — mit einer genau diesen vernünftigen Anspruch zerstörenden, fast mythologischen Herrschaft des Bösen verbinden? Ist es die Dialektik von Eros und Thanatos? Liegt vielleicht gerade in diesem Widerspruch, in der Kraft negativer Energie, die Kraft der Sadeschen Philosophie? »Er schleifte die Menschheit zu Tode, aber er rettete seine Theorie.« (E. Ulitzsch)

Werk und Biographie

Das Werk eines Autors ist immer mit seiner Lebensgeschichte verknüpft. Doch selten war das Leben eines Literaten so von den politischen Ereignissen seiner Zeit geprägt wie bei Sade. Der Höhepunkt seiner Schaffenskraft fällt mit der *Französischen Revolution* zusammen, der Wiege der modernen Gesellschaft. Fast 30 Jahre seines Lebens hat er — mit Unterbrechungen — in verschiedenen Gefängnissen verbracht, die letzten elf Jahre in Charenton, einem bewachten Hospiz. Die Gefangenschaft wird zur Entstehungsbedingung seines Werkes, denn erst in seiner ersten langen Haftperiode von 1778 bis 1790 beginnt er zu schreiben. Zunächst in Vincennes, vor allem aber in der Bastille schrieb er die Romane *Die 120 Tage von Sodom*, den Briefroman *Aline und Valcour* und *Das Mißgeschick der Tugend*, die Urfassung der *Justine*, sowie zahlreiche Erzählungen und Theaterstücke.

Sades Leben und literarisches Schaffen hat sich in drei verschiedenen politischen Systemen abgespielt: dem *Ancien régime*, der *Französischen Revolution* mit ihren geschichtsträchtigen Etappen und der *Herrschaft Napoleons*. Unter diesen Regimen ist er vom Marquis zum Bürger geworden und im Alter schließlich zum ›Irren‹, denn Napoleon ließ ihn für geisteskrank erklären. Daß diese Entwicklung nicht folgenlos für sein Verhältnis zur Politik blieb, liegt auf der Hand. Genauso wirkte sich das politische Geschehen auf die Gestaltung der Romanfiguren aus: Die Helden seiner Werke verbreiten eindeutig den Geist des *Ancien régime*, den Sade in all seiner Korruption und Willkür offenlegt. Dazwischen gibt es Gestalten mit revolutionären Ideen wie Juliette oder überschwenglich republikanischer Haltung wie Dolmancé in der *Philosophie im Boudoir*.

Sade selbst hat sich von der höfischen Gesellschaft bewußt ferngehalten. Mit diesem unstandesgemäßen Verhalten handelte er sich bei seinen juristischen und finanziellen Problemen den Verlust der Protektion ein, die bei Hofe üblich war. Sade geriet dadurch in eine soziale Außenseiterstellung. Unter diesen Umständen hatte seine bei Hofe einflußreiche Schwiegermutter, Madame de Montreuil, ein leichtes Spiel, ihren aus vielen Gründen unbequemen Schwiegersohn aus dem Verkehr zu ziehen. Nur aufgrund seiner Zugehörigkeit zum Hochadel hatte sie ihn als Schwiegersohn ausgesucht, nun beunruhigte sie dessen Lebenswandel. Doch was sie ihm nicht verzeihen konnte, war die Liaison mit ihrer zweiten Tochter, Sades Schwägerin. Zwar hatte sie sich mit Erfolg um eine Revision des Urteils von Aix bemüht — wahrscheinlich um einen Familienskandal zu verhindern — womit Sade, durch das Todesurteil rechtlos geworden, wieder seine Rechte erhielt. Auch wenn seine Festnahme auf der Grundlage eines königlichen Haftbefehls geschah, hatte bei der Lösung dieser ›Familienangelegenheit‹ wohl mehr die Schwiegermutter die Finger im Spiel, als der König. Sein erster langer Lebensabschnitt hinter Gittern beginnt. Sade selbst bezeichnet es als eine der Pausen, von denen es zu viele in seinem Leben gegeben habe. Die abnehmende Vorherrschaft des Adels bis hin zur Aufhebung seiner Feudalrechte (Steuerfreiheit und Ämtermonopol) am 4. August 1789 und die großen umwälzenden Ereignisse vor der Revolution begleiten Sades zwölf Jahre dauernde Inhaftierung. Er ist achtunddreißig, als er sie antritt. Fast fünfzigjährig, verfettet und mit einem Augenleiden kommt er — als ein anderer — wieder frei, als 1790 alle königlichen Haftbefehle, die *lettres de cachet*, aufgehoben werden.

Zeitlebens wird Sade ein äußerst empfindliches Verhältnis zu staatlicher Machtausübung behalten. In den *120 Tagen* spricht der Herzog von Blangis von den sozialen Gesetzen als »gewöhnlichen Geißeln, die nur das Volk schlagen dürfen«. Sades Haß auf staatliche Strukturen taucht in allen Schriften auf und rechtfertigt jede Art von Verbrechen bis hin zum Mord. Nur eben nicht die Todesstrafe, denn Mord kann nicht mit Mord vergolten werden (S. 319f). In *Aline und Valcour* findet sich ein bezeichnendes Bild: »Nehmen wir an, auf einem Billardtisch läge ein Ei, und ein Blinder würde zwei Kugeln stoßen; die eine geht an dem Ei vorbei, die andere zerbricht es. Ist es die Schuld des Blinden, daß er die Kugel, die das Ei zerstörte, gestoßen hat? Der Blinde ist die Natur, der Mensch die Kugel, das zerbrochene Ei das begangene Verbrechen. Sieh dir nun, mein Freund, die Billigkeit der Gesetze in deinem Europa an, und überdenke, welche Umsicht der Gesetzgeber walten lassen muß, der die Absicht hat, sie zu reformieren.« Geistesgeschichtlich stellt sich Sade damit gegen Rousseaus Idee des *Gesellschaftsvertrages*, der auf Übereinkunft zwischen der natürlichen Freiheit des Menschen und der Macht staatlicher Ordnung gründet. Nach dem Vorbild des *Contrat social* wurde die republikanische Verfassung entworfen, und die *Volkssouveränität* sollte in der Nationalversammlung zum Ausdruck kommen. Doch Sade sieht die Natur als zerstörerische Kraft an und den Menschen in seiner Triebhaftigkeit von ihr bestimmt. Die republikanischen Ideale von *Freiheit*, *Gleichheit*, *Brüderlichkeit* allerdings werden von ihm in der *Philosophie im Boudoir* emphatisch wiederholt (S. 321). Dieser Text entstand 1795, drei Jahre nachdem Frankreich Republik geworden war und Sade sich der Politik zugewandt hatte.

1792 wird Sade zum Bürger. Der Marquis hat seinen Adelstitel abgelegt und arbeitet als aktiver *citoyen* in einer der revolutionären Stadtviertel-Vertretungen, der *Section des Piques*. Louis Sade — wie er sich jetzt nennt — verfaßt politische Schriften, übernimmt verschiedene Ämter in der Section und vertritt diese im Nationalkonvent. »Ich erhebe keinerlei aristokratische Ansprüche mehr und stecke bis zum Hals mit Herz und Seele in der Revolution.« Als Sprecher der Kommission für *Wohltatigkeit und Gesundheit* engagiert er sich für die Verbesserung der Krankenhäuser — ausgerechnet er! Denn nur wenig später entwirft er in *Juliette* eine Szene, in der die wüste Tribadin Olympia als Gipfel ihrer Wollust alle Kranken- und Armenhäuser in Rom anzünden läßt, was zu 20.000 Toten führt... Ein erstaunliches Szenario für jemanden, der soziale Arbeit leistet. Doch er merkt an: »Dieser Plan wurde wirklich gefaßt, als ich in Rom war, und ich habe bloß die Namen der Urheber geändert.«

Es folgt eine Zeit wachsender politischer Verunsicherung. Die Revolution geht zielstrebig ihren Gang. 1793 beginnt die sogenannte *Schreckensherrschaft*. Viele Aristokraten werden guillotiniert. Die Emigranten — der außer Landes fliehende Adel — werden enteignet. Sades Stammschloß La Coste, wo er erfüllte Lebensjahre verbracht hatte, wird geplündert. Seine Söhne gehören zu den Emigranten. Allein diese Tatsache gilt für einen aktiven Bürger als revolutionsfeindlich. Nach seiner Ernennung zum Präsidenten der Section, bekommt Sade eine Säuberungsliste auf den Schreibtisch, die den Namen seiner Schwiegereltern enthält. Da tut er etwas, worüber viel spekuliert wurde: Er gibt ihre Namen nicht preis. D.h. er verzichtet auf die Rache an der Person, die für seine lange Gefangenschaft mitverantwortlich war. Damit rettet er seine Schwiegereltern, setzt sich aber dem Verdacht aus, ein Gemäßigter zu sein. Die Situation spitzt sich zu, als Sade ein antireligiöses Pamphlet gegen ein eben von Robespierre erlassenes Dekret über garantierte Religionsfreiheit verfaßt (S. 282). Wegen revolutionsfeindlicher Haltung wird Sade im Dezember 1793 erneut verhaftet. Selbst seine Mitgliedschaft in der Section kann ihm nicht mehr helfen. Als er später aus Krankheitsgründen in das Privatkrankenhaus von Picpus aufgenommen wird, entgeht er — in den Wirren der Zeit — seinem noch schnell vom Revolutionstribunal erlassenen Todesurteil. Erst nach dem Sturz der Extremisten erlangt er seine Freiheit wieder. »Meine nationale Gefangenschaft, die Guillotine vor Augen, hat mir hundertmal mehr Schmerzen zugefügt, als alle Bastillen der Welt.«

Die kommenden Jahre in Sades Leben werden von zwei Dingen beherrscht: der literarischen Arbeit und der Geldnot. 1795 erscheinen die in Picpus entstandene *Philosophie im Boudoir* als »posthumes Werk des Autors von Justine«, also anonym, und endlich auch das achtbändige Werk *Aline und Valcour*. Dieser, noch aus der Zeit der Bastille stammende *Philosophische Roman* gehört für Sade zu seinen Vorzeigewerken, da er keine Obszönitäten enthält. Während er die Autorenschaft von *Justine* und *Juliette* zeitlebens geleugnet hat. Die beiden Veröffentlichungen führen aber keineswegs zum gewünschten Erfolg, vor allem nicht finanziell. Die überall herrschende Geldnot zwingt auch ihn in die Knie: Er muß La Coste verkaufen. Zunehmend gealtert und verarmt, wie er in Bittbriefen immer wieder beteuert, begibt sich Sade im Winter 1799 ins Krankenhaus von Versailles; dorthin war er nach der Beschlagnahmung seines Besitzes gezogen.

Der große, letzte Lebensabschnitt beginnt am 6. März 1801, als Sade bei seinem Verleger Massé verhaftet wird. Die Anklage bezieht sich diesmal auf die Autorenschaft der *Justine*, dieses »ungeheuer obszönen und unmoralischen Romans«, hinzu kommt der Verdacht auf ein weiteres obszönes Werk im Druck — *Juliette*. Schon lange ist es ein öffentliches Geheimnis, doch nachdem bei einer Hausdurchsuchung dargestellte Motive aus dem verrufenen Roman über *Die Nachteile des Lasters* gefunden wurden, ist Sade als Autor polizeilich überführt. Napoleon hatte begonnen, der nachrevolutionären Unordnung der Sitten mit strenger Moral zu begegnen, unter anderem durch derartige Säuberungsaktionen. Ohne ein Urteil wird er wieder in staatliche Obhut genommen, diesesmal bis zu seinem Lebensende. Dennoch hat die letzte Epoche seines Lebens nicht nur unangenehme Seiten. Die Haft in Charenton, eine Anstalt für Geisteskranke, entspricht eher einem Hausarrest. Inzwischen hat sein Werk eine gewisse Anerkennung erfahren, und er kann sich ungestört um sein Literatendasein kümmern. Hier wird er sein Hauptwerk schreiben *Les Journées de Florbelle*, das verschollen ist. Es wurde auf Anweisung seines Sohnes Claude-Armand 1825 verbrannt. Sade kehrt auch zu seiner großen Leidenschaft, dem Theater, zurück. Sein halbes Leben ist es her, daß er sich zu unbeschwerten Zeiten in La Coste dieser Kunst ausgiebigst gewidmet hatte. Immerhin ist er Verfasser von 80 Theaterstücken. Über Jahre leitet Sade Theateraufführungen in Charenton — und die Insassen sind seine Schauspieler. Die Pariser Prominenz strömt in Scharen herbei. Noch ein innovativer Zug, den Sade weit seiner Zeit voraus hat: Theaterarbeit mit Patienten.

Es ist wohl nicht übertrieben, bei Sade von einer monumentalen Gestalt zu sprechen. Dies gilt sowohl für die Person als auch sein Werk. Er war ein leidenschaftlicher Mensch, voller Wissensdurst und Experimentierfreude — darin ganz Kind seiner Zeit. Umso unvorstellbarer erscheint es, wie er die Isolation seiner langen Haftperioden aushalten konnte. Daß dem Schreiben dabei eine fundamentale Bedeutung zukam, ist offensichtlich. Das Schreiben, die Umsetzung der Einbildungskraft bedeutete: Überleben. Wir werden sehen, wie weit die Einbildungskraft auch ein Schlüsselbegriff für seine Philosophie ist.

Die vier Romane

Als das Manuskript der *120 Tage von Sodom* beim *Sturm auf die Bastille* verlorengingen, weinte Sade »blutige Tränen«. Einige Forscher sehen in diesem Verlust sogar den Entstehungsgrund für seine späteren Texte, nämlich den Schaden wieder zu beheben. Auf einer schmalen, 12 Meter langen Rolle beendet Sade 1785 in der Enge und Einsamkeit des Turms diesen Text. Er ist vielleicht sein Meisterwerk, sicherlich aber der sadistischste. Als sein erstes größeres Werk enthält es gleich alles, was den Sadeschen Sadismus charakterisiert: Ausschweifung, Grausamkeit und Gewalt, sexuelle Tyrannei, Inzest und Folter, überhaupt jede erdenkliche Perversion, vor allem mit Exkrementen. Die vier Helden weisen die für den Sadeschen Libertin so typischen Züge auf: sie sind kalt, zynisch, abgestumpft und in diesem Fall manisch besessen vom Gedanken an den Plan, der bürokratischen Ordnung. Zudem sind sie voller Omnipotenzphantasien und geben sich einer Zahlenmanie hin, ein Zug, den Sade während seiner Gefangenschaft entwickelte: jede Zahlenkombination interpretierte er als versteckten Hinweis auf sein Freilassungsdatum. Die *120 Tage* fangen so harmlos als historischer Roman an, steigern sich aber dann in einer vielschichtigen und kunstfertigen Konstruktion zu einem Katalog menschlicher Gefühlsverirrungen, um in einem Höllenspiel und schließlich purer Auflistung von Ermordeten zu enden. Die Ungeheuerlichkeit des Romans betrifft nicht nur den Inhalt sondern auch seine Form: zwar eindeutig Fragment, scheint mir manchmal das abgehackt Fragmentarische bewußt eingesetzt. Wahrscheinlich hätte Sade es später noch ausgearbeitet, doch gerade die zunehmende Zerstückelung der Form, die zur Struktur werdende Handlung läßt die Wahrheit dieses Textes kruder, nackter, deutlicher hervortreten. Die Form ahmt den Inhalt nach. Der Roman enthält noch andere erstaunliche Aspekte: Auf mindestens vier Erzählebenen spielt die Geschichte der 600 Verirrungen, die von vier Erzählerinnen an 120 Tagen erzählt und anschließend von den Protagonisten umgesetzt werden, was wiederum Sade, als auktorialer Erzähler auftretend, beschreibt und kommentiert. Seine emotionale Beteiligung bleibt dabei deutlich. Am Ende macht er Verbesserungsvorschläge für die geleistete Schilderung, tritt also selbstkritisch aus der Erzählebene heraus. Ein facettenreiches literarisches Gebäude. Und dann gibt es noch einen weiteren Protagonisten, nämlich den Leser. Sade spricht seinen geneigten Leser häufig direkt an. »Und nun, Freund Leser, bereite Herz und Geist vor für die unzüchtigste Erzählung, die erfunden wurde, seit die Welt besteht«, schickt er dem Beginn der eigentlichen Handlung voraus. Aber er warnt ihn nicht bloß, er besänftigt dessen Ungeduld und Schrecken, er appelliert an die Imagination oder zieht gelegentlich gnädig einen Schleier über das grausige Geschehen. Und wenn eine Perversion planmäßig noch zu früh auftritt, wird sie dem Leser eisern verschwiegen, während derjenige, der sie begeht, die vom Reglement vorgesehenen Strafen zahlen muß. Sade bezieht den Leser mit ein, spielt fast mit ihm. Dadurch gewinnt der Roman an Unmittelbarkeit, es klingt eine leicht spielerische Dimension an. Die einzige allerdings, denn der Rest ist so schwer und düster wie der Schauplatz der *120 Tage*. Das von der Außenwelt vollständig abgeschnittene Schloß Silling — Sade legt Durcets Schloß in den tiefsten Schwarzwald, umgeben von einer 30 Fuß hohen Mauer und unüberwindlichen Schneemassen — ist voller Kammern, Nischen und dunkler Kabinette. Die Kapelle dient als Abort. Die Abgeschiedenheit garantiert die ungestörte Anwendung der Ausschweifung sowie die Straffreiheit. Je heftiger die Demütigung und Qual, umso tiefer geht es runter in die Dunkelheit der Gruft, in die Erde. Diese symbolische Ambientation im Unterirdischen läßt sich in den meisten Texten Sades wiederfinden, mit Ausnahme der *Philosophie im Boudoir*. Doch in den *120 Tagen* hat die Festungs-Vision besonderes Gewicht: die Handlung spielt nur an einem Ort, eben in dieser, einem Verließ gleichenden Todeszelle. Die Parallelen zu Sades Haftsituation sind unverkennbar.

Das Satyrium der *120 Tage* mit der systematischen Steigerung der Folter soll ein Abbild der Gesellschaft am Vorabend der Revolution sein. Die Enthüllung der Sitten bezeichnet Sade als »eine der wichtigsten Aufgaben dieses Werks«, und das ist ihm in drastischer Form gelungen: Es ist zweifellos das weitgehendste, das je über den Sittenverfall im 18. Jahrhundert geschrieben wurde. (Vgl. Bd. 1 dieser Werkausgabe)

»Justine, das ist die Frau von ehedem, sie ist versklavt, elend und weniger als ein Mensch«, schreibt Apollinaire, der 1909 eine Werkausgabe von Sade herausgibt. Ihre Geschichte ist die *Vom Leiden der Tugend*, und die systematische Demütigung aller tugendhaften Haltungen hat zu den heftigsten Reaktionen geführt. Es war vor allem die Autorenschaft der *Justine*, die 1801 zu Sades letzter und endgültiger Verhaftung führte. Den Stoff von *Les infortunes de la vertu* entwirft er 1787 in der Bastille, diese Novelle — erst 1930 vom Sade-Forscher Maurice Heine herausgegeben — gilt als erste Fassung. 1791 erscheint nach Aufhebung der Zensur die zweite, wesentlich gepfefferte Version. Diese zeigt deutlich die korrupten Strukturen der Justiz und das antiaufklärerische Festhalten am christlichen Glauben, doch leidet in der Aussage an seiner stilistischen Überzeichnung. Erst in der dritten Fassung von 1797 kommt es zu einer ausgereiften, philosophischen Form, bei der Handlung und Diskurs wie ein Wechselbad aufeinanderfolgen. Diese letzte, komplexere Version (vgl. Bd. 2 dieser Werkausgabe) enthält sowohl den skandalösen Schrecken, daß die Tugend bestraft, das Laster hingegen belohnt wird, und zwar unausweichlich, als auch die philosophische Argumentation atheistisch-materialistischer Prägung. Daß dabei widersprüchliche Aussagen, unglaubliche oder fast märchenhafte Konstruktionen auftauchen, gehört vielleicht zum Erfolg des Justine-Stoffes, des meistverbreiteten Sade-Textes. Das Gute zieht das Böse geradezu magisch an, und dieser rätselhaften Anziehung gibt sich die bis zum Exzeß rechtschaffene Justine hin. Bei manchen Gelegenheiten, wie in der Strick-Episode mit Roland, fragt man sich fast ungehalten, warum sie ihrem Leiden kein Ende setzt. Sie ist in ihrem absoluten Mangel an Selbstbestimmung die personifizierte Antiaufklärung. Böse und grausam wie die *120 Tage* — etwa wenn Rodin an seiner eigenen Tochter eine Vivisektion vornimmt — unterscheidet sich dieser Text durch Sprache und Stil: er ist epischer und hat durch die Bewegung der Heldin Tempo, beides Strukturen, die er mit *Juliette* teilt.

Juliette oder die Wonnen des Lasters (vgl. Bd. 3 und 4 dieser

Werkausgabe) ist die Fortsetzung und das Gegenstück zu *Justine*. Als Ich-Erzählung schließt sie unmittelbar an das jammervolle Schicksal der Schwester an und verbreitet einen libertinen, großzügigen und unbeschwerten Geist. Der Siegeszug des Lasters präsentiert sich mit pikaresken Übertreibungen. Trotz seiner Monströsitäten wirkt der Juliette-Roman heiter. Dieser Eindruck entsteht besonders durch die ausgedehnte Italienreise mit ereignisreichen Szenen an allen klassischen Orten, sowie zwei Erzählungen als Intermezzi. Man spürt den Einfluß von Völkerkunde und der Reiseliteratur, die große Mode in der zweiten Hälfte des 18. Jahrhunderts; und die Abrechnung mit dem Gefühlsmenschen der *Empfindsamkeit*. Ausgelassen und durch und durch materialistisch gesinnt, lassen sich Juliette und ihre ausschweifende Freundin Clairwil Böses einfallen, wobei die junge Juliette viel lernt. Blanchot bezeichnet den Text sogar als Bildungsroman. Eine programmatische Erklärung zur Lebensführung, die mit befreierischem Impetus vorgetragen wird, läßt die Idee des Lernprozesses erahnen: »O, Juliette, lebe so wie ich glücklich im Verbrechen, denn ich begehe viele, meine Teure, gewöhne dich daran, und du wirst nicht mehr leben können, ohne welche zu begehen, dann werden alle menschlichen Gesetze und Übereinkünfte dir lächerlich erscheinen, du wirst aus allen menschlichen Tugenden Laster machen und alle Laster werden dir zur Tugend werden, dann wird ein neues Weltall vor dir entstehen, ein verzehrendes, wonnevolles Feuer wird durch deine Adern strömen und wird jenes elektrische Fluidum entzünden, auf dem das Leben beruht. Alle Wesen, die dich umgeben, erscheinen dir dann nur mehr als vom Geschick zugesandte Opfer deines perversen Herzens. Es wird keine Fesseln, keine Ketten mehr für dich geben, alles wird rasch in der Glut deiner Begierden verschwinden. Du wirst von Ausschweifung zu Ausschweifung schreiten, niemals aber darfst du dich der Verlockung widersetzen, dann würden dir alle erblühten Freuden wieder verloren gehen.« Nach dieser Devise handelt Juliette unbeirrt; nur ein einziges Mal zögert sie und prompt ereilt sie die Moira.

Juliette zeigt ein völlig neues, positives Frauenbild. Diese Wende kündigt sich bereits in der *Philosophie im Boudoir* an. Während die Frauengestalten in den *120 Tagen* bemitleidenswerte Rollen spielen — die Gattinnen und gleichzeitig Töchter der vier Protagonisten sind in der strengen Hierarchie der Opfer die rechtlosesten: sie werden am meisten gedemütigt und gefoltert — sucht sich Justine, auf Tugend und Gottesfurcht beharrend, ihr Schicksal wenigstens selbst aus. Madame de Saint-Ange dagegen ist eine selbstbewußte, erfahrene Frau, die keine Mühe hat, ihrer kecken Schülerin die Liebeslust nach allen Regeln der Kunst beizubringen. Hier, im Boudoir, wird noch Pädagogik betrieben; Juliette begibt sich bereits auf den Flügeln der Freiheit in eine zukunftsweisende Sphäre der neuen Frau. Dieser wird ein Denkmal gesetzt: die Sodomie — die ja das Frausein an der Frau negiert — weicht der lesbischen Liebe, Ereignisse und Orgien werden von Frauen bestimmt. Die Phantasie triumphiert. Das ist das Großzügige an diesem Roman: die Dimension erweitert sich, geht mal ins Phantastische, mal ins Komische, ein menschenfressender Riese, Katharina die II. als Auftraggeberin für den Giftmord an ihrem Sohn, Juliette, die sich vom damaligen Papst Braschi besteigen läßt und ihn anschließend beraubt, oder als Liebhaberin der Königin von Neapel, Charlotte — die mit ihren Ausschweifungen auch bei Casanova Erwähnung findet.

Boudoir ist das private Zimmer einer Dame und die *Philosophie*, die in ihm betrieben wird, geht nur um das Eine. Als Motto ist der *Philosophie im Boudoir* beigegeben: »Die Mutter sollte ihrer Tochter die Lektüre dieses Buches vorschreiben«. Der Text ist eine Art Kammerspiel: ein einziger Handlungsort, wenige Personen mit klar definierten Rollen, acht Dialoge und ein dramatischer Höhepunkt im Schlußdialog. *Die Philosophie im Boudoir* ist das heiterste Werk Sades — ohne Szenen brutaler Gewalt oder zynisch-kalte Protagonisten — und es weist ihn am stärksten als politischen Autor aus. Der im sechsten Dialog enthaltene lange Aufruf »Franzosen! noch eine Anstrengung, wenn ihr Republikaner sein wollt!« enthält ein emphatisches politisches Credo für die republikanische Staatsform. Sade versäumt dabei keineswegs, seine Grund-Tugenden wie Verbrechen, Sodomie und Inzest als für eine Republik besonders förderliche herauszustellen. Nur gegen die Religion und die Todesstrafe spricht er sich entschieden aus, Passagen, die teilweise im Wortlaut mit seinen in der Section verfaßten Schriften übereinstimmen. Mit diesem gelassenen, streckenweise humorvollen Werk gelingt Sade so etwas wie eine Einführung in seine Philosophie: es ist einfach, die Handlung ist überschaubar und die Philosophie argumentativ stichhaltig. Nichts erinnert an die Widersprüche und die zur Parodie entgleisenden Übertreibungen der anderen Werke — die Sprache findet zu einer klaren Ausdrucksform für eine Philosophie der Wollust.

Sades Philosophie

»Mögen die Menschen auch davor erbeben, die Philosophie muß alles sagen«. Das hat Sade beseelt. Die Selbstbestimmung als Ziel von Aufklärung, und in dieser Tradition stand er, erfordert eine konsequente Verabschiedung vom Glauben und den Moralvorstellungen, die nichts anderes sind als Instrumente zur Unterdrückung. Kaum ein anderer Autor des 18. Jahrhunderts hat sich so sehr der Kritik dieser beiden Begriffe verschrieben. Ein weiterer Anspruch aufklärerischer Vernunft bezieht sich auf die Beherrschung von Natur. Sades Naturverständnis zielt jedoch nicht in erster Linie auf deren Beherrschung, sondern rechtfertigt das Böse. Die Natur ist das modellartige Vorbild — dabei macht sich das atheistisch-materialistische Denken der Ezyklopädisten bemerkbar — und als solches dient die Natur, da sie den Menschen mit Lust ausstattet, als Rechtfertigung für jede Lust realisierende Handlung. »Oh Gott, sagte ich, wie schön ist die Natur und wie schön sind die Genüsse, die sie uns gewährt«, jubelt Juliette bei der Aufnahmezeremonie in die »Gesellschaft der Freunde des Verbrechens«. Doch die Natur entwickelt zerstörerische Kräfte, was in den wiederkehrenden Motiven von Vulkan und Erdbeben so anschaulich vorgeführt wird. Und weil die Natur auf Zerstörung zielt und sich der Mensch nach ihrem Muster verhält, folgt daraus das verbrecherische Handeln des Libertins. »Der Mord ist das oberste Gesetz der Natur, der die Toren verständnislos gegenüberstehen, während Philosophen gleich uns sie so gut zu analysieren verstehen. Durch den Mord tritt sie täglich in die Rechte ein, die ihr die Fortpflanzung raubt.« Dies doziert der grausame Mönch Sylvestre seiner Gefangenen, Justine, und bringt damit die Sadesche Philosophie auf ihre Formel: die Negation. Mit dem Prinzip der Negation befolgt Sade die aufklärerische Forderung nach uneingeschränkter Autonomie derart radikal, daß er die selbstzerstörerische Dimension von Vernunft offenlegt: die Souveränität aufklärerischer ratio wird zutiefst verletzt durch die ihr selbst eingeschriebenen Gesetze der Natur, die es doch zu beherrschen gilt. Die zerstörerischen Kräfte der Natur beweisen ebenfalls, daß sie kein Werk Gottes sein kann (S. 51). So erstreckt sich das Gesetz der Negation auf alles, auf Gott, die Natur und den Menschen, und der Libertin bezieht daraus die Rechtfertigung für seine Libertinage, die nichts anderes ist als die praktische Umsetzung der Negation: mit der Einsicht unterm Naturgesetz zu stehen, befolgt er es, weil es den Geist der Negation beflügelt, wenn er z.B. durch die Praxis der Sodomie die natürliche Fortpflanzung umgeht und zudem aufklärerisch-souverän Natur beherrscht. Sodomie als Negation der Gattung im Individuum.

Diese gedankliche Radikalität läßt auch das Böse in einem neuen Licht erscheinen. Es ist der Stachel der Wollust, der das Böse hervorbringt und sein Ausmaß steigert. Durch »Freude am Kontrast« schraubt sich die Begierde nach dem Bösen immer höher. So läßt sich in den meisten Texten eine systematische Steigerung der Grausamkeit verfolgen, die lawinenartig anrollt. Die Folter muß immer bestialischer werden, die Anschläge müssen die Anzahl der Todesopfer potenzieren, die Krönung bildet der Völkermord. Je heftiger die Qualen, umso größer die Wollust. Bei dieser Bewegung — gleich einer Einwegschraube — ist die Haltung des Opfers klar definiert: Der Zauber der Wollust funktioniert durch Subordination. »Die wirkliche Unzucht ist auch nur Despotie.« Die radikale Ungleichheit im Sexuellen — der Ursprungsgedanke des Sadismus — steht der politischen Forderung nach einer egalitären Gesellschaft entgegen. Wie läßt sich dieser Widerspruch denken?

In den *120 Tagen* sagt der Herzog von Blangis: »ich bin völlig sicher, daß es nicht das Objekt der Ausschweifung ist, das uns reizt, sondern die Idee des Bösen.« Und das gelingt nur mit der Einbildungskraft, dem Schlüssel zur Sadeschen Philosophie. Die wahre Wollust lebt nur in der Einbildung, und somit wird das Objekt der Ausschweifung nur zum Opfer der Imagination. Die Kraft der Phantasie, die Sade vor dem Wahnsinn in der Bastille rettete, macht die Idee des Bösen zum Inbegriff der Wollust. Genau darin steckt der revolutionäre Kern der Sadeschen Philosophie.

Weil sich die materialistische Basis der Natur des Menschen nicht leugnen läßt, es aber einen Anspruch aufklärerischer Vernunft gibt, begegnet Sade diesem unauflösbaren Widerspruch auf der Seite der *ratio* mit Negation (von Gott und Moral) und auf der Seite der naturgegebenen Wollust, die auf Böses zielt, mit der Imagination. »In Wahrheit, Juliette, ich weiß nicht, ob nicht die eingebildeten Genüsse tausendmal mehr wert sind als die, welche man besitzt. Vor meinen Augen, Juliette, ist dein Arsch, ich finde ihn schön, aber meine die Natur übertreffende Phantasie schafft sich einen viel schöneren. Was du uns bietest ist schön, aber mit dem Arsche meiner Phantasie, glaube ich, könnte ich Genüsse haben, die kein Gott je schuf.« Es ist die Phantasie, die den Sadeschen Sadismus auf die Ebene der Imagination holt. Und so rettet die Einbildungskraft über die Antinomie von Wollust und Reflexion hinweg.

»Die Tugend des richtig denkenden Menschen ist die, jeden möglichen Genuß zu erreichen und jeden möglichen Wunsch zu befriedigen.« Wie wahr bleibt da Baudelaires Diktum: »Man muß immer auf de Sade zurückgreifen.«

Bettina Hesse

Lebensdaten

1740 am 2. Juni wird Donatien-Alphonse-François de Sade als zweites Kind des Grafen Jean-Baptiste Joseph François und seiner Frau Marie-Eléonore, geb. de Maillé de Carman, in Paris geboren — Taufe am 3. Juni

1740–44 frühe Kindheit im Pariser Schloß Condé, wo die Mutter Gesellschaftsdame der Prinzessin war und er vom Onkel des Prinzen erzogen wird

1744–50 Erziehung durch seinen Onkel Abbé Jacques de Sade, angesehener Kleriker, Schürzenjäger und Petrarca-Forscher

1750–54 am Jesuitenkolleg Louis-le-Grand in Paris Erziehung durch Abbé Amblet

1754 Aufnahme in der Kavallerieschule der königlichen Garde in Versailles

1755 Unterleutnant im Infanterieregiment des Königs

1757 Fähnrich bei den Karabinern, Prestigeregiment

1758 Feldzug in Deutschland (Siebenjähriger Krieg), später Hauptmann

1759 Urlaub in Paris, verschwenderisches und ausschweifendes Leben

1760 die Mutter zieht sich in ein Karmeliterinnenkloster zurück, der Vater überträgt ihm die Statthalterschaft seiner Provinzen

1763 Frieden zu Paris — lasterhaftes Leben in Paris, Verschuldung, Meidung der höfischen Gesellschaft — durch Verschuldung der Familie Heirat mit der reichen Renée-Pélagie de Montreuil aus dem Pariser Beamtenadel — Fortführung des ausschweifenden Lebens. Verhaftung wegen ungesetzlicher Exzesse. Kurze Internierung im Gefängnis von Vincennes. — Freilassung durch Einwirkung seines Vaters — Hausarrest auf dem Familienbesitz der Montreuils

1764 Theateraufführungen in Paris — Reise nach Dijon, Affäre mit der Schauspielerin Colette

1765 leidenschaftliches Verhältnis zu der Kurtisane Beauvoisin. Verschuldung durch aufwendige Reisen mit ihr

1767 Tod des Vaters — Bataillonkommandeur im Kavallerieregiment, Geburt des Sohnes Louis-Marie

1768 Skandal mit Rose Keller in Arcueil — Prozeß — sechs Monate Inhaftierung in der Festung Pierre-Encis — Begnadigung durch den König

1769 Stammschloß La Coste: Theatervorführungen, Feste — erneute Verschuldung, Geburt des Sohnes Donatien-Claude-Armand — Reise durch Holland

1770 vergeblicher Versuch, wieder in der Armee Fuß zu fassen

1771 Geburt der Tochter Madeleine-Laure — leidenschaftliches Liebesverhältnis mit seiner Schwägerin Anne-Prospère de Launay auf La Coste

1772 Aufführung von de Sades erstem Theaterstück in La Coste — Perversitäten in Marseille, Anklage wegen Sodomie (stand unter Todesstrafe) und Giftmord, Flucht mit Anne-Prospère nach Italien — Todesurteil in Abwesenheit in Aix, Hinrichtung »in effigie« — Verhaftung auf Betreiben der Schwiegermutter — Gefangenschaft

1773 Flucht — heimlicher Aufenthalt in La Coste — finanzielle Schwierigkeiten

1775 Schwiegermutter erwirkt einen neuen Haftbefehl — Flucht nach Italien

1776 Italienreise — La Coste — finanzielle Schwierigkeiten

1777 Tod der Mutter im Kloster — Verhaftung und Inhaftierung in Vincennes aufgrund eines »lettre de cachet« — Tod des Abbé de Sade

1778 Annulierung des Todesurteils — Flucht auf der Rückkehr von Aix — La Coste, Verhaftung: Beginn der elf Jahre Gefängnis, in Vincennes — Tagebuchführung

1782 *Entrennes philosophiques* und *Dialogue entre un prête et un moribond*

1783 Beginn des Augenleidens

1784 Verlegung in die Bastille — häufige Besuche seiner Frau

1782–85 *Les Cent Vingt journées de Sodome*

1785–88 *Aline et Valcour ou le roman philosophique*

1787 *Les infortunes de la vertu* und *La vérité*

1787–88 *Historiettes* und *Les crimes de l'amour*

1789 *Justine ou les malheurs de la vertu* — Werkverzeichnis

1790 Aufhebung aller »lettres de cachet«: Freilassung de Sades, Aufenthalt in Paris — die Marquise läßt sich von ihm scheiden — Theaterarbeit — Beginn des langen Verhältnisses mit der Schauspielerin Renelle

1791 Aufführung von *Oxtiern* am Théâtre Molière, *Justine ou les malheurs de la vertu* erscheint anonym

1792 de Sade wird Sekretär in der revolutionären »Section des Piques«, engagiert sich für die Verbesserung der Krankenhäuser, Plünderung des Schlosses La Coste

1793 Ernennung zum Richter, später zum Gerichtsvollzieher seiner Section — Verhaftung wegen revolutionsfeindlicher Haltung — Gefängnis Madelonettes

1794 Aufnahme im Privatkrankenhaus von Picpus, wodurch er seinem Todesurteil vom 26. Juli entgeht — Freilassung nach dem Sturz der Extremisten, Aufhebung der Beschlagnahmung seiner Güter

1795 *La philosophie dans le boudoir* (anonym) und *Aline et Valcour* erscheinen

1796 Verkauf von La Coste — finanzielle Sorgen

1797 der Doppelroman *La nouvelle Justine ou les malheurs de la vertu, suivie de l'histoire de Juliette, sa sœur* erscheint anonym

1798 Besitz wird beschlagnahmt — Augenleiden, Übersiedlung nach Versailles aus Geldnot

1799 de Sade leugnet öffentlich seine Verfasserschaft von *Justine*

1800 Aufnahme in das Hospital zu Versailles aus Geldmangel, die Novellensammlung *Les crimes de l'amour* erscheint

1801 6. März Verhaftung de Sades bei seinem Verleger Massé, Beschlagnahmung von Manuskripten — Einlieferung ins Gefängnis Sainte-Pélagie ohne Urteil

1803 Überführung in das Irrenhaus Charenton in Paris

1803–13 Leitung von Theatervorstellungen, von Pariser Prominenz besucht

1806–07 *Les journées de Florbelle ou la nature d'voilée* (verschollener Roman)

1809 Tod des Sohnes Louis-Marie

1810 Tod seiner geschiedenen Frau

1813 *La marquise de Gange* erscheint anonym

1814 de Sade wir bettlägrig — Besuche seines Sohnes Donatien-Claude-Armand 2. Dezember Tod de Sades

Über diese Ausgabe

Der Text folgt der Ausgabe: Die Philosophie im Boudoir, zum ersten Male ins Deutsche übertragen von Dr. A. Schwarz, Privatdruck, o.O., 1907. Die Übersetzung wurde stilistisch wesentlich überarbeitet, die Kürzungen im Aufruf *Franzosen!...* wurden durch eine Neuübersetzung ergänzt.

Für ihre freundliche Unterstützung danken wir: Dr. Hans-Ulrich Seifert, Trier, bei der Textvorlage, sowie der Hessischen Landesbibliothek bei den Bildvorlagen. Die Kupferstiche sind der Ausgabe *La Philosophie dans le boudoir, ouvrage posthume par l'auteur de Justine, Londres, 1795* entnommen.

Inhalt der Werkausgabe

Die Hundertzwanzig Tage von Sodom
oder die Schule der Ausschweifung

Justine
oder die Leiden der Tugend

Juliette
oder die Wonnen des Lasters
Erstes Buch

Juliette
oder die Wonnen des Lasters
Zweites Buch

Die Philosophie im Boudoir
oder die lasterhaften Lehrmeister